파랑새의
밤

파랑새의 밤

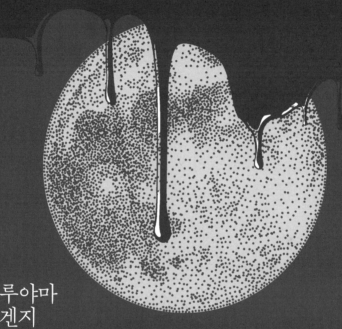

마루야마 겐지

송태욱 옮김

바다출판사

차
례

1

뜨거운 바람이 세차게 불어댄다. 눈앞에 펼쳐진 여름풀이 몸부림친다. 별의 수만큼 많은 곤충들이 목숨 걸고 운다. 거친 산이라는 산, 사나운 골짜기라는 골짜기에서 물컹한 어둠이 뭉게뭉게 피어오른다.

그리고 엄청나게 큰 달이 산 정상을 향해 쑥쑥 올라간다. 보름달의 색, 그것은 용솟음치는 광기의 빨강이다.

여하튼 나는 돌아왔다. 그렇지만 누를 길 없는 고향 생각에 마음이 움직인 것은 아니다. 그 증거로, 그리움이 마음을 스치는 일은 한순간도 없었다. 이런 남자에게 돌아갈 수 있는 곳이 달리 어디 있겠는가.

고향 산천을 뒤덮은 밤이 기진맥진한 나를 무섭게 으르댄다. 내가 태어난 곳이 이렇게까지 두렵게 느껴지다니, 대체 어찌 된 일인가.

나는 아주 녹초가 되었다. 하지만 정신의 고양은 육체의 고달픔을 아득히 초월한다. 그렇다. 나는 해방되었다. 뒤늦게나마 어느 누구에게도 간섭받지 않아도 되는 처지가 된 것이다. 이제 내 자유를 빼앗을 수 있는 것은 나 자신밖에 없다. 필요 이상으로 남의 시선을 신경 쓰는 일개 직장인으로서 보낸 긴 세월, 그것은 단 한나절에 불과한 먼 과거가 되었다.

나를 기다리고 있는 것은 어이가 없을 만큼 규율 없는 나날일 것이다. 바라건대 그랬으면 좋겠다. 이제 나는 멋대로 행동할 수 있다. 그리고 그런 생활은 이미 시작되었다. 구질구질한 추억은 질색이다. 폐부를 찌르는 슬픔 따위는 필요 없다.

그럭저럭 헤쳐 나온 55년의 세월. 일고의 가치도 없는 그런 과거는 깨끗이 날아가 버렸다. 그리고 있는지 없는지 모를 만큼의 여생이 눈앞에 꼴사납게 가로놓여 있다. 지금까지 뭐가 있었든, 앞으로 뭐가 있든 사람 축에도 들지 못한 나라는 남자는 지금 여기 이렇게 틀림없이 살아 있다. 그것으로 충분하다.

밤이 되어도 푹푹 찐다. 이 순수한 습기가 환장하게 좋다. 물씬 풍기는 화초 냄새가 끊임없이 나를 현혹한다. 예컨대, 천애고아인 신세를 착각하게 해준다. 예컨대, 밤늦게까지 멋대로 싸돌아다닐 수 있는 부랑자로 영락한 기분이 들게 해준다. 만약 그것이 현실의 나였다면 얼마나 멋진 일인가.

생각건대, 나는 가족이나 친척을 한시도 잊을 수 없었다. 거리낌

없이 의지할 데 없는 신세가 된 지금도 여전히 그들의 그림자가 늘 따라다니며 떨어지지 않는다. 그리고 너무 미화된 옛날의 추억을 때려 부수려고 호시탐탐 노리고 있다. 또는 나충(裸蟲)처럼 그 주변을 꿈틀꿈틀 기어 다니며 극단적으로 좁은 내 시야를 느릿느릿 가로지른다.

어둠 저편에 우뚝 솟은 유달리 높은 산. 가키다케(餓鬼岳) 산이다. 가키다케 산은 허무한 세상 한복판에서 여전히 태평하고 한가하게 버티고 있다. 너무나도 방관적인 그 태도가 마음에 들지 않는다. 완전히 불명예스러운 결과로 끝난 내 인생을 속으로 비웃고 있음에 틀림없다. 병을 얻어 고향 산으로 돌아온 '좌절한 남자'를 차가운 눈으로 바라보고 있을 게 뻔하다.

그래도 가키다케 산은 여전히 무시무시한 구심력을 간직하고 있다. 되도록 다가가지 않는 게 좋은 산. 아주 옛날부터 그렇게 전해진다. 하지만 죽기 전에 한 번은 오르고 싶은 산이라는 데는 조금도 변함이 없다. 그런 마음은 어렸을 때부터 가슴속 깊이 들러붙어 있는 자그마한 꿈이다. 아직도 가시지 않고 있다. 그렇지만 다른 마을 사람들과 마찬가지로 결국 오르지 못한 채 일생을 끝내고 말 것이다. 그런 기분이 든다.

새빨갛게 짓무른 달이 원호를 그리며 가키다케 산 정상을 향한다. 동시에 나를 어리석은 자의 낙원으로 유혹한다.

나는 발길을 멈추고 하늘을 쳐다보며 길게 숨을 들이켠다. 오랜 도시 생활로 시커멓게 더럽혀진 폐가 시골의 축축한 공기로 가득 찬다. 땀이 왕창 솟아난다. 이렇게 짐승이 다니는 길을 걷는 것은 의외로 체력을 소모시킨다.

과연 생가에 이를 수 있을까. 일부러 이런 험로를 택해 우회하는 데는 나름의 이유가 있다. 아는 사람 누구와도 얼굴을 마주하고 싶지 않은 것이다. 아울러 자신의 예전 모습과도 마주치고 싶지 않다.

아주 외진 산골 마을까지 나를 데려온 노선버스가 아직 멀리 보인다. 산의 모양을 따라 구부러진 현 도로를 무당벌레처럼 느릿느릿 달린다. 급하게 커브를 그릴 때마다 헤드라이트 불빛이 크게 휘둘린다.

버스에 흔들리는 동안 나는 흠칫흠칫했다. 정류장에 다가갈 때마다 혹시 아는 사람이라도 타지 않을까 해서 제정신이 아니었던 것이다. 하지만 다행히 그런 일은 일어나지 않았다. 승객은 처음부터 마지막까지 나 혼자였다. 운전기사도 처음 보는 사람이었다.

지금 그 버스에는 궁상스러운 꽃다발 하나가 놓여 있을 것이다. 아주 칙칙한 색의 장미 한 다발. 뒤쪽 좌석 구석에서 쓸쓸하게 흔들리고 있겠지. 회사에서 준 선물인데, 분명 잊고 내린 것은 아니다. 버리고 온 것이다.

곁에 두는 것은 퇴직금만으로 충분하다. 그 밖에 아무것도 필요하지 않다. 최상의 추억도 아무 쓸모가 없다.

그러므로 거북한 분위기가 떠돌 것을 알고 송별회를 거절했다.

적어도 마지막만큼은 내가 좋아하는 대로 하고 싶었다. 생각하면 자유롭지 못한 몇 해였다.

남아서 일하기를 희망하지 않았던 사원은 아마 내가 처음이었을 것이다. 그래도 그만두고 싶었다. 이제 충분하다고 생각했다. 거의 질식할 것 같았다. 애써 만류한 상사는 없었다. 그러는 편이 오히려 마음이 편했다.

현금 다발과 꽃다발을 안고 드디어 직장을 떠난 나는, 늘 다니던 건물 밖으로 나가 잠깐 걸었을 때 번연히 깨달았다. 나를 너덜너덜하게 만든 사람은 다른 누구도 아니고, 운명도 아니고, 기업 자체라는 것을 온몸으로 느꼈다.

퇴직금을 현금으로 받은 것도 아마 내가 처음이었을 것이다. 그렇게 하고 싶어서 그렇게 했을 뿐이다. 대단한 액수는 아니지만, 그것은 지금 배낭 맨 밑바닥에 넣어져 내 등을 부드럽게 어루만지고 있다. 하지만 즉각적인 효과가 나타나는, 붙이는 약 정도의 가치밖에 없을지도 모른다.

버스에서 내리자 곧바로 옷을 갈아입었다. 양복은 벗어던지고, 와이셔츠는 쫙쫙 찢어버리고, 넥타이와 구두는 분뇨 구덩이에 처박았다. 가슴이 후련해지는 기분에는 미치지 못했지만, 나쁜 기분은 아니었다. 피골이 상접한 누런 들개가 그렇게 하고 있는 나를 물끄러미 쳐다보았다. 그놈은 냉혈한을 연상시키는 눈으로 언제까지고 이쪽을 노려보았다.

이어서 나는 미리 사온 것을 꺼내 재빨리 갈아입었다. 반바지에 반팔 셔츠에 스니커즈. 젊고 발랄한 복장은 나의 등 뒤에서 고개를 숙이고 있는 또 한 사람의 나를 완전히 뿌리쳤다. 또는 저녁노을 진 하늘을 선명하게 장식하는, 가장 먼저 보이는 별을 원래의 나로부터 한층 가깝게 만들어주었다.

드디어 풀숲으로 헤치고 들어갈 때 이미 오랫동안 질질 끌고 온 양심 같은 것이 느슨해지고, 이지(理智)로 판단해야 할 여러 가지 문제가 쓰윽 사라지는 것을 알 수 있었다. 귓불에 닿는 것 전부가 현실의 모든 것이 되었다. 그리고 나는 천변만화(千變萬化)하는 경치 속으로 아무런 저항 없이 녹아들었다.

주민등록은 옮기지 않았다. 그렇다고 일시적인 귀향도 아니었다. 이 기회에 서류나 번잡한 절차와의 인연을 뚝 끊을 생각이었다. 어디로, 어떤 형태로 이동하든, 그런 것은 내 마음이었다. 법률 따윈 내 알 바 아니었다. 요컨대 내게 복종을 강요할 수 있는 자는 이제 아무도 없는 셈이다.

나는 사활의 문제를 무시하기로 결심했다. 사회의 혜택을 받는 것도 기대하지 않았다. 내친 김에 살아갈 의욕 같은 것도 상대하지 않기로 했다.

앞으로는 가는 곳마다 천지가 공명정대한 기운으로 가득 차 있을 것임에 틀림없다. 그래야만 했다.

나는 땀투성이가 되어 산을 넘어가는 길을 올라간다. 능선 부근에서 번개가 칠 때마다 왠지 마음이 술렁거린다. 다해야 할 본분 같은 건 하나도 없는데도 정체불명의 불안이 나를 꼼짝 못하게 한다.

대체 이 기분은 뭘까. 직장인으로서의 굴레가 풀릴 때 생기는 흔한 혼란일까.

지금에 와서 내 몸을 가엾게 여길 이유는 없다. 특별히 나는 일대 비약을 하기 위한 재생의 길에 발을 내디딘 게 아니다. 드디어 나는 발이 푹푹 빠지는 '시니도키 늪(죽을 때의 늪(死に時の沼)이라는 뜻―역자 주)' 한복판에 몸을 두고 있다. 병이 회복되어 원래의 몸으로 돌아가는 것은 일단 불가능할 것이다. 하지만 죽을 때가 코앞까지, 바로 눈에 보이는 데까지 다가왔다고는 도저히 생각되지 않는다. 그런 것은 도저히 믿을 게 못 된다.

나를 밤낮으로 좀먹고 있는 것은 아주 일반적인 당뇨병에 지나지 않는다. 말할 것도 없이 뻔한 병인……, 업무 탓이다. 연일 이어지는 밤의 접대가 영향을 미쳤다.

자신도 뒤룩뒤룩 살찐 의사가 환자인 나에게 이렇게 말했다. 이대로라면 실명할 우려가 있다, 라고. 당뇨병성 망막증. 그것도 엄청나게 진행이 빠른 증식성 망막증이라는 진단을 내렸다. 의사의 그 한마디로, 앞으로 뭘 해야 할지 순식간에 정해졌다. 너무나도 빠른 결단에 나 자신도 놀랐다.

그렇다고 병마와 싸울 결의를 다진 것은 아니었다. 그 반대였다. 그날 오후에는 퇴사를 결심했다. 그리고 이튿날 아침에는 도쿄를 떠나기로 마음먹었다. 그러자 꽉 막힌 가슴이 한꺼번에 뻥 뚫리고 먼지투성이 가로수가 갑자기 싱싱하게 느껴졌다. 어쩌면 그것은 훨씬 이전에, 수십 년 전에 내려진 답이었는지도 몰랐다. 인생의 절정기에 이미 정력도 기력도 다 떨어져버린 걸까. 어떤 시기를 경계로 하여 형해(形骸)만의 지루한 생활을 하게 되었던 걸까.

눈은 아직 보인다. 희미해지는 일조차 없다. 약 같은 건 전혀 쓰지 않고, 특별히 건강관리도 하지 않는다. 그래도 전보다 오히려 잘 보일 정도다. 기분 탓만은 아닌 것 같다.

큰 군락을 이루는 파란 꽃이 달빛 아래 일제히 흔들린다. 가지각색의 별들이 눈을 사로잡을 만큼 아름답게 반짝인다. 여기저기서 만물유전(萬物流轉)의 모습을 확실히 알아챌 수 있다. 산 중턱 이곳저곳에 점재해 있는 인가의 불빛이 한촌의 궁상을 호소한다. 멀리 앞쪽을 바라보니 옆 마을에서 열리고 있는 여름 축제의 상야등이 새빨갛게 빛나고 있다.

언덕 하나를 넘을 때마다 시야가 크게 열린다. 가자무라(風村)의 달빛은 또 각별하다. 이 달빛은 내가 보고 싶어 하는 것만 비춘다. 하지만 도회와 마찬가지로, 이곳에도 보고 싶지 않은 것은 얼마든지 있다. 가장 보고 싶지 않은 것, 그것은 누가 뭐래도 영락한 나의 만년이다. 그렇지 않으면 고인의 명복을 빌고 싶어 하는 정에 약한 심경의 변화다.

부모는 죽었다. 누이도 죽었다.

아우는 그 일 이후 종적을 감추어 안부도 모른다. 아직 어딘가에 살고 있는 것 같기도 하고, 진작 죽은 것 같기도 하다. 자신이 생각한 대로 거침없이 행동하는 녀석의 성격으로 보아, 그렇게 오랫동안 경찰에 쫓기는 나날을 버틸 수 있을 것 같지는 않다. 어차피 녀석에 대해서는 옛날 옛적에 포기했다.

세 개의 강을 한눈에 내려다볼 수 있는 곳에 이르렀다. 그중 두 강이 합류하여 오보레 강(溺れ, '물에 빠지다'라는 뜻—역자 주)을 이루고, 오보레 강은 가자무라를 구불구불 크게 돌며 도도히 흐른다. 수면에 난반사하는 천체의 반짝임이 강 양쪽의 아름다운 경치를 더욱 멋지게 해주고 있다.

나는 애향심이 희박하지만, 그래도 돌아온 것은 잘한 일이라고 절실히 생각한다. 또한 일부러 우회로를 선택한 것도 옳았던 것 같다. 다른 사람을 만나고 싶지 않았으니까.

가자무라는 엉망이 된 내 마음을 억지로 열려고 하지 않는다. 가키다케 산이 보내는 물소리에 휩싸이는 것만으로, 단지 그것만으로도 고난의 고비를 넘어선 것 같은 안도감에 사로잡힌다. 하늘의 조화인 아름다운 경치를 넋을 잃고 보는 나는 거의 멍한 상태다. 새삼스러운 말 같지만, 생명력의 둔화를 절감한다.

고향을 떠날 때는 그토록 강인했던 의지가 지금은 손톱만큼도 없다. 원래의 옛집으로 돌아갈 체력이 남아 있는지 어떤지조차 의심스럽다.

나는 주뼛주뼛 벼랑 끝까지 나아간다. 그리고 파문을 그리며 흐르는 오보레 강을 살짝 들여다본다. 여기서 몸을 날리는 것도 나름대로 진지한 생각임에 틀림없다. 문득 그런 생각을 하는 자신이 있다. 족히 20미터나 되는 낙차는 하찮은 남자의 목숨을 간단히 빼앗아줄 것이다.

그러나 지금은 그럴 생각이 없다. 실명이 현실화되거나 무의식중에 몸이 옹동고라질 듯한 마음의 격통을 느끼거나 하지 않는 이상, 목숨을 헛되이 버리고 싶지는 않다.

아니, 그건 어떻게 될지 모르겠다. 쉰 살을 일기로 죽기에는 늦었다. 하지만 너무 늦지는 않다. 솔직히 언제 죽어도 여한은 없다. 썩은 나무 같은, 벌레 같은 생애가 되기 전에 지체 없이 끝장내고 싶다. 그런 마음이 없는 것도 아니다. 그런데도 가엾이 여겨야 할 존재로서 삶의 욕구에 질질 끌려가며 서서히 끝내고 싶다는, 그런 자학적인 동경도 겨드랑이에 끼고 있다.

'좀 더 마음을 편히 가져.'

이런 목소리가 들려온다. 무사태평한 나날을 보낼 수 있는 입장에 섰다는 사실에 좀 더 눈을 돌리는 게 어떻겠느냐, 하고 또 하나의 내가 귓가에 속삭인다. 분명히 그렇다. 자진하여 비참한 말로를 겪을 필요는 없다. 물론 기대로 가슴이 두근거리는 제2의 인생은 기다리고 있지 않을 것이다.

하지만 잃을 만큼 잃어 이제 아무것도 갖고 있지 않은 상태는 아니다. 그런 것과는 다르다. 아직 병세의 악화를 걱정할 만큼의 자각은 없으니까. 또한 당장 내일부터 먹고 살기 어려울 만큼 막다른 지경에 몰리지도 않았다. 수중에는 목돈이 있다. 위자료라는 뜻이 농후한 퇴직금이긴 하지만, 그렇게 쓸모가 없는 것도 아니다. 충분하

지는 않아도 세속을 초월한 은자 흉내를 내는 정도는 가능할 것이
다. 사는 것을 그만두고 안 두고 하는 문제는 이 돈을 다 쓰고 나서
생각해도 결코 늦지 않다.

요컨대 지폐 다발이 내 생사의 열쇠를 쥐고 있다. 아마 이 돈은
순식간에 줄어들 것이다. 그리고 그사이 나는 변할 것이다. 그것도
예사 변화가 아닐 정도로 말이다. 격변의 예감이 자꾸 되풀이된다.
어떻게 변할지는 짐작도 되지 않지만, 설마 이대로는 아닐 것이다.
앞으로 기대가 된다. 가능하다면 무리한 행동이 어울리는 나로 변
해보고 싶다.

나는 소리친다. 무의식중에 소리친다. 목청껏 소리
친다. 험준하게 우뚝 솟은 가키다케 산을 향해 소리치고, 물살이 만
든 여러 계곡들을 향해 소리치고, 위험을 가득 내포한 여생을 향해
소리친다. 요란하게 메아리친 그 소리는 도저히 생이별하거나 사별
한 자들의 마음에 가닿았다고는 여겨지지 않는다. 하지만 적어도
숲에서 자는 새들에게는 분명히 들렸을 것이다.

아아, 상쾌하다.

비장의 현금을 짊어진 나는 오보레 강을 향해 가파른 언덕을 내
려간다. 여전히 고온다습한 바람이 사납게 불어대고 있다.

우는소리를 하는 건 이제 그만두자. 인생을 내팽개치는 짓은 이
제 그만두자. 진퇴유곡에 빠졌다고 단정하고 좀스럽게 구는 짓은

이제 그만두자. 말로가 비참하다는 건 세상의 통념이니까. 그릇된 생각은 버려라. 앞으로는 생각하는 대로 살자. 무슨 일이든 운에 맡기는 거다.

두 번 다시 직장을 가질 생각은 없다. 근로의 부질없음은 지겨울 정도로 절감했다. 몸이 부서져라 일한 결과가 이 모양이다. 참담한 패배로 끝나고 말았다. 그것을 인정하는 데서 새로운 나날을 시작하자.

벼랑길을 내려감에 따라 기생개구리의 울음소리가 또렷해진다. 갈대가 우거진 물가에서 군무를 펼치는 반딧불이의 빛이 늘어나고 물 자체의 냄새가 짙어진다. 틀림없이 오보레 강 냄새다. 물가에 선 나는 지칠 줄 모르는 맑은 물의 흐름에 홀연 마음을 빼앗긴다. 머리에서부터 첨벙 뛰어들고 싶은 충동에, 한 번이 아니라 두 번 세 번 사로잡힌다.

오보레 강은 여전히 대단한 기세로 흐른다. 지금까지 이러저러한 일이 있었으나 나는 이 강이 좋다. 마음속 깊이 좋아한다는 것을 여기에 와서 절실히 느꼈다. 물소리가 하늘에서 내려오는 아름다운 소리처럼 가슴에 와 닿는다. 귀향의 최대 주안점은 이 강과의 재회에 있었는지도 모른다. 이 강과 함께라면 옛정을 되살릴 수 있을 것 같은 기분이 든다.

발밑에 기다랗게 가로놓여 있는 것은 넘기 힘든 심연 같은 게 아니다. 아직도 다리는 놓이지 않았지만 건널 수는 있다. 옥석과 유목(流木)을 짜 맞춘 잔교도, 목제 나룻배도, 그 배를 건너편 기슭으로 끌고 갈 간단한 장치도 다 남아 있다. 그리고 아이들끼리만 배를 타는 건 금지한다는 입간판도 옛날 그대로다.

하지만 건너편 강기슭까지 일직선으로 뻗어 있는 와이어로프는 아주 최근에 교체한 듯 녹도 거의 슬지 않았다. 이용자가 있을 것이란 얘기다.

가자무라는 아직 죽지 않았다. 현재의 정확한 인구는 모른다. 그러나 몇몇 사람이 완고하게 이 땅에 들러붙어 있다는 사실은 확실한 것 같다. 그들이 날마다 이용하고 있음에 틀림없는 나룻배에 나도 올라탄다. 이렇게 오보레 강을 건너는 것이 몇 년 만의 일일까. 다루는 법은 알고 있다. 간단하다. 묶어 놓은 것을 풀고 로프를 끌어당기기만 하면 된다.

잘 손질되어 있다. 배 바닥에 빗물이 고여 있는 것도 아니고 페인트가 벗겨진 곳도 없다. 아버지는 물고기를 잡으러 강으로 나갈 때는 반드시 이 나룻배를 이용했다.

어렸을 때 나는, 대나무 낚싯대를 메고 집을 나서는 아버지를 볼 때마다 데려가 달라고 졸랐다. 그런데 아버지는 그때마다 이렇게 말하며 장남인 나를 나무랐다.

"넌 공부나 해. 농사꾼은 되지 말아야지."

하지만 아우나 누이에게는 그런 말을 한 적이 없었다. 덕분에 나는 살아갈 길을 결정할 때 이것저것 헤매지 않아도 되었으며 순조롭게 가자무라를 탈출할 수 있었다. 최고학부를 다닐 수 있었고 월급이 많은 직장을 구할 수 있어 사회인으로서의 첫 출발은 호조였다. 수재로 알려질 정도는 아니었어도, 그리고 청운의 뜻을 품고 고향을 떠날 정도는 아니었어도, 아무튼 도시로 나가 직장인의 길을 걸을 수 있었던 것이다.

그리하여 나는 자본가의 주구(走狗)가 되는 데 성공했다. 그때는 그것이 보통이고 건실한 길인 줄 알았다. 하지만 당시의 나는 자신의 무력을 충분히 인식하지 못했다. 세상에 나가 종횡무진 활약하는 것이란 바로 그런 것임에 틀림없다고 믿었다. 그리고 처족 세력을 믿고 출세하는 자와 호각지세로 맞서는 사람이 나라고 믿었고, 회사의 재건에 놀라운 솜씨를 발휘하는 자는 자신 말고는 없다고 굳게 믿었다. 요컨대 회사 내에서 중용되고 있다는 사실을 추호도 의심하지 않았던 것이다.

상거래의 노리갯감에 지나지 않는다는 사실을 알아차린 것은 좀 더 나중의 일이다. 제일선에서 한직으로 밀려나고 난 후의 일이다. 인형의 머리를 갈아 끼우듯 갈아치우는 인사……, 장기 근속자에 대한 가혹한 처사…….

착각도 심했다. 애초에 시작부터가 잘못된 것이었다.

나는 나룻배를 저어 오보레 강으로 조용히 나아간다. 나는 알고 있다. 강 건너편은 아주 가깝게 보이지만 실은 꽤 멀다. 수량은 풍부하고 그만큼 물살도 빠르다. 로프를 쥔 손에 힘을 주었을 때 가자무라가 나를 구슬리려고 한다. 너라는 놈은 세상에 맞지 않은 성격의 소유자였다고, 그렇게 멋대로 단정 지으려고 한다. 그런 탓인지 아닌지는 모르지만, 한동안 허탈했던 정신이 다시 삶의 욕구 쪽으로 자꾸 기울어간다.

나는 아직 실망의 심연에 가라앉을 사람이 아니다. 하여튼 고향의 물, 공기, 달빛이 나를 살려주고 있다. 가자무라는 지방자치체로서의 활기를 잃어가고는 있었지만, 그래도 이곳의 자연은 그것에 반비례하고 있었다.

땅을 기어가는 성질의 덩굴이 벼랑 위에서 폭포처럼 길게 드리워져 있다. 기생개구리가 서로 호응하며 일제히 운다. 그것은 일만 생각하던 인생을 멸시하는 울음소리다.

세상을 싫어하는 바람이 불 때마다 댓잎이 바스락바스락 운다. 이승의 생기에 넘치는 갖가지 일이 도처에서 팽창하고 있다. 강 건너편에서 나를 기다리고 있는 것은 더할 나위 없이 감미로운 애수일까. 혹시 그렇다면 거기에 마음껏 잠기고 싶다. 그리고 어떤 가면도 쓰지 않고, 온갖 의리 없는 짓을 거듭하고, 결코 과거의 잘못을 뉘우치지 않고, 망아지경에 들고 싶다. 어떤 누구도 그런 나를 간섭해서는 안 된다.

나의 갑작스러운 귀향에 대해 세상 사람들은 이러쿵저러쿵 떠들겠지. 아무리 인구 감소가 진행되었다고 해도, 입 걸게 남의 험담하기를 좋아하는 사람은 아직 있을 것이다. 그들은 필시 나를 웃음거리로 삼겠지. 분하지만 어쩔 수 없는 일이다. 그들은 모두 촌놈이 품은 왕성한 야심이 어떤 결과를 낳는지 잘 알고 있다.

생각한 대로 나 역시 실패했다. 그다지 사치스런 생활을 해오지 않았는데도 결국 마지막에는 이렇게 되고 말았다.

지금만큼 욕심이 없어진 적은 없다. 가키다케 산이 만들어 오보레 강으로 흘려보내는 물은 이루 말할 수 없는 힘으로 나의 까칠한 마음을 누그러뜨린다. 스스로 무너지는 작용이 급속하게 약화되어 간다.

일부러 초췌한 꼴로 돌아갈 필요는 없다. 남의 눈을 피할 필요도 없고 감상적이 될 필요도 없다. 일단 돌아가보는 것뿐이니까. 아무튼 출발점으로 돌아가볼 뿐이니까.

최상의 기분이다.

강 건너편은 아직 멀다. 나룻배는 완만한 원호를 그리며 강을 가로질러 간다. 나는 로프를 당기는 손을 멈춘다. 지쳐서가 아니다. 이상한 웃음이 복받쳐 올랐기 때문이다.

나는 웃는다. 처음에는 살짝, 그러고는 적자생존의 대원칙을 전면에 내세우며 이런저런 쓸쓸한 추억을 껄껄 웃어넘긴다. 아울러 이제 와서 염치없이 돌아갈 수 없다는 식의 부담감도 웃어넘겨준다. 웃어도 웃어도 독살스러운 웃음이 되지는 않는다. 이 웃음이 하룻밤 내내 계속되어 준다면 좋을 텐데…….

오랫동안 소식을 전하지 못한 것을 사죄하려고 생가로 돌아가는 것이 아니다. 또 먼 조상으로부터 대대로 이어받은 논밭을 지키기 위해서도 아니다. 없는 것투성이의 빈농 생활이 어떤 것인지는 잘 알고 있다.

주민들은 특별히 타지가 좋아서 마을을 떠나는 길을 선택하는 것이 아니다. 여기서는 아무리 노력해도 사소한 꿈조차 이룰 수 없다.

몸에 사무칠 만큼 그 사실을 잘 알고 있다. 가자무라에는 일장춘몽이 될 여지마저 없다.

여기에 있는 것은 흙과 물과 한없는 다툼, 어찌할 도리가 없다는 생각, 소비자가 거들떠보지도 않는 임산물, 철저히 위축된 마음……, 기껏해야 이 정도에 지나지 않는다.

주민들은 이 땅에서 쓸데없는 고생을 해오면서 어딘지 모르게 토우를 닮은 동물이 되고 가축만도 못한 것이 되어 상점가 사람들보다 몇 배나 빠른 속도로 늙어간다. 그리고 까마귀가 이상하게 시끄러운 어느 날 축축한 다다미 위에서 곤충처럼 조용히 죽어간다.

예컨대 아버지가 그러했다. 아마 우리 집에서 가장 장수하지 않았을까. 나도 벌써 이런 몰골이라 아버지의 나이까지는 도저히 살수 없을 것이다. 또 아우가 아직 어딘가에 살고 있다고 해도 아버지 나이에는 도저히 미치지 못할 것이다. 하는 일마다 지나치게 극단적인 녀석이 그렇게 오래 살 것 같지는 않다. 어차피 제대로 죽지는 못할 테지만.

장수의 비결, 그것은 무슨 일이 있어도 걱정하지 않는 일이다. 가족은 물론이고 자신의 몸에 대한 걱정도 하지 않는 일이다. 그리고 절대 변화를 바라지 않는 일이다.

아버지는 그렇게 그 나이까지 살았다. 하지만 다른 사람은 결코 그런 짓을 할 수 없을 것이다. 그런 의미에서라면 아버지의 생애는 위대했다고 말할 수 없는 것도 아니다. 아무도 칭찬하지는 않겠지만, 나는 그렇게 생각한다.

마을 사무소에서 알려주어 서둘러 달려갔을 때 아버지의 몸은 이미 차가워져 있었다. 하긴 아무리 서둘렀다고 해도 어차피 늦었다. 발견되었을 때는 이미 죽은 지 며칠 지난 상태였으니까. 항상 깔아두고 치운 적이 없는 잠자리에서 끝난 아버지의 얼굴은 여전했다. 여느 때처럼 딴 생각에 빠져 있는 듯이 얼빠진 표정이었다.

나는 장례식을 치르지 않았다. 스님을 부르려고도 하지 않았고, 있는지 없는지도 모르는 친척을 불러 모으는 일도 하지 않았다. 아버지 같은 사람의 죽음에는 그러는 편이 어울린다고 생각해서다.

아니, 그게 아니다. 사실은 장례식 자체에 아주 신물이 났기 때문이다. 내가 귀찮은 일을 극력 피하게 된 것은 그 무렵부터가 아니었을까. 아마 당뇨병이 본격적으로 악화되기 시작했을 것이다. 나는 아버지를 쓰레기처럼 처리했다. 어머니의 오른쪽 옆, 누이의 왼쪽 옆에 구덩이를 깊이 파고 처넣었다. 채 두 시간도 걸리지 않았다.

지금도 그렇게 매장한 일은 후회하지 않는다. 그것으로 충분하다고 생각한다. 호젓한 생활이 잘 어울리는, 그리고 거듭되는 불행에도 결코 슬픔에 잠기는 일이 없는, 거세된 말처럼 그렇게 조용한 사람에게 딱 맞는 장례식이었다고 자부한다.

지금, 끌어당겨야 하는 것은 추억의 실이 아니라 와이어로프다. 격류가 내 용기를 고무한다. 활짝 핀 꽃들이 바람에 흔들린다.

어딘가 가까운 골짜기에서 달을 보고 들뜬 원숭이가 울고 있다. 젊은 여자의 비명소리를 닮았다. 그 소리를 좇듯이 반짝이는 빛의 덩어리가 언덕을 넘어간다. 한순간에 식별할 수는 없었지만 그 광체의 모양과 움직임은 어딘가 빈사의 원숭이를 떠올리게 했다.

드디어 눈이 이상해진 걸까. 하지만 이제 그런 건 보이지 않는다. 원숭이 소리도 점차 작아지더니 끝내는 문득 사라진다.

그늘에 틀어박히기 일쑤였던 마음이 점점 멀어져간다. 그리고 달빛이 환한 밤을 이동하고 있는 것 자체가 나를 충만하게 만든다. 언제까지고 이대로 오보레 강에 떠 있고 싶다. 언제까지고 이대로 생가에 이르지 않았으면 싶다. 목적은 그 집이 아니다. 진정한 상속인의 입장 따윈 엿이나 먹어라.

귀농할 생각은 추호도 없다. 그런 집, 그런 논밭, 그런 묘 같은 건 보고 싶지도 않다. 한 번 보기만 해도 돌아가고 싶어질 것이다. 그리고 오늘 밤 안에 어딘가 모르는 곳을 향해 여행을 떠나 유랑의 나날을 보내게 될 것이다.

내가 퇴직한 것을 안 동료는 빈정거림을 섞어 이렇게 말했다.

"시골에 틀어박혀 유유자적하는 건가?"

뒤이어 이렇게 말했다.

"나 같은 사람은 죽을 때까지 아등바등하는 생활을 계속하겠지."

나는 직장인이 되기 위해 태어났는지도 모른다. 어찌 된 셈인지 다른 일에는 전혀 곁눈을 주지 않았다. 전직(轉職) 따위는 생각해본 적도 없었다.

대학 입학시험에 합격하여 마을을 떠나게 되었을 때는 마음속 깊이 기쁨이 차올라 어찌할 바를 몰랐고, 취직이 되었을 때는 내가 지켜야 할 자리가 그것 외에 있을 수 없다고 확신하기에 이르렀다. 당시의 나는 자신의 운명을 좌지우지하는 것은 자기 자신 말고는 없다고, 처음부터 그렇게 일방적으로 단정하고 있었다.

그때부터 나는 오랫동안 세상의 규칙에 따라 살아왔다. 어디에서도 불평이 나오지 않는 결혼을 하고 느긋하게 쉴 수 있는 평범한 가정을 꾸리려고 했다. 그것을 위해 남들보다 배는 일했다. 투기적인 사업으로 내달리는 회사에 큰 이익을 가져다준 공로 또한 적지 않았다. 스스로 미움 받는 역할을 떠맡고 나선 일도 있었고 그런 일이 지나쳐 상사에게 미움을 받은 일도 있었다. 거래 상대나 라이벌 회사와의 온갖 머리를 다 짜낸 흥정에 더할 나위 없는 보람을 느끼던 시기도 있었다.

물론 뜻대로 되지 않는 일도 남들만큼 있었다. 이혼도 그중 하나였다.

어느 해 봄, 세세한 데까지 배려하는 아내는 돌연 남편을 버리고 집을 나갔다. 입 밖에 내지는 않았지만 이유는 나에게 아이를 낳을 능력이 없다는 것을 알았기 때문일 것이다. 무리가 아닌 일이었을지도 모른다. 그렇게 생각했기에 쫓아가지 않았다.

얼마 지나 우송되어온 이혼 서류에 묵묵히 도장을 찍었다. 꽤 시간이 지나 예금이 딱 절반만 인출된 사실을 알았다. 그러나 송금을 할 수고를 덜었다는 것 이상으로는 아무 생각도 들지 않았다.

나에게는 그 밖에도 마음의 부담이 있었다. 생가에서 말썽이 잇따랐던 것이다. 불행의 연속이었다. 15년 전을 경계로 다툼이 끊이지 않는 집으로 변해버렸다.

지금이니까 인정할 수 있지만, 일련의 그 사건에 있어 진정한 원인은 나에게 있었을지도 모른다.

요컨대 장남인 내가 집에 남아 있기만 했다면 그런 일이 벌어지지 않았을지도 모른다는 점이다. 나의 혈족 의식이 희박했던 것이 원인이 되고 결과가 되어, 어머니와 누이, 아우가 그렇게 희한한 일을 당하고 말았다, 라고 생각할 수 없는 것도 아니다. 아니, 분명히 그럴 것이다.

모든 것이 나 때문임에 틀림없다. 생각건대 나는 너무 이기적인 인간이었다. 이 모든 것이 자업자득일 것이다.

그걸 알아차렸을 때 사태는 이미 돌이킬 수 없는 지경이 되었다. 마음을 써야 할 상대가 단 한 사람도 남아 있지 않았다. 나는 혼자가 되고 말았다. 주위에 아무도 없으면 내가 무자비한 사람이든 뭐든 전혀 상관이 없어진다. 마음을 고쳐먹을 필요도 없다. 홀가분한 처지다.

이런저런 일이 있었던 것치고는 그다지 세상 물정에 밝은 사람은 될 수 없었다. 게다가 끊임없이 가슴속 어딘가에서 삶의 외로움을 느끼고 있는 형편이다. 그렇다고 세월을 아쉬워하는 마음은 전혀 없다.

2

쉴 새 없이 별똥별이 떨어진다. 이렇게 되었으니 수
난의 일생을 보내는 게 어떻겠느냐, 하고 오보레 강이 슬쩍 속삭인
다. 제법 신통한 말을 하지 않는가. '그것도 나쁘지 않겠는걸' 하고
나는 정색을 하고 말한다.

바람이 다소 약해졌다. 그만큼 무더위가 심해졌다. 땀이 그치지
않는다. 어느새 강 건너편이 눈앞에 다가왔다. 지금은 한동안 이렇
게 배에 흔들리며 있고 싶다.

밀치락달치락하면서 흐르는 물이 엄숙한 어조로 인생의 철리(哲
理)를 설파하며 바짝 말라버린 내 마음을 축축이 적시려고 한다.

하지만 나는 그 말을 들을 마음이 없다. 어디까지나 악업 때문에
고통을 받으며 윤회하여 고이 잠들지 못하는 일도 상관없다고 생각
하기 때문이다. 불운에 나가떨어지는 일에는 이미 익숙해져 별 감

각이 없다. 무서울 게 없는 나는 이 세상을 가짜 세상이라 보고 있다. 머리를 그렇게 바꿀 수밖에 없다.

　　　　　배에서 내려 로프를 잔교에 묶는다. 강의 수면에 가지를 늘어뜨린 나무를 붙잡으며 엄청나게 가파른 경사지를 올라간다. 나이 탓에 다리가 약해졌다. 무릎이 덜덜 떨린다. 숨이 차서 헐떡인다. 심장이 두근거린다. 몸의 움직임이 점점 둔중해진다.

　역시 늙음을 이길 장사는 없다. 그래도 자신을 질타하고 격려하는 일은 하고 싶지 않다. 억지를 쓰는 일도 금지다. 예전에 그런 일을 너무 많이 했다. 이젠 지긋지긋하다.

　수액 냄새가 벼랑 위에서 끊임없이 쏟아져 내린다. 옛날의 좋았던 시절에 대한 회상으로 유혹하는 듯한 향기로운 냄새가 덧없는 일생을 뒤덮고 무상한 세상을 물리친다.

　왜 나는 여기에 있는 걸까. 왜 이런 곳을 터벅터벅 걷고 있는 걸까. 정말 재생의 길로 나아가고 있는 걸까. 아니다. 케케묵은 원점으로 돌아가려는 걸까. 그것도 아니다. 마을 사람의 일원이 되고 싶은 것은 아니다. 나는 이제 어떤 집단에도 속하고 싶지 않다. 군거 본능이 소멸하고 있다. 가능하다면 자기 자신에게도 상관하고 싶지 않다. 존재하는 것 자체가 번거롭고 지겹다.

　지금까지의 악전고투는 대체 무엇을 위한 것이었을까. 거듭되는 결심, 진정한 행복을 둘러싼 한없는 회귀, 감정을 눌러 죽이는 노력에 어떤 의미가 있었을까.

중산층 의식이라는 환상과 교환하는 데 터무니없이 비싼 대가를 지불하고 말았던 것 같다. 결국 인생의 좋은 맛도 모르고 여기까지 왔다.

다시 벼랑 위에 펼쳐진 평평한 땅으로 나아간다. 거기에는 거의 풀이 자라지 않고 괴상한 모양의 바위만 널려 있다. 달빛을 받은 바위들은 어느 것이나 웅크린 사람처럼 보인다. 나아갈 곳을 이리저리 궁리하는 약자를 닮았다. 신을 두려워하며 그릇된 성애에 탐닉하는 남녀를 연상시킨다. 횡포한데다 억지까지 쓰는 몸집 큰 남자와 흡사하다.

특징적인 모양의 바위는 어느 것이나 확실히 기억에 남아 있었다. 어린 시절 우리는 여기서 자주 숨바꼭질을 하고 놀았다. 아우는 당시부터 도망쳐 숨는 데 아주 뛰어났다. 그러므로 아직도 녀석은 추적의 손을 벗어나 있다. 지금까지 여러 번이나 비상선을 쳤는데도 그때마다 도망쳐 행방을 감추었다.

녀석이 가장 두려워한 것은 투옥이었다. 녀석에게 구금은 사형 이상의 형벌일 것이다.

아우가 격식을 차리고 나에게 고맙다는 말을 한 적이 있다. 내가 호주 상속을 받을 생각이 없다고 딱 잘라 말했을 때 녀석은 살짝 안도의 한숨을 내쉬었다. 이제 아무한테도 걸어차이지 않고 살아갈 수 있다고 생각했음에 틀림없다. 즉 자작농으로서 평생 마음 편히 살아갈 수 있다고 생각했을 것이다. 남에게 혹사당하느니 죽는 게 낫다…… 이것이 녀석의 입버릇이다.

감사하고 싶은 것은 오히려 나였다. 아우는 이렇게 말해주었다. 부모님과 누이는 자신이 보살피겠다고. 무엇보다 기쁜 말이었다. 바로 내가 바라던 바였다.

그러므로 내가 미련 없이 상경할 수 있었던 것은 녀석 덕분이었다. 내가 찾는 자유는 가자무라 안에 없었다. 반면에 녀석이 찾는 자유는 가자무라 안에만 있었다.

그런 아우도 지금은 어딘가 다른 고장으로 가버렸다. 그리고 나는 돌아왔다. 요컨대 우리 형제는 모두 실패한 것이다. 사실대로 말하면 그렇다.

아우는 구제할 길 없는 재범자의 길을 무서운 기세로 내달리고 있을까. 도망을 되풀이하는 중에 진짜 악에 물들어버린 걸까. 그 사건 이래 유사한 범죄 뉴스를 보고 들을 때마다 가슴 한쪽에 서늘한 기운이 스친다.

하지만 이제 무슨 일이 있어도 아무렇지 않다. 녀석이 무슨 일을 저지르든, 설사 얼마 안 되는 돈 때문에 사람을 죽인다고 해도 이제 흠칫하지도 않는다. 왜냐하면 이제 내게는 지켜야 할 것이 하나도 없기 때문이다. 퇴직과 동시에 세상에 대한 이런저런 체면이 문제가 아니게 되어버렸다.

오늘부터 나는 모든 허영을 던져버렸다. 오늘, 나는 생애의 전기를 맞이한 것이다.

　　　나만의 여름 하룻밤이 온통 오묘함으로 뒤덮여 있다. 목이 말라 견딜 수가 없다. 당뇨병 탓만은 아닐 것이다. 이렇게 걸으면 탈수 증상을 일으키는 것도 당연하다. 배낭에서 캔맥주를 꺼내 걸으면서 벌컥벌컥 마신다. 적당한 말이 떠오르지 않을 만큼 맛있다. 늘 마시던 맛과는 비교가 되지 않는다.

　이 한 가지 일만 봐도 가자무라로 돌아온 보람이 있다. 30분 후에 죽는다고 해도 불평하지 않을 생각이다. 그렇다, 이제부터는 주정뱅이를 목표로 하자. 취생몽사(醉生夢死)의 무리가 되어주자. 퇴직금을 죄다 술에 쏟아 부어 건강을 해칠 만큼 해치고 시시한 이 세상을 얼른 하직하자. 알코올에 절은 채 호기 있는 자세로 가자무라와 혼연일체가 되어 영락의 길을 걷기로 하자.

　감정이 향하는 대로 살아보는 것도 나쁘지 않다. 약점을 이용하여 살아보는 것도 재미있을 것 같다. 할 수 있을지 없을지 모르지만 가능한 한 무분별하게 행동해보자. 물론 지금부터라도 다시 할 수는 있을 것이다. 아무리 발버둥쳐도 소용없는 것은 아니다. 병원을 계속 다니고 아울러 식이요법도 규칙적으로 해나가며 통상적인 방법에 따라 하루하루 살다보면 나름대로 조용한 노후를 보내는 일도 불가능하지는 않을 것이다. 하지만 오랜 투병 생활은 정신을 완전히 쇠약하게 만들 것이다.

그래도 살아 있기만 하면 뭔가 좋은 일이 있을지도 모른다. 좋은 일이 있을지도 모른다는 기대 자체가 살아가는 의미가 되어줄지도 모른다.

그래도 질색이다. 운명은 자신이 개척하는 것이라고 일찍이 그렇게 허세를 부렸던 내가, 이제 와서 그렇게 변화 없는 생활을 바란다고는 생각되지 않는다.

어느새 바람이 뚝 그쳤다. 장년곡(壯年谷)을 메우는 물소리가 단숨에 높아진다. 달은 점차 기세를 올리며 저 멀리 산줄기까지 또렷이 비추고 들판에 핀 꽃 하나하나를 선명하게 떠올리고 있다. 무풍 상태인 가자무라의 대지는 한없이 휑하니 펼쳐져 있다.

발밑에서 느닷없이 날아오른 새, 그것은 쏙독새다. 바로 정면의 길쭉한 바위 꼭대기에 앉은 쏙독새는 나를 휙 노려보며 깃털을 곤두세우고 노여움을 드러낸다. 마치 누군가를 대신하여 분노를 터뜨리는 것처럼 보인다. 물론 그렇게 생각한 탓인 게 뻔하다. 하지만 적어도 나의 귀향을 환영하지 않는 것만은 분명하다.

그런데 나는 그런 동물과의 재회를 기쁘게 생각한다. 나는 새를 좋아한다. 새를 좋아한다는 사실을 지금껏 잊고 있었다. 새라면 뭐든지 좋다. 굳이 말하자면 날지 못하는 새는 싫다. 여기에는 날 수 있는 새만 서식하고 있다.

아침이 오는 게 기대된다. 새벽녘을 내쫓는 새의 무리를 보고 싶다. 하루 종일 새만 바라보고 지내는 것도 좋을 것이다. 그런 생활을 할 수 있는 입장을 드디어 손에 넣었다.

나는 날지 못하는 새였다. 한때는 땅에 닿을락 말락 하는 곳을 날았던 것 같지만 곧 추락해버렸다. 특별히 나만 그런 게 아니다. 직장인이라면 누구든 같은 운명을 짊어진다. 언제까지나 날 수 있는 자는 없다. 아무리 훌륭한 비상을 보여줄 수 있는 새라도 결국에는 떨어진다. 문제로 삼아야 할 것은 떨어지는 방법이다.

우리 집에서 사회라는 하늘을 더욱 높이 날고 싶었던 사람은 나 혼자였다. 아버지도 어머니도 아우도 누이도 처음부터 날아볼 의지를 갖고 있지 않았다. 아마 바란 적조차 없었으리라. 산간의 황무지를 일구는 일생에 전혀 의문을 품지 않았다.

그들은 분수라는 걸 너무나도 잘 알고 있었다. 확실히 견실한 삶의 방식이었다. 그렇다고 네 명 모두에게 변변한 일도 일어나지 않았다. 그런 말로에서 손톱만큼의 행복도 얻을 수 없었다.

그들에 비하면 내 인생은 훨씬 나았다. 하지만 최종적인 답은 아직 나오지 않았다. 나의 최후는 어떻게 될까. 아버지와 큰 차이가 없는 최후가 될까. 충분히 있을 수 있는 이야기다.

하지만 누이나 어머니 같은 최후는 맞이하지 않을 것이다. 누이는 누군가의 손에 목숨을 잃었고, 그 일을 계기로 아우는 사람을 죽였고, 그것이 원인이 되어 어머니는 자살했다. 또한 내가 이런 처지에 빠진 것도 그런 일련의 사건과 무관하다고 할 수는 없다.

아무래도 맥주의 기운이 도는 모양이다. 어머니의 죽은 얼굴이 떠오른다. 산속에서 독약을 마시고 죽은 어머니의 괴로운 표정이 눈앞에 떠오른다.

발견자는 용케 아버지였다. 과연 그것이 좋은 일이었는지 어떤지에 대해서는 지금도 잘 모르겠다. 아버지는 옆에 극약이 든 병이 굴러다니고 있었는데도 어쩐 일인지 복통이라 단정하고 어머니를 들쳐 업고 집으로 데려오긴 했다. 그러나 진료소에 연락하지는 않았다. 그리고 어머니가 고통스럽게 죽어가는 모습을 팔짱을 낀 채 지켜보고 있었다고 한다. 약국에서 사놓은 약을 몽땅 먹였으니 곧 약효가 나타날 거라고 믿고 있었다고 한다.

이제 와서 아버지를 비난할 생각은 없다. 장례식이 끝나고 나서 의사에게 직접 들은 이야기로는, 그때 바로 위 세척을 했다면 어떻게든 나아졌을지도 모른다는 것이었다. 그 뒤에 친척인 누군가가 부의금을 내밀면서 내 귓가에 이렇게 속삭였다.

"장남인 네가 집을 비운 탓에 차례로 이런 일이 일어나는 거야."

그래도 나는 생가로 돌아오지 않았다. 또한 혼자가 된 아버지를 떠맡으려고도 하지 않았다. 그렇게 하고 싶어도 할 수 없었다. 내게도 가정이 있었던 것이다.

그렇잖아도 아내는 내 가족이 잇따라 일으키는 너무나도 음침한 사건에 넌더리를 내고 있었다. 그녀는 "대체 어떤 가족인 거예요?" 하고 몇 번이나 물었다. 그때마다 나는 갑자기 태도를 바꿔 "바보만 있는 집이지" 하고 대답했는데 절반은 본심이었다.

나는 아내를 본가에 데려간 적이 한 번도 없다. 결혼식도 둘이서만 치렀다. 그런 우리에게는 공통점 같은 게 있었다. 나는 가족을 버렸고, 그녀는 부모에게 버려졌다.

아내는 제 부모의 얼굴도 모른 채 자랐다. 시설을 옮겨 다니며 어른이 되었다. 그녀의 입버릇은 "아이가 없으면 가정이라 할 수 없다"였다. 나로서는 잘 어울리는 부부라고 생각했는데 대단히 안타깝게 생각되는 점이다.

나는 아내가 마음에 들었다. 마음속 깊이 좋아했는지도 모른다. 다시 혼자가 되어 비로소 그것을 깨달았다. 아마 그 탓이겠지만, 재혼할 생각은 전혀 없었다.

하지만 갑작스럽게 굴러들어온 자유를 구가할 마음도 들지 않았다. '뭘, 이까짓 것 가지고' 하며 하루에 몇 번이나 자신을 타일러보기는 했지만 일에 흥미가 떨어지고 말았다. 어느 날 직속 상사가 나를 불러 연극조의 충고를 했다.

"아무래도 자네 편은 나 혼자가 되어버린 것 같군."

내 가족의 비극을 몹시 싫어한 사람은 아내만이 아니었다. 회사도 마찬가지였다. 어느덧 직장에도 알려져 사원 전원이 그 정보를 공유하고 있던 것이다. 누이의 경우에는 사고사라는 것으로 하고 유급 휴가를 얻었는데 곧 그것도 들키고 말았다. 그리고 아우가 저지른 형사 사건을 계기로 인사부가 본격적으로 조사를 시작했다.

경찰은 아우가 내 앞에 나타날 것이 틀림없다고 생각하며 나를 계속 따라다녔다. 물론 담당 형사들은 나에게 직접 부탁해왔다. 아우에게서 연락이 오면 바로 보고해달라고. 또한 "숨겨주면 죄가 되니까요" 하며 못을 박는 일도 잊지 않았다. 일일이 그런 말을 들을 것까지도 없이, 나도 애초에 그럴 생각이었다.

나는 경찰에 약속했다. 반드시 자수를 권하겠다고. 그 말을 믿었는지 어떤지는 몹시 의심스러웠다. 조사원들은 슬쩍 내 직장에까지 와서 계속 감시했었는지도 모른다. 그렇지 않았다면 온후한 것으로 유명한 인사부장까지 갑자기 그런 눈으로 나를 보지는 않았으리라. 아우 탓에 나는 따돌림을 받는 사람이 되고 말았다.

가자무라의 하늘에 별이 가득했다. 여기에는 사람의 허를 노려 출세를 방해하는 자가 없다. 불합리하게 내쫓으려는 자도 없다. 또한 현재 나를 위압하는 조건도 보이지 않는다. 천연 산물인 과일의 달콤새콤한 향기가 감돌고 있을 뿐이다.

좋은 밤에 돌아왔다.

오랫동안 두려워했던 회사에서 이탈자가 되는 것이 이토록 상쾌한 일일 줄 예전엔 미처 몰랐다. 그리고 산간 조그만 마을에 점재하는 벽촌이 이렇게까지 마음속에 스며드는 땅일 줄 지금껏 깨닫지 못했다.

오보레 강의 지류를 이루는 소코나시(底なし, 바닥의 깊이를 알 수 없다는 뜻―역자 주) 강을 따라 천천히 발길을 옮긴다. 그 방향에는 등불이 없다. 풀이 우거진 길과 나란히 전봇대가 서 있지만 전깃줄은

이미 사라지고 없었다. 기울어져 있는 전봇대도 많다. 요컨대 이 앞으로는 사는 사람이 없다는 뜻이다. 예전에는 다섯 채의 인가가 있었으나 지금은 이미 빈집이 되어 있으리라. 그 마을의 마지막 주민이 아버지였다.

아버지가 죽자 그곳은 무인지대가 되어버렸다. 인력만으로 황무지를 개척한 조상의 노력이 허사가 되어버린 것이다. 원래부터 아무도 살지 않았던 곳보다 도중에 주민이 사라진 땅이 몇 배나 더 공포감으로 가득 차 있는 법이다. 다가감에 따라 두려움이 바싹바싹 전해온다.

그저 불쑥 들러봤을 뿐 내게 그 이상의 의미는 없다. 요컨대 일시적인 귀향이나 다름없는 것이다. 그래서 바로 당장이라도 다른 고장으로 갈 수 있다.

앞으로의 처신에 대해서는 아직 아무런 생각도 하지 않고 있다. 자신의 앞날에 대해서는 어쩐지 거의 관심이 없다. 그만큼 해방되었다는 뜻이리라.

홀몸이라는 홀가분함이 점차 커짐에 따라 공포심은 점차 엷어져간다. 지금까지 살아온 55년은 대체 무엇이었을까. 어느덧 나는 처세에 능한 사람이 되었고 욕망의 화신이 되었다. 그 결과 병마에 사로잡히고 말았다.

우뚝 솟은 바위산에 끼인 오솔길을 걸어가는 나는

이미 세상에 알랑거리는 것밖에 재능이 없는, 세상 물정에 밝은 직장인의 영락한 몰골이 아니다. 세상에 나아가 재능을 발휘하는 일과 세상을 피하여 숨어 사는 일을 그르치는 악몽을 무서워하여 눈가가 거뭇해지는 그런 소심한 사람이 아니다.

다시 태어난 듯한 나를 고요한 밤이 감싸고 있다. 가자무라에서 태어난 나는 아직도 마음속 어딘가에서 감정을 눌러 죽이고 있었다. 그런 자신에게 가련함을 느낀다. 두 번 다시는 날 수 있는 새가 되지 못할 것이다. 높은 곳을 향해 날면서 당당히 인생을 찬미할 수 있었던 나는 아주 옛날에 죽고 말았다. 나는 쓸모 있는 인물이 되지 못했다. 이단자도 될 수 없었다. 자숙의 말과도 인연이 끊어졌다.

애달픈 한숨을 크게 내쉬기 위해 살짝 돌아본다. 반짝이는 달이 덩그러니 떠 있다. 달은 어디까지고 내 뒤를 따라온다. 아주 믿음직한 거대한 등불이다.

어두운 밤이었다면 진작 돌아갔으리라.

드러난 단층이 신선한 흙냄새를 풍기고 있다. 녹음의 진출이 눈부시다. 초목이 가공할 만한 위력을 발휘하고 있는 이곳은 별세계다. 동식물을 위한 성역이다. 어쩌면 이상향이 될 수 있는 땅일지도 모른다.

어렸을 때 밤하늘에서 털빛이 불그스름한 말의 환상을 보곤 했다. 나는 그 말을 올라 탄 채 아무 인연도 없는 상상의 타국을 마음껏 돌아다녔다. 그 십 몇 년 후의 봄, 나는 미간에 굳은 결의의 빛을 드러내며 정말로 가자무라를 떠났다. 그때만큼 마을 사람들이 하등

한 동물로 보였던 적은 없었다. 그때만큼 자신이 자랑스럽다고 여긴 적은 없었다.

마을 사람들의 얼빠진 얼굴이 내 의지를 더욱 고양시켜 주었다. 버스 정류장까지 배웅 나온 누이에게 이렇게 말해준 일을 지금도 또렷이 기억하고 있다.

"너도 빨리 여길 떠나. 제대로 된 사람이 살 곳이 아니야."

불과 여덟 살짜리 아이에게 이렇게 말했다. 합승 버스로 떠나는 내게 누이는 떨어져나갈 듯이 손을 흔들어주었다. 생각하면 그것이 살아 있는 누이를 본 마지막 모습이었다.

그 후 아주 딴판으로 변해버린 모습의 누이와 대면하기까지 이십 몇 년간 나는 한 번도 가자무라에 오지 않았다. 우란분재(盂蘭盆齋, 죽은 자의 고통을 덜어주기 위한 불교의식) 때도 설에도 돌아오지 않았고, 대학 졸업장도 보여주지 않았고, 입사식 사진도 보내지 않았다. 언제든 돌아올 수 있다는 생각을 하자 오랫동안 별로 그럴 마음이 들지 않았던 것이다. 누이가 그런 일을 당하지 않았다면 그 후로도 10년 가까이 돌아오지 않았을지도 모른다.

하지만 떨어져 있어도 가족의 상황은 대충 알고 있었다. 어머니가 가끔 전화를 했기 때문이다. 누이는 별로 신통치 못한 아가씨로 성장했다고 말씀하셨다. 어머니 자신도 그런 것을 제대로 자각하고 있었던 모양인지 그런 여자는 평생 고향에서 보내는 것이 제일 좋다고 믿고 있었던 듯하다.

그렇지만 누이에게 결혼을 신청해줄 듯한 남자는 아무리 시간이

지나도 나타나지 않았다. 마을 청년들은 나라가 풍요로워짐에 따라 이런 데서는 도저히 생활이 되지 않는다는 것을 절감하고 차례로 고향을 떠날 결심을 했다. 당연한 결과였다. 머지않아 나와 마찬가지로 각 집안의 장남들까지 집을 떠나곤 했다.

그렇다고 모든 젊은이가 떠난 것은 아니었다. 그래도 아직은 처녀에 비해 총각이 더 많다고 어머니는 말했다. 요컨대 누이가 좀 더 적극적으로 나서면 결혼이 마냥 꿈만은 아니었던 것이다. 그렇다 하더라도 한 번 정도는 혼담이 들어와도 좋을 법한데, 하고 어머니는 푸념을 늘어놓았다. 마지못해 거금을 들여 외국여자를 들일 거라면 왜 우리에게 말을 하지 않느냐고 투덜거렸다. 누이는 결혼 자체에 흥미가 없었을지도 모른다.

어찌됐건 나에게 가자무라는 어떻게 되든 상관없는 곳이었다. 전화를 끊기 전에 어머니는 반드시 이렇게 말했다. 가끔 얼굴 좀 보여주지 않을래? 내 대답은 매번 똑같았다. 예, 조만간.

소코나시 강은 뿌리 깊은 원한을 열심히 떠내려 보낸다. 나의 시신경은 지금 정상적으로 작동하고 있다. 의사가 엄하게 지적한 막다른 사태는 어느덧 사라졌다. 정신 쪽은 모르겠지만 육체는 이 풍토에 재빨리 순응한 듯하다.

드디어 앞쪽에 만년의 아버지가 콩과 메밀을 경작하던 척박한 땅이 보인다. 콩은 흔적도 남아 있지 않지만 메밀은 경작하는 사람이 죽은 후에도 멋대로 무성하게 자라 있다. 달빛이 온통 만발한 메밀 꽃을 더욱 하얗게 빛내고 있다.

이제 곧 우리 집이다. 숨이 막힐 듯한 것은 운동 부족 탓만은 아닐 것이다. 좀 이상하다. 생가가 가까워짐에 따라 뛰는 가슴을 억누를 수가 없다. 그곳에 가봤자 아무도 만날 수 없다는 걸 알면서도 의미를 알 수 없는 기대가 멋대로 부풀어 오른다. 이렇다면 옛날 일을 회상하며 감회에 젖기 위해 돌아온 사람과 같은 부류 아닌가.

좁은 평지의 덤불 안에서 집 다섯 채의 지붕이 쑥 내밀고 있다. 가장 안쪽에 있는 것이 우리 집이다. 앞쪽의 네 채는 이미 흰개미에게 갉아 먹혀 크게 기울어 있다. 어머니의 장례를 치르려고 돌아왔을 때는 그 네 집 모두 빈집이었다. 여기서는 더 이상 생계를 꾸려나갈 수 없다고 판단하고 잇따라 떠난 것이다. 그 이야기를 해준 사람은 아버지였다.

그때의 아버지는 여전했다. 가족이 휩쓸린 비극도, 마을의 어수선한 변화도 그다지 걱정하지 않는 듯 예전과 다름없이 그 땅에 친숙한 모습이었고, 밤이 되자 코를 크게 골며 잤다. 아버지의 눈에 맺힌 눈물을 여태 한 번도 본 적이 없다.

사람이 지나간 흔적도 전혀 없다. 어디나 온통 덤불뿐이다. 가시나무를 헤치고 나아가는 내 마음은 마치 뭔가에 홀린 것처럼 황량하다. 도저히 마음을 가라앉힐 수가 없다. 제멋대로 자란 덩굴에 발이 걸려 몇 번이나 넘어진다. 일어설 때마다 의미를 알 수 없는 욕지거리를 퍼붓는다. 그 떨리는 목소리는 소코나시 강의 처량한 소리에 금세 묻힌다.

그리고 생가 앞에 잠시 멈춰 선다. 이를 악물고 지난날의 무게를 견딘다. 완전히 노후해진 집을 가만히 응시한다. 이 나이가 되어 이곳에 돌아올 줄은 몰랐다.

아버지를 매장한 후 두 번 다시 돌아올 일은 없을 거라고 생각한 나는 곧바로 집 안의 창문을 닫고 두껍닫이에서 덧문을 끄집어냈다. 이어서 현관을 두꺼운 베니어판과 대못으로 완전히 봉해버렸다. 당시의 나에게는 아직 얼마간 미래가 남아 있었다. 도시에서 마음 내키는 대로 혼자만의 생활을 즐기며 살아간다는, 도망갈 길이 있었던 것이다.

나는 그 이상 집으로 다가가지 않는다. 아니, 다가가고 싶어도 다가갈 수가 없다. 덧문 밖에 있는 툇마루에 걸터앉을 수조차 없다. 하물며 집 안에 발을 들여놓을 용기가 있을 리 없다. 이대로 도망쳐 돌아가고 싶은 심정이다.

혼자 남겨졌다는 기분이 한층 심해진다. 거주자를 잃은 지 오래인 팔각지붕 양식의 생가는 지금 죽음에 직면해 있다. 그렇다고 구원의 손길을 내밀 생각은 없다. 고인을 추모하며 사나이 격정에 못 이겨 울 생각도 없다. 각오는 하고 있었지만 역시 기분이 좋지 않다. 여러 해 쌓인 원한에 에워싸인 것 같은 마음이 가슴을 묵직하게 덮쳐누른다. 평소에는 의식 밖에 있는, 쌓이고 쌓인 삶의 고통이 온몸에 사무친다. 폐쇄적인 사람들에 둘러싸여 울적한 나날을 보내는 것이 얼마나 고통스러울지 별안간 떠올린다.

뜰도 밭도 잡초로 뒤덮여 있다. 딱따구리가 판벽에 뚫은 구멍은 5년 전보다 몇 배나 늘었다. 어렸을 때 나도 거들어 옮겨온 정원석은 여전히 꿈쩍도 하지 않는다. 집은 언젠가 썩어 사라지겠지만 정원석은 앞으로 백 년이라도 원형을 유지할 것이다.

왜 귀향한 걸까. 나 스스로도 이해하기 힘들다.

나는 눈도 깜박이지 않고 텅 빈 생가를 지켜보고 있다. 꼼짝 못하게 묶이기라도 한 것처럼 움직이려고 해도 움직일 수가 없다. 마음속 깊은 데서 출발점으로 돌아가고 싶은 마음이라도 싹튼 걸까.

그럴 리 없다. 단연코 없다.

엄청나게 많은 반딧불이가 어지러이 난다. 사람이 줄어든 만큼 반딧불이의 수가 수백 배나 늘어났다. 파르께한 그 빛이 그려내는 뚜렷한 모양은 비오는 날 밤 묘지에서 타오르는 도깨비불보다 음침하다. 그저 망연히 있을 뿐이다. 시골에서 살아본 경험이 없는 사람에게는 온몸의 털이 곤두서는 광경일 것임에 틀림없다. 여기서 나고 자란 나조차도 옛날에는 그랬다.

하지만 지금의 나는 다르다. 공포심은 손톱만큼도 없다. 공포심은커녕 비할 바 없는 평안함을 느끼기 시작한다. 여기서 보낸 세월을 부정하려고 해도 적절한 말이 떠오르지 않는다.

끝내 그 자리에 주저앉아버린다. 어떻게든 일어나려고 하지만 애석하게도 기력이 없다. 긴장되어 있던 뭔가가 뚝 하는 소리를 내며 끊어진 것을 알았다. 양 어깨가 축 늘어진다.

그렇게 심했던 혐오감이 어느새 줄었다. 나를 그렇게 만드는 것의 정체는 대충 짐작이 간다. 머리가 복잡해졌다. 백일몽에서 깨어난 직후와 비슷하다. 하지만 마음의 갈등이 더 심해진 것은 아니다. 그렇게 혼자 우두커니 앉아 있을 따름이다.

이 집에 이제 아무도 살고 있지 않다는 사실이 좀처럼 수긍이 안 된다. 가족 중에서 나만 살아남았다는 현실을 도저히 믿을 수가 없다. 설령 아우가 어딘가에 살고 있다고 해도 사회적으로는 이미 죽은 것이나 마찬가지였으니.

이렇게 말하는 나도 비슷한 처지다. 회사를 그만두자마자 도처에서 사신(死神)의 긴 그림자를 보게 되었다. 기차 안에서도, 버스 안에서도, 오보레 강의 나룻배 안에서도 언뜻 사신을 보았다. 혼자가 되고 나서 영혼이 눈에 띄게 쇠약해졌다.

오래도록 부부로서 함께 살아갈 터였던 아내가 떠난 바로 그날 나는 혼자인 자신을 받아들였다. 그런데 어떤가. 그로부터 이미 몇 년이 지났는데도 육친의 죽음을 아직 인정할 수가 없다. 여기에 이렇게 있어도 아직 실감이 나지 않는다. 무참한 최후를 맞이한 어머니와 누이가 생생하게 떠올라도, 그것이 도무지 실제로 일어난 일인 것 같지가 않다.

정신을 차리고 서서히 일어난다. 그러자 예사롭지 않게 죽은 가족의 얼굴이 차례로 다가온다. 나는 비틀비틀 뒤로 물러난다. 속이 메슥거린다. 풀이 끊어진 벼랑 끝까지 가서 연신 심호흡을 한다. 그 정도로는 가라앉지 않는다. 견디다 못해 눈 아래로 흐르는 소코나시 강을 향해 토해버린다.

뚝뚝 떨어지는 땀은 식은땀이다. 죽은 사람에 대한 두려움이 급속하게 심해진다. 어머니와 누이의 괴로워하는 표정이 여기저기에서 나타난다. 그래도 물러갈 생각은 들지 않는다. 토해낸 오물은 10미터쯤 낙하하여 순식간에 물에 떠내려간다. 위가 텅 비고 나서 돌아보니 엷은 미소를 띤 달이 황폐한 집을 교교히 비추고 있다.

아무래도 이 집은 나를 환영하지 않는 것 같다. 환영은커녕 거부하고 있다. 무슨 낯짝으로 돌아온 거냐고 소리 없는 소리로 항의한다. 늘 그렇게 좋은 얼굴만 하고 있을 수는 없다, 하며 대든다.

변명할 생각은 없다. 무슨 말을 들어도 어쩔 수 없다. 나는 늘 자신에 대해서만 걱정했다. 집안을 위해 자신을 희생하려고 생각한 적은 한 번도 없다. 그런 장남이었다.

아무튼 여기서 밤을 새자. 이제 한 발짝도 움직이고 싶지 않을 만큼 지쳤다. 잘 곳을 찾는 것도 귀찮다. 어렸을 때부터 이 강가의 평평한 사문암 위에서 자는 걸 좋아했다. 낮잠을 자다가 굴러 떨어질 뻔한 일이 가끔 있었지만, 엎드려 있기만 해도 마음이 가라앉았다. 그로부터 삼십 몇 년이 지난 지금도 여전히 변하지 않았다.

침낭은 준비해왔다. 그리고 모기향도. 밤이 깊어져도 무더위는 전혀 가시지 않는다. 침낭은 바닥에 깔기만 하고 들어가지는 않는다. 잠자리는 그런대로 괜찮다. 하늘을 보고 가만히 누워 있어도 땀이 번진다. 그래도 에어컨에 의지할 수밖에 없는 공동주택보다는 훨씬 낫다. 도시에서는 많은 술을 들이켜고 벌렁 드러누워 자는 것밖에 몰랐다.

여기서는 무궁한 시간을 실감할 수 있다. 남아돌 만큼 많은 별들의 반짝임을 넋을 잃고 보는 동안 흔들리던 마음이 진정되어 간다. 범부(凡夫)의 야비함을 깨달은 자신에게 마구 욕설을 퍼붓기도 했던 나는 이미 어딘가로 사라지고 만다.

희한하게 식욕이 없다. 맥주를 마시고 싶은 마음마저 들지 않는다. 이 몸이 원하는 것은 좀 더 특별한 무엇일 텐데 그걸 모르겠다. 환경이 싹 바뀌자 지병이 갑자기 바람직한 방향으로 나아가기 시작한 걸까. 아니면 그 반대일지도 모른다.

불과 한나절 만에 아주 딴사람으로 다시 태어난 기분이다. 오늘 오전까지만 해도 사소한 일에 안달하던 직장인이었다는 것이 도저히 믿어지지 않는다. 한때는 따르는 부하가 많았고 모든 노력이 모조리 결실을 맺는 일이 있었다니, 지금은 꿈만 같다.

공동주택을 떠날 때 가구에서 의류에 이르기까지 남김없이 쓰레기로 처분했다. 대학 졸업장도, 보험증서 같은 것도 다 태워버렸다. 앨범은 이혼할 때 정리했기에 사진 한 장 남아 있지 않다. 결국 무슨 일이 있어도 단념할 수 없는 물건 같은 건 하나도 없다는 것이다. 내가 나인 것을 증명할 수 있는 것은 이제 내 의식뿐이다.

그렇다고 해서 아직 땅속에 잠들 사람은 아니다. 나는 분명히 살아 있다. 어제까지의 나보다는 나답게 살고 있을 터다.

가자무라의 여름밤을 뒤덮고 있는 것은 어쩐지 싫은 느낌만이 아니다. 게으른 마음을 일으키는, 심원하고 파악하기 힘든 분위기로 흘러넘치고 있다. 가키다케 산 상공에서는 연신 번개가 어지러이 번쩍인다. 하지만 우레 소리는 전혀 들려오지 않는다. 이 상태라면 날이 샐 때까지 비 한 방울 내리지 않을 것이다.

조용하다. 하지만 귀기를 더하는 정적과는 다르다. 적막한 밤은 아니다. 가자무라 출신자라면 누구든 흐르는 물소리도, 나무가 우거진 숲이나 험준한 산이 끊임없이 발하는 소리가 되지 않는 소리도, 야행성 새와 짐승이 내는 섬뜩한 부르짖음도 친밀감을 느낄 수 있는 평온한 음성으로 받아들일 것이다. 적어도 나에게는 그렇다.

나는 옛날과 다르지 않다. 달라진 것은 육체뿐이다. 생각과 달리 정신에는 특별히 이렇다 할 변화가 보이지 않는다. 도시 생활을 오래 하기는 했지만 마음에 아무런 영향을 미치지는 않았던 것 같다. 요컨대 촌놈의 때를 벗었다는 자부심은 결국 착각에 지나지 않았다. 착각도 유분수지. 나는 여전히 가자무라 사람이다. 나는 여전히 이런 데서 혼자 밤을 보낼 수 있는 사람이다.

그렇다 하더라도 절실히 몸에 스며드는 감개는 없다. 아니면 지나치게 많은 걸까. 그것이 좋은 일인지 나쁜 일인지 모르겠지만, 어쨌든 원래 그래야 할 자신을 되찾은 것이리라. 나는 굳이 묵은 상처를 건드리고 싶어 하지 않게 되었다.

이런 자신과라면 그런대로 마음이 맞을 것 같다. 내일 일은 생각하지 않아도 되는 처지가 된 나는 행복한 사람이다. 일단 그런 것으로 해두자. 여기라면 아무도 신경 쓰지 않고 제 세상인 양 거리낌 없이 지낼 수 있다. 이제부터는 두려움을 모르는 불손한 말도 마음껏 지껄일 수 있다.

죽는 것 따위는 별것 아니다.

나는 이렇게 중얼거려본다. 죽음에 대해 도저히 맞설 수 없다고만 생각하는 것은 어리석기 짝이 없는 일이다. 시험 삼아 나는 숨을 거둔 사람을 흉내 내어 살짝 눈을 감아본다. 그리하여 자기도 모르게 잠에 빠져드는 순간을 기다린다. 역시 지쳤다.

오늘은 기념할 만한 날이었다. 그리고 분주한 하루였다. 10년 정도 살아버린 것 같다. 일단 잠들면 숙면을 취하게 될 것이다. 지금까지 만성적으로 부족했던 수면을 하룻밤 만에 만회할 수 있을 것이다. 소코나시 강으로 굴러 떨어질 만큼 몸을 뒤척거리지도 않고 아침까지 푹 잘 것이다.

마음속으로 바라는 일을 외쳐본다. 부디 도시가 발산하는 굉음에 눈을 뜨지 않도록. 옆에서 아내가 자고 있는 일이 없도록. 죽은 듯이 정신없이 자고 나서 아주 상쾌한 기분으로 새벽녘의 샛별을 올려다보고 싶다.

이 세상을 다시 시작하고 싶다고는 생각하지 않는다. 그런 일은 언어도단이다. 뜻대로 되지 않는 일이 너무나도 많은, 번잡함만으로 이루어진 것 같은 인간 세상을 다시 한 번 헤쳐 나가고 싶다고는 절대 생각하지 않는다. 그것이 55년을 살아보고 얻은 흔들림 없는 결론이다. 아마 앞으로도 그 결론은 변하지 않을 것이다. 사는 것에 정나미가 떨어질 만큼 지쳐버렸다.

　　　　　밤하늘을 올려다보며 장탄식을 한다. 땀으로 끈적 끈적해진 셔츠와 쭈글쭈글한 반바지를 입은 채, 게다가 이렇게 야 외에서 자는 건 대체 몇 년 만의 일인가. 어쩌면 첫 경험일지도 모 른다. 캠프장의 텐트에서라면 몇 번 잔 적이 있지만 야외에 몸을 다 드러낸 채 하룻밤을 보낸 적은 없다.

　습기가 많고 묵직한 대기가 나를 감싸고 내리누른다. 이는 영혼 전체에 스며드는 온갖 좌절감을 보상하고도 남음이 있는 질 좋은 습기다.

　파랑새가 울기 시작한다. 소코나시 강 건너편에 펼쳐지는 칠흑 같은 삼림, 그 어딘가에서 나오는 "붓, 포우, 소우!"(파랑새는 일본어 로 '붓포우소우(ぶっぽうそう)'다—역자 주)라는 울음소리가 아프게 가 슴을 친다. 이 새의 존재를 오랫동안 잊고 있었다.

　옛날에는 밤마다 들었던 이 중후하고 엄숙한 울음소리를 지금의 나는 숨을 멈추고 몸도 꿈쩍하지 않은 채 가만히 넋을 잃고 듣는다. 그렇게 귀를 기울이고 있는 동안 아직 어딘가에 남아 있는 고향에 대한 경계가 점점 엷어져간다. 온몸의 힘이 한없이 빠져나간다.

　저도 모르게 눈물을 흘리고 만다. 씁쓰레한 이런저런 추억과 고 인에 대한 일방적인 확신이, 생사가 정해지지 않은 나를 숨이 넘어갈 듯이 울게 한다. 마음의 귀를 기울여 듣는 파랑새 울음소리는 오기 부리는 일의 공허함을 깨우친다. 또는 별리의 슬픔을 떠오르게 한다. 또는 이 나이가 되어도 아직 아이를 안아본 적이 없는 운명을 깨닫게 한다. 이제는 오직 울 수밖에 없다.

울음소리의 주인이 소쩍새라는 것은 잘 알고 있다. 진짜 파랑새는 '게에, 게게게'라고만 운다는 것도 잘 알고 있다. 그래도 여전히 내게 그것은 결코 파랑새일 수가 없다. 요컨대 지금 이렇게 울고 있는 새야말로 진짜 파랑새인 것이다. 가자무라 사람이라면 누구든 그렇게 생각한다.

한 번 울 때마다 긴장되어 있던 마음이 누그러진다. 듣는 사람의 정신 상태에 따라 다양하게 해석할 수 있는 신기한 소리다. 행운을 가져오는 소리로 들리는 사람도 있고 마계(魔界)의 호출 소리로 들리는 사람도 있다. 하지만 내게는 특효약이라고 할 만한 힘을 갖고 있다. 개운치 않은 마음을 단숨에 날려버리는 음파로써 가슴속 구석구석까지 침투한다.

나는 기쁘다. 기대 이상의 기쁨과도 같은 즐거움이다. 파랑새의 울음소리를 들을 수 있었다는 것만으로도 귀향한 의미와 보람이 있다. 이런 상태라면 하룻밤 내내 이런저런 생각에 지쳐 새벽을 맞이하는 그런 비참한 일은 일어나지 않을 것이다.

이제 나는 만족을 아는 사람이다. 화석처럼 굳은 표정으로 인생의 비애를 맛보는, 늘 잔걱정을 하는 사람이 아니다. 찌무룩한 얼굴을 한 자신을 향해 잇따라 우문을 던지는 어리석은 사람이 아니다.

살얼음을 밟는 마음으로 인생의 기로에 선 애처로운 모습의 나는 소멸했다.

나는 정답을 냈다. 이 의미 깊은 하룻밤을, 들어본 적도 없는 마을에서 맞이하는 처지에 빠지지 않아 다행이다. 파랑새는 나의 오랜 노고를 위로하는 소리로 울어주고 있다. 여기에는 자신을 다그쳐야만 하는 조건이 하나도 없다. 이것으로 뒷맛이 개운치 않았던 날들도 안녕이다.

별안간 수마가 덮쳐온다. 어쩌면 죽음의 신이 덮쳐온 것인지도 모른다. 설사 그렇다고 해도 전혀 상관없다. 만약 여기서 이대로 죽는다고 해도 결코 짧은 목숨이었다고는 생각하지 않을 것이다. 충분히 살았는지 어떤지는 별도로 하고, 넌더리가 날 만큼 살았다는 것은 부정할 수 없다.

'붓포우소우!'의 단조롭고 중후한 되풀이가 가만히 죽음처럼 깊은 잠을 부른다.

3

　닭 울음소리에 눈을 뜬다. 나를 내리쬐고 있는 것은 정말 흉포한 듯이 쨍쨍한 태양이다. 해는 이미 높다.

　나는 살아 있다. 몸 어디에도 불쾌감은 없다. 눈도 똑똑히 보인다. 그 증거로 폐가의 지붕에 앉아 열심히 울고 있는 닭 한 마리 한 마리를 또렷이 식별할 수 있다. 붉은 볏이 눈부시다. 버려져 야생화한 닭일 것이다. 닭들도 기운차다. 침입자를 싫어하는 울음소리로 들리지는 않는다. 나는 대환영이다. 날지 못하는 새라도 이용 가치는 있다. 신선한 달걀을 먹을 수 있고 고기도 얻을 수 있다.

　나도 닭에게 지지 않을 만큼 발랄하다. 약간의 허탈감만 남아 있는 정도다. 하지만 온몸을 감싸고 있는 해방감에 비하면 이 정도의 나른함은 전혀 문제가 되지 않는다. 나는 자유의 몸이다. 무심코 그것을 잊고 있었다. 나의 안도 바깥도 해방의 휘도(輝度)로 구성되어 있다.

여기도 저기도 빛으로 가득하다. 쨍쨍 내리쬐는 태양 아래서 가자무라는 쓸데없이 반짝반짝 빛난다. 짙고 옅은 다양한 녹음이 산이라는 산, 골짜기라는 골짜기 모두를 꽉 채우고 있다. 손질이 되지 않은 인공림은 있어도, 마구 베어져 몹시 황폐해진 산은 어디에도 보이지 않는다.

이촌 현상이 심해짐에 따라 초목의 기세가 더해진다. 판자 지붕에 돌을 얹은 나의 생가도 잡초와 잡목의 지배하에 들어가고 있다. 하지만 내게는 나무랄 데 없는 경치다.

사방에서 요란하게 울어대는 매미 소리가 무시무시하다. 계곡물 소리도, 여름새들의 지저귐도 온 산을 뒤덮는 매미 소리로 싹 지워진다. 막 일어난 나는 잠시 멍하니 대자연의 위엄에 압도당한다. 그리고 곧 몰아지경에 이끌려 온몸이 주위의 녹음에 녹아들어가는 듯한 착각에 사로잡힌다. 내 모든 세포가 물과 비슷한 액체가 되어 흘러가는 것 같다. 원래 빈털터리라는 처지를 이렇게까지 실감한 적은 없다.

정신을 차렸을 때는 벼랑 끝 아슬아슬한 데까지 나아가 있었다. 게다가 상체를 쑥 내밀어 소코나시 강을 내려다보고 있다. 자신이 뭘 하려고 하는지를 알고는 황급히 뒤로 물러난다. 어느새 한창 개구쟁이 짓을 하던 때로 돌아간 것 같았다. 하마터면 눈

아래의 강물을 향해 몸을 던질 뻔했다. 당시에는 아무렇지 않게 해 냈던 일도 지금 다시 생각해보니 오싹하다. 그 무렵의 나는 이 높이 에서 하루에 몇 번이나 뛰어내리곤 했다. 용케 무사했다.

소코나시 강이란 이름뿐이고(소코나시(底無し)는 깊이를 알 수 없다는 뜻―역자 주), 실제로는 수면 아래에 아주 뾰족한 바위가 지천으로 깔려 있어 지금도 위험한 곳이라는 점에는 변함이 없다.

여기서 처음으로 뛰어내렸던 것은 무슨 일에나 과감히 도전하는 아우가 아니라 아둔한 나였다. 아마 장남으로서의 체면을 유지하고 싶었으리라. 그런데 아우는 그날 안에 나를 따라잡고 추월했다. 나 는 언제까지나 발부터 뛰어드는 것밖에 못했지만 녀석은 이튿날 이 미 머리부터 처박을 수 있게 되었다.

아우가 온몸을 쑥 뻗은 채 바위와 바위 사이의 아주 좁은 틈새에 있는 수심이 깊은 곳으로 쑥 사라질 때 누이는 손뼉을 치며 기뻐했 다. 그것을 볼 때마다 나는 상당히 비장한 각오를 다지곤 했다. 하 지만 마지막까지 아우 흉내를 낼 용기가 나지는 않았다. 이제 와서 생각하면 녀석은 보통 사람과는 약간 다른 점이 있었다. 그토록 다 정다감한 피는 대체 누구에게 물려받은 걸까.

나는 강으로 내려간다. 할아버지의 할아버지께서 벼랑에 만들어 놓은 이 계단은 그 분의 끈기와 위험이 따르는 일의 선물이라고 아 버지로부터 전해 들었다. 항상 생각하는 것인데, 우리 조상은 하필 이면 왜 이렇게 불편한 지역에 정착한 걸까. 애초에 가자무라가 만 들어진 것부터 이해가 안 된다. 전투에 패해 도망친 사람들이 모여

들어 마을이 되었다는 그런 신화 같은 패잔병 전설 따위는 도저히 믿을 수가 없다. 무엇보다 그 증거가 하나도 없다.

누구의 후예든 내 알 바 아니다. 어차피 우리 집은 내 대에서 끊어지고 말 테니까. 애초에 대를 이을 만한 집이 아니었다.

설사 공짜나 다름없는 가격에 내놓아도 이런 곳의 논밭이나 택지를 사고 싶어 하는 별난 사람은 없을 것이다. 그러므로 마을을 떠나는 사람은 땅을 통째로 버릴 각오를 해야 한다. 빈주먹으로 다시 시작할 생각으로 떠나야 한다. 실제로 이 마을의 다른 네 집에 살던 사람들도 모두 그렇게 이곳을 떠났다. 그래도 계속 남아 있는 것보다는 훨씬 나았다. 그들은 바른 선택을 한 것이다.

우리 일가도 바른 말로를 걷게 된 것인지도 모른다. 적어도 우리 몸에 흐르는 피는 그다지 애석히 여길 만한 게 아니다. 오히려 끊기는 것이 세상이나 사람들에게 도움이 되는, 그런 역겨운 피가 아니었을까. 이런 처지에 빠진 것도 아마 자연의 섭리이리라. 설사 그렇다고 해도 운명을 저주할 생각은 전혀 없다.

나는 알몸뚱이가 되어 고향의 맑은 강물에 몸을 담근다. 이곳의 물은 만병에 듣는 약초보다 대단한 힘을 간직하고 있다. 그렇게 생각하지 않을 수 없다. 그냥 차갑기만 한 것이 아니었다. 모든 걱정을 몰아내주고 근심과 괴로움을 완전히 잊게 해주는 그런 기적 같은 성분이라도 섞여 있는 것처럼 여겨진다.

얕은 여울에 엎드려 머리를 강 위로 향하고 손발을 길게 뻗는다. 새하얗고 사각사각한 모래알이 등과 엉덩이를 어루만지고 지나간다. 황어와 은어가 손으로 잡을 수 있을 만큼 가까운 곳을 휙휙 헤엄치고 있다. 이것이야말로 지고의 피서법이다.

닭 몇 마리가 벼랑 위에서 고개를 내밀고 나의 동정을 살피고 있다. 불쑥 나타난 내가 어느 정도의 사람인지 품평이라도 하고 있을 것이다. 해롭지 않은 자라고 판단한 것인지 곧 모습을 감춘다. 소코나시 강 역시 나에게 아무런 경계심도 품지 않는다.

나는 고향의 물을 투과하여, 반세기 이상 살아온 내 몸을 찬찬히 관찰한다. 도저히 병들어 있다고는 생각되지 않는다. 어차피 겉만 번드르르한 것이겠지만 아직은 쓸 만한 손발로 보인다. 그리고 예기치 못한 사건을 차례로 헤쳐 나온 정신은 빛나는 태양을 직접 받아 생기를 되찾고 있다.

이 세상도 그렇게 쓸모없는 것은 아니다. 나는 상류를 향해 입을 크게 벌리고 가키다케 산이 긴 세월에 걸쳐 여과한 물을 벌컥벌컥 마신다. 이 물만 있으면 수백 년 된 생명체를 찾을 수 있을지도 모른다는 생각이 진심으로 든다. 물 분자가 온몸으로 깊숙이 침투한다. 그냥 이렇게 있는 것만으로 영혼과 육체가 정화되는 것 같다. 삭막한 인생까지 남아도는 용수(湧水)에 의해 씻겨나간다.

나는 헤엄친다. 깊고 흐름이 완만한 곳에서 느긋하게 손발을 움직인다. 하면 못할 것도 없지만 옛날처럼 격류를 헤엄쳐갈 자신은 없다.

물까마귀가 상류를 향해 돌을 따라 날아간다. 뿔호반새가 적당한 크기의 물고기를 노리며 수면 아래를 가만히 노려보고 있다. 조류나 어류도 그렇지만 나 역시 틀림없이 살아 있다. 같은 세상을 살 권리를 공유한 자들끼리라는 사실을 새삼 통감한다.

어제까지의 나는 그렇지 않았다. 어제까지의 나는 죽어 있었다.

이것은 내 강이다.

이것은 내 여름이다.

이것은 내 세상이다.

자기 소외의 유혹…… 그런 것은 한쪽 끄트머리에서부터 반짝반짝 빛나는 태양에 남김없이 다 타버린다. 이제 와서 죽은 자의 명복을 빌어본들 아무 소용이 없다. 그들을 아무리 그리워한들 나의 여생이 어떻게 되는 것은 아니다. 골육의 정……, 그런 것은 이제 질색이다. 상대하는 것은 나 자신만으로 충분하다. 한창 세상 이치를 분별할 나이의 체면……, 그런 것은 진작 잃어버렸다. 남은 것은 조심성 없는 행위뿐이다.

인생의 진로를 그르친 어리석고 우둔한 남자……, 그것으로 족하다. 만약 가족이 한 사람이라도 살아 있었다면 나는 돌아오지 않았을 것이다. 또한 이웃이었던 네 채의 집 어딘가에 한 사람이라도 살고 있었다면 다가오지도 않았을 것이다. 무인지대이기에 돌아올 수 있었다.

이곳은 이제 내 전용 왕국이다. 요란하게 울어대는 매미 소리는 지배자를 배제하기 위한 반란의 우렁찬 외침이 아니다. 바로 앞까지 다가와 있는 짙은 녹음의 산들 하나하나가 나라는 어중간한 존재를 인정해주고 있다. 죽기에 안성맞춤인 장소를 구한 사람에게 쉴 새 없이 축복의 지저귐을 해주고 있는 것은 큰유리새, 울새, 노랑딱새다.

이제 두 번 다시 가자무라를 떠나고 싶지 않다. 죽은 뒤에 여전히 머무를지도 모른다. 그런 심경이다.

자신을 잊고 헤엄치는 지금 이 순간 행복하다. 이거야말로 진정한 지복임에 틀림없다. 낡은 벌집처럼 구멍이 숭숭 났던 마음이 어느새 훈훈한 충족감으로 가득 차 있다. 그리고 그것은 분명히 향락적인 방향으로 나아가고 있다. 두 번 다시 세상살이의 괴로움을 맛보는 일은 없으리라. 눈부신 최후를 마치고 싶다고는 생각하지 않는다. 장렬한 죽음을 맞이하고 싶다고도 생각하지 않는다. 하지만 가혹하다는 마음으로 끝나가는 비참한 결말만은 어떻게든 피하고 싶다.

빨래를 시작한다. 빨래라고 해도 돌로 누름돌을 대신하고, 입고 있던 옷을 강바닥으로 가라앉히는 것뿐이다. 충분히 씻어지는 동안 따뜻하게 데워진 바위에 배를 깔고 엎드려 일광욕을 한다. 그런 뻔뻔한 방식은 할머니로부터 어머니에게, 어머니로부터 누이에게로 이어져온 것이다. 그리고 지금 내가 그 흉내를 내고 있다.

하지만 내가 올바로 이어받고 있는 것은 그런 것이 아니다. 바로 무덤 봉분을 만드는 방식이다. 부모와 누이 덕에 마지못해 몸으로 배우고 말았다. 깊은 구덩이를 파고 묻어야 할 것을 묻고 그 위에 남은 흙을 덮는다는 단순명쾌한 작업이기는 해도 가자무라 나름의 방식이라는 게 있다. 또한 우리 집에는 우리 집 나름의 방식이 있다.

묘지는 여기서 조금 떨어진 곳에 있다. 우거진 나무 그림자로 덮인 오솔길을 빠져나가면 그곳이 바로 공동묘지의 한 귀퉁이다. 아마 지금도 밤마다 망령이 떠돌아다닐 것이다. 자칫하면 대낮에도 마주칠지 모른다. 설령 그런 기괴한 현상이 전혀 없다고 해도 가까이 가고 싶지는 않다.

나는 내 전용의 묘를 만들 생각이다. 실은 그럴 생각으로 귀향했는지도 모른다. 그렇게 생각하자마자 장소가 정해졌다. 공동묘지가 아니다. 결코 그런 곳이 아니다.

내가 이렇게 엎드려 있는 곳 바로 위의 벼랑이다. 그곳만 돌멩이가 없고 보드라운 검은 흙이 층을 이루고 있다. 파기 쉽고 전망도 그만이어서 가자무라 전체가 무척 경치 좋은 곳으로 보인다.

묘를 만드는 데 필요한 도구는 아직 헛간에 남아 있을 것이다. 아버지의 유체를 처리할 때 강물에 깨끗이 씻어 넣어두었다. 누구의 힘도 빌리지 않고 자신을 묻을 설계도라면 이미 머릿속에 있다. 어제 버스에 흔들리며 생각했다. 그런 장치를 하면 십중팔구 성공적일 것이다.

그런 것을 아주 진지하게 생각하다니, 나도 좀 이상하다. 어지간한 바보가 아닐 수 없다. 그렇다고 해도 실행에 옮길지 어떨지는 아

직 모르겠다. 경우에 따라서는 예정을 좀 더 뒤로 미룰지도 모르고
사정에 따라서는 중지할 수도 있다.

반짝반짝 빛나는 이 눈부신 계절을 마음껏 즐기고 싶다. 조금이
라도 마음이 내키지 않는 일은 그만두자. 그때그때의 감정에 이끌
리고 싶다. 뒤집어 생각하면 기분에 따라서는 무슨 일을 저지를지
모른다는 것이다. 회사를 떠나자 곧바로 무질서하고 무법적인 세계
에 발을 들여놓은 걸까. 그것도 괜찮을 것이다. 취사선택에 관한 전
권을 쥐고 있는 것은 다름 아닌 나 자신이니까.

이제 만사에 수동적인 일개 직장인이 아니다. 이런 나를 패배자
로 단정할 수 있는 자는 얼마든지 있겠지만 여기에는 없다. 사회의
낙오자로 보는 자도 없다. 만약 내 앞길을 가로막는 자가 있다면 그
것은 또 하나의 나일 것임에 틀림없다. 나를 숨어 기다리고 있는 것
은 내가 모르는 나일 것이다. 하지만 아직까지는 그런 기미가 보이
지 않는다.

가자무라에 몸을 두고 있는 한 나는 정말 능숙하게 현세와 어울
린다. 볕이 한창 내리쬐는 여름 한낮과도, 얼마간 희미하게 보이는
파란 하늘과도, 크고 작은 이런저런 골짜기와 흘러내리는 풍부한
물과도, 가공할 만큼 무성한 초목과도 내 영혼과 육체는 멋지게 연
동하고 있다. 이토록 능숙하게, 이토록 재빠르게, 이토록 순조롭게
사위(四圍)와 조화를 이룰 거라고는 생각도 해보지 못했다.

역시 나는 촌놈이었다. 도시 생활에는 맞지 않고, 그럴 필요가 없
는데도 용을 쓰고 싶어 하는 촌놈일 수밖에 없었다.

빨래를 둘러메고 벼랑에 만들어진 계단을 올라간다. 꼭 짠 셔츠와 바지를 바위 위에 널고 바람에 날아가지 않도록 작은 돌 몇 개를 올려놓는다. 준비해온 속옷을 갈아입고 반바지를 입고는 맨발에 스니커즈를 신는다. 부스스한 머리는 그대로 둔다. 물론 수염도 깎지 않는다. 상쾌한 기분이다. 숙면을 취한 후의 쾌적함보다, 거나하게 취한 채 집으로 돌아가는 마음보다 몇 배나 더 상쾌하다.

바위제비가 불쑥 바로 옆까지 접근하여 공중제비를 되풀이한다. 둥지를 튼 지 얼마 안 된 그들은, 한직으로 물러나기 직전이었던 사람의 마음속을 결코 알 수 없을 것이다.

아직 죽고 싶지는 않다. 아직은 살고 싶다. 적어도 오늘 하루 정도는 생명을 빛내게 하고 싶다. 경우에 따라서 그 바람은 한 달이 될지도 모르고 어쩌면 여름 한 철이 될지도 모른다. 또는 한 해가 될지도 모른다.

내게는 이곳이 다른 어느 휴양지보다 적합한 것 같다. 마음의 망설임 따위는 진작 없어졌다. 무덤구덩이를 파는 일은 무기한 연기하기로 하자. 그런 것은 언제든 팔 수 있다.

그렇다고 해도 앞으로 무슨 일을 해야 할지는 아직 떠오르지 않는다. 그보다는 배를 채우는 것이 급선무다. 식욕이 채근한다. 평소 당뇨병이 부추기는 것과는 약간 다르다. 소극적인 식욕이 아니다. 이럴 줄 알았다면 음식물을 좀 더 준비해 왔어야 했다. 가자무라로 돌아가고 싶다는 일념으로 음식물은 거의 준비해오지 않았다.

아마 어제의 나는 거의 죽을 생각이었을 것이다. 설사 그랬다고 해도 오늘은 다르다. 천운이 다했다는 생각은 어디에도 없다.

배낭을 뒤집어본다. 캔 맥주는 어젯밤에 다 마셔버렸다. 포기하려고 할 때 납작한 통조림 하나가 굴러 나온다. 팥밥 통조림이다. 퇴직을 축하하며 맥주와 함께 산 일이 떠오른다. 이게 있다면 한동안은 버틸 수 있다. 부족해지면 달걀을 찾으면 된다.

팥밥을 걸신들린 듯이 손으로 집어먹는다. 자급자족 생활이 시작된 듯한 기분이 든다. 미개인이라도 된 듯한 마음이다. 한동안 이렇게 살아보자. 진심으로 죽고 싶어질 때까지는 살아보자.

불현듯 이런 마음이 인다. 여름 장기 휴가라고 가정해보자. 이토록 사치스러운 여름휴가가 어디 있겠는가. 여생을 여름휴가라는 말로 치환해보는 것도 한 가지 재미있는 일일지도 모른다.

팥밥을 위장에 넣자 단숨에 혈당치가 상승하는 느낌이 든다. 그리고 평소와 달리 신진대사가 활발해져 원시적이라고밖에 할 수 없는 힘이 몸속에서 흘러나온다. 설령 일과성이라고 해도 이 힘에 걸어볼 가치는 있다. 다행히 무일푼은 아니다. 수중에 현금 다발이 있다. 이 고액지폐는 한 장도 남김없이 내 소유물이다.

퇴직금 따위는 위로금이나 마찬가지다. 그것은 예전에 어떤 선배가 입에 담은 명언이다. 내가 회사에 가져다준 막대한 이익을 생각하면 이런 것은 없는 것이나 마찬가지인 푼돈에 지나지 않는다. 하지만 이제 그런 것은 아무래도 좋다. 기업이란 원래 그렇게 뻔뻔하고 탐욕스러운 존재다. 부자들의 심성은 대체로 비열하다. 그리고 그 자들에게 굽실거리는 가난한 자는 그 이하다.

　　　　　무엇을 가장 먼지 해야 할지를 곧 알게 되었다. 당연히 식료품을 사러 가는 일이다. 죽을 것 같을 만큼 배가 고파도 과수원이나 채소밭을 망치고 싶지는 않다. 또한 가자무라의 상점에서 물건을 살 마음도 없다. 그런 곳에는 다가가고 싶지도 않다. 아는 사람을 만나고 싶지 않다. 누구에게도 얼굴을 보이고 싶지 않다. 주민등록을 옮기지 않은 것도 오로지 그 때문이다.

　다소 멀지만 옆 마을까지 가기로 하자. 그것도 버스를 이용하지 않고 걸어가기로 하자. 시간이라면 얼마든지 있다. 24시간이 통째로 내 것이다.

　돈다발 하나를 호주머니에 쑤셔 넣는다. 나머지 돈은 배낭에 넣고 바위 사이에 끼워둔다. 어렸을 때 나는 여기에 여러 가지 물건들을 숨겼다. 유리구슬, 예쁜 유리병, 칠엽수 열매, 미라가 된 다람쥐, 먹다 만 마른 과자…….

　하지만 별안간 싹튼 야심만은 숨길 수 없었다. 학업 성적만을 믿고 나는 어리석은 사람의 꿈속으로 쏜살같이 돌진했다. 곰곰이 생각건대 그런 길밖에 없었을 것이다. 나 같은 과정을 거친 사람은 쓸어서 버릴 만큼 많다. 그들은 모두 불길한 꿈에 휘둘린 끝에 공식적인 사회에서 쫓겨나고 말았음에 틀림없다. 그것이 보통의 인간 세상이다.

나는 출발한다. 여기서 직선거리로 5킬로미터쯤 남서쪽으로 떨어진 곳에 있는 이즈미마치(泉町)로 간다. 하지만 그 길로 과연 통행할 수 있을지 없을지는 알 수 없다. 아무튼 그때로부터 수십 년이 지났다. 우거진 숲을 헤치고 들어가는, 그리고 나무 그늘 이어서 어두운 숲으로 들어가야 하는 지독한 상황이라면 되돌아 나와 짐승 다니는 길이라도 찾아보기로 하자.

쨍쨍 내리쬐는 태양 바로 아래를 간다. 푸른 잎이 바람에 수런거리는, 무성한 수목 사이의 오솔길을 걸어간다. 그냥 그렇게 걷는 것만으로 무상의 기쁨이 온몸을 뛰어다닌다. 나무 그늘에 가려 어렴풋이 보이던 생가가 배후로 멀어진다. 그런 집은 차라리 없어져주는 것이 좋다. 불이라도 지를까. 다른 집 네 채와 한꺼번에 태워버릴까. 그렇게 하면 정말 개운할 것이다.

짙은 푸름이 끊기자 한층 눈부신 공간이 나온다. 예전에는 채초지였던 곳이다. 또한 마을 사람들이 모여 하룻밤 내내 유카타 차림으로 춤을 추는 광장이기도 했다. 그렇다고 해도 풀숲에서 풍기는 훗훗한 열기가 굉장하다. 머리 위에서는 바짝 졸아든 맹렬한 더위가 심한 대류를 보이고 있다. 난폭한 여름 하늘이 여세를 몰아 상식을 벗어난 난폭한 주장을 해댄다. 무능력자는 적자생존의 세상을 살 가치가 없다는 시건방진 소리를 지껄여댄다.

하지만 그 정도의 분별없는 말에 일일이 상처 입을 내가 아니다. 대체 나의 어디가 무능하다는 건가. 그것이 실무에서 수완가라는 평을 들었던 사람에게 할 소리인가. 어리석고 우둔한 사내란, 예컨대 아버지 같은 인간을 가리키는 말이다. 또한 비할 데 없는 호인이라는 평가도 옳지 않다.

아버지가 멧돼지를 잡은 곳은 바로 이 근처였다. 고구마 밭을 엉망으로 망쳐놓아 몹시 화가 났으리라. 나는 함정 파는 걸 거들었다. 몇 번이나 현기증을 경험해야 하는 아주 힘든 작업이었다. 그 보람이 있어 계획은 성공했고, 통통하게 살찐 큼직한 멧돼지를 잡게 되었다.

그런데 그 후 아버지의 태도를 이해할 수 없었다. 애써 잡은 것을 놓아주었던 것이다. 짐승 고기에 굶주려 있던 시대였는데도 망설이지 않고 구원의 손길을 내밀어 멧돼지의 발굽이 미끄러지지 않도록 굵은 새끼를 친친 감은 두꺼운 통나무를 구덩이 속으로 살짝 내려주었다. 그러자 콧김이 거친 난폭자는 단숨에 뛰어올라 우리 부자 앞으로 뛰어나왔다. 그리고 생명의 은인에게 감사하기는커녕 면도날처럼 날카로운 엄니를 내세우고 달려들었다. 눈 깜짝할 사이에 일어난 일이었다. 넓적다리를 푹 찔린 아버지는 그래도 욕지거리를 하지 않았다. 동맥을 다쳤다면 목숨을 잃었을지 모르는 일이었는데도 실실 웃었다.

질금질금한 상처에 살무사 술을 바르는 날이 오래 계속되어도 아버지는 어쩐 일인지 줄곧 기분이 썩 좋았다. 그만큼의 고기를 얻었다면 한창 자랄 나이의 아이 셋을 둔 일가의 살림살이에 꽤나 도움이 되었을 것이다. 하지만 결국 먹을 수 없었던 우리는 산토끼를 잡을 수 있게 될 때까지 내내 찌무룩한 얼굴을 하고 있었다.

아버지는 풍류를 이해하는 사람이 아니었다. 위선자도 아니었다. 내가 보기에 천성적으로 정신이 유약한 사람이었다. 중대한 문제가 생겼을 때도 어떠한 수단을 강구하려고 하지 않았다. 딸이 무참한 최후를 맞이했을 때도 어머니나 아우는 하룻밤을 울며 지새웠지만 아버지는 방구석에서, 쪄서 만든 과자 남은 것을 우적우적 볼이 미어지도록 잔뜩 입에 넣었다. 얼굴에 분노도 슬픔도 드러내지 않는, 아니 드러나지 않는 인간이었는지도 몰랐다. 그런 사내였다.

아버지의 성격을 내가 물려받았는지도 모른다. 확실히 내 안에 비슷한 구석이 많다. 비슷하기는커녕 오히려 아버지보다 더욱 종잡을 수 없는, 그러므로 몹시 애를 먹이는 사람인 걸까.

실제로 나 역시 가족의 죽음 앞에서 눈물 한 방울 흘리지 않았다. 낙담이라 할 만한 낙담조차 하지 않았다. 오히려 가족을 매장할 때마다 어깨의 짐이 내려지는 듯한 마음이 들고 자신의 삶만이 재확인되었으며, 그렇기 때문에 상복을 입고 있는 동안 내내 희색을 띠지 않으려고 남몰래 애써야만 했다.

하지만 가족의 잇따른 죽음은 내게 그다지 좋은 결과를 가져오지 않았다. 그들은 사후에도 여전히 내 발을 계속 잡아당겼다.

누이에게 그런 짓을 한 놈은 아직 잡히지 않았다. 행방불명이 된 누이는 열흘 후에 오보레 강에서 발견되었다. 발견한 사람은 낚시꾼이었다. 최초 발견자의 이야기에 따르면 시신은 뒤집힌 채 떠오른 물고기와 비슷했다고 한다. 심야에 택시를 타고 달려온 나도 곧바로 그 모습을 봤는데 정말 말도 안 될 만큼 끔찍한 모습이었다.

여름인 탓에 빨리 썩어 문드러졌다고는 해도 이루 말할 수 없을 만큼 끔찍했다. 언뜻 보기만 했는데도 나의 두 다리는 그 자리에 못박힌 듯 움직여지지 않았다.

그야말로 잔인무도한 짓이었다. 눈알 양쪽이 다 없어진 것은 까마귀가 파먹은 탓이라고 한다. 하지만 손가락 발가락이 하나도 남아 있지 않았고, 흉부와 국부의 살이 죄다 없어진 것은 결코 날짐승이나 산짐승의 짓이 아니었다. 먹이를 그렇게 깨끗하게 도려내는 부리나 어금니를 가진 동물은 없다. 인간 말고는 없다.

여기저기에 남아 있는 가느다란 선 같은 피하출혈 흔적은 철사로 단단히 묶인 탓이라고 한다. 경찰 쪽 설명으로는 그랬다. 아우와 둘이서 시신 확인을 끝내고, 부모에게는 보이지 않기로 했다. 하지만 그것은 내가 배려한 것이 아니었다. 모두 아우가 처리한 일이었다.

장남 대신에 생가를 모두 책임졌던 녀석은 늘 잘해주고 있었다. 가족 한 사람 한 사람을 배려하고 남몰래 마음을 썼다. 나도 도저히 할 수 없는 일이었다. 자리를 넘겨주길 정말 잘했다고 생각했다.

그때 가족 중에서 가장 슬퍼한 사람은 아우였다. 그렇게까지 슬퍼할 줄은 몰랐다. 내가 보기에는, 일종의 이상한 악취를 풍기는, 멋대로 잘게 썰어진 시체는 이미 누이도 뭐도 아니었다. 그래도 아우는 형사가 떼어놓을 때까지 썩은 살덩어리에 매달려 울부짖었다. 장례식이 끝날 때까지 줄곧 울었다. 어린애처럼 흐느껴 울었다.

그 일이 가자무라에서 일어난 전대미문의 사건이었다는 것은 사실이다. 가난하고 쓸쓸한 마을에 하나의 돌을 던진 그 이상의 사건이었다는 것은 틀림없는 사실이다. 오보레 강이 범람하여 마을의 3분의 1이 침수되었을 때도 그만큼 세상의 주목을 받는 일은 없었다. 소동이 진정될 때까지 오로지 견디는 수밖에 없었다.

당시 나는 하루라도 빨리 원래의 생활로 돌아가는 것만을 바라고 있었다. 그런데 아우는 달랐다. 장례식이 끝나자 녀석의 슬픔은 별안간 분노로 바뀌었다. 미친 듯이 격노한 아우에게 나는 이렇게 말했다. 나머지 일은 경찰에 맡겨두면 돼. 그러자 녀석은 눈에 핏발을 세우며 이렇게 대꾸했다. 누가 그랬는지 짐작 가는 놈이 있어.

그런 아우를 나는 제대로 상대해주지 않았다. 아무쪼록 바보 같은 짓은 하지 말라는 말을 남기고 나는 출세가도의 세계로 복귀하려고 아침 첫 버스를 타고 가자무라를 뒤로 했다. 당시 마흔이었던 나는 자신의 미래를 유망하다고 여기는 절정기에 있었다. 그 무렵 나는 철저하게 자신을 과대평가했다. 평범하게 끝나는 일생을 마음속 깊은 데서 경멸할 수 있는 수완가 중의 수완가라고 믿었다.

아우는 들일에 가장 적합한 육체를 완성시킨, 모범적인 농부가 될지도 모르는 서른다섯 살이었다. 그리고 누이는 그해 여름이 끝나면 서른 살을 맞이하는 한창 나이였다.

몸을 태울 듯한 혹서가 굴곡이 있는 대지를 압도하고 있다. 풀숲에서 우는 벌레 소리도 점차 기세를 잃어간다.

바람은 애초부터 불지 않고 한 발 한 발 내디딜 때마다 땀이 뚝뚝 떨어진다. 갖가지 꽃이 어우러져 피어 있는 들길을 터벅터벅 걸어가는 내 얼굴, 필시 추할 것이고 단순히 근심의 빛을 띠는 정도만이 아니었을 것이다. 15년 전에 참극이 일어났던 이 마을도 지금은 그저 나른한 쾌청함의 바닥으로 가라앉아 있으며 아무 일도 일어나지 않는다.

모든 것은 지나간 일이다. 누이를 고의로 죽인 범인은 잡히지 않았다. 그런 일은 이제 내게 먼 과거의 사건이 되어버렸다. 그렇지 않으면 시시한 꿈으로 정리되었다. 가키다케 산을 에워싸며 경쾌하게 들려오는 물소리가 '고작 그까짓 일로, 고작 그까짓 일로'를 한없이 되풀이하고 있다.

직면한 문제, 그렇게 세심한 데까지 마음을 쓰는 이는 이제 어디에도 없다. 설상가상이라는 우울한 기분에서 급속하게 멀어지고 있다. 내 입은 원망하는 말을 그만두고 지금은 새의 지저귐을 흉내 내고 있을 뿐이다. 고향으로 돌아오고 나서 다시 휘파람을 불 수 있게 되었다.

사회에서 추방된 듯한 침울한 기분에 빠질지도 모른다는 예상은 다행히 크게 빗나갔다. 이 귀향은 바로 정곡을 찌른 판단이었다. 내 평생 가장 잘한 선택이었을지도 모른다. 내 앞길에 혹여 빵 터지는 미래라도 기다리고 있는 걸까. 물론 이제는 아무래도 상관없는 일이기는 하지만…….

발걸음은 어디까지나 가볍다. 이리저리 고민하며 산야를 헤맸던, 아직 어렸을 무렵이 그립다. 그 시절의 내게는 가자무라 자체가 원흥이었다. 고향만 존재하지 않는다면 언제든지 날개를 펼칠 수 있을 텐데, 하고 단순히 생각했었다. 그러던 것이 지금은 어떤가. 가자무라 자체가 나를 해방시켜주고 있는 게 아닌가.

어디까지고 험악한 산세의 가키다케 산……, 골짜기에 안긴 여기저기의 마을들……, 물새의 천국이 된 소택지(沼澤地)……, 옮겨 심어 쑥쑥 자라는 담배 모종……, 산더미처럼 쌓인 산판에서 갓 나온 재목……, 종횡으로 누비며 흘러가는 수량이 풍부한 강의 물소리……, 이 모든 것을 나는 확실한 아군으로 끌어들였다. 죽을 곳을 얻은 안도감과는 다른 평온함이 쉰다섯 살이자 모든 것을 내던진 사람을 완전히 덮고 있다.

서늘하고 선선한 숲으로 들어간다. 거기에는 공동 묘지가 있다. 우리 집안의 묘를 곁눈으로 힐끔 보고 지나친다. 마음이 꺼림칙하지는 않다. 불사(佛事)를 위해 돌아온 것은 아니니까. 부모에게도, 누이에게도 할 말은 하나도 없다. 또한 부탁할 것도 없다. 묘 앞에 조아리는 것으로 마음이 후련하다면 얼마든지 해주겠다. 아우라면 그렇게 할 것임에 틀림없지만 나는 절대로 싫다. 망자는 내버려두는 게 제일이다. 각자가 각자의 인생을 살 뿐이다. 그리고 나는 내 인생을 끝까지 살 뿐이다.

하지만 아무래도 등 쪽에 뭔가 답답함을 느끼고 만다. 잠자코 지나가는 일은 없겠지, 하는 비난 같은 목소리가 들려오는 듯하다. 하지만 누가 뭐라고 해도 묘지에 들를 기분은 들지 않는다. 그쪽을 돌아보고 싶지도 않다. 오히려 발길을 재촉한다.

애초에 묘지 자체가 마음에 들지 않는다. 낮에도 여전히 어둑한 그런 음침한 곳에 묻히는 것을 상상하는 것만으로 오싹하다. 철이 들 무렵부터 피부로 그렇게 느꼈다. 나는 이미 사춘기 때 자신의 묘는 자신이 만들겠다고 결심했다. 어른이 되고 나서는 묘를 쓸 땅을 사려고 진지하게 생각했다. 좀 더 환하고, 좀 더 전망이 좋고, 좀 더 마른 땅이야말로 나에게 어울리는 묘지다. 가자무라에도 필시 그런 곳이 있을 것이다.

선로가 남아 있다. 단선 궤도 철로였다. 녹이 슬 대로 슨 철로는 오그라든 잡초 속을 남북으로 뻗어 있다. "옛날 생각나는군" 하는 한마디가 무심코 입 밖으로 튀어나온다. 낡아서 못 쓰게 된 생가를 직접 봤을 때도 이토록 가슴에 복받치지는 않았다. 군데군데 굵은 자갈이 허물어져 있어도 걸어가기에는 아무런 지장이 없다.

이즈미마치를 향해 걸음을 옮긴다. 침목을 따라 천천히 걸어간다. 시원한 바람이 불고 있다. 아쉽게도 가자무라에는 역이 없었다. 그래서 가자무라에 사는 아이가 기차를 보고 싶어 한다면 여기까지 나올 수밖에 없었다.

옛날에 나도 아우와 누이를 데리고 기차를 구경하러 오곤 했다. 뭉게뭉게 검은 연기를 토하며 가파른 언덕을 올라오는 증기기관차를 눈앞에 두었을 때 우리의 생각은 각자 달랐다. 아우의 목적은 열차가 대못을 깔고 가게 해서 수리검을 만드는 데 있었고, 누이는 활수한 승객이 던져주는 마른 과자가 목적이었다.

나는 오로지 석탄 타는 냄새에 아주 도취되어 있었다. 이루 말할 수 없을 만큼 향기롭던 그 냄새에는 장대한 꿈이 담겨 있었다. 그리고 기적 소리가 빨려 들어가는 저편을 바라볼 때마다 내 안에서는 독립심이 길러졌다.

그런데 결과적으로 이렇게 되고 말았다. 애써 가자무라를 탈출했는데도 고통이 끊이지 않는 세계에 몸을 두게 되었다. 사람을 개나 고양이처럼 다루는 탐욕스러운 자들을 위해 기꺼이 일하고, 고약한 심보를 가진 놈들의 허를 찌르며 이리저리 뛰어다니다 보니 몸도 마음도 너덜너덜해졌다.

멋진 전신(轉身)에 대한 미련, 그런 것은 깨끗이 버렸다. 백년해로 할 거라고 생각했던 아내와 헤어지고 나서는 뭐가 어떻게 되든 상관없어졌다. 동료들이 위로하기 위해 말해준 독신의 홀가분함 같은 건 전혀 얻을 수 없었다. 또한 불행한 일 후에 난데없이 행복한 일이 날아드는 꿈 같은 인생이 전개되지도 않았다. 텔레비전 앞에서 팔베개를 하고 누울 때마다 그때까지의 노력이 수포로 돌아간 것을 확실히 깨달을 따름이었다. 만약 악처에게 시달린 후에 그런 처지에 빠졌다면 그렇게까지 내몰리지는 않았을 것이다.

아내는 잘해주었다. 늘 분수에 맞는 바람밖에 갖지 않았고, 일에만 전념하는 남편의 태도도 이해해주었다. 결코 요령부득인 여자가 아니었다. 생각하고 있는 일은 늘 손에 잡힐 듯이 알 수 있었다. 게다가 마음씨도 고운 편이었다. 예를 들어 누이의 죽음 앞에서 친오

빠인 나보다 더욱 슬퍼했다. 장례식을 거들어주는 건 당연한 일이 아니냐는 말도 해주었다. 그런 아내에게 나는 이렇게 말했다. 가족 일로 불쾌한 기분을 느끼게 하고 싶지 않아서 말이야, 하는 말을 남기고 나는 혼자 상복을 안고 택시에 올라탔다.

가만히 있어도 구슬땀이 흐르는, 찌는 듯한 열대야였다. 내 본심은 아마 아내에게 고향을 보여주고 싶지 않아서였을 것이다. 그것은 아내가 자신을 키워준 시설에 대한 이야기를 내게 하고 싶어 하지 않는 것과 거의 같은 이유일 것이다. 사실대로 말하자면 가자무라 사람들의 생활에는 원숭이의 행위와 상당히 비슷한 점이 있었다. 생활이나 환경뿐 아니라 정신 상태까지도 어딘가 원숭이를 연상시켰다. 어쩌면 원숭이가 훨씬 더 나은 동물인지도 모른다.

지금도 그런 생각에는 변함이 없다. 그런 인상을 가진 나는 다시 이 가자무라에 푹 잠겨 있다. 그리고 산간 지방 여름의 진수를 실컷 맛보니 하늘을 나는 기분이다. 적어도 여기에는 가짜 애정이 없다. 설사 있다고 해도 풍부한 자연에 삼켜지고 말아 직접 눈에 띄는 것은 없다.

현재 나는 아찔한 자유 안에 몸을 두고 있다. 살아 있는 동안 완벽한 자유에 푹 잠길 수 있으리라고는 꿈에도 생각해보지 않았다. 신분을 보증해줄 이가 한 사람도 없는 쓸쓸하기 짝이 없는 처지가 무한대의 해방감을 가져다줄 줄은 상상조차 하지 못했다.

영혼에 격통을 느끼는 시기는 지나갔다. 내성적인 성격에 어떻게 해볼 도리가 없는 병, 그런 것은 전혀 마음에 걸리지 않는다. 진짜다. 만약 오늘 여기서 엄청나게 큰 곰에게 습격당해 목숨이 끊어진다고 해도 전혀 분하지 않을 것이다. 이것도 진짜다.

　　　　　진짜로 찌는 듯한 더위 속을 걷고 있다. 대기와 물, 게다가 삶과 죽음의 대순환이 가자무라를 내 소유로 돌아온 땅으로 만들고 있다. 하얀 구름이, 길게 뻗은 파란 하늘이 생활에 쫓겨 여생을 병상에서 보내는 날들을 일소에 부치고 있다. 나를 향해 서서히 닥쳐오는 재앙의 예감이 깨끗이 사라졌다.

　나는 기분이 썩 좋다. 이제 우울한 얼굴은 하지 않을 것이다. 걸으면서 제철인 나무딸기를 따서 입 안 가득 넣는다. 깊은 맛이 나는 어떤 음식물보다 몸에 잘 맞는다. 지금이 한창때라는 듯이 화려하게 핀 충매화가 온 들을 뒤덮고 있다. 철새와 텃새가 숲과 들 여기저기에 뒤섞여 있다. 산의 토사가 무너져 암석이 그대로 드러난 곳은 천지의 태초를 생생히 떠오르게 하는, 아주 거칠고 정열적인 광경을 보여주고 있다. 그것은 내 마음에 어울리는 경치다.

　실은 선로를 걸어 이즈미마치까지 가본 적이 없다. 언젠가 해보려고 생각했지만 이 나이가 되기까지 그럴 기회가 없었다. 하지만 너무 늦었다고는 생각하지 않는다. 이런 데서 이런 식으로 걷기에는 오히려 딱 맞는 나이가 되었는지도 모른다.

　그건 그렇고 과연 이즈미마치까지 갈 수 있을까. 자신은 없다. 의외로 다리와 허리가 약해졌음에 틀림없다. 아무튼 힘닿는 데까지

걸어가 보자. 지칠 때는 쉬면 된다. 쉬어도 안 될 때가 오면 그땐 죽
으면 되는 거다.

　　　　　　땀이 그치지 않는다. 하지만 건강하고 기분 좋은 땀
이다. 목이 마른 것도 병적인 것과는 확실히 다르다. 근처 숲에서
흘러나오는 개울물을 엎드려 마신다. 맥주보다 열 배나 맛있다. 수
면에 비친 나는 누추한 풍채의 처참한 모습이 아니다. 얼굴에 홍조
를 띠고 생기가 넘친다. 눈가를 메운 작은 주름살조차 빛나는 생기
를 드러내고 있다.

　물을 실컷 마시고 문득 얼굴을 들자 나무들 사이로 집 같은 것이
보인다. 호기심이 동해 그쪽으로 가본다. 산을 절단해서 낸 고갯길
에 오두막집이 있다. 반쯤 무너진 허술한 판잣집으로 지붕이 절반
쯤 기울어져 있다. 판자벽이 썩어 여기저기 구멍이 나 있다. 그리고
선로가 안쪽까지 깔려 있다.

　시험 삼아 문을 밀자 간단히 열린다. 뭔가 놓여 있다. 광차다. 손
으로 젓는 식의 옛날 광차가 오두막 한가운데 떡하니 자리 잡고 있
다. 언젠가 본 기억이 있다. 예전에 보선(保線) 업무를 담당하는 사
람들이 이 광차를 타고 바람처럼 질주했다.

　나는 찬찬히 들여다본다. 그 위에 몸을 사리고 있는 구렁이를 내
쫓고 나서 밖으로 끌고 나온다. 강철 바퀴는 심하게 녹이 슬었지만
모두 매끄럽게 회전하고 별로 삐걱거리지도 않는다. 포기하는 것은

이르다. 어떻게든 달려줄지도 모른다.

장치는 간단하다. 조작은 자전거보다 쉬운 것 같아서 타본다. 가슴이 두근두근한다. 이대로 방치해둘 수는 없다. 오두막 안에 도로 넣어두고 썩는 대로 내버려두기엔 너무 아깝다. 움직일 수 있는 거라면 움직여보자.

몸을 이즈미마치 쪽으로 향하고 두 개가 달려 있는 손잡이 한쪽에 모든 체중을 싣는다. 상당히 무겁다. 하지만 전혀 감당할 수 없는 것은 아니다. 손잡이가 조금씩 내려간다. 내려감에 따라 광차는 천천히 움직이기 시작한다.

처음 1미터 정도 제대로 나가자 그 뒤는 그다지 힘을 줄 필요가 없다. 둘이서 함께 저으면 좀 더 순조롭게 달릴 것이다. 혼자서도 어떻게든 될 것 같다. 속도가 빨라짐에 따라 근육에 주는 부담도 줄어든다. 자전거보다 빠를지도 모른다. 물론 제동장치도 달려 있다. 아마 들을 것이다. 허나 듣지 않아도 상관없다. 지금 내게 무서운 것은 없으니까.

우선 공포를 느낄 만한 심한 내리막길은 아직 없다. 이대로 이즈미마치까지 순조롭게 타고 갈 수 있을 것 같다. 밑져야 본전이다. 갈 수 있는 데까지 가보자. 지옥 끝까지라도 가주겠다.

바람이 몸을 스쳐 지나간다. 마음이 바람 빛으로 물들어간다. 이는 자전거나 전차와 전혀 다른 탈것이다. 앞길에 어떤 장애물이 기다리고 있어도 알 바 아니다. 쓰러진 나무나 큰 바위, 죽은 야수가 선로를 막고 있어도, 철교가 무너져 있어도 큰 문제가 안 된다.

퍼뜩 정신을 차렸을 때 이미 나는 우렁차게 소리를 지르고 있다. 나는 뭔가 의미를 알 수 없는 말로 마구 고함을 친다. 그 사이에 양쪽의 짙은 녹음의 벽이 점점 두꺼워진다. 그간의 부득이한 사정들이 뒤쪽으로 날아간다. 새들의 지저귐이나 초목의 향기가 복잡하게 섞여, 오십 대 중반밖에 안 됐지만 일찌감치 기진맥진해진 나를 엄청나게 고양시킨다.

이렇게 야산을 돌아다닐 수 있을 줄은 생각도 못했다. 어느새 자신을 잊었다. 아랫배가 튀어나왔고 한물갔으며 꼼짝할 수 없는 궁지에 빠진 정년퇴직자라는 사실을 깡그리 잊어버렸다. 경거망동을 삼가는 나는 이제 어디에도 없다.

그렇게 있는 힘껏 젓지 않아도 관성으로 달린다는 것을 알면서도 그만둘 수가 없다. 추억할 가치도 없는 수십 년이 등 뒤로 날아간다. 키 작은 잡초를 무시무시한 기세로 쓰러뜨리며 돌진하는 광차의 굉음은 큰 소리로 웃는 남자에게 박자를 맞춰주고 있다.

나는 살아 있다. 이를 마음속으로 생생히 자각한 것이 몇 년 만일까. 나는 지금 모든 일이 순조롭게 진행되던 때의, 또는 이러쿵저러쿵 말들이 많은 인물이었던 무렵의 뻔뻔스러운 상판을 되찾았음에 틀림없다. 그렇지 않으면 좀 더 지독하고 배은망덕한 사람의 전형 같은 형상일지도 모른다.

나는 내게 격문을 띄웠다. 적어도 이럴 때의 나는 어떤 상황에서도 살아남을 수 있는 강자다. 영혼과 육체의 조화를 멋지게 유지한, 나무랄 데 없는 어엿한 남자다. 결코 남이 하라는 대로 하지 않고 거짓 웃음을 흘리지 않으며 남의 비위도 맞추지 않는, 확고한 자세를 가진 독립된 한 사람의 당당한 인간이다. 또는 혼자 머무를 수 있는 담박한 성격에 사리분별을 할 수 있는 명랑한 염세가다.

가슴속에서 용솟음치는 것은 바로 정열이다. 어쩐지 신출귀몰한 무뢰한이라도 된 듯한 기분이다. 부침이 있는 인생, 그게 어떻다는 말인가. 자신을 포기하기에 이른 갖가지 비극적인 요인, 그게 어떻다는 말인가.

나는 이제 누구의 부음도 듣지 않아도 된다. 또한 누구의 마음도 이해하지 않아도 되고, 인망 잃는 걸 두려워하지 않아도 된다. 중산층 환상에 빠져 조금이라도 우위에 서려고 밤낮으로 분투하지 않아도 된다. 앞으로 모든 처신을 나 혼자만의 생각으로 결정할 수 있다.

고향의 산천으로부터 따뜻한 대접을 받고 있다. 이 땅을 구성하는 만물이 온갖 수단을 동원하여 귀향자를 기쁘게 하려고 한다. 우선 이 광차가 좋은 예다. 자동차도 자전거도 갖고 있지 않은 나를 위해 이런 탈것을 준비해주었다. 꽤나 묘미 있는 일을 하지 않는가. 그렇다면 당연히 나도 그 나름의 대응을 해야 한다.

가자무라의 환대에 부응하여 이 여름을 마음껏 살아주자. 그리고 가을이 오면 타는 듯한 단풍 한가운데서 편안히 죽어주자. 그보다 나은 최후는 없으리라. 열차에 치여 죽는 최후와는 비교가 되지 않을 것이다.

이제 와서 생각하면 그 마을 사람은 선로가 아니라 강에 몸을 던져야 했다. 그러는 편이 훨씬 깨끗이 죽는 일일 것이다. 하지만 이 고장 사람은 어쩐 일인지 물에 빠져 죽는 것을 몹시 싫어한다. 아마 아주 옛날부터 물에 의지하여 살아온 탓이리라.

가자무라 출신자라면 누구나 강에 특별한 마음을 갖고 있다. 그렇기에 사방에 댐 하나 짓지 못하게 했다. 지금도 여전히 그런 마음에는 변함이 없으리라. 이곳 물은 바라보기만 해도 텅 빈 마음에 스며든다. 맑은 물 이외의 물은 흐르지 않는다. 인구가 격감한 만큼 투명도는 높아졌으리라.

돌진해오는 증기기관차에 몸을 던진 마을 노인은 순식간에 산산이 부서졌다. 내가 아직 자살이라는 말의 의미도 몰랐던 무렵에 일어난 자극적인 사건이었다. 무엇보다 뒤처리가 무척 힘든 사건이었다. 나는 아우와 함께 현장 부근의 잡목림 속에서 숨을 죽이며 그 모습을 훔쳐보았다. 어른들은 그 부근 일대에 흩어진 내장이며 뇌수며 핏덩이를 주워 모아 태웠다. 조릿대 잎을 전면에 깐 땅바닥에 뼈가 붙은 커다란 살점들이 쭉 놓였다.

그때 나는 이런 생각을 했다. 이럴 바엔 차라리 물에 퉁퉁 부은 익사자가 더 낫지 않은가. 이런 생각을 한 사람은 과연 나뿐이었을까. 아무튼 관계자에게는 별 상관없는 일이었을 것이다. 그 증거로 임시 무료봉사를 나온 마을 사람들은 누구 하나 불쾌한 얼굴을 보이지 않았다. 불쾌한 얼굴은커녕 자리를 죽 보전하고 있으면서 가족에게 폐를 끼치는 일을 피한 훌륭한 최후라며 극구 칭찬하는 사람까지 있었다.

그러므로 아무리 궁지에 몰려도 자신의 사체로 가자무라의 물을 더럽히는 짓을 하는 주민은 없었다. 어머니의 경우도 그랬다. 바로 코앞에 있는 소코나시 강에 뛰어들면 좀 더 편하게 죽을 수 있었을 텐데 어머니는 군이 긴 시간 괴로워해야 하는 극약에 손을 댔다. 극약을 들이켜고 나서 적어도 거의 한나절은 숨이 붙어 있었을 거라고 의사는 말했다.

죽은 얼굴은 확실히 그런 것이었다. 장례식이 끝난 후 어머니가 발견된 나무숲에 들어가 보았다. 나무 그늘에 난 풀이 상당히 넓은 범위에 걸쳐 쓰러져 있었고 어린 나무도 몇 그루나 꺾여 있었다. 곰이 새끼를 데리고 지나간 직후의 잡목림과 흡사했다.

어머니로서는 죽는 것 외에 다른 길이 없었을 것이다. 그토록 대단하던 어머니도 거듭되는 불행에 견딜 수 없게 되었으리라. 가자무라 사람은 강인하다. 그리고 강인한 그만큼 딱 무르기도 하다.

근처에 살고 있는 소꿉친구로부터 들은 이야기에 따르면 어머니는 발광 직전이었다고 한다. 나는 아버지에게 그것을 확인할 생각에, 같이 살면서 왜 사전에 눈치 채지 못했느냐고 따져 물었다. 하지만 늘 그렇듯이 요령부득인 대답밖에 돌아오지 않았다.

아버지는 언제나 미적지근한 사람이었다. 아버지가 남의 언행을 일일이 비난한 적이 없는 것은 자기 이외의 사람에게 관심을 기울이지 않기 때문이다. 나는 그렇게 보고 있다. 자신이 놓인 상황조차 제대로 파악할 수 없는 사람이 배우자의 심경을 이해할 리 없다. 열차에 뛰어든 노인과 마찬가지로 어머니 역시 물을 신성시하는 주민의 한 사람으로서 비참한 최후를 마쳤다.

그와 반대로 누이는 실패했다. 누이의 변사체는 오보레 강을 더럽혔다. 하지만 그 덕에 사람의 눈에 띈 것도 사실이다. 만약 볕도 들지 않는 깊은 산속에 묻혔다면 영원히 발견되지 않았을 것이다. 범죄로 성립되지도 않고 행방불명된 실종자 취급을 받으며 현재에 이르렀을 것이다.

그렇지만 오보레 강을 더럽힌 것은 누이의 뜻이 아니다. 누이에게는 아무런 책임도 없다. 아우는 이런 짓을 한 놈이라면 타관 사람일 게 뻔하다고 말했다. 가자무라 사람들의 생각도, 인근 마을 사람들의 생각도 아우와 같았다. 나도 그렇게 생각했고 경찰도 그렇게 짐작하고 있었다.

지나가던 성격 이상자의 짓이었을 거라는 추리가 가장 맞을 거라고 여겨졌다. 그로부터 15년이 지난 지금도 그 생각에는 변함이 없다. 당시부터 범인이 검거될 가망은 무척 낮다는 말이 무성했다. 사실 수사는 난항을 거듭하며 암초에 걸린 채 시간만 헛되이 흘렀다.

나를 태운 광차는 모호한 진상 속을 나는 듯이 달렸

다. 레일을 고정하기 위해 박은 대못이 빠진 곳에서는 침목이 크게 뛰어오른다. 그때마다 광차도 뛰어오르고 나도 뛰어오른다. 얼마간 내리막길이어서 속도가 높아진다. 그래도 브레이크를 밟지 않고 그대로 쭈욱 달려간다. 잘만 되면 무사히 이즈미마치에 닿을지도 모른다. 이 선로는 대체 어디까지 깔린 걸까.

오래된 역사(驛舍)는 모두 망가져 있었다. 좁은 골짜기 너머로 보이는 곳이 이즈미마치다. 읍내에 늘어선 집들이 분지 밑바닥에 찰싹 달라붙어 있다. 타인의 기색이 점차 짙어진다. 그다지 좋은 기분이 아니다. 역겨운 느낌마저 든다. 직장인 입장으로 되돌려진 듯한 착각이 든다. 애써 얻은 자유를 빼앗기고 말 것 같다.

여전히 자그마한 읍내다. 여기서 이렇게 바라보면 예전의 절반 정도로 줄어든 것처럼 보인다. 그다지 달라진 것이 없는 듯한, 장래의 목표가 될 재료가 아무것도 없는 듯한, 과소평가가 어울리는 듯한, 그런 시골 읍내가 점점 다가온다.

자, 가자. 먹을거리를 구하려면 그곳으로 갈 수밖에 없다. 차가운 생맥주, 막 튀겨낸 구시카쓰(잘게 썬 돼지고기와 파를 번갈아 꿰어 옷을 입혀 튀긴 것―역자 주), 부드러운 팥소가 들어간 찹쌀떡, 어패류를 삶아서 우려낸 국물로 끓인 라면이 나를 기다리고 있다.

광차는 사람들이 사는 곳을 향해 무서운 기세로 돌진해간다. 자동차 경적이 들려온다. 배기가스가 대기를 일그러뜨리고 있다. 올벼 이삭이 물결처럼 흔들린다. 저수지에서는 황소개구리가 열심히 울어댄다. 역이 있던 곳에 거대한 슈퍼마켓이 들어서 있다. 마치 조카마치(城下町, 무가 시대에 다이묘의 거성을 중심으로 발달한 도시—역자 주)의 성 같은 존재감을 드러낸다. 상공에는 오그라들기 시작한 애드벌룬이 칠칠맞지 못하게 떠 있다.

내 몸 둘 곳은 어디에도 없을 것 같다. 필요한 물건을 구하면 즉시 나오기로 하자. 선로 양쪽이 숲이라 느닷없이 나타난 광차를 알아챈 사람은 없는 듯하다. 슬슬 속도를 떨어뜨리는 것이 나을 것이다. 시험 삼아 브레이크를 밟아본다. 듣는다. 이 정도 들으면 충분하다. 밤이었다면 바퀴에서 튀는 불꽃이 보였을 것이다.

숲을 빠져나가자 들판이 펼쳐져 있다. 온통 키 큰 풀이 자라나 있다. 줄기가 억센 풀에 얼굴을 맞기 전에 정지하는 편이 나아 보인다. 돌아갈 때도 어떻게든 광차를 이용할 수 있을지도 모른다. 경사 때문에 무척 힘들 거라고는 생각하지만, 그렇게 급한 경사만 없다면 어떻게든 될 것이다. 안 될 때는 걸어가면 그만이다.

광차는 정해진 위치에 정확히 멈춘다. 정적이 돌아와 귀가 먹먹하다. 벌레가 울고 있다. 돌아봐도 가자무라는 보이지 않는다. 아마 먼 데까지 와버린 것 같은, 가자무라로는 두 번 다시 돌아갈 수 없을 것 같은 기분이다. 그리고 또 한 명의 내가 아무렇지 않은 어조로 이런 말을 속삭인다.

'유랑하다 끝내는 것도 꽤 멋진 인생 아니냐.'

그럴지도 모른다. 자신의 분수를 잊고 유랑을 거듭하는 나날……

그냥 떠올려볼 뿐이라면 그런 여생도 나쁘지는 않다.

나는 풀숲을 헤치며 나아간다. 익살맞은 형상의 애드벌룬이 바로 앞에서 흔들리고 있다. 이따금 불어오는 시원한 바람이 땀을 날려준다. 하지만 어딘가 비린내가 나는 바람이다. 튀긴 식품이나 건어물 냄새가 섞여 있다. 지갑을 열게 하는 데 잘 어울리는 음악이 들려온다.

점차 험악해지는 눈빛을 자각할 수 있다. 나를 괴롭히고, 나를 심하게 흔들어온 이런저런 가치관이 여기저기에 가득 차서 넘치고 있다. 그것들은 내가 애써 붙잡은 자유에 트집을 잡으려고 한다. 인간 세상의 평범한 것으로 빙 둘러싸인다. 그것들은 나를 마구 때릴 기회만을 노리고 있다. 손때 가득한 교훈이 해일처럼 밀려온다.

결심이 흔들리기 시작한다. 이 세상에 몸을 두고 있는 이상 무념무상하게 있을 수 없다고 속삭이는 쉰 목소리가 들려온다. 심정적으로 이해할 수 없는 것도 아니지만, 그런 삶은 좋지 않다고 딱 잘라 말하는 아주 맑은 목소리가 조금씩 높아지고 있다. 하지만 나는 어떤 목소리에도 귀를 기울이려 하지 않고 두 팔을 획획 휘두르며 풀숲에서 풍기는 훗훗한 열기를 가로질러간다.

돌연 시야가 열리더니 아스팔트 깔린 광장이 나온다. 슈퍼마켓 뒤쪽으로 상품을 반입하는 곳이다. 지금은 아무도 보이지 않고 뜨거운 햇빛이 멋대로 날뛰고 있다. 산더미처럼 쌓인 빈 골판지 상자가 눈에 들어오자 무심코 그 자리에 못박힌다.

그것은 내가 다니던 회사가 올봄부터 텔레비전을 통해 대대적으로 선전하는 주력 신제품이다. 이런 데서 느닷없이 그런 물건과 맞닥뜨릴 줄이야…….

갑자기 현기증을 느낀다. 약간 구역질도 난다. 그 회사와는 이제 아무런 관계가 없다는 당연한 사실이 납득될 때까지 나는 그 자리에 서 있다. 인간 세계를 떠나 이질적인 존재로서 태평하게 지낸다는 것. 내게는 그런 생활이 불가능하다. 점점 자신감을 잃어간다. 앓고 있는 것은 아무래도 몸만이 아닌 것 같다.

나는 다시 세상의 비난을 두려워하는 소심한 사람으로 영락하려 하고 있다. 꾀죄죄한 차림으로 사람들 앞에 나서고 싶지 않다는 생각이 강해진다. 세상 사람들에게 백안시당하고 싶어 하지 않는 무용지물이 여기에 있다.

그런 나를 억지로 내팽개치며, 몹시 배가 고픈 내가 슈퍼마켓으로 들어간다. 머릿속에는 이제 먹고 마시는 일밖에 남은 것이 없다.

4

나는 고주망태가 되었다. 소코나시 강의 벼랑 끝, 어젯밤에 묵었으며 내 마음에 든 그곳에 털썩 걸터앉아 레몬맛 소주를 벌컥벌컥 들이켜고 있다. 안주는 통조림 두 종류다.

음식물은 잔뜩 사놓았다. 오래 보존할 수 있는 것들뿐이다. 이것만 있으면 일주일쯤은 괜찮을 것이다. 쌀, 병조림, 이런저런 인스턴트식품, 건빵, 거기다 술도 이것저것 갖춰두었고 종합비타민제도 구입했다. 그럴 마음만 먹으면 신선한 물고기도 먹을 수 있다. 낚시 도구 세트를 사두었기 때문이다. 신선한 채소도 먹을 수 있다. 갯무 씨까지 준비했다.

나는 대체 무슨 생각을 하고 있는 걸까. 늘 흙과 접촉하는 전원생활을 만끽하려는 걸까. 이런 내게 미래가 있다는 생각이라도 하는 걸까. 대단한 웃음거리다.

그건 그렇고. 이럴 때 딱딱한 이야기는 그만두자. 이렇게 모처럼 기분이 좋아졌으니. 이렇게 기분 좋게 취한 것도 오랜만이다. 어쩌면 처음일지도 모른다.

그건 그렇고 용케 무사히 돌아올 수 있었다. 술을 마신 것은 이곳으로 돌아오고 나서가 아니다. 이즈미마치에서 쇼핑을 끝내고 무거운 짐을 광차에 다 실어 동여매고는 막 출발하려고 할 때 돌연 마음이 바뀌고 말았는데, 그 이유는 잘 모르겠다. 그대로 가자무라로 돌아가는 것이 어쩐지 아쉬웠으리라.

해는 아직 중천에 떠 있었고, 아무 생각 없이 돈을 쓰는 재미도 그 여운이 꽤 남는다. 이즈미마치에 도착하여 맨 처음에 산 것은 대형 웨이스트 파우치였다. 거기에 현금 다발을 잔뜩 넣고 상점가를 어슬렁어슬렁 돌아다니는 기분은 최고였다. 그때까지 술은 그다지 염두에 두고 있지 않았다. 기껏해야 맥주 한 잔 마시고 싶다는 정도였다. 그래서 술 종류는 아직 사지 않았다.

쨍쨍 내리쬐는 한여름의 태양에 이끌리듯이 나는 읍내로 들어갔다. 특별히 이렇다 할 목적은 없었다. 그저 그 부근을 어슬렁어슬렁 거닐고 싶었을 뿐이다. 상쾌한 기분까지는 아니더라도 그것과 거의 비슷한 정신 상태였다. 늙은 벚나무 가로수 밑을 지나는 동안 이런저런 일이 떠올랐다. 하찮은 추억에 휘둘렸다.

요마요이(世迷い) 강 건너편에 모교의 노후한 교사가 보였다. 예전에 가자무라의 젊은이들은 모두 이즈미마치의 고등학교에 다녔다. 버스로 통학한 3년간이 내 눈을 밖으로 향하게 한 계기였다. 그리고

이런 지역은 제대로 된 인생을 살려는 자가 언제까지나 있을 곳이 못 된다는 결론에 도달하게 만든 3년이었다.

당시의 나는 학업 성적이 그런대로 좋아서 특별한 인생을 살 수 있다고 처음부터 단정해버렸다. 인격 형성보다는 학력을 중시하고 싶어 하는 담임교사도 내게 당당히 이렇게 말했다. 너라면 어떤 세상에서든 충분히 통할 것이다.

기대만큼은 아니더라도 나는 세상 사람들이 이류라고 하는 대학에 합격했다. 이어서 또 이류 기업에 취직했다. 일할 만한 보람도 있고 가치도 있는 일이라고 생각했다. 그리하여 나는 눈치 빠르고 출세의 발판을 절대 놓치지 않는 어른으로 성장했다. 일심전력으로 마구 밀어붙이는 내 삶의 방식은 회사의 방침과도, 시대와도 딱 맞아떨어졌을 것이다. 그리고 내가 회사를 떠받치고 있다는 자부심을 가진 시기도 있었다.

결국 회사가 있어야 내가 존재할 수 있다는 것을 진심으로 이해하게 된 것은 지난 이틀, 어제부터 오늘에 걸쳐서였다. 물론 그 이전부터 어렴풋이 알아채긴 했다. 눈치를 챘을 때는 이미 회사로부터 배척당하는 처지가 되었다. 일을 할 때 실수를 한 거라면 또 모르겠지만 가족이 저지른 일로 일선에서 제외되고 말았다. 도피 중인 살인범 아우를 가진 사원이 큰 활약을 펼쳐서는 세상에 대한 체면이 안 선다는 그런 배려였을 것이다. 당연한 조치였을지도 모른다. 그러므로 회사를 원망할 생각은 전혀 없다.

애초에 이즈미마치에서 보낸 3년이 잘못의 시작이었다. 그렇게 말할 수 없는 것도 아니다. 동창회는 무시해왔다. 참석도 하지 않았고 회비 청구서도 찢어서 버렸다. 마흔까지는 오로지 그렇게 앞만 보며 살았다. 그런데 마흔을 넘어서고 나서는 고향에 있는 가족이 휩쓸리거나 일으킨 사건 탓에 예전의 급우와 얼굴을 마주하고 싶어도 마주할 수 없게 되었다.

급우들 대부분은 이즈미마치에 남아 평범하게 행복한 생애를 만끽하고 있을 것이다. 시골 생활을 한탄하는 사람은 한 사람도 없을 것이다. 누구나 이 지역에서 나름대로 잘 살고 있으리라. 믿기 힘든 일이지만 그때로부터 삼십 몇 년이 흘렀다. 만약 그들과 스치더라도, 아니 설사 직접 말을 나눈다고 해도 서로 얼굴을 잊어버렸을 것이다.

녹기 시작한 아스팔트를 천천히 걷는 중에 무언가를 알아차렸다. 얼굴은 똑바로 앞을 향하고 있어도 내 눈은 타인을 좇아 두리번거리고 있었다. 그것도 한 사람 한 사람을 확인하는 것처럼 차분히 관찰하였다. 도시에서 살았을 때는 생각조차 할 수 없는 일이었다. 불특정 다수의 타인에게 둘러싸여 살아야 하는 번잡한 도시에서는 직접적인 관계가 없는 사람은 마네킹이나 조각상 정도의 존재 가치밖에 없다.

면식이 있는 사람을 찾고 있었던 걸까. 내가 그럴 리는 없다. 오히려 지인을 피하고 있었다. 만나고 싶은 이는 한 사람도 없었다.

아니면 무의식중에 죽거나 도망쳐 숨어 지내는 가족의 환영이라도 찾고 있었던 걸까. 누이나 아우를 닮은 얼굴을 찾아 지난날의 모습을 떠올리며 지나간 좋은 날들을 진지하게 술회하고 싶었던 걸까.

설마. 나라는 사람이 설마…….

꽤 오래된 일이지만 나는 은밀히 가족과 인연을 끊었다. 입 밖에 내지는 않았지만 가자무라와 함께 생가와도 관계를 끊었다. 누이가 그런 일을 당하지 않았다면 아직도 절연 상태가 유지되었을 것이다. 부모의 장례식에도 얼굴을 내밀지 않았을 것이다. 그리고 지금쯤 나는 새도 떨어뜨릴 만큼의 위세를 얻었을지도 모른다.

쇼윈도에 비친 내 모습을 보고 기겁했다. 설마 그런 형상으로 걷고 있다고는 생각하지 못했다. 화가 난 눈에 아주 사나운 표정을 짓고 있었다. 단 하루 만에 아주 딴사람이 되었다. 상당히 살기를 띤, 추레한 차림의 반병신이 몹시 휑뎅그렁한 상점가를 성급하게 걸어다닌다.

나는 그 얼굴을 뚫어지게 응시했다. 틀림없이 분노의 표정이었다. 그러나 누구를 향한 분노인가 하는 것까지는 알 수 없었다. 짐작조차 할 수 없었다. 이제 와서 운명에 이의를 제기해봤자 소용없는 짓이다. 나는 마음속으로 그렇게 중얼거렸다.

살해당한 누이는 확실히 가엾기 짝이 없었다. 여기저기에서 데려가려고 안달이 날 만큼의 아가씨는 아니었지만 평생 혼자 살아야 할 만큼 못생긴 여자는 아니었다. 서른 가까이 되어도 데려가려는 사람이 나타나지 않은 것은 전적으로 그런 산골 마을에 틀어박혀 있었기 때문이다. 남자의 눈에 띌 기회가 너무 적었던 탓일 것이다. 장남을 따라 상경하여 누구의 시선도 신경 쓸 필요가 없는 환경에서 새로운 생활을 시작했다면 남들과 같은 정도의 행복은 얻을 수 있었을 것이다.

결혼도 할 수 있었으리라. 그랬다면 그런 일은 당하지 않았을 것이다. 도시에서 사는 것이 무리라고 여긴다면 적어도 이즈미마치로 옮겨 살았어도 괜찮았을 것이다.

누이는 왜 그렇게 하지 않았을까. 남들보다 두 배는 내성적이었지만, 그렇다고 해서 자신의 처지가 어떤지 깨달을 수 없을 만큼 어리석지는 않았을 터다. 이런 곳에 죽치고 있다가는 언제까지고 결말이 나지 않는다는 것을 이해하지 못하는 여자는 아니었다. 게다가 집안을 잇는 것은 둘째오빠이지 장녀가 아니라는 것도 가슴에 사무칠 만큼 잘 알고 있었을 것이다.

생가에 계속 있다가는 해가 갈수록 거추장스러운 사람이 되어갈 뿐이라는 사실을 모르는 여자가 아니었다. 가자무라에서 대체 뭘 그렇게 기다리고 있었던 걸까. 설마하니 성격 이상자의 독니에 걸려들 날을 기다리고 있었던 것은 아닐 텐데 말이다.

나는 이즈미마치의 거리 여기저기를 정처 없이 돌아다녔다. 자신도 모르는 사이에 아우를 찾고 있었을까. 이제는 살아서 만날 수 있는 육친은 그 녀석뿐이다. 그렇게 휘청휘청 걷고 있을 때라도 혹시 느닷없이 맞닥뜨리지 않는다고 할 수도 없었다. 이즈미마치에 잠복하고 있다고 해도 전혀 이상할 것이 없었다.

그로부터 15년이나 지났다. 15년이라고 하면 어떤 잘못이라도, 살인이라도 죄를 물을 수 없는 세월이다. 용서받지는 못한다고 해도 체념하게는 만들 수 있는 시간이다. 경찰 관계자조차 아우에 대해 잊어버리고 있을지도 모른다.

녀석의 수배 사진을 본 일이 종종 있었다. 별로 닮지 않아서 이름을 확인할 때까지는 생판 남이라고 생각했다. 어머니가 일부러 비슷하지도 않은 사진을 골라 경찰에 건넨 걸까.

전해 듣기에 아우의 처사를 원망하는 사람은 없었다. 당시 나는 상당히 진지하게 희생자의 유족을 찾았다. 아우 대신 조금이라도 속죄해야 한다고 생각했다. 진심이었다. 아무튼 사죄하고, 그러고 나서 금전적인 해결을 모색할 생각이었다. 그렇게라도 하지 않으면 회사에서 내 체면을 유지할 수 없다는 타산도 분명히 작용했다.

그런데 혼혈인 그 토목 인부에게는 친척이 전혀 없었다. 모친도 부친도 모른다는 것이었다. 경찰로부터 그 이야기를 들었을 때 솔직히 나는 안도했다.

허나 안도하는 가슴을 쓸어내리며 무심코 아내 앞에서 본심을 드러내고 말았다. 기뻐할 거라 생각하고 말했는데 오히려 그녀의 분노를 사는 처지가 되었다. 쓸데없는 지출을 피할 수 있게 되었다고 내가 말하자 아내는 갑자기 안색을 바꾸며 대들었다. 그렇게까지 서슬 시퍼렇게 고함을 지르는 그녀를 본 것은 그때가 처음이자 마지막이었다. 성장 과정에 복잡한 사정이 있어 냉혹한 세상을 혼자 살아가야 하는 사람을 그런 식으로밖에 보지 못하느냐며 격노했던 것이다.

그런 말을 듣자마자 퍼뜩 마음에 짚이는 게 있었다. 아내의 처지를 새삼 떠올렸다. 경솔했다. 무신경한 말을 입 밖에 내고 말았다. 그런 나를 무슨 일이 있어도 용서할 수 없다고 아내는 말했다.

아내는 혼자라는 처지에 대해 과도한 공포심을 갖고 있었다. 가족이 없는 처지를 자유라고 생각할 수 없는 듯했다. 그래도 우리 부부 사이에 아이가 있었다면 아내는 나를 그렇게까지 깨끗이 단념하지 않았을 것이다. 설사 좀 더 냉혹한 말을 입 밖에 냈다고 해도 이토록 미친 듯이 평정심을 잃고 집을 나가는 일도 벌이지 않았을 것이다.

어쨌든 아내의 일방적인 결단 덕에 좋든 싫든 나는 다시 자유의 몸으로 돌아갔다. 혼자가 되었을 때 이렇게 생각했다. 이제 마음 놓고 일에 몰두할 수 있다…… 이제 가족이 원인이 된 실점을 일거에 만회할 수 있다…….

그런데 회사는 업무 성적만으로 내 가치를 판단해주지 않았다. 잇따른 가족의 말썽이나 가정의 붕괴, 단지 그것만으로 유능한 사원을 한쪽 구석으로 내쫓았다. 회사가 순조롭게 발전하고 더욱 높은 안정 궤도에 올랐기 때문에 체면을 중시할 수 있는 여유 있는 인사가 가능했을 것이다. 그러나 단기간에 큰 성공을 거둔 기업은 대체로 그런 식으로 전략의 길에 들어서는 법이다.

아직도 그 라면집이 있다. 당시 느티나무 가로수 길에서 조금 벗어난 곳에 있던 그 가게는 고등학생들의 집합 장소였다. 여름방학 중이라 학생들은 보이지 않았지만 여전히 번창하고 있는 모습이 엿보였다. 슈퍼마켓에서 본 먹거리는 모두 위장에 트릿한 것들이라 다소 질렸는데도, 막상 옛날의 그리운 간판이 눈에 들어오자 다시 식욕이 동했다.

유리문을 열자 순식간에 그 무렵의 냄새에 휩싸였다. 그리고 단숨에 삼십 몇 년 전으로 되돌려졌다. 기억과 다른 점은 하나도 없었다. 가게 내부의 구조도 옛날 그대로였다. 상당히 억지스러운 모양의 카운터도, 적당한 테이블 배치도, 지저분한 기둥도, 서툰 글씨로 쓰인 메뉴도, 변변치 않은 젓가락도, 칙칙한 색의 사발도 모두 옛날 그대로였다.

변한 것은 주인과 종업원의 면면이었다. 지금의 주인은 틀림없이 2대째, 즉 부모의 눈을 피해 계산대에서 동전을 꺼내 근처의 구멍가게에서 군것질만 하던 그 아이일 것이다. 그때의 모습이 또렷이 남아 있다.

가장 싼 라면을 시키고 만두도 한 접시 주문했다. 가난한 집에서 고등학교를 다녔던 내게 그것은 가장 사치스러운, 한 달에 한두 번 먹을 수 있을까 말까 한 훌륭한 음식이었다. 유감스럽게도 맛 자체에 감격할 수는 없었다. 왜냐하면 회사에서 처리되는 교제비를 충분히 쓸 수 있었기에 어느덧 혀가 마비되어 버렸다. 당뇨병을 앓아 실명할지 말지 하는 갈림길에 설 때까지 미식을 그만두지 않았기 때문이다. 내가 그 가게에서 걸신들린 듯이 먹은 것은 아마 향수 그 자체였으리라.

물을 마시는 중에 생맥주라는 글씨가 눈에 띄었다. 그 순간 큰 조키로 벌컥벌컥 마시고 싶어졌다. 이제 와서 애써 절식을 해봐야 무의미하다는 친숙한 변명이 고개를 쳐들었다. 게다가 오늘의 운동량이 상당했다는 구실도 생겨났다. 아무튼 한나절에 가자무라와 이즈미마치 사이를 왕복해야 했다. 돌아가는 길은 경사가 심해 광차를 혼자 힘으로 달리게 하는 것은 무리일지도 모르고, 그렇게 되면 걸어서 돌아갈 수밖에 없으니 지금 열량이 높은 것을 먹고 마셔두자.

결국 알코올이 알코올을 부르게 되고 말았다. 라면집에서는 맥주 한 잔으로 끝났지만 뜨거운 햇볕을 받자 다시 마시고 싶어졌고 마시지 않을 수가 없었다. 그리고 백 미터도 가지 못해 다시 자동판매기 앞에서 현금이 든 웨이스트 파우치를 열었다.

캔 맥주를 잔뜩 안고 이즈미마치를 가르며 흐르는 요마요이 강의 하천 부지로 향했다. 어디든 더웠으나 그래도 얼마간 시원한 곳은 가미키리(かみきり) 다리 밑 정도였다.

걸어서 지치고 달아오른 발을 여울에 담그고 맥주를 마시기 시작했다. 가자무라의 강물에는 미치지 못해도 도시를 흐르는 강물과는 비교가 안 될 만큼 맑았다. 맥주를 한 모금 마실 때마다 이러니저러니 변명하고 싶은 마음이 옅어져 갔다. 그리고 눈은 어딘가 먼 곳으로 향해졌다. 산 너머, 하늘 너머, 훨씬 더 먼, 이 세상의 끝 언저리를 멍하니 바라보았다. 나를 엄하게 추궁하는 또 다른 나는 이미 사라졌다.

"살아 있는 것인지 죽은 것인지."

나의 이 혼잣말은 바로 내 처지의 핵심을 건드리는 것이었다. 이 존재는 어디까지나 어렴풋하고, 어디까지나 어중간했다. 이 애매함이 역겹다고는 생각하지 않았다. 역겹기는커녕 진심으로 기뻤다. 존재와 무의 거의 중간쯤에 몸을 두고 있는 듯한 애매함이 나를 황홀하게 했다. 가능하다면 이런 도취감에 영원히 빠져 있고 싶었다.

다리의 횡목에 잔뜩 걸려 있는 것은, 우란분재 마지막 날 영혼을 저승에 보내기 위해 짚으로 만든 배에 작은 제물 등을 실어서 띄워 보내는 불사(佛事)의 잔해였다. 좀 더 상류에 있는, 물의 신을 모신 신사 주변에서 흘러내려온 것인데 어젯밤에는 온 동네가 축제 기분에 휩싸였을 것이다.

관공서의 위탁을 받아 노인회 사람들이 그 쓰레기를 치우고 있었다. 작은 배를 띄워 차례로 건져 올렸다. 그러므로 옛날처럼 망자의 영혼이 바다로 흘러가는 일은 없을 것이다. 불과 몇 킬로미터 흘렀다가 회수되어 소각로에 던져지고 만다.

누이도 비슷한 취급을 당했다. 누이의 몸을 잘게 토막 내 오보레 강에 던져버린 놈은, 그것이 흐르고 흘러 바다에 이르러 물고기 밥이 됨으로써 모든 범죄의 흔적이 깨끗이 사라질 거라고 생각했을 것이다.

만약 그렇다면 그놈은 어지간한 바보가 아닐 수 없다. 바다에 이르기까지 몇 개의 댐이 기다리고 있는지 생각도 하지 않았을 것이다. 실제로 누이는 첫 번째 댐도 지날 수 없었다.

살해당하는 사람은 결코 드물지 않아도 성격 이상자의 마수에 걸려 목숨을 잃는 사람은 그리 많지 않다. 하지만 넓은 세상에는 짐승 같은 행위로만 정신의 균형을 찾는 자가 있다. 그렇다고 해서 그들을 단지 미치광이 취급을 하는 것으로만 끝내버리는 것은 잘못이다. 악성 마음병에 걸린 가엾은 사람으로만 보는 것은 도무지 옳지 않다. 그런 점에서 내 견해는 아우의 그것과 완전히 일치했다.

하지만 아우가 왜 그런 짓을 했는가는 잘 이해되지 않는다. 우리 형제의 명확하고 분명한 차이는 그 분노를 이성으로 억제할 수 있는가의 여부에 있었다. 나는 처음부터 법에 따라 사건을 처리해야 한다는 생각이었다. 하지만 아우의 생각은 달랐다. 녀석의 분노는 아무리 시간이 지나도 가라앉지 않았다. 가라앉기는커녕 날이 갈수록 점점 더 격앙되기만 할 뿐이었다.

아우는 어렸을 때부터 그런 녀석이었다. 항상 능동적으로 행동하고 주관에만 의존해 매사를 성급하게 파악하려 했는데, 이 버릇은 어른이 되고 나서도 고쳐지지 않았다. 성장함에 따라 더욱 심해져 숙고를 거듭하는 생활 태도에서 점점 멀어져갔다.

그래도 녀석으로서는 나름대로 지혜를 짜내고 충분히 추리를 거듭했다고 생각했을 것이다. 그리고 결국 범인을 찾아냈다고 믿기에 이르렀을 터이다.

밤낮으로 심신을 피곤하게 한 것치고 그 답은 바람직하지 않았다. 그 시점에 경찰에 연락하기만 했다면 아우의 오해는 순조롭게 풀렸을 것이다. 남을 의심하는 전문가들에게 맡겨두면 금방 혼혈인 토목 인부의 무죄가 증명되고 아무 일 없이 끝났을 것이다.

그런데 아우는 그렇게 하지 않았다. 녀석의 울퉁불퉁한 머릿속에는 그저 사적인 원한을 푸는 것밖에 없었다. 설령 그 떠돌이 노무자가 진범이었다고 해도 이토록 자신의 인생과 바꾸는 짓을 해서는 안 되었다.

녀석의 지레짐작이 실패한 탓에 두 사람이 비참한 말로를 겪게 되었다. 느닷없이 녀석의 습격을 받은 피해자의 인생과 가해자인 아우의 인생이 산산이 부서지고 말았다. 안 좋은 영향은 그 두 사람에게만 미친 것이 아니었다. 그 후 어머니가 자살한 것도 아우가 쓸데없는 짓을 저질렀기 때문이다. 아마도 어머니는 누이가 그렇게 된 이유 하나로 스스로 목숨을 끊지는 않았을 것이다.

어머니에게는 장남을 대신하여 집안을 이어받아준 동생 녀석이야말로 보물이고 마지막으로 의지할 대상이기도 했다. 노후를 보살펴줄 아들이 있는 한 다소의 불행을 겪었다고 해도 어떻게든 이겨낼 수 있을 거라고 생각했을 것이다. 그것이 가자무라의 어머니라는 존재였다.

어쩌면 어머니는 서른 살 가까이 되어도 임자가 없는 장녀를 꺼림칙하게 생각했을지도 모른다. 어디까지나 추측에 지나지 않지만 그런 기분이 든다.

그날 어머니는 울며 장례식을 마쳤다. 하지만 그것은 내가 상상하던 슬픔과는 아주 동떨어진 것이었다. 그날 어머니가 가장 신경을 썼던 것은 딸이 성불을 할까 어떨까가 아니라 부의금이 얼마나 들어올까 하는 것이었다. 어머니는 울면서도 내게 이렇게 충고하는 것을 잊지 않았다. 부의금을 상습적으로 훔쳐가는 도둑놈이 있으니까 잘 지키라고 두 번이나 귀엣말을 했다.

아우로 인해 날벼락을 맞은 것은 어머니 혼자가 아니었다. 녀석이 어처구니없는 일을 저지른 탓에 내 계획까지 크게 어긋나고 말았다. 출세 코스에서 벗어났고 아내까지 도망갔다. 당뇨병이 악화한 것도 녀석 탓으로 돌리고 싶었다.

자신이 저지른 일이 오해로 인한 잘못이었다는 것을 알았을 때 녀석은 순순히 경찰서에 출두했어야 했다. 그렇게 했다면 이렇게까지 큰일이 되지는 않았을 것이다.

그래도 큰 소동은 벌어졌을 것이다. 바보 같은 복수로 인해 매스컴의 좋은 먹잇감이 되었을지도 모른다. 하지만 도망치지 않았다면 두 번째의 비극은 최소한에 그쳤을 것이다. 그리고 그 성마른 놈이 내 아우라는 것도 어쩌면 회사에 알려지지 않았을 것이다.

아우의 입장에서 보면, 망신스러운 큰 실수를 저질러 세상 사람들에게 얼굴을 들 수 없다고 멋대로 생각했음에 틀림없다. 아니면 죽음으로 사죄할 생각을 했던 걸까. 요컨대 처음부터 도망갈 생각으로 산속으로 들어간 것이 아닐지도 모른다. 가키다케 산기슭의 들판에 펼쳐지는 나무숲 어딘가에서 자살하는 것도 충분히 생각할 수 있었다.

산을 뒤지는 대규모 추적을 하지 않았다면 녀석은 어딘가에서 조용히 책임을 져주었을 것이라는 생각이 들었다. 그랬다면 나는 큰 계약을 바로 눈앞에 두고 일주일이나 회사를 쉬어야 하는 처지가 되지 않아도 되었을 것이다.

경찰만으로 구성된 추격대라면 그런대로 괜찮았겠지만 동네의 자치 소방대까지 가세했다. 그렇게 되자 형인 내가 손을 놓고 있을 수가 없었다. 억지로 핸드 마이크를 든 나는 목이 쉴 때까지 가키다케 산을 향해 아우의 이름을 불러댔다. 제발 나와라, 부탁이다…… 그런데도 마음속으로는 정반대되는 것을 바라고 있었다. 형의 호소에 응해 아우가 투항하는 장면은 절대 보도되지 않기를 바랐다.

그런데 나중에 후배에게 들은 이야기에 따르면 텔레비전의 전국 뉴스에서 내 옆얼굴과 목소리가 방송되었다고 한다. 화면에는 모자이크 처리가 되었어도 아는 사람이 보면 한눈에 누구인지 알 수 있었을 정도였다는 것이다.

도망자에게는 유리한 지형이었다. 아우의 입장에서 보면 가키다케 산 주변의 복잡한 산지는 앞마당이나 다름없었다. 소방대원의 경우에도 그것은 마찬가지였지만 녀석처럼 자세히 알고 있는 사람은 없었다. 아무튼 짐승 다니는 길을 발견하는 데서 삶의 보람을 느끼는 녀석이었다. 만약 녀석에게 사는 목적이 있었다면 평생을 바쳐 가자무라의 구석구석까지 샅샅이 알아내는 일이 아니었을까. 그렇게 해서 가자무라와 완전히 일체화하는 일이 아니었을까. 예컨대 아버지가 그랬다.

아우는 포위망을 쉽게 돌파했다. 생각건대 격해지기 쉬운 성격의 녀석은 동네 사람들이 적으로 돌아선 것에 기분이 팍 상했을 것이다. 죽는 것을 그만두고 끝까지 도망칠 각오를 한 것은 오직 분노 탓이었으리라.

녀석은 헬리콥터나 경찰견을 교묘히 피해 도망치는 데 성공했다. 완전히 빠져나간 것을 알 때까지 추격대는 꽤 오랜 시간을 헛되이 보냈다.

내 예상으로, 아우는 가자무라 밖으로 한 발짝도 벗어날 수 없는 사람이었다. 다른 지역의 공기를 한 모금 마시는 것만으로도 질식사할지 모르는 그런 녀석이었다. 반대로 말하면 고향 산에 몸을 숨기고 있으면 몇 년이라도 살아남을 수 있는 그런 녀석이었다.

경찰도 나와 같은 생각을 하고 언제까지고 산을 뒤지는 일에 집착했다. 그들은 그해 여름이 끝날 때까지 가자무라에 머물며 정기적으로 또 사무적으로 추격대를 계속 내보냈다. 아우의 모습을 봤다는 그럴듯한 이야기는 가을이 끝날 무렵까지 끊이지 않았다. 그 소동에 정신이 팔려, 살해당한 누이나 누이를 이상한 방법으로 살해한 범인에 대한 관심은 점점 멀어져 갔다.

이즈미마치에 부는 바람은 상쾌했다. 특히 요마요 이 강의 수면을 건너오는 바람은 맥주를 벌컥벌컥 마셔 완전히 취해버린 나의 강력한 아군이었다. 눈에 띄게 아름다운 강바람은 귓전에 대고 이렇게 속삭였다. 이제 와서 발버둥치지 마라. 모든 건 끝나지 않았느냐.

확실히 그 말 그대로였다. 사회의 뒤안길을 걸어야 하는 것은 아우이지 나는 아니다. 저지른 범죄의 끔찍함에 몸서리를 쳐야 하는 것은 아우이지 나는 아니다.

아우는 과연 자책감으로 애를 태웠을까. 녀석이 저지른 일이 과연 사람의 도리에 어긋나는지 어떤지에 대해 형인 내 입으로는 뭐라 말할 수 없었다. 다만 성급한 한 마디로 끝나지 않을 거라는 것은 확실했다. 그리고 명분이 서지 않는 행위가 되어버린 것도 모든 사람이 인정하는 사실이었다.

피해자에게는 정말 미안하고, 사죄할 방도도 없다. 지금도 나는 그렇게 생각한다. 그래도 여전히 인간으로서의 자연스러운 감정이 만든 큰 실수였다는 생각에는 변함이 없다. 아우는 형인 내가 하지 않는 일을 하려다가 얼빠진 짓을 한 것이다. 취해서 기분이 좋아진 나는 그런 결론에 이르렀다.

맥주를 다 마시고 나서의 기억은 정말 어렴풋하다. 띄엄띄엄 생각난다. 그 후 가자무라까지는 어떻게 돌아온 걸까. 광차에 탄 것까지는 기억한다. 이즈미마치에서 산 기계유를 쳐주자 광차는 되살아난 것처럼 잘 달렸다. 다소의 경사에는 아랑곳하지도 않았다. 어쩌면 취한 기세로 인해 피로를 모르는 주행이 가능했던 걸까.

달리는 동안 나는 계속 큰 소리를 질렀던 것 같다. 당치도 않는 말을 요란하게 부르짖었던 것 같다.

광차를 원래의 허술한 판잣집에 넣어둔 것도 어슴푸레 기억한다. 하지만 그 뒤는 확실하지 않다. 그렇게 무거운 짐을 어떻게 짊어졌고, 여기까지는 어떻게 온 걸까.

정신을 차리고 보니 이렇게 소코나시 강의 벼랑 끝에 진을 치고 앉아 혼자 술잔치를 벌이고 있다. 주위에는 생활필수품이 잔뜩 널려 있다. 모두 살아남기 위한 물건들이다.

나는 여기로 무엇을 하러 돌아온 걸까. 죽기 위해서가 아니었던가. 안락한 묘를 만드는 계획은 어떻게 되었는가. 사온 쇠망치와 못으로 대체 뭘 시작하려는 것인가. 나를 위한 관이라도 만들 생각인가. 관 같은 것은 필요 없고, 일단 싫다. 흙과 직접 닿은 채 썩어가고 싶다.

생각났다. 목공 도구를 구입한 이유를 알았다. 내가 한 일이지만, 정말 하찮고 어린애 같은 생각을 한 것이다. 아마 술 탓이리라. 하지만 꽤 재미있을 것 같다. 만약 내일 아침이 되어도 생각이 변하지 않는다면 즉시 시도해보자.

어쨌든 오늘밤에는 실컷 마시자. 곤드레만드레 취해 잠에 떨어질 때까지 계속 마시자. 과음이 원인이 되어 심장이 정지되어 묘 만드는 일이 소용없게 된다고 해도 별 상관은 없다. 심부전이라도 일으켜 덜컥 죽는다고 해도 그건 그것대로 나무랄 데 없는 최후라고 할 수 있으리라.

여기서 이대로 죽는다면 아마 조장(鳥葬)이 될 것이다. 그렇지 않으면 여우나 너구리나 족제비가 뼈 한 조각까지 남김없이 해치울 것이다. 최악인 것은 죽지 않고 실명만 하는 일이다.

날이 새는 게 두렵다. 다음 날 아침 눈을 떴을 때의 두려움은 이루 말할 수가 없다. 눈을 떴는데 아무것도 보이지 않았을 때의 일을 상상하면 몸서리가 난다. 그러므로 아침 해의 눈부심을 느꼈을 때는 안도의 한숨을 내쉰다. 그리고 주위의 이것저것이 평소와 마찬가지로 확실히 보이면 무심코 "좋아"라고 중얼거리고 만다.

그건 그렇고 의사의 진단은 정말 맞는 걸까. 의사에 대해서는 일단 존경한다. 존경은 해도 신용은 하지 않는다. 틀림없이 인체를 숙지하고 있는 걸까. 정말 입원이나 통원 치료 이외의 방법은 없는 걸까. 내버려두면 저절로 치유되는 일은 만에 하나라도 없는 걸까. 절대 없다고 단언할 수 있는 걸까.

"뭐, 어떻게 되든 상관없어!"

갑자기 새된 목소리로 이렇게 외친 것은 물론 나다. 이 음습한 목소리는 석양에 비치는 산들에 메아리치고 마지막에는 가키다케 산으로 그대로 빨려 들어간다.

어스레한 하늘빛이 너무나도 애달프다. 곧 그림자가 어둠으로 변하고, 급속하게 농도를 더해가던 어둠이 거무칙칙한 피를 토해내 세상에서 잊힌 지 오래인 산골 마을을 말살한다.

이제 달이 나올 차례다. 아련한 무리에 둘러싸인 달을 나는 눈도 깜박이지 않고 지켜본다. 대자연을 미니어처 가든 같은 경치로 바꿔버리는 위성은 어젯밤과 마찬가지로 시치미를 떼고 있다.

바위 위에 꽃 돗자리를 깔고 고독한 술잔치를 즐기는 사람을, 상심을 안고 있는지 어떤지 전혀 알 수 없는 초로의 남자를 밝은 달은 상대도 해주지 않는다.

하지만 나는 달을 전적으로 의지하고 있다. 회중전등은 샀지만 램프 같은 것은 손도 대지 않았다. 왜냐하면 달빛을 믿기 때문이다. 가능하다면 불도 쓰고 싶지 않다. 여기에 내가 있다는 것을 누구에게도 알리고 싶지 않다.

알리고 싶지 않아도 이미 알려지고 말았으리라. 어제부터 오늘에 걸쳐 나는 몇 번이나 큰 소리를 질렀다. 내가 소리치면 황소개구리가 일제히 침묵한다. 마을의 한 사람이 알게 되면 모두에게 알려지게 된다. 시골이란 그런 곳이다.

오늘밤에는 아직 파랑새 소리를 듣지 못했다. 특별히 듣고 싶지는 않다. 그렇게 짜증나는 울음소리에 휩싸여 깊은 생각에 잠겨봐야 어떻게 되는 일도 아니다. 어둠에서 태어나 어둠으로 돌아가는 그 새는 진짜 새인 걸까. 새의 모습으로 나타난 뭔가가 아닐까. 어쩌면 썩은 잎에 덮이는 묘를 사람 대신 지키는 자일지도 모른다. 또 어쩌면 이 세상에 살 집을 갖지 못한 누군가를 조소하는 자일지도 모른다.

아카시아 꽃향기가 난다. 그것은 소코나시 강과 합류하여 오보레 강을 이루는 미즈나시(水無し, 물이 없다는 뜻—역자 주) 강 주변에서 풍겨온다. 마치 맥아당 같은 달콤한 향기를 내뿜으며 여명이 얼마 남지 않은, 중병인 체하면서 혼자 은근히 기뻐하는 사람을 더욱 깊은 도취로 유혹한다.

향로를 연상시키는 모양의 가키다케 산이 '죽기에 좋은 밤인데 어떤가?' 하고 다그친다. 내게 이의는 없다. 각오는 되어 있다……, 그럴 것이다.

가만히 있어도 땀이 날 만큼 무덥다. 골짜기 아래쪽의 공기가 데워져 상승하는 현상은 밤이 되어도 되풀이된다. 달빛 속에 떠오른 봉우리들이 나의 혼미한 심경을 여실히 말해주고 있다.

나는 괴로운 나머지 자신의 몸을 소홀히 한다. 술을 마치 독처럼 들이켠다. 술을 마셔 풀죽은 마음을 채찍질한다. 하지만 아무리 마셔도 바로 앞에 있는 생가에 들어갈 용기는 나지 않는다. 다가갈 수조차 없다. 그러면서도 잠자리를 어딘가 다른 장소로 옮기려고 생각하지 않는다.

속세를 살아가는 방편과 관계를 딱 끊었다면 다른 어떤 장소라도 상관없는데도, 어쩐 일인지 나는 그렇게 하지 않는다. 언제까지고 이런 데서 꾸물거리고 있다. 정말 해방된 걸까. 회사로부터 벗어났지만 이번에는 고향에 붙잡히고 말았다. 아마 지금의 나는 덫에 걸린 쥐처럼 불안한 눈빛을 하고 있으리라.

술 같은 걸 아무리 마셔도 불안은 사라지지 않는다. 빈 술병을 차례로 벼랑 아래로 던진다. 이런 식으로 나는 고향의 강을 더럽힌다.

남몰래 죽어 보이겠다는 각오는 진작 날아가 버렸다. 나는 부들부들 떨고 있다. 그렇지 않으면 말없이 쓰러져 울고 싶다. 추억의 중압에 짓눌려 찌그러질 것 같다. 나는 아직 자신에 대한 전별사를 준비하지 못했다.

이제 마실 수가 없다. 수마가 덮쳐온다. 정신없이 자고 싶다. 하루의 피로가 한꺼번에 밀려온다. 어제까지의 피로와는 질적으로 전혀 다르다.

고약하게 취하지 않은 증거로 구역질이 나지 않는다. 광차를 타고 이즈미마치까지 간 것이 적당한 운동이 되었기 때문이리라. 가사 상태에 가까운 잠이 바로 앞까지 다가왔다. 무의식중에 몸을 눕혔다. 나를 살아 있는 사람으로 보지 않는 것인지 모기 한 마리 날아오지 않는다.

이제는 까마귀들의 집이 되어버린 폐가 쪽에서 끊임없이 집이 울리는 불길한 소리가 들려온다. 하지만 도깨비가 나올 기미는 없다. 만취하여 곯아떨어진 내 얼굴을 이제 이 세상에 없는 누군가가 슬쩍 엿보는 듯한 일은 없을 것 같다. 설사 그런 누군가가 주변에 우글거리고 있다 해도 지금의 내 신경으로는 감지할 수 없을 것이다.

파랑새는 아직 울지 않는다. 내가 잠에 곯아떨어질 때까지 기다리고 있는 걸까. 그리고 푹 잠들어 만사를 잊으려는 나를 변변치 않은 꿈속으로 끌어들이려는 속셈인 걸까. 좋을 대로 하라.

　나는 지금 죽은 지 얼마 안 된 시체인 것 같다. 반면에 온몸 구석구석까지 뒤덮은 이런저런 생리적 요구를 일종의 쾌감으로 받아들이고 있다. 영혼과 육체의 다툼이 초래하는 모순이 참으로 기분 좋다. 만화경의 밤하늘이 의식의 나머지를 빨아들인다. 기생개구리의 맑은 울음소리가 옛날의 저편으로 멀어져간다.

5

　한숨 잔 것 같다. 그래도 아직 졸리다. 무슨 일이든 귀찮다. 난숙한 밤이 지속되고 있다. 아니나 다를까, 모처럼의 숙면이 방해를 받았다. 파랑새라도 울기 시작한 걸까. 그건 아닌 것 같다. 달이 너무 밝은 걸까. 그런 것도 아닌 것 같다.

　소코나시 강 건너편 기슭에서 가냘프고 새된 소리가 띄엄띄엄 들려온다. 새 울음소리는 아니다. 들어본 적이 있는 소리다. 틀림없이 풀피리 소리다. 이렇게 이슥한 밤에 대체 누가 그런 걸 부는 걸까. 아름답기는 해도 좋아하는 음색은 아니다. 묻지도 않는데 신상 이야기라도 할 것 같은 애잔한 선율이다.

　상대의 정체는 상상도 되지 않는다. 가자무라의 누군가라는 것 정도는 짐작이 간다. 이 지역 사람이 아니면 그 노래를 알 리 없다. 하지만 떠오르는 얼굴은 한 사람도 없다.

나는 이제 더 이상 이곳 사람이 아니다. 나를 알고 있는 마을 사람의 수도 상당히 줄었다는 것이리라. 그러는 편이 마음 편하다. 그러는 편이 세상을 버리고 초암에 틀어박힌 것 같은 착각을 실컷 할 수 있다.

나는 가만히 귀를 기울인다. 그다지 능숙하지는 않다. 이 정도 실력이라면 지금의 나도 불 수 있을 것 같다. 아우라면 좀 더 잘 불 것이다. 녀석은 풀피리 명인이었다. 그러므로 아우가 아니라는 것은 틀림없다.

녀석은 실종된 채다. 어디로 도망쳐 숨어 있든 하루도 가자무라를 잊지 못할 것이다. 가슴속은 항상 가자무라에 대한 생각으로 가득 차 있을 것이다. 그런 녀석이다. 그러니 언제 돌아온다고 해도 이상하지 않다. 어쩌면 이미 여러 번이나 상황을 살피러 돌아왔을지도 모른다.

아우를 만나고 싶지는 않다. 사실 그 사건 후 나는 녀석을 만났다. 식구 중에서 내 공동주택으로 찾아온 사람은 녀석뿐이었다. 하지만 직접 현관으로 들어온 것은 아니다. 근처 공중전화에서 연락을 해왔다. 아주 조심스러운 접촉이었는데, 그래서 다행이었다.

매일 밤낮은 아니더라도 경찰은 우리 집을 감시하고 있었다. 아내가 그렇게 말했다. 장을 보러 나갈 때 수상한 남자에게 미행을 당하는 일이 종종 있었다고 한다. 잠자코 수화기를 내려놓은 나는 아내에게 아무 말도 하지 않고 집을 나섰다. 우산을 쓰고 억수같이 내리는 빗속을 뚫고 근처 역까지 걸어갔다. 여름날의 어느 일요일 밤 8시 무렵이었다고 기억한다.

다른 건 모르겠지만 그때의 일만은 정확히 기억한다.

개찰구에서 기다리고 있겠다고 했는데, 그곳에는 없었다. 녀석은 그만큼 경계하고 있었다. 아마 친형조차 믿지 못했을 것이다. 내가 경찰에 통보하는 일도 있을 수 있다고 생각했음에 틀림없다.

의심받아도 어쩔 수 없었다. 역에 이르기까지 내 머릿속에서는 양자택일의 폭풍이 아주 거칠게 불었기 때문이다. 설득해서 자수시킬까, 억지로 가까운 경찰서로 끌고 갈까, 하고 무척 망설였던 것이다.

느닷없이 나타난 녀석은 내 어깨를 툭 두드렸다. 막상 아우의 얼굴을 보니 망설임은 이내 사라졌다. 눈과 눈이 마주친 순간 힘껏 도와주고 싶은 마음뿐이었다.

제멋대로 자란 수염 탓도 있어 아우는 무척 초췌해 보였다. 지명수배 전단에 실린 사진과는 상당히 다른 모습이었다. 그러니 지금껏 잡히지 않았을 것이다. 아무리 그래도 너무 심하게 달라졌다. 누이의 장례식 때 한 번 만났기 때문에 그런대로 알아보기는 했지만, 그렇지 않았다면 아무리 밝히고 나서도 순순히 수긍하지 못했을 것이다. 쫓기는 신세가 어떤 것인지 그때 절감할 수 있었다.

나는 아우를 역 구내에 있는 카페로 데려갔다. 그곳은 붐비는데다 어둑어둑했다. 남의 눈에 띄지 않는 가게를 고른다고는 했지만,

그래도 타인의 시선이 신경 쓰였다. 실제로 점원이나 손님이 유심히 쳐다보았다. 아마 우리의 인상이 이상했을 것이다. 아우는 끊임없이 주위에 신경 쓰고 있었다. 그의 눈이 새빨갛게 충혈되었고 바삭바삭 마른 입술은 부르터 얇은 막이 젖혀져 있었다.

몹시 시장했는지 샌드위치 2인분과 오렌지주스 두 잔을 눈 깜짝할 사이에 해치웠다. 그 모습을 보고 나는 아우에게 뭐가 필요한지 바로 깨달았다. 조언 따위보다는 돈이라고 생각했다. 도피 자금 정도라면 도와주어도 좋겠다는 생각이 들었지만 그 전에 물어두고 싶은 것이 있었다. 앞으로 어떻게 할 것인지 알고 싶었다.

그런데 녀석은 주뼛주뼛하는 태도로 먹고 마시기만 하고 언제까지고 본론으로 들어가려고 하지 않았다. 그래서 나는 이렇게 다그쳐 물었다.

계속 도망치고 싶은가, 아니면 잡히고 싶은가.

그러고는 자신이 결정하라고 말해주었다. 그러자 녀석은 거의 알아들을 수 없을 만큼 작은 목소리로 이렇게 말했다.

"이젠 아무래도 좋아."

요컨대 내가 중대한 대답을 선택할 수 있다는 걸 의미했다. 잠깐 생각했다. 아우를 위한 길은 처음부터 자명했다. 당시 녀석은 아직 서른대여섯 살이었다. 마음먹기에 따라서는 다시 시작할 수도 있었다. 형기의 경우도 욕망으로 범한 살인에 비해 훨씬 짧게 끝날 것이다. 정상참작의 여지도 아주 충분할 정도였다.

게다가 끝없는 도피 생활을 더 이상 견딜 수 있을 것 같지 않았다. 남이 보기에는 쉰 살 정도로 보이지 않았을까. 자수를 권유받고 싶어서 형을 찾아온 건 아니었을까. 나를 따라 경찰서에 출두하고 싶었던 건 아니었을까. 그런 표정이었다.

하지만 내가 선택한 것은 다른 답이었다. 나는 지갑을 꺼내 갖고 있던 현금을 죄다 건넸다. 결국은 조금의 망설임도 없이 은행 카드를 주며 비밀번호를 알려주었다. 그리고 이렇게 말해주었다.

"어차피 한 번뿐인 인생이야. 형무소 같은 데서 보낼 수는 없지. 도망칠 수 있는 데까지 도망쳐보는 것도 재미있지 않겠어?"

물론 내 사정만 생각해서 나온 답인 게 뻔했다. 나는 변변치 않은 가족이었다. 한 번 붙여진 도망자라는 레테르가 그렇게 간단히 벗겨질 것 같지는 않았다. 게다가 아우가 체포되면 다시 한 번 화제가 될 거라는 것은 불가피했다. 아직 출세를 포기하고 싶지는 않았다. 아우 사건으로 더 이상 발목이 잡히지 않는다면 회사도 다시 한 번 나의 공헌도에 눈길을 줄지 몰랐다.

아우는 마지못해 돈을 받은 후 소곤소곤 이야기했다. 그날 밤 녀석이 무슨 이야기를 했는지, 지금은 거의 기억나지 않는다. 아버지와 어머니를 잘 부탁한다는 말은 하지 않았던 것 같다. 자기 대신 생가를 지켜달라는 말도 하지 않았던 것 같다. 도망 다니느라 바빠서 도저히 거기까지는 생각이 미치지 않았을 것이다. 아니면 내가 가자무라를 몹시 싫어한다는 것을 잘 알고 있어서 굳이 말하지 않았을 수도 있다.

헤어질 때 녀석은 은행 카드를 돌려주었다. 억지로 건네려고 했지만 아무리 해도 받지 않았다. 마음이 꺼림칙한 나는 그럼 이거라도, 하며 우산을 건넸다. 아우는 우산으로 얼굴을 감추듯이 하며 혼자 걷기 시작했는데, 조금 걸어가다가 갑자기 얼빠진 사람처럼 푹 주저앉고 말았다. 하지만 내가 달려가기 전에 일어나 정말 미덥지 못한 걸음으로 억수같이 쏟아지는 빗속을 어디론지 모르게 떠났다. 그 뒷모습을 보면서 나는 두 번 다시 아우를 만날 수 없을 거라고 생각했다.

흠뻑 젖은 채 돌아온 나를 보고 아내가 새된 목소리를 내질렀다. 연달아 가시 돋친 질문을 해대는 아내에게 나는 일갈했다.

"시끄러워. 당신하고는 상관없는 일이야!"

아내는 입을 떡 벌린 채, 그때까지 한 번도 고함을 지른 적이 없는 남편의 얼굴을 뚫어지게 쳐다보았다.

세찬 뇌우 탓도 있어 그날 밤은 좀처럼 잠들지 못했다. 두근거리는 가슴이 언제까지고 진정되지 않았다. 내 신변에 눈을 번뜩이고 있는 자의 낌새를 느낄 때마다 벌떡 일어나 창밖을 확인했다. 아내가 물었다.

"대체 어떻게 한 거예요?"

아내가 본격적으로 환멸을 느끼기 시작한 것은 그 무렵부터였을 것이다. 남편에 대한 실망이라기보다는 가정에 대한 낙담이 아니었을까. 아내가 머릿속에 그리고 있던 행복에 대한 이

미지는 결국 홈드라마의 연장에 지나지 않은 몽상으로, 그것에 너무 지나치게 마음을 쏟았다. 가정만 갖는다면 행복할 수 있을 거라고 믿었다. 이곳저곳 시설을 옮겨 다니며 자란 사람에게 그런 생각은 광적인 신앙이나 마찬가지였으리라.

가정에 진정한 안락이 있다는 믿음은 환상이다. 나는 어렸을 때부터 그것을 깨달았다. 핏줄이나 정이라는 미지근한 물에 몸을 담그고 편하게 살아가는 동안 잃어버린 것이 얼마나 큰가 하는 것을 직관적으로 파악했다. 그러므로 가족과의 관계를 재빨리 끊었던 것이다.

그런 내가 결혼하기로 결단을 내린 것은 전적으로 보신을 위해서였다. 사회인으로서 제몫을 못하는 사람으로 취급받음으로써 냉대를 당하고 싶지 않았던 것이다. 그리고 아내를 반려자로 택한 첫 번째 이유는 주위에 아무도 없는 사람이었다는 점이었다. 부모도, 자매도, 형제도 없고 먼 친척조차 없는 처지를 높이 샀다. 세상에서 이만큼 번거롭지 않은 결혼은 달리 없을 거라는 생각에 사로잡혔고, 사실 그대로였다.

그렇다고 그것 하나만으로 결혼을 결정한 것은 아니다. 물론 좋아하지도 않은 여자와 결혼할 리는 없다. 처음 만났을 때부터 상대가 마음에 들었다. 거짓말이 아니다.

단골 이발소 아저씨가 나와 같은 현 출신자였다. 그런 인연으로 그는 나를 볼 때마다 결혼 조건을 상세히 물었다. 너무 집요해서 반농담으로 본심을 말했다. 아무리 소개해주는 것을 좋아하는 사람이라고 해도 그렇게 안성맞춤인 상대를 쉽사리 찾아낼 수는 없을 거라며 우습게 보고 말해본 것이다.

그런데 보름도 지나지 않아 내 취향에 딱 맞는 아가씨를 소개해주었다. 소개를 받고 만난 직후에 나는 그녀에게서 일종의 친근함을 발견했다. 어디에서도 어두운 성장 배경을 느낄 수 없었고, 키가 크고 날씬했으며 청결감이 넘치면서도 아주 고혹적인 미소를 보여주었다. 게다가 배려가 세심한 여자였다.

하지만 그쪽이 나를 어떻게 생각하는지를 알 수 없었다. 갑자기 마음에 들지 않는다는 분위기를 넌지시 내비칠지도 몰라 나는 흠칫흠칫 테이블 건너편에 앉아 있는 여자의 얼굴을 칩떠보고 있었다. 그렇게까지 진지하게 이성의 마음을 얻고 싶었던 적은 그 전에도 후에도 없었다.

너무 열중한 나머지 그녀가 왜 나 같은 남자를 골랐는지는 생각도 해보지 않았다. 미남도, 스포츠맨도, 자산가의 자식도 아닌, 어디에라도 있을 법한 평범한 일벌레와 결혼하고 싶어 할 이유를 살펴볼 여유 따위는 없었다. 오히려 그녀가 훨씬 냉정하게 상대를 관찰했을 것이다. 그리고 일만 아는 착실함을 좋게 평가해주었을 것이다. 이런 남편이라면 일단 가정을 파괴하는 짓은 하지 않을 거라고 생각했으리라. 요컨대 우리는 서로 자신의 사정에 맞게 상대를 오해했다. 중매결혼이란 어차피 그런 것이다.

그녀는 미리 행복에 이르는 길을 정해놓았다. 그렇다면 결혼생활은 틀림없이 예상을 벗어난 일의 연속이었을 것이다. 나는 모양 좋고 풍만한 가슴만으로 충분히 만족했지만 그녀는 그렇지 않았던 모양이다. 당시 그녀의 입버릇은 "평범한 행복이 제일이에요"였다.

그런데 평범함이라는 의미의 폭이 극단적으로 좁았고 평범함의 전형에 지나치게 집착했다. 그러니 아이 없는 가정은 불행 그 자체였을 것이다.

게다가 또 내 가족에게 생긴 잇따른 불행이 재차 타격을 주었다. 날이 갈수록 아내의 말수가 줄어들었고, 나중에는 자율적인 생활 태도를 유지하는 것조차 어려워졌다. 요리, 세탁, 청소, 장보기 등 무슨 일이든 귀찮아하게 되었고 화장조차 하지 않게 되었다. 그리고 하루 종일 텔레비전 앞에만 달라붙어 있었다.

보다 못해 아내에게 말했다. 행복에도 여러 가지 형태가 있으니 세상 사람들과 일일이 비교할 필요는 없다…… 아이가 없어도 즐겁게 사는 부부는 세상에 얼마든지 있다…… 그녀는 끝내 말이 없었다.

그러고 나서 나는 생가와의 관계에 대해 설명했다. 혈연이라는 귀찮은 것에 결코 속박당하고 싶지 않다. 어머니, 누이, 아우가 어떻게 되든 그것은 우리 문제가 아니다.

그러자 아내는 나를 딱 노려보며 이렇게 지껄여댔다. 육친이 곁에 아무도 없는 사람의 마음을 모르는 사람과는 더 이상 함께 살 수 없다…… 요컨대 남편과 둘만의 생활로는 행복해질 수 없다는 의미였다. 아이가 있어야 제대로 된 가정이고, 그래야 행복할 수 있을 것이다. 남편의 가치 따위는 하찮은 것이었으리라.

풀피리 소리는 아직도 계속되고 있다. 귀에 거슬리지는 않지만, 일부러 귀를 기울일 만한 음색은 아니다. 어느새 인생의 한창 때를 지나 일단락 짓기 좋은 데서 죽기로 결심한 사람에게는 꼭 바람직한 소리라고는 말하기 힘들다.

들고 있자니 마치 천리에 어긋나는 게 아닌가 하는 꺼림칙함을 느끼고 만다. 파랑새 소리를 들었을 때는 이제 미련 없이 죽을 수 있다고 생각했는데, 이 풀피리 소리는 나를 착란 상태에 빠뜨리려고 한다. 적어도 죽는 것을 단념하게 하려는 소리는 아니다.

풀피리 소리가 벌집처럼 구멍이 숭숭 뚫린 내 가슴속을 사정없이 긁어댄다. 어수선하게 뒤섞이는 추억이 나를 괴롭힌다. 얽매임을 완전히 끊어버린 공간에 몸을 두고 있는데도 끊임없이 주변에서 중압감을 느끼고 만다. 강 건너편 어딘가에서 누군가 불어대는 풀피리 소리에 왜 이렇게까지 농락당해야 하는 걸까.

목이 마르다. 마음도 바삭바삭하다. 하지만 술은 한 모금도 마시고 싶지 않다.

바람은 단 하나. 유전(流轉)하는 만물과의 공존뿐. 그것도 그리 길지 않아도 된다. 여름 한 철이면 족하다. 단풍이 절정일 때까지만 지속되어 준다면 좋겠다.

특별히 여기서 새로운 생활을 하려는 것은 아니다. 노후 생활의 거점을 확보하기 위해 고향에 돌아온 게 아니다. 나와 내 몸을 없애기 위해 찾아온 것이다. 이치는 그렇게 잘라 말한다.

벼랑 아래에서 시원한 공기가 올라온다. 소코나시 강이 부지런히 나르는 대량의 맑은 물은 덧없이 하루하루를 보내는 마을 사람들의 생활 태도를 긍정하고 있다. 차가워 기분 좋은 바위 위에 직접 몸을 눕히고 있는 나는 풀피리 소리에 의해 추억의 정에 이끌린다. 하지만 잘못 보면 곤란하다. 아무리 잘못되어도 묘 앞에서 통곡하는 사람은 되지 않을 것이다.

　　　　　나는 담배를 피운다. 2년의 금연이 간단히 허사가 되었다. 니코틴이 온몸으로 스며들어 뇌가 기분 좋게 마비된다. 이즈미마치에서 산 담배인데, 술보다 먼저 샀다. 그것도 잔뜩 샀다. 몸을 구성하는 모든 세포 하나하나가 담배 맛을 기억하고 있었다.

　머리가 어질어질하다. 설령 수중에 불로불사의 영약이 있었다고 해도 주저하지 않고 담배를 골랐으리라.

　보랏빛 연기가 풀피리를 조소한다. 풀피리가 발하는 값싼 정서를 보기 좋게 뿌리치는 담배는 술과 마찬가지로 마음 든든한 아군이다. 지금의 내게는 굴레가 될 만한 것이 아무것도 없다. 지병조차 거치적거리지 않는다. 그러므로 언제까지고 마음 내키는 대로 시간의 흐름과 해롱거릴 수 있다.

　여기에 이렇게 있는 나야말로 진정한 나임에 틀림없다. 하지만 지금까지의 내가 거짓이었다고는 생각하지 않는다. 그래도 여전히 이것이 더욱 나다운 나라는 사실은 분명하다. 자주 호된 일을 당하여 마침내 세상을 등진 사람으로 전락해버린 사람과는 다소 사정이

다르다.

나는 지금 산골 여름밤의 아름다움을 남김없이 향수하고 크게 날개를 펴고 있다. 여기에서라면 말 그대로 방약무인하게 행동할 수 있을 것이다. 자신을 속이며 사는 나는 이제 어디에도 없다. 격무를 격무라 생각하지 않는 단단한 돌대가리는 퇴직과 함께 소멸되었다. 55년째가 되어 간신히 만날 수 있게 된 방자한 나날이 나를 딴사람으로 바꾸려 한다. 어떤 무궤도한 모습을 보일지 예측할 수 없는 나를 확실히 자각할 수 있다. 그런데도 내 육체는 마치 한데에 버려진 지장보살처럼 단단해져 있다.

얼굴은 풀피리 소리가 들리는 방향을 향한 채 가면처럼 굳어 있다. 그리고 나는 어느새 그쪽 방향으로 걷기 시작하고, 소코나시 강을 따라 천천히 벼랑가를 나아간다.

아무래도 풀피리 소리가 마음에 걸려 견딜 수가 없다. 상대의 정체를 밝히지 못하면 잠이 안 올 것 같다. 아마 그 녀석은 이미 나를 확인했을 것이다. 낮 동안에 원시림 어딘가에서 몰래 이쪽의 상황을 엿보고 있었으리라.

풀피리 소리는 내게 보내는 신호인 걸까. 내 주의를 환기하고 있는 걸까. 무슨 사정으로 자신이 직접 나설 수 없어 그런 소극적인 방법으로 부르고 있는 걸까. 만약 그렇다면 그 작전은 바야흐로 성공하는 중이다. 실제로 이렇게 이끌려가고 있으니까.

그렇다고 강 건너편 기슭으로 건널지 어떨지는 아직 결정하지 못했다. 아무튼 수량이 너무 많고 유속도 너무 빠르다. 축 늘어진 이

몸으로는 옛날처럼 헤엄쳐 건널 자신이 없다. 결국 미즈나시 강과 합류하는 곳까지 갈 수밖에 없다. 그곳까지 가면 몇 군데 얕은 여울이 있어 돌을 밟고 건널 수도 있다.

정말 그렇게까지 해서 풀피리를 부는 사람을 확인할지 어떨지 아직 뭐라고도 말할 수 없다. 설사 지금 간다고 해도 갑자기 마음이 내키지 않게 될지도 모른다.

당뇨병이란 바로 그런 병이다. 야무지지 못한 머릿속에서 부풀어 오르는 것은 아마 망상 같은 것이리라. 어쩐지 무서운 상상이 휭 하니 뇌리를 스친다. 그 순간 온몸이 경직되며 걸음이 딱 멈춰진다.

당치도 않은 일이다. 풀피리를 분 사람이 아우라니, 언어도단이다. 그런 일은 있을 수 없다. 무엇보다 녀석의 풀피리는 좀 더 능숙하다. 하지만 지금도 어렸을 때처럼 불 수 있다고는 말할 수 없다. 늙어가는 것은 나만이 아니다. 살아 있다면 녀석은 벌써 쉰 살이다. 앞니 한두 개가 빠졌다고 해도 이상하지 않다. 앞니 빠진 사람이 오랜만에 부는 풀피리 소리는 그 정도일지 모른다.

그렇다고 해도 너무 서투르다. 아우는 아니다. 녀석일 리 없다. 백 보 양보하여 당사자라고 해도 만나고 싶지 않다. 이제 와서 만난들 어떻게 되는 것도 아니다. 나는 이제 누구의 방해도 받고 싶지 않다. 아우든 누구든 애써 손에 넣은 자유를 날려버리고 싶지 않다. 지금은 돌아가는 수밖에 없다.

그렇게 하려고 했을 때 희미하게 밝은 강의 수면에서 외나무다리를 보고 만다. 떠내려 온 나무를 이용해서 만든 허술한 다리에 마음이 흔들린다.

풀피리 소리는 가깝다. 바로 코앞이다. 부는 곡은 조금 전부터 달라지지 않는다. 반복 작용으로 마음이 마비되고 판단력이 격감하며 마침내 슬슬 벼랑을 내려간다. 풀뿌리를 붙잡고 바위틈에 손가락을 넣어 신중하고도 대담하게 계속 내려간다.

여기저기서 반딧불이가 어지럽게 난다. 그 아련한 빛의 부드러운 움직임은 마치 풀피리 소리에 맞춰 춤을 추는 것처럼 보인다. 화려한 난무에 매료되며 이번에는 이런 상상을 한다. 살아 있는 사람이 불고 있는 풀피리가 아닐지도 모른다. 어쩌면 누이가 나를 부르고 있는지도 모른다. 과연 누이는 풀피리를 불 수 있었던가. 그런 기억이 없다.

가족에게 관심이 없던 나는 누이에 대해 아우만큼은 자세히 알지 못했다. 내게 누이는 가족 중에서 아버지보다 존재감이 미미했다. 가령 누이가 풀피리를 불 수 있었다고 해도 기껏해야 이 정도가 아니었을까.

아무튼 역시 돌아가는 것이 좋을 것 같다. 산 사람도 죽은 사람도 만나고 싶지 않다. 이런 생각을 하면서도 몸이 멋대로 움직여 점점 벼랑을 내려간다. 그리고 결국 발끝이 평평한 암반에 닿는다.

그 순간 안 좋은 예감에 휩싸인다. 나는 흐르는 물 옆에 서 있다.

달이 부추기고, 너덜너덜한 다리가 도발한다. 이제 와서 두려워할 것은 없다고 또 한 명의 내가 꼬드긴다. 정말 그렇다.

그런데 막상 외나무다리 앞으로 가자 발이 그 자리에 못박힌다. 다리 중간 부분이 물을 뒤집어쓰고 있어 미끄러지기 쉬워 보인다. 하지만 그래서 망설이고 있는 게 아니다. 일단 건너편으로 건너가면 그대로 돌아올 수 없게 될 것 같은 기분이 들어서다.

할머니가 좋아했던 삼도천(三途川, 사람이 죽어서 7일째 되는 날 건넌 다고 하는, 저승으로 가는 도중에 있는 강이다. 강에는 물살이 빠르고 느린 여울 세 개가 있는데, 생전의 업에 따라 건너는 곳이 다르다. 냇가에 탈의파(奪衣婆)와 현의옹(懸衣翁)이라는 두 악귀가 있어 망자의 옷을 빼앗는다고 한다—역자 주) 이야기를 떠올렸다. 어렸을 때 새겨진 오래된 공포심이 되살아난다.

소코나시 강 건너편에는 수해(樹海)가 끝없이 펼쳐져 있다. 그 깊은 숲을 구석구석 통치하고 있는 것은 우뚝 선 가키다케 산이고, 그곳은 사령(死靈)과 파랑새밖에 살 수 없는 암흑의 세계다.

낮이라면 또 모르겠지만 지금은 한밤중이다. 아우라면 주저하지 않겠지만 나는 무리다. 아무리 시골에서 자랐다고 해도 갈 수 있는 곳과 도저히 갈 수 없는 곳이 있다. 가자무라에서 내 행동 범위는 극히 제한되어 있다.

문득 어떤 생각이 떠오른다. 절충안이다. 직장인 시절의 버릇이 나온 것이리라. 다리를 건너기 전에, 또는 돌아가기 전에 시험해두고 싶은 것이 있다. 그 결과 여하에 따라 어떻게 할지 결정하기로 하자.

　가까이에 있는 나뭇잎 중에서 적당히 딱딱한 것 하나를 골라 입으로 가져간다. 부는 방법은 잊지 않았다. 곧 불 수 있게 되었다. 지독한 소리지만 계속 부는 사이에 그럭저럭 곡으로 완성되어 간다. 진동이 입술에 상쾌한 느낌을 준다. 육안으로 볼 수 있는 천체가 오십 줄의 남자가 부는 풀피리 소리에 맞춰 흔들린다.

　나는 강 건너편에서 들려오는 곡의 뒤를 따라 풀피리를 분다. 처음에는 조심스럽게, 그러고는 서서히 힘을 준다. 실력은 둘이 엇비슷하지만 양쪽 다 서투르다. 정신없이 부는 사이에 나는 모든 걸 잊고 목적조차 잊어버린다.

　너무 많이 불어 머리가 어질어질하다. 정신을 차리고 보니 사위는 적막해져 있다. 들리는 것은 물소리뿐이다. 나는 두리번두리번 주위를 둘러본다. 인기척은 없다. 건너편 물가도 가만히 응시하지만 사람 그림자 같은 것조차 보이지 않는다.

　하지만 상대가 내 풀피리 소리를 알아챈 것은 부정할 수 없다. 잠시 귀를 기울인다. 긁어 부스럼이었을까. 일부러 이쪽의 접근을 알려준 꼴이 되어버린 걸까.

　다리를 건너야 할지 말아야 할지 아직 정하지 못한다. 건너편을 지배하는 어둠은 이쪽 물가의 어둠보다 훨씬 농후하고 콜타르처럼 물컹하다. 외나무다리는 '건너라'고 말한다. 상대가 누구든 마을 사람과의 접촉은 본의가 아니다.

　나에 대한 마을 사람들의 평가는 지금까지처럼 좋지 않을 것이다. 나 역시 자신이 어리석고 못난 놈이라는 것 정도는 잘 알고 있다. 특별히 내세울 게 없는 사람이라는 것도 충분히 알고 있다. 자신을 객체화하여 관찰하는 능력은 아직 쇠하지 않았다.

그래도 여전히 내 안에는 현지인을 심하게 업신여길 여력이 남아 있다. 풍부하게 솟아나는 물이 고추냉이나 산천어를 키울 수는 있어도 깨끗한 사람을 만들지는 못한다.

특별히 가자무라에 국한된 일이 아니라 인근 마을들도 대체로 비슷하다. 싱싱하고 아름다운 자연은 주민들의 마음을 갉아먹으며 조용히 파괴되어 간다. 그리고 대개는 죽은 사람의 무시무시한 얼굴을 고별 선물로 남기고 이 세상을 떠나간다. 설령 여름 동안 밤마다 파랑새가 울어도 그들의 영혼은 전혀 구원받지 못한다.

저도 모르는 사이에 외나무다리를 건너고 있다. 풀피리 소리가 그친 것이 오히려 내 호기심을 자극한 것 같다. 만일 아우가 잠복하고 있다면 그때는 어떻게 하지? 녀석의 친형으로서 또 다시 도망가는 걸 도와주게 될까. 손발이 되어 음식을 날라주거나 하게 될까.

아무리 피를 나눈 사이라고 해도 그렇게까지 할 의무는 없다. 그것은 녀석 혼자만의 생각으로 한 일이고, 내가 부추겨서 마지못해 한 일과는 사정이 다르다. 녀석은 살인자다. 그것도 아무런 죄도 없고 불행하게 자랐으며 성실하기만 한 외지인 노무자를 자기 손으로 죽였다. 그것도 예사로운 방법이 아니었다.

잠복하고 있던 아우는, 술을 사서 노무자 합숙소로 돌아오는 상대를 등 뒤에서 덮쳤다. 그리곤 몽둥이로 후려갈겨 기절시켰다. 근처의 산에서 우연히 땅벌 집을 찾고 있던 노인이 꽤 지난 후에 그렇게 증언했다. 나는 그 노인을 원망했다. 왜냐하면 그때 바로 주재소로 달려갔다면 아우의 죄는 좀 더 가벼운 것에 그쳤을 것이기 때문이다. 기껏해야 상해죄 정도로 끝났을 것이다.

두드려 패는 것 정도로 그쳤어야 했다. 하지만 그 정도로 성에 차는 일이었다면 처음부터 시도하지 않았을 것이다. 아우는 실신한 젊은이를 들쳐 메고 사냥꾼도 다가가지 않는, 바위산이 우뚝 솟은 안쪽으로 데리고 사라졌다. 그리고 두 손 두 발을 튼튼한 끈으로 꽉 묶고 동굴로 데리고 들어가 깊숙한 구덩이에 가두었다.

혼혈인 그 젊은이의 목숨은 끊어지기까지 적어도 열흘 남짓 걸렸을 것이다. 하지만 굶어 죽게 된 것은 아니었다. 그렇게 편한 방식으로 죽이기 위해 그런 곳까지 끌고 간 것이 아니었다. 아우는 누이가 겪었을 거라고 생각되는 것보다 수십 배나 되는 고통을 맛보게 하기 위해 매일 밤 그곳으로 갔다. 녀석으로서는 빈틈없이 복수를 했다고 생각했을 것이다.

하지만 뜻밖의 오산이 생겼다. 희생자가 지르는 비명이 동굴 안에서 증폭되어 바위산에 메아리쳐 마을까지 들렸던 것이다. 그리고 녀석은 그것을 전혀 알지 못했다. 날다람쥐의 소리가 아니라 아무래도 사람 소리 같다는 것을 알아챈 표구사 아내가 마을 주재소에 신고했다.

경찰이 그날 안에 움직인 것은 누이 사건에 대한 기억이 아직 생생했기 때문이었을 것이다. 이즈미마치에서 경찰이 지원을 나왔고 잘 훈련된 개까지 동원되었다고 한다. 개 짖는 소리가 갑자기 접근해오는 것을 감지하고 재빨리 동굴에서 뛰쳐나온 아우는 도중에 몇 번이나 강으로 들어가 체취를 없애면서 개의 추격을 피했다. 그리고 하룻밤에 걸쳐 가키다케 산을 반 바퀴나 빙 돌아 일단 현장에서 벗어났다.

그런데 녀석은 움직일 수 없는 증거를 남기고 말았다. 동굴로 들어간 경찰이 제일 먼저 발견한 것은 너무나도 처참한 희생자의 모습이었다. 녀석은 그곳을 떠날 때 피해자의 입을 완전히 막기 위해 취해야 할 조치를 취하고 나왔다. 모든 분노를 담아 성기를 밑동에서 싹둑 잘라내고, 높은 데서 바위를 떨어뜨려 심장을 짓이겼다.

아마 실수 없이 해치웠다고 생각했을 것이다. 그렇게 해두면 나중에 잡힌다고 해도 끝까지 시치미를 뗄 수 있다고 생각했을 것이다. 하지만 아우는 살아 있는 증인을 처리하는 데 정신이 팔린 나머지 다른 것까지 미처 신경을 쓰지 못하고 말았다. 동굴로 들어간 경찰은, 순식간에 눈을 감고 싶을 만큼 처참한 시체에 이어서 더욱 중요한 것을 발견했다. 사진 한 장이었다.

녀석은 엄청난 물건을 놔두고 나왔다. 죽은 누이의 사진이었다. 그 때문에 경찰은 범인과 범행 동기를 한꺼번에 파악할 수 있었다. 게다가 말벌 유충 채집의 명수인 노인의 증언까지 더했다.

아우는 시치미를 뗀 얼굴로 집으로 돌아오려고 했다. 현관문을 열었을 때 녀석의 눈에 들어온 것은 경찰관이었다. 순간적으로 문을 닫고 쏜살같이 뛰쳐나갔지만 여지없이 벼랑 끝으로 몰리고 말았다. 중과부적이어서 저항해봐야 아무 의미가 없었다.

그런데 모든 일은 그것으로 끝나지 않았다. 아우는 장기인 다이빙으로 소코나시 강에 몸을 던졌고, 그대로 잠수하여 수중으로 1킬로미터쯤 내려가 감쪽같이 강 건너편의 깊은 숲으로 도망쳤다. 그런 경위는 모두 나중에 알게 된 것으로, 근처 사람들이나 경찰에게서 들은 이야기다.

이 외나무다리는 그때 추격대가 만들어놓은 걸까. 그들은 급히 만든 다리를 건너 산을 뒤지러 간 걸까. 아니, 그런 일은 있을 수 없다. 그로부터 십 몇 년이나 지난 것이다. 그사이에 몇 번이나 홍수가 났을 터이니 분명 이것은 아주 최근에 걸쳐진 다리일 것이다.

나는 위태로운 걸음으로 서서히 나아가 간신히 건넜다. 불과 2, 30보를 이동했을 뿐인데도 별세계에 들어간 듯한 착각에 사로잡힌다. 공기까지 일변한 듯이 느껴진다. 갑자기 서늘해졌다.

잎사귀 너머로 보이는 달이 불길한 빛을 발하고 있다. 나는 눈앞을 가로막고 선 벼랑을 주뼛주뼛 올려다본다. 도저히 오를 수 없는 벼랑은 아니다. 자세히 보니 군데군데 디딜 곳이 패여 있다.

오르기 전에 숨을 멈추고 귀를 기울인다. 풀피리 소리는 이제 들리지 않는다. 오늘밤은 이 정도로 하고 돌아가는 것이 나을지도 모른다. 독사에게 물리기라도 하면 성가시다. 해가 뜨고 나서 다시 나와야 할 것이다.

그때 파랑새가 울기 시작한다. 리듬감이 있는 명확한 울음소리가 숲 속에 울려 퍼진다. 그러자 불현듯 만용과도 비슷한 힘이 솟아난다. 그리고 나는 누군가 파놓은 발판을 이용하여 벼랑을 척척 올라간다.

"붓 포우 소우!" 하고 우는 파랑새가 나를 유혹한다. 이런 곳에 발을 들여놓는 것은 처음이다. 이 고장 사람들도 간 적이 없는 곳은 얼마든지 있다. 가자무라는 태평양과는 의미가 다른 넓이로 주민을 쉴 새 없이 압도하고 있다. 일단 이 공간에 들어서면 이미 다른 고장에 대해서는 전혀 생각할 수 없게 된다. 가자무라는 그런 곳이다.

가자무라의 그런 위험성이야 일찌감치 알고 있었다. 이런 곳에 언제까지고 꾸물거리고 있다가는 평생 출세하지 못하고, 살아있으면서도 썩어갈 거라고 생각했다. 가출 소년의 길을 선택하지 않고, 학력의 줄을 잡고 고향을 떠난 것은 오로지 겁이 많았기 때문이다. 맨몸으로 뛰쳐나갈 배짱이 없었던 탓이다.

여전히 나는 패기가 없다. 자신의 고향을 돌아다니는데도 흠칫흠칫한다. 뭘 무서워하는 걸까. 피할 도리가 없는 처지로 내몰렸다는 사실을 잊어버린 걸까. 지금은 목숨에 이상이 없다고 해도 상당히 심각한 병을 안고 있다는 사실을 의식 밖으로 내팽개친 걸까.

죄다 잊었다. 그렇게까지 나를 끙끙 앓게 하고, 그렇게까지 나를 겁먹게 한 실명의 공포는 가자무라로 돌아온 날부터 있다 없다 하게 되었다. 그리고 이렇게 매일 빈둥빈둥 지내는 것도 나쁘지 않다고 생각하기 시작했다. 정상이라면 지금쯤 자신을 위한 무덤을 파고 있어야 한다.

벼랑 위에 선 나는 굳게 긴장하고 있다. 입이 바짝바짝 마르고, 혀가 이에 들러붙고, 땀이 그쳤다. 이 숲의 깊이는 이루 말할 수가 없다. 솔송나무 원생림이 가키다케 산의 기슭까지 길게 이어져 있다. 숲 속 나무 그늘에 돋는 잡초가 적어 예상했던 것 이상으로 걷기가 쉽다. 다만 어둠의 농도는 먹과 같아서 결국 시력을 잃은 것인가 하고 의심하고 싶을 정도다.

파랑새가 이끌어주고 있다. 질식할 것 같은 어둠의 세계를 감에만 의지하여 헤엄치듯이 나아간다. 내 자신이 좀 이상하다. 신경을 곤두세우고 어디까지고 돌진하는 것은 평소의 내가 아니다. 매사에 요령 있게 처신해 몸을 보전하는 기술을 지향했던 당시의 나는 이제 어디에도 없다. 그 무렵의 내가 사물의 이치를 분간했다고 생각하는 것은 웃음거리에 불과한 착각이다.

운명은 언제나 허탕을 치게 한다. 그리고 내 경우에는 일련의 비극이 주도면밀하게 준비하고 기다리고 있었다. 그렇게 될 일은 아니었다. 살아 있는 이상 평범한 불행에 휩쓸리는 일은 어느 정도 각오하고 있었지만 그렇게까지 박살 날 줄은 꿈에도 생각하지 못했다. 장래의 교훈으로 삼기에는 너무나도 가혹한 불행의 연속이었다.

이젠 모두 지나간 일이다. 드디어 지나간 일로 정리할 수 있게 되었다. 다시 태어난 기분으로 여름 한 철을 조용히 보낼 것 같던 내가 이 무더운 밤을 확실히 살고 있다. 하지만 난국을 타개할 기운은 이제 어디에도 남아 있지 않다. 그 대신 원시적인 생명력이 커졌다. 영혼 자체가 탈 정도로 뜨겁고 기괴한, 어디서 솟아나는지 짐작도 할 수 없는 힘이 내 오체에 넘쳐흐른다. 이는 죽음을 기다릴 수밖에 없는 궁한 처지에서 삶을 찾는 저력인 걸까.

퇴직하고 도시를 떠나 교제를 끊고 머무를 곳 없는 신세가 되어 산속에 틀어박혀 파랑새의 울음소리를 듣고 나서인지 갑자기 생기에 넘친다. 이틀 전까지의 나와는 천양지차다.

지금까지의 나는 이런 시간에 이런 어둠 속을 혼자 헤매는 일은 도저히 불가능했으리라. 여기저기서 반짝이끼나 쓰키요타케(月夜茸) 버섯(맹독 버섯으로 어두운 곳에서 창백한 빛을 발한다—역자 주)이 파르께한 빛을 발하고 있어도 섬뜩하게 느껴지지 않을뿐더러 적당한 길잡이로만 받아들여진다.

오래된 기억이 불쑥 되살아난다. 이 완만한 비탈을 다 올라간 곳에 외딴집이 있었다는 것을 떠올린다. 추녀가 없이 양쪽 면이 잘린 듯한 모양의 지붕을 가진 집으로, 굳이 말하자면 여름용 집이었다. 어릴 적 아우와 함께 소코나시 강과 미즈나시 강의 합류점에 있는 큰 바위에 올랐을 때 거기서 노송나무 껍데기를 이은 지붕의 일부가 보였던 일을 기억하고 있다. 남근 같은 형상의 큰 바위 꼭대기에 올라 사방을 둘러보면 망루에라도 올라간 듯한 기분이 들었다.

그곳에서 내가 생각하는 것은 늘 가자무라 바깥 세계였다. 그리고 거기서 아우가 열심히 바라보는 것은 강 건너편 숲 속에서 조용히 사는 일가였다.

가자무라에서 그 일가의 처지는 상당히 미묘하고 특수했다. 어떻게 말해야 좋을까. 차별을 받고 있는 것도 아니고 경원시되는 것도 아니었다. 그렇다고 신관(神官)이나 스님처럼 친하게 지내며 존경을 받는 존재도 아니었다. 또한 마을 사람들 사이에서 원만하지 못한 관계에 빠진 일도 없었다.

그들은 타관 사람이 아니었다. 전쟁 후에 생계가 막막해 이주해 온 개척자도 아니었다. 개척자이기는커녕 조상을 거슬러 올라가면 마을에서 가장 오래된 집일지도 모를 정도였다. 그리고 모두와 마찬가지로 아주 평범한 농업 종사자였다. 고추냉이를 재배하고, 차밭을 경작하고, 짬짬이 수목을 키우며 대대로 집안을 지켜온 성실하고 정직한 사람들이었다.

그런데도 일반 마을 사람들은 어딘가 다른 눈으로 봐왔다. 한수 위로 봤다는 것이 가장 정확한 말일지도 모른다. 그렇다고 높은 수준의 교양을 쌓으려는 집안도 아니었다.

보통 사람보다 특출하고 희한한 힘을 갖고 있는 일족. 어렸을 때 주로 노인들로부터 그런 이야기를 들어왔다. 그 일족 덕에 홍수 피해가 최소한으로 그쳤다고 마을 노인들은 진지한 얼굴로 이야기했다. 나의 할아버지도 비슷한 말을 했다. 그지없이 허황되었다. 다른 아이들이라면 모르겠지만 논리적인 사고가 장기였던 내게 그런 허튼 소리가 통할 리 없었다.

내가 가자무라에서 사는 동안에도 홍수로 강이 범람한 적이 몇 차례 있었다. 벼랑 가까운 곳에 있던 집이 통째로 쓸려간 적도 있었다. 하지만 그 일족의 극적인 활약은 볼 수 없었다. 만약 그런 특별한 힘을 갖고 있었다면 그 호우를 어떻게든 했을 것이다.

할아버지에게 그런 걸 추궁해본 적이 있다. 그러자 할아버지는, 하루 종일 시원한 바람이 부는 곳에서 짐승 가죽을 무두질하며 이렇게 대답했다. 그 정도의 비가 내린 일로 일일이 힘을 써야 한다면 몸이 버텨내지 못할 거라고. 존망의 위기에 처할 만한 수해가 발생할 때만 나선다고. 그 사람들은 그렇게 하며 자연의 섭리에 거스르지 않으려고 애를 쓰고 있다고.

내가 고향을 경멸하게 된 계기는 그것 자체가 아니다. 하지만 그런 일이 몇 번 거듭되어 원인이 되었다는 것은 부정할 수 없다.

할머니의 말은 할아버지와 다소 차이가 있었다. 의심하는 내게 여생이 얼마 남아 있지 않은 할머니는 이렇게 말했다.

"너한테는 귀가 있는 게냐? 그 북소리가 안 들렸단 말이냐?"

할머니의 말에 따르면 그 남자가 가키다케 산 정상에서 밤새도록 북소리를 둥둥 울려준 덕분에 피해가 그 정도로 끝났으며, 그가 없었다면 가자무라가 어떻게 되었을지 모른다는 것이다. 엉터리 점쟁이가 즐겨 쓰는, 흔히 있는 억지 결과론이었다. 비가 그친 것은 단지 비구름이 없어졌기 때문이다. 그치지 않는 비는 없다. 북을 치는 정도로 비가 그친다면 성가신 일은 없을 것이다.

무엇보다 그런 북소리는 한 번도 들어본 적이 없다. 우란분재 때나 축제 때 울리는 북소리밖에 모른다. 그 남자의 모습을 본 적조차 드물었다.

어느 해 꽃이 필 무렵, 초등학생이었던 나는 그와 길가에서 딱 마주쳤다. 특별히 풍채가 빼어난 것 같지는 않았지만 무척 젊어 보였다. 기껏해야 그 정도의 인상밖에 받지 못했는데, 상상하고 있던 독특한 풍모는 아니었다. 호우를 몰아낼 만한 힘을 갖춘 사람이라 하기에는 한참 부족했을 뿐만 아니라 천재지변에 가장 먼저 휩쓸릴 것 같은 무척 불운한 인물로 보였다.

그는 혼자가 아니었다. 동행하는 여자가 있었다. 그녀도 젊었는데, 살림에 찌든 모습은 보이지 않았다. 그리고 두 팔에 갓난아기를 안고 있었다. 울어서 눈언저리가 부어 있었던 것을 지금도 또렷이 기억한다. 두 사람 사이에 무슨 일이 있었는지 그때는 상상조차 할 수 없었다. 하지만 나중에 들은 이야기에 따르면 그날 그들은 첫아이를 잃었다는 것이다. 여자가 안고 있었던 것은 죽은 지 얼마 안 된 아기였다. 그러고 나서 그 부부가 어떤 운명을 헤쳐 나갔는지 나는 알지 못한다.

몇 년이나 지나고 나서 내가 계장에 발탁되었을 무렵 그들이 대망하던 장남을 얻었다는 이야기를 풍문으로 들었는데, 그때는 이미 일고여덟 살이 되어 있을 무렵이었다. 학창 시절에도, 직장인이 되고 나서도 귀향하지 않았던 내가 어떻게 그런 이야기를 들었던 걸까. 아마 어머니가 전화로 말해주었을 것이다. 그렇지 않으면 누이가 보낸 편지에 쓰여 있었을 것이다.

당시 누이에게서 종종 편지가 왔다. 어느 편지에나 가자무라에서 일어난, 나와는 별 상관없을 일들이 적혀 있었다. 한두 번 답장을 썼다. 도쿄로 올라와 같이 사는 게 어떨까, 습속에 지배당한 일상생활에는 미래가 없다, 세상은 넓다, 하는.

머지않아 누이의 편지는 뚝 끊겼다. 그리고 내 안에서도 누이의 그림자는 점차 엷어졌다.

이제 와서 생각하면 이상한 일이다. 언제까지 끈덕지게 버텨봐야 빠져들 애인도, 열중할 일도 찾을 수 없는 산골에 누이는 왜 그렇게까지 집착한 걸까. 아버지는 모르겠지만 어머니는 언제까지고 생가를 떠나려 하지 않는 누이를 귀찮게 여겼을 게 뻔하다. 대를 이을 아들이 있는 집에 꾸물거리고 있는 딸을 보는 일은, 자리를 보전하고 있는 늙은이를 보는 시선과 마찬가지인 게 예사다.

앞쪽의 불빛을 보고 나는 그 자리에 못박힌다. 어둠 너머로 희뿌옇게 빛나는 것은 형광등임에 틀림없다. 이런 데까지 전기가 들어와 있다니, 놀라운 일이다. 덕분에 전신주와 서 있는 나무를 식별할 수 있었다. 금속제의 가느다란 전신주가 그 집까지 이어져 있다.

지금, 강 너머로만 보았던 집이 바로 눈앞에 있다. 산허리 일부를 평평하게 고른 좁은 부지에 잡석으로 쌓아 올린 돌담이 사방을 둘러싸고 있다. 다가가서 자세히 보니 높은 돌담은 집만큼 오래되지 않았다. 그래도 십 년 남짓은 되었을 것이다. 강가에서 이만한 양을 옮겨오는 데는 엄청난 노력과 시간이 필요했을 것이다.

그렇다 치더라도 기묘한 일이다. 내가 아는 한 이 마을에서 돌담을 둘러치고 문짝 달린 문이 있는 집은 이 집밖에 없다. 바람을 막고 싶으면 나무를 심으면 된다. 무엇보다 이곳은 산을 등지고 있어 풍해를 입을 염려도 없다. 설령 변덕스러운 돌풍이 덮친다고 해도 솔송나무 거목이 이중 삼중으로 둘러싸고 있어 거의 영향 받지 않을 것이다.

돌 하나하나가 과부족 없이 정확하게 쌓아 올려져 있다. 하지만 자세히 보니 군데군데 틈이 있다. 거기에 눈을 대고 들여다본다. 그런 짓을 하는 자신이 어처구니없었다. 내가 그렇게까지 해서 타인의 생활을 알고 싶어 하는 사람이라고는 생각지도 못했다. 촌놈 본성이 그대로 드러난 걸까.

돌담 탓에 부지 안에는 묵직한 습기가 괴어 있다. 집 안은 더욱 무더울 것이다. 방 불빛이 새어나와 툇마루까지 잘 보인다. 구석구석 손길이 닿은 뜰에는 잡초 하나 보이지 않는다. 여기저기에 피어 있는 것은 난이다. 가키다케 산의 높은 지대에 자생하는 종류일 것이다. 화초에 관심이 없는 나도 그 양과 다양한 종류에 압도당한다.

어렸을 때는 생각해보지도 않았던 것이 이제 와서 마음에 걸린다. 일부러 이렇게 불편한 곳을 골라 정착한 이유를 알 수 없다. 하지만 도시 사람의 입장에서 보면 가자무라 전체가 사람이 살 수 없는 곳일 것이다. 그렇다 치더라도 이 집에 볕이 잘 들지 않는 것은 각별하다. 구루병이나 폐결핵의 소굴로 보인다. 용케 살고 있다.

생각했던 대로 병자가 있다. 방충망 너머로 보이는 것은 분명히 병자다. 늙어빠진 여자가 여름 요 위에 조용히 누워 있다. 어딘가 죽은 나무를 연상시키는 모습이다. 천장을 올려다본 채 가만히 있다. 입은 반쯤 벌린 채다. 아직 죽지 않은 증거로, 희미하게 숨결이 느껴진다.

가자무라에서는 행복한 부류에 드는 최후다. 여기서는 나의 어머니 같은 최후조차 반드시 불행하다고는 단정할 수 없다. 물이 풍부한 산골 마을에서는 비참한 결말이 잘 어울린다. 생각건대 눈앞의 노파는 아마 그때 스쳐지나가며 본, 죽은 아기를 안고 있던 여자의 구슬픈 말로일 것이다. 배우자가 죽었다는 것은 불단의 사진으로 알 수 있다. 그러면 누가 그녀를 보살피고 있는 걸까.

첫아이를 잃은 그녀가 얼마 지나지 않아 다시 아이를 가졌다는 이야기를 들었다. 어디서나 그렇지만, 특히 이런 시골에서는 적자가 없는 것이 중대한 문제가 된다. 얼마 안 되는 논밭을 물려주고 가난한 생활을 하게 하며 자신들의 노후를 책임지게 하는, 오직 그것만을 위해 아이를 낳는 데 힘쓰는 부모들. 내게는 그들의 그런 마음이 도저히 이해가 안 된다.

풀피리를 부는 사람은 어디에 있는가. 이 병자 외에 적어도 또 한 사람이 있을 것이다. 그것도 노인은 아닐 것이다. 늙어빠진 사람이 풀피리를 그렇게 힘차게 불 수는 없다.

하지만 아무리 눈을 집중해도, 아무리 귀를 기울여도 다른 사람의 기척은 느껴지지 않는다. 그래서 장소를 이동한다.

문짝은 닫혀 있고 안쪽에서 빗장이 질러져 있는 듯하다. 돌담을 따라 뒤쪽으로 돌아가 본다. 본채에서 조금 떨어진 곳에 헛간 같은 건물이 있다. 콘크리트 블록으로 단단히 지어진, 무척 튼튼해 보이는 가건물이다. 어디에도 창은 보이지 않는다. 문은 아무래도 강철제인 듯하다.

끌어들인 전선의 굵기로 추측하기에 뭔가를 제작하기 위한 가건물인 것 같다. 공작기계나 건조기 같은 것이 설치되어 있는 걸까. 가축 냄새도 나지 않을 뿐 아니라 퇴비 냄새도 나지 않는다. 주변에 가득 차 있는 것은, 냄새를 맡으면 머리가 개운해지는 솔송나무 수액 냄새뿐이다.

돌담에서 벗어나, 올라온 비탈을 천천히 내려간다. 풀피리를 분 사람은 만날 수 없었다. 하지만 현관 앞에 서서 사람을 부를 용기는 없었다. 그렇게까지 해서 상대를 확인하고 싶지는 않았다. 만난다고 한들, 얼굴 한번 보고 싶었다고 말할 수는 없는 노릇이다.

이런 한밤중에 전혀 내왕이 없던 집을 갑자기 찾아와 귀향 인사를 하는 것은 너무 억지스럽다. 나는 타인의 생활에 간섭하고 싶어서 돌아온 것은 아니다. 교제는 사양한다. 그래도 조금은 마음이 후련하다.

내 세력권으로 돌아가 강에 담가둔 캔 맥주라도 마시자. 그리고 다시 자기로 하자. 여기에는 두 번 다시 오지 않기로 하자. 파랑새의 울음소리와 마찬가지로 풀피리 소리도 흘려 듣기로 하자. 내 바람은 여기서 마음껏 자유를 만끽하는 것일 뿐이니까.

여러 날을 하는 일 없이 보내는 것이야말로 내가 지향하는 바다. 어디까지나 개인으로 돌아가는 것이야말로 유일무이한 목적이다. 그렇게 해서 이승의 마지막이 되는 날을 마음 편히 맞이할 수 있을까. 과연 그것이 어떻게 될지는 모르겠지만, 성공한다면 지금까지의 55년을 없었던 것으로 할 수 있을지도 모른다.

나는 변하게 될지도 모르는 그 갈림길에 서 있다. 그런 기분이 자꾸 되풀이된다. 아니면, 이미 변하고 있는 걸까. 실제로 명멸하는 네온보다는 육안으로 보이는 천체의 반짝임 속에서 존재의 진정한 가치를 발견하게 되었다.

항상 건위제(健胃劑)를 달고 살고, 더없이 복잡다기한 금전의 흐름에 농락당하며 끊임없이 영리한 사고를 해온 새우등 사내. 그런 놈은 이제 어디에도 없다.

바라는 것은 순결한 정신으로 뒷받침된 자부심 따위가 아니다. 또한 양식 있는 허무도 아니다.

나는 몸을 뒤로 젖히고 언덕길을 내려간다. 아직 도 망갈 길은 끊어지지 않았다. 아직 배수진을 쳐야 할 정도로 궁지에 몰리지도 않았다. 이렇게 가자무라에 몸을 두고 있는 한 인생을 달관하는 데까지는 이르지 못하더라도 일단 마음이 한쪽으로 치우치는 일은 없을 것이다. 그리고 후회를 남기는 일도 없을 것이다.

　핫, 핫, 핫 하는 규칙적인 소리가 나무들에 튀어 되돌아온다. 그것이 자신의 숨결이 아니라는 것을 알아챈 것은 한참 지나고 나서다. 뭔가 뒤에서 따라오고 있다. 게다가 무척 가까운 거리다. 돌아볼 배짱은 없다.

　사람 발소리는 아니다. 그렇다고 곰이나 멧돼지치고는 너무 가볍다. 가자무라의 전설에 종종 등장하는 도깨비 같은 것일까. 그렇지 않으면 재천(在天)의 영령이라도 내려와 들러붙으려는 걸까.

　핏기가 가신다. 확실히 공포를 느끼고 있지만 마음의 평정을 잃지는 않았다. 순간적으로 기어오를 수 있을 것 같은 적당한 굵기의 솔송나무 바로 앞에서 나는 재빨리 몸을 돌려 태세를 갖추고 상대를 딱 노려본다. 그 정체가 무엇이든, 짐승이든 요괴든 의연한 태도를 취하는 것이 중요하고, 그렇게 하면 대개의 적은 물러난다. 그것은 할아버지가 손자 앞에서 입이 닳을 만큼 되풀이한 충고이자 명언이었다.

　그런데 눈앞에 있는 것은 짙은 어둠뿐이고 노려볼 대상은 없다. 아니, 발밑에 뭔가 꿈틀거리고 있다. 나는 허리를 굽히고 얼굴을 가까이 가져간다.

개다. 황색 바탕에 굵고 검은 줄무늬가 있는 개가 나를 올려다보고 있다. 신기한 개라는 것이 첫 번째 인상이다. 중형견인 주제에 겉보기보다 훨씬 크게 느껴진다. 그 개의 배후에 무엇이 있는지 시선을 집중하며 확인한다. 누군가 키우는 개라는 증거로 목걸이가 달려 있다. 밀렵꾼을 따라 나섰다가 길을 잃은 걸까. 주위에는 인기척이 없다.

어떻게 된 걸까 하고 생각해본다. 이대로 따라와도 곤란하다. 원래 동물을 좋아하는 것도 아니고, 물린 기억은 없지만 어쩐 일인지 개에게는 편견을 갖고 있다. 게다가 자기 자신이 너무나도 개와 닮은 나날을 보냈다. 키우는 주인은 30년쯤 나를 부려먹고 나서 드디어 들개가 되는 것에 동의했다. 그 사이에 끊어질 것처럼 꼬리를 흔들며 기대 이상의 일을 하며 착취 계급의 번영을 도왔다. 두 번 다시 그런 처지로는 돌아가고 싶지 않다.

키우는 주인이 되고 싶지도 않다. 그래서 나는 그 개를 향해 "돌아가"라고 말하고 "따라오지 마"라고 말한다. 그래도 녀석은 떨어지지 않는다. 꼬리도 흔들지 않고 으르렁거리지도 않으며 일정한 거리를 두고 따라온다.

머지않아 녀석의 목적이 뭔지 짐작되었다. 새로운 주인을 찾고 있는 게 아니라 침입자를 감시하고 있는 것이다. 내가 분명히 세력권 밖으로 나가는지 어떤지 지켜보려는 것이다. 그렇게밖에 생각되지 않는다.

시험 삼아 조금 전에 찾아간 그 집 쪽으로 돌아갈 기색을 보여준다. 그러자 어떤가. 개는 잽싸게 공격 태세로 바꾸고 아주 음침하고 위협적인 소리를 내더니 끝내 으르렁거린다. 대단한 번견이다.

개도 그렇지만, 훈련시킨 사람도 대단한 이다. 공격하는 법만 훈련받고 죽음을 두려워하지 않는 개라면 세상에 얼마든지 있으나 이 녀석은 그렇게 단순한 번견이 아니다. 단계를 밟아 침입자를 내쫓는 기술을 터득하고 있다. 사명을 위해서라면 완강히 물러서지 않는 고집과 임기응변의 민첩성을 겸비하였다. 한낱 개에게 경외심을 품은 것은 처음이다.

탄복할 만한 명견이라고 해도 어쩐지 우리는 서로 용납하지 않는 성격인 듯하다. 일을 시끄럽게 만들 생각은 추호도 없다. 잘못한 것은 분명히 나니까. 당연히 이런 한밤중에 남의 땅에 무단으로 들어간 사람이 잘못한 것이다.

나는 밤길을 서두른다. 자신의 임무를 잘 알고 있는 개는 붙지도 떨어지지도 않고 따라온다. 그리고 강가에 이르자 다시 자세를 가다듬으며 확실하게 굳히는 태세에 들어간다. 지체 없이 벼랑을 내려가라, 그렇지 않으면 가만두지 않겠다고 으르는 의사 표시를 온몸으로 보여준다. 마지막 마무리로서 다음에 또 오면 경고만으로 끝내지 않겠다는 눈빛으로 힘껏 노려본다.

강가의 자갈밭으로 내려와서 외나무다리를 건넌다. 다리 중간에서 뒤를 돌아보자 개는 아직도 높은 바위 위에 서서 이쪽의 상황을 지켜보고 있다. 침입자가 정말 돌아가는지 어떤지를 확인할 때까지 움직이지 않을 모양이다.

쫓겨났으면서도 왠지 뒷맛이 좋다. 그뿐 아니라 좋은 만남을 가졌다는 자기만족의 심경까지 맛보고 있다. 다리를 다 건넜을 때 훌륭한 개를 향해 "멍멍" 하고 소리쳐준다. 가자무라 안에서 사수해야 할 구역을 갖고 있는 녀석은 의연한 자세를 유지하며 세력권에 침범한 사람이 사라지는 것을 기다린다.

아주 날카로운 눈빛에 꼼짝 못하게 된 나는 맥없이 자신의 보금자리로 돌아갈 수밖에 없다. 낮에 만났다면 의외로 평범한 개일지도 모른다. 또는 좀 더 무시무시한 개일지도 모른다. 주인을 한번 만나보고 싶다.

달이 모독의 빛을 드러낸다. 조금도 황폐하지 않은, 초목이 무성한 땅 전체가 무척 달콤한 냄새를 풍긴다. 벌레와 기생개구리의 대합창이 끝없이 이어진다. 엄청난 수에 이르는 반딧불이의 난무가 소코나시 강 유역에서 언제 끝날지도 모르게 계속된다.

악마 같은 현실……, 증오할 만한 행위……, 진짜 원인을 알 수 없는 사건……, 그런 것은 전혀 보이지 않는다. 오히려 새삼스러운 말 같지만 은하수의 위대함을 깨달은 나는 무심결에 감탄의 소리를 흘린다.

6

아침 댓바람부터 땀투성이가 되어 일한다. 그렇다
고 해서 자신의 무덤을 파는 것은 아니다. 너무 심각한 그 계획은
어느새 뒤로 미루고 말았다. 뇌리에 싹튼 가냘픈 희망이 어두운 발
상을 모조리 억제한다. 그리고 불운을 투덜거리던 나는 여름의 충
일함 덕분에 감쪽같이 사라졌다.

자립정신 같은 것을 되찾고 있는지도 모른다. 이것으로 그럭저럭
침울한 얼굴과는 인연이 끊어질 것 같다. 그러나 천우신조를 믿는
무사태평한 사람으로 변한 것은 아니다. 자신이 있을 곳이나 처지
에 대해서는 정확히 파악하고 있다고 생각한다.

생가의 헛간 판자벽을 우지직 떼어낸다. 활력이 넘치는 체내를
목욕물처럼 뜨거운 피가 뛰어다닌다. 태양은 오늘도 쨍쨍하다. 푸
르른 초목은 여전히 가자무라의 핵심을 이루고 있다. 사방에서 매

미가 요란하게 울어대는 가운데 그 사이를 쓱쓱 어지러이 나는 칼새는 다들 입 안 가득 날벌레를 물고 있다.

야생화한 닭들은 나라는 인간이 나타난 후로 얼마간 대담해졌다. 하지만 그들은 내게 다가오는 경솔한 행동은 피하고 있다. 나도 전혀 손을 대지 않았으며 아직 달걀 하나 훔치지 않았다.

내가 내는 파괴적인 소리는 모조리 한여름 속으로 빨려든다. 아주 오래된 널빤지이기는 해도 두꺼운 탓에 아직은 도움이 된다. 거칠게 못이 박혀 있지만 녹이 슬어 간단히 빠진다. 떼어낸 널빤지를 안아 물참나무 거목 밑동까지 옮긴다. 그 나무는 반세기 전과 마찬가지로 전성기를 누리고 있으며 소코나시 강을 향해 힘차게 가지를 뻗고 있다.

특별히 헛간을 부술 필요는 없다. 오히려 안채에 쓰인 판자가 더 떼어내기 쉽다. 하지만 도저히 그럴 기분이 들지 않는다. 그렇다고 송구하거나 아깝다는 의미는 아니다. 그저 그곳에 다가갈 용기가 나지 않을 뿐이다. 현관문이 눈에 들어오기만 해도 등줄기가 주뼛주뼛한다. 생가에 가득 찬 공기를 한 입 들이마시기만 해도 미쳐 죽어버릴지도 모른다.

엄연히 존재하는 나의 생가. 그곳은 아버지, 어머니, 누이, 그리고 종적을 감춘 아우에게 어울리는 집이지 내가 편히 지낼 곳은 아니다. 그렇다면 왜 돌아온 걸까. 왜 이곳에 있는 걸까.

넓은 세상에는 죽기에 좀 더 나은 곳이 얼마든지 있다. 예컨대 최북단의 해변이라도 상관없다.

그토록 싫어했던 가자무라에서 마음의 갈증을 풀려는 자신이 믿어지지 않는다. 제정신을 가진 사람의 짓이 아니다. 아니, 물론 내가 제정신을 유지하려고 하는 것은 아니다. 실명에 이르고 머지않아 죽음에 이르는 병에서 회복되기를 열심히 비는 마음은 진작 사라졌다. 이러는 편이 오히려 활기차게 지낼 수 있으니 참으로 얄궂은 일이다. 부지런히 일하는 오체의 구석구석까지 일찍이 경험해본 적 없는 활기가 흘러넘친다.

물참나무에 오른다. 그로부터 수십 년이나 지났는데도 오르는 방법을 손발이 기억한다. 5미터쯤 오르고 나서 로프로 판자를 끌어올려 가지가 갈라진 곳을 이용하여 발판을 만든다. 수평으로 늘어놓은 판자를 굵은 철사로 묶는다. 이어서 요소요소에 긴 못을 박아 단단히 고정한다. 마루만 깔끔히 만들어놓으면 완성된 것이나 마찬가지다.

이 계절에 벽은 필요 없다. 벽은 오히려 시야와 자유를 방해한다. 나는 완강히 마음을 닫는 사람이 아니다. 물론 지붕 같은 건 없는 게 낫다. 머리 위를 덮고 있는 수만, 수십만 개의 잎이나 작은 가지보다 나은 지붕은 없다. 다만 난간만은 달아두자. 뒤척이다 굴러 떨어질 염려가 있으니.

이런 일에는 익숙하다. 처음으로 하는 일이 아닌 만큼 순서에 대해서도 잘 알고 있다. 어렸을 때 아우와 함께 여러 차례 해본 적이 있다. 아무리 그래도 이렇게 순조롭게 진행될 거라고는 생각하지 못했다. 만 하루가 걸리는 큰일이 될 거라고 각오하고 있었다.

완성되고 있는 나무 위의 보금자리에서 당시를 상기한다. 겁쟁이인 누이는 나무 밑동에 서서 올려다보기만 하고 줄사다리에 발을 올려놓으려고 하지 않았다. 그 정도로 조심성이 많은 성격인데 결국 짐승 같은 욕망의 희생자가 되고 말았다.

마치 그런 일을 당하려고 태어난 듯한 누이를 조금도 가엾게 생각하지 않는 것인가. 그렇게 자문하면서 이즈미마치에서 구입한 투박한 쇠망치로 대못 대가리를 겨누고 정말 미워죽겠다는 듯이 딱딱 내리친다.

나와는 달리 아우는 누이의 오빠로서 멋지게 행동했다. 결과적으로 실패로 끝났지만 한 집안의 기둥으로서 해야 할 일을 해내려고 했다. 그 이상은 어떻게 해볼 도리가 없었을 것이다. 그것이 가자무라에서 아우에 대한 일치된 평가였다. 녀석이 범한 중대한 잘못에 대한 세상 사람들의 비난은 내가 예상한 만큼 강하지는 않았다.

그러므로 사실 도망갈 필요가 없었는지도 모른다. 그때 자수했다면 몇 년쯤 전에 이미 출소했을 것이다. 그리고 가자무라 세대주의 한 사람으로서 그럭저럭 지내고 있을 것이다. 설사 그것이 아주 막막한 나날이었다고 해도 슬금슬금 도망 다니며 사는 것보다 얼마나 더 나은 일이겠는가.

148

녀석은 돌이킬 수 없는 큰 죄를 저질렀다. 그 사실만은 어쩔 도리가 없다. 형편상 어쩔 수 없었다는 것이 아니다. 어쩌면 녀석은 보복을 두려워했는지도 모른다. 자신이 잘못된 복수를 했다는 사실을 알았을 때 제일 먼저 머리를 스친 것은 피해자 가족의 보복이 아니었을까.

아우는 천성적으로 야만스러운 행위를 좋아한다. 그런 놈을 붙잡고 법치국가에 사는 것의 소중함을 아무리 보여준들 무의미했을 거라고 생각한다. 자신이 하는 일은 타인도 한다고 믿고 있는 자에게 무슨 말을 해도 소용없는 것이다. 산골에서 자란 사람의 특성이라고 말해버리면 그뿐이지만, 가자무라 주민은 대체로 굳건히 믿어 의심치 않는 경향이 강하다. 이성을 우선하는 일이 거의 없다. 이렇게 말하는 나는 어떨까.

아우는 분명히 어딘가에서 살고 있을 것이다. 자신의 죽음으로 속죄할 녀석이 아니다. 타자에게는 그것을 엄하게 요구해도 자기 자신에게는 절대 요구하지 않을 것이다.

하지만 지금은 녀석의 생사 따위 아무래도 좋다. 본심을 말하자면 이 세상에서 어서 사라져주었으면 싶다. 아니면 어딘가 먼 벽지에서 조용히 죽어주었으면 싶다. 그래야 마음이 편해질 것 같다.

더 이상 누구에게도 방해받고 싶지 않다. 설사 육친이라 해도 스스럼없이 내게 접근해서는 안 된다. 정을 둘러싼 입씨름은 이제 질색이다. 가족과는 옛날 옛적에 의절했다.

임종을 보기 좋게 꾸밀 생각은 전혀 없다. 마음에 든 장소에서 마음에 들게 끝내고 싶을 따름이다. 오직 그것만을 바랄 뿐이다.

나는 제 구실을 하는 사람이 될 수 없었다. 패기 없고 쓸모없고 어리석은 나는 이렇다 할 좋은 일도 하지 않았을 뿐 아니라 특별히 나쁜 일도 하지 않았다. 고향에 머물 수도 없을뿐더러 고향을 포기할 수도 없었다. 이것도 천성일 것이다.

다정다감한 아우처럼 살 수는 없다. 그렇게 살고 싶다고도 생각하지 않는다. 지금은 단지 운이 좋지 않았을 뿐이라고 생각할 수밖에 없다.

직접 만든 줄사다리를 다는 것으로 내 집은 완성된다. 이렇게 나무 위에 있으면 까마귀나 원숭이라도 된 것 같은 기분이 든다. 지상에 존재하는 모든 동물이 갑자기 가깝게 느껴진다. 인간이란 원래 그렇게 대단한 동물이 아니다. 그런 실감이 한없이 솟아난다.

사려분별……, 정이 담긴 말……, 영원히 소멸되지 않는 이름……, 건실한 성장……, 지켜야 할 규율…… 여기서 그런 딱딱한 척도는 전혀 통용되지 않는다.

나는 혼자가 아니다. 주변에는 야생화한 갖가지 색깔의 닭들이 여기저기 흩어져 있다. 머리 위에서는 수백 마리의 매미가 투명한 날개를 진동시켜 생기 넘치는 기운을 발산하고 있다. 그들은 모두 내 동료다. 우리를 태양의 고열로부터 지켜주는 무성한 잎과 가지는 끊임없이 신선한 산소를 쏟아낸다. 여름새들의 힘찬 지저귐은 바싹 다가오는 늙음의 슬픔을 남김없이 물리쳐준다.

이토록 사치스런 집이 어디 있겠는가. 옆을 흐르는 강이나 강가를 메운 모난 바위가 나의 큰 정원의 일부를 이루고 있다. 그뿐 아니라 사방팔방에 걸쳐 쭈욱 뻗어 있는 산도, 골짜기도 모두 내 영토다. 지상에 낙원을 건설하고 싶어 하는 영웅들의 마음이 이해된다. 잠깐 동안일지도 모르지만 나는 잠시 이곳의 왕으로 군림할 생각이다. 그러므로 이 풍광을 해치려는 자는 누구든 용서치 않을 것이다.

오늘, 바로 지금 나는 이곳에 거주하기로 결심했다. 무성한 잡초에 깊숙이 파묻힌 바로 앞에 있는 낡은 집과는 아무 관계도 없다. 내가 싫어했던 것은 가자무라 자체가 아니다. 본능을 그대로 드러내는 사람, 그리고 그들과의 접촉을 싫어했던 것이다.

그런데 어디나 사람 사는 곳은 비슷비슷했다. 다만 도시에는 싫은 대인관계를 피할 길이 무수히 있었지만 가자무라에는 그게 없었다. 여기에는 이제 나를 구속할 사람이 없다. 가족도 없고 이웃의 눈도 없으며, 친척과의 교류고 나발이고 찾아볼 수 없다. 좋을 때 돌아온 것이다.

천금으로도 바꾸기 힘든 목숨. 그런 게 있을 리 없다. 세상은 늘 말세다. 건강은 태어난 순간부터 하강곡선을 그리는 것이니 노화를 일일이 마음에 두고 끙끙 앓을 일이 아니다. 발버둥을 쳐봐야 아무 소용이 없다.

망자의 모습을 그리워하는 일은 더없이 어리석은 짓이다. 가족이 죽을 때마다 낙담하는 일은 정말 어리석은 짓이다. 누구나 언젠가는 재기불능에 빠지고 마는 거니까. 아무리 허세를 부려봐야 쓸모없는 놈은 쓸모없다.

나는 세상 사람들과 내 자신을 등한시한다. 진퇴양난의 처지에 있으면서도 이 세상에서 오래 살려고 하는 자는 다른 누군가지 내가 아니다. 아무리 불확실한 기억을 더듬어 55년을 돌아본들 어떻게 되는 건 아니다. 앞으로 나는 그저 하늘의 계시를 따를 뿐이다.

　　　　　　　갑자기 졸음이 온다. 문어발처럼 줄기가 뒤얽혀 있는 물참나무. 그 거목의 지상 5미터 높이에 늘어놓은 판자 위에 나는 살짝 드러누워 조용히 눈을 감는다. 가자무라를 가르며 도도히 흐르는 크고 작은 강의 물소리가 가슴속 깊이 침투한다. 온몸을 돌아다니는 선홍빛 피가 평소와 달리 생생하게 느껴진다.

죽기에는 시기가 너무 이르다. 그런 생각이 몸속에서 치밀어 오른다. 하지만 수마에는 이길 수 없을 것 같다. 기분 좋다. 이루 말할 수 없는 도취에 휩싸인다. 이런 곳에 지금 내가 있다는 사실이 실감나지 않고 무아지경에 빠져드는 것 같다.

잠깐 눈을 붙일 생각이지만 푹 잠들어버릴 것 같다. 비몽사몽간에 누군가의 목소리가 들려온다. 까마귀가 일제히 경계하는 울음소리를 낸다. 아이들의 새되고 활기찬 목소리가 들린다. 어른의 나지막한 이야기 소리도 섞여 있다. 환상의 음성은 아니다. 예컨대 수십 년 전의 우리 집 식구들이 지금으로 되살아난 목소리나 소리가 아니다. 그 증거로, 아무리 귀를 기울여봐도 누이나 아우의 목소리를 찾아낼 수 없다.

개가 짖고 있다. 어젯밤에 만났던 개가 떠올라 대번에 눈을 뜬다. 벌떡 일어난 나는 곧바로 다시 엎드린다. 슬며시 고개를 쳐들고 아무도 없을 마을 쪽을 노려본다.

반짝반짝 빛나는 것은 자동차 지붕이다. 그리고 그 스테이션왜건 주변에 가족으로 보이는 사람들 몇몇의 머리가 보인다. 대형견의 더부룩한 황금색 꼬리털도 보인다. 긴 여름풀에 가려 상대의 얼굴을 식별할 수가 없다.

그 덕에 나도 발견되지 않고 있다. 하지만 발견되는 것은 시간문제다. 강가에는 내 식료품 등속이 방치되어 있다. 몸에 늘 지니고 있는 것은 현금 정도다.

어디에서 온 누구든 아무에게도 발견되고 싶지 않다. 내 행위에 조금도 부끄러운 점은 없지만, 이런 곳을 목격당하는 것은 다소 멋쩍다. 늦기 전에 줄사다리를 올려두자. 이렇게 해두면 줄기 바로 밑으로 오지 않는 한 발견되는 일은 없을 것이다.

아니, 방심은 금물이다. 아이는 눈이 빠르고 개는 냄새를 잘 맡는다. 결국 발견되고 말 것이다. 나는 숨을 죽이고 상황을 엿본다. 난처한 일이 벌어질 것 같다.

그들은 똑바로 강가를 향하고 있다. 생각했던 대로 순식간에 내 짐을 발견한다. 개와 세 아이가 내 짐을 둘러싸고 소란을 피운다.

부모가 손을 대서는 안 된다고 엄하게 꾸짖는다. 젊은 부모는 주위를 둘러보고 짐의 주인을 찾고 있다. 나는 몸을 평평히 하고 엎드린다. 곧 그들은 벼랑 밑을 내려다본다. 골짜기에서 낚시하는 사람들의 짐이라고 생각했으리라.

그들은 가벼운 차림이다. 그 가족의 목적은 야영도 아니고 강에서 노는 것도 아니다. 그리고 이 고장 사람이 아닌 증거로, 전혀 사투리를 쓰지 않는다. 하지만 도시 사람으로도 보이지 않는다. 적어도 아버지 쪽은 이런 시골에 익숙해 있다. 덤불 속을 걷는 방법, 눈으로 두루 살피는 방법, 강의 물소리에도 묻히지 않는 그의 말소리로 보아 틀림없이 가자무라 출신자다. 그것도 이 부근 출신자일지도 모른다. 그런 기분이 든다.

아우가 아니라는 것은 분명하다. 녀석은 이제 그렇게 젊지 않다. 그래도 나는 마음속 어딘가에서 아우였으면 하고 바랐다. 그렇게 성실하게 살고 있어준다면 얼마나 마음이 편할지 모르겠다. 하지만 설사 그 녀석이라고 해도 나는 태연히 나가지는 않을 것이다. 상대가 누구든 이런 꼴을 보이고 싶지는 않다.

아마 저 녀석은 우리 생가를 제외한 네 집 가운데 한 집에서 나고 자란 놈일 것이다. 손에 들고 있는 것을 보면 알 수 있다. 꽃과 선향 다발을 들고 있는 것으로 보아 성묘를 가는 중이리라. 우란분재는 지났지만, 그렇게 찾아오는 것만으로도 훌륭한 마음가짐이다.

그는 이런 말을 했다. 용케도 이런 정글 같은 데서 살았구나, 하고 처자식에게 말했다. 역시 개가 냄새를 맡고 말았다. 놈은 풀을 헤치고 쏜살같이 이쪽으로 달려온다. 그 뒤를 아이들이 따라온다.

자, 어떻게 하지? 뭘 하고 있느냐고 물을 경우를 대비해 열심히 생각한다. 적당한 말이 떠오르지 않는다. 그들은 바로 앞까지 다가왔다.

그런데 갑자기 돌아간다. 독사에게 물리면 어떡하느냐는 애들 아버지의 말이 주효했다. 남은 개가 나를 올려다보며 짖어댄다. 그래도 가족이 걷기 시작하자 황급히 물러간다.

위험할 뻔했다. 여자아이의 머리를 묶은 노란 리본이나 남자아이가 쓴 밀짚모자가 여름 나무숲 속으로 빨려들어 간다. 그들의 무구한 영혼이 눈부신 햇살에 비쳐 보인다. 나는 잠시 멍하니 있다. 그 가족의 생각지도 못한 등장에 어떻게 대처해야 좋을지 모르겠다.

당장 어딘가에 몸을 숨길까. 무슨 일이 있어도 보이고 싶지 않다. 사람들이 알게 되면 성가시다. 아마 아이들 아버지는 나를 기억의 어딘가에 남겨두고 있을 것이다. 나는 기억하지 못해도 그 사람은 한눈에 내 정체를 간파할 것이다. 내가 어느 집 출신이고 그 가족이 어떤 사건에 휩쓸렸는지를 뚜렷이 떠올릴 것이다. 그리고 나무 위에서 살고 있는 나는 지금까지의 비극을 더욱 과장해야 하는 처지에 빠지고 말 것이다.

이 고장 사람들은 줄곧 타인의 불행에 굶주려 있다. 그런 의미에서 우리 가족은 얼마나 그들에게 공헌했는지 모른다.

만약 이런 데서 이렇게 있는 내가 알려지기라도 한다면 그거야말로 큰일이다. 다른 어떤 화제를 제치고 눈 깜짝할 사이에 퍼질 것이다. 제일 정상적인 삶을 살았던 장남까지 결국 이상해졌다면서 손뼉을 치며 크게 기뻐할 것이다. 그리고 내일 아침이 되면 그들은 나를 구경하러 대거 이곳으로 몰려올 것이다. 무슨 일이 있어도 그것만은 피하고 싶다.

나야말로 그들을 철저히 비웃어주고 싶다. 이미 나는 그들을 실컷 비웃었다. 얼굴을 맞대고 그런 적은 한 번도 없었지만 마음속으로는 늘 비웃었다. 그러므로 이번에는 마을 사람들이 나를 비웃을 차례다. 비웃고 싶으면 얼마든지 비웃어라. 나도 그들과 함께 나를 비웃어주겠다.

어차피 나는 결함 있는 인간이다. 머지않아, 아마도 이 여름이 끝나기 전에 나는 보기에도 무참한 모습으로 숨이 끊어질 것이다. 삶에 집착한 나머지 늙어서 추한 모습을 보여줄 생각은 전혀 없다. 제2의 인생 따윈 필요 없다. 내가 문제로 삼고 있는 것은 살아가는 방식이 아니라 죽는 방식이다. 죽음은 처음부터 각오한 상태다.

눈이 희미해졌을 때가 이 세상에 작별을 고할 시기다. 그때가 오면 마치 우화등선(羽化登仙)하는 것처럼 순순히, 그리고 멋지게 사라져주겠다. 건강관리를 잘 하면 오래 살 수 있다고 의사는 말했다. 하지만 죽지 못해 사는 꼴사나운 마지막은 질색이다. 내 수명은 내가 결정한다. 죽어도 풀이 무성한 조상의 무덤에는 들어가고 싶지 않다.

고향에서 얻은 한순간의 자유, 그것은 이승의 추억이 될 것이다.

지금, 나를 비난하는 시선은 하나도 없다. 여기에 가득 차 있는 것은 삼라만상이 서로 돕는 정신이고, 그렇기 때문에 갈 데 없는 동물은 전혀 없다. 그리고 나도 그중 하나가 될 수 있다.

나는 실패했다. 마음에 안 드는 일생을 보내고 말았다. 그러나 이제 그런 것은 2차적인 문제로 격하되었다. 은밀히 다가오는 죽음을 늦가을의 귀뚜라미처럼 조용히 맞이하고 싶다. 누구의 방해도 받지 않고 막을 내리고 싶다. 다른 일에 대해서는 일절 관여하지 않겠다.

나는 나무 위에서 가만히 숨을 죽이고 성묘하러 온 가족이 돌아오기를 참을성 있게 기다린다. 묘지 주변의 새와 벌레가 침묵을 지키고 있다. 거기에서 아이들 떠드는 소리가 뜨거운 바람에 실려 온다. 개가 활기차게 짖는다. 좋은 가족이다. 환멸의 비애가 발붙일 곳이 없을 만큼 그들은 반짝이고 있다.

그들에게는 미래가 있다. 그리고 영원 속에 잠겨 있다. 조상의 묘를 앞에 두고도 여전히 죽음은 그들과 무관하다.

가자무라 출신의 젊은 아버지. 그는 이 고장을 떠남으로써 호조의 첫 출발을 보였음에 틀림없다. 결혼하고, 아이 낳고, 이렇게 가끔 귀향하고, 거의 동물에 가까운 일생을 보낸 조상의 묘 앞에서, 다른 데서 움켜잡은 행복을 재확인한다. 그런 그의 이향은 무척 자연스러운 형태로 이루어졌을 것이다. 기회가 충분히 무르익기를 기다렸다가 착수했을 것이다. 달리 어떻게 해볼 도리가 없는 막다른 지경에 몰리고 나서, 이웃들과도 충분히 의논하고 나서 결심했을 것이다.

어쩌면 그들에게 그런 마음을 먹게 한 것은 우리 가족일지도 모른다. 우리 집을 덮친 거듭된 재난과 불행을 목격한 것이 그들에게 결단을 재촉했을지도 모른다. 상당히 완고한 그들도 나중에는 눈을 돌리고 싶어졌고, 드디어 이곳이 인간답게 살 수 있는 환경이 아니라는 사실을 깨달았는지도 모른다. 그리고 더욱 문화적인 공간으로 이주할 필요성을 뼈에 사무치게 이해했는지도 모른다.

어차피 가자무라라는 곳은 일 년에 한 번쯤 돌아오면 되는 고향이지 결코 그 이상은 아니다. 그곳이 설사 비좁아 답답하고 우물쭈물하다가는 일자리를 얻지 못하는 곳이라고 해도, 햇볕이 드는 시간이 극단적으로 짧고 도시와 시골의 합병 대상에서도 제외되고 있는 이런 산골에서 사는 것보다는 훨씬 낫다는 것이다.

이곳은 산 사람보다는 죽은 사람에게 어울린다. 이곳은 목숨이 오늘내일로 임박한 사람이 곧죽이 된 영혼을 아득한 하늘 밖으로 날리기에는 안성맞춤이다. 하지만 악연을 끊기에는 너무나도 어울리지 않는다.

이윽고 묘지 쪽에서 선향 냄새가 풍겨온다. 그것은 누이의 유해 앞에서 최대한 목소리를 짜내어 통곡한 아우의 모습을 생생히 떠오르게 하는 냄새다. 그때 녀석은 거의 광란 상태였는데, 다 큰 어른이 주위를 전혀 상관하지 않고 크게 소리 내어 울었다. 어머니도 그 정도까지 흐트러진 모습은 보이지 않았다.

아우는 넓고 큰 사랑의 주인공은 아니었지만 가족에게 쏟는 애정에는 심상치 않은 구석이 있었다. 하지만 그것이 도리어 부질없는 일이 되고 말았다.

　정말 내 몸에도 녀석과 같은 피가 흐르고 있는 걸까. 도무지 그렇게 생각되지는 않는다. 나는 오로지 영달밖에 구하지 않는 사람이었다. 이제 와서 자신을 책망할 생각은 없지만 사실이 그랬다. 누군가를 위해 정성을 다해 뭔가를 해준 일이 한 번도 없었다.

　치유될 가망이 전혀 없는 병을 앓게 된 지금도 나는 여전히 그런 사람이다. 그러므로 무슨 일이 있어도 이익이 되지 않는 일을 하는 격분한 짐승 같은 사람이 될 수는 없을 것이다. 내가 저주하는 것은 내 운명이 아니라 실은 내 자신일지도 모른다. 누구와도 얼굴을 마주하고 싶지 않은 것은 타인을 싫어하기 때문이 아니라 자기 자신을 싫어하는 탓일 것이다.

　어쨌든 이제 그런 것은 아무래도 좋다. 넓은 세상에는 다양한 인간이 북적거리고 있고 그중에는 나와 꼭 닮은 놈도 적지 않을 것이다. 단지 그뿐이다.

　　　　행복해 보이는 그 가족이 지금 성묘를 마치고 돌아간다. 그들은 흔들리는 자동차 안에서 다 같이 노래를 부르며 풀이 무성하고 울퉁불퉁한 길을 지나가고 있다. 창밖으로 마음껏 얼굴을 내민 개가 보이지 않을 때까지 이쪽을 노려보며 맹렬하게 짖어댄다.

　당분간 그들은 오지 않을 것이다. 어쩌면 영원히 찾아오지 않을지도 모른다. 떠나기 전에 그들은 내 생가를 찬찬히 쳐다보았다. 남편은 아내에게 무언가를 길게 설명했을 테고, 아이들까지 그 이야기를 열심히 경청했을 것이다. 아마 그들은 필시 괴담을 듣는 듯 흥미로워 했을 것이다.

올려둔 줄사다리를 내리고 슬슬 내려간다. 상당히 속세를 벗어난 생활을 시작했다고 스스로 생각하고 있었는데 타인의 등장으로 기분이 완전히 잡치고 말았다. 흥이 가시기 전에 맥주라도 마시자.

개가 남기고 간 똥을 소코나시 강으로 차 넣고 벼랑 가로 가서 캔 맥주를 벌컥벌컥 들이켠다. 쇠고기 통조림, 그리고 인간으로서 언제까지고 미숙한 자신을 안주 삼아 순식간에 1리터를 마신다.

몹시 사나운 태양이 천박한 사내를 태워 죽이려고 한다. 무늬의 배합이 아름다운 산의 녹음이, 고생이 끊이지 않는 사내의 마음을 마비시키려고 한다.

매미들이 '무슨 얼굴로 돌아왔느냐' 하고 운다. '이제 인간이기를 그만두는 게 어떠냐' 하고 어치가 부추긴다. 좋은 생각일지도 모른다. 이 기회에 새라도 되어볼까. 나무 위에서 사는 동안 등에 날개가 돋을지도 모른다. 새라면 아무리 추한 새라도 상관없다. 뭣하면 닭이라도 괜찮다.

하지만 파랑새만은 사절하고 싶다. 세상에 그렇게까지 음침한 새는 달리 없을 것이다. 새로 변신한 사신(死神)의 앞잡이다. 놈은 골수에 사무치는 울음소리를 흩뿌리는 척하면서 사실은 생기를 잃어가는 사람의 영혼을 밤마다 열심히 쪼아 먹는다. 놈이 우울한 울음소리를 낼 때마다 마음의 주름에 시반이 나타나는 것 같아 견딜 수가 없다.

그러고 나서 식료품 등을 모조리 물참나무 위의 보금자리로 옮긴다. 지나간 55년의 족적은 지상에 내버려두고 왔다. 그래서 이제 나는 이 주변에 서식하는 동물의 동료다. 그리고 이는 아주 뛰어난 둥지인 셈이다. 초라해진 사내에게 이보다 나은 집은 없으리라.

용건이 없을 때는 반드시 줄사다리를 올려두기로 하자. 세상에 용건은 없고 세상도 이런 나에게 용건이 없을 것이다.

바닥에 타월 담요를 깔고 그 위에 큰대자로 드러눕는다. 시야를 가득 메우고 있는 것은 농밀한 나뭇잎이다. 잎과 가지의 근사한 배색이 한없이 안식을 구하는 내 기대에 정확히 부응해준다.

이제 사태가 악화하는 것을 두려워할 사람이 아니다. 지금의 나는 한평생 후회하는 문제가 하나도 없다. 수라의 망집(그칠 줄 모르는 원한이나 시기의 집념―역자 주)은 깨끗이 없어졌다. 피할 수 없는 운명으로 알고 체념토록 자신을 설득할 필요는 전혀 없고, 세상살이에서 적절한 조치를 취하지 못했다는 반성도 필요하지 않다. 인생의 분기점에 섰다는 자각도 없고 가슴속을 지나가는 바람에 고통이 따르는 일도 없다.

아마 자조의 표정도 꽤 엷어졌으리라. 이제 누구의 축하 행사에 초대받는 일도 없을 것이다. 그리고 누군가의 화장한 뼈를 주워 담는 일을 하지 않아도 된다.

무척 바람이 잘 통하는 여기에는 무심결에 마음이 들뜨는 자유가 있을 따름이다. 분주한 가운데 지나가는 날들도, 너무 일그러진 공식 사회도, 아무리 궁리해도 좋은 수가 떠오르지 않는 문제도 아득한 저편으로 멀어져간다. 벌레나 다름없는 처사를 받아왔다는 사실도 모른 채 위가 쑤시듯이 아픈 사명감을 갖고 회사를 위해 일해온 어리석은 자는 오늘 정오를 기해 죽었다.

　　　　　이 피로감은 일찍이 경험해본 적이 없는 종류의 것이다. 누구를 위해서도 아니고 자신을 위해 일한 뒤의 피로가 이토록 기분 좋은 것인 줄은 몰랐다. 죽기 직전까지 건강하게 살았던 아버지는 매일 이렇게 상쾌한 기분에 젖어 있었던 것일까. 가족에게 무슨 일이 일어나든 편안히 하루하루를 보낼 수 있었던 것도 그 때문이었을까.

키가 큰 아버지는 늘 발에 안 맞아 덜거덕거리는 신발을 신고 숲속을 거닐었다. 간이 큰 것이었는지 아니면 그저 신경이 둔했을 뿐이었는지 그것을 마지막까지 알 수 없었던 사람. 지금 생각하면 아버지의 삶은 다른 마을 사람들과 무척 달랐던 것 같다. 표면적으로는 비슷하게 보였지만 본질은 전혀 달랐다.

그런 아버지를 나는 이해하려고 하지 않았다. 마음이 무거워질 뿐인 산골에서 아버지는 자신을 잃지 않는 기술이라도 익혔던 걸까. 죽은 자는 죽고 산 자는 산다는 절대 진리를 머리가 아니라 강건한 육체로 터득한 걸까. 줄곧 그런 사람이었던 걸까.

아버지 자신은 누구에게도 이해받기를 바라지 않았을지도 모른다. 아버지는 다식을 피하고, 화내지 않고, 울지 않고, 원망하지 않고, 남의 도움에 의지하지 않고, 어떤 운명도 받아들였다.

아우는 키와 몸집이 그런 아버지와 꼭 닮았지만 천성은 어머니를 닮아 과격했다. 사소한 일에 금세 살기를 띠는 그런 성격 탓에 사람을 죽이고, 곧바로 비관하는 어머니는 그런 성격 탓에 단숨에 극약을 들이켜고 말았다.

나는 아버지도 어머니도 닮지 않았다. 어쩌면 어느 쪽과도 닮은 어중간한 사람이고, 그래서 어중간한 말로를 걸으려 하고 있다. 확실히 수세에 몰리는 일이 많은 인생이었다. 그래도 나 나름대로 열심히 살았고, 도저히 고투의 생애라고는 말할 수 없어도 더 이상 버틸 수 없을 때까지 힘껏 버틴 적도 몇 차례 있었다.

얄팍한 가슴팍, 보통 몸매에 보통 신장, 기운 없는 얼굴을 한 이 사내는 갖가지 예기치 못한 사건에 맞닥뜨려 아연실색하는 일은 있어도 기가 꺾이는 일은 거의 없었다.

그렇다, 나는 싸우며 살아온 것이다. 하지만 유감스럽게도 역부족이었고 스스로 한계를 인정할 수밖에 없었다. 아내가 떠나고 실명 위기에 빠졌다는 선고를 받자 잠시도 버티지 못하고, 딱 나 혼자만을 위해 산다 해도 그조차 무의미하다는 답을 내고 말았다.

그리고 지금의 나는 자발적으로 살려고도 하지 않고 적극적으로 죽으려고도 하지 않는다. 몸을 잘 가누지 못하는 늙은이가 되어도 노욕을 부리는 마을 사람들이 인간으로서는 모르겠지만 동물로서는 훨씬 훌륭할지도 모른다.

　과연 언제가 되어야 내 전용 무덤을 파게 될까. 묘 따위는 이제 아무래도 좋다. 삶과 죽음은 세상의 관례다. 여기에 이렇게 있는 나야말로 전부다. 한 줄기 활로를 찾아낼 생각을 해서는 결코 안 된다. 그런 일에는 이제 넌더리가 난다.

　수목의 향기가 얼마나 근사한가. 나뭇잎 너머로 보이는 하늘이 얼마나 깊은가. 지나가는 세월이 얼마나 꿈꾸는 기분인가.

　낮잠을 자고 일어나니 하늘에서 어느새 비가 올 듯하다. 비가 한바탕 쏟아져도 좋을 때다. 하늘이 점점 빛을 잃어가고 대기의 이동이 활발해진다. 곤충과 새들은 재빨리 기미를 알아채고 각자의 장소에 몸을 숨긴다. 서늘한 바람이 가키다케 산 쪽에서 불어온다. 틀림없이 소나기의 전조다.

　　　　　한창 내리쬐는 한여름 햇볕이 급속하게 하강선을 그리기 시작한다. 흐린 하늘 아래서 푸른 초목이 회색 기미로 동화되어 간다. 소나기로 이어지는 이런 일련의 변동은 옛날과 전혀 달라지지 않았다. 그리고 나는 첫 번째 뇌성이 울리는 순간을 가슴 설레며 기다린다. 어찌 된 까닭인지 뇌우가 무척 좋다. 도시에 살 때도 좋아했다.

　하지만 가장 선명하게 기억에 남아 있는 것은 누가 뭐래도 가자무라를 통과하던 열차가 전복된 그날 밤의 뇌우일 것이다. 호우가 옆으로 들이치는 가운데 선로 옆의 급사면이 무너져 공교롭게 그 아래를 통과하던 열차를 대량의 토사가 덮쳤다. 옆으로 넘어진 기관차의 사이렌 소리가 산들에 메아리쳤다.

피투성이의 사체가 선로나 침목을 끈적끈적하게 해 구조하러 온 마을 소방대원들의 발을 미끄럽게 했다. 이즈미마치에서 달려온 순찰차의 사이렌 소리가 밤새 마을 사람들의 마음을 긁어대거나 두근거리게 했다.

백 호도 안 되는 가자무라에서 그 일은 짊어지기에 너무나도 무거운 대사건이었다. 적어도 누이가 그런 일을 당할 때까지는, 그리고 아우가 그런 짓을 하기 전까지는 마을에서 가장 큰 사건이었던 것은 틀림없는 사실이다. 그렇다 치더라도 진기한 사건이었다. 요컨대 흔히 있는 열차 전복 사고가 아니었다. 호우로 인해 일어난 토사 붕괴라는, 그런 단순한 원인이 아니었다.

이튿날이 되자 그 일을 다루는 방식이 사고에서 사건으로 완전히 바뀌었다. 폭약으로 인한 고의의 산사태라는 것이 밝혀졌기 때문이다. 경찰들이 대거 몰려와 꼼꼼한 청취 조사를 시작했다. 그들은 촌장 집과 절에 머물며 주민 한 사람 한 사람으로부터 뭔가 정보를 얻으려고 했다. 그것은 사정 청취와 거의 다르지 않을 정도로 인권이고 나발이고 없는, 아주 지독한 것이었다.

그들은 우리 집으로도 찾아와 어렸던 나까지 집요하게 추궁했다. 당일은 물론이고 며칠 전부터의 기억까지 더듬게 하며 수상한 사람을 본 적이 없느냐고 물었다. 그러나 결국 범인도 동기도 알아내지 못한 채 수사는 끝나고 말았다.

　일부러 그런 짓을 해봤자 득이 되는 일은 전혀 없었다. 열차에 목숨을 노릴 만한 인물이 탄 것도 아니었고, 또 단순히 폭약의 위력을 시험해보려는 실험이었다고 해도 그 후 황족이 타는 특별 열차가 습격을 받는 일은 일어나지 않았다.

　좀 더 이해할 수 없었던 것은 단순한 열차 사고로만 보도되는 등 아무리 생각해도 수상쩍게 다루어졌다는 점이다. 막 중학생이 된 나조차 수상하게 생각했을 정도였으니 말이다.

　느닷없이 비가 내린다. 천둥도 없이 내리는 굵은 비, 그렇게 생각해서 그런지 먼지 냄새가 나는 비가 쏴아쏴아 쏟아진다. 부근의 공중을 떠다니던 부유 생물은 모조리 비에 맞아 땅바닥에 떨어졌을 것이다. 지표에서 썩은 나뭇잎 냄새가 일제히 피어오른다. 소코나 시 강 건너편에서는 가자무라의 주봉인 가키다케 산의 위용이 비에 누그러뜨려진다.

　나의 추억이 피상적인 것으로 변해간다.

　　　　그렇다 해도 세차게 뿌린다. 소나기 끝에 갑자기 홍수가 나도 놀랄 일이 아니다. 하지만 머리 위를 두툼하게 뒤덮은 물참나무 잎이 진짜 지붕처럼 비를 완전히 막아주고 있다. 조금 정도라면 젖어도 어쩔 수 없다고 각오하고 있는데 한 방울도 떨어지지 않는다. 이 보금자리가 점점 더 마음에 들었다.

순식간에 물이 불어난 소코나시 강을 나는 넋을 잃고 바라본다. 이대로 언제까지나 그치지 않고 하룻밤이든 이틀 밤이든 계속 내려 가자무라의 모든 강이 범람하면 재미있을 텐데…… 그리고 여기서 의 소중한 조망을 망치고 있는 다섯 채의 황폐한 집을 어디론가 멀 리 떠내려가게 해주면 속이 후련할 텐데…….

설사 그런 홍수가 난다고 해도 수백 년에 걸쳐 살아온 이 물참나 무는 끄떡없을 것이다. 그래도 버틸 수 없을 만큼의 홍수라면 이 거 목과 흔쾌히 운명을 같이할 것이고, 오히려 더할 나위 없이 만족스 러울 것 같다.

산들이 물소리에 휩싸인다. 돌풍이 골짜기를 지날 때마다 나무들 이 몸부림친다. 드디어 첫 천둥이 대지를 압도하고 마음에 묵직하 게 울리는 중저음이 대기를 드르르 떨게 하며 골짜기에서 골짜기로 건너간다. 그러나 이 뇌우의 위력이 어떨지는 미지수다. 산골 마을 이 고립되는 폭우로까지 발전할지 어떨지 또한 아직 뭐라고도 말할 수 없다.

풍부한 물을 얻은 소코나시 강은 한층 독특한 분위기를 풍긴다. 그것을 풍치라고 표현해도 좋을 것이다. 넓적다리를 드러낸 한창 나이의 아가씨처럼 요염하게 흐른다. 마음껏 흘러라. 비야, 실컷 내 려라. 이대로 일몰을 맞이하고 심야까지 계속 내려라. 그리고 산주 름을 으드득으드득 깎아내 산의 지형을 더욱 무시무시하게 만들어 주어라.

번개가 시간을 갈가리 찢어놓는다. 내 희망은 하루아침에 사라진 것이 아니라 몇 년에 걸쳐 서서히 침식되어 갔다. 그러므로 나온 답은 흔들림이 없으며 사회 복귀는 결코 있을 수 없다.

이제 암흑 속의 광명은 찾지 않는다. 속절없이 서글픈 기분으로 자신과 키와 몸집이 닮은 직장인의 뒷모습을 가만히 바라본 것은 이제 먼 옛날 일이다.

그래도 여전히 불안감을 느끼지 않을 수 없다. 자연스럽게 소나기에 들뜰 수가 없다. 왜인가. 시원스럽다는 듯이 웃을 수가 없다. 왜 그런가. 대체 무엇을 두려워하는가. 산 자에 대한 두려움인가. 아니면 죽은 자에 대한 전율인가.

기이한 만남에는 이제 흥미가 없다. 그런 것은 성가실 뿐이다. 초등학교 시절의 옛 친구를 딱 마주치는 것을 상상하기만 해도 왕창 식은땀이 난다. 하물며 아우와의 재회는 언어도단이다. 그 이후 녀석의 운명이 어떻게 전개되었는지는 모르고, 알고 싶지도 않다. 만약 어딘가에 살고 있다면 녀석 안에서 별안간 향수가 일어난다고 해도 이상한 일이 아니다. 아무튼 가자무라를 싫어하는 나조차 이끌리고 말았을 정도이니 녀석이라면 목숨이 붙어 있는 한 아니, 설사 목숨을 잃는다 해도 반드시 이곳으로 돌아올 것이다.

아우 편을 들 생각은 없다. 녀석에게 죽임을 당한 젊은이의 사진을 형사가 보여준 적이 있다.

"이번 기회에 댁의 동생분이 무슨 짓을 저질렀는지 알아두는 게 낫겠지요" 하고 차갑게 말한 그는 사진을 내 얼굴 앞으로 내밀었다. 흐트러진 머리의 처참한 형상이라 재빨리 눈을 돌렸으니 겨우 그 정도의 충격으로 끝난 것이다. 만약 사진을 차분히 들여다보았다면 어떻게 되었을지, 적어도 한동안은 악몽에 시달렸을 것이다. 설사 혼혈인 그 토목 인부가 진범이었다고 해도.

　　　　　이제 하늘 전체가 비구름으로 새까맣게 뒤덮였다. 땅바닥에 닿은 비는 가자무라의 기반을 이루는 두꺼운 투수층으로 차례로 빨려 들어가 어디에도 물웅덩이를 만들지 않는다.

　이 비로 망자의 영혼도 배회할 수 없으리라. 괴한의 마수에 걸린 누이도, 독극물을 마시고 괴롭게 죽은 어머니도 비에 막혀 내 앞에 나타날 수 없을 것이다. 설사 불쑥 나타나 골수에 사무치는 원한을 어떻게 좀 해달라고 스스럼없이 부탁한다고 해도 매정하게 거절할 수밖에 없을 것이다. 도저히 그럴 상황이 아니며, 지금의 나는 자신의 문제를 처리하는 것만으로도 힘에 부친다.

　우리 가족을 파멸로 몰아넣은 성격 이상자는 확실히 아무리 미워해도 성에 차지 않는 녀석이다. 가족의 인생을 엉망진창으로 만든, 아직 보지 못한 녀석은 몇 번이라도 복수해주고 싶은 상대다. 녀석은 아직 감옥에 갇혀 있지 않고 지금도 이 나라 어딘가를 떠돌며 아마 같은 짓을 되풀이하고는 다음 쾌락에 대비해 손톱을 갈고 있을 것이다.

　그렇지만 나는 어쩔 도리가 없다. 경찰이 해결할 수 없는 일을 아마추어인 내가 어떻게 할 수 있을 것인가. 이런 데서 겨우 이렇게 지내는 게 고작인 사람이 뭘 할 수 있겠는가. 설령 범인이 어디의 누구인지 알았다고 해도 지금의 내게는 반격하는 데 필요한 패기라는 게 없다.

이는 어디까지나 한 개인으로서의 견해인데, 원수를 갚는 행위는 추악 그 자체다. 성공적으로 해냈다고 해도 살인자가 될 뿐이고 또 복수의 연쇄를 불러올 뿐이다. 일이 이 지경이 된 이상 내 바람은 그런 하찮은 일이 아니다. 어두운 과거의 편린도 남기지 않고 경쾌하게 날갯짓하면서 저세상으로 가는 여행길에 오르고 싶다. 흐린 구석 하나 없는 영혼으로 이 세상을 단숨에 떠나고 싶다. 다른 바람은 아무것도 없다.

그런데 가슴속으로까지 세차게 내리치는 듯 내리는 이 비는 이미 결심했을 터인 나를 심하게 뒤흔들기 시작한다. 점차 울려 퍼지는 천둥소리가, 고생하여 두른 정신의 울타리를 아주 간단히 치워버린다. 단순한 악귀도 될 수 없는 닳고 닳은 사내가 물참나무 위에서 어미에게 버림받은 병아리처럼 부들부들 떨고 있다.

어쩐지 마음이 변할 것 같다. 어쩐지 오래 살고 싶어 하는 방향으로 기울고 있는 것 같다. 이대로 가자무라를 뛰어나가 설비가 충실하고 명의가 즐비한, 훌륭한 병원으로 달려가고 싶은 심경이다.

여기서는 건실한 인간으로 죽어갈 수 없을 거라는 생각이 든다. 짐승 같은 최후를 맞이하고 싶어 돌아온 것은 아니다. 청결하고 새하얀 시트 위에서 조용히 숨을 거두고 싶다. 문제는, 이 병으로는 그렇게 산뜻하게 죽을 수 없다는 것이다. 최악의 경우 실명한 채 수십 년이나 살아야 한다.

아주 가까운 강 건너편에 벼락이 떨어진다. 큰 소리와 함께 굵은 불기둥이 오른다. 이상한 연기 속에서 천연 삼나무 한 그루가 딱 두 동강이가 나나 했더니 오른쪽과 왼쪽으로 깨끗이 갈라져 우지직 쓰러진다. 이 비로 볼 때는 일단 산불로 번지지는 않을 것이다.

오랜만에 목격하는 무시무시한 광경이 나를 정신 차리게 한다. 그리고 망설임을 날려버린다. 이제 와서 주저할 이유는 없다. 이렇게 된 이상 다른 누구도 아닌 나 자신에게 기개라도 한번 보여주어야 한다. 도중에 무슨 일이 있든 모든 것은 끝나는 방식에 따라 결정된다. 내게 가장 어울리는 최후는 그것밖에 없다. 내가 나를 매장한다는 당초의 계획을 변경해서는 안 된다.

모든 생명과 마찬가지로 나의 탄생에도 자신의 의지가 개입될 여지는 전혀 없었다. 그것은 어쩔 수 없다고 하지만 죽을 때는 어떻게든 된다. 나 자신이 완전히 주도권을 갖게 되는 일이 가능하다. 그러므로 그것에 몰두하여 그 한 점에 집중해야 한다.

이제 동요해서는 안 된다. 눈에 떠오르는 가족의 심상에 일일이 휘둘려서는 안 된다. 숨 돌릴 새도 없이 퍼붓는 천둥과 번개에 현혹되어서는 안 된다. 죽는 것에 새삼 악감정을 가져서는 안 된다.

영혼과 육체의 싸움은 진작 결말이 났다. 게으름을 재촉하는 염세관과는 단호히 손을 끊었다. 지금의 나라면 설사 뇌우가 날치는 다습한 지대 한가운데서도 막 태어난 갓난아기처럼 아무 생각 없이 잘 수 있을 것이다. 그런데 실제로는 눈이 초롱초롱해질 뿐이다.

정말 불쑥불쑥 어떤 일이 떠오른다. 지금까지 한 번도 회상하지 않았던 사건이 선명하게 되살아난다. 뭐랄까, 번개 사이로 그날 밤의 광경 일부가 실상보다 생생하게 보인 것이다. 지금껏 그런 경험을 한 일조차 기억에 없다. 하지만 그것은 틀림없는 사실이다. 꿈이나 망상의 산물이 아니다. 정말 그런 일이 있었던 것이다.

억수같이 퍼붓는 비가 온 마을을 뒤덮은 한밤중에 일어난 사건이었다. 즉, 열차가 전복한 그날 밤의 일이다. 아마 목격한 사람은 나 혼자일 것이다. 큰 소동이 일어난 후 곧 아우와 함께 가자무라에서 일어난 전대미문의 진기한 일을 구경하러 나가려는 참에 우리 집 헛간에서 두 사람의 그림자가, 몸집이 작고 이상한 얼굴의 사내들이 불쑥 나타났다. 이 지역 사람이 아니라는 것은 한눈에 알 수 있었다.

그들의 매서운 눈빛은 번개를 능가했다. 나도 그랬지만 그들도 흠칫하며 멈춰 섰다. 아우는 산길을 뛰어올라가는 소방대원들에게 마음을 빼앗기고 있었다. 어딘지 모르게 험상궂은 두 사람의 얼굴이 우리 형제를 향했다. 만약 그 직후에 아버지가 나타나지 않았다면 상당히 당황했을 것이다. 공포에 사로잡혀 비명을 지르며 집 안으로 뛰어들었을지도 모른다.

그때 아버지는 순식간에 완전히 딴사람으로 바뀌었다. 그것은 내가 알고 있는 아버지가 아니었다. 하지만 금세 평소의 아버지로 돌아가 '저쪽으로 가' 하는 손짓을 했다. 뭐가 뭔지 전혀 모른 채 나는 아우를 재촉하여 그 자리를 떠나, 봐서는 안 되는 것을 봐버렸을 때의 찜찜한 생각을 하면서 열차가 전복된 산으로 향했다. 그리고 자욱하게 증기를 내뿜으며 둑 아래로 굴러 떨어지는 증기기관차가 눈에 들어오자 좀전의 사내들은 금세 잊어버리고 말았다.

큰 사고가 작은 기억을 뒤덮었다. 그러나 그 기억이 돌아오고 있다. 그날 밤 소동이 일단락되어 집으로 돌아와 보니 아버지는 밭 구석에서 뭔가를 태우고 있었다. 비가 퍼붓는 그런 한밤중에 모닥불을 피우는 이유를 전혀 알 수 없었다.

이제 와서 생각하면 결코 하찮고 사소한 기억이 아니다. 아버지도 소방대원이었는데, 어쩐 일인지 현장으로 달려가지 않았다. 마을 소방대원 옷을 입고 있기는 했지만 구조 활동에 나선 모습은 전혀 보이지 않았다. 그 증거로 다른 소방대원들처럼 온몸이 흙투성이가 되지 않았다.

내가 집으로 돌아왔을 때 낯선 두 사내는 이미 사라지고 없었다. 그 이후로는 두 번 다시 그들을 보지 못했다. 그렇다 하더라도 내가 모르고 있을 뿐이고, 사실은 그 후에도 몇 번인가 찾아와 어딘가 남의 눈에 띄지 않는 곳에서 아버지와 몰래 만났을지도 모른다. 아버지와 그들은 대체 어떤 관계였을까.

그때 아버지는 모닥불을 피우면서 사고 현장과는 정반대쪽을 주시하고 있었다. 내가 흥분한 얼굴로 조금 전 보고 온 일을 이야기하자 아버지는 "얼른 목욕하고 자!" 하고 거칠게 말했다. 온후한 아버지가 그렇게 서슬 퍼렇게 고함을 친 일은 그 전에도 후에도 없었다. 발길을 돌리는 순간 나는 아버지가 쥔 나무토막 끝에 달라붙어 활활 타고 있는 것을 힐끗 훔쳐보았다. 확실히 식별할 수는 없었지만 옷이었다. 아마도 바지처럼 보였다. 그것도 두 사내가 입었던 옷이 아니었을까.

하룻밤 지나자 사고 이외의 일은 깨끗이 잊어버렸다. 그리고 아침 댓바람부터 경찰들이 밀어닥쳐 부모뿐만 아니라 어린애인 우리들까지 붙들고 이것저것 물어댔다. 하지만 그것은 어느 집에서나 했던 탐문 수사에 지나지 않았으며 특별히 우리 집으로 대상을 좁힌 조사가 아니었다. 그들이 가장 알고 싶어 했던 것은 마을 사람 이외의 사람을 보지 않았느냐는 그 한 가지뿐이었다.

경찰들은 어느 집에 가서도 맨 먼저 그 질문을 했다고 한다. 내가 헛간에서 나온 두 사내에 대해 말하지 않았던 것은 다른 뜻이 있어서가 아니라 단지 잊어버리고 있었기 때문이다. 그리고 그로부터 수십 년이나 지난 지금에 와서야 갑작스럽게 떠올랐다. 굉장한 기세로 가자무라를 통과 중인 뇌운을 정신없이 보다가, 지금에 와서는 아무래도 상관없는 기억이 되살아났다.

설사 아버지가 의외의 일면을 가진 사람이었다고 해도 특별히 어떻다는 건 아니다. 요령부득인 아버지가 사회의 밑바닥에서 우글거리는 사람들을 위해 뭔가 더무너없는 이상을 품었다고 해도, 그렇게 정의의 피가 은근히 끓는 사람이었다고 해도 그다지 이상하지 않다.

어쩌면 가벼운 위협에 굴했거나 아니면 적은 돈에 홀딱 눈이 멀고 말아 무슨 일이든 거들고 나서는 비열한이었다고 해도 놀랄 일이 아니다. 반세기 남짓 살아보고 알게 된 것은, 사람은 일과 사정에 따라 무슨 짓을 저지를지 예상할 수 없는, 실로 발작적이고 섬뜩한 동물이라는 사실이었다.

아득히 멀리서 이즈미마치의 불빛이 반짝반짝 빛나고 있다. 나는 악마의 세계에 끌려들어간 비극의 주인공이 아니다. 그럴 마음만 먹는다면 언제든지 실제 사회에 복귀할 수 있다. 광차에 타기만 하면 눈 깜짝할 사이에 갖가지 불문율에 따라 이런저런 굴레에 포위된 사람들 속으로 섞여들 수 있다.

그러나 지금은 여기에 이렇게 있고 싶다. 적어도 여기에는 나를 의지하고 있는 동물이 있다. 야생화한 닭들은 첫 번째 천둥소리가 울리자마자 일제히 나에게 몰려들었다. 놀랍게도 그들은 날았다. 힘차게 날갯짓을 하여 단숨에 2, 30미터나 날아 차례로 가까운 가지에 앉았다. 그들은 날 수 없는 새가 아니었다.

아무래도 오늘 밤에는 이곳을 잠자리로 삼을 생각인 모양이다. 그 숫자는 생각보다 훨씬 많아 아마도 40마리 이상이었을 것이다. 쫓아낼 생각은 추호도 없다. 쫓아내기는커녕 여기서 같이 살고 싶다. 아마 결과적으로 그렇게 될 것이다. 어떤 새든 날 수만 있다면 나는 좋다.

이제 나는 혼자가 아니다. 고독한 것은 아우 그 녀석이다. 그 이

후로 행적을 감춘 그 녀석은 어디에 있어도 한없이 고독할 것이다. 만약 살아 있다면 어떻게 생계를 꾸려나가고 있을까. 순수한 열정이라고 말하기 힘든 녀석의 특이한 마음은 법률 만능 사회에 잘 적응하고 있는 걸까. 이는 쓸데없는 걱정에 의한 가정에 지나지 않지만, 어쩌면 나는 녀석을 대신하여 고향으로 돌아왔는지도 모른다.

아니, 그럴 리 없다. 만약 그렇다면 나는 만사 제쳐두고 성묘부터 했을 것이다. 우란분재 때 돌아왔으면서 성묘를 하지 않았을 리 없다. 하물며 생가의 상황을 살피지 않았을 리 없다. 불단에 선향 하나라도 올렸을 것이다.

그러는 동안 녀석은 그렇게 했을까. 나보다 한 발 앞서 돌아와 그런 충실한 일을 다 해치운 걸까.

확인해볼 가치는 있을 것 같다. 날이 새면 재빨리 살펴보기로 하자. 불단 앞에 조아리지는 못하더라도 무덤에 가는 것 정도는 할 수 있으리라. 그다지 다가가지 않고 조금 떨어진 곳에서 슬쩍 엿보는 정도라면 할 수 있을 것 같다. 그렇다 하더라도 그렇게 할지 말지는 그때의 기분에 달려 있다. 내일의 내가 어떻게 될지 오늘의 나는 짐작조차 할 수 없으니까.

오징어채와 건빵을 인주로 삼아 맥주를 마신다. 식사량을 절제할 생각은 없다. 홧김에 마구 먹을 생각은 없지만 무리를 해서까지 식욕과 싸우고 싶은 생각은 없다. 게다가 오늘의 운동량은 아마 섭취한 총 칼로리를 훨씬 넘었을 것이다. 몸 상태는 나쁘지 않으며 적어도 그러한 자각조차 없다. 실제로도 평소의 나른함이 거짓말처럼 사라졌다.

어느새 비가 그쳤다. 배가 몹시 부르니 졸음이 쏟아진다. 아직 나무 위에서 하룻밤을 보낸 경험은 없다. 들려오는 것은 강물 소리뿐이다. 벌레 소리도, 기생개구리의 울음소리도, 파랑새의 울음소리도 세차게 흐르는 물소리에 지워져버린다.

어쩌면 오늘 밤 그들은 억지로 침묵을 지키고 있는 걸까. 아니면 공기를 조성하고 있는 원소가 죄다 교체된 것 같은 신선한 착각에 사로잡혀 어떤 동물이든 모두 황홀 상태에 빠져 있는 걸까. 적어도 나는 그렇다.

비 덕분에 상당히 시원해졌다. 그렇지만 침낭을 쓸 정도는 아니다. 여기까지 날아오는 모기는 한 마리도 없다. 너무 무거운 짐을 짊어지고 걸었던 오랜 세월이 이제 흔적도 없다. 또 하나의 내 입에서 나오는 독성이 강한 말도 이제 완전히 조용해졌다. 그리고 마음속 어딘가에 들러붙어 떨어지지 않던, 무단결근을 했을 때와 같은 꺼림칙함도 지금은 흔적도 없이 사라졌다.

진정한 자유가 유유히 활동하기 시작한다. 이렇게까지 깊은 안식을 얻은 적은 한 번도 없다. 이렇게까지 고집을 굽힐 수 있었던 자신이 믿어지지 않는다. 정신적 행위가 어떤 것인지 이렇게까지 실감할 수 있었던 적은 없다.

내일 아침 눈을 떴을 때 나는 어떻게 되어 있을까. 이 물참나무 거목에 거두어들여져 있을까. 작은 가지 하나, 잎사귀 하나로서 녹풍(綠風, 푸른 잎을 스치며 부는 초여름 바람—역자 주)을 만드는 일을 거들고 있을까. 바라건대 그랬으면 좋겠다. 그렇지 않으면 깊은 잠에 빠져 뒤척이다가 땅바닥으로 떨어지는 바람에 목뼈가 부러져 즉사했을까. 그래도 상관없다. 난간을 달지 않은 것은 옳은 판단일지도 모른다.

이런저런 생각을 하면서 나는 만면에 웃음을 짓고 있을 것이다. 그렇다. 나는 기쁘다. 기분이 상당히 풀렸다. 좋다 말아도 상관없다. 한순간이라도 이런 기분에 빠지는 것은 더할 나위 없는 일이다. 모든 것은 운명 지어진 일인지도 모른다. 나는 지나간 일을 묻지 않고 다른 일을 돌아보지 않는다. 지금의 내게는 어떤 비극도 받아들일 배짱이 있다. 그런 사람이고 싶다.

아우와 누이를 데리고 반딧불이를 잡으러 나간 밤이 바로 거기에 있다. 기구하다면 기구한 운명에 농락당하기 전의 우리들 세 남매가 아직도 어딘가 그 주변을 들뜬 마음으로 걷고 있다. 앞을 다투어 섶나무 가지를 모으고 있다. 참억새 물결 속을, 콧물을 흘리며 북풍과 함께 달려간다. 손을 잡고 절벽에 서서 비에 함초롬히 젖어 피는 깊은 골짜기의 나리꽃을 언제까지고 넋을 잃고 바라본다. 그리고 이로리(일본의 전통적인 난방 장치로, 방바닥의 일부를 네모나게 잘라내고 난방이나 취사를 위해 재를 살아 불을 피운다—역자 주)를 둘러싸고 곰가죽 깔개 위에 털썩 앉아 감주를 후루룩거리고 있다.

7

      나는 공동묘지로 통하는 숲 속 오솔길을 터벅터벅 걷는다. 물론 약간 주눅이 들긴 한다. 이제 와서 조상의 묘 앞에 잠시 멈춰 서기 위해서는 다소나마 용기가 필요하기 때문이다. 그렇다고 해서 죽은 가족을 상대로 이야기를 주고받고 싶어진 것은 아니다. 그들에게 사과해야 할 일은 하나도 없다. 장남인 내가 마을에 남아 있었다면 결코 그런 일이 일어나지 않았을 거라고 가정하는 식의 변명은 일시적인 위안도 주지 못한다.

  나는 그저 아우가 들렀을지도 모르는 흔적의 유무를 확인하고 싶을 뿐이다. 우리 집안의 묘에 꽃이 바쳐져 있거나 선향이 피워져 있다면 어떡하지? 아니, 그것만으로 아우가 돌아왔다는 증거가 되지는 않는다. 그래도 가능성은 충분하다.

  아우가 범한 죄의 시효가 슬슬 완성될 무렵이다. 누이를 죽인 진범에 대해서도 같은 말을 할 수 있다. 이미 그렇게 되었을지도 모른다. 법률이 내리는 판단에 이의를 제기할 생각은 없다. 나는 일개 무력한 인간일 수밖에 없다.

마음에 걸리는 것이 하나 있다. 아우가 지금도 진범을 찾고 있을까 어떨까 하는 것이다. 완전히 면목을 잃어버린 녀석이 조금이라도 오명을 만회하려고 생각했다면 그렇게 할 수밖에 없으리라. 또한 그렇게 하지 않으면 분통이 가라앉지 않을 것이다.

하지만 실제로는 본인부터 도망가는 게 고작이고 누군가를 쫓을 상황이 아닐 것이다. 세월에 유린되어 복수의 정열이 진작 식었다고 해도 그것은 당연한 과정이다. 거듭되는 망신을 두려워하는 마음이 커졌다고 해도 조금도 이상한 일이 아니다.

녀석은 선뜻 단념하지 못하는 녀석이 아니다. 그렇게 언제까지고 번민하는 생활에 구애되는 사내답지 못한 사람이 아니다. 지난 십몇 년 동안 과도하게 뜨거웠던 피는 상당히 식었을 것이다. 적어도 무익한 살생을 피할 정도의 기본적인 처세술은 익혔을 것이다. 아니면 인격이 더욱 파탄 나 사람이 해서는 안 되는 행위를 아무렇지 않게 생각하는 전형적인 극악무도한 사람이 되어버린 걸까. 그리고 지금은 타인이 녀석의 목숨을 노리는 쪽이 되어 간신히 위험을 피하는 너절한 나날을 보내고 있는 걸까.

떠오르는 아침 해가 말썽의 연속인 쓰라린 세상을 시치미를 뗀 얼굴로 흘겨보고 있다. 한없이 날카로운 햇빛이 한여름의 실권을 완전히 장악한다. 조각조각 떠오르는 새하얀 구름이 마치 물처럼 술술 흘러가고 있다. 고층 기류가 재빨리 다음 뇌운을 위한 사전 준비에 착수한다.

오후의 강수 확률은 무척 높을 것이다. 하지만 하늘이 별안간 흐려져 폭우가 쏟아지기까지는 아직 대여섯 시간의 여유가 있을 것이다. 그사이에 내가 해야 할 일은 단 하나밖에 없다. 아주 간단한 일로, 지금 그것을 해치우려 한다.

우리 집안 묘지에 공물이 있는지 어떤지를 확인하는 것일 뿐인데, 그런 일로 왜 이렇게 마음이 설레는 걸까. 아우가 살아 있기를 바라지 않는 걸까. 살아 있다고 해도 가자무라에는 일절 다가오지 않았으면 싶은 걸까. 그건 또 왜일까. 아마 가족의 모습에 넌더리가 났을 것이다. 어떻게 할 도리가 없는 혈연이라는 유대에 철저히 질렸기 때문임에 틀림없다.

그렇다면 왜 나는 이런 곳에 있는 걸까. 또다시 모순의 공전이 고개를 쳐든다. 뭐가 어떻게 되든 상관없지 않은가. 일의 전말이 밝혀져도 어떻게 되는 건 아니다. 충동적인, 기분에 따른 행위에 일일이 이유를 찾아봐도 소용없다. 묘를 봐두고 싶다는 그 동기 하나로 충분하지 않은가.

발이 멋대로 그쪽으로 향한다. 어젯밤에는 잘 잤다. 암담한 밤의 산들이 발하고 있는 죽음의 기미에 쓸데없이 신경과민이 되지 않고 푹 잤다. 5미터 아래의 땅바닥으로 떨어져 목뼈가 부러지는 일도 없었다. 그리고 멋진 아침을 맞아 통조림과 캔 주스로 간단한 식사를 마치자 온몸은 순식간에 생기로 흘러넘쳤다.

물참나무는 단 하룻밤에 나를 받아주었다. 어쩌면 신원 보증인 역할까지 해준 것인지도 모른다. 야생화한 닭들의 힘찬 울음소리가, 하늘에서 쏟아지는 듯한 작은 새들의 지저귐 소리와 요란한 매미 소리를 재촉했다.

힘차게 줄사다리를 내려간 나는 씩씩하게 소코나시 강으로 몸을 날려 한바탕 헤엄을 쳤다. 물에는 소나기 냄새가 희미하게 남아 있었다. 그러고는 따뜻해진 바위 위에 배를 깔고 엎드려 일광욕을 했다.

얼마 뒤 주위를 뒤흔들 정도의 큰 웃음소리를 들었다. 다름 아닌 나 자신의 입에서 새어나온 웃음소리가 계곡에 울려 퍼진 것이다. 중증의 당뇨병 환자치고는 대단한 기운이었다. 자신의 무덤이나 파려는 위축된 놈과는 정반대였다. 그러므로 한 번도 시도해본 적이 없는, 머리부터 뛰어드는 다이빙을 세 번 연속해서 성공하고 그 여세를 몰아 묘지로 향했다.

묘석이 나무 사이로 보였다 안 보였다 한다. 심장의 고동이 확실히 느껴진다. 하지만 혼신의 용기를 내야 할 상황이 아니라 저절로 그쪽으로 이끌린다. 마음의 준비가 되지 않은 채 몸이 먼저 앞으로 자꾸 나가더니 서늘한 숲 속으로 들어간다. 허공을 헤매는 영혼이라는 존재를 믿어도 좋다는 그런 마음으로 기울어간다. 이 분위기를 깨고 싶지 않아 되도록 발소리를 내지 않으려고 주의한다. 사실은 좀 더 떨어진 곳에서, 그것도 나무 뒤에 숨어 훔쳐볼 생각이었다.

그런데 어떤가. 어느새 나는 조상의 묘 바로 앞까지, 손을 뻗으면 닿을 만한 곳까지 다가갔다. 공물은 아무것도 없다. 이전에 받친 흔적도 없다. 다른 집안 묘에는 새로운 꽃이나 경단이 놓여 있다. 어제 성묘하러 온 일가족이 가져온 것들이다. 소나기의 효과가 아직 남아 있어 꽃은 지금도 싱싱하다. 하지만 버려지지 않은 것은 아무래도 그 묘 하나다.

다른 집안의 묘는 우리 집안 묘와 마찬가지로 이끼, 잡초, 썩은 잎으로 완전히 파묻혀 있다. 나는 여기에 누이를 묻고, 어머니를 묻고, 그리고 아버지를 묻었다. 특히 매장에 관해서는 장남으로서의 임무를 훌륭하게 수행해왔다.

아카시아 꽃향기가 강가의 모래밭 쪽에서 끊임없이 물씬 풍겨온다. 너무 달콤한 향기 탓인지 아무런 감개도 일지 않는다. 내가 응시하고 있는 것은 이 부근의 산에 무진장 존재하는 차분한 팥색 암석에 지나지 않는다. 어느 묘석이나 감정 이입의 대상은 될 수 없다. 그러므로 합장도 하지 않을 뿐 아니라 고개를 숙이지도 않고, 물론 차분히 말을 걸지도 않는다.

아우가 들른 흔적은 어디에서도 보이지 않는다. 그것만 안다면 이런 음침한 곳에는 더 이상 볼일이 없다. 그렇게 생각하며 나는 언제까지고 멈춰 서 있다. 아니, 못박혀 있다.

누이의 장례식을 부탁한 스님은 엉망진창인 덧니를 드러내며 이런 말을 그럴 듯하게 했다. 어떻게 죽느냐에 따라 과거를 흘려버릴 수 없는 영혼도 있다. 요컨대 아무리 거룩한 경을 읊어도 누이는 극락왕생 할 수 없다는 것이었다. 그래서 나는 이렇게 말해주었다. 극락왕생 할 수 없어도 상관없으니까 가능한 한 정성을 다해 독경을 해주지 않겠느냐, 하고 넌지시 지갑을 보이며 부탁했다.

하지만 평소의 두 배나 되는 시간을 들여 땀투성이가 된 채 되풀이한 독경 소리가, 어떤 자에 의해 손가락, 발가락 하나 남김없이 잘라지고 결국 유방과 성기까지 도려내진 누이에게 통했는지 어땠는지는 확실하지 않다. 아마 헛수고로 끝났으리라.

나 자신은 사후에 어떻게 될지 알 바 아니라고 생각한다. 극락왕생 하든 못 하든 그런 것은 아무래도 좋다고 생각한다. 이 세상 이외의 세상이 있어도 상관없고, 또 없어도 전혀 상관없다. 다만 현세에서 실컷 우롱하고 사후에도 따라다니며 그 영혼을 심판하는 자가 정말 있다는 걸 알았다면 그놈에게 한 마디 불평을 꼭 해주고 싶다.

'너야말로 지옥에나 떨어져라!'

나는 나대로 멋대로 죽어갈 것이다. 내 죽음에 어떤 사람도 상관하게 하지 말라. 조상의 한 패로 넣어주지도 말라. 이 세상에 있든 저세상에 있든 나는 엄연히 독립된 존재로 있고 싶다. 바라는 것은 오직 그것뿐이다.

이제 나는 어떤 정에도 얽매이지 않는다. 그래도 여전히 나라는 남자는 틀림없이 피가 통한 사람이다. 누구보다 인간다운 인간인 것이다. 바로 지금 그렇게 확신하게 되었다.

마음을 쓰는 일만 많은, 술만 퍼마시며 거칠게 살던 나날은 지나 갔다. 라이벌을 밀어내기 위해, 그리고 조금이라도 높은 지위에 오르기 위해 필사적으로 일하던 나날로부터도 해방되었다. 묘 앞에서 오도 가도 못하는 상황도 아니고, 저도 모르게 눈물을 흘리는 상황도 아니다. 나는 좀 더 대범한, 좀 더 엉성한 사람이 되어 최후를 맞이하고 싶다. 설사 그게 분수를 모르는 허황된 소원이라고 해도.

하지만 층을 이루며 겹치는 추억이 발을 잡아당기고 마음을 빼앗으려고 한다. 다 해결된 문제가 촌락 공동체의 일원이라는 자각을 촉구하고자 하며 나를 수습이 안 된 상태로 데려가려고 한다. 하지만 앞으로도 누구의 입장이 되어 생각해주고 싶지 않은 나였으면 한다.

지금까지 가족 중 누가 내 처지가 되어 생각해주었을까. 가족은 각자 자기 멋대로 살았다. 나 혼자 제멋대로 살았다고 친척 노인이 말했는데, 그것은 너무나도 뜻밖의 평가였다. 적어도 폐는 끼치지 않았을 터다. 누이, 아우, 아버지, 어머니의 생활을 방해했다는 기억은 없다.

이제 와서 아무리 망자의 마음속을 헤아려본들 아무런 도움이 안된다. 그런 것은 처음부터 알고 있었다. 알고 있어도 기억 안에서만 사는 그들이 다 같이 몰려들어 나를 밀어붙이며 어떻게든 하라고 말한다. 대체 내게 어떻게 하라는 말인가. 더 이상 어떻게 해볼 수가 없지 않은가. 재산 축에도 들지 못하는 논밭을 상속하여 집안을 다시 일으켜 세우라고 말하고 싶은 건가. 병을 고치고 메마른 땅을 비옥하게 하고, 다시 한 번 아내를 얻어 아이를 낳아 살림을 꾸려나 가라고 말하고 싶은 건가. 민도가 너무 낮은 이런 산골 구석에서 끝 까지 분발하라고 말하고 싶은 건가.

가자무라 어디에 그렇게까지 할 가치가 있는가. 내가 왜 고향을 버린 건지 가족은 정말 이해하고 있을까. 뻔뻔스러운 데도 정도가 있다. 내게 뭘 기대해봤자 이미 늦었다. 만약 그런 마음을 먹는다고 해도 지금의 내게는 아무런 힘이 없다. 세상살이를 위한 고생은 이 제 진절머리가 난다.

앞으로의 나는 이런 나를 계속 방치하게 될 것이다. 하물며 망자 를 상대로 깊은 약속을 주고받는 일은 사양하고 싶다. 땅속에서 자 는 자에게 이것저것 지시를 받고 싶지 않고 또 중상도 받고 싶지 않 다. 무덤에 꽃을 바치지는 않겠지만, 그렇다고 무덤에 침을 뱉지도 않을 것이다.

이윽고 나는 분노를 눌러 죽이고 있는 자신을 깨닫는다. 그리고 무심코 "이렇게 된 것도 다 너희들 탓이야" 하는 말을 내뱉는다. 묘 석에 빽빽이 난 이끼가, 보는 이에게 섬뜩할 정도로 깊이 있는 색조 로 다가온다. 더 이상 하찮은 자기 마음의 투영에 현혹되어서는 안 된다. 나는 다름 아닌 나 자신을 상대로 말하고 있다. 나를 비난하 는 것은 나 자신이고, 나는 내 그림자를 겁내고 있다.

그래서 일단락 지으려고 마음먹는다. 이제 겁낼 대상이 아무것도 없다는 것을 자기 자신에게 분명히 보여주자. 앞으로 며칠이나 가자무라에서 지내게 될지 모르지만, 적어도 이곳에 몸을 두고 있는 동안은 내가 내 목숨의 주도권을 쥐고 싶다. 망자에게 휘둘리는 일은 망자가 되고 나서도 늦지 않다.

나는 아직 살아 있다. 햇볕에 탄 얼굴이 번들번들한 나는 마음먹기에 따라서는 남의 목숨도 빼앗을 수 있는, 이 세상의 말석을 더럽히는 살아 있는 사람이다. 그렇다면 좀 더 상스러운 사람으로 일관해야 한다. 그렇지 않으면 도저히 이런 데서 살아갈 수가 없다. 슬픔을 나눌 상대는 필요 없다. 오늘의 나는 꽤 강경하다. 갑자기 태도를 바꾸는 것은 내 장기다. 그렇다, 그런 기세다. 최악의 사태를 각오한 남자로서의 진면목을 마음껏 발휘하라.

대단히 분발한 나는 가족의 환영에 휙 등을 돌리고 묘지를 뒤로한다. 그리고 무척 자존심이 센 사람이 되어 필요 이상으로 가슴을 펴고 활개를 치며 왔던 길을 되돌아간다. 아쉬운 마음은 아랑곳하지 않고 축축한 숲 속 오솔길을 잰걸음으로 기분 좋게 떠난다.

나뭇잎 사이로 비치는 햇살이라고는 하지만 찌를 듯한 열기를 품고 있다. 수생 식물이 조용히, 하지만 활발하게 물에 포함된 불순물을 제거하고 있다. 귀염둥이 뿔호반새가 흰색과 검은색으로 얼룩진 깃털을 햇볕에 융화되게 하면서 적당한 크기의 물고기를 노리고 있다. 독경 소리처럼 들리기도 하는 요란한 매미 소리가 이 한여름의 기반을 단단히 지탱하고 있다. 수액 냄새와 풀숲에서 풍기는 후끈한 열기가 서로 어울려 내 기분을 한층 고조시킨다.

내 건강은 여전히 위험한 상태인 걸까. 몸 상태가 안 좋다는 실감은 없다. 산골에서 자란 사람의 본령을 유감없이 발휘하는 데까지는 가지 않았지만, 그래도 좋은 방향으로 나아가고 있는 것 같다. 회사 동료가 권하여 절식요법을 시행했을 때보다 몇 배나 좋다. 기분 탓만은 아닌 것 같다.

나는 직장을 그만두고 유유자적하는 사람이다. 일단은 그런 것으로 해두자. 자나 깨나 부자유가 없는, 전가해야 할 책임도 전혀 없는, 약간 방랑적인 성격을 가진 행운아다. 그렇게 생각할 수 없는 것도 아니다.

하지만 시시한 억지를 늘어놓는 짓은 그만두자. 잘난척하는 태도를 취하는 것은 해야 할 일을 하고 나서 하자. 도대체 무슨 일을 할 생각으로 그런 말을 하는 것인가.

놀랍게도, 이제 생가에 들어가려고 한다. 그리고 묘 앞에 섰을 때처럼 불단 앞에 서려고 한다. 그렇다고 망자를 위해서는 아니다. 나 자신을 위해 그러는 것이다. 그것만 할 수 있다면, 나머지는 무서울 게 없다. 그런 것에 어느 정도의 의미와 가치가 있는지 나 자신도 잘 모르겠지만, 그래도 역시 그렇게 하지 않을 수 없다.

숲을 나와 몹시 더운 날씨에 모자도 쓰지 않고 걷는 내 머릿속은 마그마처럼 부글부글 끓고 있다.

생가가 부쩍부쩍 다가온다. 다가감에 따라 그토록 흐르던 땀이 거짓말같이 식어간다. 등줄기 근처에서 오한을 느낀다. 여기서 주저하며 걸음을 멈추면 모처럼의 결의가 약해지고 말 것이다. 아무 것도 생각하지 않고 이대로 돌진해야 한다.

나는 이를 악물고 모처럼 싹튼 분노를 지속시키려고 한다. 그런데 마음은 점점 위축되어 간다. 이런 상태로 과연 현관까지 갈 수 있을까. 보폭이 점차 좁아지고 머릿속의 혼란이 느껴진다.

우리 집이 좌우로 크게 흔들리기 시작한다. 흔들리는 것은 집이 아니라, 또한 내 몸이 아니라 마음이다. 그래도 멈춰 서지는 않는다. 이런 사람이기는 해도 선뜻 단념하지 못하는 놈은 아니다. 일단 하기로 한 일은 반드시 한다. 할 때는 무슨 일이 있어도 한다.

현관문은 열려 있지 않을 터다. 5년 전에 아버지가 병사했을 때 나는 장례식을 마치고 집 안의 모든 창문과 덧문을 잠갔다. 그리고 현관문 위로 베니어판을 덧대고 못을 박았다. 도둑을 걱정해서가 아니라 도둑맞으면 곤란할 물건이 하나도 없었기 때문이다. 또한 두 번 다시 이 집에 들어가지 않겠다는 결의의 표현이기도 했다.

그날 이것이 마지막으로 보는 것이라 생각하고 집을 나섰다. 장남으로서 해야 할 일은 다 했다는 자부심이 있었기에 버스 정류장에서 마주친 지인이 다음에 언제 돌아오느냐는 질문을 했을 때도 대답을 하지 않았다.

그러자 불그스름한 얼굴의 술살이 찐 노인은 "나도 언제까지 이런 데서 살고 있을 수만은 없지" 하고 나직이 중얼거렸다.

가자무라를 떠난 사람들은 각자 가까운 도시로 이주한 걸까. 어디로 갔든 누구 한 사람 후회하지 않을 것이다. 그들의 무거운 허리를 일으켜 세운 것은 전적으로 우리 집에 차례로 닥쳐온 비극이었을 것이다. 아버지가 죽고, 나에게 집안을 이을 생각이 없다는 사실을 알자마자 갑자기 동요했을 것이다. 순식간에 잡초와 잡목으로 파묻혀 몹시 황폐해지는 이 마을을 목격할 때마다 너무나도 어둡고, 너무나도 비참한 앞날을 분명히 알아챌 수 있었을 것이다.

대체 나는 앞으로 뭘 시작하려는 걸까. 그것을 확실히 알지도 못한 채 베니어판을 북북 떼어낸다. 이어서 현관 미닫이문에 손을 대보지만 한 손으로는 열리지 않는다. 두 손을 사용하고 발로 힘껏 버티지 않으면 꿈쩍도 하지 않는다. 그래도 아주 조금 열려서 몸을 비스듬히 하고 배를 힘껏 집어넣어야 간신히 들어갈 수 있다.

곰팡이 냄새가 난다. 그 외에도 잡다한 냄새가 확 덮쳐온다. 냄새 하나하나가 눈이 팽팽 돌 것 같은 추억을 불러일으키며 나를 단숨에 과거로 끌고 가 인생이 아직 영원으로 여겨지던 시절로 내던질 것 같다. 쉴 새 없이 교차하는, 아무래도 좋은 기억의 단편에 현혹되어 어둑한 곳을 살짝 들여다본다.

나는 소스라치게 놀라 숨을 죽인다. 상인방에 축 늘어져 있는 것의 정체를 순간적으로 알아챘다. 그렇다고 선명하게 보인 것은 아니다. 그런데도 무엇인지 순간적으로 이해할 수 있었던 것이다.

황급히 집 바깥으로 뛰쳐나간다. 그리고 타는 듯이 뜨거운 길을 전속력으로 달리기 시작한다. 숨을 헐떡거리며 한없이 도망친다. 아무리 도망쳐도 등 뒤에 바싹 따라오는 기미는 전혀 사라지지 않고 너무 두려운 나머지 돌아볼 수도 없다. 어디나 온통 여름의 눈부신 빛으로 가득 차 있는데도 가는 곳마다 공포를 느낀다. 이렇게 된 바에는 1분이라도, 아니 1초라도 빨리 가자무라를 탈출해야 한다.

이번 귀향은 역시 실수였다. 가족에 대한 인식이 안이했다. 우리 가족이 어처구니없는 인간의 집합이라는 사실을 좀 더 엄중하게 받아들였어야 했다.

아우는 나보다 한 발 앞서 돌아왔다. 생각해볼 필요도 없이 녀석에게는 달리 돌아갈 곳이 없었다. 아마 나보다 몇 배나 지쳐 있었으리라. 부패된 정도로 봐서 녀석은 올 여름이 시작되자 자신의 생명에 매듭을 지었을 것이다. 불행한 녀석이다.

결국 장남 혼자 남았다. 나는 아직 도망치고 있고, 아직 소리치고 있다. 이제 나의 생사는 그다지 중요한 문제가 아니다. 뭐랄까, 망자 무리에 가세하고 싶지 않은 마음으로 가득하다. 조금 전까지는, 그러니까 아우를 보기 전까지는 죽는 것이 어떤 것인지 전혀 알지 못했다. 아니, 그게 아니라 요즘 한동안 단지 잊고 있었을 뿐이다.

단편적이라고는 해도 누이의 유해도 봤고, 쥐약을 마시고 죽은 어머니의 거무스름해진 얼굴도 봤다. 또한 아버지의 죽음도, 조부모의 죽음도 봤다. 그런 나치고는 지금 통 맥을 못 춘다.

나는 나를 질타한다. 이 꼴이 뭐란 말이냐. 그건 친아우가 아니더냐. 십 몇 년 만의 이상한 재회이긴 해도, 얼굴 절반이 썩어 문드러져 있어도 한눈에 아우라는 걸 알았다. 하지만 예상 밖의 죽음을 접하고 도망치는 내 발걸음은 빨라질 뿐이다. 사람의 죽음에 너무 익숙했던 마음에 느닷없이 찬물을 뒤집어쓰고 말았다.

나는 뼛속까지 부들부들 떨고 있다. 무슨 일이 있어도 살고 싶고, 무슨 일이 있어도 망자 무리에 들어가고 싶지 않다고 빌지 않을 수 없다. 그래서 전속력으로 달린다. 이런 데서 이대로 최후를 맞이하고 싶지 않다. 아무리 가족이라고 해도 더 이상은 녀석이 귀찮게 따라다니지 않았으면 싶다.

빨리 정신을 차려야 한다. 아주 서둘러 탈출하지 않으면 원령이 들릴 것이다. 가자무라는 우리 일가족을 모두 죽일 생각이다.

숲을 몇 개나 빠져나가 선로 옆의 허술한 판잣집으로 뛰어든다. 급히 서둘러 광차를 끌어내 바람을 맞으며 도망친다. 도망치고, 도망치고, 계속 도망친다. 내리막길을 쾌주하는 광차 바퀴가 쉴 새 없이 뛰어오르고 그때마다 서둘러 브레이크를 밟는다.

아직 죽고 싶지는 않다. 여전히 살아 있고 싶다.

8

비는 뇌우가 단연 으뜸이다. 그것도 이런 노천온천에 몸을 담그고 맞는 소나기가 최고다. 비로 희미하게 보이는 이즈미마치의 전경이 눈 아래로 멀리 바라보인다.

지칠 대로 지친 태양이 크게 기울었다. 하지만 완전히 지기에는 아직 멀었다. 햇빛과 소나기와 번개가 만들어내는 뭐라 말할 수 없는 풍정은 산간 지방의 여름 그 자체다. 굵은 비를 맞으며 나는 아주 차가운 맥주를 마신다. 정말이지 술만 한 것은 없다.

산허리에서 끊임없이 솟아나는 이 온천은 내가 독점하고 있다. 여름철 탕치객이 적어서 이미 일주일을 머물렀는데도 노천온천에서 다른 사람과 마주친 적이 없다. 어쩌면 손님은 나 한 사람뿐일지도 모른다. 한밤중에 문득 눈을 떴을 때도 목조 3층 건물인 오래된 이 여관에 타인이 있다는 기미가 느껴지지 않는다.

여기에 온천 여관이 있다는 것은 옛날부터 알고 있었다. 하지만 찾아온 것은 이번이 처음이다. 사실 왜 이 여관을 골랐는지는 나도 잘 모르겠다. 광차를 달리고 또 달려 한창 가자무라를 탈출하고 있을 때 어쩐 일인지 계속해서 이곳이 뇌리를 스쳤고, 이즈미마치가 보였을 때는 이미 행선지가 정해져 있었다.

일단 상점가에 들러 여행자로 보일 것 같은 차림을 하고 그대로 택시를 잡아타고 이곳으로 직행했다. 첫날은 산사에라도 틀어박힌 것 같은 무거운 기분이었다. 여관을 둘이서 꾸려나가는 노부부의 눈에는 아무리 생각해도 풍채가 시원치 못한 촌스러운 차림새의 처음 보는 손님이 어떻게 비쳤을까. 생각했던 대로 대환영은 받지 못했지만 경계심은 전혀 느껴지지 않았다. 그래도 나는 두 사람을 안심시키려고 이런 거짓말을 했다. 여름휴가를 이용해서 온천 순례를 하고 있으며, 유명한 온천을 전전하는 것보다는 이런 시골 냄새가 나는 온천에 차분히 머무는 것을 좋아한다고.

솔직히 온천을 좋아했던 적은 한 번도 없었다. 그런 내가 어찌 된 까닭인지 이곳이 무척 마음에 들었다. 사실은 하룻밤 묵고 이튿날 아침 일찍 떠날 생각이었다. 그때의 나는 어디로 가려고 했던 걸까. 어딘지 모르지만 아무튼 아무리 높은 산의 꼭대기에서도 가자무라를 볼 수 없는 그런 먼 어딘가로 모습을 감추고 싶었던 것은 분명하다.

그건 그렇고 이런 흔해빠진 온천의 어떤 점에 끌린 걸까. 매일 산해진미가 밥상을 푸짐하게 하지도 않을뿐더러 시름을 덜어줄 여자가 준비되어 있는 것도 아니다. 또한 골수에 사무치는 파랑새 울음소리가 들려오는 심산유곡도 아니다. 어차피 이곳은 이즈미마치의 일부에 지나지 않는다.

내 마음을 사로잡은 것은 아마 노천온천에서 내려다보는 탁 트인 조망일 것이다. 권하는 대로 이용해봤는데 단 한 번에 그만둘 수가 없게 되었다. 여기서 이렇게 있으면 달이 차고 이지러지는 것, 대기와 물의 대순환, 태양의 운행이 무척 가까이 느껴지고 때로는 조물주라는 존재를 믿고 싶어지는 순간조차 있다.

무엇보다 죽음의 냄새가 느껴지지 않는 점이 좋다. 또한 콩알만 한 크기라고 해도 청결한 거리에서 살고 있는 인간의 동향을 실감할 수 있는 점이 아주 그만이다.

온천의 효능은 어디에도 적혀 있지 않다. 주인에게 물어도 "글쎄요, 그렇게 어려운 이야기는 좀……"이라고밖에 대답하지 않는다. 그래도 탕에 들어갈 때마다 뭔가 효과가 있을 거라는 생각이 든다. 당뇨병에 듣지 않을까.

좋아하는 것을 마음껏 먹고 마시는데도 몸 상태가 악화되는 게 느껴지지 않는다. 어떻게 해볼 도리가 없는 피로감도 없을뿐더러 이상한 목마름 증세도 없다. 시력의 경우에도 약해지기는커녕 오히려 회복의 징조마저 느껴진다. 실제로 먼눈이 밝아졌다.

온천의 효능은 또 하나 있다. 아우의 죽음을 당연한 귀결이라고 일방적으로 단정하게 해주고, 그런 죽음이야말로 녀석에게 가장 어울린다는 사실을 실감하게 해준다. 노천온천은 그 이외의 최후는 생각할 수 없다는 결론으로 나를 이끌어주었다.

하여튼 이 여관은 지내기가 정말 좋다. 난생처음 느껴보는 깊은 안락함이다. 그런데 아직 여관 이름을 정확히 기억하고 있지 않다. 이제 와서 새삼 기억할 생각이 들지 않을 정도로 익숙해져 버렸다.

지금까지 살았던 어떤 집보다 편안히 쉴 수 있다. 천장의 얼룩이나 벽의 균열까지 친밀감이 어려 있는 것 같아 일종의 반가움마저 느껴진다. 그리고 밤에 잠자리에 들면 풍경 소리에 이끌리듯이 잠에 빠져든다. 꿈도 꾸지 않는 숙면이, 쌓이고 쌓인 가슴속의 때를 깨끗이 없애준다.

노부부는 아무것도 묻지 않는다. 언제까지 묵을 거냐는, 장사에 중요한 질문조차 하지 않는다. 안심시켜 주려고 열흘치 숙박료를 미리 내려고 했는데도 당일 분밖에 받아주지 않았다. 계속 멍하니 있는 것처럼 보이는 주인은 느긋한 어조로 이렇게 말했다.

"내일 일은 내일이 되고 나서 하지요."

또한 그의 반려자는 이렇게 말했다.

"왜냐하면 내일도 우리가 살아 있을지 모르는 일이거든요. 죽은 사람한테 돈을 내는 것도 좀 그렇잖아요."

이렇게 말하며 키득키득 웃었다.

외출할 일은 없었다. 여관 주변을 어정거리지도 않았다. 노천온천에 들어가거나 식사를 하거나 맥주를 마시거나 자거나 했는데, 그래도 하루는 아주 빨리 지나가서 결코 지루하지 않았다. 그렇다고 매일 말없이 깊은 생각에 빠져 있는 것도 아니다. 오로지 아무것도 생각하지 않으려고 애를 쓴다. 생각해봤자 어떻게 되는 것도 아니다. 이미 실컷 생각했다.

55년 동안 계속 생각했지만 그 결과 제대로 된 일은 없었다. 아무리 생각해도 같다면 생각하지 않는 편이 낫다. 전혀 생각하지 않고 어떤 일에도 무관심하고 늘 초연한 자세로 있는…… 그런 사람이었다면 얼마나 행복할까.

나는 자신을 속이고 있다. 이 여관에서 한 발짝도 나가지 않았다고 자신에게 믿게 하려 하고 있다. 요컨대 그것을 억지로 악몽의 하나로 정리하려 하고 있는 것이다. 그렇게 하고 싶은 마음은 나도 충분히 이해할 수 있다.

하지만 사실은 사실이지 결코 꿈이나 망상의 산물이 아니다. 아직 사흘 전의 일인데도, 이미 3년 전에 일어난 사건으로 여겨진다. 그것은 어디까지나 충동적인 행위로, 결심했을 때는 이미 일어나 있었다. 망설임은 손톱만큼도 없다.

실은 가자무라로 돌아가는 중이다. 대체 나의 어디서 그런 배짱이 나온 걸까. 태양의 도움 없이는 도저히 무리였으리라. 나무랄 데 없이 완벽한 날씨였기에 그럴 마음이 들었을 것이다. 아무튼 그날의 나는 보통이 아니었다. 현저하게 자제력이 결여되어 있어서 생각이 떠오르자마자 이미 그것을 막을 수 없게 되었다. 게다가 사명감에 불타는 듯한 기분으로 여관을 나섰고, 심한 더위가 한창인 이즈미마치를 가로지른 후 광차를 달려 가자무라로 향했다.

이상할 정도로 기운이 넘치는 것 같았다. 끔찍한 공포를 느끼고 도망쳐 나온 주제에 다시 돌아가다니 아마 머리가 어떻게 되었던 것 같다. 그 집 안에서 누가 어떻게 죽었는지를 알고도 돌아가다니, 아마 일시적으로 정신이 이상해진 게 틀림없다.

이것저것 모두 아우를 위해서라고 생각했다. 녀석을 위해서라고 몇 번이나 자신을 타일렀다. 장남으로서의 책무를 다하기 위해 그렇게 할 수밖에 없다고 염불처럼 계속해서 중얼거렸다.

그렇다 하더라도 정말 그런 이유로 그런 수단을 이용한 걸까. 그렇다면 왜 좀 더 온당한 처치를 선택할 수 없었을까.

광차에서 내리고 나서도 내 기세를 꺾는 조건은 보이지 않았다. 나는 쏜살같이 생가로 향했다. 초원에는 뜨거운 바람이 거칠게 불었고, 숲은 무리 짓는 것을 좋아하는 새와 짐승, 곤충의 기운으로 넘쳐났다. 소코나시 강은 연일 이어지는 소나기로 물살이 점점 세지고, 꺼림칙한 나의 생가는 여름풀 너머로 긴 아지랑이에 뒤덮여 흐물흐물 일그러졌다.

나는 발걸음을 늦추지도 않았고 멈춰 서지도 않았다. 그런 것을 해치울 경우에는 한순간이라도 짬을 두어서는 안 된다. 계획은 이미 짜여 있고, 뭘 어떻게 해야 할지 미리 자세히 정해두었다. 계속 전진하면서 주변 상황을 주의 깊게 살폈지만 어디에도 사람의 모습은 보이지 않았다. 이쪽의 모습을 살피고 있는 것은 야생화한 닭들뿐이었다.

나는 생가 앞에 섰다. 지난번 공포에 사로잡혀 뛰쳐나갔을 때의 모습 그대로였다. 현관문이 억지로 열려 있고 덧문 몇 장이 부서졌으며 베니어판이 흩어져 있었는데 그것은 모두 내가 한 일이었다.

태양의 부추김을 받으며 나는 준비해온 물건을 호주머니에서 꺼냈다. 또 한 사람의 나 사이에 감정의 갈등은 전혀 생기지 않았고 또 다른 나의 판단을 청할 필요도 없었다. 어린애라도 해치울 수 있는 아주 간단한 일이었다.

그리고 나는 그것을 했다.

태연자약하게 실행에 옮기고 곧바로 온 길로 되돌아갔다. 그 뒤로는 시간에 맡길 뿐이었다.

누구의 방해도 받지 않고 가자무라를 벗어날 만큼의 여유는 충분히 있었기에 특별히 서두를 필요는 없었다.

걱정은 소나기였다. 오후부터 비가 올 것 같은 하늘이었기에 예상했던 일이고, 세찬 뇌우를 고려했기에 일찍 나온 것이다. 마음에 걸리는 것은 평소보다 두 시간이나 전에 먹구름이 나타나지 않을까 하는 것이었다. 하지만 그럭저럭 부질없는 걱정으로 끝날 것처럼 하늘은 언제까지나 파랬고 떠도는 흰 구름에서는 아무런 속셈도 느껴지지 않았다.

그건 그렇고 내게 가자무라는 실로 이상한 공간이었다. 태어난 곳이고 십 몇 년에 걸쳐 가족과 함께 살았던 고향인데도 비일상적인 장소로 다가왔다. 그렇지만 그 후 30년 이상이나 살아온 도시가 더 일상적이었던 것은 아니다. 하지만 가자무라보다 현실적이었던 것은 의심할 여지가 없다. 아주 오랫동안 떨어져 있던 탓에 그렇게 생각될 것이다.

아니, 아니다. 나의 그런 마음은 철이 들까 말까 할 무렵에 이미 싹텄다. 요컨대 가자무라에서는 아무리 이상야릇하고 불합리하기 짝이 없는 사건이 일어나도 조금도 이상하지 않다는 것이었다. 우리 가족과 동질적인 사람들이 저쪽 산, 이쪽 골짜기에 작은 마을을 이루고 조용히 살고 있는, 한없이 무에 가깝고 언제 지도에서 사라져도 이상하지 않은 지나치게 수수한 지역 사회였다.

그런데도 누가 무슨 짓을 저지를지 예상할 수 없는 곳이 가자무라였다. 아무리 가자무라를 싫어해도 나 역시 그 일원이라는 사실에는 변함이 없다. 한 치 앞의 어둠 속에서 무슨 짓을 저지를지 모르는 피가 내 몸 속에도 흐르고 있을지 몰랐다. 도시에서 살 때는 그다지 의식하지 않았어도 이렇게 돌아와 보니 의식하지 않을 수 없었다.

확실히 제동이 걸리지 않는 이상한 나로 변하고 있다. 불과 며칠 사이에 어떤 짓이든 태연히 해치울 수 있을 것 같은 방향으로 점점 기울어진다. 나조차 이렇게 빨리 변하는 것에 놀라고 있다.

실제로 아우를 생가와 함께 통째로 처리하는 과격한 방법을 생각해내고 계획에 따라 망설이지 않고 움직였다. 후회는 없고, 오히려 개운치 않은 마음이 깨끗이 사라지고 통쾌한 기분이었다. 오랫동안

정돈되지 않았던 방을 정리했을 때보다 몇 배나 기분이 좋았다.

그리고 그 기분은 이즈미마치로 돌아오고 나서도 확실히 유지되었다. 여관으로 돌아온 나는 곧장 한바탕 목욕을 하며 땀을 흘렸다. 그러고 나서 생맥주를 마시며 가자무라 쪽을 집어삼킬 듯이 쳐다보았다. 취기가 돌 무렵 넘쳐흐르는 듯한 저녁때의 약한 햇빛 한구석에서 피어오르는 한 줄기 연기를 보았다. 사정을 모르는 사람이라면 놓치고 말 것 같은 한 줄기 연기는 모기향과 기름을 배어들게 한 탈지면을 사용한, 단순한 구조의 발화 장치가 정확히 작동했다는 것을 의미했다.

하지만 어느 정도의 소동을 불러일으켰는지는 알 수 없다. 가뜩이나 그곳은 시선이 잘 미치지 않는 곳이다. 설령 마을의 누군가가 알아챘다고 해도 소방차를 들여보내는 일은 쉽지 않다. 우물쭈물하는 동안 다 타버리고, 나아가 다른 네 채의 빈 집에 옮겨 붙었을지도 모른다. 어쨌든 대규모 산불로 발전할 가능성은 없다. 풍향이 어떻든 불길은 소코나시 강과 미즈나시 강, 그리고 오보레 강에 의해 앞길이 가로막히기 때문이다.

그날 밤 오랜만에 텔레비전을 봤다. 지방의 뉴스 프로그램을 빠짐없이 살펴봤지만 어느 방송도 화재 사건은 전혀 다루지 않았다. 만약을 위해 석간신문도 샅샅이 살펴봤지만 역시 한 줄도 쓰여 있지 않았다. 당연하다고 하면 당연한 일이겠지만, 깊은 산골에 있는 폐가 한두 채 불에 탔다고 한들 일일이 문제 삼지는 않을 것이다.

그런데 그 누구도 알지 못한 사실은…… 예상과 다르게 그날도 저녁 늦게 뇌우가 내렸다는 점이다. 가자무라에서만 그런 것이 아니라 이 일대에 광범위하게 억수 같은 비가 쏟아졌다. 세찬 빗발로 이즈미마치를 세로로 가로지르는 요마요이 강이 범람 직전에 이를 정도까지 물이 불었는데, 아마 가자무라의 강 역시 마찬가지였을 것이다.

궁금한 것은 몽땅 타버렸는가의 여부였다. 특히 아우가 걱정이었다. 화장한다는 생각으로 한 일이니 설구워진 상태는 곤란하다. 요컨대 뼈만 남은데다 재투성이가 되어 흔적도 없이 사라지는 것이 바람직하고 이상적인 결과였다. 그리고 다음 여름까지 무성한 잡초에 덮여 가려지기만 하면 완벽하다.

일단 장남으로서의 임무는 완수했다. 가족의 뒤치다꺼리는 여기까지고, 앞으로는 내 몸을 처리하는 일에만 집중하자. 하지만 계속 가자무라에서 죽을 곳을 찾을지 어떨지는 아직 뭐라고도 할 수 없다. 생가가 없어진 지금, 그곳이 아직 내 고향인지 어떤지도 알 수 없고 또한 그렇지 않더라도 두 번 다시 다가갈 마음이 들지 않을지도 모른다.

이왕이면 묘도 철저하게 파괴해주면 좋겠다. 그러면 나를 속박하는 땅은 존재하지 않게 되고, 그러므로 더욱 해방되어 자유가 한층 커지게 될 것이다. 집과 묘만 없어지면 나머지는 다 내 것이다. 어디서 어떤 식으로 죽든 전혀 상관없다. 예컨대 오늘 밤 안에 이즈미마치를 떠나고 다음 날 밤까지 열차를 갈아타고 가다가 어느 읍내의 한구석에서 병든 들개처럼 가만히 멈춰 설 수도 있다.

그렇지 않으면 결코 헛수고로 끝나지 않는, 일정한 숙소 없이 하는 여행을 언제까지고 계속할 수도 있다. 그렇게 될지 어떨지는 앞으로의 전개에 달렸고 기분에도 달렸다.

인생의 무상함을 깨닫는 나는 이제 어디에도 없다. 그렇게 무기력하고 초라한 남자의 입장도 이제는 완전히 희미해졌다. 과연 이 세상에서 즐거움을 느꼈다고 단언할 만한 자신은 없다. 그래도 '뭐 이 정도면 된 거지'라고 툭 중얼거릴 정도는 되었다.

인간의 최후는 어차피 비참한 것이기 마련이다. 어떤 종류의 새는 날고 있는 중에 목숨이 끊어진다고 하는데 부러울 따름이다. 인간은 대부분 서서히 수명에 목이 졸려 일생을 마친다. 기가 막혀 못 해먹겠다.

본격적으로 쏟아지기 시작한 비는 아직도 내리고 있다. 비바람이 치는 가운데 지금은 죽은 사람의 환영을 좇는 일은 그만두어야 할 것이다. 망자라고 해서 특별 취급할 이유는 전혀 없다. 나와만 관련되어 있으면 되고, 흔해빠진 살아 있는 한 사람으로서 이 시원한 맛을 만끽하고 있으면 그걸로 된 것이다.

빗물이 섞여 노천온천의 온도가 약간 좋아졌다. 몇 시간이고 물에 몸을 담그고 있을 수 있을 것 같다. 소나기가 그친 후에 부는 상쾌한 바람이 보고 싶다. 그리고 가키다케 산 쪽에 두둥실 떠오르는 달을 즐기고 싶다.

　장래가 염려된 것은 먼 옛날 일이다. 보잘것없는 출세 때문에 일희일비한 것은 먼 과거 이야기다. 직장인 대부분과 마찬가지로 예외 없이 나도 실패했다. 어차피 기업의 먹잇감이 되었을 뿐인, 흔히 있는 어리석은 사람에 지나지 않으며 어떻게 생각하든 더는 인고의 생활을 계속할 이유가 보이지 않는다.

　이탈자인 나는 지금 일반 통념에서 점점 멀어지고 있다. 그러므로 강자의 논리도 현재의 내게는 전혀 통하지 않고, 내 의지를 밀고 나가는 짓도 할 수 없다. 또한 호흡을 함께 할 누군가를 구하지도 않고, 운명 앞에 무릎을 꿇고 살려달라고 할 필요도 없다. 요컨대 나는 급속히 예외적인 존재로 이행하는 중이다.

　　　　　　　방화는 옳았다. 기분에 일단락을 짓는 데는 최상의 수단이었다. 이런 마지막 모습은 사실 숙원이라고 해야 할 것이리라. 어쩌면 바라던 대로의 인생을 살고 있는 건지도 모른다. 실제로 이렇게 해서 완전히 자유로워진 것이 아닌가.

　기분이 좋아진 나는 생맥주를 한 잔 더 소망한다. 이렇게 하루 종일 멍하니 보내는 것도 꽤 멋진 일이다.

　그래도 여전히 번개가 칠 때마다 가족의 죽은 모습이 선명하게 되살아난다. 과거에 돌이킬 수 없는 소란을 피운 아우는 15년 후에 생가로 돌아와 누이의 방 근처에서 목을 맸다. 귀향하여 바로 죽은 걸까. 아니면 한동안 그 집에서 살았을까.

아니, 그렇지 않을 것이다. 그 증거로, 어디에도 생활의 냄새가 나지 않았다. 덧문까지 꼭 닫은 집에서 살 수 있는 녀석이 아니다. 아무튼 마주치지 않아서 다행이다. 너덜너덜한 모습의 형제가 재회하는 꼴은 가관이었으리라.

아우는 어떻게 집으로 들어간 걸까. 아마 뒷문으로 몰래 들어가 바로 목숨을 끊었으리라. 그렇게 하는 것 외에 다른 선택의 여지가 없을 만큼 궁지에 몰렸으리라. 역 구내의 카페에서 헤어진 이래 녀석은 한 번도 연락해오지 않았다. 누구도 자기 육친이라 여겨지지 않게 되었는지도 모른다. 그렇지 않으면 녀석은 도시를 다녀간 후 제 형이 어떤 생활을 하고 싶어서 이 고향을 떠났는지 뒤늦게나마 깨닫게 되었는지도 모른다.

아우는 가자무라에 대한 생각이 지나치다. 아니면 가자무라 자체가 아니라 다른 것에 집착했던 걸까. 이는 어디까지나 직관적인 못된 의심인데, 어쩌면 녀석은 금기를 깼는지도 모른다. 산골에서는 있기 쉬운, 산골인 까닭에 저지르기 쉬운 잘못을 저질렀는지도 모른다. 그렇게 생각하고 싶지는 않지만, 그렇게 생각하면 모든 것이 앞뒤가 잘 들어맞는다.

누이의 죽음을 접했을 때 녀석은 왜 그렇게까지 평정심을 잃고 욱했던 것일까. 복수를 조급하게 서두른 나머지라고 해도, 왜 그렇게 돌이킬 수 없는 큰 실수를 저지르고 만 것일까. 누이는 그런 나이가 되었는데도 왜 다른 아가씨들처럼 인근 도시로 취직하러 나가지 않았던 걸까. 무슨 사정이 있어 취직도 하고 신랑감도 찾는 일석이조의 길을 걸으려고 하지 않았던 걸까.

　　　　　가자무라에는 아직도 예로부터 전해오는 이런저런 제도가 남아 있다. 산골 마을이 아니고선 볼 수 없는 그런 어둡고 추한 면을 직접 목격할 때 주민 자신조차 그저 침묵을 지킬 수밖에 없다. 숨이 막힐 것 같은 그런 침묵을 견디며 그것에 익숙해질 수 없는 사람은 마을을 떠날 수밖에 없다. 나도 그중 한 사람이었다.

무엇보다 본능과 감정이 우선하는 곳, 그것이 가자무라였다.

가자무라 사람들의 마음은 끊임없이 양지에 노출되면서 줄곧 특이한 행실을 보여주었다. 일단 넘어서는 안 되는 선을 넘어버린 자는 뱀의 독이 몸에 퍼지는 것처럼 순식간에 정신이 좀먹게 된다. 그런 그들에게 스며든 사악한 기운을 떨치는 데 성공한 예는 한 번도 들어본 적이 없다. 그들은 끝없는 욕망에 휘둘리고 수오지심(羞惡之心)을 마비시키면서 위태위태한 가난과 고통 속에서 일생을 마친다.

그런 네 자신은 어떠냐 하는 목소리가 들려온다. 말로가 구슬픈 직장인 주제에 뭐 그리 잘났다고 뇌까리느냐. 너는 청춘의 유품이라 할 수 있는 뭔가를 갖고 있느냐. 엉겁결에 눈을 감고 싶어지는 것이라도 상관없으니 갖고 있다면 어디 한 번 보여주지 않겠느냐. 한창 젊을 때 네가 한 일은 무엇이냐.

상궤를 벗어난 행동을 한 적이 단 한 번이라도 있었느냐. 속이고 속는 어리석은 일에 전념하며 남들보다 배는 열심히 일해서 얻은 게 고작 이거란 말이냐. 정감으로 가득 찬 문화적 생활에 대한 동경의 결과가 이거란 말이냐.

지금도 늦지 않다. 55년의 빚을 말소시킬 수 있는 생활 방식도 불가능하지 않다. 나라면 결코 어려운 일이 아니며 그럴 마음만 먹으면 생각한 것을 즉시 해낼 수 있을 것이다. 이미 그렇게 하고 있지 않은가. 하고 싶은 대로 하고 있지 않은가. 내일 무슨 일을 저지를지 짐작도 안 되는 자신을 즐기고 있지 않은가.

가족 네 명의 죽음을 지켜본 장남에게는 이제 아무런 의무도 남아 있지 않다. 나머지는 어떻게든 자기 몸을 처리하는 것뿐이다. 병세가 악화될 적당한 시기를 가늠하여 잽싸게 해결하자. 그것으로 사태는 종결을 맞는다. 그것으로 나의 모든 것이 종료된다.

오늘도 제멋대로 휘몰아친 뇌우가 섬뜩할 만큼 상쾌한 인상을 남기고 물러간다. 슬며시 다가온 암흑의 밤이 내 장래를 암시한다. 내게는 금기가 없다. 내 안에서 가장 중요한 자리를 차지하는 것은 누구의 속박도 영향도 받지 않는 극히 자연스러운 감정의 흐름이지, 그 이외의 어떤 것도 아니다.

등 뒤에서 익숙한 목소리가 들린다. 저녁 준비가 된 모양이다. "예, 갑니다" 하고 대답한 나는 남아 있는 맥주를 단숨에 남김없이 들이켜고 탕에 담그고 있던 몸을 일으켰다. 그러자 현기증이 난다. 탕에 오래 있어 피가 머리로 올라간 탓이리라.

오늘 밤에도 손님은 나 혼자다. 인품이 천하지 않은 노부부가 단한 사람의 손님을 위해 진심을 담아 만든 음식을 차례로 가져온다. 행운아라도 된 기분이다. 앉아서 놀고먹는 이런 나날이 과연 언제까지 이어질까. 퇴직금이 없어질 때까지일까. 아니면 오늘 밤에 끝날까.

9

  내게 깊은 구덩이를 파게 하는 것은 심히 자포자기
한 마음이다. 물론 자신을 위한 무덤 구덩이다. 그렇지만 이런 것을
하려고 또다시 가자무라로 돌아온 것은 아니다.

  다만 생가가 그 후 어떻게 되었는지 몹시 궁금했다. 무슨 일이 있
어도 얼마나 탔는지 확인하고 싶었다. 반드시 현장에 얼굴을 내밀
고 싶어 하는 방화범의 심리를 잘 알 수 있다. 그렇게 하지 않고는
배길 수 없었다.

  온천은 열흘 만에 질려버렸다. 노천온천에서 내려다보는 조망에
아무런 감동도 느낄 수 없었고 식사도 마찬가지여서 뭘 내와도 비
슷한 맛이 났다. 그리고 달콤한 음식에 환장하는 병자로 돌아가고
있었다. 또한 지붕 아래서 자는 것이 사무치게 기쁜 일로도 여겨지
지 않을 뿐 아니라 모르는 집에서 죽는 것은 딱 질색이라는 주제넘

은 결론에 도달했다.

여관을 떠날 때 나는 노부부에게 말했다.

"어쩌면 오늘 밤에 다시 돌아올지도 모르니 그때는 또 잘 부탁합니다."

그러자 두 사람은 입을 모아 "언제든지 오십시오" 하고 말해주었다. 택시를 타고 나서 뒤를 돌아보니 거기에는 늙어서 몸을 제대로 가누지도 못하지만 빈틈없어 보이는 장사꾼 두 사람이 최대한 비나리치는 웃음을 지으며 손을 흔들고 있었다.

이제 그들의 여관으로 돌아올 생각은 없다. 재로 변한 생가를 딱한 번 보기만 하고 재빨리 도망칠 생각이었는데, 그로부터 두 시간이 지난 지금도 여전히 이곳에서 꼼짝도 하지 않고 있다. 떠나기는커녕 무덤 구덩이까지 파기 시작한다.

태양은 아직 가장 높은 곳 근처에 있다. 필요 이상의 햇빛이 망자의 기미를 쫓아버린다. 아마 일몰이 다가오면 금세 도망칠 것이다. 귀기가 서리는 밤인 것만큼은 분명하다. 아무리 이곳 출신이라고 해도 그런 일이 있은 직후에 이런 데서 잘 수는 없다.

생각했던 대로 생가는 다 타버렸다. 탈 수 있는 것은 모두 재로 변했다. 상당한 불기운이었으리라. 그런 것치고는 주위로 불똥이 번진 흔적은 없었다. 다른 집 네 채는 그대로 남아 있었고, 근처의 무성한 초목도 불길을 면했다.

아무래도 마을의 소방대는 알지 못한 모양이다. 그 증거로, 물을 끼얹은 흔적도, 자동차가 대거 몰려든 흔적도 없었다. 아니면 알아차리지 못한 척했던 걸까. 보고도 못 본 척했던 걸까. 폐가나 다름 없는 빈집 한 채가 불에 탄 정도로 자신들의 생활을 굳이 중단하고 싶지 않았던 걸까. 설사 그렇다고 해도 주재소의 경찰까지 무시하는 일은 결코 있을 수 없다. 아마 우연이겠지만 결국 누구의 눈에도 띄지 않았으리라.

당초 나는 재를 휘저으면서까지 아우를 찾을 생각은 없었다. 화재 현장 어디에서도 그것인 듯한 것이 발견되지 않은 것으로 해두면 된다고 생각하려 했다. 그런데 뼛조각 일부를 밟은 순간 마음이 바뀌고 시선이 멋대로 움직여 수집가라도 된 기분으로 진지하게 줍기 시작했다. 주위 모은 대량의 뼈를 몇 부분으로 나눠 머위 잎으로 쌌다.

그렇다고는 해도 아주 잘 탔다. 최신식 아궁이를 준비한 화장장에 부탁해도 이 정도와 비슷했으리라. 만약 설구워진 부위가 조금이라도 있었다면 그 역겨운 작업을 도중에 내팽개치고 이번에야말로 정말 가자무라를 떠났을 것이다.

별 느낌은 없었다. 두골을 손에 들었을 때조차 거의 아무것도 느껴지지 않았다. 나라는 사람은 피도 눈물도 없는 냉혹한 놈일지도 모른다. 그렇지 않다는 것을 자신에게 보여주고 싶다는 일념으로 그것을 묘지로 옮겼으리라.

누이가 묻혀 있는 땅을 파서 그녀의 뼈와 한데 섞어 아우의 뼈를 묻었다. 그것이 과연 좋은 일인지 어떤지, 용서받을 수 있는 일인지 어떤지는 잘 몰랐지만 나중에 불쾌한 기분은 들지 않았다.

묘지를 떠날 때 갑자기 다리가 휘청거렸다. "자, 이제 돌아갈까"라고 몇 번이나 중얼거리면서도 지체 없이 떠나지 못했던 것은 왜일까. 그것뿐이라면 또 모르겠지만, 이번에는 자신의 무덤 구덩이까지 파는 형편이 되었다. 대체 무슨 생각을 하고 있을까. 나날이 감당할 수 없는 자신이 되어간다. 나는 나를 알 수가 없다.

더할 나위 없이 좋은 날씨다. 가자무라는 구석구석까지 허세를 부린 여름 더위로 뒤덮여 있다. 살아 있는 모든 것이 발랄하다. 반대로 나는 점점 침울해진다. 내친김이니 이번에 자신도 묻어버려, 하는 자포자기한 심정을 도저히 누를 수가 없다. 곡괭이와 삽을 적절히 가려 쓰면서 지옥의 밑바닥까지 도달하려는 기세로 파나간다.

예상대로 파기 쉬운 지층이다. 강 가까이에서 이만큼 간단히 팔 수 있는 곳은 좀처럼 찾기 힘들다. 보통은 파면 팔수록 암석이 우르르 나올 텐데, 어찌 된 셈인지 이곳은 상황이 다르다. 마치 다다미 한 장 넓이만이 순수한 흑토이며, 게다가 아무리 파도 모래층에 닿지 않는다. 하지만 그다지 깊이 팔 필요는 없다. 2미터 정도면 충분할 것이다. 요는 어른 한 사람을 흔적 없이 썩게 해줄 구덩이면 되는 것이다.

문제는 장치다. 구덩이 밑바닥에 몸을 누인 채 순간적으로 자신을 묻어버릴 방법이 있을지 그 여부다. 그것에 대해서는 이미 세부에 이르기까지 생각해두었다. 설계대로 작동하면 몇 초 만에 대량의 토사가 쏟아져 내려 그다지 큰 고통 없이 그대로 저세상으로 갈 수 있을 것이다.

하지만 이것만은 사전에 시험해볼 수가 없다. 사전 연습이나 준비 없이 곧바로 실행할 수밖에 없다. 그렇다 하더라도 장치가 완전한 실패로 끝나주면 특별히 문제될 건 없다. 자갈 하나도 떨어지지 않고 내가 다치지 않을 경우에는 처음부터 다시 할 수 있을 테니까.

가장 성가신 것은 어중간한 성공이다. 토사가 절반만 쏟아져 내리고 그대로 생매장당하는 것이 최악의 사태다. 나오려고 해도 나올 수 없고 죽으려고 해도 죽을 수 없는 상태가 며칠 밤낮으로 지속되는 것만은 무슨 일이 있어도 피하고 싶다. 그런 걸 상상하면 마음이 무거워지고 최초의 기세가 점점 없어지며 머지않아 온몸의 힘이 빠져버린다.

나는 축 늘어져 구덩이 밑바닥에 쭈그리고 앉는다. 시험 삼아 하늘을 보고 몸을 뉘어본다. 여름 하늘이 눈부시게 아름답고, 그러면서도 그곳의 공기는 선뜩하다. 좋은 흙냄새로 가득하다. 이대로 훌쩍 죽을 수는 없는 걸까.

피곤이 왕창 몰려온다. 병 탓만이 아니다. 단시간에 그 정도의 중노동을 했으니 당연한 피로다. 광차를 달려 가자무라로 돌아온 것만도 큰일이었다. 게다가 또 아우의 뼈를 수습해서 묻었고, 쉴 새도 없이 이번에는 자신을 위한 무덤 구덩이를 팠다. 쓰러지지 않는 것이 이상할 정도다.

장치를 만드는 것은 뒷날로 미루자. 도저히 거기까지는 손이 미치지 않는다. 하루로는 무리다. 특별히 오늘 안에 완성시켜야 할 이유는 없다. 내 눈은 여전히 정상적으로 기능하고 있다. 실명할 거라는 설명은 당뇨병 환자에 대한 상투적인 위협 문구인지도 모른다.

만약 그렇다면 어떻게 할까. 언제까지고 이런 식으로 눈이 보이면 어떻게 할까. 올여름이 끝나도, 가을이 찾아와도, 겨울이 닥쳐와도 특별한 일이 일어나지 않는다면 그때는 어떻게 할까. 설마 그런 일은 없을 것이다. 의사에게는 몇 번이나 물었고 지겨워할 정도로 확인했다. 그것은 결코 거짓말이나 공갈을 하는 사람의 표정이 아니었다.

지금은 죽어가는 것보다 자연히 치유되는 것이 더 두렵다. 이대로 빈둥빈둥 살아봐도 어쩔 도리가 없다. 더 이상 살아 있어봤자 뭔가를 할 마음도 들지 않을 것이다. 확실히 약간의 목돈을 갖고 있으니 반년쯤이라면 돈에 인색하지 않은 사람처럼 연기하는 것도 불가능하지 않다. 어차피 죽는다면 방탕하기 그지없는 생활을 마음껏 즐기고 나서 죽기로 하자.

그런 생각을 해보지 않은 건 아니지만 지금은 그런 흥미가 완전히 사라지고 말았다. 그런 것을 해봤자 오히려 비참함을 느낄 뿐이라는 것도 잘 알고 있다. 그렇다고 이제 와서 심안을 열고 이 세상을 재검토해보고 싶다는 생각은 도저히 들지 않았다.

망자처럼 가슴 위에서 손을 깍지 끼어본다. 나무 위에서 자는 것도 나쁘지 않지만 이렇게 땅속에 눕는 것 또한 각별하고 무척 마음이 편하다. 이대로 낮잠을 자보기로 하자. 강물 소리도, 매미나 작은 새 소리도 아득히 멀리 들리고, 하늘은 우주의 끝까지 빛나고 있다. 그리고 무념무상의 경지에 이를 수 있을 것 같고, 머지않아 자신이 어디에 있는지도 모르게 된다. 한없이 불행하게 여겨지기도 하고 어디까지나 행복하기만 한 느낌이 들기도 한다.

　　　　누군가 잠자는 얼굴을 들여다보는 듯한 느낌이 들어 퍼뜩 정신을 차린다. 주뼛주뼛 눈을 뜬다. 구덩이 가에 누군가가 있고, 그 녀석은 의아한 듯이 이쪽 상황을 엿보고 있다. 누구냐. 다른 누구도 아니고 바로 나다. 상대는 나임에 틀림없다.

　내가 나를 내려다보고 있다. 하지만 나와는 다른 나다. 속을 알 수 없는 사람인 내가 거기에 있다. 그렇게 느끼자마자 지금의 내가 구덩이 위에 있는 나와 바뀌었다. '이' 내가 구덩이 밑바닥에 있는 '그' 나를 보고 있다. '그' 나는 수상해하는 얼굴로 '이' 나를 올려다본다. 지하 2미터에 드러누운 나는 말없이 꼼짝도 하지 않는다. 녀석이 비열한 근성을 가진 사람이라는 것은 의심의 여지가 없다. 남의 눈을 훔쳐 쓸데없는 짓을 저지를 것 같은 험상궂은 인상. 이러지도 저러지도 못하는 녀석. 이제 살 가치가 없는 인간의 전형. 애초에 남은 생애의 짐을 견딜 수 있는 사람이 아니다.

　그리고 지금은 나 자신을 주체하지 못하는 형편이다. 죽는 것도 사는 것도 마음대로 안 되는 꼬락서니. 이런 놈은 어서 이 세상을 떠나야 할 것이다. 이대로 생매장하는 것이 당사자를 위한 일일 것이다.

이렇게 생각한 나는 옆으로 치워둔 삽을 움켜잡는다. 그런데 막상 흙을 떠서 구덩이 속으로 던져 넣으려고 한 순간 돌연 마음이 들뜨고 허공에 뜬 듯한 착각에 빠져 누가 진짜 자신인지 알 수 없다. 그리고 정신을 차렸을 때는 삽을 한 손에 들고 아무도 없는 무덤 구덩이를 흠칫거리며 들여다본다.

드디어 기울기 시작한 태양이 내 후두부를 정면으로 비친다. 이렇게 더워서는 어쩔 도리가 없다. 지금은 날씨가 크게 나빠질 것 같은 기색은 없다. 하지만 이 계절이니 한 시간 후의 날씨조차 아무도 예측할 수 없다. 억수 같은 비가 막 파놓은 구덩이를 무너뜨린다면 나는 한탄할까 아니면 내심 득의의 미소를 지을까.

"자, 이제 어떻게 할까?" 하고 나는 자문한다. 이즈미마치로 돌아가고 싶지는 않다. 사람 사는 마을을 그리워하는 마음은 완전히 희미해졌다. 그렇다고 모르는 곳으로 흘러갈 마음도 들지 않는다. 사람들 속으로 들어가는 것이 귀찮다. 가자무라에 눌러앉는 것이 과연 좋은 일인지 어떤지는 모르겠지만, 아무튼 오늘 하룻밤 정도라면 어떻게든 지낼 수 있을 것이다.

애써 나무 위의 잠자리를 마련해두었으니 이용하지 않을 수는 없다. 소코나시 강에서 수심이 깊어 흐름이 완만한 곳에 몸을 담그고 땀과 흙을 씻어낸다. 바로 가까이에 바위를 세차게 때리는 격류가 있어 그쪽으로 시선을 재빨리 돌리자마자 어렸을 때처럼 그곳을 헤엄쳐 가로질러보고 싶은 유혹에 사로잡힌다. 무사히 건너편 기슭에 이를 수 있다면 딴사람이 될 수 있을까. 그런 어처구니없는 일을 아주 진지하게 생각하는 나는 이제 어디에도 없다.

어차피 나는 나일 수밖에 없다. 아무리 투지를 불태워도, 척척 일을 진척시켜도 최종적으로는 이런 진부한 답밖에 얻을 수 없다. 아무래도 성격과 운명은 불가분의 관계에 있는 것 같다. 강의 수면을 어루만지는 산들바람이 '이거나 그거나 뜬세상의 성격'이라고 중얼거리며 지나간다.

세탁한 셔츠며 바지를 겨드랑이에 끼고 알몸뚱이로 물참나무 위의 내 집으로 돌아간다. 줄사다리를 척척 기어 올라갈 때 등줄기 언저리에서 어쩐지 야생의 피가 끓는 듯한 아주 뜨거운 것을 느낀다. 아마 착각이리라.

이런 데서 이런 것을 하고 있어도 나라는 사람은 여전히 나약하고, 성가신 일에 휩쓸릴 것 같으면 살금살금 도망치는 일밖에 할 수 없으며, 어디에나 있는 듯 인생에 좌절한 직장인의 영락한 몰골일 수밖에 없다.

놔둔 짐은 그대로 있다. 식료품도 의류도 다 남아 있으며 새나 짐승이 망친 흔적은 보이지 않는다. 비닐봉지에서 새 속옷을 꺼내 갈아입고 털썩 주저앉아 캔 맥주를 딴다. 내게는 역시 이것이 제일 어울린다. 산과 강과 들판이 결코 비정하지 않다는 것을 통감한다.

특히 고향의 자연은 각별하다. 가키다케 산은 끝까지 고상하여 가자무라 출신자라는 것만으로 맹목적인 애정을 쏟아주고 있다. 어느 강이나 정말 선정적인 소리를 내며 흐르고, 화려함을 다투는 여름새들이 한없이 흩뿌리는 지저귐 소리는 나를 삶의 한가운데에 매몰시킨다. 앞뒤 구별도 할 수 없을 만큼 곤드레만드레 취할 때까지 마시자.

오늘 밤은 변변찮은 악몽에 시달릴 것 같다. 예컨대 이미 이 세상에 없는 사람들이 몰려와 뭇매질을 할 것 같은 예감이 잇따른다. 그들의 면상을 마주 갈길 만큼의 배짱은 없다. 나는 가족에게 부담감을 느끼고 있다. 네 명 모두 묻어주었는데도 여전히 뒤가 켕기는 느낌을 지울 수 없다. 망자에게 신경을 써서 어떡하겠다는 건가.

하지만 헤어진 아내에 대해서는 이제 별 생각이 떠오르지 않는다. 특히 가자무라로 돌아오고 나서는 더욱 그러한데, 그녀를 떠올리는 횟수가 부쩍 줄었다. 그 이혼 소동에 대해서는 이미 마음의 정리가 말끔히 되었고, 밤낮으로 고민했던 일 자체가 지금은 믿겨지지 않는다. 그녀의 씩씩함과 호각을 이루며 다투려고 하거나 장단을 맞춰주려고 한 일 자체가 애초에 잘못이었다.

그런 유의 여자는 행복을 탐욕스럽게 추구하는 선천적인 소질을 갖고 있으며 그 때문이라면 180도 방향전환도 마다하지 않을 것이다. 원래 나 같은 사람이 감당할 수 있는 여자가 아니었다. 고향도 가족도 갖지 못한 사람은 도저히 맞설 수 없다. 월등히 강하다. 육친과의 인연이 너무나도 희박했던 성장, 그 성장이 낳은 지나치게 강인한 정신은, 지향하는 행복 노선에서 조금이라도 벗어나는 것이라면 설사 그것이 남편이라도 가차 없이 잘라버린다. 정말 대단한 여자다.

그에 비해 나의 한심스러움은 어떤가. 아내가 떠나고 출세의 길은 끊기고 의사에게 살짝 위협당한 것만으로 모든 것을 포기하고 서둘러 속행 불가능한 답을 내리고 말았다. 변변찮은 조건에 둘러싸여 있는 것은 사실이다. 그렇다고 다시 시작할 수 없을 만큼의 불운은 아니다.

고작 그만 한 일로, 하며 나를 비웃는 세상의 쓴맛 단맛을 다 겪은 사람은 세상에 얼마든지 있을 것이다. 그런 목돈을 끌어안고 있으면서 무슨 그런 사치를, 하고 화내는 가난한 사람도 결코 적지 않을 것이다. 또한 그중에는, 죽을 거라면 그 전에 사용할 수 있는 장기를 제공해주지 않겠는가, 하고 진지하게 부탁해오는 중환자도 있을 것이다.

그런 것은 알고 있다. 잘 알고 있지만 나는 나다. 세상 사람들의 이런저런 평판을 일일이 상상하며 신경 쓰고 있다면 끝이 없다. 나는 내가 좋을 대로 한다. 지금도 그렇게 하고 있고 앞으로도 그럴 것이다.

남자로서 한창 나이라는 가짜 말에 농락당하고 싶지 않다. 이래 봬도 나는 사물의 본질을 꿰뚫어보는 눈을 뜨고 자신과 이 세상의 관계를 올바르게 보고 있다고 생각한다. 그 때문에 현 정세에 대한 인식이 부족하다는 것은 일단 있을 수 없다. 쇠잔한 모습을 드러내기 전에 스스로 죽음을 불러들이는 것이 최선책이라는 걸 직감으로 알고 있다.

아무리 마셔도 취하지 않는다. 그러다 보면 마시고 싶지 않게 된다. 술에 취할 가치도 없는 인간으로 전락한 걸까. 먼저 그런 혐오감이 든다.

마시던 맥주를 쏟아버린다. 나무 밑동에 모여 있던 닭들이 화들짝 놀라며 일시에 확 흩어진다. 나는 닭들에게 이렇게 말해준다. "나 같은 놈은 믿지 마라!"

구름의 움직임으로 보아 한바탕 쏟아질 것 같다. 비구름이 짙어지고 별안간 공기가 축축해지더니 바람이 뚝 그친다. 강가에 판 무덤 구덩이는 작달비에 메워질지도 모른다. 그건 아무래도 좋다. 또 파면 된다. 아니, 파지 않아도 된다. 지금은 죽을 마음이 들지 않는다. 대체 언제가 되면 그럴 생각이 드는 건지……, 지쳤다.

식욕도 감퇴했다. 이마에 진땀이 난다. 하지만 눈은 괜찮다. 이렇다 할 이상이 느껴지지 않으며 이 세상 모든 것이 선명하게 보인다. 아마 단순한 피로이고 잠시 이렇게 누워 있으면 회복될 것이다. 회복되지 않고 이대로 고동이 정지되는 사태에 빠져도 상관없다. 해마다 쇠약해지는 몸을 자각하면서 불면 날아갈 듯한 여생을 지루하게 보내는 곡예는 내게 무리다.

자려고 해도 잠이 오지 않는다. 조금 전 구덩이 밑바닥에서 한숨 잤기 때문이리라. 또는 가족의 뼈를 수습한다는 긴장의 여운 탓이리라.

　우리 집 불단에는 가족이 다 같이 찍은 사진이 장식되어 있었다. 그것은 내가 한 일이 아니다. 내가 아니라면 아우의 짓인 게 뻔하다. 녀석이 할 법한 일이다. 설날, 모두가 최대한 차려 입고 촬영한 사진에는 아마 아우가 이상으로 생각하는 행복이 가득 차 있었으리라. 그것은 또 헤어진 아내의 이상과도 일치하는 것이었다.

　그 사진은 아우가 열 살이고 내가 열다섯 살 때 찍은 것이다. 녀석은 그로부터 약 40년 동안 그림에 그린 듯한 행복을 추구해온 걸까. 행복해질 기회가 없는 이런 곳에서 그런 꿈을 키울 수 있다고 진심으로 믿고 있었을까. 설사 그랬다고 해도 나는 녀석을 비웃을 자격이 없다. 지금까지 나는 주관에만 의지하여 남을 다루는 데 도가 지나쳤다. 그 결과가 이런 몰골이다.

　아우는 평생 동안 줄곧 불운했다. 나와 마찬가지로 그다지 좋은 일이 없었다. 가자무라에 집착한 일로 녀석이 손에 넣은 것은 누이뿐이었는지 모르겠지만, 가장 사랑하는 연인도 순식간에 잃어버리는 처지에 빠지고 말았다.

　이 세상이 덧없다는 것은 처음부터 잘 알고 있다. 말하지 않아도 뻔한 일이다. 내가 걱정하는 것은 임종이다. 형식은 몰라도 내용은 되도록 최상의 것이기를 바란다. 그 자체가 과분한 바람이라는 것은 잘 알고 있다. 운명을 상대로 정면으로 싸워본들 승산이 없다는 것쯤은 알고 있다. 모든 재앙을 끊는 것은 신불이라도 불가능할 것이다. 그러므로 특별히 나쁘지만 않다면 그것으로 족하다고 치자.

적어도 아버지처럼 죽고 싶다.

뚱뚱하기는 해도 예리하고 사나운 상판의 의사는 낭랑하게 울리는 목소리로 환자인 나에게 불의의 습격을 해왔다. 죽는 시기는 별도로 하고 실명은 시시각각 다가오고 있다고 딱 잘라 말했다. 단호하게 선고받은 나는 역시 남들만큼, 또는 그 이상의 충격을 받았다. 하지만 현기증을 느끼면서도 재빨리 답했다. 그것은 의사가 기대하고 있던 반응과는 상반된 것으로, 애써 해준 충고를 들어주지 않을 뿐 아니라 정반대 방향으로 내달리는 무모한 답변이었다.

평소부터 그런 대답을 할 기회를 살피고 있었던 걸까. 그 이전부터, 어쩌면 태어났을 때부터 그런 선택을 찾고 있었는지도 모른다. 우리 가족은 재앙을 입고 있는 걸까. 가족 전원이 이 세상을 끝까지 살아갈 힘이 부족한 걸까. 유전자 어딘가에 결정적인 결함이라도 있는 걸까.

제대로 된 최후를 맞이한 사람은 아버지뿐이다. 누이는 그렇다 치더라도, 다른 사람들은 살아가기 위한 강인함이 부족했다. 삶이 성가시게 될 때 죽으면 그만이라고 생각하는 듯하다. 생각만 할 뿐이라면 또 모르겠으나 정말로 죽어버린다. 그리고 아무래도 나도 그 길을 따라가고 있는 듯하다.

이윽고 날이 아주 흐려졌다. 천둥이나 돌풍의 전조도 없이 별안간 굵은 비가 쏟아진다. 잎사귀를 때리는 빗소리가 벌레 소리나 새소리를 싸안고 간다. 닭들은 푸드득푸드득 홰를 치며 나무 위의 내 잠자리까지 날아올라 내게서 가장 가까운 곳에 있는 가지에 죽 늘어앉는다. 그들은 한쪽 눈으로 나를 살피면서 또 다른 눈으로 소나기가 초래하는 모습을 바라보고 있다.

다소 한기가 든다. 감기라도 든 걸까. 잿더미가 된 생가에 순식간에 물웅덩이가 생겨난다. 좋은 일이다. 그런 것은 말끔히 씻겨 내려가는 게 좋다. 가능하다면 다른 네 채도 없애고 싶다. 하지만 내가 손을 쓸 것도 없이 언젠가는 토대가 썩어 기울고 스스로의 무게로 무너져 흙으로 돌아갈 것이다. 그 전에 내가 먼저 그렇게 될 것이다. 좋은 일이고 경사스런 일이기도 하다.

비가 내리는 하늘로 우뚝 솟은 가키다케 산이 발하는 것은 바로 숭고미다. 기슭에 펼쳐진 널찍한 들판이 사람의 잘못을 관대하게 바라보는 분위기를 조성한다. 바짝 말라가고 있던 내 영혼이 다시 생기를 되찾고 있다.

머리 위는 빗소리로 메워지고 있다. 물참나무 잎과 빗방울이 부딪쳐 내는 소리……, 그것들에는 일맥상통한 것이 있다. 이제 나는 가자무라의 일부다.

전형적으로 지나가는 비다. 얼마 지나지 않아 별로 나대지도 않고 어디까지나 조신한 태도를 유지하며 잰걸음으로 지나가는 비다. 비 뒤에 남겨진 나는 대체 어떻게 하면 좋을까. 심통이 나서 자버릴 수밖에 없을까.

이미 날은 저물었다. 충실한 하루였다. 생가가 소실된 것을 확인했고, 아우를 거두어야 할 곳에 거두었고, 내 전용 무덤 구덩이를 팠다. 이제 언제든지 마음 놓고 죽을 수 있다. 마음에 걸리는 가족이 한 사람도 남아 있지 않은 지금, 즉석에서 결정할 수 없는 문제는 전무하다. 세월의 경과, 애증이 반반인 혈연관계, 앞으로의 형편……, 그런 것에 휘둘리는 나는 이제 어디에도 없다. 드디어 제정신이 들었다.

곧 비가 그친다. 반딧불이의 난무가 시작되고 은하수가 뚜렷이 보인다. 나는 조각상처럼 꼼짝 않고 있다. 이런 데서 이런 일을 하고 있는 자신을 조금도 이상하게 생각하지 않는다. 왜냐하면 어디서 어떤 일을 하는 자신이 정상인 것인지 전혀 알 수 없기 때문이다. 입원하여 조용히 투병생활을 하는 것이 정말 진지하다고 할 수 있을까. 간호사의 엉덩이라도 바라보며 다시 한 번 가정을 꾸릴 결심을 하는 것이야말로 무엇보다 올바른 길이라고 할 수 있을까.

나는 특별히 발광의 길을 걷고 있는 게 아니다. 내 뇌는 수평 사고가 가능할 만큼 유연해졌고 흡습성이 풍부한 영혼 또한 나름대로 신념을 품고 있다. 고뇌로 마음이 혼란해진 끝에 죽음을 선택하거나 구원자가 손을 내미는 날을 은근히 기다린다. 설마 그렇게까지 해이해지지는 않았을 것이다. 산골에서 자란 사람이 산으로 돌아왔다는, 단지 그것일 수밖에 없고 또 그런 것으로 좋은 게 아닌가.

중대한 결과를 초래하게 될 미래를 두려워해서는 안 된다. 더 살아봤자 수지가 안 맞는 일이라는 것쯤은 몸이 이해하고 있다. 그래도 내 나름의 명예를 중시하고 싶다. 요컨대 최후를 어떻게 하면 좋을지는 알고 있다. 절호의 기회를 멀뚱멀뚱 바라보기만 하고 놓치는 얼간이는 아니다. 시기가 무르익으면 꾸물거리지 않고 그렇게 할 것이다.

그때까지는 듬직하게 버티고 있자. 특별히 세상으로부터 매장당한 것은 아니다. 나는 어디까지나 나로 돌아가려고 할 뿐이다. 오합지졸이나 마찬가지인 집단에서 벗어나 일개의 독립된 존재인 생명의 삶과 죽음을 응시하며 생애의 막을 내리고 싶을 뿐이다.

그렇다고 자신을 우상화할 생각은 추호도 없다. 또한 자신 안에서 대장부의 이름을 높이려는 것도 아니다. 그 증거로 항상 칙칙한 존재로 끝나는 것에 아무런 저항도 느끼지 않는다. 가족과 비슷한 경로로 이 세상을 떠나는 걸 조금도 분하다고 생각하지 않는다. 태도를 결정할 순간이 찾아오면 신속하게 그렇게 할 뿐이다.

나는 어두운 밤에 빛나는 반딧불을 향해 감탄의 소리를 발한다. 아울러 그것과는 다른 내가 소리 죽여 울고 있다. 파랑새가 울기 시작한다. 그 소리가 뼈저리게 사무치는 것은 어딘지 모르게 내적 관련이 있기 때문이리라. 다른 어떤 새의 울음소리보다 더욱 가슴속 깊이 스며든다. 이 울음소리에 이끌린 채 여름 하룻밤을 마음 가는 대로 거닐어보고 싶다. 그리고 하늘이 희읍스름해질 때까지 세 강을 상대로 밤새 이야기해보고 싶다. 그런 마음에 강하게 사로잡히는 밤이 시작되었다.

여기저기에서 오래된 망자들이 서로 속삭이고 있다. 강 소리나 산 소리에 섞여 뚜렷하게 들려오는 그들의 이야기 소리는 마을에서 제일 가는 명수가 부는 풀피리 소리보다 근사하다.

아우와 누이 사이에 자라난 사랑은 어쩌면 내 상상을 넘어 지고 지순한 것이었을지도 모른다. 그리고 어떤 사랑보다 관능을 자극하는 정애였을지도 모른다.

아우와의 생각지도 못한 재회는 비참한 광경으로 내 뇌리에 박혔다. 솔직히 나는 안도했다. 세상의 관심이 사그라질 때까지 몸을 숨기거나 평생 여기저기로 도망 다니는 녀석의 모습을 마냥 상상하는 것보다 생가의 상인방에 매달리는 결론을 내려준 것이 그래도 더 나았다고 생각한다. 지금쯤 녀석 자신도 틀림없이 안도하고 있을 것이다. 그리고 지하에서 누이와 함께 다시 사랑의 보금자리를 마련했으리라.

파랑새는 내게 자라고 말한다. 오늘 밤엔 이제 그만 자라며 울고 있다. 그 말을 들을 것도 없이 그렇게 할 생각이다. 기진맥진한 오체가 숙면을 요구한다. 닭들도 이미 잠들었다.

내일의 내게 책임을 질 필요는 없다. 눈을 떴을 때 어떤 내가 되어 있든 알 바 아니다. 처신의 경우도 이제 더 이상 고려할 여지는 없다. 반딧불이 아로새기는 야경을 독점하면서 깊이를 알 수 없는 잠 속으로 빠져든다.

10

오늘도 아주 쾌청하다. 마음대로 권세를 부리고 있는 여름을 측면에서 응원하는 것은 바로 초목의 무시무시한 증산 작용이다. 연일 계속되는 강수에도 불구하고 하천의 투명도는 조금도 나빠지지 않는다. 이거야말로 가자무라의 물이다.

표면적으로는 아주 고요해져도 숲이나 덤불 속에서는 작은 동물들이 침묵의 암투를 전개하고 있으리라. 그리고 온갖 무생물이 분리와 결합을 반복하며 가장 더운 계절의 분위기를 점점 더 고조시키고 있다. 쇠약의 기미는 어디에서도 보이지 않는다. 나를 둘러싼 모든 환경이 최상의 충일함으로 꾸며지고 있다.

물론 내 안에서도 부정적인 조건은 눈곱만큼도 찾아볼 수 없다. 나의 변변치 못한 육체를 구성하는 천문학적 숫자에 이르는 세포 하나하나가 모조리 이 세상에 존재하는 것을 아주 자신 있게 긍정하고 있다. 신경은 평소와 달리 유들유들하고, 선택에 망설이는 마음은 완전히 없어졌다. 지금의 나라면 뭐든지 할 수 있다. 죽음의 심연을 정면으로 들여다보는 것도 불가능하지 않다.

나는 낚시를 즐긴다. 살아 있는 물고기가 먹고 싶어져서가 아니다. 오늘 해 뜰 무렵 닭 울음소리에 눈을 떴을 때 공연히 낚시가 하고 싶어진 것이다. 어쩌면 죽은 아버지의 취미를 흉내 내고 싶어진 걸까. 아마 그런 것이리라. 그렇기에 낚시 장소도 같은 곳을 골랐음에 틀림없다.

나는 지금 소코나시 강과 미즈나시 강의 합류점, 즉 오보레 강의 출발점에 새롭게 생긴 모래섬 끝에 진을 치고 있다. 하지만 내가 낚시하는 방법은 아버지와 다르다. 낚시 도구 판매점 아저씨에게서 배운 초보자를 위한 방법이다. 게다가 무엇보다 낚싯대를 쥐는 것 자체가 처음이다. 간단한 낚시 도구라서 다루는 것에는 금세 익숙해졌다.

약간 긴 듯한 뽑기식 낚싯대에 릴을 조립하고, 굵직한 낚싯줄 끝에 낚싯봉이 달린 여러 개의 바늘을 묶고, 단단히 반죽한 시판 떡밥을 둥글게 만들어 바늘을 박아 넣고, 큰 놈이 숨어 있을 것 같은, 강물이 깊어 흐름이 고요한 곳에 낚싯줄을 휙 던진다. 다음에는 낚싯대를 받침대에 걸어두고 편안히 드러누워 기다리기만 하면 된다. 만약 입질이 오면 낚싯대 끝에 달려 있는 방울이 울리는 식의, 내가 좋아하는 아주 태평한 낚시다.

이 계곡의 훌륭한 경치가 이루 말할 수 없을 만큼 좋다. 어렸을 때부터 줄곧 마음에 들어 이곳에 올 때마다 쾌활한 웃음이 절로 난다. 왠지 모르지만 이런 데서 웃는 사람은 나 말고는 아무도 없을 것이다.

마을 사람들은 귀신이 들리는 두려운 장소라며 이곳을 몹시 꺼려 아버지와 나 이외에는 아무도 접근하지 않았다. 비 내리는 밤에는 도깨비불이 나타난다는 소문도 있었지만, 그런 것을 본 적은 한 번도 없었다. 벼랑 위의 길을 장례 행렬이 지났던 날 밤에도 빛난 것은 반딧불이나 별, 번개뿐이었다.

뒤처진 다른 시골과 마찬가지로 가자무라에도 미신을 믿는 사람이 많다. 그들은 스스로 자신의 목을 조르며 기뻐하고, 태어날 때부터 갖고 있었을 자유를 절반 정도 자신의 손으로 포기한다. 무엇을 믿든, 무엇을 믿지 않든, 살아 있는 한은 변변한 일이 되지 않는 법이다.

건실한 처세를 해도, 이름난 악당이 되어도 비참한 결말을 맞이하는 데는 큰 차이가 없다.

어차피 같은 일이라면 본능에 충실하게 사는 편이 낫다. 절식하여 약간 더 오래 사는 인생이 그렇게 대단한 일인 것 같지는 않다. 그렇게 생각했기에 낚시하러 오기 직전에 배가 터지게 먹고 왔다. 아침 댓바람부터 맥주를 잔뜩 마시고, 게 통조림에 버터를 듬뿍 넣은 볶음밥을 산더미처럼 만들어 날름 해치웠다. 그래도 만족할 수 없어 신선한 달걀과 산딸기를 먹었다.

이 힘의 원천은, 제대로 된 그런 식사에서 나온다. 먹고 마신 것은 남김없이 오늘을 사는 에너지로 변하여 불굴의 투지가 되살아날 것 같은 기세로 타오른다. 온화하고 무던한 성격의 얼빠진 느낌이었던 나는 이제 어디론가 사라져버렸다.

먹는 것에 게걸스러운 것은 특별히 나만이 아니다. 물고기들도 마찬가지다. 주의 깊은 큰 놈은 그래도 경계하며 달려들지 않지만 30센티미터 전후의 황어들은 신나게 걸려들어 낚싯대 끝의 방울이 계속 울린다. 낚은 어획물은 일단 물이 고여 있는 바위의 우묵한 곳에 넣어둔다. 꼬챙이에 꿰어 굽기에 적당한 크기다.

예전에 비하면 물고기가 많아진 것 같다. 기분 탓일까. 아니면 낚시를 하는 사람이 줄어든 만큼 물고기가 늘어난 걸까. 하지만 잉어는 한 마리도 낚이지 않는다. 역시 낮에는 무리일지도 모른다.

머리 위의 태양은 내게 표적을 좁히며 밉살스러운 웃음을 퍼붓는다. 하늘은 아마 내가 이미 살아갈 권리를 포기한 것으로 단정하고 있으리라. 하지만 그런 견해는 너무나도 피상적인 것이다. 배수의 진을 침으로써 언제든지 내가 좋아할 때 행사할 수 있는 죽을 권리를 손에 넣었다고 해석해주기 바란다. 그렇기에 번민의 수렁에서 기어오르는 데 성공했다고 생각해주었으면 싶다.

외로운 말로에 맨주먹으로 맞서는 55세, 그 사람이 나다. 가족을 포함한 타자에게 단호히 결별을 고한 사람이 지금 낚시에 열중하고 있다. 떳떳하지 못함을 의식할 필요는 전혀 없고 불만스러운 얼굴을 할 이유도 없다.

탐욕스럽기 짝이 없는 기업은 보기 좋게 나를 해고했다. 일류를 목표로 하는 직장에 바람직한 사원이 아니라고 판단하고, 또는 단지 눈에 거슬린다는 이유로 퇴직금을 주고 내쫓았다. 하지만 그것을 원망하는 것은 아니다. 정년퇴직을 바란 것은 다름 아닌 나 자신이었으니까.

내 선택은 틀린 게 아니었다. 기대 이상의 대답이 나왔다. 설마 이런 심경에 도달하리라고는 꿈에도 생각하지 못했다. 여름 한 철을 다 허비하지 않고 보기 좋게 유종의 미를 거두자는 각오를 단단히 하고 있던 참이었다. 또 한 사람의 나와 견해 차이를 없앨 수 있을 것 같은 지점까지는 어떻게든 도달했다. 적어도 언제까지나 인생을 즐길 수 없는 몰취미한 사람은 아니었다.

내게는 마지막이 될지도 모르는 여름이 도처에서 흉포함을 발휘한다. 이상한 정적과 광기의 반짝임이 가자무라 안쪽 깊숙이 침투하고 있다. 새의 지저귐 소리와 대대적인 매미의 합창 소리, 흐르는 물소리가 도중에 끊어지지 않고 계속된다.

인기척은 어디에서도 느껴지지 않는다. 시시한 소문으로 들끓고, 들판에 나무 심는 일에 열심이고, 빈번하게 곰이 출몰하고, 인색한 타산이 원인이 되어 친척 사이가 틀어지고, 수십 년에 한 번 참혹한 사건이 발생한다. 그렇게 존속해온 가자무라는 이미 사라졌다. 이농민이 속출하고 있는 가자무라는 머지않아 나와 함께 끝날 것이다.

그렇지 않으면 나보다 한 발 앞서 죽어버렸는지도 모른다. 눈앞에 드러누워 있는 것은 가자무라의 잔해인 걸까.

가자무라는 어떻든, 나는 빛나는 삶을 향하고 있다. 홀몸의 홀가분함이 하루하루 진실성을 더해준다. 아무것도 구하지 않고 아무것에도 구애받지 않는 나날이 이 정도의 자유를 가져다주리라고는 전혀 상상하지 못했다.

시원한 방울 소리, 팽팽히 당겨진 낚싯줄, 릴을 감을 때의 확실한 손맛, 황어의 복부를 채색하는 선명한 붉은 줄무늬가 바로 살아 있다는 실감을 준다.

지금까지의 나는 죽은 것이나 마찬가지였다. 지금만큼 시간의 경과를 아쉬워해본 적이 없다. 한순간 한순간이 이토록 귀중하게 느껴진 적은 일찍이 한 번도 없었다. 그래도 시간의 흐름은 부정할 수 없는 사실이고, 아쉬워할수록 재빨리 흘러간다.

어느새 나는 등에 저녁놀을 받고 있다. 그렇다고 하루가 끝난 것은 아니다. 낚시는 앞으로가 점입가경이다. 굵은 낚싯줄을 준비한 것은 황어 때문이 아니다. 잡어 때문에 떡밥을 낭비하는 짓은 그만두자. 초심자의 준비 운동은 이 정도로 충분하다.

노리는 것은 어디까지나 잉어다. 그것도 거대한 잉어다. 크면 클수록 좋다. 1미터쯤 되는 잉어가 우글거리고 있다는 것은 이미 알고 있다. 벼랑 위에서 확인했다. 그것을 낚는 기분은 어떨까? 기운을 잃어가고 있던 나의 55년이 생생하게 되살아날 만큼의 감동을 맛볼 수 있을지도 모른다.

해가 기울어감에 따라 산등성이의 선이 점점 아름답게 비친다. 바싹 마른 유목을 주워 모아 모닥불을 피운다. 낚은 황어를 손질하여 굵은 소금을 뿌리고 직접 만든 대나무 꼬치에 꿴다. 그것을 불에 쬐어 천천히 구우면서 저녁 매미 소리가 태양을 몰아내는 모습을 넋을 잃고 바라본다. 산골의 저녁 해는 빨리 진다. 머지않아 별들의 합환(合歡)이 시작될 것이다.

비는 안 올 것 같다. 뇌우가 오면 이 모래섬에서 낚시하는 것은 단념해야 한다. 불어난 물을 견딜 수 있을 만큼 높지 않아 순식간에 떠내려가고 말 것이다. 또한 이렇게 평탄한 곳에서는 벼락도 피할 수 없다. 뭐가 어떻게 될지 뻔히 알면서 뇌우를 향해 카본제 낚싯대를 높이 쳐드는 일만은 하고 싶지 않다. 그렇게 죽는 것은 너무나도 극적이어서 평범한 사람에게는 어울리지 않는다.

불길이 오래가는 잉걸불이 저녁나절의 어스레함 속에서 점점 더 밝게 빛난다. 알맞게 구워진 황어 냄새와 맛은 바로 향수(鄕愁) 덩어리로, 도통 해일처럼 밀려드는 추억을 막을 수가 없다. 한 입 넣을 때마다 아우, 누이, 어머니, 아버지 하는 순서로 그때그때의 모습이, 눈이 핑핑 돌 정도로 나타났다가 사라진다.

가족과는 소원해질 뿐인 반생이었지만 지금은 다르다. 이미 이 세상에 없어도, 그들은 없어서 오히려 가까운 존재가 되었다. 귀향한 그날 안에 그들은 내 머릿속의 절반과 마음의 전부를 차지하게 되었다.

노천에서 밤을 새는 데 익숙한 탓에 이제 집 안에서는 잠들 수 없을 것 같다. 내게 집은 바로 비극의 원흉이다. 불행의 태반은 가정에서 일어났다. 가족을 두는 것은 일종의 죄악이다. 아무래도 나는 인간을 불신하게 된 듯하다. 그것은 인정하지만 자포자기에 빠진 것은 아니다.

나는 어디까지나 현재의 내게 중점을 두고 있다. 지금 여기에 이렇게 있는 나는 곤경에 처한 교활한 놈이 아니다. 설령 나를 쓸쓸한 모습으로 서성거리는 초라한 남자로 보고 가엾음을 느끼는 사람이 있다면, 그것은 그 사람 자신의 마음을 투영한 것에 지나지 않을 것이다.

새빨갛게 짓무른 태양이 푸른 나무가 무성한 산 너머로 시시각각 가라앉는다. 가자무라의 하늘을 장식하는 일월성신은 모두 나를 위해 빛을 발하고 있다. 나는 세상을 등지고 산속 깊은 곳에 혼자 은거하는 사람이 아니다. 나는 나를 포함한 어느 누구도 깔보지 않는다. 모두 각자의 취향에 인생을 맞추려고 열심히 살고 있다. 그 결과 큰 실수를 저지르거나 금세 변덕을 부리거나 헛수고를 하거나 마음의 동요가 한층 심해지거나 깊은 남녀 관계에 빠지거나 한다. 그것이 인간이라는 것이다.

그리고 드디어 달이 뜰 차례가 다가온다. 이지러진 모양의 달은 뜨자마자 으름장을 놓으며 무시무시함으로 넘친 빛을 지상에 퍼붓는다. 강의 수면이 일제히 동조하여 가시 돋친 반사광을 흩뿌린다.

산과 들에 자생하는 식물이 잠드는 것은 아직 멀었다.

바로 가까이에서 잉어가 뛰어오른다. 첨벙 하는 대담한 소리가 쉴 새 없이 계속된다. 이윽고 그것이 가자무라 밤소리의 하나로 정착한다. 풀숲에서 날아오른 반딧불이의 수는 별빛에 비할 바가 아니다. 소코나시 강도, 미즈나시 강도, 이 오보레 강도 모두 정론 펼치기를 그만두고, 가키다케 산에 이르러서는 배덕 행위를 재촉한다. 이리하여 무슨 일이나 용서받을 것 같은 관대한 하룻밤이 막을 올린다.

구운 황어를 안주로 맥주를 마시니 나는 진부한 몽상가로 바뀌어간다. 얼마간 취기가 돌았을 무렵 이 세상에 존재하는 것은 꿈인지 현실인지 구별하기 힘든 것이라는 단정이 강해진다.

머지않아 망자의 한탄이 들려온다. 가자무라에서 죽은 남녀노소의 원통한 소리가 낙숫물 소리와도 비슷한 울림으로 어디에서랄 것도 없이 들려온다. 하지만 그리 길게 이어지지는 않고, 곧바로 기생개구리의 시원한 울음소리에 압도당하고 만다.

제트기 비행등의 점멸이 천천히 은하수를 가로지른다. 고고도에서의 굉음을 뚫듯이 들려오는 것은 개 짖는 소리다. 여객기가 멀어짐에 따라 개 짖는 소리가 뚜렷해진다. 그 개임에 틀림없다. 풀피리 소리에 이끌려 남의 땅에 발을 들여놓은 나를, 으르렁거리는 소리만으로 몰아낸 밤색 얼룩무늬 중형견 말이다.

상대의 모습이 보이지 않아도 그 위치는 대충 짐작이 간다. 두 강이 만나는 부근의 건너편 강기슭, 양쪽이 물결에 깎여 길쭉해진 벼랑 끝 근처일 것이다.

대체 누구를 보고 짖는 걸까. 이렇게 떨어진 곳에 있는 나를 보고 있는 걸까. 나에 대한 저항의 의미를 담고 있다면 그것은 착각이다. 건너편 물가는 몰라도 이곳은 누구의 영역도 아닌, 마을 사람 전원의 공유지라고 먼 옛날부터 정해져 있다.

무엇보다 가자무라에 대해서는 내가 훨씬 선배다. 그 사실을 잊어서는 곤란하다. 고작 10년 정도밖에 살지 않은 개에게 이러쿵저러쿵 말을 듣고 싶지 않다. 원한다면 주인을 불러오라. 그렇게 하면 내가 어디의 누구인지 자세히 가르쳐줄 테다. 나는 너를 방해할 생각이 없다. 이제 두 번 다시 네 주인집에는 얼씬하지 않겠다. 맹세해도 좋다. 그러니 너도 나에게 간섭하지 말라.

귀를 기울여도 풀피리 소리는 들려오지 않는다. 인구가 적은 산골에서 길러지고 있는, 세상물정 모르는 개는 도저히 이해할 수 없겠지만 각 사람에게는 나름의 살고 죽는 방식이 있다.

나는 그저 이 땅에서 자신의 모든 것을 순조롭게 끝내고 싶을 뿐, 더 이상의 바람은 없다. 게다가 그렇게 길지 않고, 빠르면 올여름이 끝날 때까지, 늦어도 가을이 끝날 때까지는 매듭지어질 것이다. 그런 나무 위에서 겨울을 날 수는 없다. 설사 벽을 만들고 지붕을 덮는다고 해도 무리다. 이곳이 얼마나 엄혹한 풍토인지는 새삼 말할 것도 없다.

개는 아직도 짖고 있다. 그 소리는 분명히 나를 위협하는 것이다. 보였다. 내 눈은 끝내 녀석의 모습을 포착했다. 상당한 거리가 있는데도 그 개임에 틀림없다고 확신한다. 또렷한 실루엣으로 알 수 있다. 창끝처럼, 또는 성난 남근처럼 오보레 강을 향해 돌출되어 있는 벼랑 위. 그곳에 우뚝 서서 도저히 개라고 여겨지지 않는, 발정기 곰의 포효와도 비슷한 굵은 소리를 낸다. 예전에 영화에서 본 늑대가 멀리서 짖는 소리에 가깝다.

녀석은 그렇게 해서 가자무라뿐만 아니라 기름처럼 걸쭉한 여름의 하룻밤을 향해 자신의 존재를 과시한다. 마음속에 넘쳐흐르는 힘이 어느 정도인지 알 길이 없지만, 가공할 만한 것이라는 정도는 쉽게 짐작할 수 있다. 나를 내쫓으려는 목적이 절절히 느껴진다.

짖고 싶으면 얼마든지 짖어도 좋다. 그런 데서 아무리 위협해봤자 별 영향은 없다. 높이 30미터의 벼랑에서 단숨에 뛰어내리고 격류를 헤엄쳐서 이 모래섬에 이를 수만 있다면 조금은 겁을 내줄 수도 있다. 하지만 이대로는 아무렇지 않다.

배를 채우고 나서 밤낚시 준비를 시작한다. 하지만 성가신 일은 하나도 없고 낚시 도구는 낮의 도구와 하나도 다르지 않다. 다만 좀 더 굵은 낚싯줄로 바꿨을 뿐이다.

아버지 시대에는 아직 릴 같은 편리한 도구가 거의 보급되지 않아 굵은 대나무에 삼끈을 묶고 투박한 낚싯바늘에 커다란 지렁이를 꿰어 길게 늘어뜨리는 것이 당시의 표준적인 잉어 낚시였다. 그런 원시적인 방식으로도 하룻밤에 월척 몇 마리를 낚아 올릴 수 있었다. 나, 아우, 누이의 골격의 기초를 이룬 것은 주로 오보레 강의 잉어였다.

첫 번째 낚싯줄을 던진다.

감으로 목표를 정하고 낚싯대를 휙 휘두른다. 방울이 치링치링 울리며 낚싯줄이 주르르 풀려나간다. 조금 있다가 낚싯봉과 떡밥에 쌓인 낚싯바늘이 차례로 시원한 물소리를 낸다.

그런 일련의 소리를 알아챈 개가 또다시 짖는다. 달은 마치 녀석을 위해 비추고 있는 듯이 보인다. 나를 적대시하는 소리가 골짜기 가득 울려 퍼진다. 녀석이 그렇다면 나도 생각이 있다. 다음에 어디서 만나면 주저하지 않고 적으로 돌릴 테니 그때를 기대하며 기다려라.

아직 입질은 없다. 해가 지고 나서 황어가 걸리는 일도 뚝 끊겼다. 걸리면 잉어일 것이다. 아니면 메기나 뱀장어일 것이다. 낮의 온기가 남아 있는 모래 위에 앉아 담배를 피우면서 느긋하게 입질을 기다린다. 개는 간헐적으로 짖지만 우리의 거리가 좁혀지는 일은 없다.

강의 수면이 어슴푸레하게 밝은 탓도 있어 시야가 꽤 환하다. 이렇게 환한 밤은 좀처럼 없다. 오히려 낮에 보이지 않았던 것이 보인다. 예컨대 저렇게 멀리서 자고 있는 원숭이 무리가 또렷이 보인다. 이것이 달빛이 아니라 햇빛이었다면 푸른 나무들의 눈부심이 방해하여 그렇게까지는 식별할 수 없을 것이다.

아련한 빛이 원숭이의 모습을 또렷이 드러내준다. 주의가 부족했다. 개가 소란을 피운 것은 내가 아니라 원숭이 때문이었다. 원숭이 한 마리가 지금 강으로 길게 내뻗은 소나무에 올라가 개의 머리 위로 이동하고 있다.

놀리고 있는 걸까. 아니, 그런 것치고는 거동이 이상하다. 움직임이 매끄럽지 않다. 늙어서 몸이 말을 잘 안 듣게 된 원숭이일지도 모른다.

그러고보니 몸놀림이 원숭이로 보이지는 않는다. 체중 때문에 그만큼 나뭇가지도 조금씩 휘어진다. 그대로 나아가면 부러지고 말 것이다. 떨어지면 그냥 넘어가지는 못할 것이다. 바위 위로 떨어지면 즉사를 피할 수 없고, 물 위에 떨어지더라도 물살이 너무 빨라 익사할 것이다. 죽은 사람도 그렇지만, 죽은 원숭이 또한 보고 싶지 않다. 특히 뜻밖의 죽음을 당한 자는 더 이상 보고 싶지 않다. 우리 집에서 정상적으로 죽은 사람 축에 낀 사람은 아버지뿐이다. 다른 이들의 죽음은 아무런 가치도 없는 것이었다.

이렇게 말하는 나도 보통으로는 죽을 수 없으리라. 자신이 판 무덤 구덩이 밑바닥에서 대량의 토사에 깔려 뒈지는 건 도저히 정상이라고 할 수 없다. 그것은 늙어서 죽는 것도 아닐뿐더러 사고사도 아니다. 핏줄에 어울리는 말로임에 틀림없는데, 그럴 각오는 되어 있다.

낚시하러 나가기 전에 자신을 위한 무덤 구덩이에 고인 빗물을 퍼냈다. 당초에 생각했던 것 이상으로 힘든 작업이었는데, 양동이로 몇 차례나 퍼내야 해서 도중에 지겨워지고 말았다. 이렇게 질척질척한 곳에서 죽고 싶지 않다는 생각이 강해지고, 갑자기 어이가 없어져 양동이를 구덩이 바닥에 내동댕이쳤다. 우당탕탕 하는 야단스러운 소리가 나는 순간 문득 낚시가 뇌리에 스쳤다.

그리고 낚시터를 향해 터벅터벅 걷다가 생각을 고쳐먹었다. 특별히 그렇게 이상한 계획을 고집할 필요는 없다고 여겨졌고, 어떻게 죽든 상관없지 않은가 하는 생각이 들었으며, 그때가 되어 떠오른 방법으로 끝장을 보면 되는 게 아닐까 하는 결론을 내렸다.

낚시에는 아주 희한한 힘이 있다. 낚시는 내 안에 잠자고 있던 원시적인 생명력을 되살려주었다. 낚싯줄과 낚싯대를 통해 찌르르 전해지는 저항하는 생명의 떨림은 내 영혼과 육체를 몹시 자극했다. 한 마리를 낚을 때마다 생기 흘러넘치는 호르몬이 뇌 가득히 쏟아진다. 대단한 효과가 아닌가.

이런 곳에서 잔혹한 일생을 보낸 아버지의 마음을 조금은 알 것 같다. 가족이 최악의 방식으로 죽어도 그다지 의기소침하지 않은 것은 아마도 낚시의 묘미를 알고 있었기 때문이 아닐까. 낚시야말로 마음 둘 곳이 아니었을까.

낚시에 물리게 되는 일이 과연 있을 수 있을까. 낚시의 기쁨을 몰랐던 55년은 자신을 시궁창에 버린 것이나 마찬가지다. 여생을 낚시 일색으로 빈틈없이 칠해도 좋겠다. 앞으로 몇 년 동안 낚시 즐기기를 바란다면, 우선 축 늘어진 몸을 어떻게든 해야 한다. 낚시를 위해서라면 입원해서 투병 생활을 시작해도 좋다.

　　　　　개는 아직도 짖어대고 있다. 하지만 적의를 노골적으로 드러낸 소리가 아니라, 그렇게 생각해서 그런지 상대에게 마음을 쓰는 울림이 느껴진다. 밤이 이슥해짐에 따라 달빛이 점점 더 맑아져 짖어대는 개의 엄니까지 식별할 수 있을 것 같다. 늦가을 보름달이 뜬 밤에도 이렇지는 않을 것이다.

　그리고 원숭이는 가지 끝의 아슬아슬한 지점까지 나아가더니 이번에는 등을 아래로 하고 매달린다. 악력이 점점 소진되는 것인지도 모른다.

　이윽고 그것이 점차 원숭이의 모습으로 보이지 않는다. 드디어 눈이 이상해진 것일까. 이런 식으로 실명에 이르고 마는 걸까. 아니, 그렇지 않다. 눈 탓이 아니다. 내 시력은 여전히 정상적으로 기능하고 있다.

　원숭이가 아니다. 원숭이가 아니라 사람이다. 틀림없이 사람이다. 설마 그런 이상한 짓을 하는 사람이 존재할 것 같지가 않았다. 대체 누굴까. 벌목꾼일까. 남자인 것은 분명하다. 여자가 할 수 있는 곡예가 아니다. 게다가 젊은 남자일 것이다. 적어도 나보다 더 어린 사람이 아니라면 영 무리인 모습이다.

　떨어졌다. 남자의 몸이 가지에서 떨어지는 순간을 확실히 보았다. 남의 일이지만 간담이 서늘해져 무심코 소리친다. 소리치고 나니 온몸이 경직된다.

그런데 그 낙하는 몇 미터에서 중단되고 더는 떨어지지 않는다. 녀석은 공중에서 아래위로 격렬하게 흔들고, 그것이 그치자 이번에는 진자 운동을 시작한다. 오직 로프 하나에 지탱하고 있다. 흡사 도롱이벌레다. 도롱이벌레와 다른 점은 머리가 아래를 향하고 있다는 것이다. 녀석은 거꾸로 매달려 있다.

뭔가를 하려고 하다가, 예를 들어 비싸게 팔리는 버섯이나 기생란(寄生蘭)이라도 채취하려다 실패한 걸까? 그렇게 보이지는 않는다. 그 증거로 버둥거리지도 않고, 그런 자세인데도 태연자약하다.

목적을 알 수 없다. 목을 매달아 자살하는 것이 목적이라면 애초에 방법이 잘못되었는데, 발이 위로 가는 일은 있을 수 없다. 낚시일까? 그렇게 이색적인 방식의 낚시는 본 적도 들어본 적도 없다.

개는 남자의 몸이 안정되자 침묵한다. 그리고 그 소나무 거목 밑동에 엎드려 느긋하게 쉰다. 그 순간 양자의 관계를 알 수 있었다. 개는 가끔 주인의 상태에 마음을 쓰며 머리 위를 올려다보지만 이제는 조금 전처럼 짖거나 하지 않는다. 내 눈은 그들에게 못박혔지만 응시했던 만큼 악몽의 양상을 띠어 간다.

곧 시원한 방울 소리가 물과 함께 흘러온다. 이어서 경문 같은, 또는 주문 같은 지독히 낮은 목소리가 들려온다. 남자는 뭐라고 외치며 방울 소리를 울린다. 수행의 일환으로 하는 행위일까? 그가 개의 주인이라면, 그는 솔송나무 숲과 돌담으로 둘러싸인 집에 사는 사람임에 틀림없다.

그는 아버지의 대를 이은 걸까? 요컨대 그렇게 해서 인간의 능력을 아득히 넘어선 힘을, 호우를 그치게 할 만큼의 기적을 일으키는 주술이라도 익히려는 걸까? 그렇다면 무의미한 노력을 하는 게 아닐까? 왜냐하면 인구가 격감한 지금, 엄청난 수마가 가자무라를 덮친다고 해도 피해는 하찮은 것이 될 것이기 때문이다. 어떤 재해도 사람이 없는 데서는 성립하지 않는다. 빈집이 침수된다고 해도 그것은 비극도 뭐도 아니다. 게다가 홍수 사태가 벌어질 것 같은 위험한 지역에 살고 있는 사람들은 이미 전무하다고 들었다. 구해줄 사람이 있어야 사람도 살릴 수 있다.

아니면 어디까지나 자신의 영혼을 구제하기 위한 고행일까? 그럴 수 있다. 만약 그렇다면 아버지도 아버지고 아들도 아들이다. 이 세상에 몸을 두고 있는 한 아무리 발버둥친다고 한들 어쩔 도리가 있는 건 아닐 테니까. 어차피 될 대로 되는 수밖에 없으니까. 그렇게 간단한 진리도 모르다니, 부자 모두 어처구니없을 만큼 어리석은 사람들이다. 그렇지 않다면 광인 핏줄일 것이다.

혹은 어머니의 병이라도 낫게 하려는 것일까? 신통력인가 하는 것으로 병마를 퇴치하려는 걸까? 설사 그렇다고 해도 역시 한없이 어리석은 사람이다. 어머니가 몸져누운 것은 늙은 탓이지 결코 다른 이유가 아니다. 어머니에게 지나치게 의존하는 아들이라면 조금은 이해할 수 있다.

나는 가슴속으로 이런 말을 중얼거린다. 내가 너라면 그런 쓸데없는 짓은 절대 안 할 것이다. 게다가 오늘 밤에라도 당장 마을을 떠날 것이다. 개도 어머니도 내버려두고 어딘가로 가버릴 것이다. 너에게는 뭘 희생해도 아깝지 않은 젊음이 있다. 만약 어머니의 죽음을 바라고 그런 짓을 하고 있다면 정말 형편없는 일이다. 시간 낭비다.

좀 더 빠른 방법이 얼마든지 있지 않은가. 정말 어머니를 위해서라면 언제까지고 그렇게 괴롭혀서는 안 된다. 쌍방이 행복해지기 위해서는 달리 방법이 없다. 그런 일을 차근차근 생각해본 적이 있는가. 이 풋내기 마조히스트.

그렇더라도 그가 밤낚시에 방해가 되는 것은 아니다. 그런 당치도 않은 녀석이 시야에 들어와도 어찌 된 일인지 기분이 상하지 않는다. 이상한 광경을 목격하고 있는데도 전혀 개의치 않는 자신이 정말 이상하다.

자칫 잘못하다가는 목숨을 잃을지도 모르는 짓을 하고 있는 모습이 초록빛을 띤 여름밤에 잘 어울린다. 별똥별에도, 반딧불에도, 무더운 대기에도, 그윽한 어둠에도 순순히 녹아든다.

어딘가 금속성의 낮은 목소리의 중얼거림도, 아주 맑은 방울 소리도 신경에 거슬리지 않는다. 분위기를 흩뜨리는 것은 오히려 나일지도 모른다.

보라, 걸렸다. 낚시용 방울이 요란하게 울리고 낚싯대가 휙 휘어지나 싶더니 릴이 역회전하기 시작한다. 낚싯줄이 엄청난 기세로 풀려나간다. 두 손이 반사적으로 낚싯대를 꽉 쥔다. 어쩐지 두려울 정도로 강렬히 끌고 가는데, 황어의 그것과는 비교가 되지 않는다. 물속으로 끌려들어갈 것 같다. 상대는 정말 물고기인 걸까.

아무래도 잉어를 너무 얕보았던 것 같다. 완전히 당황한 나는 뭘 어떻게 해야 좋을지 모른 채 낚싯대를 꽉 붙들고 있는 것이 고작이다. 그러는 사이에도 낚싯줄은 점점 풀려나간다. 감을 상황이 아니다. 세차게 회전하는 릴 소리와 낚싯대 끝의 방울 소리가 내 마음을 휘저어 놓는다. 이쪽의 소동에 반응하여 다시 개가 짖는다.

개는 내 알 바 아니다. 또한 어디의 누가 거꾸로 매달려 자신에게 고통을 주든 말든 아무 관계도 없다. 나는 지금 혼신의 힘을 기울여 낚시에 열광하고 있는 참이다.

나는 살아 있다. 이 무슨 충족감이란 말인가. 절대 반작용을 일으키지 않는 깊은 도취의 전류가 오체 구석구석으로 달려 나간다. 불찰이었다. 이토록 재미있는 일을 여태껏 모르고 있었다니…… 환락 같은 유의 도취와는 비교가 되지 않는다.

잉어와의 밀고 당기기는 여전히 계속된다. 다른 뭔가가 없어도 낚시만 있다면 족할지 모른다. 낚시만 있다면 술, 여자, 돈과는 전혀 무관한, 상당히 뛰어난 쾌락주의로 여생을 관철해 보이겠다. 그렇게 단정하는, 새롭게 태어난 내가 여기에 있다.

그렇다 하더라도 내가 상대하는 것은 정말 잉어인 걸까? 오보레 강에는 잉어보다 큰 물고기가 없을 것이다. 드디어 낚싯줄을 감을

수 있게 된다. 그런데 감고 나니 곧 다시 풀려나가 도통 결말이 나
지 않는다.

그럭저럭하는 동안 얼마간 여유가 생긴다. 적이 가진 힘의 한도
를 어느 정도 알게 되었다. 적어도 어른을 강으로 끌고 들어갈 만한
녀석은 아니다. 하지만 언제쯤 잡을 수 있을지 짐작도 안 된 채, 언
제까지고 잉어에게 휘둘린다. 마치 그쪽에게 운명의 열쇠를 쥐어준
기분이다.

적은 지금 큰 바위 밑에 숨어들어 가만히 있다. 그렇게 해서 소모
한 체력의 회복을 꾀하면서 이쪽이 어떻게 나올지 확인하려고 한
다. 분명히 그럴 것이다. 빈틈없는 놈이다. 잉어 중에서도 유달리
솜씨가 좋은 놈일지도 모른다.

낚싯줄이 팽팽하게 당겨지고, 낚싯대는 활처럼 휜다. 양쪽 팔이
저려온다. 산에 있는 밭에서 농사일하는 말처럼 거친 숨소리는 누
구의 소리일까? 바로 내가 내는 소리다.

이리하여 교착 상태에 빠진다. 앞으로 어떤 진전을 보일지 예측
할 수 없다. 잉어 낚시를 해본 경험이 있다면 알겠지만 초심자에게
이 같은 경우는 무리다. 한 가지 알게 된 것은 낚싯대를 손에서 놓
거나 더는 버틸 수 없어 스스로 낚싯줄을 끊는다면 이쪽의 패배일
거라는 사실이다. 시간의 경과와 함께 자신감이 사라지며 이길 공
산이 거의 없다는 생각이 든다. 하지만 패할 경우 곧바로 다시 도전
하면 그만이다.

이렇게 중요한 순간에 돌연 도롱이벌레 남자의 상황이 마음에 걸

린다. 바로 조금 전까지 무시할 수 있는 존재였는데도 갑자기 내 의식 속으로 비집고 들어온 것이다. 마음이 흐트러져 낚시에 집중할 수 없었고, 시선이 전혀 고정되지 않는다. 내 눈은 낚시와 직접 관계가 없는 다양한 현상만을 차례로 포착해간다.

반딧불이 무리가, 의미가 있다고도 없다고도 할 수 있게 강기슭을 따라 아주 느릿느릿 움직인다. 기생개구리가 다시 울기 시작한다. 끊임없이 별똥별이 떨어지는 하늘에는 온통 영원의 이상이 들러붙어 있을 뿐 옛날의 숙업을 연상시키는 것은 무엇 하나 보이지 않는다. 밤이 이슥해짐에 따라 달빛이 강해지고 초목의 잎이 빛나 보인다.

어느 사이엔가 허리까지 물에 잠겨 있다. 그걸 바로 지금에야 알았다. 그때까지는 땅바닥에 있다고만 생각하고 있었다. 아니, 발을 디디고 있는 곳은 신경도 쓰지 않았다.

요컨대 이 승부는 결코 호각지세가 아니라는 것이다. 형세는 확실히 내가 불리하다. 내 체력이 어느 정도 남아 있을까? 내 기력은 낚싯바늘을 물고 있는 잉어보다 떨어져 있을까? 과연 나는 패배를 인정할 수 있을까?

도저히 당해낼 수 없다고 단념하고 나서도 아쉬운 듯이 낚싯대를 잡고 있을까? 물이 목까지 차는 깊은 곳까지 끌려 들어가도, 몸까지 격류에 휩쓸려도 끝까지 버텨야 하는 걸까? 그리고 뜻밖의 행운이라는 듯이 그대로 물에 빠져 죽는 걸까? 뭐, 그것도 좋겠지. 그런 죽음이어도 희열의 눈물을 흘릴 만한 가치는 있을 것 같다.

나는 계속 기다린다. 시간만 허비한다는 초조함은 전혀 없다. 설레는 마음으로 다음에 어떻게 전개될지를 기다린다. 그렇다 해도 보통 수단으로는 다루기 힘든 놈이다. 상대로서는 부족함이 없다. 마음을 다잡고 덤벼보자.

바로 그 순간 적은 느닷없이 싸움을 재개한다. 방향을 정한 듯 그쪽을 향해 단숨에 돌진한다. 물살을 이용하여 강 아래쪽으로 도망칠 생각이다. 또다시 낚싯줄이 풀려나가 릴이 윙윙 소리를 낸다. 낚싯대가 몹시 흔들리며 방울이 요란하게 울린다.

동시에 다시없는 충족감에 휩싸인다. 미친 듯이 열정적인 사랑도 이런 감동에는 한참 미치지 못할 것이다. 의도한 것과 다른 인생이다. 그런 것은 어느새 어딘가로 날아가 버렸다.

내 안에서 높아지는 것은 영혼과 육체의 완벽한 일치다. 노력하여 출세하려고 했던 수십 년은 잉어가 낚싯바늘을 물자마자 깨끗이 청산되었다. 뭘 해야 할지 지금만큼 이해되었던 적은 없었고, 자기를 잊는 쪽으로 급속히 기울어간다. 세상이라는 거울에 영락한 모습을 비추며 한숨을 쉬는 남자로부터 점점 멀어져간다.

떠난 아내에게 재결합을 촉구해야 하지 않았을까, 하고 문득 생각하는 그런 한심한 남편은 이미 사라졌다. 어쩔 수 없었다고 한탄하며 어깨를 축 늘어뜨리고 투덜거리던 약한 사람도 더 이상 여기에 없다.

나를 나이게 하는 것은 감투 정신밖에 없다. 이 낚시에 전력을 기울이자. 마치 낚시를 위해 태어난 듯한 기분이 든다. 정말이다. 상심을 안고 유랑을 떠나는 그런 사람이 아니다. 곤란한 사태에 이른 적은 지금까지도 여러 번 있었지만 꼬리를 감추고 도망친 적은 없었다. 그때마다 메마르고 거친 태도로 일관함으로써 어떻게든 타개해왔다. 그렇다, 나는 싸우며 살아가는 사람인 것이다.

그런데 물은 잉어 편으로 돌아섰다. 물살 탓에 낚싯줄과 낚싯대에 대한 부담이 배가된다. 릴의 기능으로 낚싯줄은 끊어지지 않겠지만, 그 대신 낚싯대가 부러질지도 모른다. 낚싯줄도 이대로 풀려나가기만 하고 언제까지나 감을 수가 없다면 언젠가는 끊어지고 말 것이다. 어쩌면 이는 내가 감당할 수 없는 낚시인지도 모른다.

뇌는 일심전력으로 활약하며 최대한 지혜를 짜내고 있다. 최후의 수단으로는, 자신의 몸 자체로 낚시찌를 대신하여 충격을 완화할 수밖에 없을 것이다. 요컨대 낚싯대를 잡은 채 함께 흘러가는 것이다. 그렇게 해서 상대가 지치기를 기다릴 수밖에 없다. 이렇게 된 이상 어떤 수를 써서라도 이겨주겠다.

물은 이미 가슴께까지 차올라왔다. 그만큼 힘껏 버틸 수 없게 되었다. 발가락 끝에 살짝 힘을 주기만 해도 물이끼로 미끌미끌한 바위에서 발이 미끄러질 것 같다. 상체가 휘청거리기 시작한다. 하지만 이까짓 일로 기가 꺾일 내가 아니다. 희망이 부서지는 일에는 아주 익숙하다.

드디어 릴의 회전이 멈춘다. 이 순간을 기다리고 있었다. 자, 이제 내 차례다. 풀려나갈 만큼 나간 낚싯줄을 열심히 감아가지만 서두르지는 않는다. 신중한 것보다 나은 것은 없다. 젖은 낚싯줄이 앞으로 미끄러져 들어온다. 그토록 대단하던 큰 물고기라도 지친 모양이다. 나는 이제 열세가 아니라 거의 대등한 입장이 된다.

그래도 여전히 강인한 반응은 유지하고 있다. 필사적으로 발버둥치는 상대의 움직임이 찌르르한 진동으로 끊임없이 전해온다. 상실되었던 자신감이 되살아난다. 잉어 낚시의 요령을 조금은 알게 되었다. 이기는 것은 결국 사람이고, 물고기는 어차피 물고기일 수밖에 없다.

얼마간 냉정함을 되찾는다. 마음의 평정을 잃고 있었던 때는 전혀 보이지 않았던 낚싯줄이 지금은 끝까지 확실히 식별된다. 낚싯줄은 달빛을 반사하며 십수 미터 앞의 물속으로 비스듬히 잠겨 있다. 녀석은 그 너머에 있을 것이다. 아직 모습은 보이지 않는다.

낚싯줄을 감으면서 천천히 얕은 곳으로 물러난다. 물가로 돌아오면 다 된 것이다. 발판만 확보되면 그 다음에는 어떻게든 된다. 문제는 거두어들이는 방법이다.

사내끼를 갖고 있지 않다. 황어를 낚아 올릴 때처럼 억지로 질질 끌어올릴 수밖에 없을 것이다. 하지만 이렇게 만만치 않은 사냥감이 내 뜻대로 물에서 나와 줄 거라고는 도저히 생각되지 않는다.

그때 상대는 돌연 내 기대와 다르게 움직인다. 낚싯줄이 뻗어 있는 방향이 급격하게 변한 것이다. 왼쪽으로, 왼쪽으로 방향을 바꾸고 있다. 이번에는 물살이 약한 쪽으로 도망칠 생각이겠지만 그렇게 한다고 해도 소용없다. 체력을 거의 다 소모하여 이제 더 이상 어떻게 할 수도 없는 상황일 것이다.

간신히 승리가 보였다. 그렇게 생각했을 때 이번에는 지금까지와는 다른 감촉이 생긴다. 낚싯바늘에 물 밑의 장애물이 걸렸을 때 같은 불쾌한 저항감이 느껴진다. 마지막 발버둥을 치고 나왔음에 틀림없다.

본격적으로 달려들어 릴의 손잡이를 빠르게 돌린다. 몇 번 돌렸으나 끌어당기는 힘이 단숨에 사라져 나는 그 반동으로 인해 뒤로 넘어질 뻔했다. 그리고 앞으로 철퍼덕 엎어진다. 서둘러 일어났을 때는 이미 낚싯줄이 축 늘어져 있고, 아무리 감으려고 해도 반응이 없다. 자세히 보니 낚싯줄 끝 쪽에 자줏빛을 띤 검은색 바위가 수면에서 돌출해 있다.

얼마 뒤 무엇이 어떻게 되었는지 알 수 있었다. 나의 적은 그 뾰족한 바위를 이용하여 줄을 끊은 것이다. 우연히 그렇게 된 것 같지는 않다. 계산하고 그렇게 했을 것이다. 하지만 나는 거기까지 생각 못했다. 상대를 너무 얕봤다.

순식간에 패자가 된 나는 힘이 빠져 무심코 그 자리에 주저앉는다. 확실히 맥이 빠지기는 했지만 별로 기분이 나쁘지는 않다. 적어도 단 한 번으로 그만둘 생각은 하지 않는다. 반대로, 도망친 사냥감은 오히려 내 몸에 붙어 있던 불에 더욱 부채질을 한 격이다.

하지만 오늘 밤에는 일단 이 정도로 하고 철수하기로 하자. 예비 낚시 도구는 준비하고 있지만, 처음부터 같은 것을 다시 할 만큼의 체력과 기력이 남아 있지 않다. 단 한 번의 싸움으로 기진맥진하고 말았다. 내일 밤 다시 도전하자. 그렇게 하기 위해서는 낮 동안에 잘 자두는 게 좋다. 황어 천 마리보다 잉어 한 마리다.

흥분의 여운이 온몸을 뛰어다닌다. 낚싯대 끝에서 울리던 방울 소리가 귓가에 맴돈다. 윙윙거리던 낚싯줄 소리도 고막에 들러붙어 있다. 기생개구리의 합창이 다시 기세를 올린다.

그렇다, 까맣게 잊고 있던 녀석은 어떻게 되었을까. 도롱이벌레 남자와 그의 충견은 어떻게 되었을까. 그런데 거기에는 이미 아무도 없다. 어느새 사라져버렸다. 집으로 돌아간 걸까.

그런 녀석은 내버려두면 된다. 신경 쓸 일이 아니다. 녀석은 자기 마음대로 하면 되고, 나도 내 마음대로 하겠다. 지금 우리는 서로 보지도 듣지도 말하지도 않겠다는 자세를 관철해야 한다.

강물 소리를 들으며 잠자리에 드는 것도 좋을지 모른다. 오늘 밤에는 이 모래섬에서 잘까. 각다귀도 없고 급격하게 물이 불어날 것 같지도 않다. 내게는 돌아가야 할 집이 없다. 자는 곳이 보금자리인 셈이다.

시원한 바람이 불고 있다. 앞으로 천둥이 울려 퍼지는 일은 일단 없을 것이다. 별이 인간 세상에 가득 차 있는 수많은 죄의 개수와 똑같은 수만큼 빛나고 있다. 이곳이 저세상이라면 얼마나 수고를 덜 수 있을까. 이곳이 미련 없는 최후를 맞이하고 나서 방문한 세계였다면 얼마나 멋진 일일까.

나를 찾는 사람은 없다. 그래서 나는 행방불명자가 아니다. 매일 끼니를 거르는 노숙자도 아니다. 나는 지금 나 자신에게 심취해 있다. 아울러 들쭉날쭉한 바위 모서리에 낚싯줄을 비벼대 멋지게 도망친, 아직 보지 못한 잉어에게도 경도되어 있다. 나는 완패했다. 하지만 이대로 얌전히 물러설 내가 아니다.

내일 밤에는 반드시 낚아 올리겠다. 내일도 안 된다면 올여름이 끝나기 전에는, 그것도 무리라면 이 생애가 막을 내리기 전에는 반드시 어떻게든 해보이겠다. 적어도 한 마리 정도는 잡아야 한다.

다시 밤이 올 때까지 어떻게 시간을 보내면 좋을까. 자고만 있을 수는 없다. 당연히 수면에도 한도가 있다. 낚시를 하지 않고 있을 때의 자신을 생각하니 어쩐지 두려워진다.

목이 마르다. 칼칼하다. 물결에 직접 입을 대고 오보레 강의 물을 마신다. 한 입 머금었다가 뱉어버린다. 맛이 지독해서가 아니다. 15년 전의 일을 떠올리고 말았기 때문이다. 누군가에게 끌려가 도저히 인간의 행위로 여겨지지 않는 수법으로 살해당한 누이는 이 강의 수백 미터 하류에서 발견되었다.

그거야말로 귀축의 짓일 것이다. 머리가 보이지 않아 신원 확인에 다소 시간이 걸렸다. 손발과 몸뚱어리밖에 없어서 가족은 그 살점을 순순히 가족이라고 인정하지 못했을 것이다. 내게는 어찌 되었든, 아우의 입장에서는 둘도 없이 소중한 누이였다. 어쩌면 끝까지 포기할 수 없는 연인이었는지도 모른다.

역시 나무 위 보금자리로 돌아가자. 그곳에서는 맥주가 나를 기다리고 있다. 그것은 슬픔을 달래기 위한 술도 아니고 또 사람의 정을 음미하기 위해 마시는 술도 아니다. 아무리 영락해도 알코올의 힘을 빌려서까지 황천길을 걸어간 자를 따라갈 생각은 없다. 망자들과 꽃 아래 빙 둘러앉아 술잔치를 벌이고 싶다고 생각한 적은 한 번도 없다.

닭들도 틀림없이 내가 돌아오기를 기다리고 있을 것이다. 그들과는 아직 마음을 터놓는 사이가 되지는 않았지만 다소 마음의 결속은 있을 터다. 전혀 뜻이 맞지 않으면 같은 나무 위에서 잘 수 없을 것이다. 그들은 내게 자양분이 풍부한 달걀을 주고, 나는 그들에게 아주 작은 안심을 주고 있다.

낚시 도구를 안고 모래섬을 가로질러 가는 나는 아마 행복할 것이다. 무단으로 빌린 누군가의 낡고 작은 배를 타고 돌아가는 나는 아마 어느 누구보다 해방되었을 것이다. 그리고 배를 강가에 버려두고 벼랑에 만들어진 급한 계단을 익숙한 발놀림으로 올라가는 나는 어디서 어떻게 봐도 아름다운 풍경 속에서 노는 풍류인의 전형일 것이다.

오늘 밤에도 파랑새가 울기 시작한다. 그 울음소리에서는 욕망의 충족과 정신의 분열이 느껴진다. 하지만 나의 장래를 암시하는 울림이 되지는 않았다. 파랑새는 파랑새고, 나는 나다.

나는 기개 있는 남자도 아니고 눈물로 말이 막히는 남자도 아니다. 이래 봬도 나는 나 나름대로 최소한의 체면을 유지하고 있다. 무일푼으로 비참한 신세가 될 때까지 살거나, 완전히 실명할 때까지 죽을 수 없거나 하는 인생은 결코 있을 수 없다.

달빛이 쏟아지는 듬성듬성한 나무숲을 나는 조용히 지나간다. 주변 일대의 푸른 풀이 사각사각하는 소리를 내며 미풍에 흔들린다. 파랑새는 규칙적인 간격을 두고 자명한 이치를 설득하고 있다.

머지않아 단순한 황무지가 된 논밭 너머로 황폐한 빈집 네 채가 보인다. 그리고 한 채 분량의 재가 흩어져 있는 빈터가 시야로 뛰어든다. 재빨리 눈을 돌리고 숨을 멈춘 채 그 옆을 그냥 지나친다.

앞쪽에 듬직하게 서 있는 물참나무 거목은 이곳이 자유의 천지임을 상징하고 있다. 그렇게 느껴지지 않을 수 없다. 내 인격을 존중하고 따뜻하게 맞아준 것은 이제 이 늙은 나무밖에 없다. 그 굵직한 줄기에 낚시 도구를 기대어 세워두고 나직한 소리로 "다녀왔어"라고 말하고는 익숙한 몸놀림으로 줄사다리를 올라간다.

닭들은 나를 보지 않은 척하며 이미 자고 있다. 캔 맥주 반 타를 연달아 다 마시고 나서, 웨이스트 파우치에 넣어 몸에 늘 지니고 다니는 현금을 베개 삼고 눕는다.

멋진 하루였다. 내일은 더 멋진 하루가 될 것이다. 벗어나기 힘든 세상사의 덧없음……, 그게 뭐 어떻단 말인가. 불안정한 정서나 사방이 다 막힌 앞길……, 그게 뭐 어떻단 말인가. 흔들리지 않는 신넘……, 그런 건 소용없다.

　나는 무상한 이 몸을 끝까지 믿는다. 파랑새가 음울한 추억을 흩뜨려준다. 가키다케 산이 조심조심 인생철학을 흩뿌린다. 소코나시 강이 온갖 거짓말을 늘어놓으며 부지런히 흐른다.

11

얼마나 잤을까. 온 산이 요란하게 울어대는 매미 소리로 뒤덮여 있다. 시끄러운 그 음파가 잠을 자고 있는 내 위로 쉬지 않고 쏟아진다.

머리가 욱신욱신하다. 어젯밤에는 과음했다. 눈을 제대로 뜨고 있을 수 없을 만큼 나뭇잎 사이로 비쳐드는 햇빛이 눈부시다.

진작 정오가 지났다. 초조할 필요가 전혀 없는데도 초조하다. 아직도 시간이 마음에 걸린다. 필요도 없는데 손목시계에 눈을 주는 직장인 시절의 버릇이 아직도 없어지지 않았다. 이제 그만 시간과 관계를 끊으라는, 자신에게 하는 충고를 마음속으로 몇 번이나 반추한다.

굉장히 덥다. 오늘 더위는 각별하고, 불어오는 것은 뜨거운 바람뿐이다. 어제 소나기가 내리지 않은 탓에 공기가 건조하다. 이대로 맑은 날씨가 계속된다면 아무리 가자무라의 강이라고 해도 수량이 줄어드는 것은 피할 수 없을 것이다.

하지만 그런 일은 일단 있을 수가 없다. 여기에는 물이 불어나는 일밖에 없다. 예로부터 가키다케 산 여기저기에 신기한 약효가 있는 온천이 솟아난다고 전해진다. 그리고 예전에 몇 명의 학생을 인솔하고 가자무라를 찾아온 지질학자가 소코나시 강의 원류를 헤치고 들어가 그것을 증명했다. 게다가 가키다케 산은 비구름을 제조하는 힘도 갖추고 있다. 저녁까지는 한차례 비가 쏟아질 것이다.

이곳 나무 위는 그래도 시원한 편이다. 태양 복사열의 사각지대라서 그런대로 견디기 쉽다.

땅바닥에 직접 서 있다면 분명히 현기증이 덮칠 것이다. 잠에서 깨어난 뒤의 나른함이 언제까지고 나를 꼼짝하지 못하게 해서 겨우 눈을 뜰 수는 있었지만 일어날 수가 없다. 어차피 밤까지는 할 일도 없다.

낮의 황어 낚시는 이제 하고 싶지 않다. 그건 낚시도 아니다. 노려야 하는 것은 어디까지나 잉어다. 소나기로 오보레 강이 탁해지지 않으면 좋을 텐데……, 오늘 밤에는 따끔한 맛을 보여줄 테다.

가까이서 물까치 몇 마리가 요란하게 떠들어댄다. 어렸을 때는 전혀 보지 못했는데, 어느새 까마귀처럼 평범한 새가 되었다. 아마 닭과 싸움을 시작했던지 아니면 구렁이가 새끼를 한입에 삼키거나 했을 것이다. 아니, 그렇지 않다. 그런 것 같지는 않다.

물까치가 경계하는 소리를 내지른다. 나는 팔뚝으로 빛을 가리고 그쪽을 본다. 이쪽을 향해 다가오는 것은 다름 아닌 사람이다. 옛날에 농로였던 곳을 두 남자가 걸어온다.

그중 한 사람은 복장으로 보아 경찰이라는 것을 금세 알 수 있지만 또 한 사람은 알 수가 없다. 하얀 노타이 셔츠에 회색 바지라는 가벼운 복장으로는 직업을 판단할 수가 없다. 그 사람의 은발이 반짝반짝 빛난다. 면사무소 사람일까. 이렇게 정기적으로 마을 구석구석을 돌아보고 있는 걸까. 어쨌든 그들이 이곳을 향해 오는 것은 분명하다. 키 큰 풀을 헤치며 점점 다가온다.

나는 벌떡 일어난다. 이어서 줄사다리를 부리나케 걷어 올린다. 오랜만에 이곳에서 사람을 봐서 그런지 예상 외로 신경이 날카로워진다. 더위로 열려 있던 모공이 일제히 닫힌다. 강박관념 비슷한 뭔가가 몸을 경직시킨다. 경계할 정도는 아니라고 해도, 호감을 가질 수 있는 상대는 아닌 것 같다.

집 한 채가 불에 탄 것을 알고 상황을 보러 찾아온 걸까? 설령 그렇다고 해도 이쪽에는 정당한 평계가 있다. 자기 집을 자신이 직접 처리했을 뿐인데 뭐가 문제란 말인가.

남에게 이런저런 말을 들을 이유는 없다. 아니면 아우와 관련된 이야기로 찾아온 걸까? 하지만 아우는 이미 무덤 속에 있다.

두 사람이 큰 소리로 이야기하며 다가온다. 그런데 어찌 된 일일까, 하고 나는 생각한다. 내 쪽에서 먼저 나가 붙임성 있게 말을 붙여야 하나. 아니면 여기서 가만히 숨을 죽이고 지나가게 내버려두어야 하나.

고민한 끝에 그들이 나를 발견할 때까지 시치미를 떼고 있기로 한다. 내 존재를 들키지 않는 것보다 나은 건 없다. 그들 눈에 띌 확률을 조금이라도 낮추려고 배를 깔고 엎드린다. 그래도 호기심을 이기지 못하고 그만 자신도 모르게 고개를 쳐들고 만다.

땅딸막한 경찰은 타고난 목소리가 크다. 대화 내용까지는 정확히 알 수 없지만, 그런 것은 걱정할 필요 없다고 말하며 기세 좋게 껄껄 웃고 있다. 정사각형의 위엄 있는 얼굴의 은발 남자는 끊임없이 주변에 신경을 쓰고 있다. 반점이 있는 커다란 나비가 그들 뒤를 따르듯이 날아다닌다.

두 사람은 화재 현장에 당도해도 관심을 보이지 않는다. 주재소의 경찰이나 면사무소 사람이었다면 검게 탄 기둥이나 대량의 재를 알아채지 못할 리 없다. 그런데 시선도 주지 않고 지나쳐버린다. 일별도 하지 않았다. 누굴까.

놀라운 것은 그것만이 아니다. 이미 알고 있다는 듯이 그들은 확신을 갖고 풀숲을 헤치며 내가 있는 곳으로 똑바로 다가온다. 그리고 이 물참나무 거목 앞에 멈춰 서더니 우듬지를 올려다보며 느닷없이 내 이름을 부른다.

"할 얘기가 있어서 그러는데, 좀 내려와 주시지 않겠습니까!" 하고 경찰이 말한다. 깜짝 놀라서 어찌할 바를 모른 나는 "예에!" 하며 아주 환한 목소리로 순순히 대답하고는 허둥지둥 줄사다리를 내린다.

요컨대 내가 귀향했다는 사실은 이미 널리 알려져 있었던 것이다. 하지만 이런 시골에서는 특별히 놀랄 만한 일이 아닌데, 어디서 누구의 눈에 띄었는지는 알 수 없다. 지역 사회란 항상 그런 답답함이 따라다니는 공간이다.

요건은 뭘까. 역시 화재에 대한 걸까. 내 집이고 폐가나 다름없는 황폐한 집이라고 해도 허가 없이 한 일이니 방화죄라도 묻는 걸까. 그날 어딘가에 목격자가 있었던 걸까. 만약 그랬다면 이 자리에서 발뺌하는 것은 아주 어려운 일이다.

무리라는 것을 알고도 한번 떠본다. 아직 묻지도 않는데 횡설수설하는 어조로 자신의 입장에 대해 이것저것 주워섬긴다. 여름휴가를 이용하여 성묘하러 왔다는 둥, 내친김에 낚시라도 하고 갈 생각이라는 둥, 잠시 있다가 도시로 돌아갈 예정이라는 둥 입에서 나오는 대로 내뱉는다. 그래도 긁어 부스럼이 되지 않도록 남김없이 타버린 생가에 대해서는 한마디도 하지 않는다.

하지만 그들의 관심은 내게 있었던 게 아니다. 내 이야기를 가로막고 자기 이름을 말하며 이즈미마치의 경찰이라면서 경찰수첩을 제시한다. 사복을 입은 사람은 일부러 명함까지 주며 이가 빠진 입을 빠끔거리며 이렇게 묻는다.

"저를 기억하시겠습니까?"

특징적인 쉰 목소리를 가까이서 듣자마자 먼 옛날의 막연한 기억이 선명하게 되살아난다. 얼굴을 까맣게 잊고 있었다. 누이 사건을 담당했던 형사다. 그때도 그랬지만, 그와는 산에서 아우를 수색할 때 몇 번쯤 이야기를 나눈 적이 있다. 그때로부터 이미 15년이나 지났고 그만큼 우리는 확실히 늙어 있다.

내게 마음을 쓰고 있는지, 형사는 누이에 대한 이야기는 해도 아우에 대해서는 전혀 입에 올리지 않는다. 나는 허둥대며 다시 기억을 더듬는다. 완전히는 생각나지 않더라도 거무스름한 눈가, 상인처럼 공손하게 구는 언행은 어쩐지 기억에 남아 있다.

하지만 찾아온 목적을 모르겠다. 이제 와서 뭘 물어보고 싶은 걸까. 경찰들이 일부러 이런 데까지 찾아오는 데는 그만한 이유가 있을 것이다. 역시 방화인가. 아니면 아우의 일인가. 어찌 됐건 어느 것도 듣고 싶지 않다. 내 동요는 감출 수가 없다. 특히 형사의 눈에는 분명히 보일 것이다. 그들은 둘이서 의심스러운 여러 가지 점들을 물을 생각인 걸까.

그렇지는 않았다. 그 당돌한 질문에 당황하면서 나는 가슴을 쓸어내린다.

형사는 한 장의 얼굴 사진을 보여주면서 이런 아가씨를 본 적이 있느냐고 묻는다. 나는 사진을 손에 들고 찬찬히 들여다본다. 모르는 얼굴이다. 알 리가 없다. 오랫동안 가자무라를 떠나 있다가 이번 여름에 막 돌아온 사람에게 그런 사진을 보여준다고 해도 소용없는 일이다.

그래도 혹시나 해서 봐둔다. 잘 익은 토마토를 연상시키는, 얼굴보다도 새가슴이 눈에 띄는 동안의 젊은 여자. 이 부근에서 그녀의 모습을 본 적이 없느냐고 형사는 거듭 묻는다. 열흘에서 이십 일쯤

전에 가자무라를 지나갔을 거라고 한다.

요컨대 그녀는 타관 사람이다. 전문대학 학생으로 산골 마을을 돌아다니는 여행을 하는 중에 훌쩍 버스에서 내린 것을 마을 사람 몇 명이 목격했지만, 여기서 행적이 뚝 끊기고 다시 버스를 탄 모습을 본 사람은 한 명도 없다는 것이다. 그리고 가족이 수색원을 낸 것은 사나흘 전이라고 한다.

그런 일치고는 경찰의 대응이 이상하리만큼 빠르다. 수상한 것 같아 그 점을 물어보니 이런 대답이 돌아온다.

"뭐, 전에도 비슷한 일이 있어서요."

설명에 따르면 5년 전에도, 10년 전에도 같은 일이 있었고 그 두 아가씨도 가자무라에서 소식이 끊겼다고 한다. 처음 듣는 이야기다. 누이가 죽은 것은 15년 전이다.

이번에는 내가 질문할 차례다. 묻고 싶은 것이 산더미처럼 마구 떠오른다. 무엇부터 물어야 좋을지 망설이는 가운데 어조가 갈피를 못 잡고 횡설수설하게 되고, 그러다가 쓸데없는 말을 해서 일을 복잡하게 만들면 오히려 일이 잘못되지 않을까 하는 생각에 입을 꼭 다문다.

형사는 그 아가씨를 봤는지 보지 못했는지 그 한 가지에만 질문의 표적을 좁힌다. 보지 못했다고 대답하자 자세한 사정에 대해서는 전혀 언급하지 않은 채 고맙다는 인사를 남기고 돌아간다.

돌아가기 직전에 그는 이런 말을 했다. 퇴직하면 자신도 마음껏 낚시나 하며 여생을 보내고 싶다고 말하고는, 무슨 색다른 일이라도 있으면 뭐든 좋으니 연락해달라고 하며 내가 손에 쥐고 있는 명함을 가리켰다.

한참 가던 경찰이 다시 돌아온다. 그리고 이건 주재소의 경찰과 면사무소 직원이 전하는 말이라는 서론을 깔고 나서 이런 말을 한다. 다시 한 번 가자무라에 정착할 생각이 있다면 전입 신고서를 제출하는 것이 나을 것이고, 농지나 택지 처리 문제로 어려움을 겪고 있다면 언제든지 면사무소에서 의논해준다는 것이다.

그리고 마지막으로 씽긋 웃으며 "아무쪼록 불조심하세요"라고 말한다.

두 사람은 어깨를 나란히 하고 살인적인 더위 속으로 돌아간다. 그들의 뒷모습이 신기루에 녹아드는 것과 동시에 혼란스러워지기 시작한다. 경찰 관계자의 방문이 내게 남겨진 사소한 즐거움을 감쇄해버린다. 이곳 역시 번거로운 세상의 연장선상에 있다는 사실을 새삼 뼈저리게 느낀다.

내 자유는 반으로 줄었다. 또다시 살림때가 묻은 이런저런 조건에 둘러싸이고 있다. 가자무라에서의 내 행동이 그대로 알려지고 있는 모양이다. 이런 곳에서 조용히 죽어가는 것은 도저히 불가능하다. 무덤 구덩이에 드러누워 위에서 대량의 토사가 무너져 내리는 장치를 완벽하게 작동한다고 해도 순식간에 파헤쳐지고 말 것이다.

그건 그렇다 해도 뒤숭숭한 마을이 되어버렸다. 그 이후에도 섬 뜩한 일이 가끔 일어난 모양이다. 아무튼 귀찮은 일에 휩쓸리는 것은 싫다. 이런 곳에는 더 이상 있지 않는 게 좋겠다. 오늘 안에 달아나야 한다.

어딘가 멀리 볼품없는 온천 마을로라도 가자. 그리고 게이샤라도 불러 호화롭게 놀다가 취기가 가시기 전에 단애절벽에서 몸을 던지자. 그러는 편이 훨씬 더 멋있다. 그렇지 않으면 설비가 갖춰진 청결한 병원에라도 뛰어 들어가 강한 마음가짐으로 투병 생활에 임해야 할지도 모른다.

나는 허둥대고 있다. 아내가 떠났을 때처럼 또다시 몸 둘 데가 없어졌다. 마치 정수리부터 거꾸로 떨어뜨려진 듯한 심경이다. 기분이 안 좋다. 구역질이 난다. 숙취 때문만은 아니다. 이렇게 더위가 한창일 때 몸 여기저기에서 오한이 느껴진다. 휴식이 필요하다. 줄사다리를 올라가는 도중에 현기증이 덮친다. 그때마다 한순간 위아래를 알 수 없게 되어 하마터면 손을 놓쳐버릴 것만 같다.

그래도 그럭저럭 나무 위의 잠자리로 굴러든다. 똑바로 서 있을 수가 없다. 태풍이 부는 것도 아닌데 몸이 흔들흔들 흔들린다. 구역질이 점점 심해진다. 드디어 온 것인지도 모른다. 드디어 최후의 순간이 다가온 것인지도 모른다. 병세가 악화한 걸까.

하지만 의사가 말해준 증세와는 다르다. 이런 식으로 죽어간다고는 하지 않았다. 실명한 뒤에도 빈둥빈둥 살다가 서서히 죽어간다…… 분명히 그런 설명이었을 것이다. 만약 이것이 나의 말로라고 한다면, 바로 요행이라 할 수 있다. 이렇게 된 이상 그렇게 생각할 수밖에 없다.

시야가 급속하게 닫히고 빛이 점점 사라진다. 그렇다 하더라도 눈 자체가 어떻게 된 것은 아니다. 의식이 멀어진다. 이것은 기절이 아니면 절명일 것이다. 은색 알맹이들이 물맴이와도 비슷한 움직임으로 망막을 열심히 날아다닌다. 뭐가 어떻게 된 건지 전혀 모르겠지만 이것으로 끝이라면 뜻밖의 횡재다.

이왕이면 웃으면서 죽자. 황홀한 미소가 어렵다면 적어도 자조의 웃음 정도는 띠자. 안면 근육이 실룩실룩 경련을 일으키고, 의식의 경련이 점점 심해진다. 기억하는 것은 거기까지다.

오랜 실신이었다. 그리 간단히는 죽지 못했다. 실제로 정신을 잃었던 것은 아마 불과 몇 분이었을 것이다. 그렇지 않으면 몇 초간이었을지도 모른다. 그 후에는 숙면으로 이어졌음에 틀림없다.

나는 아직 이승에 살고 있다. 해가 진데다 소나기가 세차게 쏟아지고 있다. 온몸이 화끈화끈 달아오르는 것은 고열 때문이다. 심한 열이 불사신을 자랑하는 허세까지도 빼앗는다. 이렇게 되는대로 생활하며 건강을 유지할 리는 없다.

비가 내리는 곳에서 알몸으로 드러누워 있으면 필시 기분이 좋을 것 같다. 하지만 온몸이 축 늘어져 움직이려고 해도 움직일 수가 없어 그저 하늘을 보며 드러누워 있을 수밖에 없다. 물참나무 잎이 두꺼운 층을 이루고 있어 빗물 한 방울 맞지 않는다.

닭들이 둘러싸듯이 가지에 앉아 내 얼굴을 가만히 들여다보고 있는데, 걱정스러운 눈빛은 아니다. 마지막 선고를 내리고 싶어 하는 눈이다. 그들이 이상한 소리로 운다고 생각했더니 그게 아니라 실은 자신이 가위눌리는 소리였다.

어딘가 가까운 데에 벼락이 떨어져 묵직한 땅울림 소리가 전해진다. 이왕이면 이 거목을 직격했으면 좋겠다. 굵은 줄기와 함께 나도 두 동강이 났으면 싶다.

어둠 속에서 번개가 가키다케 산을 또렷이 드러낸다. 강렬한 빛이 흩날릴 때마다 주변 일대에 심상치 않은 요기가 떠돈다. 그리고 대단히 음울한 공간에 몸을 두고 있다는 것이 실감된다.

날이 새기를 기다려 가자무라를 떠나자. 약간 열이 있긴 해도 그렇게 하자. 이곳은 죽을 장소로 어울리지 않고, 짐승과 짐승에 가까운 인간의 서식지일 수밖에 없다.

갈 곳이 정해지지 않았어도 아무튼 떠나자. 그렇게 하지 않으면 언젠가 망령들의 독기에 중독되고 말 것이다. 아니, 이미 중독되었는지도 모른다.

어느새 비가 그쳤다. 불어난 강의 물소리가 전해지고 벌레들이 처량한 소리로 울기 시작한다.

내 안도 밖도 불가항력의 요인으로 흘러넘치고 있다. 인간 찌꺼기가 되어버린 듯한 부담감이 고열과 함께 날뛰고 있다. 고향이 뭐란 말인가. 가족이 뭔가. 목숨 따위 내주겠다. 막판에 이르러 대체 무엇에 얽매이고 있는가.

항상심(恒常心)도 유지하지 못하는 사람에게 더럽히고 싶지 않은 말년이 있을 리 없다. 이제 어쩔 도리가 없을 만큼 너덜너덜해진 자신을 아직도 깨닫지 못했는가. 사회는 물론이고, 누구 한 사람 자신을 필요로 하지 않는 처지를 아직도 이해하지 못했는가.

여기 있는 닭들조차 나 없이 살아갈 수 있다. 아직 그것도 모르느냐, 이 낙오자야. 냉큼 결말을 지어라. 여기서 뛰어내리기만 하면 간단히 매듭지어진다. 머리부터 떨어지면 단번에 목뼈가 부러질 수 있다. 하지만 지금의 내게 그런 무모한 용기는 없다. 이렇게 몸을 눕히고 있는 것이 고작이다. 불안감이 넘친다. 마음의 양식이 필요하다.

머리가 열탕처럼 끓어오른다. 그 안에서 억제할 수 없는 생각이 사나운 말처럼 날뛰고 있다. 그것이 생시인지 꿈인지 알 수 없다. 어쩌면 오래된 기억의 단편인지도 모른다.

얼굴이 수척해진 만년의 조부가 보인다. 그런가 하면 베어 쓰러뜨린 나무를 어깨에 짊어지고 산을 내려가는 무렵의 아버지와 그 아버지의 목덜미에 매달려 있는 누이가 보인다. 그리고 절대 길들여지지 않는 야수 같으면서도 아직 마음까지는 뒤틀리지 않은 아우가 바로 그 옆에 있다.

내리막길에 들어선 가운(家運)을 마음에 두고 끙끙 앓은 나머지 일부러 산비탈을 넘어 먼 신사로 참배하러 다니는 어머니의 뒷모습이 어둠 너머로 뚜렷이 떠오른다. 그리고 어머니는 돌연 이쪽을 돌아보며 눈을 크게 부라렸는데, 손에는 쥐약이 든 병이 쥐어져 있다.

비극이 일어날 때면 오히려 마을 전체가 축제 기분이 된 지나간 날들이 이 물참나무 거목 주변을 빙빙 돌고 있다.

　　　　　가자무라에 그 일은 간 떨어지게 놀랄 만큼 큰 사건이었다. 하지만 그 사건의 전모를 알고 싶다고는 생각하지 않는다. 누이를 위해 진상을 철저히 파헤치고 싶다고 생각한 적은 없다.

　누이에게 손을 댄 자가 어디의 누구든, 그 자가 여전히 누범자의 길을 나아가든 이젠 내 알 바 아니다. 나에게 그것은 일고의 가치도 없는 간단한 문제에 지나지 않는다.

　일심동체가 될 상대를 잘못 찾은 남자, 그 사람이 나다. 아내가 떠난 것도 아마 내 잘못일 것이다. 가족에 대한 적절한 배려가 매사에 부족했을 것이다. 아내가 나를 비난한 것은 전혀 잘못이 아니다. 내게 살아가는 원동력이 되었던 것은 아주 흔해빠진, 극히 좁은 세계의 싸구려 공명심일 수밖에 없었다.

　한 기업에서의 내 역할은, 비유하자면 결국 사냥감을 모는 몰이꾼이다. 그토록 게으름을 피우지 않고 두루 살피고, 그토록 고민하고, 그토록 분발했는데도 마지막까지 사수(射手)는 시켜주지 않았다. 그 정도의 대우밖에 받지 못했다.

　그리고 직장을 떠나고 아직 한 달도 채 지나지 않았는데도, 게다가 하고 싶은 대로 모든 것을 할 수 있는 별천지에 발을 들여놓았는데도, 어쩐지 사회에서 따돌림을 당한 사람이 된 듯한 기분이 든다.

어째서인가.

이리하여 집안의 대가 끊어진 것은 확실해졌다. 누이도 아우도 부모에게서 받은 신체발부를 자손에게 남겨주지 못하고 이 세상을 떠났다. 나도 곧 그들의 뒤를 따르려고 한다.

우리는 정답을 얻었는지도 모른다. 각자 형태는 다르지만 적격하지 못한 핏줄을 끊는 데 성공했는지도 모른다. 요컨대 우리는 자신을 인위적으로 도태시킨 것인지도 모른다. 아니면 자연도태라고 해야 할까.

고열이 나를 점점 궁지로 몰아간다. 이대로 어찌할 도리가 없는 데까지 몰아붙이고 마는 걸까. 괴롭다. 몸 자체가 괴롭다. 이 괴로움의 정점에 죽음이 기다리고 있다면 지금은 어떻게 해서든 견뎌야 한다.

아직 초저녁인데도 파랑새가 울기 시작한다. 조류(鳥類)를 넘어선, 희소가치가 있는 그 새는 인명을 경시하는 소리를 산속에 울리고 있다. 넋을 잃고 그 소리를 듣고 있는 중에 또다시 의식이 멀어진다. 이번에야말로 진짜 죽음이 다가오고 있음에 틀림없다.

지금 내게 미련이 남는 것은 하나도 없다. 의식이 급속하게 희미해지고, 삶과 죽음의 확연한 차이가 드러난다. 죽는다는 게 이런 것이었나. 그렇다면 좀 더 일찍 죽었으면 좋았을걸. 게을러터진 육체와 몰인정한 정신을 유품으로 남기고 아직 보지 못한 세상으로 여행을 떠나자.

자, 이제 한 고비만 넘기면 된다.

12

죽지 않은 것을 좀처럼 알아채지 못하고 있다. 알고 싶지 않은 것인지도 모른다. 하지만 나를 비추고 있는 것은 아무래도 이 세상인 듯하다.

기분은 꽤 상쾌하다. 체온도 평상시로 돌아온 것 같다. 해열제의 역할을 해준 것은 죽음에 가까운 숙면이었을까. 아니면 물참나무 거목이 쉴 새 없이 쏟아내는 신선한 산소나 기품으로 가득한 향기였을까.

아무튼 나는 살아 있다. 유감스럽게도 그리 간단히는 죽지 못했다. 몸 여기저기를 만져보니 어디나 싸늘하다. 하지만 시신의 싸늘함과는 다르다. 혈액의 흐름을 실감할 수 있는 것으로 보아 나를 구성하는 것은 틀림없는 생명이다.

시간의 경과를 정확히 파악할 수 없게 되었다. 그로부터 이틀 밤쯤 지난 것으로 생각할 수밖에 없다. 그렇다면 30시간 이상이나 계속 잔 걸까. 이 싸구려 손목시계로는 날짜를 알 수 없다.

예사롭지 않은 공복감에 사로잡힌다. 일어날 에너지도 없다. 손만은 그런대로 움직일 수 있어 오른손을 먹을거리 쪽으로 슬슬 뻗어본다. 손가락 끝에 닿은 것은 캔 맥주다. 하지만 맥주는 한 모금도 마시고 싶지 않다.

야채주스 캔을 움켜쥔다. 사레들리지 않도록 조심하며 천천히 목구멍으로 흘려보낸다. 이건 좋다. 몸이 요구하는 것은 이거다. 마실수록 오장육부 전체가 소생의 기운을 발산한다. 내 몸 전체는 물참나무 잎사귀 색으로 물들어 있다. 몇 겹으로 겹친 가지나 잎 너머에는 구름 한 점 없는 여름 하늘이 한없이 펼쳐져 있으리라. 그리고 동정할 필요 없는 태양이 기막히게 조화로운 만인의 운명을 동등하게 비추고 있으리라. 가시 돋친 뜨거운 바람이 변화무쌍한 다양한 인생을 빠져나간다.

세 번째 주스 캔에 입을 대는 순간 결여되었던 사고력이 부활한다. 맨 먼저 머리에 떠오른 것은 여기를 떠날지의 여부다. 이런 곳에 있는 한, 지금은 죽고 없는 가족에 대한 꺼림칙한 기분이 언제까지고 따라다니는 처지에 놓일 것이다.

또한 무슨 이유인지는 모르겠지만, 가자무라에서 까닭 없는 모욕을 당하고 있는 것 같아 왠지 모르게 마음이 무겁다. 이즈미마치의 경찰들은 아직 이 주변에 얼씬거리며 틀림없이 나를 감시하고 있을 게 뻔하다. 앞으로 한동안은 가만히 있는 편이 나을지도 모른다.

이미 마을 사람 전원이 내가 와 있다는 것을 알고 있다. 아무도 모르게 슬쩍 귀향한 것도, 나무 위에 머무는 것도, 생가를 불태운 것도, 강가에 깊은 구덩이를 판 것도 모두 알고 있을 것이다. 하지만 아우에 대해서만은 모를 것이다. 녀석이 어느새 고향으로 돌아와 목을 맸다는 것도, 그 후에 장남이 그 뼈를 묻어준 것도 모를 것이다.

아니, 그건 어떤지 알 수 없다. 그날그날의 생활에 쫓기면서도 남의 비극은 또 제대로 보는 것이 시골 사람이다. 시치미를 떼는 것은 그들의 상투적 수단이다. 마을을 떠날지 어떨지 결정하지 못하고 있는 자에게 나는 아주 적당한 판단 재료임에 틀림없다. 저런 꼴이 되고 만다면 마을을 떠날 의미가 없다고 그들은 제각기 이야기하고 있으리라.

주민들 대부분이 동요하고 있다는 것은 의심의 여지가 없다. 예전에 댐 건설 문제로 마을이 갈라지는 쓰라린 일을 당한 옆 마을 이상으로 가자무라도 안정되지 못한 나날을 보내고 있다. 도시로 나가 기치를 올리고 싶다는 야망과는 별도로 그들은 이곳에서의 생활이 점차 인간다운 생활에서 멀어지고 있을 뿐이라고 믿고 있을지도 모른다.

무리도 아닌 이야기다. 이렇게 말하는 나도 바로 최근까지 그렇게 생각했고, 지금도 그 생각에 변함이 없다. 가자무라는 살아남기 위한 곳이 아니라 죽어가는 자를 위한 곳이라 단정해도 전혀 이상하지 않다.

깡통에 든 비스킷을 씹으면서 시시한 생각을 한다. 나는 아직 인간으로 살고 있는 걸까. 동물 쪽으로 많이 기울어버린 게 아닐까. 하루가 지날 때마다 수박이나 옥수수를 멋대로 헤적거리며 먹고 가키다케 산으로 돌아가는 원숭이나 멧돼지 같은 존재에 가까워지고 있는 게 아닐까.

그와는 반대로 과거 어느 때보다 인간다운 점을 되찾고 있는 걸까. 이는 도시에서 살았을 때의 육체가 아니다. 좋아하는 것을 좋아하는 만큼 먹는데도 피하지방이 눈에 띄게 줄어들었다. 게다가 고열을 내며 자리에 드러누웠지만 오히려 몸 상태가 좋아져 피로에 시달린다는 자각이 나도 모르게 어느새 사라졌다. 실명은커녕 오히려 시력이 좋아진 것 같은 기분마저 든다.

몸 상태는 의사의 예상을 모조리 뒤집고 있다. 가자무라에서의 이런 터무니없는 나날이 회복의 계기를 주었던 걸까. 그리고 여름이 끝날 무렵에는 완전히 건강을 되찾게 되는 걸까. 설사 그렇다고 해도 덩실거리며 기뻐할 만한 일 같지는 않다. 더 이상 사는 것에 그다지 의미와 가치가 있는 것 같지는 않다.

만년을 안온하게 보낸다고 해서 그게 어떻다는 것인가. 밤낮으로 계속되는 출세를 위한 활약과 일심전력하는 분투에 전혀 의심이 들지 않았던 그 시절이야말로 내 인생의 절정기였는지도 모른다. 당시의 내게는 저도 모르게 쾌재를 부르는 기회가 가끔 있었고 또 미친 듯이 기뻐하는 표정이 잘 어울렸다. 그리고 그 충족감이 장래에도 쭉 계속될 거라는 착각에 빠졌다.

물론 그렇게는 되지 않았다. 누이가 죽고 아우가 경찰에 쫓기게 되자 내 운도 거기서 다하고 말았다. 그 후로는 아무 일도 하지 않은 채 몹시 괴로운 나날을 보내고, 당뇨병에 들볶이며 우울한 남자로 굳어져갔다. 적어도 고열을 내기 전까지의 나는 그랬다. 그런데 지금의 나는 달라져서 몸도 마음도 급속히 변하고 있다. 그렇게 여겨지는 것은 병을 앓고 난 후의 착각에 지나지 않는 걸까.

그럴 리는 없다. 교교한 천지 사이에 흘러넘치는 맑고 상쾌한 기운은 죄다 내 것이다. 구름 위로 우뚝 솟아 웅대함을 자랑하는 가키다케 산도 곳곳에서 소용돌이를 치며 흐르는 맑은 물도, 넓은 지역에 분포해 있는 동식물의 활발한 움직임도 나의 신진대사를 촉진시키는 데 빼놓을 수 없는 존재가 되었다. 요컨대 여기에 이렇게 있는 남자야말로 마음에 꼭 들었던 나인 것이다.

나는 분수를 잘 알고 있다. 인생행로를 잘못 잡은 사람일지도 모르지만 특별히 불행한 신세라고는 생각하지 않는다. 보잘것없는 처지를 부끄러워하는 마음도 없어졌다. 모래를 씹는 듯한 심정……, 가슴이 찢어지는 듯한 슬픔……, 평생 헤어날 길도 없고 설 자리도 없는 듯한 어두운 자각……, 그렇게 너무 진한 그림자는 이제 내 안 어디에도 남아 있지 않다.

현재의 내가 걸치고 있는 것은 땅속에서 한 덩어리의 흙덩이가 되는 능력밖에 없는 살점이 아니다. 예컨대 이것은 낚시의 감동을 얻기 위해 아직도 쓸 수 있는 육체인 것이다.

그렇다, 잉어 낚시를 잊고 있었다. 죽네 사네 하고 떠드는 것은 적어도 한 마리라도 월척을 낚고 나서 하기로 하자. 마을 사람들이 교대로 구경하러 찾아와 나를 웃음거리로 삼든, 시골 형사가 일생 일대의 큰 공적을 꿈꾸며 이 마을 부근을 서성거리든 그런 것은 낚 싯대를 한번 휘두르는 것으로 잊을 수 있는 일이다.

몸에 대해서는 몸에 맡기자. 병인을 없앨 수 없다면 그렇게 할 수 밖에 없다. 그게 제일이다. 삶과 죽음에 양다리를 걸치며 스스로 강 태공인 체하는 것도 꽤 멋지지 않은가. 열심히 살고 싶지도 않을 뿐 아니라 열심히 죽고 싶지도 않은 것이 거짓이 아닌 본심이리라.

드러누운 채 먹고 마신다. 현금과 마찬가지로 식료품도 손이 닿 는 곳에 잔뜩 놓아둔다. 지폐 다발은 비닐봉지에 담겨 웨이스트 파 우치에 들어 있다. 조금씩 아껴 쓰면 몇 년이나 쓸 수 있는 금액이 지만 이즈미마치로 나가 하룻밤에 왕창 써버리는 것도 나쁘지 않 다. 사람들 앞에서 돈을 아낌없이 쓰는 재미도 평생에 한 번은 맛보 고 싶다.

그렇지 않으면 물고기를 유인하기 위해 뿌리는 먹이 대신 오보레 강에 몽땅 처넣는 것도 좋다. 무슨 일이 있어도 가자무라에 기부한 다거나 묘비명을 읽을 수 없게 된 조상의 묘를 다시 세운다거나 하 는 위선적인 짓은 하지 않겠다.

해가 높아짐에 따라 생명력도 기세를 회복해간다. 지금, 이렇게 있는 동안에도 일어나고 있는 자연계의 조용한 갖가지 변이들. 나 도 그 일부다. 아득히 먼 데서 불어오는 이 바람에는 수십 년 전과 조금도 달라지지 않은 도취의 향기가 포함되어 있다.

높이 피어오르는 후끈한 열기에 듬뿍 담긴 이루 말할 수 없는 나른함은 얼마나 멋진가. 여기에 한정하여 말하자면 자연과 인간이 하는 일의 대결은 결말이 났다.

기운이 왕성한 여름새들은 이렇게 노래하고 있다. '이미 충분히 살지 않았나.' 또는 이렇게. '책임을 전가해.' 아니면 또 이렇게. '운명 같은 것엔 그냥 덤벼.'

명심할 정도는 아니지만 그런 노골적인 말에도 일리가 있다. 세상의 거친 파도에 시달리며 다소나마 인간일 수 있었다는 자각은 결국 잘난 체하는 것에 지나지 않는다. 직장인으로서 내가 익힌 것은 남의 가랑이 밑을 기는 것과 부추김에 들뜨기 쉬운 거래 상대를 끝까지 기분 좋게 해서 계약으로 밀고나가는 것……, 기껏해야 그 정도 일이다.

처세에 능하다는 건 분명하다. 하지만 얻은 것에 비해 잃은 것이 너무나도 많다. 그런 탓인지 여전히 입장을 선명히 하는 데까지는 나아가지 않았고, 최후의 결단을 내릴 심경에는 이르지 않았다. 그 때문에 능동적인 행동을 계속하지 못하고 스스로 고립된 나는 삶과 죽음 사이를 왔다 갔다 하고 있을 뿐이다.

물참나무의 잎 표면이 긍정의 반짝임을 발하고 있다. 가키다케 산을 배경으로 늘어선 키 큰 나무는 어느 것이나 장수한 수목으로서의 자신감이 흘러넘친다. 매미의 대합창을 뚫고 오보레 강이 부르는 소리가 여기까지 들리는데, 가만히 귀를 기울이고 있으니 저절로 낚시에 대한 투지가 불타오른다.

튼튼한 낚싯줄을 바위 모서리에 비벼대 끊고 감쪽같이 도망친 교활한 그 잉어……, 곧 코를 납작하게 해주겠다. 낚시에 대한 열정이 해이해진 마음을 일소한다.

높은 하늘을 느긋하게 비상하는 대형 새처럼 내 영혼은 이 세상 전체에 아주 익숙해지고 순조롭게 녹아든다. 인정해주는 사람은 없겠지만 나는 다시 마을 사람들의 일원이 될 수 있다. 이곳의 어느 누구보다도 가자무라의 사정을 속속들이 알고 있는 사람이 바로 나일지도 모른다. 이놈 저놈 할 것 없이 어딘가 미쳤다. 제대로 된 놈이라면 도저히 이런 데서 살 수 없다.

실컷 먹고 마신 후 이쑤시개 대신 가늘고 긴 가지로 이를 쑤신다. 그러고는 줄사다리를 타고 내려가 흉포한 햇빛 속으로 나간다. 땅바닥에서 피어오르는 후텁지근한 공기와 높은 하늘에서 쏟아지는 적외선에 끼어 머리가 어질어질하다. 하지만 그대로 픽 쓰러지지는 않는다.

몸 상태는 나무랄 데 없다. 휘파람을 불며 벼랑에 만들어진 계단을 내려간다. 알몸이 되어 소코나시 강에 허리까지 담그고 물살이 빠른 곳까지 나아가 볼일을 본다. 가자무라의 물은 그쯤 가지고 오염되지 않는다. 설사는 아닌 것 같다. 몸 밖으로 배출된 불필요한 것은 순식간에 내게서 떠나고 그 뒤를 작은 물고기들이 쫓는다. 그 무리를 노리고 이미 안면 있는 사이가 된 뿔호반새가 과감한 다이

빙을 시도한다.

얼마 후 해가 중천에 이르고 기온은 한계까지 상승한다. 경박한 젊은이처럼 피부를 누르스름하게 태우려고 일전에 판 무덤 구덩이 옆에 있는 큰 바위에 드러눕는다. 실눈을 뜨고 태양의 안색을 슬쩍 엿본다. 오늘의 태양은 모든 걸 안다는 듯이 고개를 끄덕인다. 그걸로 됐다고 말해준다.

이는 나를 위한 여름이다. 다른 사람의 기색은 어디에도 없다. 현실로 되돌리는 갑작스러운 방문자는 당분간 없을 것이다. 있다고 해도 별 상관은 없다. 혼자 있어도 이미 죽고 없는 가족에 대한 사모의 정이 더해지지는 않을 것이다.

나는 내 여생에 탄력을 주고 있다. 적어도 일정한 직업이 없는 불안정한 생활로는 보고 있지 않고, 고독하기 그지없는 처지를 특별히 중대하게 보지도 않는다. 하물며 파멸의 길로 잘못 들어 헤맨다는 생각은 더더욱 들지 않는다.

큰대자로 누워 약간 고개를 들고 자신의 몸을 자세히 관찰한다. 그런 식으로 찬찬히 보는 것은 오랜만이다. 불룩하던 배가 얼마간 쑥 들어갔다. 손발의 군살도 빠졌다. 당뇨병 말기에는 살이 빠진다고 들었는데, 아무래도 그런 종류와는 좀 다른 것 같다.

가자무라로 오기를 바란 것은 마음이 아니라 몸이었는지도 모른다. 이 육체는 자신에게 뭐가 부족한지 갑작스럽게 깨닫고 바로 앞까지 다가온 위기에서 탈출하기 위해 나를 대자연의 한복판으로 이끌어준 것인지도 모른다. 사실은 죽기 위해서가 아니라 살기 위해 가자무라로 돌아온 걸까.

그 결과 이상하게도 아우와 재회했고, 녀석의 무참한 시신을 바로 누이 옆에 묻어줄 수 있었다. 좋은 일뿐이지 않은가. 아우와는 그런 식으로 만난 것이 최상이었다고 생각하고 또 그 이외는 생각할 수가 없다. 살아 있는 그 녀석과 딱 마주칠 때의 일을 상상할 때마다 소름이 끼쳤다.

아우와 누이가 사랑하는 사이가 된 것은 숨길 수 없는 사실이었는지도 모른다. 바로 지금 그것을 깨달았다. 몰랐던 것은 나 혼자뿐이었을지도 모른다. 아버지도 어머니도 또 이웃들도 모른 척하고 있었을지도 모른다. 예전에는 근친결혼이 그다지 드물지 않았던 이런 산골이라면, 두 사람의 관계는 세상 사람들에게 얼굴을 들지 못할 심각한 일이 아니었는지도 모른다.

이제 진상은 알 수 없고 알고 싶지도 않다. 그 두 사람이 어떤 인연으로 맺어졌든 그들을 갈라놓은 것은 바로 그 괴상한 사건이다. 성적인 범죄라면 그 전에도 있어왔지만 그렇게까지 끔찍하지는 않았다. 그것은 틀림없이 사형에 상당하는 죄다.

하지만 아귀와 축생보다 못한 가해자는 아직도 잡히지 않았다. 게다가 그놈은 그 후에도 극악무도한 짓을 거듭하고 있는 모양인데, 여전히 해결을 위한 결정적인 증거가 없고 실마리조차 발견되지 않았다.

그렇다고 해서 증오심을 불태우고 있는 것은 아니다. 내게는 나이외의 문제에 이리저리 생각할 여유가 없다. 잉어 낚시에 몰두하는 것만으로도 빠듯하다. 해답을 낼 수 없는 남의 일에 둘러싸이는 일에는 이제 진절머리가 난다. 그게 아니어도 이 세상은 영문을 알수 없는 일투성이다. 반세기 이상 살아도 여전히 자기 자신의 저의조차 파악할 수 없을 만큼 인간이란 으스스한 동물이다.

사람의 마음은 각양각색이다. 유전자가 대체 어떤 구조인지는 알도리가 없지만, 나 개인으로서는 좀 더 산뜻한 존재이고 싶었다. 예컨대 아득히 먼 수해(樹海)를 바라보며 날아가는 새 같은, 적을 만나자마자 딱딱한 뿔을 쳐드는 투구벌레 같은, 활짝 피어 뚝 지는 꽃 같은, 그런 단순하고 명쾌한 목숨을 갖고 태어나고 싶었다.

오후가 되자 저도 모르는 사이에 어떤 감정이 솟아난다. 아무것도 두려워하지 않는 기개가 몸속 깊은 데서 솟아난다. 그 이유에 대해서는 도무지 짐작도 할 수 없다. 체력의 회복만으로는 설명이 되지 않는다.

나는 먹고 마신다. 입에 넣는 것은 모조리 기운의 원천이 된다. 내 입 언저리에 떠오른 것은 아마 당돌한 웃음일 것이다. 자중할 필요는 전혀 없다. 들어가 살 마음이 전혀 없는 폐가에 불을 질러 잿더미로 만들든, 목을 맨 시신을 그 불로 화장하든 무슨 거리낄 게 있겠는가.

일의 발단이 어떻든 그런 것은 이제 아무래도 좋다. 지금은 죽고 없는 가족의 진상에 깊이 들어가는 것은 금물이다. 그것은 사체를 드러내는 것과 같은 정도로 역겹고 지나치게 적나라한 고백을 하는 것에 필적할 만큼 위험하다.

해가 지기를 기다렸다가 낚시하러 가서 오만한 대형 잉어의 콧대를 납작하게 해주겠다는, 지금은 단지 그 일에만 집중해야 한다.

아무래도 오늘은 불쑥 얼굴을 내밀어 나를 동요시키는 귀한 손님이 없는 듯하다. 바라건대 올여름이 끝날 때까지 아무도 나타나지 않았으면 싶다. 앞으로는 대인 관계가 안 좋은 사람으로 일관하고 면회사절을 끝까지 관철하자.

두려운 것은 고독도 아니고 어두운 밤도 아니다. 또한 원망하는 투의 말밖에 하지 않는 망령도 아닐 뿐 아니라 인간의 형태를 한 야수도 아니다. 최대의 공포 대상은 자유자재로 변환하여 출몰하는 소나기구름이다. 소나기에 낚시를 방해받고 싶지 않다.

아무래도 오늘은 비가 오지 않을 것 같다. 가키다케 산의 정상 부근의 대기 흐름을 주의해서 읽으면 알 수 있다. 가자무라 주민이라면 아이들도 그 정도는 안다.

주위가 어두워지기 전에 낚시 준비를 시작한다. 다시 한 번 먹어 배를 채워둔다. 어느새 거친 음식이 되었다. 나는 억지웃음을 지으면서 또 한 사람인 내 자신에게 말을 걸어 명확한 판단을 내려달라고 요구하는 그런 얼간이가 더 이상 아니다.

해가 있는 동안 낚시터에 도착하려고 일찌감치 출

발한다. 저녁놀을 등으로 받으며 오보레 강으로 향한다. 잊고 가는 것이 없는지 생각하며 걸어간다. 모기향, 회중전등, 현금 다발……, 담배가 없다.

담배를 잊어버린 것이 아니라 끽연을 잊고 있었다고 해야 할 것이다. 고열에 시달리며 몸져누운 이후 한 대도 피우지 않았다는 사실을 지금에야 깨달았다. 당장에는 믿을 수 없는 일이지만 사실이다. 좀 더 믿을 수 없는 것은 피우고 싶은 마음도 들지 않았다는 점이다. 그러고 보면 맥주에도 손을 대지 않았다. 마신 것은 야채 주스뿐이다.

병석을 털고 일어나서 그러는 걸까. 그렇지는 않은 것 같다. 나는 변하고 있는지도 모른다. 기적적인 변모를 이루려는 걸까. 거기까지는 어떤지 모르겠지만, 과식과 미식이 화근이 되어 현저하게 생기가 없어진 사람으로부터 벗어나려 하고 있는 것은 분명하다.

이제 나는 술에 취해 추태를 부리는 사람이 아니다. 스스로 퇴로를 끊고 세상을 등진 사람도 아니고, 친척 없는 노인이 되려는 사람도 아니다. 또한 이제 와서 한탄해야 부질없는 일에 언제까지고 휘둘리는 사람도 아니다. 나는 내 몸과 마음에 적합한 산천에서 아무런 부자유도 없는 생활을 하는 사람이다. 더 이상 축복받은 인생은 아닐 것이다.

나는 활개 치며 출생지를 활보하고 있다. 위엄을 갖고 위풍당당하게 고온다습한 공간을 곧장 가로질러 간다. 만약 이런 나를 불쌍하게 여긴다거나 업신여기는 놈이 있다면 그 녀석의 멱살을 잡고 강에 처박아주겠다.

나는 국외자도 아니고 신참자도 아니다. 여기서는 이제 선임자이
므로 아무것도 몰래할 필요는 없다. 그렇다고 포용력이 풍부한 인
물을 목표로 하는 것은 아니다. 인격을 중시하는 기특한 마음 같은
건 전혀 없다. 나는 나의 소심함을 비웃고, 그 외에도 많은 결점을
묵인하고 있다. 그리고 삶에 대한 집착은 여전히 담백하고, 느긋하
게 섭생을 해서 수명을 연장할 생각도 없다.

그렇다고 해서 단념한 건 아니다. 달빛과 강 빛 사이로 나아가는
나는 지금 이렇게 이 세상에 존재하는 것의 설렘을 확실히 체감하
고 있다.

가자무라의 자연이 주는 혜택을 받고 있는 오체에는 자존과 자위
의 힘이 흘러넘친다. 고향 자체가 몰락해감에 따라 산이나 강은 점
점 더 생생해진다. 이곳에는 이제 어처구니없는 유언비어를 퍼뜨리
거나 배타적인 풍습을 유지할 여력이 없다. 나는 그렇게 보고 있다.
요컨대 가장 적당한 시기에 귀향한 셈이다. 그 증거로 부질없이 일
생을 보내고 마는 것이 아닐까 하는 막연한 두려움이 흔적도 없이
사라졌다.

제철이 아닌 때 핀 꽃과 독초로 뒤덮인 사람 없는 광야를 일직선
으로 지나간다. 저녁달이 어렴풋해도 인간과 가축의 영혼에 위해를
가할 것 같은 빛을 지상에 흩뿌린다. 수많은 반딧불이 무리가 하늘
을 떠도는 망자의 혼이 조종하는 대로 우아한 곡선운동을 하고 있
다. 기생개구리가 언제 끝날지 모르는 돌림노래로 여름밤에 흥취를

더해준다.

매끄러운 이동을 되풀이하는 오보레 강의 수면이 어디에서랄 것도 없이 성적인 달콤한 향기를 실어온다. 발밑에 내려다 보이는 오보레 강이 물고기 비늘의 반짝임과 비슷한 아름다운 빛을 발한다. 본의 아니게도 이토록 뛰어난 야경을 인생에 좌절한 내가 독점하고 있다.

그리고 그런 내가 벼랑 앞에서 짐승 사체를 발견한다. 사살된 원숭이라면 어렸을 때 몇 번 봤지만 자연사한 원숭이를 보는 것은 이것이 처음이다. 그 녀석은 풀숲에서 하늘을 향한 채 죽어 있다. 눈은 양쪽 다 뜨고 있고 은하수를 뚜렷하게 비추고 있다.

이렇다 할 외상은 어디에도 보이지 않고, 병에 걸린 것처럼도 보이지 않는다. 또한 그다지 늙지 않았을 뿐 아니라 너무 젊은 것도 아니다. 물을 마시러 오는 도중에 열사병이라도 덮친 걸까.

이상한 것은 사체 특유의 슬픈 느낌이 전혀 떠돌지 않는다는 점이다. 불만족스러운 얼굴도 아니다. 다시 말해 이건 유감스럽기 짝이 없는 죽음이 아니라는 것이다. 죽어야 할 때 죽지 못한 자도 아니고 단명한 자도 아니다. 또한 시골에서 허무하게 죽은 자의 최후와도 크게 달랐다.

이 녀석에게 묘는 어울리지 않는다. 비에 맞고 태양에 쬐이고 벌레나 새에게 뜯기고 박테리아의 먹이가 되어 옥토의 일부가 되어가는 것이 훨씬 더 어울린다. 놀랍게도 이 녀석은 침범하기 힘든 기품을 갖고 있다.

나는 죽은 지 얼마 안 된 그 원숭이를 가만히 들여다본다. 이상하지 않을 수 없다. 마치 좋은 친구라도 얻은 듯한 기분이 든다. 이곳으로 낚시하러 올 때마다 이 녀석과 만날 수 있다고 생각하니 이루 말할 수 없는 평온함을 느끼고 아름답다고까지 느끼는 것은 대체 어찌 된 일일까. 적어도 이것은 지금까지 봐온 죽음 가운데 최상급의 아름다움을 가졌고 성스러움까지 간직하고 있다.

지금까지 좋든 싫든 간에 보게 된 죽은 자들은 모두 변변치 못했다. 왜냐하면 그들은 죽고 나서도 여전히 한결같이 끊기 힘든 애증에 사로잡혀 있었기 때문이다. 차가워지거나 부패했는데도 몸은 손발 끝까지 집요한 원한으로 가득 차 있었다. 그리고 의미 있는 듯한 표정에는 삶에 대한 미련이 노골적으로 드러나 있었다. 세상의 인정에 매달리려 하고 있었다. 그런 그들에게 전별의 인사말은 도움이 안 된다.

그런데 이것이야말로 고매한 죽음의 극치라고 할 수 있으리라. 이것이야말로 미망을 시원하게 끊고 무념무상의 경지로 이끌어주는 완벽한 죽음이리라.

나는 잘못 생각했다. 땅속으로 기어드는, 아무런 멋대가리도 없는 죽는 방식에만 너무 집착해온 것이다. 달빛과 햇빛을 번갈아 받으며 동정 같은 것을 엄격히 거절하면서 천천히 대지에 녹아드는 죽음은 위대하다. 길가에 쓰러져 죽는 것이 이렇게까지 수준 높은 것이라고는 일찍이 알지 못했다.

이 짐승은 심장이 정지한 후에도 여전히 동물로서의 고집을 굽히지 않는다. 산기슭에 비치는 석양 속에서 안면은 생기와 품위를 유지하고 있다. 생활의 활기를 잃자마자 벌써 죽을상이 나타난 어딘가의 누군가와는 천양지차다.

이런 처지가 된 명확한 사정에 대해서는 모르지만 그냥 이대로 내버려두자. 묻어주는 건 당치도 않다. 날이 저물어 주변이 어슴푸레해질 때까지 나는 죽은 원숭이 옆에 서 있었다.

한없이 정적인 여름밤이 찾아온다. 별빛이 달처럼 밝게 보이는 한밤중에 벌떡 일어난 나는 벼랑 끝까지 나아가 눈 아래 오보레 강을 내려다본다. 이 도도한 물결을 독점할 수 있는 사람은 낚시꾼 말고는 없을 것이다. 그리고 낚시꾼은 나 혼자다.

오늘 밤에는 그 개도 없을 뿐 아니라 개의 주인인 도롱이벌레 남자도 없다. 그러므로 시야에 들어오는 이 물의 성지는 죄다 내 것인 셈이다.

달빛이 강바닥까지 닿는다. 모래섬 앞의 깊은 곳에서 새까맣게 모여 있는 것은 어군임에 틀림없는데, 한 마리 한 마리의 크기로 볼 때 황어는 아닐 것이다. 수많은 잉어 무리임에 틀림없다. 아무리 그래도 이 많은 수는 뭐란 말인가. 게다가 아직도 여기저기에서 속속 모여들고 있다. 모일 만큼 모였는데도 이동할 기색을 보이지 않는다. 이것이 잉어의 습성인 걸까.

만약 그런 거라면 내게는 무척 다행스러운 일이다. 이렇게 간단한 낚시도 없다. 무리 한가운데에 낚싯바늘을 던져두기만 하면 되니까. 내가 그곳으로 갈 때까지 제발 흩어지지 말았으면 싶다.

원숭이 같은 몸놀림을 기분 좋게 자각하면서 나는 벼랑을 내려간다. 그러고는 사용하는 사람이 없어진 작은 배를 타고 조용히, 하지만 되도록 서둘러 노를 젓는다. 가슴이 두근거리는 것을 확실히 느낄 수 있다. 떠밀려갈 것을 계산하여 뱃머리를 약간 상류로 돌린다.

아마 낚고 싶은 대로 실컷 낚을 수 있는 하룻밤이 될 것이다. 아니면 한 마리 낚는 순간 다른 잉어들은 모조리 흩어지고 마는 걸까. 그래도 상관없다. 엄청나게 큰 놈 한 마리만 잡으면 충분하다. 오늘 밤이야말로 혼자서는 도저히 다 먹을 수 없을 만큼 큰 놈을 잡을 것이다.

조급해지는 기분을 억누를 수가 없다. 이런 흥분은 몇 년 만일까. 어둠속에 허옇게 떠오른 모래섬이 점점 다가온다. 눈처럼 보이기도 하는 바슬바슬한 모래 물가에 작은 배가 소리 없이 얹힌다. 사냥감에게 들키지 않도록 세심한 주의를 기울이며 그쪽으로 한 발 한 발 다가간다.

풀숲 뒤에서 재빨리 낚시 준비를 한다. 떡밥을 만드는 것이 꽤 힘든데, 초조해서 좀처럼 알맞은 정도로 단단하게 뭉쳐지지 않는다. 낚싯대 끝에 방울을 다는 것은 그만두자. 되도록 쓸데없는 소리는 내고 싶지 않다. 아마 낚싯바늘을 던져 넣기만 하면 바로 입질을 할 것이므로 방울 같은 것은 필요하지 않을 것이다.

마음에 걸리는 것은 경단 모양의 떡밥으로 감싼 낚싯바늘이 수면에 떨어질 때 나는 소리다. 되도록 낚싯대를 살며시 휘둘러야 한다.

등을 구부리고 물가로 다가간다. 벼랑 위에서라면 잉어의 움직임이 손에 잡힐 듯이 보이겠지만 여기서는 수면밖에 식별할 수가 없다. 달빛 아래의 오보레 강이 낚시를 방해하고 있다. 하지만 바로 앞쪽에 있다는 것을 너무나도 잘 알 수 있다. 그만한 숫자의 잉어가 단시간에 흩어지는 일은 있을 수 없다.

가능한 한 자세를 낮추고 낚싯대를 든다. 낚싯줄의 길이와 낚싯바늘의 위치를 다시 한 번 확인하고 나서 천천히, 게다가 일정한 속도와 강도를 유지하고 커다란 원호를 그리며 낚싯대를 휘두른다. 낚싯줄이 줄줄 풀려나가며 릴의 회전음이 한바탕 이어지더니 예상한 위치보다 먼 데서 물보라가 인다. 물소리가 과장되게 울린다.

처음부터 상황이 좋지 않다. 하지만 그런대로 다시 던지지 않아도 될 성싶다. 느슨한 낚싯줄을 팽팽히 하려고 얼마간 되감는다. 언제 입질이 와도 좋도록 그대로 낚싯대를 쥐고 있다.

뭐가 특별히 어떻다는 것은 아니지만, 저번과는 상황이 꽤 다르다. 같은 시각에 같은 장소에서 낚시를 하는데도 어딘지 모르게 분위기가 다르다.

그리고 느닷없이 입질이 온다. 약한 입질이지만 쉴 새 없이 계속된다. 그렇다고 황어의 입질은 아니고, 잉어가 낚싯바늘을 삼켰을 때의 감촉과도 확연히 다르다. 생각건대 물고기가 너무 많아 낚싯줄에 부딪치는 모양이다.

눈이 익숙해지자 수면 위로 드러난 등지느러미가 보인다. 그것이 여기저기에서 소용돌이를 만든다. 잔물결로 보였던 것은 사실 잉어들이 미친 듯이 격렬하게 움직여서 생긴 물의 움직임이었다. 평소에는 신경이 예민한 잉어도 산란 계절이 되면 경계심을 내팽개치고 미친 듯이 날뛴다고 한다. 아버지가 해준 그런 이야기가 떠오른다.

하지만 지금은 봄이 아니다. 아니면 잉어는 초봄만이 아니라 한여름에도 저렇게 미친 듯이 날뛰는 걸까. 잉어들은 혼란에 빠져 있다. 활발히 움직이긴 하지만 아무리 시간이 지나도 떡밥에는 흥미를 보이지 않는다. 낚싯줄에 톡톡 부딪치기만 할 뿐 전혀 반응이 없어 조바심이 난다.

수가 수라서 낚는 것보다는 그냥 낚아채는 것이 손쉬울지도 모른다. 그렇게 생각하며 일단 낚싯줄을 감아 미끼를 떼고 그냥 낚싯바늘만 던져 넣는다. 너무 가벼워 멀리 날아가지 않아 낚싯봉을 더 큰 것으로 바꿔 다시 던진다. 이번에는 잘 되어 상당한 거리를 날아간다. 이제 세차게 되감기만 하면 된다. 딱딱한 낚싯바늘 다발이 그 정도의 기세로 물속을 이동하면 반드시 잉어 한 마리는 찌르게 될 것이다.

곧바로 턱하니 뭐가 걸린다. 잉어의 배나 꼬리지느러미에라도 걸렸음에 틀림없다. 낚싯줄이 팽팽해지고 낚싯대가 확 휜다. 그런데 얕게 걸렸는지 밀고 당기기를 얼마 하지 않았는데도 모처럼의 긴장감이 갑자기 날아가 버린다. 놓친 것 같다.

나는 발을 동동 구르며 분해 한다. 하지만 포기하는 일은 없다. 이제 막 시작했을 뿐이다. 몇 번이라도 해주겠다. 이렇게 되면 이제 낚시라고는 말할 수 없지 않을까 하는 그런 꺼림칙함을 느끼면서 지나치게 거칠고 촌스러운 낚시를 속행한다. 그만두고 싶어도 그만둘 수가 없다.

이제 형식 같은 건 아무래도 좋다. 그런 것에 집착할 솜씨는 아닐 것이다. 초심자 단계에서 중요한 것은, 방법이야 어쨌든 간에 한 마리라도 낚아보는 일이다. 지금은 아직 진정한 낚시의 묘미를 몰라도 된다. 그런 것은 경험을 거듭하는 중에 저절로 알게 될 것이다.

던져서는 되감고 되감고는 다시 던진다. 그때마다 뭔가 반응이 있다. 하지만 결과는 좋지 못하여 간신히 상대가 보일 것 같은 데까지 끌어당길 수는 있어도 도중에 낚싯바늘이 빠지고 만다.

나잇값도 못하고 그런 일에 정색하고 덤벼들고 있는 자신이 재미있다. 자신의 실력을 과대평가하며 현실 사회에 몸을 두고 전도유망한 나날을 붙잡으려고 애를 쓰던 무렵의 나보다 지금의 내가 몇 배나 좋다. 잘만 되면 낚시에 열중함으로써 마음의 빚이 차감되어 제로가 될지도 모른다.

또다시 릴의 회전이 멈춘다. 이번 입질은 굉장하다. 묵직하고 확실한 감촉. 낚싯바늘 두세 개가 한꺼번에, 그것도 아주 깊숙이 박힌 것임에 틀림없다. 아주 거칠게 당겨도 빠질 것 같지 않다. 이번에는 괜찮을 것이다.

이 순간을 기다렸다. 이렇게 된 이상 약삭빠르게 밀고 당기기를 할 필요는 없다. 사소한 일에 집착하는 것은 그만두자. 억지로 감아서 힘껏 끌어올리기로 하자. 이런 경우를 위해 가장 굵은 낚싯줄로 바뀠으니까. 어설프게 밀고 당기기를 즐기려고 하다가는 저번처럼 또다시 줄이 끊어질지도 모른다.

아무리 그래도 너무 묵직하다. 터무니없는 중량감이다. 그렇다고 해도 내 힘이 약간 더 세서 확실히 끌려오고 있다. 땀투성이다. 온몸의 근육과 신경이 모조리 이 호쾌한 낚시에 참여하고 있다.

나는 건강하다. 다리와 허리가 약해졌다고 여겨지지 않을 만큼 활력이 넘쳐흐른다. 잠시도 쉬지 않고 마지막까지 버틸 모양이다. 피의 흐름이 빨라질수록 귀중한 경험을 하고 있다는 자각이 더해진다. 55년의 경험을 다 더해도 지금의 이 충실감에는 훨씬 미치지 못할 것이다.

저절로 웃음이 새어 나온다. 심하게 야비한, 거의 폭력적이기도 한 웃음이 내게서 폭발적으로 터져 나온다. 하지만 나는 이 웃음이 아주 마음에 든다. 이거야말로 무슨 일이나 웃어넘길 수 있는, 또한 자신이 한 일을 모르는 체할 수 있는 웃음이다. 마음이 아주 든든해진다.

나는 계속 웃는다. 극약을 마시고 몸부림치며 괴로워하다가 죽은 어머니를 떠올리며 웃는다. 여자로서 한창 나이가 지났을 무렵에 참살당한 누이를 생각하며 웃는다. 도피하는 나날에 완전히 지쳐버려 아무도 살지 않는 생가에서 목을 맨 아우를 상상하며 웃는다. 아직도 정착할 땅을 만날 수 없는 나 자신을 생각하며 웃는다. 그리고 그런 자신을 내버려둔다.

어깻죽지 언저리부터 저려오기 시작한다. 팔은 그렇다 치고 과연 허리가 버텨낼 수 있을까.

그래도 릴을 돌리는 손은 늦출 수 없다. 이미 상당한 길이의 낚싯줄을 되감았기 때문에 적은 바로 앞까지 왔을지도 모른다. 지금이 낮이라면 진작 보였을 것이다.

그렇지만 아무래도 낌새가 이상하다. 낚싯줄을 통해 전해오는 찌르르 하는 진동이 전혀 느껴지지 않는 것은 대체 어찌 된 걸까. 그렇게 의심한 직후에야 나는 내가 살아 있는 것을 상대로 하고 있지 않다는 사실을 알아챘다. 시험 삼아 릴의 회전을 멈춰본다. 생각했던 대로 당기는 힘이 없다. 이것은 낚시가 아니라 내가 일방적으로 끌어당기고 있었을 뿐이다.

물살에 떠내려가는 나무라도 걸린 걸까. 실망이다. 체력과 기력이 한꺼번에 빠져나간다. 낚싯대를 내던지고 그 자리에 쭈그리고 앉아 헐떡이는 숨이 진정되기를 기다린다. 낚싯줄은 언제까지고 축 늘어져 있고 낚싯대는 같은 장소에 나뒹굴고 있다.

자조의 표정을 자각할 수 있다. 이렇게 얼빠진 실수를 하는 일이 나에게 무척 어울리는 것 같다. 그래도 상대가 잉어라고 믿었을 때의 감동은 정말 진짜였다. 그 충실함을 얻을 수 있다면, 이 일에 기가 꺾이지 않고 수백 번이라도 수천 번이라도 도전해볼 가치는 있을 것이다.

나는 아직 밤의 입구에 섰을 뿐이다. 엄청난 수의 잉어 무리는 여전히 바로 코앞에서 우글거리고 있어 수면이 울퉁불통 물결치고 있다. 좀 더 즐기자. 이런 실패까지 포함한 낚시를 마음껏 즐기자. 아무리 얼빠진 낚시라도 저속한 곳에 출입하며 울적함을 달래는 것보다는 훨씬 낫다. 다른 사람은 모르겠지만 나는 그렇게 생각한다.

인간과는 이제 접하고 싶지 않다. 어느 누구의 눈치도 살피고 싶지 않고, 세상에 협조할 생각도 없다. 연일 인파에 시달리고 조바심을 내며 목소리를 높이고 끝내는 정신적으로 피곤해지는 생활은 이제 넌더리가 난다. 나는 지옥에서 살아 돌아온 사람이다. 이 세상에서의 이런 입장을 충분히 즐기자. 차분히 자리 잡고 낚시에 전념하자. 자신을 잊고 빨려드는 일은 좀처럼 없다.

정신을 차리고 다시 한 번 낚싯대를 쥔다. 그리고 서서히 낚싯줄을 감기 시작한다. 끌어올릴 수 없을 때는 낚싯줄을 끊을 수밖에 없다. 그런데 낚싯바늘 여러 개에 걸린 것은 천천히 움직이기는 하지만 확실히 이쪽으로 다가온다. 그뿐 아니라 그 뒤를 잉어 무리가 따라온다.

족히 수백 마리나 되는 잉어의 등지느러미나 꼬리지느러미가 모여들어 커다란 소용돌이를 만든다. 얕은 여울로 다가옴에 따라 그들의 움직임이 명확해진다. 그들은 앞을 다투어 그 소용돌이의 중심으로 다가가려고 한다. 중심에 이른 잉어는 더욱 그 속으로 파고들려고 한다. 무엇에 매료된 걸까.

호기심에 사로잡힌 채 계속해서 낚싯줄을 감는다. 머지않아 희끄무레한 덩어리가 보인다. 잉어가 정신없이 쫓고 있는 것은 바로 그것이다. 그것이 소용돌이의 원천이어서 1미터 전후의 큼직한 잉어 여러 마리가 그것에 들러붙어 있다. 정체불명의 그것은 어류나 짐승과는 다른 인상이다.

점차 커지는 물소리에 쭈우쭈우 하는 소리가 섞여 있는데 잉어입이 그것을 빨고 있는 탓이다. 그 소리를 듣는 중에 나는 정체의 절반을 알아챌 수 있었다. 아니, 나머지 절반도 알았지만 인정하고 싶지 않을 뿐이다. 인정하지 않을 수 없게 된 것과 동시에 나는 낚싯줄 감기를 중단한다. 하지만 이미 때늦어 그것은 벌써 물가에 이르고 말았다.

별난 것을 먹는 잉어들은 마치 뱀장어처럼 몸을 구부리며 여전히 들러붙어 떨어지지 않으려고 한다. 이제 감흥이 일어나는 단계는 지났고 나는 무서워 소름이 끼친다. 터무니없는 사실에 기겁한다. 예전에 그런 것을 목격한 적이 없었다면 일단 그렇게 빨리 파악할 수는 없었을 것이다. 아마 망가진 마네킹의 일부라고 생각했을 것이다.

실제로 예전에 봤을 때도 경찰이 설명해 주었는데도 모조품으로만 보였다. 어디서 어떻게 봐도 실제 사람의 다리라고는 믿을 수가 없었다. 누이의 다리라는 것은 더더욱 그렇게 선뜻 인정할 수가 없었다. 15년 전에 일어난 그 희유한 사건이 순식간에 되살아난다. 비참한 모습으로 돌아온 누이…… 수수께끼의 죽음을 당한 누이…… 당시의 광경이 또렷이 떠오른다.

그런데 어찌 된 일인지 나의 혼란은 일단 진정된다. 엉겁결에 눈을 돌리거나 황급히 그 자리를 떠나지 않고 놀랄 만큼 침착함을 되찾는다. 아무튼 두 번째 경험이어서 그럴 것이다.

나는 눈 한번 깜박하지 않고 냉정하고 차분하게 관찰한다.

그때와 모든 게 똑같다. 젊은 여성의 왼쪽 다리는 넓적다리 위쪽 끝부분이 굉장히 예리한 것으로 싹둑 절단되었다. 물에서 끌어올려져 공기에 접했기 때문에 쉰 듯한 악취가 진동한다.

얼굴이 없어도 그 사람이 누구인지는 짐작이 간다. 형사가 보여준 사진 속의 아가씨가 분명하다. 그녀는 이 근처 어딘가, 가자무라의 어딘가에서 산 채로 몸이 잘리고 나서 쓰레기처럼 오보레 강에 던져졌을 것이다. 부근 일대를 샅샅이 찾으면 또 하나의 다리도, 그리고 다른 부위도 발견될 것이다.

잉어가 소용돌이를 만들고 있는 곳은 또 다른 곳에도 있다. 달이 그곳을 선명하게 비추었다. 그러나 아무리 꼼꼼히 찾아도 양쪽 유방과 성기만은 발견할 수 없을 것이다. 누이의 경우는 그랬다. 지금의 나는 눈초리가 치켜 올라간 강인한 얼굴이 되어 있을 것이다. 그때도 그랬다.

나는 흠칫흠칫 다가간다. 낚시용 가위로 낚싯줄을 절단한다. 이어서 낚싯대 끝부분으로 그것을 밀어 깊은 곳으로 돌려보낸다. 낚싯대가 물렁물렁해진 살덩어리에 푹푹 박힌다. 잉어 무리가 일제히 그 뒤를 쫓아간다.

내가 할 수 있는 일은 그 정도다. 이제 허둥지둥 돌아가, 오늘은 운수 사나운 날이라고 생각할 수밖에 없다. 눈에 들러붙은 하얀 지방덩어리가, 강 복판으로 배를 띄워도 사라지지 않는다.

　낚시 도구를 모조리 격류에 내던진다. 아무리 노를 저어도 배가 나아가지 않는다. 언제까지고 멈춰 있는 것처럼 생각되어 견딜 수가 없다. 파랑새가 나를 대신하여 절규해준다. 그래도 아직 나는 반신반의 상태로 악몽의 연장이라 단정하고만 싶다.

13

  그로부터 벌써 사흘이 지났다. 하지만 사흘 동안 이 물참나무 위에서 술에 곯아떨어져 있었던 것은 아니다. 낚시를 중간에 내팽개친 그날 밤, 작은 배를 타고 물가에 닿자마자 공포가 단숨에 심해졌다. 두려움에 머리털이 곤두섰다는 표현이 결코 과장이 아니라는 것을 몸으로 실감했다.

  아마 나는 절규하면서 질주했을 것이다. 죽은 아우를 발견했을 때보다 도망치는 발걸음은 더욱 빨랐을지도 모른다. 어디를 어떻게 지났는지 전혀 기억나지 않는다. 정신을 차리고 보니 엄청난 기세로 광차를 달리고 있었다. 달리고 달려도 처참한 광경이 따라왔다.

  가자무라는 귀신의 소굴이다. 그것이 내가 내린 결론이었다. 하지만 누군가를 특정하고 내린 답은 아니었다. 불특정 다수의 마을 사람들을 가리켜 그렇게 말했을 뿐이다.

땅이 사람을 일그러뜨린다. 나 자신도 이상해지고 있다. 어느새 인간의 변종이라는 범주를 넘어서버렸다. 거목을 보금자리로 삼고, 자기 전용의 무덤 구덩이를 파고, 생가에 불을 질러 자살한 아우의 시신을 태웠다. 제대로 된 사람이 할 짓이 아니다.

그리고 가자무라에는 나보다 몇 배나 이상한 사람이 있다. 이루 말할 수 없는 괴물이다. 정신의 좌표축이 완전히 망가진 놈이다. 여자를 독이빨로 물려고 소리 없이 풀숲을 기어가며 사냥감을 노리는 뱀 같은 남자다. 그놈에 비하면 성도착자는 정말 순진한 존재다.

하지만 그놈이 어디의 누구든 전혀 엮이고 싶지 않다고 생각했다. 나는 그저 자신에게 남겨진 목숨을 나 혼자만을 위해 불태우고 싶을 뿐이다. 그러므로 설사 가족이 밀접하게 관계되어 있는 중대한 일이었다고 해도 내 알 바는 아니다. 경찰에 신고하는 일도 피하고 싶다.

더 이상 가자무라에 휘둘리는 것은 질색이다. 내 인생을 방해한 것은 바로 가자무라다. 상경하여 새로운 생활을 처음부터 시작하고 인생을 단단한 궤도에 올리려고 노력을 거듭하며 한계까지 분투했는데 가자무라는 계속 내 발목을 잡았다. 그것도 최악의 방식으로…… 가혹한 처사를 당한 나는 출세에서 멀어지고 아내에게 버림을 받아 결국 일어설 수 없게 되고 말았다.

애초에 고향에서 조용히 죽을 수 있다고 생각한 것 자체가 큰 잘못이었다. 안이한 생각이었다. 오래 집을 비운 동안 가자무라에 대한 판단이 잘못되고 말았다. 무기력함이 정을 찾고 해이한 마음이 타향을 떠도는 것의 공허함을 깨우쳤다. 가자무라 역시 현실 덩어리로 이루어져 있다는 당연한 사실을 깜박 잊고 있었다.

       광차에서 내리고 나서 모두 잠들어 고요해진 이즈미마치를 잰걸음으로 가로질렀다. 너무 서두른 나머지 신발이 몇 번이나 벗겨졌고 그때마다 뒤를 돌아보았다. 그래도 눈에 보이지 않는 누군가에게 추적당하고 있는 것 같았다. 등 뒤에서는 끊임없이 인기척이 있었는데 그 녀석은 분명히 나를 가자무라로 데려가려고 했다.

   그렇게는 못하게 하려고 나는 역으로 도망쳐 들어가 그대로 마지막 열차에 뛰어 올랐다. 행선지는 어디든 상관없었다. 가자무라 냄새가 나지 않는 곳이라면 어떤 시골구석이라도 좋았다.

   야간열차는 어둠 속으로, 속으로 나를 데려갔다. 차창 너머에는 마네킹처럼 하얗고 육감적인 아가씨의 다리가 어른거리고, 그것은 누이의 다리와 하나로 뒤섞여 내게 다가왔다. 아우의 얼굴도 열차와 같은 속도로 따라왔다. 목에 로프를 건 채 위협하는 듯한 어조로 뭔가 소리치고 있었다. 그러나 누가 뭐라고 하건 아우의 뒤치다꺼리를 할 생각은 없었다. 녀석은 녀석이고 나는 나였다.

   이윽고 나는 승객이 거의 없는 기차 안에서 무시무시한 잠에 빠져들었다. 실제로는 한숨도 못 잤는지도 모른다. 날이 샐 때까지 한숨도 못 자고 좌석에 드러누워 있었는지도 모른다. 그리고 기차는 나를 도시의 아주 탁한 아침 속으로 아무렇게나 내팽개쳤다.

　도시는 여전히 분주했다. 여기도 저기도 먼지가 많고 사람들은 그저 자신을 잃지 않으려 하는 것이 고작이었다. 그리고 나는 순식간에 그들 무리로 다시 돌아가 콘크리트 세계에 녹아들었다.

　그렇게 생각하고 세면대의 거울로 확인했다. 그런데 거기에 비친 것은 각오하고 있던 것보다 초라하지 않은 나였다. 주위에 북적거리는 다종다양한 인간상의 그 누구와 비교해도 결코 뒤지지 않았다. 요컨대 나는 여름 한 철 만에 변했던 것이다.

　그곳은 잘 아는 도시였다. 올여름이 시작될 때까지 그곳이 내 생활의 터전이었고 세상의 모든 것이기도 했다. 끊임없이 사행심을 자극해오는 그곳에서 나는 실컷 놀아났고 복종을 강요당했으며 타인의 지시로 움직였다.

　출세의 발판을 얻으려고 앞뒤 가리지 않고 일했고 감정 표현을 한도까지 억눌러 말을 얼버무렸으며 내가 나 자신이 아니게 되기 위해 수많은 나날을 보냈다. 그 결과 모든 것을 잃고 맥없이 물러나는 비참한 결말을 맞이하고 말았다.

　잃기만 한 삼십 몇 년이었다. 좋으리라 생각하고 한 일이 모두 기대에 어긋난 전반생(前半生)이었고, 그것은 아직도 여전히 꼬리를 끌고 있었다. 예전에 살던 집 앞에서 나는 망설였다. 아니, 처음부터 도망갈 준비를 하고 있었다. 요컨대 그대로 척척 천 수백만 명 속으로 섞여드는 일은 도저히 할 수 없을 것 같았다.

　그렇게 생각한 나는 일단 역 구내에 있는 카페로 도망쳐 들어갔다. 커피나 토스트를 입에 대는 것은 오랜만이었다. 하지만 특별히 맛있다고는 생각되지 않았고 또 건빵이나 통조림 식사가 너무 형편 없다고도 생각하지 않았다. 다만 수많은 사람들이 우글거리는 것이 너무나 신기했다. 내 시선은 특별히 아무렇지도 않은 주위 사람들의 움직임을 일일이 좇고 있었다.

아무래도 귀향이 나를 바꿔버린 모양이다. 어디가 어떻게 변했는지 잘 모르겠지만, 아무튼 단기간에 도시형 인간이 아니게 된 것은 사실이었다.

몸도 마음도 흙이나 물이 보이지 않는 조망을 몹시 싫어했다. 이런 곳 어디에도 자신의 몸을 둘 곳이 없다고 생각했다. 느긋하게 쉴 만한 다다미 한 장 크기의 공간도 없었다. 비즈니스호텔이나 캡슐 호텔이나 값싼 공동주택 같은 데서는 이제 잠을 잘 수 없을 것 같은 나로 변해버렸다.

그리고 물참나무의 보금자리가 무턱대고 그리워졌다. 하지만 가자무라로 돌아갈 마음은 전혀 없었다. 비슷한 지역이라면 다른 데도 얼마든지 있을 것이고, 그곳으로 가면 된다고 생각했지만 아무래도 엉성한 생각이었다. 나 같은 사람을 위한, 마치 조수(鳥獸) 보호구역 비슷한 공간이 그렇게 흔한 것은 아닐 것이다.

역의 넓은 구내를 발길 가는 대로 걸으면서 나는 계속 망설였다. 험상궂은 남자가 대낮에 몹시 취한 모습을 드러내고 있다. 한창 나이의 여자들이 계단 아래에 모여 뭔가 갖고 싶은 듯한 눈을 반짝반짝 빛낸다. 출근이 늦어진 직장인들이 선 채 우유를 단숨에 들이켠다. 그들의 눈은 다 죽어 있다.

매점의 늙은이가 하는 일 없이 오래 사는 것의 공허함을 온몸으로 드러내고 있다. 일정한 재산이 없는 사람들의 바닥을 알 수 없는 비애가, 풀가동하는 에어컨이 뿜어내는 냉기와 열기에 농락당한다. 거기에는 사람과 상품의 타락이 넘쳐난다. 그리고 초목이 너무나도 부족하다.

역 밖으로는 한 발짝도 나가지 않았다. 겨우 세 시간쯤 그곳에 있었다. 역 구내에 있는 이발소에 들르고 나서 곧바로 다시 도시를 떠났다.

이발을 하는 중에 나이가 지긋한 이용사가 "첫 상경이신가요?" 하고 물었다. "처음인 것 같은 기분이 듭니다" 하는 것이 내 대답이었다. 그 후 온몸이 떨리는 것이 멈추지 않을 만큼의 공포를 느끼고 허겁지겁 도망쳐 왔는데도 다시 고향 쪽으로 향하는 기차를 타고 말았다.

하지만 이즈미마치를 목표로 한 것은 아니었다. 이즈미마치를 지나 좀 더 멀리 갈 생각으로 그 기차에 뛰어 올랐다. 그런데 역에서 파는 도시락을 먹고 캔 맥주 네다섯 개를 마셨을 무렵에는 행선지 같은 건 아무래도 상관없는 일이 되어버렸다. 그리고 취기가 좀 가셨을 때는 이즈미마치 역 바깥에서 고개를 푹 숙이고 있는 해바라기와 함께 잠시 멈춰 서 있었다. 햇볕이 쨍쨍 내리쬐는 가운데서 우두커니 서 있었다.

더워서 긴장이 풀린 듯한 나는 또 한 사람의 나를 향해 소리쳤다. '말릴 필요 없어!'라고 외치고 있었다. 그때 내 머리에 있었던 것은 낮 동안이라면 가자무라로 돌아갈 수 있을 것 같다는 사실이었다.

그러나 확실히 해가 지고 어둠이 설치기 시작하면 모두 허사로 돌아간다. 설사 보름달이 둘씩이나 뜬다고 해도 밤중에 그런 곳으로 돌아갈 배짱은 없었다.

그래서 서둘러 장보기를 마쳤다. 식료품이며 뭐며 몽땅 광차에 싣고 나서 아주 초조해하며 출발했다. 그리고 콘크리트가 전혀 보이지 않고 생기에 넘치는 동식물로 가득 차 있는 산골마을로, 속속들이 알고 있는 고향으로 빨려들어 가듯이 돌아갔다.

왜 손도끼 같은 걸 구입했을까? 충동적으로 산 것은 아니었다고 생각한다. 왜 그렇게 위험한 물건을 허리에 차고 싶어진 걸까? 낚시를 그만두고 이번에는 벌목꾼 흉내라도 낼 생각인 걸까.

그 묵직한 강철 덩어리는 걸을 때마다 넓적다리에 부딪혔는데 부딪힐 때마다 내게 용기를 주었다. 그리고 현금 다발과 마찬가지로 한시도 떼어놓지 않는 물건이 되었을 뿐더러 또한 쉬지 않고 휘두르며 끊임없이 등 뒤를 확인하게 되었다.

가자무라는 아무 일도 없었다. 그곳에는 오를 데까지 오른 조용한 여름이 드러누워 있을 뿐이었다. 모든 것이 폭염에 뭉개져 있었고 이해할 수 없는 것은 하나도 없는 것처럼 보였다.

밝혀져야 할 사건이나 미궁에 빠진 사건……, 그런 기미조차 없었다. 밤낮으로 계곡을 조금씩 깎아내고 있는 강은 그저 입을 꾹 다물고 있고 범죄의 증거가 되는 흔적을 삼킨 채 모른 체하기로 작정하고 있다.

녹초가 될 것 같은 더위가 끔찍한 사건의 중핵을 흐릿하게 만든다. 줄줄 흐르는 땀을 팔로 훔치면서 눈앞에 펼쳐지는 푸른 들판을 바라보았을 때 나는 이런 실감을 얻었다. 세상이 아무리 넓다고 해도 진심으로 마음을 가라앉힐 수 있는 곳은 여기밖에 없다. 이 고장과의 관계는 이제 악연이라 생각하고 체념할 수밖에 없다. 그런 생각이 강하게 들었다. 어느새 나는 마음 내키는 대로 이리저리 주거를 옮길 수 있는 나이가 아니다.

30킬로그램 이상의 짐을 짊어지고 물참나무 보금자리에 당도했을 때 이상한 안도감이 느껴졌다. 줄사다리를 올라 나무 위로 몸을 옮기자 삼림 한쪽 구석에서 조용히 살고 있는 투구벌레 한 마리라도 된 듯한 기분이 들었다.

요컨대 뭐가 어찌 되었든 손발을 마음 편히 뻗을 수 있는 곳은 이곳밖에 없다는 것을 실감했다. 그것은 전도유망함을 여실히 암시할 만큼의 행복은 아니어도, 틀림없는 사실은 행복의 일종임은 분명하다는 것이다. 야생화해 얼마간 날 수 있게 된 닭들이 지켜보는 가운데 세상을 떠나는 것도 나쁘지 않다고 생각했다.

다행히 그날 밤은 예상했던 것처럼 끔찍한 하룻밤이 되지는 않았다. 험악한 공기가 흐를 여지가 없을 만큼 가자무라는 조용하고 평화로웠다. 짙은 어둠은 점차 느낄 수 없게 되었고, 중대한 사건에 관한 확실한 증거도 희미해지고 있었다.

오보레 강에 다가가지만 않는다면 문제는 없을 거라고 생각했다. 뇌우는 없고 도깨비불이 어지러이 나는 일도 없으며 젊은 여자의 절규가 산 속에 메아리치는 일도 없었다.

깊은 밤, 파랑새가 울기 시작했다. 자못 인간 세상의 슬픔을 알고 있는 듯한 소리로 울었다. 정감을 듬뿍 담은 그 울음소리는 내 마음을 움직였다. 영혼 자체까지 뒤흔들었다. 그리고 나는 숨이 끊어질 듯이 슬픔에 잠겨 마냥 울고 싶은 충동에 몇 번이나 사로잡혔다.

그 후 만 이틀 동안 나는 지면으로 내려가지 않았다. 지상 5미터 높이에 있는, 대략 한 평 남짓한 평면에서 수십 시간을 연속해서 보내며 하루 종일 명상에 잠겼다. 어쩌면 망상에 휘둘렸을 뿐이었는지도 모른다. 볼일을 볼 때도 지면으로 내려가지 않고 소코나시 강 위로 뻗어 있는 굵은 가지로 가서 새와 같은 방식으로 배설했다.

생각건대 그것은 무슨 일이 있어도 아등바등하지 않기 위한 연습이지 않았을까. 그렇게 해서 의젓한 자세를 취하는 버릇을 들이고 싶었는지도 모른다. 아니면 이 세상에서의 말썽을 강 건너 불구경하듯이 호기를 부림으로써 자신의 입장을 좀 더 고차원적인 것으로 만들려고 한 걸까.

이상하다고 하면 이상한, 태평하다고 하면 태평한 생활이었다. 그러는 동안 누구의 모습도 보이지 않았다. 또한 나의 거동을 감시하는 듯한 마을 사람도 나타나지 않았다.

내가 목격한 것은 막 알을 깨고 나온 새끼가 둥지에서 떨어지는 장면과 아직 경험이 일천한 배고픈 어린 곰이 쓰러진 나무의 껍질을 북북 벗겨내는 장면, 그리고 오색구름이 길게 뻗은 동쪽 하늘에 빛이 비치는 장면……, 그 정도였다.

잘 잤다. 밤낮 구별 없이 조금씩 잤다. 잘 때마다 물참나무가 내게 친숙해졌고, 눈을 뜰 때마다 나는 물참나무에 녹아들었다.

몸 상태는 더할 나위 없이 좋았다. 절구통 같았던 허리가 홀쭉해졌다. 눈도 전혀 문제가 없었는데, 부옇게 흐려 보이기는커녕 예전처럼 침침하지도 않았다. 굳이 흠을 말하자면 너무 잠귀가 밝아진 일이다. 아무리 사소한 변화도 놓치지 않는 예민함이 오히려 성가시게 느껴졌다.

오감 전부만이 아니라 육감까지도 예민해졌다. 그리고 두뇌는 세속적인 것에 거의 사용되지 않게 되었다. 아니, 그건 거짓말이다. 그럴 리 없다. 나처럼 교육에 의해 변화될 가능성이 결여된 성실치 못한 사람이 자기만의 욕심을 모두 버리는 방향으로 나아갈 리는 없었다.

아니면 약간은 그쪽으로 다가간 걸까. 만약 그렇다고 한다면 이제 곧, 그리 멀지 않은 장래, 있을지 없을지도 모를 만큼 미미한 내 여생은 커다란 변혁을 이룰지도 모른다. 그런 예감이 관성 바퀴가 되어 현재의 나를 지탱하고 있다.

사흘 만에 나무에서 내려온 나는 딱딱하기도 하고 부드럽기도 한 지면을 힘껏 밟는다. 요즘은 가뭄이 이어져 걸을 때마다 흙먼지가 피어오른다. 그래도 소코나시 강의 수량은 그다지 줄지 않았다. 가키다케 산이 안고 있는 풍부한 복류수는 여전히 가자무라의 싱싱한 8월을 보기 좋게 유지하고 있다.

나무 위에서 지낸 사흘 동안 배가 아주 단단해졌다. 지금 그것을 확실히 자각할 수 있다. 나는 아무것도 두려워하지 않는다. 아무것도 두려워하지 않으며 고향의 모든 것을 받아들이기로 하고, 보고 듣는 모든 것을 있는 그대로 다 인정하기로 했다. 이 지방의 풍습이 다소 좋지 않더라도 그런 것은 별 문제가 아니다. 가자무라만큼 내게 어울리는 곳은 없다. 아무래도 나는 가자무라에 홀린 모양이다.

가자무라는 내게 명쾌한 목적을 가져다주었다. 그렇다고 커다란 잉어를 낚아 올리는 일 같은, 아무래도 좋은 일은 아니다. 나무 위에서 생활하며 얻은 결론은, 당뇨병 환자치고는 실로 확고하고 대단한 답이었다. 무엇을 해야 할지 지금만큼 분명히 깨달은 적은 없다. 그 증거로, 우리 집을 연달아 덮친 비극에 대해 근원으로 거슬러 올라가 논할 수 있다.

불연성(不燃性)이었던 내 마음은 어딘가로 사라졌다. 이도 저도 아닌 모호한 태도는 이미 먼 과거로 빨려 들어갔다. 두 가지 의미로 이해되는 그럴싸한 이치로 시시덕거리고 만사에 소극적이던 나는 깨끗이 소멸했다.

하지만 일대 결심을 한 것은 틀림없을 것이다. 지금까지의 내게 반기를 든 나는 소코나시 강으로 첨벙 뛰어들어 한바탕 헤엄쳐 쌓인 때를 씻어낸다. 하지만 이는 부정한 몸을 깨끗이 하는 행위와는 정반대에 위치하는 헤엄이다. 장밋빛으로 물든 애달픈 황혼 속에 있어도 내 기세가 꺾이는 일은 없다. 꺾이기는커녕 욕망을 억제하는 것을 일체 그만두고 어리석은 짓을 하는 기쁨에 몸이 떨린다.

일찍이 한 번도 본 적이 없는 새롭게 태어난 내가 급류를 거슬러 양손을 번갈아 뻗으며 힘차게 헤엄쳐 나아간다. 어찌할 도리가 없는 못된 생각이 내 안에서 싹튼다. 그것도 좋겠지.

노년기의 우울에 잠긴 채 완전히 생기를 잃고 시들어 돼지는 것보다는 그러는 편이 훨씬 낫다.

만일의 경우에 대한 마음의 준비는 진작 되어 있다. 누이와 같은 일을 겪은 어딘가의 아가씨 같은 경우도 이제 방치해둘 수 없는 문제가 되어버렸다. 애초부터 경찰을 의지할 생각은 없다. 손익을 도외시하고 그런 일을 하려는 사람은 나 말고는 없을 것이다.

달이 뜨기를 기다려 나는 나간다. 거무스름한 색의 긴 소매 셔츠와 청바지에 스니커즈라는, 활동하기 쉽고 눈에 띄지 않는 복장으로 강을 따라 간다. 허리에 찬 손도끼 소리가 나지 않도록 가죽집 틈에 종이를 끼워 넣었다.

1킬로미터쯤 하류로 내려간 지점에서 벼랑을 내려가 바위에서 바위로 통나무를 걸쳐 놓았을 뿐인 허술한 다리를 지나 건너편으로 간다. 일을 서두를 필요는 없다. 초조하게 굴면 실수를 저지르고, 더군다나 돌이킬 수 없는 처지에 빠진다. 이런 일은 신중에 신중을 기해야 하고 멋대로 추단하는 것은 위험하다. 아우와 같은 실수를 되풀이하고 싶지는 않다. 녀석은 노발대발하다가 결국 큰 실수를 저질렀다.

하지만 이런 일에 분노는 빼놓을 수 없다. 분노 없이 할 수 있는 일이 아니다. 이런 나여도 맹렬히 타오르는 불처럼 화를 낸 일은 있다. 그 정도의 감정은 갖고 있으며, 결코 정서 결핍증은 아니다. 뱃속에서 불끈불끈 솟아나는 분노는 이제 내 행동의 핵심을 이루고 있다.

이렇게 말해도 상관없다.

생각건대 이는 쏟을 곳이 없는 분노가 아니다. 목표가 정해졌을 때는 한꺼번에 폭발하는 분노다. 하지만 아직 그 시기가 아니며, 적어도 오늘 밤은 아니다. 이번에는 어디까지나 예비 조사 정도로 그치고 정찰 이상의 행위는 하지 말기로 하자.

이렇게 말은 하지만 되어 가는 형편에 달렸다. 충분한 확증을 얻어, 일을 하기 위한 조건이 모두 갖춰지면 갑자기 싹튼 용맹심에 마음이 움직여 당장이라도 적의 본거지를 치는 기습을 감행할지도 모른다.

나는 강력한 심호흡을 한다. 그러고는 솎아베기를 하지 않은 울창한 솔송나무 숲으로 헤치고 들어간다. 눈이 어둠에 익숙해지기를 기다려 서서히 발걸음을 빨리 한다. 어둠의 농도가 일정하지 않아 달빛이 어렴풋이 닿는 희미한 곳을 골라 나아간다. 방향은 어림하고 있어서 길을 잃는 일은 없을 것이다.

마음에 걸리는 것은 그 개다. 이 급사면과 마찬가지로 만만찮은 놈이다. 길들여질 상대가 아니다. 그런 놈에게 들키면 성가셔진다. 아무리 발소리를 죽여도 내 체취로 알아차릴 것이다. 이번에 들키면 그냥 지나가지는 않을 것이다. 위협하는 소리도 내지 않고 느닷없이 등 뒤에서 덮쳐올 것이다. 그리고 내 후두부 깊숙이 엄니를 박아 넣을 것임에 틀림없다.

그래도 상관없다. 물론 그런 최후를 바라지는 않지만, 만약 그렇게 된다면 정말 우리 가족에게 어울리는 방식의 죽음이라고 할 수 있다. 내가 무사하든 아니든 그런 것과는 상관없이 우리 집의 혈통은 확실히 끊어지는 길을 걷고 있다. 그래도 상관없다고 생각하는 나에게 죽는 방식을 가릴 자격은 없다.

불안이 앞선 날들과는 어느새 인연이 끊어졌다. 불행에 빠지는 생활에는 이제 신물이 난다.

크고 작은 슬픔에 빠지는 것은 이제 지긋지긋하다. 이대로 얌전히 죽어서는 저세상에서 누이나 아우를 만날 면목이 없다. 그래서는 너무나도 마음이 괴롭다. 남보다 두 배는 이기적일 내가 지금은 그런 걸 진지하게 생각하고 있다.

확실히 나는 변했다. 조금이라도 아우의 가슴속을 헤아릴 수 있게 되었다. 아니, 조금 정도가 아니다. 아우의 기개에 깊이 감동하고 있는 상태다.

너무 조용하다. 내게는 흐르는 물소리만 들려오고 파랑새는 침묵하고 있으며 개의 거친 숨소리도 없고 풀피리 소리도 들려오지 않는다. 기억에 착오가 없다면 이곳은 개인이 소유한 숲이 아니다. 먼 옛날부터 가자무라 공유의 토지로 등록되어 있을 것이다. 그러므로 내쫓길 이유는 없다. 그런 이치 따위가 개에게는 통용되지 않겠지만 개 주인은 이해해줄 것이다.

머지않아 집의 불빛이 보인다. 문등의 알전구와 거실의 형광등 불빛이 돌담을 비춘다.

틀림없이 초심자가 쌓았을 돌은, 가자무라에서는 드문 단층집 구조의 조그만 집을 빙 두르고 있다. 아마 짐승의 침입을 막기 위해서일 것이다. 아니면 거주자의 심적 울타리를 겸하고 있는지도 모른다. 아니면 또 좀 더 다른, 상상을 초월한 목적이 있을지도 모른다.

저번과 같은 심한 습기가 느껴지지 않는 것은 요즘 들어 소나기가 끊긴 탓이다. 그건 그렇다 해도 이 정도로 건강하지 못한 장소는 없을 것이다. 그날 밤 방문했을 때와 똑같은 의문이 인다. 왜 이런 곳에서 대대로 살고 있는 걸까. 좀 더 양지바른, 좀 더 평탄한, 좀 더 통풍이 잘 되는, 그리고 좀 더 편리한 곳은 얼마든지 있을 텐데, 왜일까.

의문은 더욱 발전한다. 가장 풀 수 없는 것은 수입원이다. 이 집에서는 어떻게 생계를 유지하는 걸까. 논밭과 삼림을 조금 갖고 있다고 해봐야 제대로 된 생활을 할 수는 없다. 최소한의 생활을 하는데도 현금이 필요할 텐데 말이다.

농업과 임업만으로 생계를 유지할 수 있었던 것은 반세기나 전의 이야기다. 게다가 이 집에서는 자리를 보전하고 있는 병자까지 있다. 아니면 이런 데서 살면 그럭저럭 살 수 있게 되는 걸까. 우리들이 금전에 너무 기대는 걸까.

돌담 군데군데에 구멍이 뚫려 있는 것은 통풍을 위해서일 것이다. 그 하나에 얼굴을 갖다 대고 슬쩍 내부를 훔쳐본다. 그곳에는 저번과 조금도 다르지 않은 광경이 있다. 가키다케 산에 자생하고 있는 난초와 식물만 심어놓은 뜰. 게다를 벗어놓은 섬돌. 빗물이 고일 만큼 닳은 덧문 밖의 툇마루. 활짝 열린 장지문. 바다색을 연상시키는 모기장. 얇은 이불에 종말증(終末症)의 몸을 뉘고 있는 노파.

완전히 늙어빠진 여자는 천장을 본 채 미동도 하지 않는다. 하지만 자고 있지 않고 일종의 이상한 눈빛으로 천장을 노려보고 있다. 살아 있다는 증거로, 이따금 눈을 깜박인다. 또한 콧날에 높낮이가 있어서 층이 져 보이는 인상적인 코가 몇 번에 한 번꼴로 방 안의 공기를 다 빨아들여버릴 듯이 엄청나게 깊은 호흡을 한다.

머리맡에서 허무의 반사광을 발하고 있는 것은, 병자가 누운 채 물이나 약을 마실 수 있게 만든 긴 부리가 달린 주전자다. 방 안쪽에 놓인 불단의 일부가 보인다. 벽에 걸려 있는 사진은 이 집안의 지난 가장들의 초상일 것이다. 그 밖에는 아무것도 보이지 않는다. 요강도 변기도 없다. 그다지 중한 병이 아닌 걸까. 도저히 그렇게 보이지는 않는다.

집 안이나 밖이나 깨끗이 정리되어 있다. 농가치고는 구석구석까지 청소가 되어 있고 거름 냄새도 나지 않는다. 난초와 바위를 솜씨 있게 배치한 뜰도 촌사람 취향의 저열한 취미에서 나온 것이 아니라 상당한 미의식의 소유자가 품과 시간을 들여 가꾼 것임에 틀림없다.

노파의 얼굴도 한계까지 바짝 마르기는 했으나 가자무라 사람으로는 보이지 않는 기품이 감돌고 있다. 적어도 안이한 길만을 선택하고 싶어 하는 자의 분위기는 아니고, 그렇다고 해서 인간미가 없는 고고한 사람으로도 보이지 않는다.

그런 그녀가 낳아 기른 아이가 사람으로서의 본분을 현저하게 일탈한, 헤아릴 수 없는 가학성을 띤 어른으로 성장했다니……, 과연 그런 일이 있을 수 있을까.

주변의 산골 마을에 비해서 이곳이 유달리 음란한 풍조가 심한 고장은 아니다. 또 그렇다고 해서 가자무라가 진지하고 고지식한 사람들로만 이루어진 곳도 아니다.

애초에 인간은 불가해한 동물이다. 지금까지 내가 경의를 표해온 사람들 대부분은 결국 겉만 번드르르한 이들이었다. 55년이나 살며 30여 년간 대도시의 한복판에서 욕망에 뒤얽힌 일을 계속해왔는데도 아직 사람 보는 눈에 자신을 갖지 못하고 있다. 그런 점에서는 쓸데없이 나이만 먹은 셈이다. 나 자신에 대해서도 거의 모르고 있는 형편이다.

실제로 작년 여름의 내가 올여름의 나를 상상할 수 있을까. 이런 데서 이런 일을 하고 있는 자신이 지금도 믿어지지 않는다. 타인에 대해 참견하지 않고 살아온 내가 이번에는 밤중에 남의 집을 엿본다. 그리고 물참나무 위에서 미루어 짐작한 일의 진위를 확인하려한다. 요컨대 자신의 몸만 신경 쓰며 조용히 죽음을 맞이하려는 예정에 대폭 변경을 가하고 있다.

불안해서 전전긍긍하던 내가 굉장히 원시적인 호기심을 돋우고 있다. 파괴적 언동의 메시지가 가슴속에서 날뛴다. 이제 이런 나를 막을 수 있는 사람은 아무도 없다.

물론 간단히 결정할 문제는 아니다. 하지만 충분히 생각하고 하는 일도 아니다. 이는 가슴속 깊숙한 데서, 의식의 맨 밑바닥에서, 이성의 저 안쪽에서 부글부글 치밀어 오르는 의지의 힘이 도저히 미치지 못하는 강렬한 마음의 작용에 의한 것이다.

나는 내가 아닌 것이 되고 있다. 아니면 정말 진정한 나를 되찾고 있다. 아무튼 나는 이 신선한 나에게, 이 뻔뻔스러운 나에게, 당치 않은 이 일에 빠져들려는 나에게 도취되었다.

이런 경우 몇 가지 문제를 분리하여 생각하는 것은 좋지 않다. 내 가족이 이렇게 되어버린 주된 요인은 단 하나다. 우리의 불행과 비극은 틀림없이 거기서 파생되었다는 엄연한 사실에서 결코 눈을 돌려서는 안 된다. 사명감과도 비슷한 뭔가가 내 안에서 부글부글 끓어오른다. 이는 버럭 화를 내는 일시적인 분노와는 사정이 다르다.

        풀피리의 주인은 집에 없는 듯하다. 개도 없다. 그들은 오늘 밤에도 그곳, 그러니까 소코나시 강과 미즈나시 강이 합류하는 강가로 나간 걸까. 그리고 가지가 보기 좋게 뻗은 소나무에 매달려 도롱이벌레 흉내 내기를 즐기고 있을까.

   들은 바에 따르면 그의 아버지는 호우를 멈추게 할 만큼의 신통력을 갖고 있었다고 한다. 물론 속임수를 쓴 게 뻔하다. 만약 사실이었다고 해도 그 이상야릇한 능력을 아들이 그대로 물려받았는지 어떤지는 알 수 없다. 병자 한 사람도 어떻게 할 수 없는 사람이 비를 멈추게 할 수 있을까. 얼핏 봤을 때 이 노파가 전보다 건강해진 것으로는 도저히 보이지 않는다.

   집에는 지금 늙은 병자 한 사람밖에 없는 걸까. 아무리 봐도 그밖에 인기척이 없다. 침입하기에는 절호의 기회일지도 모른다. 이번 기회에 반드시 확인해두고 싶은 것이 있다. 집 안이 아니라 뒤쪽에 있는 블록으로 지은 작은 건물에 흥미가 생겼기 때문이다.

   그 작은 건물에는 창이 하나도 없고 철문에는 투박한 자물쇠가 달려 있다. 헛간은 아닐 것이다. 축사도 아닐 것이다. 자물쇠가 잠겨 있지 않으면 좋을 텐데, 하고 생각하며 돌담을 따라 주의 깊게 이동한다.

   나는 진심이다. 세상에는 내버려둘 일이 있고 내버려둘 수 없는 일이 있다. 이 경우는 분명히 후자다. 그리고 내버려둘 수 없는 일에는 늘 사람을 매혹하는 마력이 숨어 있다. 이쯤에서 착종된 마음을 정리하고 개운해지고 싶다. 그런 생각이 단숨에 강해졌다. 내가 어떻게든 생각하고 있는 바를 그대로 놔두는 것도 확실히 현명한 선택지일 것이다.

하지만 나는 어째서 이것에 대해서만은 그렇게 생각하지 않고 왜 흑백을 가리려 할까. 그렇게 하지 않으면 죽으려야 죽을 수가 없다. 내가 생각해도 정말 대단한 기세다.

가자무라에는 극악무도한 짐승이 살고 있다. 그놈은 간혹 다른 지역에서 흘러들어와 곧 또 다른 지역으로 흘러가는 녀석이 아니었다. 그놈을 낳은 것은 바로 가자무라일 수밖에 없다. 경찰의 견해는 어떤지 모르겠지만 나는 그렇게 보고 있다.

잉어 낚시용 바늘에 그런 것이 걸렸을 때부터 내 머릿속은 터무니없이 자극적인 발상으로 기울어져 간다. 그 추리가 나 자신의 역린을 건드려 이상하리만큼 뜨거운 피가 체내를 빙빙 돌아다니기 시작했다.

그러나 믿어 의심치 않아버리는 일만은 충분히 삼가야 한다. 과연 나에게 시간적 여유가 있는지 어떤지 모르겠지만, 그래도 여전히 초조해하는 것은 금물이다. 머리를 식히고 의문점을 하나하나 따져나가야 한다. 우선 이 집을 살펴보는 일에서부터 시작하자.

문은 닫혀 있다. 사방에 주의를 기울이며 돌담을 훌쩍 뛰어넘는다. 그 가벼운 몸놀림에 자신도 놀란다. 한 달 전에는 불가능했던 일을 지금은 아주 간단히 해치운다. 옛집에 돌아온 것만으로 체력까지 변해버렸다.

　　남의 집에 잠입한 나는 잠시 아연히 뒤뜰 한구석에 멈춰 서 있다. 자신이 하고 있는 일이 아직 믿어지지 않는다. 발밑에는 난초 꽃이 온통 만발해 있다. 여전히 개가 있는 기색은 없다. 숨을 멈추고 기는 듯이 나아간다.

　　전기 계량기를 살펴본다. 50암페어 계약을 하고 있었는데, 일단 일반 가정에서는 필요 없는 전력이다. 회전 원판이 빙빙 돌고 있다. 굵은 전선이 주사위 모양의 작은 건물 안으로 들어간다.

　　그 작은 건물로 다가간다. 역시 어느 각도에서 봐도 창이 없다. 껄끔껄끔한 감촉의 벽면을 꼼꼼히 살펴보지만 틈조차 없다. 그리고 강철 문에는 단단히 자물쇠가 채워져 있었는데 예상했던 것보다 훨씬 튼튼한 자물쇠여서 밀어도 당겨도 꿈쩍하지 않는다.

　　오늘 밤에는 어쩔 도리가 없다. 전용 도구를 지참하고 다시 올 수밖에 없다. 특히 이렇다 할 수확도 없이 돌아가는 것은 아쉽다. 하지만 너무 깊숙이 추적하는 것은 금물이다. 상대에게 들키지 않고 확증을 얻어야 한다.

　　다시 돌담을 뛰어넘어 급사면을 미끄러져 내려간다. 어렸을 때의 몸놀림이 되돌아온다. 나를 쫓아오는 자는 없다. 그 개가 어딘가에 숨어 기다리고 있는 게 아닐까, 하고 의심했지만 아무 일 없이 소코나시 강까지 내려올 수 있었다.

맥이 풀려 이대로 얌전히 보금자리로 돌아갈 생각은 들지 않는다. 아직 여력이 있다. 아무것도 정하지 않고 발길 닿는 대로 걸어보자. 이 정도의 달빛이라면 충분히 돌아다닐 수 있다.

일단 오보레 강 쪽으로 가보자. 그렇게 하면 풀피리를 불던 사람과 그가 키우는 개를 만날 수 있을지도 모른다. 그 녀석은 또 강 수면으로 뻗은 가지 끝에 로프를 이용해 매달린 채 방울 소리를 내고 있을지도 모른다.

내일 밤의 나는 어떨까 모르지만 오늘 밤의 나는 무서울 게 없다. 무슨 일이든 필사적으로 부딪칠 담력으로 흘러넘친다. 손도끼를 휴대하고 있어서가 아니다. 연약한 여자밖에 손댈 수 없는 성격 이상자 한두 명쯤, 난도질당한 변사체 한둘쯤 만난다고 무슨 일이 있겠는가. 한없는 원한을 가슴에 품은 정년 퇴직자의 저력을 보여주겠다. 아직까지 벌을 면하고 있는 녀석을 결코 용서해서는 안 된다.

환희의 여름 하룻밤이 완전히 그럴 마음이 된 나를 자기편으로 품는다. 달에 들뜬 기세로 나는 목숨을 걸 대상을 진심으로 찾고 있다. 결국 그것을 찾아낸 듯하다. 때로 틀리기도 하는 직감도 이번만은 틀림없는 것 같다. 전후 사정에 비춰 확인해보면 그렇게밖에 생각되지 않는다. 일의 어려움과 쉬움을 불문하고 나는 복수에 내 한 몸 바칠 생각이다.

죽여도 성에 차지 않을 놈이다. 그리고 얄보기 힘든 상대다. 녀석은 교묘하게 범죄의 흔적을 숨기며 그로부터 15년 동안이나 시치미를 떼고 가자무라를 자유롭게 돌아다니고 있다. 게다가 그동안 희생자는 착실히 늘어났다. 늘쩡거리게 그날 하루를 보내고 있는 현지 경찰은 아마 과거를 속속들이 들춰낼 만한 전과자만 눈여겨보았을 것이다. 그런 얼간이 같은 놈들에게만 맡겨둘 수는 없다.

이는 내 사건이고 내 일이며 내가 해결해야 할 문제다. 이 사적 제재에 직장인 시절의 대분투를 훨씬 뛰어넘는 만족할 만큼의 활약을 하고 싶다. 그렇다고 해서 사람의 외관만으로 판단해서는 안 된다. 그런 것은 충분히 알고 있다. 아우나 경찰을 대신하여 선전포고하는 것은 확증을 잡고 나서다. 또한 녀석을 교수형 이상의 극형에 처하는 것은 더욱 확신을 하고 나서의 일이다.

현재 내 머리를 가득 채우고 있는 것은 나이에 걸맞은 생각은 아니다. 어리석은 행동을 거듭하는 나날이라는 간단한 범주에는 도저히 들어가지 않는, 대단히 어이없는 행위일 것이다. 하지만 마음 내키지 않는 일이 아니라 오히려 그 반대다. 대체 무엇을 위한 귀향이었는지 이제야 비로소 알았다. 누이가 불러서였다.

가자무라를 뒤흔든 사건의 진상을 파헤친다는 뜬구름을 잡는 듯한 이야기가 여기에 와서 갑자기 현실성을 띠었다. 예삿일이 아닌, 피가 들끓는 것을 느낀다.

강력범이고 지능범이기도 한 녀석은 바로 내 근처에 있다. 녀석은 내가 토해낸 공기를 들이쉬고 나는 그 녀석이 토해낸 공기를 들이쉬고 있는 것인데, 나는 아직 녀석에 대해 거의 알지 못한다. 녀석의 아버지를 아주 조금 알고 있을 뿐이다. 그는 탈속적인 생활을 하는 뚱한 사람이었다는 것 정도밖에 기억에 남아 있지 않다.

더구나 그의 아들은 얼굴조차 모른다. 모르기는 해도 상상은 된다. 명석한 두뇌와 광인의 핏줄을 가졌으며 평소에는 지극히 얌전하지만 때로는 눈에서 소용돌이치는 일을 겪는 놈임에 틀림없다.

기분이 일변한다. 어느새 가슴속의 구름과 안개가 말끔히 걷힌다. 이 상쾌한 기분의 정체는 뭘까. 분노가 이토록 기분 좋은 것인 줄 여태껏 알지 못했다. 중죄를 범할지도 모르는 자신에게 두려움을 갖거나 반발을 느끼거나 하는 일은 전혀 없다.

이렇게 되는 것은 필연적인 기세일까. 결심의 색이 희미해지는 것과 동시에 정신은 분노에 비쳐 진홍색으로 물들고 육체는 노화현상을 한동안 정지시킨다.

사람 없는 들판을 걷는 나는 울며 겨자 먹기로 단념하는 것이 장기인 사람이 더 이상 아니다. 언제든지 반격으로 나올 수 있는 자이고 훌륭하게 죽어 사후의 영예를 남길 기회를 진심으로 엿보는 자다.

목숨을 이을 수단……, 그런 것은 필요 없다. 지상에 존재하는 허다한 동물 중에서 나만큼 진심을 다하고 열심히 노력하는 자는 없을 것이다. 그 정도로 힘을 낼 수 있는 것은 지금이야말로 인생의 한창때이기 때문이다.

기생개구리가 울먹이는 소리를 골짜기에 울리고 있다. 쏙독새는 미움 받을 소리를 지껄이는 것밖에 모른다. 군생지에서 슬슬 파란 꽃을 피우기 시작한 솔체꽃이 귀향자에게 보내는 호의가 생생하게 느껴진다. 포물선 운동과 비슷한 움직임으로 날아다니는 반딧불이는 가족 없는 사람의 심적 간극을 메워주고 있다. 그리고 파랑새는 마치 위험을 예감한 듯이 가만히 숨을 죽인다.

나는 발길을 멈추고 길가에 쓰러져 죽은 원숭이 시체를 내려다본다. 이 녀석과는 두 번째 대면인데 여전하다. 무성한 여름풀 한복판에 하늘을 보고 나자빠진 채 눈을 부릅뜨고 별천지인 하늘을 노려보고 있다. 부패는 확실히 진행되고 있는데, 아마 땅바닥에 직접 닿는 등 쪽은 이미 절반은 흙이 되었을 것이다.

하지만 그래도 내게는 여전히 의미 깊은 존재가 되고 있다. 요컨대 모범적인 죽음인 것이다. 그 얼굴은 할 수 있는 일을 모두 해낸 자의 얼굴임에 틀림없다. 적어도 자업자득의 기미는 털끝만큼도 느낄 수 없다.

죽은 원숭이를 등지고 오보레 강 앞에서 몇 겹으로 겹친 산들을 바라본다. 밤치고는 상당히 멀리까지 내다보인다. 도롱이벌레 남자는 보이지 않고 그의 애견도 보이지 않는다. 또한 모래섬 건너편의 물 흐름이 느린 곳에 새까맣게 모여든 잉어 떼도 보이지 않는다. 따라서 오늘 밤은 나 혼자만의 천하다. 이런 나라면 망령의 충고도 일소에 부칠 수 있고, 재앙으로 죽게 하려는 원령 따위도 물리칠 수 있을 것이다.

정말 그럴까. 이 지역은 지금까지도, 앞으로도 그 범죄자를 위한 왕국이 아닐까. 이미 오랫동안 가자무라는, 정기적으로 아가씨를

채가서 지옥의 고통을 당하게 하며 즐기는 놈의 지배하에 있다. 그
녀석은 계속해서 절대적인 가해자다. 그리고 그 밖의 마을 사람들
은 늘 잠재적인 피해자이다. 끔찍한 것은 당사자 말고는 누구도 그
사실을 모르고 있다는 점이다.

　그 녀석은 우리 일가를 파멸로 내몰았다. 녀석의 너무나도 뒤틀
린 성벽 탓에 전멸의 쓰라림을 당하고 말았다. 누이나 아우나 어머
니만이 아니라 나까지 역경에 빠지고 말았다. 그런 녀석에게는 엄
벌을 내려야 한다. 녀석은 지금 어디서 뭘 하고 있는 걸까. 하늘에
가득한 별 아래서 시치미를 뗀 얼굴로 배회하고 있는 걸까.

　유달리 큰 유성이 은하수를 가로지른다. 수면에도 또렷이 비쳤
다. 반딧불이가 오늘 밤에도 격렬한 교합을 거듭한다. 낮의 여열이
그들의 생식 작용을 한층 활발하게 한다. 올빼미가 통째로 삼킨 쥐
의 털이나 꼬리를 한 덩어리로 토해낸다. 여우가 언제 맞닥뜨릴지
모르는 사냥감에게 들키지 않도록 발소리를 죽이며 이동한다.

　생명 있는 것은 모두 거칠고 난폭해야 한다. 그렇지 않으면 순식
간에 옆에 있는 다른 생명의 희생물이 되어 난폭한 취급을 당할 것
이다. 당하기 전에 죽인다. 당하면 되갚는다. 있는 힘을 다해 철저
히 해치운다. 이것이야말로 이 세상에 살아남기 위해, 이 세상에 존
재할 증거를 얻기 위해 필요불가결한 철칙이다.

　우리의 가자무라를 점유하고 있는 어두운 그늘의 지배자를 어떻
게 해서든 타도하고 결단코 배제해야 한다. 우쭐해져서 그런 짓을
계속하면 끝내 어떤 처지에 빠지는지를 뼈저리게 느끼게 해주어야

한다. 나만의 방법이기는 해도 형제 모두가 실패한 실수는 하지 않을 생각이다. 내가 하는 이상 그 점에 소홀함은 없다.

나는 고함을 친다. 자신도 깜짝 놀랄 정도로 사나운 소리를 가자무라 전체에 내지른다. 선전포고의 의미를 담아 목청껏 외친다. 산이나 골짜기나 강에 부딪쳐 증폭되어 되돌아온 우렁찬 외침 소리는 아마 녀석의 귀에도 들렸을 것이다.

이어서 나는 허리에 찬 손도끼를 잽싸게 뽑는다. 온갖 증오를 다 담아 손도끼를 휙 내리쳐 험악한 빛을 발하는 달을 딱 두 동강이로 자른다. 달은 순식간에 피로 물든다.

14

　사람도 동물도 모두 더위를 피해 꼼짝 않고 있다.
이 염천 더위에 움직이는 자는 없고 동물들 대부분은 이동을 중단
하고 있어 날아다니는 새 그림자조차 보이지 않는다. 눈에 띄게 늙
어빠진, 무리에서 따로 떨어진 원숭이가 밭에 쭈그리고 앉아 여름
무를 갉아먹고 있을 뿐이다. 간혹 도로를 지나는 자동차는 모두 가
자무라를 단순히 통과하는 곳으로만 받아들인다.
　온통 푸릇푸릇한 벼이삭이 여무는 계절을 맞이하려면 조금 기다
려야 한다. 휴경하는 논을 뒤덮은 잡초는 이웃한 밭까지 촉수를 뻗
치고 있다. 좋은 씨앗을 골라서 받기 위한 채소가 시들어가고 있다.
비가 한바탕 내렸으면 싶은 때다.
　가자무라의 중심부를 구불구불 흐르는 오보레 강은 한없이 나른
하고, 한없이 느긋하다. 수면에 비치는 건물은 고추냉이 전용의 집

하장, 외벽을 모르타르로 바른 낡아빠진 목조 건물인 소학교, 사람이 거의 드나들지 않는 몇몇 상점, 슈퍼마켓을 겸한 농협, 게다가 신축된 지 얼마 안 된 면사무소다.

면사무소의 정면 현관에 기묘한 물건이 놓여 있다. 스테인리스제의 거대한 사마귀가 마치 신에게 싸움을 거는 듯이 하늘을 향해 큰 낫 같은 앞발을 번쩍 쳐들고 있다. 대체 언제 그렇게 기분 나쁜 것을 장식한 것일까.

물어보나마나 변변찮은 놈이 일러준 생각이었을 것이다. 터무니없이 많은 돈을 지불하고 도시에서 초청한 '지역 부흥 전문가'들의 감언이설에 속아 넘어간 것이리라. 그렇게 어중간하게 세련된 예술 작품 비슷한 것이 오히려 촌놈 근성을 노골적으로 드러내준다.

나는 지금 아주 좋은 위치에 진을 치고 있다. 사실은 마을 사람과 얼굴을 마주할 확률이 아주 높은 이런 데까지 태연하게 나올 생각은 없었다. 하지만 일단 용의자의 뒤를 악착스럽게 따라다니기로 작정한 이상 장소를 가릴 수는 없는 노릇이다.

오늘 나는 하늘이 밝아올 무렵에 닭과 함께 일어났다. 그리고 밥도 먹지 않고 소코나시 강을 따라 걸어 하안단구의 높은 곳에 몸을 숨기고 녀석이 나타나기를 기다렸다. 하루 종일 그곳을 지키고 있으면 언젠가는 반드시 나타날 것이다.

아무리 자급자족이 가능하다고 해도 최소한의 물건 정도는 사러 오지 않겠는가. 또한 자리를 보전하는 병자가 있는 이상 진료소로 약을 받으러 가기도 할 것이라고 생각했다.

예상이 적중한 건지 어떤지는 확실하지 않지만 불과 30분도 지나지 않아 녀석이 나타났다. 만면에 찬연히 빛나는 아침 해를 받으며 꼬불꼬불한 풀길 건너편에서 녀석이 다가왔다.

놀란 것은 무엇보다 그 차림새였다. 양복에 넥타이를 매고 반짝반짝 광이 나는 구두를 신고 있었다. 7대 3으로 가르마를 탄 머리는 곱게 매만진 상태여서 어디서 어떻게 보나 평범한 직장인의 모습이었다. 그야말로 산골 마을의 순박한 청년일 뿐이었다.

그는 발랄했고 어디에서도 그늘이 느껴지지 않았다. 그런 그는 도중까지 배웅하러 따라 나온 개에게 손을 흔들고 나서 뒤가 구린 구석이라고는 전혀 느껴지지 않는 가벼운 발걸음으로, 당장이라도 한쪽 발로 두 번씩 교대로 가볍게 뛰면서 갈 것 같은 분위기로 마을 중심부를 향해 걸었다.

나는 드디어 미행을 개시했다. 상대의 머리 가마가 또렷이 보일 만큼 높은 곳에 있는 다른 길을 따라서 뒤를 밟았다. 바로 위에서 거의 내려다보는 위치인 탓에 얼굴 생김새까지는 똑바로 볼 수 없었지만 기이한 인상은 전혀 느껴지지 않았다. 평범한 남자라고 생각했다. 중키에 평범한 체형이었는데, 몸통에 비해 손발이 길어 장신으로 보였다. 나이는 30대 중반. 그렇다면 누이가 그렇게 되었을 때는 스무 살 안팎이었던 걸까.

머지않아 나는 떠올렸다. 등에서 목덜미에 이르는 선이 그의 아버지를 빼닮았다. 그 순간 예상이 크게 빗나간 듯한 기분이 들었고, 이 녀석은 그저 마음씨 좋은 사람일지도 모른다는 생각으로 기울어졌다. 또한 결코 약속을 어기지 않는 성실한 사람일지도 모른다는 인상이 강해졌다. 적어도 느끼한 눈빛으로 지나가는 아가씨를 응시하는 그런 청년의 인상과는 아주 멀었다.

상상했던 것과 너무 달라 나는 낙담했다. 그리고 살기 위한 의욕이 순식간에 사라져갔다. 가능하다면 그가 터무니없는 괴물이기를 바랐다.

그는 아침부터 기분이 아주 좋았다. 콧노래를 부르며 걷다가 가끔씩 서류가방을 빙빙 돌리기도 했다. 살아 있다는 것이 즐겁기 그지없는 모습으로 보였다. 그런 청년을 본 것은 오랜만이었는데, 게다가 가자무라에서 보게 될 줄은 생각지도 못했다.

풀피리를 불었던 사람이 정말 그였을까. 낮에도 여전히 어두운 그런 숲에서 병상에 있는 어머니와 단 둘이서 살고 있는 사람으로는 도저히 보이지 않았다. 깎아지른 낭떠러지로 뻗어 나온 소나무 가지에 거꾸로 매달려 주문인지 경문인지 알 수 없는 말을 중얼중얼 읊조렸던 사람과 동일 인물이라고는 도저히 생각되지 않았다.

그래도 미행을 그만두지 않았다. 설사 크게 빗나가더라도 시험해볼 가치는 있다고 생각했기 때문이다. 반쯤은 재미삼아 마음 편히 해보면 된다고 자신을 타이르며 뒤를 밟았다.

추적하는 도중에 문득 이런 생각을 했다. 괴물은 오히려 나일지도 모른다. 실명할 가능성이 높다는 진단을 받았을 뿐인데, 이런 곳에 이런 식으로 틀어박혀 인생의 모든 것이 끝난 거라고 외곬으로 생각하며, 입을 꾹 다물고 죽을 장소를 찾고 생가를 불태우고 아우를 화장하고 나중에는 타인을 저승길의 길동무로 삼으려는 남자. 그것이 나였다.

앞으로 무슨 짓을 저지를지 전혀 알 수 없는 기분 나쁜 놈. 그것이 나였다. 마을에서 가장 위험한 사람. 그것은 나일지도 모른다.

청년의 모습은 어딘가 들놀이라도 가는 아이 같았다. 아침결의 산들거리는 바람이 오보레 강을 건너 한길을 따라 시원한 공기를 나르고 있다.

점차 생활 냄새가 강해졌는데, 그 지역만 한정해서 본다면 인구가 계속해서 빠져나가는 산골 마을로는 보이지 않았다. 과연 한때의 흥청거림은 없었지만 거기에는 활기와도 비슷한 분위기가 떠돌고 있었다. 자동차 엔진 소리, 면사무소 옥상에서 흘러나오는 차임벨 소리, 유아의 힘찬 울음소리, 염소의 맥 빠진 울음소리.

하지만 아무래도 그곳에 발을 들여놓을 용기가 나지 않았다. 지인이 잔뜩 있는 공간에 당당히 몸을 드러내는 것은 도저히 할 수 없을 것 같았다.

얼마 후 높고 넓은 들길이 끊기는 바람에 사면을 내려가 청년이 지나는 길을 걸을 수밖에 없었다. 하지만 그것은 무리였다. 우리 외에는 아무도 없는 길을 상대에게 들키지 않고 가는 것은 도저히 불가능했으며, 설령 고양이라도 할 수 없는 곡예였다. 그리고 그대로 나아갔다가는 언젠가 마을 사람 누군가와 맞닥뜨릴 게 뻔했다.

나를 생각해낸 지인은 분명히 말을 걸어올 것이다. 그들은 내 이야기를 듣고 싶어 할 것이다. 어떤 경로를 거쳐 현재의 초라한 내가 되었는지를 꼬치꼬치 캐묻지 않을 수 없을 것이다. 그들이 특히 좋아하는 것은 일생을 헛되게 한 동향인의 이야기인데, 그걸 뻔히 알고 있으면서 희생물이 될 수는 없었다.

산등성이를 따라 한참을 갔다가 이번에는 경사가 급한 언덕을 단숨에 미끄러져 내려왔다. 청년의 모습은 콩알만 한 크기가 되었지만 시야에서 벗어나는 일은 없었다. 먼지가 많은 한길로 나온 그는 초등학교 앞을 지나고, 이어서 면사무소 앞을 지났다. 버스를 타고 이즈미마치에라도 간다면 일이 성가시게 될 거라 생각한 순간 그는 농협 건물 안으로 쓰윽 사라졌다. 그러고는 나오지 않았다.

그래서 나는 오전 내내 그 자리에서 움직이지 않았다. 아마 그는 저녁때까지 농협 직원으로서 일에 몰두할 생각일 것이다. 이것으로 수입원은 판명되었지만, 정말 알고 싶은 것은 그런 게 아니었다.

일을 하지 않을 때는 뭘 하며 지내는지 상세히 알고 싶었다. 여가는 어떻게 보낼까, 취미는 무엇일까, 삶의 보람은 무엇일까, 사귀는 여자는 있을까, 성욕은 어떻게 처리할까.

이곳은 무척 시원하다. 늘 강바람이 불어온다. 나는 사면에 몸을 붙이고 하늘을 보고 누워 한숨 잔다. 세상모르고 자버린다. 아니, 부드러운 색조, 하지만 무서운 꿈을 연달아 꾸었고, 공포의 폭풍이 걷잡을 수 없이 세차게 불어 닥쳤다.

그러나 눈을 뜨자 하나도 기억나지 않았고, 실로 불쾌한 느낌의 가슴 답답함만이 남았을 뿐 아니라 그것도 금세 흔적 없이 사라지고 말았다.

공복감만은 있다. 그런데 식욕이 없다. 더위를 탄 것인지 요즘은 제대로 된 식사를 하지 못했다. 비스킷이나 건빵만 먹었다. 잉어 대신 어처구니없는 것을 낚아 올리고 나서 물고기만이 아니라 고기도 먹을 수 없게 되어 통조림에도 손이 가지 않는다. 그뿐 아니라 그렇게 좋아했던 막 낳은 달걀도 목으로 넘어가지 않았다. 종합비타민제를 준비하지 않았다면 몸의 균형은 진작 무너졌을 것이다.

맥주도 마실 수 없다. 하얀 거품에서 허벅지의 지방을 연상하고만다. 그래서 야채 주스만 마시고 있다. 물조차 받지 않는다. 소코나시 강이 오보레 강보다 상류에 있다는 걸 알고 있었지만 한 모금도 마실 수가 없다. 가자무라의 강은 이제 마음의 평안을 얻을 수 있는 풍경이 아니다.

어쩔 수 없이 샘솟는 물을 이용하고 있다. 샘이라면 곳곳에 있고, 그 수는 가자무라의 인구를 훨씬 상회할 것이다. 사람이 사라지고 물이 남는 것은 그리 멀지 않은 고향의 미래 모습일지도 모른다. 꼭 그렇게 되었으면 좋겠다. 목숨이 붙어 있을 때 이곳이 나 혼자만의 세계가 되었으면 싶다.

풍부한 자연이 꼭 풍부한 인간을 길러낸다고는 볼 수 없다. 멋진 산하가 주민의 정신을 추하게 왜곡하고 영혼에 치명적인 손상을 입혔다. 그렇게밖에 생각되지 않는다.

사람이 자라서 짐승으로 변해버리는 풍토, 그것이 가자무라다.

가자무라는 때에 따라 장래가 걱정되는 인물을 만들어낸다. 그리고 나 역시 가자무라 사람이다. 나 혼자만 특별한 인종일 리 없다.

저편에서 여름철의 구름을 바라보고 이편에서 지풍초를 본다. 멀리서 울리는 천둥소리가 희미하게 들리지만, 저녁때까지 가뭄의 단비가 올지 어떨지 이 시간대에는 뭐라고도 말할 수 없다. 맑은 날씨는 더욱 길게 이어질지도 모른다. 오늘도 산주름에 석양이 아름답게 비치고, 특별히 좋은 일도 없고 나쁜 일도 없는 하루가 지나갈지도 모른다. 그 또한 괜찮을 것이다.

무슨 일이 있을 때마다 인생을 명상하며 절실한 말을 내뱉고 어둠속 깊은 데서 생생히 나타나는, 지금은 죽고 없는 가족의 환상에 휘둘리는 일에는 이제 아주 신물이 난다.

한길을 따라 불기 시작한 뜨거운 바람이 점점 주민의 기세를 꺾는다. 어딘가의 한 가족이 이사를 간다. 지금까지 허다한 어려움을 이겨내며 살아온, 부양가족이 너무 많은 이 부근 사람이 최근에 이르러 벽에 부딪치고 만 걸까. 더는 버틸 수 없다는 결론에 이른 걸까. 어쩌면 막일로 몸을 망쳐 수많은 어려운 문제를 내팽개치고 정든 고향을 떠나는 걸까. 빠듯하게 사는 데 더는 참을 수 없게 되어 길거리에 나앉을 줄 알면서도 타향으로 떠날 결심을 한 걸까. 아무튼 그것은 칭찬할 만한 용기라고 할 수 있으리라.

이 세상이 덧없다고 한다면 좋을 대로 살아야 한다. 이 세상은 아마 꿈과 생시 중간쯤에 위치하는 세계일 것이다. 이런 데서 이런 일을 하고 있으면 언젠가는 그런 세계관에 사로잡힌다. 과연 발붙일 데를 잃어버린 사람이 생각할 법한 것이다.

그리고 오보레 강에서 낚싯바늘에 걸려 올라온 예의 그것도 어느덧 악몽의 선반에 정리되고 있다. 유기된 여자 사체의 한 동강을 사실로 인정하고 싶지 않다. 그런 힘이 강력하게 작동하고 있다.

사건을 너무 확대 해석하는 게 아닐까 하는 불안을 스스로 불러일으킨다. 혼자 설치며 따분한 인생을 윤색하려는 것이 아닐까. 억지로 그렇게 믿으려 하고 있다. 그렇게 해서 마음에 받은 강렬한 타격을 조금이라도 누그러뜨리려 한다.

아마 그 청년을 이 눈으로 친숙하게 보고 만 것이 잘못이었다. 대인 관계가 부드러울 것 같은 다정한 풍모, 낙천적이고 환한 성격, 어디에서나 볼 수 있는 직장인이라는 외견에 현혹되었다. 그 녀석에게는 살인 혐의를 둘 만한 직감적인 근거가 있지만, 중요한 것은 확실한 증거다. 움직일 수 없는 증거만이 모든 것을 결정한다는 사실을 잊어서는 안 된다.

여기서 이런 짓을 하고 있어봤자 아무런 소용이 없다. 그는 저녁 5시까지 직장을 떠날 수 없을 것이다. 그때까지 그 집은 몸을 움직일 수 없는 병자와 개밖에 없다. 개만 어떻게 한다면 나머지는 어렵지 않다. 소리를 걱정하지 않아도 된다면 자물쇠를 부수는 것 정도는 손쉬운 일이다. 폐가에 들어가 뒤지면 부술 수 있는 도구가 있을 것이다. 없으면 사오면 그만이다.

좋아, 가자. 자, 가자, 하고 자신을 재촉해본다. 하지만 나는 언제까지고 일어서려고 하지 않는다. 아무래도 마음이 내키지 않는다. 어느새 과단성이 부족하고 무기력한 사람으로 돌아가려고 한다. 입을 한일자로 꼭 다물고 의기충천한 기세로 뭔가를 해내려는 사람이었던 것은 조금 전까지의 나다. 지금의 나는 마치 유랑 여행 도중에 잠깐 쉬고 있는 듯한 느긋한 기분으로 바뀌었다.

어두운 과거를 질질 끌고 가는 것에 철저할 수 없는 내가 오보레 강 앞에 멍하니 있다. 어떤 분노도, 어떤 슬픔도 오래 지속되지 않는다는 사실은 알고 있다. 알고 있기는 하지만 내 경우는 그것이 너무 이르다.

뭐, 이런 경우 그것도 괜찮을 것이다. 사내대장부가 아니어도 전혀 상관없다. 가족도 동료도 친구도 없는 나라면 허영도 허세도 깨끗이 버릴 수 있다. 더 이상 세속적인 잡사에 구애될 일은 없다.

분방한 성격이 바짝 졸아들어 결국에는 부랑자 신세가 되어 모르는 지역만을 골라 목적도 없이 헤매는……, 그런 여생의 꿈이 다시 부상하고 있다. 여기에 있는 것은 당장이라도 몸뚱이 하나로 도망칠 수 있는 나다.

이것이야말로 가장 나다운 나일지도 모른다. 그런 생각이 든다. 격에 맞지 않은 일을 상상하는 것은 자유지만 실행에 옮기는 것은 그만두는 게 낫다. 내가 할 수 있고, 게다가 내게 어울리는 것은 체력과 돈을 다 써버린다고 해도 나 자신을 말살하는 일이다. 기껏해야 그 정도다.

실제로는 이 세상에 미련이 남는 것은 하나도 없다. 자책감에 시달린다는 것은 좀 더 나은, 제 잇속만 차리는 자가 아닌 가족의 죽음을 침통해하는 성실한 인간이나 뱉을 말이다.

오늘 중에, 아직 해가 있을 때 가자무라를 떠나는 것이 좋다. 결단이라면 떠나고 나서 내리면 된다.

격노하는 나는 내가 아니다. 가자무라에 어떤 괴물이 살고 있든, 앞으로도 계속 오보레 강에 내던져지는 아가씨의 사체가 끊이지 않든, 그런 것은 내 알 바 아니다. 누이도 다른 아가씨들도 분명히 동정할 만한 희생자이기는 하다. 그러나 그녀들에게 그런 짓을 한 가해자도 틀림없이 무엇인가의 이유로 크게 뒤틀려버린 성욕의 희생자이다. 파괴적인 충동의 희생자.

그 청년은 억제할 수 없는 자신에게 애를 먹으며 남몰래 괴로워하고 있을지도 모른다. 바로 그렇기에 그런 자신을 엄하게 벌하려고 거꾸로 매달리는 것일지도 모른다. 그리고 할 수만 있다면 자신을 죽이려 꾀하고 있을지도 모른다. 요컨대 내버려둬도 머지않아 언젠가는 자신을 엄하게 벌하며 고뇌에 매듭을 짓고, 소동의 장본인이라는 것을 아무에게도 알리지 않은 채 가만히 저세상으로 떠나줄지도 모르는 일이다.

그의 결단을 무디게 하는 것은 겨우 목숨을 부지한 채 자리를 보전하고 있는 어머니다. 보살핌이 필요한 부모가 있기 때문에 죽고 싶어도 죽을 수 없는 걸까.

그런데 아무래도 그렇게 보이지는 않았다. 그에게는 사람을 온화하게 하는 분위기가 있다. 그런 음침한 집에 살고 있지만 사실은 외향성이 풍부한 걸까. 실은 사람을 좋아하는 성격인 걸까. 먼눈에는 그렇게 보였다.

하지만 도착된 세계의 사정에는 어둡다. 젊디젊은 여자에게 그런 짓을 하고 싶어 하는 놈들이 실은 어떤 인간인가 하는 것을 나는 전혀 파악하지 못한다. 소문 정도라면 들어본 적이 있어도, 실제로는 그러한 그럴 듯한 설이 옳은지 어떤지는 알 수 없다.

그런데 어떻게 해야 할까. 그 청년을 어떻게 해야 할까.

그 전에 나 자신을 어떻게 해야 할지 결정해야 한다. 아무리 생각해도 도무지 모르겠다. 모른 채 또다시 수마에 사로잡혀 그만 깜박 졸고 만다.

퍼뜩 정신을 차려도 한동안 그곳이 어디인지 생각나지 않는다. 계속해서 햇볕이 쨍쨍 내리쬐고 있고, 여기저기서 울어대는 매미 소리가 정점에 이른 채 그 기세를 유지한다.

목이 바싹바싹 마른다. 빙과를 몹시 먹고 싶다. 아이스크림이라도, 빙수라도 상관없다. 레모네이드를 마시고 싶다. 차갑고 달콤한 것이라면 뭐든지 좋다.

농협 슈퍼마켓으로 가면 얼마든지 살 수 있다. 하지만 아는 사람과 마주칠 각오를 하고 가야 한다. 마을 사람들은 이미 내가 귀향한 것을 알고 있다. 원숭이처럼 나무 위에서 기거하는 나를 그들은 지금까지 몇 번이고 한담의 소재나 술안주로 삼았을까. 그리고 그들 앞에 내가 모습을 드러내기를 만반의 준비 속에 기다리고 있을지도 모른다. 그런 곳에 태연히 갈 수는 없다.

어머니의 장례식 날 들었던 이야기로는, 어머니는 평소에 늘 나를 자랑거리로 삼았다고 한다. 도시로 나가 크게 성공한 장남은 꿈처럼 화려한 생활 한복판에 있다는 허풍을 여기저기에 떨고 다녔다고 한다. 고향에 거의 들르지 않는 것은 너무 바빠서라는 변명을 했던 모양이다.

그런 거짓말이나 허풍 섞인 이야기라도 하지 않으면 너무나도 비참했으리라. 지는 것을 유달리 싫어하는 어머니는, 대를 이을 아들을 가망 없다고 포기했다는 말은 입이 찢어져도 할 수 없었으리라.

내가 생가에 불을 지른 것도 마을 사람들에게 주지의 사실로서 널리 알려져 있을까. 그래도 역시 나는 가려고 생각한다. 비스킷과 건빵은 이제 질렸고 캔 주스도 얼마 남지 않았다. 내친 김에 신선한 과일과 채소를 사오자.

만약 누군가 말을 걸어오면 그때는 일절 응수하지 않으면 된다. 무엇을 물어오든 상대가 기억에 자신을 잃도록 서먹서먹한 태도를 취해주자. 그게 좋다, 그런 수로 나가자.

산을 내려가 농로로 돌아간다. 아무도 없는데도 어쩐지 공적이고 화려한 자리에라도 나가는 듯한 착각에 빠진다. 아니면 알몸으로 걷고 있는 듯한 기분이다. 당연히 동작은 어색하다. 두근두근 두근거리는 심장으로 굳어진 채 나아간다. 그래도 되돌아갈 생각은 하지 않는다.

땀에 흠뻑 젖은 것은 더위 탓만이 아니다. 이렇게까지 자의식 과잉이 된 것은 최근 들어 무척 드문 일이다. 셔츠가 구깃구깃해진 것이 아닌지 확인하기도 하고 머리를 매만지기도 한다. 그 전에 손도끼를 어떻게든 해야 한다. 아무리 산골 마을이라고 해도 그런 것을 허리에 차고 사람들 앞에 나설 수는 없다. 지장보살 뒤의 풀숲에 손도끼를 감춰둔다.

벌써 세상 사람들의 웃음거리가 된 심정이다. 하지만 실제로 내게 쏟아지는 시선은 하나도 없다. 무엇보다 어디에서도 사람의 모습이 보이지 않고 아이들도 보이지 않으며 심지어 개 한 마리도 없다. 이런 더위고 보면 당연할 것이다. 무시무시한 햇볕과 심한 더위 속을 계속 걸어갔다가는 픽 쓰러지고 말 것이다.

실제로 사고력이 현저히 떨어졌다. 무슨 목적으로 이런 곳을 배회하고 있는지 이따금 알 수 없다. 이제 슬슬 응달로 들어가지 않으면 탈수 증세를 보일 것이다. 바로 얼마 앞까지 가는 데 몇 시간이나 걸린 것만 같다.

옆을 흐르는 오보레 강 수면에는 햇빛이 바늘처럼 어지럽게 흩어진다. 별것도 없는 논이나 과수원이나 참마 밭이 모조리 향수의 원천이 되고 있다.

한길로 나갔을 때는 의식이 몽롱했다. 그래도 졸도까지는 하지 않고 그럭저럭 일정한 보폭을 유지할 수 있다. 법정 규정 속도를 무시하고 달아나는 자동차가 한결같이 요란한 경적을 울린다. 나 때

338

문이다. 내가 도로 쪽으로 비틀비틀 다가가기 때문이다.

어느새 부끄러움이 엷어진다. 누가 어떤 눈으로 본다고 해도 전혀 상관없다고 생각한다. 이상하게 볼 테면 보라. 괴짜 취급을 하고 싶으면 하라. 그것으로 값싼 우월감에 빠지고 싶으면 마음껏 빠져라. 숨어 사는 것이 어떤 것인지 내가 몸으로 보여주겠다.

여전히 마을 사람과 맞닥뜨리지 않는다. 그들은 낮잠을 자며 이 더운 시간대를 보낼 생각일 것이다. 좋은 일이다. 적어도 나쁜 습관은 아니다. 반가운 광경을 빠져나가는 가운데 옛날 일이 차례로 떠오른다. 하지만 어느 것이나 가볍고, 심한 타격을 입고 무심코 쩔쩔매고 마는 무거운 추억으로 이어지는 일은 없다. 그것도 예사롭지 않은 이 더위 덕일 것이다.

아스팔트 노면에서 피어오르는 열기가 궁상스럽게 늘어선 집들을 흐물흐물 일그러뜨리고 있다. 어느 집이나 창이라는 창은 모두 열려 있다. 발, 방충망, 볕에 그을린 레이스 달린 커튼 너머에는 짙고 지저분한 갖가지 업보와 약간의 소외감이 가라앉아 있다. 쇄석을 깔고 굳힌 골목 안쪽에는 꼭 약자라고는 단정할 수 없는 사람들의 소리 없는 비명이 어지러이 날고 있다.

나는 가자무라의 동조자가 아니다. 내 장래와 마찬가지로 가자무라의 내일이 어떻든 전혀 관여하지 않을 것이다. 앞길에 암류가 가로놓여 있든, 파란을 내장하고 있든, 그것은 내 알 바 아니다.

여기에는 이제 제대로 된 인간은 남아 있지 않을 것이다. 비행을 저지르는 자식을 늘씬하게 때리는 아버지……, 일일이 진심을 담아 말하는 노인……, 남이 하는 것을 보고 그대로 흉내 내며 들일을 배우는 학동……, 미래를 빛나는 것으로 만들겠다고 학업에 전력을 기울이는 젊은이……, 득실을 따지지 않고 향토의 발전을 위해 진력하는 장(長)……, 강배를 타고 내려가는 거칠고 울툭불툭한 손을 가진 아주 힘센 남자……, 초연한 뒷모습의 기개와 도량이 큰 인물…… 이런 사람들은 모두 오랜 옛날에 정나미가 떨어져 고향을 떠났을 것이다. 그렇지 않으면 이미 죽었으리라.

햇볕을 피해 나무 그늘에 있는 고양이 세 마리가 나를 가만히 지켜본다. 그 녀석들이 그렇게 쳐다보면 남의 조소를 받고 있는 듯한 기분이 든다. 이런 데서 더위로 졸도하면 그거야말로 웃음거리가 될 것이다. 조그만 돌멩이를 집어 던졌으나 어떤 고양이도 전혀 움직이지 않고 계속 이쪽을 쏘아본다. 한마디 내뱉고 떠나려고 했지만 적당한 말이 떠오르지 않는다.

나는 마음을 다잡고 걸음을 옮긴다. 대문이 위압감을 주는 집 앞을 지날 때 희미한 기대가 고개를 쳐든다. 어쩌면 초등학교 시절의 동급생을 만날지도 모른다. 그렇게 격에도 맞지 않는 생각이 문득 가슴을 스친다. 벚꽃이 한창일 때 친구와 정답게 이야기를 나누던 그녀의 모습이 일순 되살아난다.

그것은 가슴속 깊이 간직된 애달픈 추억이다. 그녀는 그대로 유난히 새침을 떨며 아름답게 성장할 수 있었을까. 그리고 원숙하고 아리따운 모습에 몰려드는 남자들에게 콧방귀를 뀌면서 적당한 시기에 나무랄 데 없는 남자와 맺어져 전형적인 행복을 손에 넣을 수 있었을까.

그런데 그 집은 지금 황폐해진 채 버려져 있었다. 토담 여기저기가 무너져 있고 뜰은 덤불이 되었으며 덧문은 모두 닫혀 있다. 주인이 없다는 것은 일목요연하다. 고추냉이의 병이 만연하여 명산지로서의 신용이 뚝 떨어지는 바람에 몰락하여 가족 전체가 이산의 쓰라림을 당한 걸까.

나로서는 그러는 편이 낫다. 그러는 편이 안심이 된다. 언제까지고 이런 시골구석에 죽치고 있으면서 매년 주름과 검버섯과 백발로 메워지는 그녀의 모습은 보고 싶지 않고 상상하고 싶지도 않다.

붉은 다리 옆에 있는 오래된 절도 지금은 황폐해져 있다. 주지는 사소한 친절을 자랑으로 내세웠는데, 역시 여기서 법사를 계속할 수 없게 된 모양이다.

진료소는 열려 있다. 대합실에서 바쁘게 돌아가는 선풍기가 길에서도 보인다. 연금을 받지 못하면 하루도 살아갈 수 없는 남녀 몇 명이 얼빠진 몸으로 진료를 받기 위해 차례를 기다리고 있다. 마치 죽는 날을 기다리고 있는 것 같은 무참한 모습이다. 거기서 그리 멀지 않은 곳에서 늙은 석공이 석탑을 새기는 소리가 과연 그들의 귀에 들리는 걸까. 의사가 없는 마을이 될 날도 머지않다.

예상과 달리 아무도 만나지 않고 농협 슈퍼마켓에 당도했다. 가게 안에 손님의 모습은 보이지 않고 종업원이 묵묵히 빈 골판지 상자를 밟아 찌그러뜨리는 일을 되풀이한다. 그녀들은 아직 젊고 모두 머리를 적갈색으로 염색했다.

세 명 모두 나를 보려고 하지 않았는데, 10년 전만 해도 결코 있을 수 없는 반응이다. 그 태도는 도시에 사는 아가씨들과 조금도 다르지 않았고, 관심 범위가 극단적으로 좁아져 도저히 가자무라에서 나고 자란 사람으로 보이지 않는다. 하지만 나 같은 사람에게는 그러는 편이 딱 좋다.

불현듯 나는 자신을 의심스럽게 생각한다. 틀림없이 살아서 이 세상에 존재하는 걸까, 실은 이미 죽은 것이 아닐까, 하는 의혹에 사로잡힌다. 사실은 고열이 난 채 물참나무 위에서 푹 잠이 들었을 때 수명이 다한 것은 아니었을까. 이런저런 것을 아주 진지하게 생각하며 필사적으로 거울을 찾는다.

거울 대신 진열대 선반의 판유리를 들여다본다. 멀쩡히 내가 비치기는 하지만, 이것은 내게만 보이는 나에 지나지 않는 것인지도 모른다. 시험 삼아 점원에게 말을 걸어본다. 다행이다. 군살로 통통한 접수처의 아가씨가 이쪽으로 다가온다. 다른 두 사람은 단순하기 짝이 없는 작업에 열심이고 낯선 손님에 대한 흥미는 전혀 보이지 않는다.

아이스크림 파는 곳을 묻는다. 점원은 잠자코 그곳을 가리키더니 곧바로 다른 동료에게로 돌아간다. 나는 아이스박스 덮개를 열고 어느 것을 고를까 고민한다. 좀처럼 정하지 못하는 것은 그 색 때문이다. 하얀색이나 핑크색 빙과에는 아무래도 손이 가지 않는다. 자기도 모르는 사이에 그날 밤 낚아 올린 예의 그것을 연상시키는 색을 피하고 있다.

하늘색 셔벗을 고른다. 이거라면 그럭저럭 먹을 수 있을 것 같다. 손으로 집기 전에 군침이 돈다. 참지 못하고 그 자리에서 발바투 덤빈다. 너무 차가워서 전류 비슷한 것이 등골을 달린다. 나는 부들부들 온몸을 떨며 무심코 감은 눈을 천천히 뜬다.

그 눈에 한 손님이 뛰어든다. 손님의 정체를 알자마자 재빨리 얼굴을 숙인다. 당당히 있으면 될 것을 어쩐 일인지 나는 바퀴벌레처럼 살금살금 구석 쪽으로 몸을 숨긴다. 내 고동 소리가 뚜렷이 들린다. 어느 틈에 먹던 셔벗 절반이 바닥에 떨어졌다.

녀석이 엎드리면 코 닿을 데에 있다. 점찍어 놓고 뒤를 밟으려고 한 청년이 바로 코앞에 서 있다. 설마 이런 데서 마주칠 줄은 생각지도 못했다. 나를 끌어낸 게 아닐까, 하고 의심하고 싶어진다. 선수를 쳤다고 생각했는데 선수를 당한 그런 기분이다.

하지만 그렇지는 않다. 단순한 우연이라는 걸 금세 알았다. 그는 뭘 사러 왔을 뿐이고 다른 뜻은 없다. 그 증거로, 나 같은 사람은 안중에도 없다.

좀 더 놀란 것은 그를 대하는 여점원들의 태도다. 나를 대하는 것과는 천양지차다. 세 아가씨는 경쟁이라도 하듯이 붙임성 있게 대응하며 청년을 둘러싸고 이런저런 말을 걸고 있다. 얼마간 안정을 되찾은 나는 진열 선반 뒤에서 슬쩍 상황을 엿본다. 이 정도로 가까이서 보는 것은 처음이다.

여기서 보는 한 정말 붙임성이 좋은 듯한, 올곧고 젖내 나는 청년에 지나지 않는다. 여자의 전라 사체가 어울릴 법한 발칙한 놈도, 마음속에 엉큼한 계획을 품고 있는 잔학성을 띤 남자로도 보이지 않는다.

가지런한 이목구비, 빛나는 두 눈동자, 바람에 잘 나부낄 것 같은 머리…… 그는 단단하게 살이 쪘는데다 못생긴 아가씨들이 추어올리고 바싹 달라붙어도 싫은 기색 하나 보이지 않고 그럴 듯한 말로 쫓으려고도 하지 않는다. 그런가 하면 우쭐대며 크게 떠들지도 않고 조용히 웃음을 띠며 물건을 사고 있다.

다른 사람이 쇼핑하는 것을 그렇게 진지하게 지켜보는 일은 이번이 처음이다. 청년은 주로 냉동식품을 구입하고 나머지는 물기가 많은 과일을 골랐다. 구입한 물건을 가져온 쿨러박스에 솜씨 있게 담는다. 유아용 분유와 어른용 기저귀는 병자를 위한 물건일 것이다. 현금으로 지불하는 것이 아니라 외상으로 달아놓는다.

청년이 나가고 나서도 아가씨들은 아직 넋을 잃고 있다. 그리고 나는 너무 긴장한 나머지 딱딱하게 굳어졌다. 마음의 동요를 애써 감출 수가 없었고, 어떻게 가게에서 나왔는지도 기억나지 않는다. 정신을 차렸을 때는 오른손에 하드를 들고, 왼손에는 단 빵을 잔뜩 담은 종이봉지를 안고 휑한 한길을 느릿느릿 걷고 있다.

그런 내 그림자가 길게 뻗어 있다. 면사무소 옥상에서 차임벨 소리가 울려 퍼진다. 벌써 이런 시간이다. 의혹의 상대를 가까이 봄으로써 혼란은 한층 심해졌다. 도저히 엄정한 판단을 내릴 만한 정신 상태가 아니다.

청년은 5시가 되기 조금 전에 하루 일을 끝내고 장을 본 다음 귀갓길에 올랐다. 지금쯤 소코나시 강에 걸쳐진 외나무다리를 건너고 있으리라. 나는 터무니없는 착각을 하고 있는지도 모른다. 아우처럼 일방적인 원한의 피비린내 나는 꿈 같은 이야기를 공상하여, 전혀 상관없는 사람을 표적으로 삼고 있는지도 모른다.

그랬으면 좋겠다. 진위 여부는 모르지만, 자신의 성미에 맞지 않은 일에 손을 대려는 것은 확실하다. 그것을 알았다……, 안 것만으로도 다행이다. 할 수 있는 일과 할 수 없는 일이 있다. 내가 할 수 있는 일은 나무 위에서 백일몽에 빠지는 일 정도다. 그런 것이 고작이다. 원래 사람 보는 눈은 없었다. 그런 재능이 있다면 이런 결과로 끝나지 않았다. 적어도 결혼 생활에 좌절하는 일은 없었을 것이다.

나는 자신조차 잘 모르는 얼간이다. 오랫동안 꿈길을 더듬어온 것 같은 기분이 든다. 아주 옛날부터, 이 세상에 태어났을 때부터 보잘것없는 꿈을 구성하는 욕망을 만지작거렸던 것 같다. 어느 것이나 꾸지 않는 게 나은 꿈이었다. 이런저런 악몽 같은 것을 앞두고 나는 그저 수수방관하고 있을 뿐이다.

좀 더 자신답게 살아야 한다. 다시 한 번 결혼하여 가정을 이루는 것은 논외로 치더라도, 적어도 시골에 틀어박혀 노후를 즐기는 척이라도 해야 한다. 그렇게 해서 어련무던하고, 지나치게 조용하고, 지나치게 비참한 여생을 보내기로 하자. 또는 다시 한 번 고향을 떠나, 있지도 않은 낙원을 찾기로 하자. 어쨌든 지금까지와 마찬가지로 자기 자신에게 몰두할 수밖에 없다.

타인에게는 간섭하지 말라고 나는 나를 꾸짖는다. 병든 어머니를 둔 그 청년이 설사 어떤 가면을 쓰고 있든 그런 것은 아무래도 좋다. 외견보다 훨씬 더 나약한 청년이든, 그 온화한 얼굴을 한 겹 벗기면 악귀와 같은 형상이 드러나는 남자든 전혀 상관없다. 무엇보다 이 단계에서 그의 짓이라는 추단을 내리는 것은 상당한 무리가 있다. 결정적인 증거가 될 단서는 아직 무엇 하나 포착하지 못했다.

당사자를 보고 맥이 빠지고 말았다. 삶의 의미를 몰입할 대상을 잃어버렸다고 해도 좋다. 짐승의 보금자리 같은 곳을 향해 터벅터벅 돌아가는 나는 먹이를 얻지 못한 까마귀보다 비참하다. 이런 일은 끈기 있게 계속해야 한다. 그것을 잘 알고 있다. 초심자가 단 한나절의 미행으로 모든 진상을 알 수 있다면 경찰 따위는 필요하지 않을 거라는 것도 잘 알고 있다. 이치상으로는 알고 있어도 몸이 거부한다.

경솔한 행동은 이제 그만두는 게 어떤가. 이 문제에 파고드는 것은 나답지 않다. 내 오체가 모두 그렇게 호소한다.

그리고 나는 지리멸렬한 사고로 크게 기울어지기 시작한다. 물참나무 위에서 단 빵이라도 먹으면서 흐트러진 마음을 찬찬히 가다듬기로 하자. 막다른 곳에 몰려 성급한 행동에 나서는 것은 좋지 않을 뿐 아니라 위험하기도 하다. 흥이 깨지면 또 그것대로 좋지 않은가.

원래 나는 그렇게 모난 성격이 아니라 굳이 말하자면 한적함을 즐기고 싶어 하는 양순한 사람에 속하니까. 자신에게 직접 위험이

닥치지 않는 한 반격에 나서지는 않는다. 아마 그런 사람일 것이다.

오만한 자세로 맹렬한 지옥을 만들어내고 있던 그 대단한 태양도 급속히 힘을 잃고 있다. 비스듬히 비치는 오렌지색의 햇빛을 받아 아름다운 강의 경치가 한층 깊은 맛을 내고 여기저기에 옛날의 인연이 아로새겨져 있다. 오보레 강의 지류인 이름 없는 강까지 자못 의미 있는 듯한 반사광을 발하고, 무논을 건너는 바람도 내게 하찮은 일로 마음 괴롭힐 것은 없다고 충고한다.

내게 이곳은 나름대로 편한 고장이다. 독한 기운이 자욱한 벽촌이라는 표현은 맞지 않다. 가자무라는 어디나 내 사유지라고 해도 결코 지나친 말이 아니다. 이러쿵저러쿵 말하지만 가자무라는 이런 남자에게도 깊은 정을 주고 있다.

해가 완전히 저문다. 계단식 논을 기어 다니며 열심히 풀을 뽑고 있던 농부의 모습이 차츰 어둠에 삼켜진다. 주민들 대부분은 그렇게 울적한 나날을 보내며 늙어간다. 아니면, 그렇게 죽음 직전까지 느긋한 자세를 취하고 있다. 이젠 나도 그중 한 사람으로서 불우한 일생이 잘 어울리는 변변치 못한 놈이 되었다.

지장보살 뒤에 숨겨둔 손도끼를 꺼내 허리에 찬다. 멧갓에 들어가거나 산림을 조성할 것도 아니면서 이런 물건을 몸에 지니고 다니다니 정말 머리가 정상이 아니다. 설령 곰이나 원령에게 습격당하는 경우에도 과연 그것을 쓸 수 있을지 어떨지 심히 의심스러운 겁쟁이가 인간을 상대로 휘두를 수 있을 리 없다. 자신을 과대평가해도 유분수지.

오보레 강에서 소코나시 강 쪽으로 꺾어질 때 어떤 사실을 깨달았다. 그 청년은 한 번도 나를 보지 않았다. 아무리 가려서 안 보이는 곳에 숨어 있었다고 해도 보려고만 하면 얼마든지 시선을 던질 수 있었는데도 어쩐 일인지 일별도 하지 않았다. 아주 살짝 고개를 틀기만 해도 시야에 들어왔을 것이고, 오히려 그렇게 하는 편이 자연스러웠을 텐데도 그는 그렇게 하지 않았다. 아무리 무슨 사정이 있더라도 그 태도는 부자연스럽다.

아니면 그는 가게로 들어오기 전에 유리문 너머로 일치감치 나를 발견할 걸까. 한눈에 내가 어디의 누구인지 알아차리고 아무 생각 없는 태도를 가장하면서 자세히 관찰했던 걸까. 혹은 그 전부터, 내가 미행을 시작했을 때부터, 아니, 내가 가자무라로 돌아온 첫날 밤부터 알고 있었을지도 모른다.

만약 그랬다면 방심할 수 없는 상대라는 이야기가 된다. 이쪽의 속셈이 읽혔다면 역습당할 우려가 있다. 이렇게 여기저기 냄새를 맡으며 돌아다니는 중에 오히려 반격을 당할지도 모른다. 이미 선수를 당하고 벌써 적의 계략에 빠져 있을 가능성도 부정할 수 없다. 그렇게 되면 이 손도끼를 손에서 놓을 수도 없고 잘 때도 반드시 손이 닿는 곳에 놓아두기로 하자.

벙긋도 하지 않는 달을 등지고 나는 밤길을 걸어간다. 마치 천애 고아라도 된 듯한 기분에 젖어 비척비척 걷는다. 소코나시 강은 내 퇴로라도 끊는 듯이, 또는 나를 포위라도 하는 듯이 어둠을 가르고 흐른다.

일단 밤이 찾아오자 강 도처가 위험 수역으로 변하여 함부로 다가가는 것을 거부한다. 낚시 같은 건 당치도 않다. 물고기 냄새가 배어든 인육 따위는 두 번 다시 보고 싶지 않고, 앞으로 귀찮은 사건에는 일체 관여하고 싶지 않은 것이 거짓 아닌 진심이다.

강 건너편에서 풀피리 소리가 들린다. 슬픈 기분을 자아내지 않을 수 없는 선율이 되어 언제까지고 내 뒤를 쫓아온다. 나는 침울해지고 삶에 대한 열의가 점점 낮아진다. 녀석이 의도한 바에 빠진 걸까. 녀석은 자신이 엉뚱한 놈이 아니라는 것을 풀피리를 이용하여 증명하려는 것일까. 그렇게 해서 혐의를 벗으려는 걸까.

아니면 오늘 밤의 풀피리에는 위협의 의미가 담겨 있는 걸까. 너의 움직임 정도는 진작부터 알고 있다…… 쓸데없는 짓은 하지 않는 게 네 자신을 위해 좋을 거다…… 이렇게 들리지 않는 것도 아니다.

그렇지 않으면 흐느껴 우는 듯한 가락으로 그 자신의 들끓는 피를 진정시키려는 걸까. 아무리 해도 이상한 범죄를 거듭하지 않을 수 없는 열성 유전 형질을, 빈틈만 보이면 고개를 쳐드는 그 정념을 어떻게든 비틀어 누르려고 열심히 불어대는 풀피리인 걸까.

아무리 봐도 집터가 좋지 못한 네 채의 폐가가 달빛을 받아 죽음을 한층 더 깊게 만든다. 그리고 그 건너편에 있는 불탄 자리는 아주 훗날까지, 천 년이고 만 년이고 화가 미칠 것 같은 분위기를 자아낸다.

하지만 나는 기죽지 않는다. 가자무라 전체는 모르겠지만 이 한 구석만은 완전히 나의 지배하에 있다. 야생화한 닭은 물론이고, 설령 원한으로 굳어진 원령이어도 여기서는 나를 따를 의무가 있다. 인간이 동물에게, 산 자가 죽은 자에게 휘둘리는 것은 대단히 잘못된 일이다.

익숙한 몸놀림으로 줄사다리를 올라간다. 닭들은 일찌감치 잠들었는데, 그들은 매일 조금씩 내 보금자리로 다가오고 있다. 조만간 손이 닿는 데서 자게 될지도 모른다. 구면인 사람과의 만남보다는 이 닭들과의 교제를 더 소중히 하고 싶다. 지금은 모르지만 우리는 언젠가 속을 터놓고 이야기를 나눌 수 있는 사이가 될지도 모른다.

어둠속에서 단 빵을 우적우적 씹는다. 입에 닿는 느낌이 좋은 먹을거리는 마음을 누그러뜨려 비상시에 대비한 긴장감을 풀어주고, 꿀꺽꿀꺽 마시는 주스는 존재하는 것의 번거로움을 해방시켜준다.

술에 의지할 마음은 없고 담배에도 손을 대고 싶은 생각이 들지 않는다. 이 귀향에는 의외로 전지요양과 동일한 효과가 있어 체질이 개선되고 있는 걸까.

하지만 건강보다 더욱 마음에 드는 것은 주위에 흘러넘치는 이 보편의 자유다. 내 자유를 제약하는 조건은 하나도 없다. 그러므로 나는 지금 해질녘 가자무라의 목탄화 같은 세계에 풀이나 나무처럼 잘 녹아들어, 보는 이에게 아무런 위화감도 주지 않을 만큼 친숙해졌을 것이다.

이곳에 몸을 두고 있는 이상 독자성을 발휘할 필요도 없을 뿐 아니라 색다른 성격일 필요도 없다. 또한 평소의 울분을 털어놓을 상대도, 일일이 사랑의 증거를 보여주어야 할 배우자도 필요로 하지 않는다.

세계관이 크게 변하고 있다. 그런 생각이 드는 것을 금할 수가 없다. 단순한 착각일까. 이렇게 석양을 받고 있는 나무 위에 드러누워 있으니 때에 따라서는 공중을 부유하는 기분이 든다. 그리고 생과 사의 경계가 애매모호해진다. 실제로 지금도 그렇다.

바람 한점 불지 않고 하늘과 땅의 끝까지 고자누룩해진다. 물 흐르는 소리는 소리 중에 들지 않을 뿐 아니라 정적의 일부를 이룬다. 하지만 압박감을 수반하는 고요함은 아니다.

어느덧 풀피리 소리는 끊겼다. 외적을 막는 효과적인 수단은 없다. 나는 닥쳐오는 위험을 미리 알 수 있을 만큼 예민한 신경의 소유자가 아니다. 또한 비범한 재능을 가진 번견을 키우고 있지도 않다. 요컨대 야습을 당한다면 그 시점에 끝장인 셈이다. 손 쓸 방법도 없이 닭이 소란을 피울 때는 이미 당하고 난 후일 것이다. 내가 할 수 있는 것은, 기껏해야 줄사다리를 끌어올려두는 것 정도다.

하지만 상상하면 한이 없으니 이리저리 추측하는 것은 그만두기로 하자. 진전이 있었는지 없었는지, 수확이 있었는지 없었는지, 그런 것은 잘 모르겠지만 오늘은 이쯤 해두자. 굳이 말하자면 그저 그런 하루였다. 여하튼 녀석을 가까이서 볼 수 있었으니까.

앞으로 녀석을 어떻게 할지는 아직 결정하지 않았다. 하룻밤 사이에 내 생각이 어떻게 변할지 전혀 예측할 수가 없다. 감정이 쉴 새 없이 바뀌는 것은 사람의 일반적인 특징이다. 사람은 모두 수상한 자이고 마주치는 순간 살의와 맞닥뜨릴지도 모른다. 바로 한 치

앞은 어둠이지만 나는 그 어둠을 즐기고 싶다. 찰나를 살아보는 것
도 꼭 나쁜 일은 아닌 것 같다.

　　　　　달은 고뇌의 빛을 띠고 있다. 요컨대 적갈색과 계란
색이 뒤섞였다. 그것은 미적지근한 자신을 얼마간 거칠게 다룰 수
있게 된 나 자신의 마음을 나타내는 색이기도 하다. 아니면 발작적
으로 그릇된 욕망을 깨우는 징후의 색인지도 모른다. 어느 쪽이든
싫어하는 색은 아니다.

　파랑새의 밤이 구슬프게 찾아온다. 파랑새가 나를 향해 난폭한
말을 한다. 사람의 비위에 거슬리는 말을 죽 늘어놓는다. 그것은 가
키다케 산기슭에 펼쳐진 천연림 안쪽에서 쏘아진 화살처럼 날아와
나의 뒤틀린 영혼에 푹푹 꽂힌다. '일은 매듭을 지어야지!'라든가
'불퇴전의 용사가 되어라!'라는 멋대로 된 말을 내던진다.

　또다시 편향으로 가득 찬 망설임이 시작된다. 나는 팔짱을 끼고
다다미 두 장 크기의 보금자리 위를 서성거린다. 그러는 중에 그칠
줄 모르는 못된 의심에 매료되어 간다.

　겉모습은 어디까지나 온화하고 꾸밈이 없으며 말이 없고 양순해
보이는 그 청년. 실제로는 철면피의 냉혈한일지도 모른다.

　오늘 저녁 또한 창문 하나 없는 블록으로 지은 작은 건물에 틀어
박혀 입맛을 쩍쩍 다시며 수술용의 끔찍한 기구라도 열심히 갈고
있을지 모른다. 또는 최근에 입수한 이성(異性)의 생피를 온몸에 끼

352

엎으며 흉계를 꾸미고 있을지도 모른다. 만약 그렇다면 결국 녀석은 세상에 해악을 끼치는 전형이라는 이야기가 된다.

파랑새는 여전히 울고 있다. 장남으로서의 책무를 다하라고 말하나 싶었는데, 당하기만 해도 괜찮으냐며 나를 부추긴다. 게다가 이대로 무의미한 날을 보내다 뒈질 생각인가, 하고 말하고 정말 그래도 좋으냐고 거듭 확인한다.

하지만 무슨 말을 하든 나는 별로 마음이 내키지 않는다. 누이가 죽은 후 가운이 기운 것은 틀림없는 사실이다. 그때부터 우리 가족의 인생은 일제히 이상해지기 시작했고, 나 자신도 궁지에 몰렸다. 슬픔의 밑바닥에 처박혔다고 해도 좋다.

낚아 올린 다리의 절단면은 아직도 기억에 새롭다. 잊어버릴 수 있는 게 아니다. 그것은 숙련을 요하는 훌륭한 해체다. 누이의 경우에는 좀 더 솜씨가 안 좋아 절단면이 들쭉날쭉했다. 또한 발가락은 전부 밑동부터 절단되어 있었는데 저번에 본 발가락은 다섯 개가 열 개로 늘어나 있었다. 즉, 발가락 하나를 뼈째 세로로 갈라놓았던 것이다.

그래도 같은 사람이 한 짓이리라. 그 녀석은 지난 15년 동안 실력을 키웠다. 굵은 힘줄과 굵은 뼈가 붙은 살을 싹둑 잘라내는 기술을 완전히 습득한 모양이다.

파랑새는 한층 과격한 말로 나를 꼬드긴다. 선제공격을 할 거라면 오늘 밤이라는 둥 조심해서 가라는 둥 부추긴다. 듣고 있는 중에 저절로 흥분된다. 진정되었던 분노가 다시 자극을 받아 점차 그럴 마음이 든다.

아마 아우도 이렇게 파랑새의 부추김을 받고 끝없이 제멋대로 독단을 행하여 지레짐작의 길을 곧장 내달리지 않았을까. 그리고 결국에는 감정이 폭발하는 데 이르러 그만큼 커다란 잘못을 저지르고 말았을 것이다. 그것은 무지에서 나오는 잘못된 믿음과 같을 정도로 파렴치한 실수였다. 미안하다는 말로 끝나지 않는 결과를 불러온 아우는 자신과 피해자의 이중적인 비극을 모두 짊어지고 이 세상을 떠났다.

그사이 비할 데 없이 포악한 진범은 죄를 되풀이하여 희생자를 늘릴 때마다 그의 마음속 그늘의 면적은 오로지 확대되기만 했다. 그 녀석에게 눈앞에서 뚝뚝 떨어지는 아가씨의 선혈은 잘 익은 과일즙보다도 감미로운 맛이었으리라. 이상한 도취감이 고질이 되어 경험의 횟수를 늘려감에 따라 성격이 점점 사나워지고 냉혹해지며 악질이 되어갔으리라.

이것이야말로 차마 눈 뜨고 볼 수 없는 사태다. 녀석이 하는 일은 세상에 흔히 있는 부정한 행위와는 완전히 의미가 다르다. 나쁜 감화를 받아서 한 일이라면 적당한 벌을 내려 인간성을 회복할 계기를 얻을 수 있을지도 모른다.

하지만 이것은 그런 것과는 사정이 다르다. 그러므로 법적인 유죄 입증은 전혀 필요하지 않고 상대의 정체만 정확히 확인하면 그것으로 충분해진다. 그리고 어디의 누가 어떤 엄벌을 가하려고 하든 전혀 상관없다.

시원한데도 몸이 달아오른다. 체내를 유동하는 혈액을 자각할 수 있을 만큼 뜨겁지만 병적인 열과는 다르다. 또한 내일도 살아가려고 하는 열의를 가져다주는 열도 아니다. 이 열 탓에 좀처럼 잠들 수가 없다.

별 하나가 흐를 때마다 피로 피를 씻는 망상이 부풀어간다. 또는 생과 사의 의미 차이를 판별하는 것이 어려워져 간다. 그리고 가슴 속 한구석을 차지하고 있던 양심의 둔한 아픔이 덜해진다.

파랑새는 달리 비할 데가 없는 소리로 계속해서 운다. 인간의 말에 가장 가까운 소리로 운다. 특히 오늘 밤에 우는 방식에는 다소 독단적인 경향이 있다. 내심 움찔하는, 동정심이 없는, 아픈 데를 찌르는 말을 차례로 내던진다. 그때마다 나는 지금까지 몰랐던 나를 그대로 드러내고 맨얼굴을 보이며 인간 본연의 모습으로 돌아가 살아갈 의욕에 불타오른다.

누이가 살해당한 것에 양심을 품은 내가 여기 있다. 운명의 흐름에 승복할 수 없는 나는 느닷없이 뽑아든 손도끼로 물참나무 줄기를 내리친다. 수액이 사방으로 흩날린 순간부터 그것은 더 이상 다양한 용도의 편리한 생활 도구가 아니다.

닭들이 그런 나를 반쯤 뜬 눈으로 보고 있다. 나와 그 청년 사이를 흐르는 소코나시 강은 이제 쌍방에게 외적의 침입을 막는 해자와 같은 역할을 하게 되는 걸까.

15

안면이 창백해진 자신을 자각할 수 있다. 설사 상대가 개라고 해도 그 생명을 빼앗기 위해서는 당연히 그 나름의 긴장감이 따른다.

지난 55년 동안 내가 죽인 최대의 동물은 뱀 정도이고, 그 숫자도 기껏해야 몇 마리에 불과하다. 아니, 그 밖에도 있다. 한 번뿐이지만 따뜻한 피가 통하는 동물을 죽인 적이 있다.

중학교를 다닐 무렵이었다. 아버지는 내게 말했다. 이제 슬슬 이정도의 일은 할 수 있어야지, 하며 애용하던 손도끼를 장남의 손에 쥐어주었다. 어리석게도 실행에 옮길 때까지는 이것이 아주 가혹한 일이라는 것을 알지 못했다. 토끼나 너구리라면 엄두를 못 냈겠지만 닭을 잡는 것 정도는 손쉬운 일이라고 생각해 간단히 받아들인 것이 잘못이었다.

달걀을 낳지 못하게 된 닭을 붙잡아 다리를 가는 끈으로 꽉 묶은 다음, 감나무 그루터기 위에 눕혀 누르고는 막상 손도끼를 쳐들었을 때야 비로소 자신이 하려는 일의 끔찍함을 깨달았다. 왼손 안에서 필사적으로 발버둥치는 근육의 힘은 상상을 훨씬 초월할 정도로 강했다.

누이와 아우가 웃으며 구경하고 있었다. 그렇다고 두 사람이 특별히 닭의 목숨이 끊어지는 순간을 기대하고 있었던 것은 아니다. 그런 것은 질리도록 보아왔을 터였다. 두 사람의 관심은 내가 처음으로 해보는 일의 성패에 있었고, 장남의 솜씨가 어느 정도인지 확인하고 싶었을 것이다.

만약 구경꾼이 없었다면 나는 틀림없이 그 일을 내팽개쳤을 것이다. 연장자로서의 오기가 있어 물러나려야 물러날 수가 없었다.

겨냥하는 데 상당한 시간을 잡아먹고 말았다. 손도끼를 쥔 손이 떨리고 눈동자도 고정되지 않았다. 결심하고 내리쳤지만 쓸데없는 힘이 들어가 도끼날이 목표를 수직으로 내리찍지 못했고 그 때문에 한 번에 절단할 수 없었다. 초조한 나는 몇 번이고 몇 번이고 손도끼를 내리찍었다. 피가 사방으로 튀고 핏방울이 눈에 들어왔다.

귀를 막고 싶어지는 닭의 비명 소리가 연속되었다. 드디어 머리와 몸통이 분리되었다. 안심한 바람에 왼손에 주고 있던 힘이 느슨해졌다. 그러자 어떻게 되었던가. 닭은 머리가 없는 채, 게다가 울부짖으며 엄청난 기세로 냅다 달려갔다.

그건 그렇다 해도 그 소리는 대체 어디서 나온 걸까. 머리 쪽은 틀림없이 죽었는데 몸통은 아주 힘차게 뛰어다녔다. 아버지가 손도끼를 내리치고 나서도 한동안 같은 자세를 유지하고 있던 이유를 그때야 비로소 알았다.

그 뒤처리는 결국 아우가 떠맡았다. 도망치는 닭을 쫓아간 것은 누이였는데, 닭은 헛간 뒤에서 픽 쓰러졌다. 쓰러지고 싶은 것은 나였다. 그 이후로 고기나 달걀을 먹을 수 없게 될 정도는 아니었지만, 두 번 다시 닭에는 손을 대지 않았다. 지금도 손을 댈 생각은 들지 않는다. 아무리 나를 잘 따른다고 해도 보듬기는커녕 쓰다듬어 주는 것도 힘들다. 말을 걸어주는 것이 고작이다.

그 이후로 닭 잡는 일은 오로지 아우의 일이 되었다. 한 마리 잡을 때마다 솜씨가 좋아졌다. 그리고 숙달된 그 솜씨는 토끼를 잡을 때도, 염소를 잡을 때도 발휘되었다. 그렇다고 그런 경험의 축적이 마침내 사람을 제 손으로 죽이는 데까지 이르게 되었는지 어떤지는 분명하지 않다.

아무튼 곱슬곱슬한 머리의 그 혼혈 젊은이가 가키다케 산의 동굴 안으로 끌려들어가 아우에게 죽임을 당한 것은 사실이다. 그것은 결코 범행을 저지르려는 의사가 없는 행위가 아니었다.

누이의 가해자도 그렇다. 그 녀석이 먹기 위해 가축을 난도질하는 일의 연장선상에, 어느 날을 경계로 하여 원체험으로서의 죽임을 끝내고 그곳에 인간을 놓게 되었는지 어떤지는 가볍게 말할 수 없다. 그러나 전혀 무관하다고는 아무도 단언할 수 없을 것이다.

실제로 나도 그때의 실제 체험을 바탕으로 개의 목숨을 노리고 있다. 방해가 되면 죽여도 된다는 결론이, 닭을 죽인 경험이 뒷받침되어 나온 것인지도 모른다. 부정은 할 수 없다.

그것은 하룻밤 뜬눈으로 밤을 지새우며 낸 답이 아니다. 푹 자고 기분 좋게 눈을 뜬 순간 생각한 것이다. 문득 떠오른 동시에 실행하기로 결심했다. 문제는 수단이었지만 손도끼를 사용할 생각은 처음부터 없었다. 닭 한 마리에 그토록 애를 먹었던 내가 같은 방법으로 개를 죽일 수 있을 리 없다.

나는 불에 타지 않고 남은 폐가를 샅샅이 뒤졌다. 주로 헛간을 살펴보았는데 얼마 지나지 않아 기대한 물건을 찾아낼 수 있었다.

다른 농약으로도 같은 결과를 얻을 수 있을지, 또는 좀 더 강력할지 어떨지는 알 수 없지만 나는 그것에 손을 대지 않았다. 효과를 분명히 알고 있는 쥐약 말고는 사용하고 싶지 않았다. 어머니가 마시고 죽은 것도 바로 그 극약이었다. 검사한 의사가 "이것이 가장 마시기 쉬운 거요"라고 말했다. 그 말이 지금도 잊히지 않는다.

나는 콘비프 통조림 하나에 치사량의 다섯 배나 되는 독을 섞어 비닐봉지에 넣고 여기까지 가져왔다. 그리고 소코나시 강이 내려다보이는 높은 쪽의 나무숲에 몸을 숨기고 그 청년이 출근하기를 기다렸다.

여름새들이 명랑한 소리로 노래하고 있었다. 골짜기의 실개천을 건너가는 담비의 꼬리가 반짝반짝 빛났다. 이런 환경에서 그런 일을 하려는 자신을 두렵게도, 이상하게도 생각하지 않는 내가 시원한 바람을 맞고 있었다.

머지않아 청년이 나타났다. 양복 차림에 말쑥한 느낌의 청년이 인적이 드문 산속에서 불쑥 나타나 벼랑을 쑥쑥 내려가 재빨리 외나무다리를 건너오는 모습은, 아무리 산골이라도 역시 이상하고 당장에는 믿기 힘든 광경이었다. 도시의 한복판에서 작업복을 걸친 젊은이를 봤다고 해도 그만큼의 위화감은 들지 않았으리라.

어쨌든 그는 여전히 조용하고 건강해 보였다. 그런데도 상쾌한 얼굴의 인상 좋은 청년이었다. 밤중에 거꾸로 매달려 고행을 하는 자와 동일한 인물로는 보이지 않았다. 언제 어떤 경우에도 절도 있는 행동을 할 법한 어른 같은 인상이었고, 반 장난으로 사람의 목숨을 빼앗는, 이성(異性)의 단말마 같은 비명에서 최고의 기쁨을 찾아내는 뒤틀린 마음은 털끝만큼도 느낄 수 없었다.

외견만으로 판단한다면 그런 짓을 할 법한 사람은 오히려 나일지도 모른다.

개도 여전했다. 어디까지나 순종적이고 영리해 보이는 개는 주인의 모습이 보이지 않을 때까지 눈으로 배웅하고, 그러고는 다시 깊은 숲 속으로 모습을 감췄다. 움직임은 실로 민첩해서 내가 선택한 방법이 옳다는 것을 증명해주었다. 요컨대 그렇게 재빠른 상대를 때려죽이기는 고사하고 찰과상 하나 입힐 수 없을 것이다.

잠시 상황을 지켜보고 나서 나는 소코나시 강을 건너 강가의 눈에 잘 띄는 곳에 독이 든 먹이를 놓아두었다. 그러고는 서둘러 원래의 장소로 돌아와서는 개의 주의를 끌기 위해 괴성을 질렀다. 새인지 짐승인지 알 수 없는 이상한 소리를 몇 번이나 질렀다.

양손을 모아 메가폰처럼 만든 입에서 나온 소리는 우뚝 치솟은 가키다케 산에 되튀어 악마의 소리로 다가와 새나 매미를 침묵시키고, 끝내는 당사자까지도 와들와들 떨게 했다.

당연히 개의 귀에도 들렸을 것이다. 그런데 아무리 시간이 지나도 개는 모습을 드러내지 않고 시간만 무의미하게 지나갔다. 목소리가 쉬었다. 상궤를 벗어났다는 자각은 물론 있었다. 하지만 일반적인 수단으로 맞설 수 있는 상대가 아니어서 이쪽도 터무니없는 놈이 되지 않으면 지고 만다.

아니, 그건 거짓말이다. 거기까지 생각해서 한 일은 아니다. 정신을 차리고 냉정함을 되찾을 시간이라면 얼마든지 있었지만, 한 번도 중단을 생각하지 않았다. 물러날 생각은 전혀 없었으며, 아침부터 계속 그런 생각으로 있었다. 그리고 잇따라 당찮은 발상을 하고, 이것저것 생각난 것을 주저 없이 실행에 옮겼다.

실제로 지금도 그렇다. 개가 다가오지 않는다면 이쪽에서 찾아갈 수밖에 없을 거라고 진심으로 생각했다. 맹독이 든 콘비프를 손수 주려고 생각했을 때는 이미 그쪽으로 향한 뒤였다.

앞쪽에 움직이는 것이 얼핏 보여 재빨리 몸을 엎드린다. 그 개가 나무들 밑으로 난 길을 따라 다가온다. 놓아둔 먹이 쪽으로 곧장 돌진한다. 고기 냄새를 맡았음에 틀림없다. 긴장의 극치가 느껴지고,

심장의 고동 소리도 심하게 들려온다. 하악하악 숨을 헐떡이며 마음속으로 개에게 이런 말을 했다.

너는 이제 곧 죽을 텐데, 그때는 묻어주지. 그리고 만약 네 주인의 무죄가 증명되면 네 무덤을 만들고 애도해주지. 하지만 정반대되는 답이 나왔을 때는 너를 묻어준 곳에 침을 뱉어주겠다. 목숨이 끊어질 때까지 시간이 걸릴 것 같으면 그때는 주저하지 않고 이 손도끼를 쓰겠다. 바로 지금 그 각오를 한 참이다…….

결과는 예상 밖이었다. 개는 위험한 먹이 쪽으로 틀림없이 향했다. 그런데 그것이 시야에 들어오는 곳까지 다가갔는데도 경쾌한 걸음을 유지한 채 그 자리를 그대로 지나친다. 코를 벌름거리지도 않고, 그대로 지나가더니 벼랑길을 구르는 듯이 내려간 후 다리를 건너지 않고 징검돌을 따라 물결을 가로질러 이쪽 벼랑을 오른다.

내가 있는 곳까지 올 생각인 걸까. 그리고 독이 든 먹이를 놓은 장본인에게 그 엄니로 항의할 생각인 걸까.

하지만 개는 바로 내 밑의 풀길을 지나 마을 중심부로 향한다. 나는 잠시 실망과 안도 사이에 서 있다. 개는 주인이 통근하는 길을 따라 곁눈도 주지 않고 달려간다. 정말 놀라운 속도다. 분명히 목적을 갖고 달리는 것이다. 그렇다고 쫓거나 쫓기거나 하는 달리기가 아니다.

퍼뜩 생각이 떠오른다. 개가 어딘가로 가게 되면 그 집에는 자리를 보전하고 있는 중병의 환자만 남는다. 품이 줄었다. 이제 쓸데없는 살생을 하지 않아도 된다. 누구의 방해도 받지 않고 그 작은 건물을 살펴볼 수 있다.

그 전에 개가 가는 곳을 확인해둘 생각으로 위쪽의 길을 전속력으로 달린다. 개는 벌써 그렇게 멀리까지 가버렸다. 한길로 통하는 먼지 많은 농로를 내달린다. 망설임이 고개를 든다. 절호의 기회라는 것은 의심의 여지가 없다.

하지만 개가 언제 돌아올지 모른다. 그 개는 어디로 무얼 하러 간 걸까. 단연코 산책은 아니다. 암캐 냄새에 이끌린 것도 아닌 것 같다. 녀석을 주변의 개들과 동렬에 두고 논할 수 없다. 그놈은 번견으로서의 능력이 뛰어나서 이미 나를 경계 대상에 위치시키고 있다. 그것을 알고 집을 비운 것은 왜일까.

내게 대항하여 반격을 꾀하며 함정에 빠뜨리려는 속셈일지도 모른다. 아무도 없는 것을 확인하고 침입한 나를 배후에서 덮치기 위해 일부러 이것 보라는 듯이 집을 비운 걸까. 아무리 개를 넘어선 개라 하더라도 그렇게까지 머리가 잘 돌아갈까.

안 좋은 예감이 들면서 가슴이 두근거리기 시작한다. 지금은 일단 신중을 기해 움직이지 않는 편이 나을지도 모른다.

나는 너무 대담해져 있다. 일을 너무 서두르고 있다. 개에게 감쪽같이 속는 것은 싫다. 적의 행동 패턴을 좀 더 상세히 알아두고 싶다. 이런 일은 꼼꼼히 준비해야 한다.

잔뜩 흐린 하늘 탓에 기온이 정점에 이른 상태다.

그렇다고 시원한 것은 아니다. 습도는 오히려 높고 어디에 있든 푹푹 찐다. 태풍이라도 다가오고 있는 걸까.

나는 움직이지 않는다. 개가 사라진 방향에 눈을 고정한 채 가만히 있다. 그렇게 있어도 별안간 생긴 기괴한 정열은 조금도 약해지지 않는다. 약해지기는커녕 내 영혼과 육체를 모두 지배하려고 한다. 내가 이렇게까지 끈질긴 사람인 줄 몰랐다.

귀향하고 나서 나는 이상해졌다. 지금까지의 언행으로 판단했을 때 거의 이해할 수 없는 내가 가자무라에 있다. 유색야채를 즐겨 먹고 싶어 하는 나 자신을 도저히 믿을 수가 없었다. 욕심을 포기하려는 나도, 위험을 돌아보지 않는 나도, 너무나도 폭력적인 적개심을 불태우는 나도 전적으로 마찬가지다.

그러나 그 어느 것 모두 진실한 나다. 체질부터 변하고 있는 걸까. 이거야말로 건전한 모습의 내가 아닐까. 당뇨병이 사고에까지 악영향을 끼치고 있는 걸까. 완벽히 적중한 것은 아니지만, 그렇다고 크게 빗나가지도 않았다.

이제 내 몸은 내 것이 되고 있다. 낙관할 수는 없지만, 그렇게 생각하지 않을 수 없다. 이는 희망적인 관측도 아닐뿐더러 피상적인 견해도 아니다. 시력은 날마다 좋아져 가까운 것도 먼 것도 또렷이 보인다. 게다가 밤눈도 상당히 좋아졌다. 이 나이가 되어 원숭이 같은 가벼운 동작이 가능해지리라고는 생각도 해보지 않았다.

그 뒤로 개는 돌아오지 않는다. 어디로 가버린 걸까. 설마 집에서 기르는 개라는 처지에 염증이 난 것은 아닐까. 아니면 평범하지 않은 성격의 주인에게 정나미가 떨어진 걸까. 그것도 아니면 이 고장 자체에 넌덜머리가 나서 주인이 없는 틈에 가자무라를 떠나기로 결심한 걸까.

내가 개라면 주저 없이 들개의 길을 걸을 것이다. 유감스럽게도 나는 아직 들개가 되지 못했다. 고향으로 돌아오거나 이미 죽고 없는 가족의 환영에 휘둘리고 있어서는 안 된다. 그렇게 해서는 도저히 들개라고 할 수 없다. 이제 막 버림당한 개나 마찬가지다.

이것이 도시의 번잡함을 피하기 위한 귀향이었다면 얼마나 좋을까. 불쑥 이런 생각을 할 때가 있다.

가자무라로 돌아오고 나서 내 영혼은 오히려 더 더러워졌다. 더러움이라기보다는 바람직한 불순물이라고 해야 할 것이다. 어쨌든 그것을 없애고 싶지는 않다. 그런 탓에 다소 흥분되어도, 몹시 애를 먹는 나로 변하고 있어도 전혀 상관없다. 살짝 마음이 움직인 것만으로 무슨 엉뚱한 일을 저지를 것 같은 내 자신이 나는 무척 마음에 든다.

이제 나는 냉정한 판단을 내릴 수 있는 현실적인 사람이 아니다. 나는 내 전용의 무덤 구덩이를 팠다. 그런데 사태는 조금도 죽음의 방향으로 나아가지 않는다. 죽음에 당면하여 태연자약하게 날을 보내는, 완벽하게 깨달은 사람이 되지 못했다.

좋은 일이다. 이대로 죽는 것은 누가 뭐래도 아쉬움이 너무 크다. 이대로 뒈져서는 앞으로 영원히 구원을 받을 수 없다.

저항하기 힘든 마음속의 힘에 충동되고 있다. 이것이야말로 돌고

도는 인과응보의 힘이다. 내 영혼 안에서 그 힘이 지휘하여 행동의 원천을 만들어낸다. 이제 막 이성이 낸 답을 벌써 이렇게 뒤집어버린다. 오늘은 그만두기로, 오늘은 위험한 내기를 하지 않기로 결심했는데도 그것을 깨끗이 철회한다.

나는 벌떡 일어난다. 그리고 훌쩍 벼랑을 뛰어 내려가 소년 시절과 같은 몸놀림으로 외나무다리를 건너, 건너편 강기슭의 절벽을 기어 올라간 뒤 솔송나무 숲으로 헤치고 들어간다.

이런 나를 제지할 수 있는 나는 이제 없다. 아무리 서둘러도 숨이 차지 않고 심장이 파열할 것 같지도 않다. 대담무쌍한 곡예라도 할 수 있을 것 같은 나는 급사면을 쭉쭉 뛰어 올라간다.

할 거라면 지금이다. 지금 그 집에는 여생이 얼마 남아 있지 않은 노파 한 사람밖에 없다. 이 기회를 놓치면 다음 기회가 언제 올지 모른다. 개를 죽이지 않고 확인할 수 있는 것은 오늘 말고는 없을지도 모른다. 그 청년의 정체를 밝혀내고 싶다. 그를 어떻게 할지, 나 자신을 어떻게 할지는 그 다음 일이다.

돌담으로 둘러싸인 폐쇄적인 집이 바로 내 앞에 있다. 대문에는 빗장이 단단히 걸려 있다. 녀석의 어머니는 배회를 그만둘 수 없는 치매라도 걸린 걸까. 저번에 봤을 때는 도저히 그렇게 보이지 않았다. 뜻대로 일어날 수도 없는 상태였다.

도둑을 조심하기 위한 것이라고 해도 이해할 수 없다. 이런 집에 훔쳐갈 만한 물건은 하나도 없을 것이다. 그 대신 남이 보면 안 되는 것이라면 잔뜩 있을지도 모른다.

　어디로 몰래 들어갈까. 역시 돌담을 넘는 것이 손쉽고 확실하다. 뒤뜰에서 앞쪽으로 돌아 들어간다. 어느새 오른손에 손도끼가 쥐어져 있다. 실수가 있어서는 안 된다. 인간, 개 모두 방심해서는 안 되는 상대다.

　녀석은 이렇다 할 물증을 남기지 않는 범죄를 15년이라는 긴 세월에 걸쳐 되풀이하고 있다. 스무 살 무렵부터 여자의 몸을 난도질하며 난폭한 마음을 달래고 있다. 그리고 지금도 발톱과 엄니를 계속해서 갈고 있다. 그것은 음욕에 휘둘린 행위와는 완전히 별개다. 또한 바닥을 알 수 없는 야수성을 발휘하고 있는 것도 아니다. 만약 녀석이 진범이라면 일련의 행위에서 핵심을 이루는 것은 대체 무엇일까.

　교묘한 수법으로 유인당한 것일지도 모른다는 불안이 끊임없이 따라다닌다. 그래도 나는 물러나지 않는다. 아니, 물러날 수 없다.

　멋지게 만발한 개불알꽃을 곁눈으로 보면서 신중하게 앞뜰 쪽으로 나아간다. 예의 작은 건물을 살펴보기 전에 병자의 모습을 확인해두고 싶다. 노파는 걸을 수 있을까. 청각과 시각은 아직 정상적으로 기능하고 있을까. 의식은 어느 정도일까. 어떤 용모의 남자가 침입하여 뭘 했는지 아들에게 정확히 전할 능력이 남아 있을까. 그런 것을 알아둘 필요가 있다.

　앞질러 가는 내 머리는 차례로 역겨운 것을 생각한다. 만약 그 청

년이 상상한 대로 이상한 사람이라면 노파는 언젠가 자신을 보살펴
주는 유일한 사람을 잃고 그날부터 살아갈 수 없는 처지에 놓일 것
이다. 설사 시설에 보내져 어떻게든 생명만은 유지한다고 해도 마
음의 버팀목을 잃은 충격으로 미쳐서 죽을지도 모른다.

　아들에 앞서 그의 어머니를 어떻게든 해야 할지도 모른다. 아들
의 경우와는 반대 방법으로, 한없이 자연사에 가까운 안락사와 같
은 형태로 산뜻하게 처리해야 할지도 모른다. 그것이야말로 도의를
중시한 도리라는 것이다.

　노파는 가정 내의 모든 것을 파악하고 있을까. 자신의 아들이 이
상할 정도로 튼튼한 작은 건물에 틀어박혀 무슨 일에 빠져 있는지
처음부터 알고 있는 걸까. 그리고 그것을 그만두게 하고 싶다고 강
력하게 바라고 있는 걸까. 그런데 그런 부자유한 몸으로 제지할 수
없어 매일 어찌할 바를 모르고 조상의 영전에 기도라도 하는 걸까.

　또한 나와 마찬가지로 그것을 제지할 수단은 단 하나밖에 없다고
확신하고 있을까. 요컨대 충고를 하거나 경찰에 넘기거나 하는 그
런 간단한 일로는 해결되지 않는다고 생각한 걸까. 혹시라도 그런
거라면 노파를 대신해 내가 도움을 주어도 된다.

　하지만 나는 쓸데없이 참견하는 사람이 아니다. 나 같은 성미를
가진 사람에게는 단순한 이타적인 행위가 어울리지 않는다. 내게는
그런 일을 할 만한 개인적인 이유와 자격이 지나칠 만큼 많다. 내게
는 그 녀석을 죽일 권리가 있고, 녀석에게는 나에게 살해당할 의무
가 있다. 그 청년이 틀림없이 일련의 엽기적인 사건에 관련되어 있

다는 전제하에서나 가능한 이야기다. 그것도 곧 판명날 것이다.

서둘러야 한다. 나는 허리를 굽히고 덧문 밖의 툇마루 앞을 지나려고 한다. 도중에 걸음을 멈추고 목을 길게 빼 거실 쪽을 재빨리 본다. 그곳에는 죽어야 할 때 죽지 못한 노파가 누워 있을 것이다.

있다. 그러나 저번에 봤을 때처럼 단정한 자세로 드러누워 있지 않다. 편안한 자세로 누워 있는 것이 아니라 엎드린 자세인데다 이불에서 많이 비어져 나와 있다. 산란을 마치고 다시 대해로 돌아가는 거북이의 자세를 방불케 한다. 또는 포복으로 전진하는 도중 빗발같이 쏟아지는 총탄에 노출된 한 병졸을 연상시킨다.

병자는 미동도 하지 않는다. 눈은 뜬 채인데 언제까지고 깜박도 하지 않는다. 여기서 봐도 동공의 확장을 분명히 확인할 수 있다. 그래도 여전히 살아 있는 것 같은 얼굴을 이쪽으로 향한 채 가만히 있다. 그 청년은 어머니의 임종을 지킬 수 없었다.

개가 어디로 무엇을 하러 갔는지 드디어 알았다. 이 큰일을 주인에게 알리러 간 것이다. 그러므로 청년은 충견의 심상치 않은 모습으로 어머니의 죽음을 알고 지금 황급히 집으로 돌아오고 있을 것이다. 꾸물거리고 있을 수가 없다. 사후 경직이 시작되고 있는 노파에게 마음을 쓰고 있을 여유가 없다.

블록으로 지은 작은 건물을 향해 단숨에 달려간다. 그리고 두꺼운 강철 문에 채워진 자물쇠를 겨냥하여 손도끼를 힘껏 내리친다. 불꽃이 흩날리지만 꿈쩍도 하지 않는다. 두 번, 세 번 내리치지만 역시 무리다. 전용 도구가 있었으면 싶다. 굉장한 절단기가 없으면 어쩔 도리가 없다.

누군가 온다. 인기척이 다가온다. 바로 앞까지 다가왔다. 급경사 길을 뛰어 오르는 발소리가 점점 커진다. 틀림없이 그 청년과 개일 것이다.

나는 재빨리 뒤쪽으로 돌아가 일단 뒤뜰에 심어진 나무숲 뒤로 숨는다. 이어서 높은 돌담을 살짝 넘는다. 그리고 착지한 곳에 그대로 쭈그리고 앉아 다시 한 번 상대의 정황을 살핀다. 섣불리 움직이지 않는 게 좋다. 상대는 이미 문 있는 데까지 왔다.

허둥대는 청년의 모습이 손에 잡힐 듯하다. 곧 오열이 시작된다. 여자의 울음소리와 똑같다. 그 영향으로 개까지 동정하는 소리를 낸다.

만약 그들이 냉정한 입장에 있을 때였다면 순식간에 침입자가 있다는 걸 눈치 챘을 것이다. 아주 무성하게 우거진 풀숲에 숨어 있다고 해도 개가 냄새를 맡아 사소한 분쟁을 일으킬 만한 사태가 벌어졌을 것이다. 아슬아슬한 순간이었다.

나는 망령처럼 조용히 그 자리를 떠나 슬그머니 오솔길을 따라 아래로 내려간다. 문득 한쪽 구석을 보니 쥐약을 섞은 콘비프에 파리가 새까맣게 꾀어 있다. 산 속에 울려 퍼지는 청년의 통곡 소리가 소코나시 강의 외나무다리를 건널 때까지 또렷하게 들려온다.

16

비가 내릴 듯한 하늘이 점점 더 짙어진다. 정지 상태에 있던 대기가 활발한 움직임을 보이기 시작한다. 그리고 억수로 쏟아지기 시작한 비가 가자무라를 골고루 뒤덮으며 늦더위가 잠시 잠잠해진다. 천둥소리를 수반하지 않고 주변의 광경이 점점 더 현실에서 유리되어 간다.

나는 물참나무 보금자리에 틀어박혀 빗방울 소리를 듣고 있다. 열혈한 같은 고양된 기분을 억제하기 위해서는 안성맞춤인 날씨다. 이쯤에 다소 머리를 식히는 것이 좋으리라.

그 청년이 무언가 중대하고도 비밀스런 일을 하고 있다는 것은 틀림없는 사실이다. 블록으로 지은 작은 건물의 문을 열면 놀랄 만한 사실이 드러날 것이다. 놀랄 만한 범죄의 흔적을 은폐하면서도 맑은 눈매를 유지하고 있는 녀석은 어쨌건 방심할 수 없는 놈이다.

머지않아 터무니없는 죄의 전모를 들춰내주겠다.

그렇게 생각하는 반면 나는 어찌할 바를 모르고 있다. 더 솔직하게 말하면 사건의 핵심에 다가간 건지 어떤지 자신감을 잃고 있다. 물증을 남기지 않는 범죄를 상대로 혼자 설치는 것이 아닐까, 하고 의심하기 시작한다. 그렇지 않으면 단지 그랬으면 좋겠다고 생각할 뿐인지도 모른다. 마음속 어딘가에서 추리나 직감이 빗나가기를 바라고 있는 걸까. 망상의 세계에서 놀고 있을 뿐인 걸까.

그건 그렇다 하더라도 분했다. 시간이 조금만 더 있었으면 하는 시점에 방해가 들어왔다. 그 자물쇠는 골칫거리라서 어차피 전용 도구를 준비해서 가야만 했다.

지금은 휴전할 때다. 이런 나여도 적의 심정을 이해할 정도의 정신적 여유는 있다. 녀석은 어머니와의 영원한 이별의 슬픔에 기력을 잃은 상태다. 녀석이 정말 쌓인 죄악의 응보를 받아야 할 인간이라고 해도 지금은 잠시 짬을 두어야 할 것이다. 하지만 다시 일어설 여유까지는 주지 않을 생각이다.

한 줄기 시원한 비를 내려준 구름 덩어리는 흙먼지를 가라앉힌 정도로 물러간다. 태양은 아직 가키다케 산 뒤로 넘어가지 않고 한여름을 연상시키는 강렬한 광채를 발한다. 타오르는 정열과도 비슷한 햇빛은, 지금이 운명을 결정할 때라며 대지를 몰아세우고 들판을 건너는 바람이나 얕은 여울이나 저녁매미에게 중압을 가한다.

5미터 밑의 풀숲에서 피어오르는 열기가 약간 소극적인 자세를 취하는 경향을 보이는 나에게 동의하지 않는다. 나는 나직한 소리로 이렇게 반복한다. 때가 무르익을 때까지 기다려, 라고. 또는 이렇게. 아직 희망은 있어, 라고.

내가 하려는 것은 결국 어리석은 행동 이외의 어떤 것도 아니다. 어쩌면 어리석은 자의 집념으로 할 수 있는 일이 아닐지도 모른다. 정말 사적인 원한을 풀려고 하는 걸까. 나의 진정한 목적은 대체 어디에 있는 걸까.

그러나 하지 않으면 체면에 관계되고 양심에 시달린다. 하건 하지 않건 일면의 진리일 수밖에 없다. 그러므로 공금을 써버리고 도망친 사람과 비슷한 기분으로 새벽녘에 남몰래 다른 지역으로 떠났다고 해도 그것은 그것대로 또 하나의 흔들림 없는 올바른 판단이긴 하다.

그러나 그렇게 하지는 않을 것이다. 나는 단념이 빠르다고 말할 수 없고 또 끈질긴 성격으로 보이지 않아도 이 일에 한에서는 진작 답을 냈다. 하고자 하는 마음으로 가득 찼다고는 말할 수 없지만, 아무튼 그렇게 할 생각이다. 적어도 도중에 내팽개치지는 않을 것이다.

고집을 부린다는, 그런 당치않은 일은 아니라고 생각하면서도 지금은 이것이 살아 있다는 증거가 된다. 그리고 놀랍게도 도저히 건실하다고는 말할 수 없는 이 입장을 감수하고 있는 것이다.

복숭아 통조림을 따서 먹는다. 그러고 나서 스낵 과자를 집어먹으면서 탄산음료를 벌컥벌컥 들이켜고 마무리는 종합비타민제로 한다. 당분간 이런 식사밖에 할 수 없고, 이런 편식은 평생에 걸쳐 계속될지도 모른다. 이렇게 말은 하지만, 죽을 날이 찾아오는 것은 그리 멀지 않을 것이다.

머지않아 이즈미마치에 가야 한다. 아직 다 먹어치우지는 않았지만 이제 슬슬 식료품을 구입해야 하는 시기가 다가온다. 그렇다고 이곳 가자무라의 슈퍼마켓에는 두 번 다시 가고 싶지 않다. 게다가 그곳에서는 어떤 자물쇠든 절단할 수 있는 튼튼한 절단기를 팔지 않는다.

바로 조금 전까지 무지개와 소나기 사이를 중개하고 있던 태양을 가키다케 산이 슬쩍 손짓해서 부른다. 빨려 들어갈 것만 같은 아름다움을 일몰이 주변 일대에 아낌없이 흩뿌린다. 이 아름다운 경관을 해치는 조건은 전무하다. 여기저기에 보이는 제상(祭床)을 장식하는 가지각색의 꽃, 그 어느 것이나 이 세상의 무엇인가를 터득한 채 피어 있다. 천지유정(天地有情)의 어스레함이 매미 소리나 새소리를 조용히 뒤덮어간다.

예의 청년은 차가운 유체가 된 어머니에게 매달려 대성통곡하고 있으리라. 뜻밖에 녀석에게는 눈물 젖은 얼굴이 어울릴 것 같다. 눈물이 마를 때까지 울고 나서 어머니의 주검을 위 속에 넣어버리는 걸까. 그런 광경이 아주 자연스럽게 눈에 떠오른다.

나는 육친의 죽음을 접하고도 울지 않았다. 아니, 울려고 해도 울수 없었다. 누이 때도, 어머니 때도, 아버지 때도, 그리고 아우 때도 눈물로 세월을 보내는 일은 없었다. 눈물 한 방울 나지 않았고 슬픔에 울먹이는 소리도 나지 않았으며 그저 묵묵히 그들을 매장해주었을 뿐이다. 나는 그런 사람이다. 아내가 나를 떠난 것도 당연한 일이다.

아래쪽에서 부스럭거리는 소리가 들린다. 아직 완전히 밤이 된 것이 아니어서 시야는 충분히 열려 있다. 진귀한 손님이 찾아왔다. 땅바닥을 내려다보니 바로 근처의 풀숲을 네 발 동물이 가로지르고 있는 참이다.

바로 위에서 봐서 그런지 처음에는 여우인 줄 알았다. 그런데 개다. 게다가 바로 그 개다.

녀석이 키우고 있는 밤색 얼룩무늬 중형견이 잽싸게 지나간다. 뒤도 돌아보지 않고 한눈도 팔지 않고 솔송나무 숲 쪽으로 돌아간다. 닭들은 각각의 장소에 몸을 숨기고 가만히 있는데, 개가 보이지 않게 되고 나서도 움직이지 않는다. 나도 닭을 따라 긴장하고 있다. 그리고 얼마간 시간이 지나고 나서 줄사다리를 내려가 주변 상황을 살핀다.

주의를 게을리 해서는 안 된다. 새삼 자신에게 그렇게 타이른다. 지금은 그런 상황이 아닌데도 왜 그 개는 이런 곳을 어정거렸던 걸까. 주인 옆에 붙어 있어야 할 때인데 왜 자기 영역을 떠난 걸까. 명확한 목적이나 어지간한 용무가 아니라면 경황이 없는 상황에 일부러 이런 곳까지 나오지는 않을 것이다.

발밑에 뭔가 까만 덩어리가 떨어져 있다. 앞으로 몸을 기울여 얼굴을 가까이 들이댄다. 손도끼다. 내 손도끼다.

주뼛주뼛 손도끼를 집어 들고 찬찬히 살핀다. 끈끈한 액체가 끈적끈적하게 들러붙어 있다. 냄새를 맡아보니 타액이라는 것을 알 수 있었다. 그 개가 물고 가져온 것이다.

전율이 나의 온몸을 관통하여 잠시 우뚝 서 있었다. 아마 녀석의 집 돌담을 넘으려고 했을 때 가죽집에서 빠졌을 것이다. 그리고 개의 목적은 손도끼를 떨어뜨린 주인에게 돌려주는 데 있지 않을 것이다. 뭐든지 다 알고 있다는 걸 알려주기 위한 의미를 포함한, 도전적인 인사다. 그렇게 생각할 수밖에 없다.

정말 놀라운 개다. 주인도 주인이고 개도 개다. 둘 다 보통이 아니다. 이것이 개가 할 일일까. 개 혼자 생각하여 결정한 일일까.

지금 개 주인은 그런 일에 생각이 미칠 여유가 없으며 모든 사고가 정지될 만큼 의기소침해 있다. 그 개는 모든 걸 파악하고 있다. 단순히 충실한 개라면 그다지 드물지 않지만, 앞을 내다보는 행동을 할 수 있는 개라면 그리 흔하지 않다. 상상을 넘어선 적이며 살인귀의 한 패다. 어쩌면 주인보다 만만치 않은 상대일지도 모른다. 내게 반격의 결의를 확실히 보여준 것이다.

위험성이 커진 것은 의심할 여지가 없다. 앞으로는 잘 때도 경계심을 늦춰서는 안 된다. 뭐, 상관없다. 바라는 바다. 상대로서 부족함이 없다. 이렇게 된 이상 정면으로 대결해주겠다.

내게도 고집이라는 게 있다. 기껏해야 개의 위세에 눌려 달아날 내가 아니다. 그렇게까지 전락하지는 않았다. 2대 1의 싸움이 되겠지만 꼭 내가 힘이 달려 진다고는 볼 수 없다. 그만큼 투지가 불타

올라 압승은 무리라고 해도 승산은 있다. 단단히 각오하고 분전한다면 어떻게든 될 것이다.

나를 얕봐서는 안 된다. 서로 맞찔러대며 죽을 각오가 되어 있지 못한 겁쟁이라고, 나를 그렇게 가볍게 보고 있다면 그건 당치도 않은 잘못된 판단이다. 잘못이라는 것을 뼈저리게 느끼게 해주겠다.

곧바로 해치려는 마음으로 이어질 것 같은 뜨거운 피가 온몸을 돌아다닌다. 이는 특별히 누이의 영혼을 진정시키기 위해 하는 것이 아니라 어디까지나 나 개인을 위한 승부다. 추억할 가치도 없는 55년에 매듭을 지을 수 있을지 어떨지, 그리고 앞으로 살아갈 가치가 있는지 어떤지 그 갈림길에 서 있다. 그렇게 인식하게 되었고, 그렇게 위치 짓게 되었다.

손도끼의 머리 부분이 움푹 패여 있다. 자물쇠를 내리쳤을 때 생긴 상처인데 날의 이가 빠지지는 않았다. 이것은 아마 사용할 수 있으면 사용해보라는 뜻을 담은 반환임에 틀림없다. 상대가 그럴 생각이라면 당당하게 도발에 응해 따끔한 맛을 보여주어야 한다. 태도를 바꾼 사람의 저력을 몸소 느끼게 해주겠다.

그건 그렇다 해도 과연 나는 어떤 종류의 인간일까. 가자무라로 돌아오고 나서 도통 알 수가 없다. 그런데 자신의 움직임을 읽을 수 없게 된 것을 내심 은밀히 환영하고 있다. 요컨대 이런 변화를 은근히 기다리고 있었던 것 같은 기분이 들었다.

그 증거가 될지 어떨지 모르지만 복수를 마중물로 삼아 살의가 점차 부풀어 오르는 나날을 언젠가 꿈에서 본 기억이 있다. 어쩌면 태어날 때부터 뇌 어딘가에 새겨져 있던 본능적인 원망처럼 보이기도 한다. 그리고 나는 엉뚱한 일로 인해 확실히 그 방향으로 나아가고 있다.

느닷없이 파랑새가 울기 시작한다. 내가 덜컥한 것은 이렇게 이른 시간부터 울 것이라고는 생각도 못했기 때문이다. 누구의 귀에도 분명하게 '붓 포우 소우!'라고 들리는 정통적인 울음소리다.

그 소리는 가자무라를 이리저리 구부러지며 흐르는 강에도, 야수의 썩어 짓무른 냄새로 가득한 숲에도, 큰 소리와 함께 와르르 무너지는 탑 같은 모양의 커다란 바위에도, 적막한 황야에도 단단히 배어들었다. 또한 그것은 도처에서 생과 사의 동화 작용을 활발히 촉진시키고 있다.

나를 둘러싼 온갖 물상이 어쩐지 피비린내 나는 의미를 띠기 시작한다. 상층의 기류에서 방출되는 전자파가 이따금 음파로 변해 대지를 때린다. 하지만 그것은 어디까지나 여름밤을 장식하는 호감 가는 잡음의 하나에 지나지 않는다. 말하자면 망혼(亡魂)의 음영을 짙게 하는 굉음까지는 아니었다.

어둠을 가르고 내가 있는 곳까지 도달한 한 줄기의 순간적이고 들쭉날쭉한 광선은 유전하는 만물의 슬픔과 기쁨을 동시에 비춘다. 희미한 달이 비경(秘境)과도 비슷한 이 인간 세계의 상공을 조용조용 이동해간다.

나는 지금 허식 없는 태도로 자신과 마주하고 있다. 자각 증상 없이 점차 진행해가는 병은 안중에도 없다. 나의 여생은 각오 이상으로 바람직하지 못한 경과를 따라가고 있는 걸까. 적어도 그 반대는 아닐 것이다. 어느 쪽이든 상관없다. 되는대로 될 수밖에 없다. 운명의 섭리를 거스르는 것은 깊이 생각해볼 문제다.

하지만 희망이 전혀 없는 것도 아니다. 크고 무겁고 위험한 이 문제 속에 혈로를 여는 길이 숨어 있는 것만 같다. 매듭을 지었을 때는 의외로 빛나는 세계에 돌입할 수 있는 걸까. 재생의, 부활의, 충실한 수십 년, 살아 있어 다행이었다고 마음속 깊이 생각할 수 있는 수십 년이 앞으로 펼쳐질 수 있을까.

의기소침에는 신물이 난다. 특히 정신적인 피로 탓에 병에 걸리는 생활을 계속 이어가는 것은 이제 지긋지긋하다. 그런 내게 파랑새가 성원을 보내주고 있다. 어쩌면 '차분히 솜씨 좀 구경하자'고 말해주고 있을 것이다. 장차 어떤 결과가 기다리고 있는지 알 도리가 없지만, 설사 뭐가 있어도 뒤로 물러서지는 않을 생각이다.

내 마음은 언짢아질 낌새다. 빈정거리는 듯한 짓을 한 그 개가 내 태도를 완전히 굳어지게 만들었다. 그것은 경고나 위협을 줄 목적의 약아빠진 방식이었고, 그래서 역효과를 낳았다.

나는 도리에 어긋난 행동에 빠져들려는 것이 아니다. 이쪽에는 아무런 잘못도 없다. 앞으로 무슨 일이 일어나든 모든 책임은 그쪽에 있다.

녀석도, 녀석을 거드는 개도 이제 나의 천적이다. 그런 해석이 충분히 성립한다. 녀석들을 철저히 박살 내지 않고서는 내 체면이 서지 않을 뿐 아니라 살아갈 길도 없고 죽을 길도 없다.

경찰과는 다른 나만의 방식으로 끝까지 그들에게 바싹 다가갈 것이다. 운이 다하는 것은 그들이지 내가 아니다. 확실히 나는 그들의 분노를 샀을지도 모르지만, 그들에 대한 나의 분노는 그런 정도의 것이 아니다. 주제넘은 소리를 할 생각은 없지만, 나와 시골 형사를 같은 침해자로서 동일시하지 않는 게 좋을 것이다.

다른 것은 몰라도 이 건에 대해서는 반드시 흑백을 가려보이겠다. 답은 블록과 철문으로 밀폐된 작은 건물 안에 반드시 있을 것이다. 수상히 여기는 단계는 이미 지나갔다. 어떤 수단을 사용하든 그 작은 건물을 파헤쳐주겠다. 그리고 엄존하는 증거를 이 눈으로 확인해주겠다. 그들을 어떻게 할지는 그 후의 일이다.

올여름이 끝날 때까지는 매듭을 짓고 싶다. 그 후의 처신에 대해서는 아직 생각하지 않았다. 가자무라에 가볍게 인사하고 떠나는 것도 좋고, 아무것도 모른다는 얼굴로 여기에 남아 조상의 땅을 이어받는 것도 좋고, 또는 자수하여 법의 심판을 받는 것도 좋다.

그렇지 않으면 자신이 판 무덤 구덩이 바닥에 드러누워 언어도단인 장치를 작동시키는 끈을 휙 잡아당겨 낙반 사고에 휩쓸리는 끔찍한 최후를 맞는 것도 좋겠다.

밤의 찬 공기에 눈을 뜬다. 어느새 잠이 들었나보다. 이 냉기에는 기억이 있다. 싸늘한 이 바람은 언제까지고 여름이 계속되지 않는다는 것을 피부로 직접 가르쳐주는 최초의 바람이다. 나는 새의 사체 같은 비참한 모습으로 나무 위에 드러누웠다.

파랑새는 침묵하고 있다. 한계까지 깊어진 밤이 나를 목탄화의 세계로 거둬들인다. 그래도 여전히 불가해한 인생이 이어지고 있다. 그리고 내 주위에는 여전히 빈정거리는 시선의 닭들밖에 없다. 불안하기 짝이 없다.

그 다음에 잠에서 깼을 때는 새벽의 희미한 빛에 감싸여 있다. 나는 아주 녹초가 되었다. 아마 얼굴은 실패한 데스마스크와 비슷할 것이다. 아직 이렇게 살아 있는 것이 성가시다. 무력하고 늘 잔걱정을 하는 자신과 끊임없이 마주하고 있는 것에 아주 심한 권태를 느낀다.

그래도 몸 상태는 아쉬운 대로 괜찮은 편이고 얼굴의 부기는 빠졌다. 그렇다고 여름을 탄 것은 아니다. 회복되었는지 어떤지 뭐라 말할 수는 없지만 병이 심해지는 것은 아닌 것 같다. 인간으로 살고 있는 것이 성가시다. 이 물참나무에 기생하는 식물이라도 되어 만물이 그치지 않고 변화 유전하는 세상을 언제까지고 타율적으로 살아보고 싶다. 그런 심경이다.

하지만 일단 그 청년에 대한 일이 뇌리에 스치자 분노를 듬뿍 포함한 전류가 잘 쓰는 팔의 근육을 꿈틀거리게 한다. 그러자 나는 단숨에 기운을 차린다.

재주가 둔한 나는 순식간에 흔적도 없이 사라진다. 그리고 최대한의 노력으로 수많은 어려움을 물리치고 그 애송이에게 철퇴를 내려주겠다는 생각이 온몸을 돌아다녀 그만큼 혈액 순환이 좋아진다. 폭력에는 폭력으로 맞서야 한다는 야만스러운 결론이 내 기분을 산뜻하게 한다.

늦어도 앞으로 며칠 안에 녀석의 모가지를 단단히 눌러 꼼짝할 수 없게 해주겠다. 그렇게 결의한다.

태양이 기세를 올려감에 따라 하늘이 온통 파래진다. 내 안에서 이성의 안전판이 급속하게 파괴되어 간다. 이제 옛 모습을 찾아볼 수 없을 정도로 초라한 내가 아닐 것이다.

녀석에게 어울리는 벌은 말로 표현할 수 없는 생지옥의 고통이다. 산 채로 오장육부를 도려내고, 아직 숨이 붙어 있을 때 토르소와 같은 몸으로 만들어주겠다. 이번에는 네놈이 학살당한 사체가 될 차례다.

형세는 녀석에게 불리하다. 어머니가 죽어 얼이 빠져 멍해 있고, 울어서 눈은 빨갛게 퉁퉁 부은 채 혼란의 극에 달해 있을 것이다. 녀석에게 어머니가 어느 정도의 가치를 갖고 있는지는 모른다. 하지만 외양 따위는 개의치 않은 채 통곡한 모습으로 볼 때 어머니에 대한 사랑은 보통이 아니었을 것이다.

어머니에 대한 과도한 사랑이 녀석을 비뚤어지게 한 주요 요인인 걸까. 아니면 아버지에게 물려받은 유전자가 시킨 짓일까. 어느 쪽이든 묵인해줄 이유가 되지는 않는다. 그런 괴물을 이대로 두고 이번 생에 작별을 고할 수는 없다.

녀석에게는 반죽음을 당해야 할 근거가 있다. 그렇게 생각하는 것은 너무 경솔한 걸까. 아직 무엇 하나 증거를 확보하지 않았는데도 처음부터 믿어 의심치 않는다. 무턱대고 사람을 의심하여 억측한다. 좀 더 냉정해져야 한다고 생각하지만, 아무래도 그렇게 되기는 어렵다.

기분을 바꾸려고 아침 준비를 시작한다. 나무 위에서 끓여 마시는 커피는, 무슨 일이든 악의로 해석하는 마음에 스며들어 번진다. 살구 잼을 듬뿍 발라 입에 잔뜩 넣은 비스킷이 아직 위장에 닿기도 전에, 흔들리지 않는 의지와 야무진 기질을 키운다. 매일 거르지 않고 복용하는 종합비타민제는 너무 많이 자서 오는 피로에 천천히 효과를 나타낸다.

나는 어느덧 어엿한 섭생가가 되어 있다. 건강을 해치는 조건이 날마다 줄어들고 있다. 꼭 나쁜 일은 아니다.

아직도 여전히 여름이다. 어제 불었던 가을을 예고하는 바람은 필시 뭔가 잘못된 것이었으리라. 옥토에 무성한 나무들이 오늘도 가자무라를 초록 일색으로 뒤덮고 있다. 자신의 어리석음을 부끄러워하기도 하고, 오랜 생각에 빠지기도 하고, 추억의 웃물을 떠서 마시기도 하는 분위기는 어디를 어떻게 찾아도 눈에 띄지 않는다. 이상하게 들뜬 마음이 나를 물참나무에서 떼어놓는다.

자신이 판 무덤 구덩이에 가랑이를 벌리고 쭈그려 앉아 볼일을 본다. 이어서 옷을 입은 채 소코나시 강에 몸을 날린다. 헤엄을 치는 중에 너그러운 마음이 될 것 같은 착각이 커진다. 언젠가 이 몸이 스러진다니, 다른 사람들처럼 명맥이 다한다니 도저히 믿을 수가 없다.

알몸뚱이가 되어 새까맣게 탄 몸을 지그시 바라본다. 아무리 소극적으로 봐도 오로지 쇠약해지기만 하는 몸은 아니다. 이는 결코 늦더위에 지지 않고 충분히 고군분투할 수 있으며 죄를 짓는 일도 할 수 있을 것 같은 몸이다.

그 근방에 어지러이 흩어지고 있는 햇빛이 이런저런 복잡한 사정을 웃어넘긴다. 높은 소리로 지저귀는 딱새 한 무리가, 이미 알고 있는 비극을 하찮은 것으로 만든다.

나는 느닷없이 당치도 않은 소리를 지르며 노래한다. 문득 떠오른, 이리저리 주워 모은 엉터리 노래지만, 그것은 불어 오르는 회오리바람처럼 중천을 향해 쑥쑥 올라간다. 노래하면서 자꾸만 자지러지게 웃는다. 이런 데서 이런 짓을 하고 있는 자신이 우스워서 견딜 수가 없다. 무슨 일이나 웃어넘길 수 있는 것이 나의 강점일까. 천지에 가득한 정기가 나의 큰 입으로 날아든다.

노래를 할수록 점점 더 투지가 솟는다. 여기에 있는 것은 길가에 쓰러져 죽는 것이 어울리는, 낙담한 끝에 자살로 내몰리는 내가 아니다. 미치광이 짓을 하고 부끄러워 고개를 숙이거나 기진맥진하여 이제 끝이라고 체념하는 그런 내가 아니다. 전력을 기울여 일을 처리하고 최후의 최후까지 오기를 부릴 수 있는 패기만만한 남자. 그것이 현재의 나다.

거듭된 불행 따윈 문제되지 않는다. 이곳이 쇠퇴한 산골 마을이고 풍기가 나쁜 지역이며 자랑할 것이 못 되는 출생지라고 해도, 이제 다시는 도망치거나 하지 않을 것이다. 이제 잃을 것은 아무것도 없고, 퇴직금에도 여명에도 그다지 신경 쓰지 않는다. 다만 일이 뜻대로 되지 않은 이 특별한 여름을 마음껏 즐기고 싶을 뿐이다. 과연 내게 다음 여름이 있을지 어떨지는 모르지만, 그런 건 있어도 없어도 상관없다. 내게는 깊이 기대하는 것이 있으므로.

눈에 비치는 모든 광경이 처음으로 한 번 보고 마지막이 될 것만 같다. 그렇게까지 나를 둘러싼 환경이 신선하게 느껴진다. 수염을 깨끗이 깎고 정성껏 이를 닦고 보송보송하고 말쑥한 옷을 입은 가벼운 차림으로 들길을 가는 나는 매미들에게 일일이 지적당할 만큼 슬픈 존재가 아니다. 누구에게도 뒤지지 않은, 버젓한 낙천가일 거라고 자인한다. 실제로 가자무라의 자연은 온통 내 편을 들며 나무 한 그루 풀 한 포기에 이르기까지 계속해서 내게 우호적이다.

나는 나를 향해 이렇게 호언장담한다. 두려울 것은 하나도 없다. 강렬한 욕망을 이겨낼 수도 있고, 자진하여 어려움에 맞설 수도 있다. 이거야말로 원래 그래야 할 나의 진짜 모습이다.

그런 것에 투덜투덜 불평을 늘어놓으면서도 끊임없이 주위를 신경 쓰고 있다. 물새의 날개 치는 소리가 들릴 때마다 허리에 찬 손도끼에 손을 댄다. 인기척을 느낀 것도 아닌데 항상 등 뒤를 확인한다. 하지만 거기에 있는 것은 숨이 콱콱 막힐 뿐인 풀숲에서 풍기는 훗훗한 열기와 눈부시게 반짝이기만 하는 녹음뿐이다.

그 개는 어제 내게 선전포고를 하고 도발했다. 할 수 있으면 어디 해보라는 태도를 취하며 시위했다. 내가 그것으로 뭘 하려고 했는지를 잘 알면서도 내가 떨어뜨린 손도끼를 일부러 가져다주었다. 결코 친절한 마음에서 나온 행위가 아니다.

그 개가 언제 덮쳐 와도 하등 이상할 게 없다. 아니면 녀석에게는 내가 언제 덮쳐도 격퇴할 자신이 있는 걸까. 어쨌든 더 이상 내가 제멋대로 행동하는 것을 바라지 않을 것이다. 그러니 앞으로 우리가 마주칠 때 적의와 악의로 가득 찬 격돌은 불가피하다.

하지만 앞으로 며칠간은 그쪽에서 싸움을 걸어오지 않을 것이다. 녀석은 슬픔으로 풀이 죽은 주인 옆에 붙어 있으면서 어두운 얼굴로 하루 종일 울적해 있을 것이다. 그리고 탈상을 할 무렵 기습해올 것이다. 다음에는 주인과 힘을 합쳐 숨어서 나를 기다리고 있을지도 모르고 또는 협공을 해올지도 모른다.

올 테면 와라. 나도 승산이 없는 건 아니다. 녀석들보다 먼저 움직여 기선을 제압하면 어떻게든 될 것이다. 그쪽이 스스로를 방어하기 위해 결연히 일어섰을 때는 이미 늦을 때다. 나는 그렇게 할 생각이다.

적정을 시찰하러 나선다. 강가를 따라 소코나시 강을 내려간다. 비행하는 포자나 잠자리 날개가 빛난다. 엽록소의 작용이 정점에 달한 초지는 암수 곤충의 밀회 장소가 되고 있다. 늪지대에 서식하는 원생동물은 번식하느라 여념이 없다. 귀화동물이 황막한 벌판 한쪽 구석에 사랑의 둥지를 틀려고 한다.

아카시아 꽃 잔해의 너무나도 달콤한 향기가 나를 몹시 자극한다. 만약 내 안에 분노가 차 있지 않았다면 격심한 욕정에 사로잡혔을지도 모른다. 그럴 정도의 냄새다.

허술한 외나무다리 옆에 좀 더 튼튼한 가교가 새로 놓여 있다. 하룻밤 사이에 완성시켰을 것이다. 그리고 강 건너편의 벼랑에는 알루미늄제의 긴 사다리가 세워져 있다. 차례로 찾아오는 조문객들은 모두 그 다리를 건너고 그 사다리를 올라 솔송나무 숲 속으로 사라진다.

나는 주위보다 높은 평지에 우거진 울창한 나무숲 안에 몸을 숨기고 검정 일색의 사람들을 내려다본다. 가자무라에 아직 이렇게 많은 사람들이 남아 있었다니 참으로 놀랍다. 여전히 그들은 정장 차림이 어울리지 않는다. 지저분한 작업복이 풍토에 맞는다.

5년 전 아버지가 돌아가셨을 때와 거의 같은 면면이다. 이렇게 멀리서도 한 사람 한 사람을 정확하게 식별할 수 있다. 주로 친인척으로 구성된 그 집단에는 아직도 봉건주의의 잔재가 달라붙어 있다. 그들 중에는 나와 친척 관계에 있는 사람도 몇 명 섞여 있다. 촌장이자 마을에서 제일 부자이며 또 혈연사회의 지배자이기도 한 새우등의 노인이 힘센 손자의 어깨를 짚고 다리를 건넌다. 그가 존경받을 만한 인물이었던 예는 한 번도 없었다.

진심으로 영결을 슬퍼하는 사람은 전무하다. 애초에 진심으로 고인을 애도하는 장례식이 아니라 오히려 축하하는 일에 가깝기 때문이다. 이것으로 그 청년은 해방된다. 적어도 종이기저귀를 산더미같이 구입하거나 진료소로 약을 받으러 다니는 수고를 덜게 된 것은 분명하기 때문이다.

그럴 마음만 있다면 개를 데리고 강을 따라 난 길을 어디까지고 내려가 지인이 아무도 없는, 그리고 누구도 거동을 수상히 여기지 않는 지역까지 발길 닿는 대로 흘러갈 수도 있다.

하지만 녀석은 움직이지 않을 것이다. 언제까지고 여기에 머무를 것이다. 녀석에게 가자무라는 바로 이상향이다. 속속들이 알고 있는 고장에 눌러앉아 있으면서 거미처럼 거미집을 둘러치고 사냥감을 기다리며 당치도 않은 일생을 끝까지 살아갈 생각일 것이다. 그런 유의 범죄자에게 가자무라만큼 안전한 환경은 없다.

고별식은 공민관이 아니라 자택에서 치러진다. 녀석은 어머니의 시신에 착 달라붙어 울부짖고 있을까. 어머니는 어떤 존재였을까. 어머니를 잃은 일로 더욱 괴로운 처지로 내몰린 걸까. 쇠운의 징조가 보인 것을 확실히 자각하고 완전히 겁을 먹고 있을까. 마음의 버팀목을 잃어 더욱 흉포해지는 것일까. 이를 기회로 여자를 난도질하는 행위에 한층 더 훌륭한 솜씨를 보여주게 될까. 그리고 그 횟수도 마냥 급증하게 될까.

그렇게 되도록 놔둘 수는 없다. 그런 것은 내가 용서치 않는다. 내 안에서 열렬히 불타오르는 적개심의 정체는 뭘까. 앙갚음을 구실 삼아 좀 더 다른 뭔가를 하려는 걸까. 아무튼 이를 완수하기 위해 태어난 것 같은 기분마저 든다. 55년째에 들어 처음으로 인생의 진짜 목적을 얻은 것 같은 마음이다.

그렇다고 해서 비슷한 짓을 하고 싶어 하는 사람들에게 본때를 보여주려는 것은 아니다. 또한 들개를 잡아 죽이는 사명감 때문에 하려는 것도 아니다. 결코 그런 게 아니다. 내가 바라마지 않는 것은 오로지 결사의 표정으로 격돌하는 것이다. 상대는 물론 녀석들이다. 청년과 그의 앞잡이인 황색 바탕에 굵고 검은 줄무늬가 있는 그 개 말이다.

그런 놈의 비뚤어진 마음속 깊은 곳을 살피고 싶지는 않다. 그런 것은 지식만 풍부하고 행동이 따르지 않는 범죄 심리학자에게 맡겨두면 된다. 나는 녀석을 경멸하지도 않을 뿐 아니라 불쌍히 여기지도 않는다. 그저 이 손으로 죽이고 싶을 뿐이다. 그것뿐이다. 완력에는 전혀 자신이 없지만, 그렇게 하고 싶어 좀이 쑤신다.

가자무라에서는 사람이 죽으면 토장을 한다. 녀석의 집안 묘는 솔송나무 숲 어딘가에 있다. 노쇠하여 죽은 녀석의 어머니는 그곳에 매장되면 안도의 한숨을 내쉴지도 모른다. 더 이상 인간이 아니게 되어버린 자식을 이제는 보지 않아도 되기 때문에.

아니면 사후에도 여전히 이 세상에 머물며 아들의 범죄를 넋을 잃고 지켜볼 생각인 걸까. 그리고 나는 심령의 존재를 인정하지 않는데도 밤마다 귀신에게 계속 시달리게 될까.

어차피 녀석은 곧 어머니가 있는 곳으로 가게 될 것이다. 그곳으로 보내주는 이는 바로 나다. 그렇게 보내주면 녀석의 어머니에게 무척 감사받을 것이다. 아들의 그런 최후야말로 그녀의 비원이었을지도 모른다. 모자가 같이 저승길로 가는 것이 유일한 꿈이었을지도 모른다.

어차피 이 세상은 임시 거처에 지나지 않는다. 아무리 죄업이 많은 몸이라도 언젠가는 죽음이 정화해준다. 그것이 당연한 귀결이다. 죽이는 쪽도 죽임을 당하는 쪽도 큰 차이는 없다.

전생의 업보가 있는지 없는지는 알 길이 없지만, 나는 해야 할 일을 하고 죽어갈 것이다. 진상을 규명하기 위해서가 아니라 내 피를 더욱 거세게 들끓게 함으로써 살아 있다는 증거를 얻기 위해, 단지 그것을 위해 사람을 죽일 것이다.

내가 짐작하기에 녀석은 결코 독이 없는 뱀이 아니다. 어둠속에 숨을 때의 험악한 얼굴이나, 과육이 부드러운 복숭아를 먹을 때처럼 유방을 덥석 물 때의 희열에 찬 표정을 쉽게 상상할 수 있다. 그것이 녀석이다.

그런 외양이니 약한 적이라고 얕봐서는 안 된다. 샘물처럼 맑은 눈으로 뻔뻔하게 거짓말을 하고 산길을 혼자 걷는 아가씨 또는 나무 그늘에서 쉬는 아가씨 옆을 시치미를 뗀 얼굴로 지나치고는 곧다시 돌아와 느닷없이 촉수를 뻗을 것이다.

누군가 숨통을 끊어놓지 않는 한 그런 일은 평생 그치지 않을 것이다. 그런 녀석에게 가자무라는 바로 낙원이라고 할 수 있다. 하지만 그 낙원에도 붕괴가 다가온다. 녀석을 없앨 사람은 나 말고 없다. 이제 와서 생각하니 내가 귀향한 것은 그 일을 하기 위해서였던 것이다.

　　　　　혹서가 풍년을 예고하고 있다. 몹시 강렬한 햇볕 속에서 갑작스럽게 솟아나는 투지야말로 내가 나인 증좌다. 한여름에 내리쬐는 햇볕과 같은 나의 기세가 살며시 다가오는 만가(挽歌)의 분위기를 모조리 물리친다.

　소코나시 강을 건너 솔송나무 숲 속으로 사라져간 문상객 복장의 마을 사람들은 지금쯤 순서를 밟아 일을 치르고 있을 것이다. 조금 전 이즈미마치에서 달려온, 땀을 많이 흘리는 체질의 스님이 황망히 가교를 건너갔다. 주문을 받아 부의에 대한 답례품을 배달하러 온 업자와 그것을 받기 위해 기다리고 있던 얼빠진 얼굴의 여자가 강을 사이에 두고 양쪽에서 큰 소리로 서로를 부른다.

　사람들이 빈번히 드나들어 앞으로 며칠간은 다가갈 수 없을지도 모른다. 본격적으로 움직일 수 있는 것은 장례식이 끝나고 나서일 것이다. 그때까지는 기다려야 한다. 무슨 일이 있어도 그 일만은 실패로 끝내고 싶지 않다.

　일이 어떻든, 가정이 어떻든, 그런 것은 아무래도 좋다. 이것에 비하면 이혼도, 직장에서 푸대접을 받은 일도, 교제비가 가져다준 하찮은 꿈, 즉 미식에 싫증이 나보고 싶다는 바람에 의해 걸린 병도 모두 사소한 사건에 지나지 않고, 어느 것이나 지나간 일로 정리할 수 있다.

그 무엇보다, 무슨 일이 있어도 이 일만은 완수하고 싶다. 그렇게 하면 인생의 합격점을 받는 일이 되고, 어쩌면 그것을 넘어 만점을 받는 일이 될 것이다.

'너는 홀렸다'고 말하며 주의를 촉구하는 아연실색한 표정의 내가 있다. 하지만 그런 나를 설복할 생각은 없고 '그게 어때서?'라고 정색하지도 않을 것이다. 누가 뭐라고 하든 나는 그만두지 않는다. 귀착점에 도달할 때까지 갑자기 마음이 바뀌는 일은 절대 없을 것이다. 왜냐하면 지금의 내게는 이것밖에 없기 때문이다. 도저히 그 이상의 것이 있을 것 같지 않다.

나무딸기를 배가 터지게 먹는다. 그러고는 천천히 일어나 발길 닿는 대로 걷는다. 저절로 발이 그쪽으로 나아가고, 빨려들 듯이 오보레 강 쪽으로 간다.

원래 오늘 예정하고 있던 계획은 장을 보는 일이었다. 그 튼튼한 자물쇠를 절단할 수 있는 절단기를 구입하기 위해 이즈미마치로 나갈 생각이다. 그런데 장에 나갈 만한 시간은 진즉에 지나갔으므로 나는 정반대 쪽으로 향한다. 뭐, 그것도 좋을 것이다. 장보기는 내일 해도 상관없다.

원래라면 주위보다 높은 이 평지에는 널찍한 논밭이 펼쳐져 있을 터였다. 여기저기에 점재하는 못과 늪의 물을 충분히 활용할 장대한 계획은 어느덧 흐지부지되고 말았다. 그 대신 조성된 조림지도 잡초 베기나 가지치기를 전혀 하지 않은 탓에 지금은 평범한 잡목림이 되었다. 그러나 나는 이것을 더 좋아하는데, 적어도 쓸쓸한 시골 풍경으로는 보이지 않기 때문이다.

여름풀이나 활엽수가 발산하는 향기 속을 빠져나갈 때 비할 데 없는 충족감을 느낀다. 향수와도 비슷한 이 지극한 행복감 어딘가에 성적 희열로 통하는 뭔가가 포함되었다. 옛날이 아니라 발정 자체의 추억을 떠올리게 하는 냄새다.

이곳 주민들은 모두 부지불식간에 향기로운 냄새에 나쁜 영향을 받았을지도 모른다. 가자무라에서 일어난 비극의 대부분은 사실 이 냄새가 주된 요인이었을지도 모른다. 그 청년의 마음을 왜곡시킨 것도, 내 아우가 그렇게까지 잔학성을 드러낸 것도 모두 초목이 발산하는 물질이 초래한 결과였을지도 모른다.

그리고 결국 나까지 이상하게 되고 만 걸까. 이는 이성을 빼앗고 파멸로 이끄는 향기다. 가령 그렇다고 해도 거기서 도망치고 싶다고는 조금도 생각하지 않을 뿐 아니라 오히려 언제까지나 잠겨 있고 싶을 정도다. 그런 탓에 어떤 사태에 이른다고 해도 특별히 문제될 것은 없다.

일가가 모두 도시로 옮겨간 사람들. 그 후 그들이 지나치게 강한 정념에서 해방되었다고 해도, 그것은 단지 무미건조한 비인간적인 생활에 떨어졌다는 것뿐이다. 그렇지 않으면 물욕의 함정에 빠져 우는소리가 늘었다는 것뿐이다. 설사 내가 광기로 가는 지름길을 쉬지 않고 달렸다고 해도, 그것은 자연의 은혜가 풍부한 지역의 영향이라는 극히 자연스러운 결과일 것이다.

이미 나는 몽매한 사람들의 동료다. 가자무라의 그 누구보다도 세상 물정에 밝다고 해도, 아무리 속물근성을 비웃는 여유를 가지고 있다고 해도, 구제 불능인 남자의 동료라는 것에는 하등 변함이 없다. 그렇지만 이 세상을 완전히 포기한 것은 아니며, 이런 자신의 모습을 상당히 즐기고 있다. 생활의 모든 기반을 잃어버린 지금, 바로 그렇기에 비춰진 이 빛에 잠겨 있을 수 있다.

내 영혼은 가자무라 전역에 미치는 여름의 충일한 의향을 따라 흐른다. 언제든지 폭거에 나설 수 있는 태세로 아주 짙은 그림자를 바싹 마른 지면에 떨어뜨리며 쨍쨍한 한낮을 가로질러 간다. 만약 이 외길 저편에서 여자가 온다면 나는 돌변하게 될까. 예상도 하지 못했던 나로 변하게 될까.

이제 남근에 휘둘릴 나이는 아니다. 하지만 그래도 여전히 그 가능성이 사라지지는 않았다. 소리 없이 웃으면서 아가씨의 풍만한 생체를 해부한다. 아무리 그래도 그런 데까지 빠져들지는 않겠지만, 뒤에서 느닷없이 겨드랑이 밑으로 양팔을 넣어 상대방의 목덜미를 꽉 죄는 일 정도는 할 수 있을 것 같다.

인면수심의 그 청년에게 질투를 느끼고 있는 걸까. 그럴 리 없다. 절대 아니다. 그렇다면 지금까지 뭔가 징후라도 있었을 것이다. 여자 앞에 있을 때 나는 아주 평범한 남자였다. 그와 반대로 녀석이 하는 일은 만물의 영장인 인간이 할 짓이 아니다.

아니, 그런 일은 인간밖에 할 수 없는 짓이고, 인간이기에 하는 일이다. 그렇다면 나는 인간이 아닌 걸까. 그렇지만 나는 내가 인간의 전형이라고 생각한다.

　　　자신도 모르게 어느새 부끄러운 생각이 줄고 있다. 따분한 세상이라는 답이 하루에 몇 번이고 마음을 스치고, 그때마다 불쾌한 기분에 사로잡히는 일이 요즘에는 격감하고 있다.

　나는 이제 영면의 땅을 찾는 일밖에 흥미가 없었던 사람이 더 이상 아니다. 육체가 갑자기 쇠약해진 것을 뼈저리게 느끼면서 할 일도 없이 진종일 빈둥거리며 지내는 은퇴한 농부만도 못해 보이는, 입버릇처럼 "죽어야지"라고 말하는 정년퇴직자도 아니다.

　내게는 완수해야 할 소망이 있고, 이뤄야 할 숙원이 있다. 나는 가족에게 아무런 힘도 되어주지 못했지만, 자기 자신까지 죽게 내버려둘 만큼 어리석지 않다. 꺼림칙한 얼굴이나 침통한 표정으로 사는 것은 이제 넌더리가 난다. 나는 헛되이 살았어도 개죽음만은 피하고 싶다.

　갑자기 오보레 강이 보고 싶어 높다란 언덕으로 오른다. 어쩐지 그런 예감이 들어서였을까. 그곳에는 예상도 하지 못했던 광경이 펼쳐졌다. 기습을 당한 기분이다. 그들이 거기서 뭘 하려고 하는지는 일목요연하다. 하지만 외부인의 눈에는 아마 투망을 던져 물고기를 잡고 있는 것으로만 비칠 것이다. 확실히 그들은 그렇게 보여주려 하고 있다. 그래도 나를 속일 수는 없다.

　경찰 관계자다. 제복을 입고 있지 않아도, 순찰차를 타고 오지 않아도, 그들이 강에서 물고기를 잡으며 노는 일반인이 아니라는 것은 의심의 여지가 없다. 내 기억력이 월등히 뛰어나지 않아도 그 남자는 확실히 기억하고 있고 꿈속에서도 잊을 수 없다. 누이 사건을 담당했고 아우를 찾기 위해 산을 뒤졌을 때도 입회했으며 저번에는 경찰관과 함께 나를 찾아온 그 형사다.

그가 그렇게까지 능력 있는 형사였다는 생각은 미처 하지 못했다. 작은 배의 이물에 서서 부하에게 지시를 하는데 착안점이 예리하다. 꽤나 실력 있는 자다. 다시 봤다.

하지만 감탄하고 있을 때가 아니다. 우물쭈물하고 있다가는 놈들이 선수를 치고 말 거라는 초조함이 끼어든다. 이대로 있으면 일련의 엽기적인 사건은 조만간 경찰의 진력으로 갑작스럽게 해결될지도 모른다.

그건 곤란하다. 그래서는 내가 나설 자리가 없어지고 만다. 이제 이건 아무에게도 맡기고 싶지 않고 누구에게도 새치기 당하고 싶지 않은, 나 혼자만을 위한 가장 중요한 과제다. 어느덧 이 일은 범죄에 대한 법의 적용이라는, 한 가지 뜻으로 충분히 납득되는 문제가 아니게 되었다. 요컨대 내 보물인 것이다.

경찰이든 누구든 이제 와서 함부로 나서는 짓을 하지 말아주었으면 싶다. 현재 그들은 공공연한 움직임을 삼가는 중이다. 하지만 투망에 사체의 한 조각이라도 걸리면 이야기는 달라진다.

그날 밤 낚아 올린 넓적다리는 아직 그 근처에 있을 것이다. 살점은 잉어가 다 먹어치웠다고 해도 뼈는 남아 있을 것이다. 그 뼈의 예리한 단면을 한번 보기만 하면 단순히 익사자가 나온 흔해빠진 사건과 동일시할 수 없다는 것쯤은 곧바로 알 수 있다. 그리고 입고 있는 옷의 일부로 신원이라도 알게 되면 그야말로 큰 소동이 벌어지고 15년 전 당시의 절박한 상황이 재연될 것이다.

나의 얼굴빛이 변해간다. 아무리 침착함을 가장해도 표정이 험악해져가는 것을 스스로도 느낄 수 있다. 나는 내 특유의 방법으로 이 사건을 해결하고 싶다. 그렇게 하지 않으면 인생의 수지를 맞출 수 없게 되고 만다. 남아 있는 시간을 가장 의미 있게 보내는 방법은, 그것 말고는 생각할 수 없다.

내가 옳은지 어떤지 확실하지 않지만 결코 틀리지는 않다. 법의 심판이라는 것은 어차피 일면적인 진리에 지나지 않는다. 그러므로 용의자이자 진범임에 틀림없는 그 청년이 경찰의 손에 의해 위험한 처지에 몰리는 것을 보며 즐기고 있을 수만은 없다. 설사 그들에게 협력하는 형태를 취한다고 해도 만족할 수는 없다. 그것이 아무리 경찰의 일이라고 해도, 이 일에 대해서만은 쓸데없는 방해를 하지 말았으면 싶다.

내게는 녀석을 어떻게든 해버릴 자격이 충분히 있다. 특별히 부정을 꺼리고 싫어하는 마음을 갖고 있지 않아도, 때와 경우에 따라서는 법률의 파수꾼이 아닌 내게도 다른 사람을 벌할 권리가 있다.

나는 할 것이다. 모든 어려움을 물리치고 할 것이다. 하겠다고 결심했다. 그렇게 함으로써 직성이 풀릴지 어떻지는 모르지만, 하지 않을 수 없다. 이건 오성(悟性)에 호소하여 이해할 일은 아니다.

나의 정념은 이미 빼도 박도 못하는 지경까지 내몰리고 말았다. 비유하자면 강풍이 불어대는 날 발생한 산불이나 마찬가지다. 이제 아무도 끌 수 없다. 탈 만한 것이 없어질 때까지 기다릴 수밖에 없다. 다 타고 나서의 일은 아무래도 좋다. 그것까지는 모른다.

다행히 경찰은 아직 이렇다 할 단서를 포착하지 못한 것 같다. 대형 투망 두 개가 교대로 끌어올려지고 그때마다 은빛 비늘이 반짝인다. 큼직한 잉어인데도 환성이 일지 않는다. 그물에 걸린 물고기는 곧바로 강물로 던져진다.

그 형사의 추리는 대체 어디까지 진행된 걸까. 범인으로 지목된 사람은 있는 걸까. 어디의 누구에게 의혹의 눈길을 보내고 있는 걸까. 나와 마찬가지로 아직 추측의 영역을 벗어나지 못한 걸까.

어쩌면 시체를 발견하고 나서 손으로 더듬듯이 범인을 밝혀낼 생각인 걸까. 아니면 진작 판단은 내렸고, 지금은 증거를 확보하는 단계인 걸까. 그리고 앞으로는 영장과 함께 가택수사만 하면 되는 단계까지 온 것일까. 만약 그렇다면 부디 잘못 짚기를 바랄 뿐이다.

나는 안절부절못하며 눈 아래의 상황을 지켜본다. 지금은 그저 투망에 물고기나 유목 이외의 것이 들어 있지 않기를 기도할 뿐이다. 그리고 그들이 낙심하여 속히 이즈미마치로 돌아가기를 바랄 뿐이다.

블록으로 지은 작은 건물의 견고한 철문을 처음으로 비틀어 여는 사람은 나여야 한다. 무슨 일이 있어도 경찰이어서는 안 된다. 그들의 기선을 제압할 만한 좋은 방법은 없을까. 만약 그들 사이에서 함성이 터져 나올 경우 뭔가 효과적인 수를 써야 할 것이다. 아무리 생각해도 그 수가 떠오르지 않는다.

　　　　지금쯤 녀석은 한창 장례를 치르고 있을 것이다. 슬픔의 밑바닥에 가라앉아 떠오르지 않은 녀석은, 물론 오보레 강에서 무슨 일이 벌어지고 있는지 모를 것이다. 녀석은 어머니를 막 묻은 묘 앞에 꼼짝 않고 서서 심각한 표정을 짓고 있을 것이다. 혹은 어린아이처럼 고개를 떨구고 있거나, 그렇지 않으면 땅바닥에 엎드려 울부짖고 있을 것이다.

　끊임없이 흔들리는 마음은 당분간 녀석을 혼란케 하며 부모가 사라진 공백을 필사적으로 메우려고 할 것이다. 그렇게 하려면 하루 빨리 다음 사냥감을 손에 넣고 피로 미끈거리는 희열에 젖어들 수밖에 없을 것이다.

　왜인가. 왜 나는 그런 놈의 마음속을 추측할 수 있는 걸까. 녀석을 중증 정신이상자로 보는 것은 옳지 않다. 뭉게뭉게 피어오르는 연민의 정에 휘둘린 채 녀석을 봐서는 안 된다. 결국은 도태되어야 할 동물일 수밖에 없고, 가자무라에서 살인의 제 일인자라는 지위를 언제까지고 물려주지 않을 생각이다.

　그런 의미에서 풍만하고 윤택한 육체를 가진 모든 젊은 여자의 생사여탈권을 쥐고 있는 것도 바로 나다. 성가시기 짝이 없는 이야기다.

녀석의 깊은 슬픔도 머지않아 한없는 공허함으로 바뀔 것이다. 그 공허함은 분노로 발전하여 분노의 창끝이 나를 향하게 될지도 모른다. 열락에 빠지기 전에 간특한 꾀를 가진 뛰어난 개와 힘을 합쳐 방해꾼을 배제하는 일에 본격적으로 나설 것임에 틀림없다. 그러므로 앞으로 위험은 늘어나기만 할 것이다.

바라는 바다. 그쪽이 그럴 생각이라면 나도 적당히 봐주지는 않겠다. 철권의 비를 내리게 하는 정도로 끝날 가벼운 문제가 아니다. 녀석은 내 누이를 죽였다. 그것도 그냥 죽인 게 아니라 팔리는 식용육처럼 잘게 잘랐다. 죽을 때의 모습이 그 무슨 꼴이란 말인가. 그 이후 우리 집은 순식간에 몰락의 길을 걸었다.

이대로 울며 겨자 먹기로 단념할 나로 보이는가. 이는 악인을 주살하는 것과 사정이 다르다. 내가 바라마지 않는 것은 목숨을 건 치열한 투쟁이다. 그것이 결과적으로 원수를 갚는 일이다. 지금은 어떻게 하든 경찰보다 선수를 쳐야 한다. 그들이 수갑을 준비했을 때는 이미 녀석의 숨통이 끊어져 있어야 한다.

그리고 일종의 불가사의한 사건의 진상에 대해 묵묵히 말이 없는 나는 가자무라에서 홀연히 모습을 감추어야 한다. 일이 그렇게 순조롭게 진행될지 어떨지는 별개로 치더라도 아무튼 그것이 바로 가장 이상적인 계획이라 여긴다.

오보레 강에서는 여전히 투망의 꽃이 피었다 시들었다 하고 있다. 언제까지고 기대한 것이 걸리지 않아 그들은 슬슬 긴장이 풀리고 있다. 요컨대 헛수고가 될 기미가 농후해진 것이다. 다른 것은 어떨지 모르지만, 이 일에 관해서라면 내 운이 강하다고 단언할 수 있다.

목표로 하는 것이 발견되지 않으면 언젠가 싫증이 날 것이다. 세상이 시끄러워지고 나서야 겨우 일에 착수하는 것이 경찰의 상투적인 수법이다. 아무리 열심히 일하는 형사라고 해도 오늘 일이 수포로 돌아가면 분명히 손을 떼고 말 것이다.

녀석의 비밀을 탐지해내는 일은 경찰견을 대신하여 내가 맡는다. 정공법이 통할 상대가 아니다. 추궁한다고 본심을 털어놓을 놈이 아니다. 술술 자백할 놈이라면 처음부터 그런 짓은 하지 않았을 것이다. 이 사건을 말끔히 처리할 수 있는 사람은 나 말고는 없다. 그래서 망설임 또한 없다.

17

짧은 여름밤이 훤히 샌다. 샛별이 발산하는 금색이 순식간에 사라진다. 산과 들에 흘러넘치던 시원한 공기가 반짝반짝 빛나는 태양에 금세 흩어진다.

이제 좀처럼 깨지 않고 푹 잠들어버리는 내가 아니다. 나무 위에서 생활하게 되고 나서 나는 몸도 마음도 산뜻하다. 때로는 고된 수행 끝에 깨달음을 얻는, 그런 기분이 드는 일조차 있다.

어제는 투망을 구경하며 거의 한나절을 보냈다. 다행히 그럴 만한 가치는 있었다. 경찰은 무엇 하나 단서를 얻지 못하고 어깨를 늘어뜨리고 이즈미마치로 물러갔다. 작은 뼛조각 하나 발견하지 못하고 오보레 강을 뒤로 한 그 형사는 틀림없이 체면이 납작해지고 말았을 것이다. 낙담하는 그의 모습은 언덕 꼭대기에서도 확실히 알아볼 수 있었다. 아무튼 재능이라는 것은 그렇게 세상에 파묻히는 법이다.

　다음에는 내가 찾아낼 차례다. 그 청년은 하염없이 울며 하룻밤을 샜을 것이다. 그리고 요 며칠 밝은 표정을 잃고 밤마다 듣는 파랑새 울음소리에 이리저리 끌려다닐 것이다.

　실수하지 마라. 세세한 데까지 충분히 주의하여 가장 견실한 전법으로 가자. 적지에 진입하는 것은 녀석이 다시 일하러 나가게 되고 나서라도 상관없다.

　일단은 절단기를 구입하는 것에서부터 시작하자. 이즈미마치에는 다른 볼 일도 있다. 슬슬 식료품을 사러 가야 할 시기다. 생선이나 육류 통조림만 남고 말았다. 그 이후 동물성 음식에는 손이 나가지 않고 볼 마음도 들지 않는다. 그런 덕인지 몸 상태가 아주 그만이다. 아직 아무것도 하지 않았는데도, 어쩐지 나른한 피로감에 휩싸이는 일이 없어졌고 눈이 가물가물하는 일도 없다.

　속이 든든한 식물성 음식만 골라 먹고 있다. 비스킷, 팩에 든 떡, 캔 주스, 인스턴트커피…… 그런 것을 차례로 빈 위장에 넣는다. 닭들은 내가 먹다 남긴 것은 기대하지 않고 평소처럼 폐가 부근에 흩어져 땅바닥을 쪼아대며 다닌다.

　잠자리 수가 날마다 늘어난다. 하늘도 점점 파래진다. 이대로 가을이 되고 마는 걸까. 기념할 만한 나의 여름이 단지 이만한 변화만으로 끝나고 마는 걸까.

　옷차림을 단정히 하고 현금과 손도끼를 들고 출발한다. 그리고 끝도 없이 펼쳐지는 녹음 속으로, 소용돌이치는 빛의 바다로 당당하게 나간다. 가키다케 산기슭의 들판은 풍부한 석간수로 구석구석까지 생기가 흘러넘친다. 시원한 골짜기 바람이 초원을 건너 불어오는 것도 지금뿐일지도 모른다.

하지만 오늘은 확실히 날씨가 흐리면서도 바람이 없어 푹푹 찌는 하루가 될 것 같다. 매미와 새의 울음소리가 온 산을 뒤덮는다. 몇 종류의 호랑나비가 병꽃나무 꽃을 둘러싸고 난무를 되풀이한다. 태양이 올라감에 따라 대기의 상하 운동이 활발해진다. 강렬히 내리쬐는 이 햇빛을 피하고 싶어 하는 생물은 지금 어디에서도 보이지 않는다.

이제 나는 착오에 빠지기만 하는, 논할 거리도 못 되는 존재가 아니다. 짐승 같은 생명력이 기세를 키우고 외적 욕망이 강해지고 있다. 요컨대 지(知)와 정(情)을 겸비한 고등 동물에서 멀어지고 있는 것이다. 나는 그런 내 자신이 마음에 든다.

가자무라의 어디를 어떻게 싸돌아다녀도 앞으로의 나는 결코 깊은 산속을 헤매는 듯한 불안한 표정은 짓지 않을 것이다. 이 고장 어디나 할 것 없이 모두 나의 뜰이다. 설령 집안의 대를 잇지 않았어도 나는 가자무라의 주민이다.

그렇기 때문에 가자무라는 그 외에도 여죄가 잔뜩 있을 것 같은 그 청년 혼자만의 천국이 아니다. 이곳을 나무랄 데 없는 거처로 삼기에는 녀석이 눈엣가시다. 녀석과의 공존은 절대 있을 수 없고, 어떻게 해서든 쫓아내야 한다. 그런 유의 무리는 아마 사령(死靈)의 재앙을 받는 일도 없을 것이고, 빗속에서 도깨비불을 보는 일조차 없을 것이다. 왜냐하면 쾌락의 극치를 누리는 녀석 자신이 진짜 괴물이기 때문이다.

가자무라는 나의 소유물이다. 살아 있는 동안은 물론이고, 죽은 후에도 이곳은 나의 삶을 위한 무대. 유별난 광기의 소유자를 배제함으로써 이 사실은 한층 더 확실해질 것이다. 이 고장 저 고장을 마음 내키는 대로 돌아다니고 싶은 마음은 어느새 사라졌다. 강변 마을이나 도시를 지나 어딘가 멀리 떠나고 싶은 바람은 이제 어디에도 남아 있지 않다.

가자무라 안에 존재하는 것들 중 몸이나 마음에 위화감을 갖게 하는 것은 오로지 이 녀석뿐이다. 그 유해첨가물을 어떻게 해서든 없애야 한다.

오랜만에 타고 달리는 광차는 상쾌하다. 산골짜기에 피는 가지각색의 꽃이 굉장한 속도로 눈에 날아든다. 동시에 그것은 아무 멋대가리도 없었던 지난날의 자취를 가슴속에서 쫓아낸다. 서로 등을 맞대고 있는 슬픔과 분노의 딱지까지 한 장씩 떨어져 나간다.

나는 촌뜨기였다. 세상의 뜻에 따르는 일에만, 곤경을 빠져나가는 일에만 신경을 소모시켜온 구제할 길 없이 소심한 사람이었다. 궁극의 목적은 죽어서 뼈만 남는 것도 아닐뿐더러 정해진 수명이라 생각하며 체념하는 것도 아니며, 하물며 누군가의 목숨을 빼앗는 일도 아니다. 그렇게 좁은 소견을 뛰어넘어 계속 살아가는 것이 바로 진지한 답이다.

뭣하면 병원을 다녀도 좋다. 또는 자신의 손으로 집을 다시 지어도 좋고, 또한 잡초와 잡목으로 뒤덮인 조상 대대로 물려받은 땅을 다시 한 번 일궈도 좋다. 그리고 진심으로 내 아이를 낳아줄 것 같은 여자를 찾아도 좋다. 내게 가장 부족한 것은 반려자일지도 모른다. 그것뿐인지도 모른다.

광차의 속도가 빨라짐에 따라 정신이 한없이 고양된다. 나는 지금 틀림없이 살아 있다. 미칠 것 같은 심정이 될 정도로 이 세상의 모든 것에 애착을 느낀다. 실제로는 별것 아니라도 어쩐지 터무니없이 매혹적인, 그리고 파란만장한 일생을 보내고 있다는 생각도 든다. 이는 무릉도원에서 노는 기분에 한없이 가까운 것인지도 모른다.

누이는 죽었다.

어머니도 죽었다.

아버지도 죽었고 아우도 죽었다.

나 외에는 모두 죽었다.

그리고 운명을 저주하는 서글픈 시절은 저 멀리 가버렸다. 이제 나는 사물을 골똘히 생각하는 타입의 사람이 더 이상 아니다. 만감이 가슴에 복받쳐 무의식중에 눈물을 흘리는 생활과는 깨끗이 관계를 끊을 수 있다. 애써 얻은 목숨을 함부로 버리는 것은 너무나도 아깝다. 그렇다고 불필요하게 소중히 여겨 음침한 여생을 쓸데없이 오래 끄는 것은 너무나도 어리석다.

가슴이 두근거린다. 온갖 이성을 다 동원해도 억누를 수 없을 만큼 심하게 요동치고 있다. 활활 타오르는 불같은 노여움이 최고조로 돌진하는 정열의 원천이 된다. 올여름이 끝나고 나서의 막연한 불안, 그런 것은 어느덧 날아가 버렸다. 운수 나쁜 인생, 그런 것은 어차피 하찮은 변명에 지나지 않는다. 평온무사하게 지나가는 세월, 그런 것은 더 이상 넋을 잃고 들여다볼 가치도 없다.

나는 지금, 예전에는 그토록 불러도 매정하게 지나가버린 행복에 젖어 있다. 감정으로만 느꼈던 달리는 것에 대한 근사함을 이 나이가 되어 처음으로 알았다. 광차의 강철 바퀴가 튀기는 불꽃과 굉음에 도취된다. 노래를 부르지 않을 수 없다. 알고 있는 모든 노래를 부르며 큰 소리로 웃는다. 노래하고 웃으며 몸의 안전을 확보할 수 없는 속도로, 나무 사이로 새어드는 햇빛 속을, 광합성의 폭풍 속을 엄청난 속도로 달려간다.

이즈미마치에 도착하자 허리에서 손도끼를 빼내 광차 밑에 숨긴다. 아이스크림을 핥고 당밀을 듬뿍 바른 빵을 잔뜩 입에 넣으며 슈퍼마켓을 천천히 돌아다닌다.

시간이 아직 일러선지 손님이 적어 어느 매장이나 휑뎅그렁하다. 나를 수상한 눈으로 쳐다보는 점원이 한 사람도 없는 것은 아마 그다지 비참한 꼴을 하고 있지 않아서일 것이다. 도시에서 캠핑 온 사람으로 보인다면 그렇게 행동해주자.

맨 먼저 절단기를 구입한다. 이어서 오래 보존할 수 있는 식료품만 골라 차례로 카트에 넣는다. 캔에 든 야채 주스를 모조리, 레토르트 식품도 열 몇 종류나 산다. 그러고는 속옷 몇 세트와 양말 반 타, 밤에 쌀쌀해지는 것에 대비하여 스웨터 하나를 산다.

아웃도어 용품 매장에 이르렀을 때 위장복이 눈에 들어온다. 마음에 들어서 그 상하의와 세트로 된 턱 끈 달린 모자를 산다. 그리고 점원이 권하는 대로 투박한 전투화까지도. 서바이벌 나이프는 힐끗 보기만 하고 손에 들어보려고도 하지 않는다. 손도끼에 비하면 장난감이나 마찬가지인 물건이다.

하지만 숫돌은 샀다. 숫돌로 손도끼를 가는 것을 상상하는 것만으로 등줄기와 허리가 똑바로 펴지고 마음의 소란이 쓰윽 가라앉는다. 그리고 신념과도 비슷한 뭔가가 굳어진다. 머릿속에는 가자무라로 돌아가는 일밖에 없다. 나는 의욕으로 가득 차 있다. 그런 놈을 그냥 내버려둘 수는 없다.

그런데 2층 매장으로 가는 계단 층계참에서 저도 모르게 다리가 얼어붙었다. 알몸뚱이인 마네킹이 아무렇게나 쌓여 있었기 때문이다. 무참하기 이를 데 없는 처참한 현장……, 손발이 따로따로 떨어져 내팽개쳐진, 반들반들한 머리의 마네킹 하나하나가 눈으로 호소하며 내게 뭔가를 전하려 한다. 꼭 해달라고 애원한다.

그 직후에 수입육 특매장 앞을 지난 것이 잘못이었다. 대번에 구역질이 올라온다. 참을 수 있었는데 순식간에 위장의 내용물이 목구멍까지 치밀어 오른다. 화장실을 찾을 여유가 없어 옥상으로 뛰어올라간다. 난간에서 몸을 내미는 것과 동시에 토했다. 깜짝 놀란 비둘기 떼가 일제히 날아올라 내 머리 위를 야단스럽게 선회한다.

날갯짓 소리에 귀를 기울이며 잠시 가만히 있어본다. 위장이 텅 비고 나서도 그렇게 하고 있다. 가벼운 현기증을 느끼지만 기분은 회복되고 있다. 마음에 맺혀 있던 달콤새콤한 생각까지 함께 토해버렸는지도 모른다. 토할 때마다 다른 사람으로 변해간다. 또는 원래 그러해야 할 모습으로 돌아간다. 하지만 그게 좋은 건지 어떤지 판단이 서지 않는다. 어쩐지 생명력의 저하로 이어지지 않는 이상한 구토다.

폭주나 돌진을 야기할지도 모르는 자신을 확실히 자각할 수 있다. 그런 내적 변화에 마음을 빼앗겨 상체가 난간에서 너무 나간 것까지는 모르고 있었다. 깨달은 찰나, 몸 전체가 옥상 밖으로 확 기운다. 이러지도 저러지도 못하고 있다가 떠밀린 기분이다. 아주 간발의 차이였다. 뒤에서 누가 껴안아 붙들지 않았다면 틀림없이 떨어졌을 것이다.

생명의 은인을 확인하려고 고개를 돌린다. 그 녀석은 입가에 조용한 미소를 머금고 있다. 누구인지 생각해낼 때까지 잠시 시간이 필요하다. 근사한 은발이지만 이마의 머리털이 난 언저리가 상당히 성겨진, 둥근 얼굴에 좀 뚱뚱한 남자. 나보다 연상임에 틀림없고 강렬한 인상과는 전혀 인연이 없는 수수한 남자. 어디서 만난 적이 있다. 그것도 아주 최근이다.

"괜찮아요?" 하고 그가 물어온다. 본성을 숨긴 간사한 목소리를 듣는 순간 생각났다. 이토록 잘 아는 사람이 왜 곧장 떠오르지 않았을까. 장소가 장소여서 그런 걸까. 아니면 주는 것 없이 미운 놈이어서 그런 걸까.

너무 놀란 나머지 나는 우뚝 섰다. 저번에 어떤 아가씨의 얼굴 사진을 들고 나를 찾아온, 그리고 오보레 강에서 부하에게 투망을 던지게 했던 그 형사다. 경찰 관계자치고는 어딘가 머리색이 색다른 남자가 내 얼굴을 눈여겨보고 있다. 당황한 나는 엉뚱한 의심을 받는 것 같아 마음껏 보라고 내버려둔다.

"설마 죽으려고 한 건 아니죠?" 하고 그는 농담조로 묻는다. 종잡을 수 없게 된 나는 변명조로 열심히 뭐라고 지껄인다. 아니, 결코 변명이 아니라 있는 그대로를 말한다.

"속이 좀 안 좋아져서…… 열사병인지도…….'

하지만 형사가 사실을 말하는지 어떤지는 알 수 없다. 우연히 보게 되어서, 라고 말은 하지만 뭔가 수상하다. 처음부터 미행했는지도 모른다. 요컨대 나는 엉뚱한 혐의를 받고 있는지도 모르는 것이다. 틀림없이 내가 한 짓이라고 믿고 있는 걸까. 만약 그렇다면 이 남자는 상당히 멍텅구리가 아닐 수 없다. 실력 있는 사람이라고 본 것은 잘못 판단한 것으로 정정해야겠다.

아무래도 거짓말은 하지 않은 것 같다. "집사람이 장보러 같이 오자고 해서요"라고 그는 말했는데, 사실 거기서 조금 떨어진 곳의 원예 코너에 무척 살림에 찌들어 보이는 여자가 서 있긴 하다. 여자는 싸게 파는 히비스커스 꽃을 손에 들며 가끔 이쪽으로 시선을 던지곤 한다.

"집이 바로 근처인데 잠깐 들러서 쉬었다 가시겠어요?" 하고 형사가 말한다. 나는 허둥지둥 고개를 가로저으며 심각한 병이 아니라는 것을 강조하고 말끔히 나았다는 말을 되풀이한다.

지금 내게는 모든 것을 털어놓고 말할 수 있는 상대가 필요하지 않고, 더군다나 밀고자와 같은 짓도 하고 싶지 않다. 그 사건에 관한 정보를 모조리 털어놓을 생각도 없다. 오보레 강에서 낚아 올린 것은 물고기뿐이고, 여자의 살점 따위가 아니다.

그도 일 이야기는 하지 않는다. 예의 그 사건 뒷이야기를 하면서 누이나 아우 사건을 언급하거나 저번에 보여준 사진 속의 아가씨에 대해 묻거나 하지 않는다. 세상 돌아가는 이야기로 시작하여 서서히 그쪽으로 화제를 몰아가려는 배짱도 보여주지 않고, 뒤룩거리는 눈으로 내 표정의 섬세한 변화를 읽어내려고 한다거나 빈정거리는 웃음을 지으며 상대를 흔들려고 하지도 않는다.

하지만 시종일관 조용한 태도는 무섭게 굴며 대하는 것보다 중압감을 준다. 그러는 동안 나는 쩔쩔매는 상태다. 속셈을 간파당하고 있다는 생각이 들어 견딜 수가 없다. 언제 핵심을 건드리는 질문이 쏟아질지 제정신이 아니다. 그래도 끝까지 그렇게 되지는 않았다.

다만 헤어질 때 그는 내 귓가에 이렇게 속삭였다.

"너무 엉뚱한 짓은 하지 마세요."

함축하는 바가 있는 말이다. 핏빛을 한 히비스커스 화분을 안은 부인과 돌아가는 그의 뒷모습을 지켜보며 나는 그 말의 의미를 생각한다. 건강을 염려한 말일까. 아니면 경찰보다 선수를 치려는 아마추어를 견제하는 말일까.

　　　　　　　잡념이 떠올라 술렁이는 마음을 무시하면서 나는 얼마간 무거운 발걸음으로 귀로에 오른다. 구입한 물건들을 양쪽 겨드랑이에 끼고 기세등등한 태양 아래를 느릿느릿 걸어간다.

쇼윈도에 비치는 나는 내가 알고 있는 나와는 조금도 닮지 않은 나다. 화난 눈에 입은 일자로 꼭 다물고 있어 가슴속의 번민이 표정에 생생하게 드러나 있다. 그리고 과민한 신경 너머로 뒤틀린 마음이 뚜렷이 들여다보인다. 한마디로 정리하자면, 애석하게도 목숨을 소홀히 여기는 풍모일 것이다.

아무런 즐거움도 없는 여생을 지루하게 보내고 있는 늙은이 몇 명이 나무 그늘에 모여 있다. 늙어 쇠잔한 몸을 벤치에 눕히고 입을 꾹 다물고 있다. 또는 들어주는 사람이 없다는 것을 알면서도 투덜투덜 원망을 중얼거린다. 그리고 또 무서울 정도로 무자각한 태도로 비참한 시간의 흐름에 몸을 맡기는데, 그중에는 애처로울 정도로 병들어 야위어 있는 사람도 섞여 있다.

그들은 다름 아닌 그들 자신에게 거의 정나미가 떨어져 있다. 이런 사람들로부터 인생을 능숙하게 보낼 비법을 배울 생각은 전혀 들지 않는다. 나는 결코 그들의 예비군이 아니다.

나는 죽음을 초조하게 기다리는 사람이 아니다. 자기 자신까지 죽게 내버려둘 만큼 전락하지는 않았다. 내게는 해야 할 일이 있다. 과거에 이런저런 일이 있었다고 해도, 지금은 무법한 짓이든 뭐든 해치울 수 있는 철석같이 굳은 마음을 갖기에 이르렀다. 그런 자신에게 이렇게 말해준다.

'이런 양의 탈을 쓴 놈 같으니라고.'

칭찬하는 의미로 이렇게 말해주었다.

이즈미마치는 변함이 없다. 여전히 종잡을 수 없고, 많은 여행자들이 그냥 지나칠 뿐인, 존재감이 희미한 시골 마을로 계속 남아 있다. 감개도 한층 더했을 모교……, 3년간 다녔던 고등학교……, 그 교문 앞을 걸어도 아무것도 느낄 수 없다. 풍부한 감수성에 휘둘려 무의식중에 감격의 눈물에 목이 메거나 한 것은 이미 먼 옛날의 일이다. 그렇다고 내 인생이 개꿈으로 끝난 것은 아니다.

읍내 변두리를 흐르는 요마요이 강에 당도했을 때 마침 사람을 못 가게 하려는 듯이 내리는 비에 발이 묶이고 만다. 어느새 하늘의 절반을 뒤덮은 비구름이 차례차례 옆으로 들이치는 비를 뿌린다.

짐을 적시고 싶지 않아 아주 서둘러 가미키리 다리 밑으로 뛰어간다. 둑의 경사면을 미끄러져 내려가 수방 훈련 때 사용하는 보트를 넣어두는 가건물 앞에 이르렀을 때 이상한 놈과 딱 마주쳤다. 혼자 날뛰고 있는 취한과 우연히 마주친 것이다.

정말 겉모습이 좋지 못하고 우락부락한 체격의 남자. 그놈은 나를 힐끗 한번 보자마자 마침 잘 왔다는 듯이 다가오나 싶더니 느닷없이 호통을 친다. 심하게 더듬는 말로 트집을 잡고 나왔는데, 무슨 말을 하려는지 도통 알 수가 없다.

나보다 손아래인 것 같지만 외견이 상당히 늙어 보이는 것은 아마도 과음 탓일 것이다. 가슴 언저리에 주독이 올라 있다. 어차피 세상의 골칫거리일 게 뻔하다. 이런 놈을 상대로 말다툼을 해봐야 아무 소용없다. 다리 밑으로 들어가 비가 그치기를 기다리자.

곧장 그쪽으로 걸어가려고 경계를 늦춘 틈에 순간 탁 하고 등짝에 일격을 당한다. 재빨리 돌아보자 폭이 넓은 딱 벌어진 어깨의 남자가 위스키 병을 들고 실실 웃고 있다. 그 병으로 때린 게 분명하다. 머리를 노렸지만 손놀림이 잘못되어 등에 맞았을 것이다. 자칫 잘못했다가는 그냥 넘어가지 못했을 것이다.

그렇게 생각하자마자 제정신을 잃었다. 그 뒤 내가 어떻게 했는지 잘 기억나지 않는다. 정신을 차렸을 때는 주정뱅이의 코에서 선혈이 철철 흘러나오는 것이 보였다. 물론 생명에는 지장이 없고 졸도도 하지 않았다.

남자는 두 손으로 코를 감싸며 다리 밑에서 억수같이 내리는 빗속으로 나간다. 그리고 몇 걸음 걷고 나서 불쑥 이쪽으로 몸을 돌린다. 나는 재빨리 몸을 비스듬히 틀어 자세를 취한다. 그러나 상대는 다시 갈지자걸음으로 언덕길을 올라가버린다. 비에 젖어 순식간에 초라한 모습이 되어 마침내 둑 너머로 사라진다.

바위제비가 호우 속을 아랑곳하지 않고 날아다닌다. 나는 주먹에 생긴 피멍을 할짝할짝 핥는다. 이런 내게도 비상수단을 강구할 힘이 있었던 것이다. 도리에 어긋난 짓을 하는 타자에게 제재를 가할 힘을 갖추고 있었다.

나는 아직 나를 충분히 파악하고 있지 못했다. 이렇다면 분명히 할 수 있을 것이다. 이런 나라면 악역무도한 행동을 하는 무리에게 가혹한 형벌을 내리는 일도 불가능하지 않다.

나는 가자무라 쪽을 매섭게 노려본다. 비는 잠시도 쉬지 않고 내리지만, 그렇다고 기분을 울적하게 하는 비는 아니다. 이는 사람을 부추기는 비다.

이제 나는 일신에 이롭지 못한 일이라도 태연히 해내는 남 못지않은 자부심을 가진 남자다. 흑백을 분명히 가리기 위해서라면 언제든지 그에 적합한 수단을 취할 수 있는 순수한 성격의 소유자다.

그런 내가 가미키리 다리의 교각에 걸려 있는, 대못 끝이 툭 튀어나온 폐자재에 가만히 눈을 집중시키고 있다.

18

만반의 준비를 하고 기다리다가 비 그친 진창길을 걷는다. 어젯밤 나는 꿈 한 번 꾸지 않고 숙면을 취했다. 산의 모습이 달라질 것 같은 비가 밤새 계속 내린 것 같은데 아침까지 일어날 수가 없었다.

소코나시 강에서는 격류가 소용돌이치고 물 침식 작용이 한층 활발해져 희한하게도 물이 얼마간 누렇게 흐려졌다. 이런 수량이면 강 너머로 건너갈 수 없다. 통나무 외나무다리도, 장례식을 위해 급조한 가교도 떠내려가 적의 동정을 살필 수가 없다. 그것을 위해 애써 도구를 갖추었는데 살인의 확실한 증거를 확보할지도 모르는 마굴에 발을 들여놓을 수가 없다. 하지만 처음부터 이런 일이 순조롭게 진행될 거라고는 생각하지 않았다.

지반이 약해져서 길 여기저기가 함몰되어 있다. 깎아지른 듯이 솟아 있던 벼랑 일부가 크게 무너져 있다. 울창하게 우거진 나무숲은 물을 한계까지 머금어 더욱 팽창해 있다. 넓게 펼쳐진 자작나무숲이 햇빛을 낭비하며 반짝반짝 빛난다. 바람이 뚝 그치고 무더위가 단숨에 정점에 달한다. 동시에 퇴폐적인 기풍이 만연하는, 사람 적은 마을 구석구석에 한여름의 쓸데없는 활기가 부활한다.

녀석은 아직 일하러 나가지 않을 것이다. 어머니의 죽음으로 아직도 얼이 빠져 있을 테고 여전히 어쩔 줄 모르고 있을 것이다. 체면이고 뭐고 차릴 겨를도 없이 울었어도, 아직은 울음을 그칠 수 없을 것이다.

하지만 그 불행이, 악운이 다할 징후라는 것까지는 깨닫지 못하고 있을 것이다. 이럭저럭 하는 동안 인간으로서 뒤틀리고 뒤틀린 녀석은 천 갈래 만 갈래로 흐트러지는 마음의 해독에 점점 오염되고 있다. 그리고 앞으로 점점 괴이함의 세계로 깊이 빠져들게 될 테고, 맛을 들여 다음 먹잇감을 찾지 않을 수 없게 될 것이다.

어쩌면 녀석은 슬슬 다음 준비를 시작했을 수도 있다. 아니면 위험이 다가온 것을 느끼고 나약해져 있을지도 모른다. 블록으로 지은 작은 건물의 자물쇠가 반쯤 부서져 있는데다, 또 경찰이 오보레 강에 투망을 던졌다는 소문까지 듣게 된 뒤 완전히 겁을 먹고 있을지도 모른다.

아니, 그럴 놈이 아니다. 그런 유의 행위는 끝까지 그만둘 수 없다고 들었다. 설사 자신이 한 일의 끔찍함을 깨닫고 밤마다 악몽에 시달린다고 해도 절대 그만둘 수 없다고 한다. 누이의 유체가 발견되었을 때 경찰 누군가가 이 지역 신문기자를 상대로 그런 이야기를 했다.

수량이 줄어들지 않는 한 도저히 움직일 수가 없다. 돌아갈 수밖에 없다. 돌아가고 나서 하루 종일 나무 위에 죽치고 있었다. 저녁 때까지 거의 아무것도 하지 않고 지냈다. 한 일이라고는 어육 소시지에 쥐약을 듬뿍 담근 정도다. 그것을 랩으로 싸서 시원한 곳에 매달아두었다. 과연 빈틈없는 그 개에게 그런 흔해빠진 수가 먹힐지 어떨지 자신은 없었지만 밑져야 본전이다.

내 안에서 짙어지는 것의 정체가 무엇이든 그런 것은 전혀 상관 없다. 설사 그것이 제삼자에게 이상한 느낌을 들게 해도 별 문제는 되지 않는다. 무엇보다 여기에 제삼자 따위는 처음부터 존재하지 않는다. 여기에 있는 것은 퇴직한 그날 훌쩍 귀향한 나, 그리고 실제로는 그렇지 않아도 어쩐지 키가 껑충해 보이는 야무진 용모의 그 청년뿐이다. 다른 마을 사람들은 전혀 안중에 없다.

우리는 둘 다 남아도는 생기로 가득 차 있다. 우리는 이 세상에서 극히 당연한 삶을 영위하는 여타 수많은 사람들의 동료가 아니다. 그와 나를 비교할 생각은 없지만, 가자무라에서 정말 살아 있다고 할 수 있는 사람은 우리 둘뿐이다. 청년은 요망한 마귀의 짓에 필적하는 행위를 되풀이하면서 저주스러운 삶의 희열에 빠져 있다. 나는 사납게 날뛰는 마음에 떨면서 적에게 당연하고 무거운 책임을 지우려고 그의 목숨을 노리고 있다.

그런 두 사람 사이를 중개해주는 것은 크고 작은 흐름들이 합류하는 맑은 강물이고, 한여름인데도 맑게 갠 파란 하늘이고, 끊임없이 색다른 경치를 보여주는 가키다케 산이고, 무엇보다 파랑새의 울음소리다.

　　　　　　기생개구리가 맑은 소리를 흩뿌리기 시작한다. 그 청년에게 그것은 비애를 느끼게 하는 울음소리일지도 모른다. 하지만 나에게는 활동할 시간이 다가옴을 알리는 가슴 설레는 신호다.

어둠을 틈타 과감한 행동을 할 수 있는 시간대가 드디어 바로 앞까지 다가왔다. 가만히 있을 수 없는 밤이 가자무라의 질서를 어지럽히고, 침체를 깨는 밤이 가키다케 산 너머로부터 조용조용히 찾아온다.

날이 저물기 전에 차림새를 갖춘다. 먼저 방충 스프레이를 얼굴과 손발에 구석구석 뿌리고, 이어서 위장 전투복을 입는다. 군화를 신고 가죽장갑을 끼고 나서 손도끼를 허리에 찬다. 값싼 나이프를 사지 않아 다행이다. 파충류처럼 끈질긴 적을 상대로 그렇게 무디고 미적지근한 도구는 통하지 않는다. 뱀 퇴치에는 손도끼가 더 효과적이다.

평소처럼 물참나무 가지에 머물던 닭들이 나를 아주 서먹서먹한 눈으로 보고 있다. 필요한 물건을 모두 가진 나는 몸도 마음도 긴장되는 어둠속으로 나아간다.

수량이 상당히 줄었다는 것은 물소리로도 알 수 있다. 꼼꼼히 찾으면 강 건너편으로 건널 수 있는 잔교가 분명히 보일 것이다. 그리고 주변의 지세를 정확히 파악해두기만 하면 신속하고도 정확하게 행동할 수 있다.

오늘 밤이야말로 범인으로 단정할 만한 증거를 잡아주겠다. 녀석으로부터 직접 진상을 들을 수 있을지 어떨지는 그 후의 일이다. 자백하지 않아도 상관없다. 나와 경찰은 자연히 방식이 다르다. 나는 어떤 비장의 수단도 쓸 수 있다. 적어도 증거 불충분으로 석방하는 비참한 답을 내는 일은 없을 것이다.

유감스럽게도 달 밝은 밤이다. 하늘에는 구름 한 조각 없으며 내 계획을 방해하려고 달과 별이 모든 빛을 내리퍼붓고 있다. 밤하늘에 보이는 수많은 작은 별들까지 또렷이 보인다. 게다가 무풍 상태이며 굉장히 무덥다. 그러나 마음을 다잡고 있는 탓에 거의 땀을 흘리지 않는다. 그리고 발걸음이 한없이 가볍다.

이 세상은 생명 있는 것의 다종다양한 삶의 영위로 가득 차 있다. 하늘로 우뚝 솟은 가키다케 산은 세상을 다 본 듯한 표정을 유지하고 있다. 멀리 바라보이는 사방의 산들 역시 묘하게 새침한 태도로 가자무라를 본보기로 삼는다. 날다람쥐가 살아 있는 사람의 원령에라도 들린 듯한 끔찍한 소리를 내지르며 활공하고 이끼로 뒤덮인 나무에서 나무로 재빠르게 날아다닌다.

머지않아 그럭저럭 건널 수 있을 것 같은 여울이 보인다. 줄었다고는 해도 아직은 수량이 상당하고 그만큼 물살도 빨라 허리 높이까지 잠기자 발이 떠밀릴 것 같다. 맨발로 건넌 것이 옳았다. 신발

420

을 신은 채 건너는 것은 무리다.

마른 모래 위에 털썩 주저앉아 젖은 바지를 짜고 신발을 다시 신는다. 물에 깎여 벼랑 표면이 위험해져 있어 발로 밟으면 바위가 부슬부슬 허물어지며 떨어진다. 그러나 나는 조금도 굴하지 않고 척척 올라간다. 이제 두려운 것은 하나도 없다. 뭐든 올 테면 와라.

그때 솔송나무 숲 안쪽에서 맑은 풀피리 소리가 들린다. 반사적으로 경계한다. 허리에 찬 손도끼를 빼들고 벼랑 꼭대기를 올려다본다. 하지만 거기에는 천천히 움직이는 달만 보일 뿐이다.

세상의 무상함을 깨달은 듯한 애조 띤 풀피리 선율이 정에 호소하며 내 움직임을 견제한다. 그러면서 기회만 있으면 막으려고 한다. 악의로 해석하면 그런 것이다. 녀석의 가슴 미어질 듯한 슬픔이 내게로 뼈저리게 전해온다. 그것은 큰 소리로 위협당하는 것보다 몇 배나 사무쳐, 모처럼 고양된 마음이 순식간에 위축된다.

눈감아주지 않겠나, 하고 풀피리가 내게 울며 매달린다. 그런 눈물 작전에 넘어갈 성싶은가. 사람인 체하는 요사스러운 것은 나락으로 걷어차 주겠다. 너 같은 놈이 뒈진다고 내세의 명복을 빌어주는 자는 없을 것이다. 그것은 나도 마찬가지다. 나도 너도 타향의 흙이 될 자가 아니라 가자무라에서 태어나 가자무라에서 죽어갈 운명이다.

어쩌면 우리는 인연의 끈으로 묶인 사이인지도 모른다. 그렇다면 기이한 인연의 전형이라 말할 수 있을 것이다. 정말이지 당치도 않은 일이지만, 어느덧 나는 녀석에게 친근한 마음을 안고 있다.

반드시 네놈을 죽여주겠다. 너는 내 눈앞에서 피를 내뿜으며 쓰러지고 끔찍한 형상으로 죽어가는 거다. 누이의 무덤 앞에서 실행할 수 있다면 감개도 한층 더하겠지만 그렇게까지 잘 되지는 않을 것이다. 방법이나 장소가 어떻든 간에 목숨만 빼앗을 수 있다면 잘된 셈이다.

당연하지만 내게는 아직 그런 경험이 없다. 하지만 너는 살인을 여러 번 경험했다. 이런 큰 차이를 오직 손도끼 하나로 메울 수 있을까.

그러나 녀석이 죽이는 것은 여자뿐이다. 살갗이 희고 호리호리한 녀석이 남자인 나를 상대로, 언제 죽어도 후환거리가 없을 거라고 생각하는 자포자기 상태의 남자에게 과연 비할 데 없는 살인 솜씨를 발휘할 수 있을까. 아무리 빈틈없는 개를 자기편으로 두고 있다 해도, 철두철미하게 싸울 결의를 굳히고 쌍방이 동시에 상대방을 공격하는 것도 마다하지 않는 나를 가축처럼 잘게 토막 내어 쓰레기처럼 강에 던져 넣을 수 있을까. 할 수 있으면 어디 한번 해보라.

달이 떨떠름한 얼굴로 나를 내려다본다. 그 달을 감옥에 난 창을 통해 내다 볼 생각은 없다.

녀석의 뒤틀린 슬픔이 풀피리를 통해 가슴에 애절하게 사무친다. 슬픔에 잠겨 마냥 우는 녀석의 눈에서 한없이 흘러내리는 것은 결코 거짓 눈물이 아닐 것이다. 눈 딱 감고 죽어버리고 싶다고, 풀피리는 그렇게 가냘픈 소리로 울고 있다.

이를 악문 나는 정신을 바짝 차리고 도마뱀처럼 벼랑을 기어 올라간다. 아마 내게는 수호신 같은 것이 붙어 있지도 않고, 조상의 혼령이라든가 하는 것의 응원도 없을 것이다. 처음부터 그런 도움에 기댈 마음은 없었고, 어디까지나 자력으로 매듭지으려고 결심했다. 그리고 당당하게 적지에 발을 들여놓는다.

이번 기회에 임시변통의 수단은 그만두고 정면으로 부딪쳐 의심스러운 점을 따져보자. 말투를 부드럽게 하면서도 단도직입적으로 물어보자. 꼭 작은 건물 안을 보고 싶다고, 불문곡직하고 대뜸 그렇게 물어보자. 상대가 부루퉁한 얼굴로 거부했을 때는 날카로운 말투로 추궁하고, 그래도 안 되면 필요에 따라 손도끼를 사용하기로 하자. 우선 개의 정수리를 내리쳐 빠개줄 것이다.

풀피리가 이동하고 있다. 시험 삼아 걸음을 멈춰본다. 틀림없다. 그것은 점점 내게서 멀어지고 소코나시 강과 오보레 강이 합류하는 지점을 향해 물러간다.

그때 달빛에 녀석의 뒷모습이 얼핏 보인 것 같다. 개도 함께일 것이다. 또다시 도롱이벌레 흉내를 내려고, 로프를 사용해 소나무 가지에 거꾸로 매달리려고, 스스로 자신의 몸을 호되게 닦아세우려고 나온 걸까.

있을 수 있는 일이다. 그렇게 하지 않을 수 없을 만큼 피가 들끓고 있다고 해도 이상하지 않다. 풀피리 같은 걸 아무리 불어도 마음의 혼란을 진정시킬 수 없고 정신의 균형을 유지할 수 없을 것이다. 좋을 대로 하면 된다. 나로서는 그러는 편이 더 마음 편하다. 로프를 절단하는 것만으로 결말이 날지도 모른다.

아니면 나를 끌어내기 위한 함정인 걸까. 그런 정도는 생각할지도 모르는 놈이다. 녀석은 충견을 정찰하러 내보냄으로써 오늘 밤내가 찾아올 것을 사전에 알고 있을지도 모른다. 나는 일찌감치 시의심 덩어리가 되었다.

아니면, 우연히 엇갈리게 된 것일까. 요컨대 녀석은 녀석대로 내보금자리로 향한 것이 아닐까. 개와 힘을 합쳐 방해꾼을 배제할 생각으로 집을 나선 것이 아닐까. 풀피리에는 나를 방심시킬 의도가 있었던 걸까. 녀석에게 그럴 만한 배짱이 있을까. 없다고 할 수는 없다. 무슨 짓을 저지를지 모르는 놈은 바로 그 녀석이다. 나는 녀석을 너무 얕보고 자신을 과신하고 있다.

평소처럼 대문은 굳게 닫혔다. 그러나 그렇게 보일 뿐이었다. 대문을 밀자 간단히 열린다. 희미하게 선향 냄새가 난다. 나는 주저하지 않고 침입한다. 야생란으로 뒤덮인 정취 넘치는 뜰이 어둠속에 희미하게 떠올라 있다.

여기에 잠시 멈춰 선 것만으로 신성한 영역에 발을 들여놓은 것같은 기분이 든다. 질퍽질퍽한 땅이지만 떠도는 공기는 늘 선뜩하다. 각다귀의 날개 소리가 항상 따라다니고, 와들와들 떨 정도로 긴장한 내 고동 소리까지 또렷이 들려온다.

이제 자리를 보전하고 있는 늙은이는 없다. 거실의 형광등이 켜져 있다. 방충망을 친 문 너머로 보이는 실내는 말끔히 정돈되어 있다. 불단에서는 촛불의 불꽃이 미동도 하지 않고 빛난다.

녀석의 어머니는 편안히 성불했을까. 아니면 아직 가자무라에 머물러, 북쪽을 향한 거북등무늬의 작은 창으로 슬쩍 들여다보며 집의 동정을 살피고 있을까.

뒤쪽으로 돌아가본다. 그 순간 피부에 소름이 끼치는 것을 느낀다. 하지만 그런 나를 말리는 또다른 나는 없다. 구제할 길 없는 폭거라며 나를 충고해주는 또 한 사람인 나는 전혀 나타나지 않는다. 나는 자신의 대담함에 어처구니없어 하면서, 블록으로 지은 작은 건물 앞까지 다가갔다. 준비해온 절단기를 꺼낸 무렵 나는 서두르는 구석은 전혀 없이 평소의 침착함을 유지하였다.

이곳은 가자무라 안의 별천지다. 녀석도 그렇겠지만 나도 이곳이 좋다. 싫은 곳이 아니라는 것을 바로 지금 알았다. 잠입할 때마다 마음에 든다. 아니, 마음에 든 정도가 아니라, 심지어 이런 생각까지 하는 형편이 되었다. 녀석이 없어지는 날에는 내가 주인으로 들어앉아도 좋겠지…… 반쯤은 진짜일지도 모른다.

자물쇠는 같다. 좀 더 튼튼한 대형 자물쇠로 바꾸지 않아 다행이다. 자물쇠의 상처를 알아채지 못한 걸까. 어머니의 죽음으로 그럴 계제가 아니었던 걸까. 하지만 그 개는 알고 있다. 알고 있다는 사실을 알려주려고 내가 떨어뜨렸던 손도끼를 일부러 가져다주지 않았는가.

절단기를 사용하기 전에 다시 한 번 주위를 둘러본다. 아무도 없다. 귀를 기울인다. 숲은 쥐 죽은 듯 고요하다. 오늘 밤은 파랑새도 우는 것을 그만두었다.

양팔에 힘껏 힘을 주며 짐승 같은 소리를 쥐어짜내면서 두 번, 세 번 절단기에 혼신의 힘을 가한다. 잘렸다. 예상한 것 이상으로 묵직한 철문을 연다. 비위에 거슬리는 소리가 날 때마다 무심코 온몸이 굳어진다. 녀석이나 그 개의 귀에 들릴지도 모른다고 생각하여 잠시 그대로 가만히 있다. 하지만 누구의 발소리도 들리지 않는다.

회중전등을 켜서 건물 안으로 들어간다. 좁지도 넓지도 않고 소주 비슷한 냄새가 물씬 코를 찌른다. 포르말린 냄새가 섞여 있는 듯 느껴지는 것은 단지 기분 탓일까.

벽 쪽은 모두 선반이고, 어느 선반이나 대형 유리병이 가지런히 늘어서 있다. 과실주 담는 병이다. 상상하던 물건이 아니라도 실망하지는 않는다. 오히려 그 반대다. 있어도 이상하지 않기는커녕 혹시라도 진짜, 그 혹시나 하는 물건이 아닐까 하는 생각조차 든다. 다소 시간이 들겠지만 내용물을 다 확인해볼 가치는 충분히 있을 것이다.

입구의 문은 그대로 열어둔다. 느닷없이 갇히는 것을 방지하기 위해 준비해온 굵은 철사로 문손잡이와 선반 기둥을 단단히 묶는다. 그러고는 천천히 병 하나하나를 살펴간다. 소주나 브랜디에 담겨 있는 과실은 주로 매실이나 구기자인데, 그 밖에도 이것저것 골고루 갖추어져 있다. 복숭아, 버찌, 까치밥나무 열매, 석류……

하지만 무심코 숨을 죽일 만큼 꼭 봐야 할 가치가 있는 것은 어디에서도 보이지 않는다. 정체불명의 병은 한 개도 찾지 못했다. 끝에서 끝까지 꼼꼼히 봤지만 기대했던 증거는 발견되지 않았다.

지나친 생각이었을까. 지레짐작을 했던 걸까. 그렇지 않으면 온갖 증거를 인멸한 뒤인 걸까. 내가 여기로 올 것을 예상하고 정리해야 할 물건들을 죄다 치워버린 걸까. 그렇게 함으로써 자신의 결백함을 증명하고, 자신에게는 숨겨야 할 것이 아무것도 없다는 확고한 사실을 들이대고 싶었던 걸까.

그럴 리 없다. 이렇다 할 물건은 하나도 발견할 수 없었다. 벽에 박힌 수갑 달린 굵은 쇠사슬. 수술대 비슷한, 타일을 깐 침대. 살이나 뼈를 썰기 위한 각종 날붙이. 숫돌이나 가죽숫돌. 오물을 씻어내기 위한 상하수도 설비…… 이런 것은 없고 조명 기구조차 없었다. 요컨대 과실주를 위한 건물에 지나지 않았던 것이다.

하지만 아무래도 포기할 수가 없다. 아직 시간적인 여유는 있는 것 같다. 이번에는 바닥에 회중전등을 비춰본다. 혈흔이라도 남아 있지 않을까 해서 납작 엎드려 찬찬히 찾아다니며 정성껏 살펴본다. 하지만 아무것도 없고, 그럴 듯한 얼룩조차 보이지 않는다.

다시 한 번 처음부터 해본다. 발견하지 않으면 끝나지 않는다. 내가 가장 두려워하는 것은 예상이 빗나감으로써 살아갈 목적을 상실하는 일이다. 이대로 아무 일도 없이 끝나가는 인생은 견딜 수 없을 것 같다. 내 생애에서 가장 좋은 여름을 이대로 썩게 하고 싶지 않다. 그런 결말은 길가에서 쓰러져 죽는 것보다 훨씬 더 두렵다.

문득 어떤 것을 깨닫는다. 바닥을 훑는 듯이 기어 다니던 중에 알게 된 것이다. 바닥 판자의 일부가 이상하다. 그곳만 판자와 판자 사이의 틈에 흙먼지가 끼어 있다. 게다가 그 위에 달려 있는 선반을 움직인 흔적도 보인다. 손도끼 날을 넣고 비틀어본다. 아주 조금이지만 상하로 움직인다. 선반을 비켜 놓으면 사방 50센티미터의 마루청을 벗길 수 있을지도 모른다.

일단 건물 밖으로 나간다. 그렇게 하지 않으면 숨이 막힐 것 같다. 어딘가 미끈미끈한 느낌의 밤이 이슥해져 간다.

지금은 녀석들이 돌아올 기미가 없다. 혹시나 해서 집 주위를 살펴보지만 눈에 띄는 것은 난초 꽃뿐이다. 숲은 무진장 존재하는 어둠과 정적을 탐하고 있다. 이 상태라면 일단 안심해도 좋을 것이다.

심호흡을 하고 나서 용감하게 작은 건물로 돌아간다. 과실주 병을 절반쯤 내려 선반을 가볍게 하고 서서히 옮긴다. 병들이 닿아 시원한 소리를 내지만 내게는 수명이 줄어드는 소리다. 기습에 대비해 손도끼를 바로 옆에 내려놓고 계속해서 등 뒤를 확인한다.

경첩이 보인다. 생각한 대로다. 단순한 바닥이 아니다. 손잡이는 달려 있지 않지만, 이것은 틀림없이 지하실로 통하는 문이다. 좀 더 얇은 칼이 있다면 간단히 비틀어 열 수 있을 텐데, 이것저것으로 시도해보니 그럭저럭 열린다.

갑자기 눈에 들어온 것은 골판지 상자다. 접착테이프로 빈틈없이 봉해져 있다. 들어보니 생각보다 가볍다. 그 상자 외에는 아무것도 없다. 접착테이프를 신중하게 벗기고 덮개를 연다. 하지만 차마 볼 수가 없는 물건이나 겁에 질려 도망치고 싶어지는 물건은 들어 있지 않다. 그렇다고 해도 굉장히 기묘한 물건이다.

바닥에 펼쳐본다. 이런 옷을 보는 것은 처음이다. 옷감은 타이츠보다 두껍고, 게다가 머리 꼭대기에서 발끝까지 반짝반짝 빛난다. 금실이나 은실인가 했더니 실제로는 자잘하게 부순 거울 파편이 빽빽하게 붙어 있다. 코를 가까이 대보니 냄새도 없고 더러운 곳도 없다. 손으로 직접 만든 게 틀림없다. 언뜻 봐도 초심자의 세공이다. 후드가 달려 있어 그것을 입으면 목 부분 외에는 전부 덮어씌울 수 있게 만들어졌다.

어떤 때 입는 걸까. 무대의상일까. 연회에서 여기(餘技)를 할 때 입는 옷일까. 아니면 기도할 때 입는 걸까. 이해할 수 없다. 이런 곳에 숨겨둘 이유도 모르겠다. 왜 옷장에 넣어두지 않은 걸까.

아무튼 찾아내고 싶은 것은 이런 영문 모를 의상 같은 게 아니다. 녀석을 살인자로 단정할 수 있는 물건이 필요하다. 누이를 포함한 아가씨 여러 명을 괴롭히다 죽인 범인으로 삼기에 충분한, 움직일 수 없는 증거가 필요하다.

그 의상을 원래대로 개어 골판지 상자에 넣는다. 그리고 다시 땅광 안을 들여다보며 자세히 살핀다. 이중 입구가 되어 있지 않을까 해서 땅광 바닥이나 벽을 손바닥으로 어루만져본다. 하지만 다섯 면 모두 콘크리트로 발라져 있을 뿐이다.

파랑새가 울기 시작한다. 바로 근처다. 거의 동시에 멀리서 개가 짖는다. 그 개일 게 뻔하다. 이쪽으로 다가온다.

안타깝지만 강압적인 태도로 나가는 데 필요한 물적 증거는 아직 잡지 못했다. 일단 피할 수밖에 없다.

파랑새가 나를 재촉한다. 골판지 상자를 땅광에 던져 넣고 덮개를 닫은 후 선반을 원래 위치에 되돌리고 바닥에 내려놓은 병을 다시 선반에 올려놓는다. 회중전등을 끄고, 닫은 철문에 부서진 자물쇠를 슬쩍 걸어놓는다. 들키는 것은 시간문제겠지만 그대로 두는 것보다는 낫다.

집을 떠나기 전에 준비해온, 쥐약이 든 어육 소시지를 문 옆에 놓는다. 영리한 개라서 어차피 먹지는 않겠지만 시간 벌기에는 도움이 될지도 모른다. 저번과 마찬가지로 다시 뒷산으로 도망친다. 산길을 따라 솔송나무 숲 안쪽으로 헤치고 들어간다. 이제 와서 극도의 긴장에 휩싸인다.

개 소리가 멀어진다. 나를 추적해오지 않는 것은 뜻밖의 먹이 냄새에 발이 묶인 때문일까. 아니면 작은 건물이 이상하다는 것을 재빨리 눈치 채고 주인에게 알려주려고 한 걸까. 청년은 절단된 자물쇠를 손에 들고 감쪽같이 잘 속였다며 득의의 미소를 짓고 있을까. 이제 더 이상 의심받지 않게 되었다고 안도의 한숨을 내쉬고 있을까.

나는 걸음을 늦추고 호흡을 가다듬는다. 땀이 확 쏟아진다. 결국 성과는 얻을 수 없었다. 아우와 같은 실패는 되풀이하고 싶지 않다.

바로 옆에서 파랑새가 느닷없이 운다. 나를 따라온 걸까. 이렇게 가까운 데서 듣는 건 처음이다. 내게 무슨 말을 하고 싶은 걸까. 다른 새는 몰라도 파랑새는 말하는 법을 모르는 새가 아니다. 녀석은 지금 내게 얕은 생각을 경고하는 말을 퍼붓고 있다. 그리고 나는 참기 힘든 모욕을 당했을 때처럼 얼굴을 찌푸리고 언제까지고 고개를 푹 숙이고 있다.

19

나와 내 몸이 마음에 안 든다. 파랑새는 바닥의 깊이를 알 수 없는 밤을 자기편으로 삼아 언제까지나 울고 있다. 가자무라에서 편안한 잠을 방해하는 울음소리를 내던지고 있다. 나는 나무 위의 보금자리로 돌아왔다. 돌아올 때는 의외로 시간이 걸리고 말았다. 쓰러진 나무로 뒤덮여 있는 산으로 잘못 들어가 헤맸기 때문이다.

숨 막힐 듯이 더운 옷과 신발을 벗어던지고 속옷 하나만 입고 있다. 그런 모습으로 야식을 먹는다. 실컷 돌아다니기도 했고 낙담이나 조바심 등으로 몹시 배가 고프다. 아귀처럼 걸신들린 듯이 먹고 있는 것은 복숭아 통조림이다. 왜인지는 모르겠으나 그런 것이 몹시 먹고 싶어졌다.

그리고 정신을 차리고 보니 쇠고기 통조림까지 따져 있다. 오랜

만에 먹어보는 고기다. 맛있다. 특별히 자신에 대해 허세를 부리는 것이 아니라 진심으로 맛있다고 생각하며 먹는다. 실제로 속이 메슥거리는 일은 전혀 없고, 게다가 맥주까지 벌컥벌컥 마시고 있다.

나는 지금 화를 내고 있는지도 모른다. 예상한 대로의 결말을 얻을 수 없었던 일이나, 잘못 파악한 자신에게 열화와 같이 화를 내고 있는 것일지도 모른다. 이는 바로 홧김에 마구 먹어대는 것으로 알 수 있다.

또다시 회색의 말로(末路) 안에 내던져지고 말았다. 이제는 예의 무덤 구덩이라도 완성하여 스스로 이 세상의 막을 내리는 수밖에 없다. 내 할 일은 이제 그 정도밖에 남아 있지 않았다.

하지만 이제 죽을 생각은 없다. 그렇다고 병과 싸울 기력도 없다. 자진하여 영락할 생각은 없지만, 그렇게 되면 되는 거고 전혀 개의치 않는다. 내일의 일 같은 건 생각하고 싶지도 않다. 애당초 가족도 없는 정년 퇴직자에게 미래가 있다고 생각하는 것 자체가 잘못된 것이다. 앞으로 나를 기다리고 있는 것은 틀림없이 어떤 자극도 받지 않는, 쓴맛을 보기만 하는 나날일 뿐이다.

고기가 이토록 맛있게 느껴진 적은 없다. 얼마든지 먹고 싶다. 가능하면 좀 더 비계가 많은, 눅진눅진하고 지나치게 부드러울 정도로 피가 뚝뚝 떨어지는 고기를 덥석 물고 싶다. 특별히 쇠고기가 아니라도 상관없다. 혀에 껄끔거리는 고기가 아니라면 뭐든지 상관없고, 그것을 복숭아 통조림과 함께 볼이 미어지도록 잔뜩 입에 넣고 싶다.

드디어 실망을 자각한다. 나 자신에게가 아니라 그 청년에 대한 실망이다. 녀석은 내 기대를 배신했다. 그는 무서울 정도의 성욕과 자제심 결여에 휘둘리고 있는, 몰아내야 할 이분자는 아니었던 것이다. 반드시 그렇기를 바랐는데 안타까워 견딜 수가 없다.

오늘은 액일이다.

산 끝자락으로 들어가는 달에는 거대한 달무리가 있다. 아마 내일은 비가 올 것이고, 하루 종일 비에 갇힐 것이다. 커피를 끓여 지나칠 정도로 달게 하여 홀짝홀짝 마신다.

다시 운명의 기세에 눌릴 것 같은 나는 닭 한 마리 한 마리의 눈에 또렷이 비치고 있다. 여기에 이렇게 있는 나는 좀스럽게 약간의 목돈을 모았지만 당혹한 표정으로 여생을 보낼 것 같은, 주위 사람들로부터 백안시당하는 것을 두려워하는 듯한, 입내가 지독하고 부쩍 쇠약한 초로의 남자에 지나지 않는다.

언뜻 보기에도 약한 느낌의 살갗이 하얀 그 청년은 결국 외견 이상의 존재는 아니었다. 녀석은 신축자재(伸縮自在)한 영혼의 소유자도 아닐뿐더러 쾌락의 진수를 얻기 위해서라면 짐승이 되는 남자도 아니었다. 붙임성이 있는 웃음 띤 얼굴이 일변하여 노골적으로 야수성을 드러내는 인물일 거라고 기대했던 내가 어리석었다.

이것으로 다시 출발점으로 돌아오고 말았다. 녀석은 의젓한 태도와 생글거리는 표정을 유지하고 야생란 포기를 늘려가며 영리한 잡견을 친구 삼아 평생 혼자 아주 조용한 생애를 보내는 걸까. 그리고 무슨 일이 있어도 부정하고 음탕한 길을 달리는 일은 없는 걸까. 그의 생식샘에서 분비되는 호르몬은 내 예상과 달리 지극히 좋은 성질인 것일까.

파랑새가 나의 내일을 향해 격렬하게 비난한다. 고작해야 새인 주제에 인간에게 비위에 거슬리는 말을 내던진다. 의심하지 않을 수 없는 것은 내 마음이라는 말을 하고, 결국 이상한 것은 그 청년이 아니라 오히려 나라고 말한다. 싸움을 걸어오는 것이라면 붙잡아 목을 비틀어주겠다.

확실히 나는 추태를 부렸다. 하지만 아우 같은 결정적인 실수를 한 것은 아니다. 내게는 아직 적정한 판단을 내릴 수 있는 능력이 남아 있고, 그것이 그나마 유일한 위안이다.

내 영혼의 색은 꽃처럼 변색해간다. 55년을 살아도 여전히 자신의 진의를 파악하지 못하고 가슴속 깊이 간직한 생각이 무엇인지도 모른다. 어떤 것을 염두에 두고 살고 있는지 도무지 짐작할 수가 없다. 이런 상태가 계속되는 가운데 점차 나쁘게 변해갈 것은 명명백백하다.

생활에 부자유가 없는 것은 앞으로 당분간뿐일 것이다. 나는 혼자 산속에서 사는, 유종의 미를 장식할 수도 없는, 쓸데없는 싸움을 좋아하지 않는 심약한 남자에 지나지 않는다.

올여름은 영원하지 않다. 언젠가 가을이 찾아오고 그 뒤에는 겨울이 찾아온다. 처음부터 다시 출발……, 생각만 해도 소름이 끼친다. 지금 떠올릴 수 있는 것은 술에 취해 횡설수설하는 표랑 생활……, 기껏해야 그 정도에 지나지 않는다.

회사를 떠나니 느닷없이 이런 꼴이다. 결산기가 다가올 때마다 회심의 미소를 지었던 수완 좋은 영업사원의 기세도 땅에 떨어지고 말았다.

이제 와서 제정신을 찾고 싶지는 않다. 가능하다면 광기의 한가운데서 죽음을 맞이하고 싶었다. 어차피 돌아갈 곳은 같다고 해도, 문제는 어떻게 끝내느냐다. 이대로 끝나는 것은 너무 가혹하다. 가족의 보살핌을 받으면서 죽어가는 것까지는 바라지 않지만, 그렇다고 흔해빠진 객사는 너무 평범하여 재미없다.

인생의 승자를 목표로 했던 시기도 있기는 했다. 처세술이 뛰어난 것에 자랑스러운 기분을 느꼈던 시절도 있었다. 또한 조금씩 속셈이 틀어져가는 나날에 초조함을 느낀 일도 있었다. 하지만 지금은 다르다. 현재의 나는 생각지도 못했던 뭔가를 찾고 있다. 그것은 신기한 마력으로 쭉쭉 다가온다.

그런데 여기에 이르러 막다른 골목에 들어서고 말았다. 목표가 되어야 할 대상이 홀연 사라져버렸다. 마음대로 상상하고 주제넘은 행동을 한 결과, 생각지도 못한 과오를 범할 뻔했다. 자신감의 상실이 현실의 영역까지 환각의 색으로 빈틈없이 칠하려 한다. 내 낚싯바늘에 걸린 예의 그 포동포동한 넓적다리까지 악몽의 선반에 정리되려 한다. 이렇게 된 것도 기이한 인연이라는, 몸이 떨리는 것을 금할 수 없었던 그날 밤의 흥분도, 경찰이 투망으로 강물 속을 뒤진 일도 모두 부정하는 방향으로 기울어진다.

진실의 윤곽이 급속하게 희미해진다. 신경을 곤두세우고 마음을 가라앉히는 일에 완전히 기진맥진하고 말았다. 그냥 두지 않겠다고 기염을 토했던 나의 분노는 역시 유한했던 것이다. 그렇다면 그 능숙한 범죄는 대체 누구 짓이란 말인가, 하는 당연한 의문조차 일지 않는다. 아무리 커피를 벌컥벌컥 마셔도 머리는 도통 제대로 돌아가지 않는다. 제대로 돌아가기는커녕 내 뇌는 자기를 없애기 위한 깊은 잠을 바라고 있다.

좋겠지. 지금은 일단 수면에 공을 돌려주자. 한숨 자고 나면 또 다른 자신을 만날 수 있을지도 모른다. 시점을 바꿔 여생을 냉정히 바라볼 수 있는 나로 변해 있을지도 모른다. 향년 백 년의 애매모호한 인생도 나쁘지 않다고 생각할 수 있는 사람으로 변해 있을지도 모른다.

나는 물참나무 위에 수평으로 늘어선 판자에 알몸뚱이를 눕힌다. 상처가 아물 사이가 없는 그 몸에는 여전히 죽이느냐 죽임을 당하느냐 하는 야만스럽고 저급한 개념이 가득 차 있다.

기후의 급변에 재빨리 반응하여 파랑새가 울음을 뚝 그친다. 비 오는 밤에 각성과 수면이 심하게 뒤섞인다.

무슨 일이 있을 때마다 생각나는 가슴속의 생생한 상흔이 떠올랐다가 사라지고, 혹은 사라졌다가 떠오른다. 아마 그때마다 나는 열등감을 그대로 드러내는 신경질적인 큰 소리를 질렀을 것이다. 하지만 그것은 이제 누구의 죽음도 통탄하지 않는 남자의 마른 외침이 아니라 고열에 의식이 흐릿해져 소리치는 헛소리와 비슷하다.

나는 지금 식은땀에 흠뻑 젖은 채 누이를 향해, 아우를 향해, 어머니를 향해, 아버지를 향해, 그리고 떠나간 아내를 향해 영문을 알 수 없는 말을 내뱉고 있다.

20

아침부터 내리는 큰 비가 그대로 대낮까지 쭉 이어진다. 이 상태라면 하루 종일 비가 내릴 것 같다. 저 멀리서 천둥소리가 가볍게 울린다. 닭들은 자욱하게 쏟아지는 구질구질한 비를 아랑곳하지 않고 오늘도 부지런히 땅바닥을 쪼고 있다.

나의 유일무이한 거처인 물참나무 거목은 여전히 아주 자애로운 마음으로 나를 대해준다. 가키다케 산은 여느 때처럼 분수계를 이루는 산맥을 거느리며 떡 버티고 있다. 그리고 가자무라를 지배하는 하천은 어느 것이나 소리 높여 물의 노래를 들려준다.

이제 막 일어난 나는 지상 5미터 높이에서 의젓한 자세를 취한다. 애석하게도 이 빗속에서는 움직일 수가 없다. 그러나 그렇게 정색하고 대들 일은 아니다. 달리 생각할 수도 있다.

내가 할 일은 하나도 없다. 힘을 쏟아야 할 대상을 잃어버렸다.

사는 것도 죽는 것도, 그리고 타인을 죽이는 것도 목적이 되지는 못했다. 나는 자승자박에 빠지지 않아도 될 길을 걷기 시작한 걸까. 요컨대 이곳의 닭과 같은 생활을 할 수 있게 되는 걸까. 사계절에 걸쳐 살아남는 길을 걷기 시작한 걸까. 닭들은 어떻게 겨울을 나는 걸까. 찬바람과 눈보라는 폐가에 기어들어 피한다고 해도, 먹이는 어떻게 하는 걸까. 닭들도 하는데 인간인 내가 못할 리 없다.

소코나시 강은 유백색으로 흐려져 있다. 상류의 토질 탓이리라. 가키다케 산을 축으로 하는 푸른빛을 띤 자색의 산들은 이슬비에 희미해져 영구불변의 조화를 단적으로 상징한다. 남아도는 오존은 천차만별의 목숨에 골고루 미치고 있다. 변덕스런 바람에 이리저리 밀리며 수런거리는 나무들은 그때마다 새나 매미 소리를 지운다. 멀리서 우르르 울리는 천둥이 여름이 끝나가고 있음을 예고한다.

비는 잠시도 쉬지 않고 내린다. 활짝 개는 것은 내일이나 되어야 할지도 모른다. 그때까지는 여기에 가만히 있기로 하자. 비가 그치고 구름 사이로 해가 비치면 또 새로운 길이 열릴 것이다. 그런 의미에서도 결코 짓궂은 비는 아니다. 이는 흉악성을 띠거나 마가 끼지 않게 해주는 그런 정화의 비임에 틀림없다.

부슬부슬 내리는 이 비는 부교(浮橋)처럼 불안정한 환경에서 다시 화근을 남기려는 나를 조용히 깨우쳐준다. 한 방울 한 방울의 비가 가져다주는 편안한 나날에 대한 간절한 권유가 내 급소를 찌른다.

몸 어디에도 이상은 없다. 수중에 거울을 갖고 있지 않아 뭐라 말할 수는 없지만 아마 혈색은 나무랄 데 없으리라. 내장의 기능이 둔화되는 것 같은 자각도 없다. 적어도 윤활유가 떨어진 상태는 아니다. 도시에서 살던 때는 매년 더위를 먹었다.

확실히 피하지방이 상당히 줄었다. 하지만 쏙 빠진 느낌은 아니다. 근육이 되살아나고 있어서일 것이다. 눈 상태도 굉장히 좋아 이 세상에 실재하는 모든 것을 있는 그대로 포착하고 있다. 세계나 인생의 한쪽 면만을 보고 싶어 하는 눈이 아니다.

건강한 것은 무엇보다 다행스러운 일이다. 정신도 건전함을 되찾고 있다. 다소 분열된 기색에다 잔꾀에 휘둘리기 십상인 나를 먼 천둥이 어딘가로 데려갔다. 집요하게 선동 행위를 되풀이하고 있던 폭력적인 나는 골격이 단단한 이성에 의해 나가떨어지고 말았다. 그리고 한 번 보고 알 수 있을 만큼 명랑하고 적극적인 성격으로 단숨에 격상되고 있다. 골수에 사무치는 원한, 온갖 번뇌, 내게 그런 것은 이제 어디에도 남아 있지 않다.

나무 위에서 취사를 시작한다. 밥을 짓고, 통조림 고기와 진공 팩에 든 채소에 된장을 넣어 푹 끓이고, 내친 김에 떡을 굽는다. 어느 것이나 맛있으며 고기는 각별하다. 위장을 걱정하여 정도껏 먹으려고 생각해도 막상 먹기 시작하자 그만둘 수가 없다. 특히 비계가 아주 그만이다.

이런 통조림이 아니라 가능하면 신선한 고기를 먹고 싶다. 전혀 불에 익히지 않은 생고기를 물어뜯고 싶다. 고기는 나를 탐식가로 일변시킨다. 동물성 단백질이 온몸의 피를 들끓게 한다. 달아오른 몸이 산의 냉기를 되튀게 한다.

나는 석불이 아니고 살아 있는 인간이며 언제라도 욕정의 포로가 될 수 있는 한 마리의 수컷이다. 고기를 한입 가득 넣을 때마다 정념이 끓는 물거품처럼 튀어 날아가고 덜컥 숨을 삼키는 심정에 사로잡힌다.

하지만 구수한 떡을 입으로 가져가면 갑자기 마음이 누그러진다. 가족 누구도 불행을 예감하지 않았던 그 무렵, 자손이 끊겨 집안이 망하는 것은 꿈에도 생각하지 못했던 그 당시, 가난해도 풍족했던 생활이 선명하게 되살아난다. 떡은 그런 힘을 갖고 있다.

잔치에는 으레 떡이 따르기 마련이었다. 마음이 훈훈해지는 대접에도 반드시 떡이 준비되었다. 살림살이가 넉넉하지 못했던 당시의 우리 집에는 떡을 넘어서는 사치스러운 먹을거리가 없었다. 두 손에 떡을 들고 고갯길을 내려오는 어린 누이의 복스러운 웃음 띤 얼굴이 잊히지 않는다. 불그스름해진 뺨에 막 찐 흰 떡……, 잊을 수 있는 게 아니다.

그러자 갑자기 사라졌던 분노가 느닷없이 되살아난다. 그것은 순식간에 비등점에 달해 잠들어 있던 괄괄한 기질을 불러 깨운다. 수년 후에 진상이 밝혀지면 그것으로 만족한다고 생각했던 느긋한 여유가 일시에 사라져버린다. 다시 활발한, 지각 변동과도 비슷한 작용을 한 대뇌가 중대한 일을 깨닫는다. 그것도 한꺼번에 두 가지나 번뜩인다.

잘 구워진 떡을 손에 들고 가만히 들여다보는 사이에 손톱 사이에 끼어 있는 것이 눈에 들어온다. 나는 그것에 흥미를 느꼈다. 처음에는 흙이 아닌가 했지만 흙치고는 색이 좀 달랐다. 이 근방에 회색 흙은 없다. 시멘트다. 어디서 묻었는지 어렴풋이 생각난다. 블록으로 지은 작은 건물의 마루청을 떼어냈을 때 묻었을 것이다.

그 땅광은 다섯 면 모두 콘크리트가 발라져 있었다. 하지만 이제 와서 생각하니 그다지 강도가 느껴지지 않았다. 한시도 소홀히 할 수 없는 그때는 그런 것을 일일이 신경 쓸 여유가 없어 그저 습기 탓일 거라고만 생각했다. 그런데 그게 아니라 실은 덜 말랐던 것이다. 막 바른 것이었다. 기껏해야 한나절, 아니, 두세 시간 정도밖에 지나지 않았을 것이다.

게다가 그 건물에는 전등이 없었다. 상당히 굵은 전선이 들어가 있었는데도 없었다. 콘센트도 없었다. 전기는 아마 그 건물 지하로 연결되어 있을 것이다. 그렇게 생각할 수밖에 없다.

멍청했다. 그때는 왜 알아차리지 못했을까.

그리고 간발의 차이로 다음 번뜩임이 뇌리를 스친다. 거울 파편을 빽빽이 꿰매 붙인 그 기묘한 의상. 그것은 분명히 예전에 본 적이 있다. 그렇다, 귀향한 첫날 밤, 생가로 가는 도중에 목격했다. 내 눈이 어떻게 된 것이 아니다. 달 바로 아래에 반짝반짝 빛나는 덩어리가 재빨리 이동하여 눈 깜짝할 사이에 야트막한 언덕 너머로 사라진 것은 환시 탓이 아니었다. 그 사건은 결코 몸 상태가 좋지 않아 착각한 것이 아니었고, 요즘 유행하는 초현실적인 현상도 아니었다. 그것은 틀림없는 현실이고 사실 자체였던 것이다.

나는 갑작스럽게 깨닫는다. 그것은 거울 의상을 몸에 걸치고 달렸던 녀석의 뒷모습임에 틀림없었다. 그리고 짐승 같아 보였던 그 끔찍한 소리는 틀림없이 인간의 입에서 튀어나온 것이었다. 요컨대 이제 와서 생각하니 비명 이외의 아무것도 아니었는데, 그것도 젊은 여자의 입에서 나온 절규였다. 그녀는 그때 한창 도망치고 있는 중이었을 테고, 쫓아가고 있던 것은 물론 녀석임에 틀림없다. 달리 누가 있겠는가.

드디어 꼬리를 잡았다. 조금 전까지 희박했던 인과 관계가 순식간에 또렷한 짙은 색으로 테가 둘러진다. 이 이상의 증거는 불필요하다. 확신만 얻을 수 있다면 그것으로 충분하다. 나는 경찰 관계자가 아니라 살해당한 누이의 오빠다. 이것으로 정해졌다.

강 건너편 숲에서 파랑새가 겁쟁이로 하여금 일어서게 하는 소리를 지른다. 벌떡 일어선 내 온몸이 가늘게 떨린다. 바로 지금 귀향의 의미가 명확해졌고 의심스러운 모호한 점이 깨끗이 소멸되었으며 살아 있는 목적이 도드라졌다.

나는 입술을 떨며 분노하고 있다. 그 분노는 들불 같은 기세로 퍼져간다. 성난 목소리가 가랑비에 흐릿해 보이는 산들에 울려 퍼져 장중한 천둥소리와 뒤섞인다. 가슴속 어딘가에 들러붙어 있던 인생의 비애가 순식간에 사라진다.

파랑새는 이렇게 울고 있다. 매듭을 지을 때가 왔다, 라고.

21

오늘도 비다. 어제 하루 종일 내리던 비가 더욱 기세를 올려 오늘로 넘어왔다. 행동으로 옮기고 싶은 마음은 굴뚝같지만, 이런 비라면 어쩔 도리가 없다. 적은 천연 요새에 몸을 숨기고 있다.

범람하지는 않았지만 강 건너편으로 갈 수 있는 것은 이제 새들만 할 수 있는 일이다. 닭들도 이런 긴 비에는 과연 지긋지긋한지 먹이를 찾아다니지도 않고 물참나무 가지에 가만히 앉아 있다. 이놈 저놈 할 것 없이 굉장히 불안한 듯한 눈빛이다.

가자무라 전체가 물과 바람 소리에 휘둘리고 있다. 이는 보통 비가 아니다. 비구름으로 가득 찬 하늘에 온통 심상치 않은 기운이 떠돈다. 대형 태풍이 동진하고 있는 것일까. 휘몰아치는 뜨거운 바람이 밤새 한숨도 자지 못한 내 옆얼굴을 쉴 새 없이 후려갈긴다. 그래도 전의가 상실되는 일은 없다. 오히려 그 반대다.

조금 전 비바람을 무릅쓰고 강가의 상황을 보러 다녀왔다. 비바람에 흠뻑 젖은 채 오보레 강 쪽까지 갔는데 마침 마을 소방대가 제방이 무너진 것을 상정한 수방 훈련에 힘쓰고 있었다.

보통의 소방대였다면 필시 믿음직한 광경이었을 것이다. 그런데 가자무라의 소방대는 대부분 노인뿐이라 언뜻 보기에도 별 도움이 안 되는 모습이었다. 그들 중에 그 청년의 모습은 없었다. 아직 상중이라 집에 틀어박혀 있는 걸까. 아니면 다리가 떠내려가 강을 건너려고 해도 할 수 없어 어쩔 수 없이 직장을 쉬고 있는 걸까.

확실히 이렇게 물이 불어나면 어떻게 할 도리가 없다. 지금쯤 녀석은 뭘 하고 있을까. 결백을 증명하기 위한 잔꾀라도 생각하고 있는 걸까. 그렇지 않으면 마음속에 강렬하게 새겨진 희생자의 토막 난 팔다리와 몸을 탐욕스러운 눈빛으로 바라보고 있을까.

어제, 녀석의 환영을 보았다. 뜰 한가운데서 알몸뚱이가 되어 정신이 쇠약해진 몸을 개불알꽃 위에 가만히 눕히고 있었다. 오른손에는 정교하게 만든 컷글라스를 들고 감주라도 훌훌 마시는 것처럼 진홍색 액체를 마시고 있었다. 이도 혀도 입술도 새빨갛게 물들었다.

녀석은 시멘트로 숨겨야 할 것을 감췄다. 녀석은 내 움직임을 모조리 알고 있고, 자신이 집에 없을 때 일어난 일도 다 알고 있다. 언제 어디에서 누가 찾아왔는지, 그리고 뭘 하고 갔는지를 정확히 파악하고 있다. 그러므로 지금은 틀림없이 내 의심을 해소했다고 믿을 것이다.

하지만 결국 세상 물정 모르는 애송이가 생각한 일이다. 거울 파편을 온통 박아 넣은 예의 의상까지 넣고 발라버리지 않았던 것은 분명히 과실이고 큰 실수였다. 그런 물건이 목숨을 재촉하는 원인이 될 수 있다는 것은 생각도 해보지 않았을 것이다.

경찰에게는 어떨지 모르지만, 나에게 그것은 결코 박약한 증거가 아니다. 처분하지 않고 남겨두었다는 것은 또 사용할 생각인 것이다. 가까운 시일 안에 다시 그것을 몸에 걸치고 사냥감을 찾아다니고자 함이다.

아무튼 녀석은 이제 끝장이다. 이 비가 그치면 그때야말로 녀석의 악운은 끝난다. 녀석은 내 기습을 피할 수 없다. 그런 일은 절대 불가능하다. 왜냐하면 나는 이미 사투로 몰아갈 마음을 먹고 있기 때문이다. 두 사람이 동시에 서로 공격하는 결말을 맞아도 전혀 상관없다고 생각한다. 그러므로 정작 중요할 때 망설이는 일은 일단 있을 수 없다.

최종적인 목적은 말할 것도 없는 일이다. 그것은 상대를 굴복시키는 일도 아닐뿐더러 법의 심판에 의해 사회적으로 매장시키는 일도 아니다. 이는 단순한 앙갚음도 아닐뿐더러 보복에 대한 엉큼한 정열만으로 이루어지는 과격한 행위도 아니다. 사실 나 자신도 그것을 제대로 파악하지 못한다. 아무튼 불가사의한 피의 들끓음이

447

나를 미지의 세계로 끌어들이려 한다.

녀석을 경멸하는 마음은 품고 있지 않다. 또 미워하지도 않을뿐더러 가엾게 여기지도 않는다. 하지만 그래도 역시 녀석을 살려둘 생각은 없다. 반죽음 상태로 만들어놓고 가슴 후련해하는 어중간한 해결은 무슨 일이 있어도 하지 않을 것이다.

이제 녀석은 둘도 없는 존재가 되었다. 녀석이 사실은 어떤 인간인지, 왜 언어도단인 기벽의 소유자가 되었는지 하는 것에는 아무런 흥미가 없다. 그런데도 우리는 어느새 부즉불리(不卽不離), 비유하자면 끊으려야 끊을 수 없는 악연과도 같은 관계가 되고 말았다. 나는 일방적으로 그렇게 믿고 있다.

이런 영문을 알 수 없는 인과응보의 사슬을 싹둑 끊을 수 있는 사람은 아마 이 세상에도 저세상에도 없을 것이다. 요컨대 녀석의 생사를 결정할 사람은 바로 나라는 것이다. 관점을 달리하자면 일면식도 없는 녀석이 내 운명의 열쇠를 쥐고 있는 셈이다.

그렇게 생각해서인지 풍속이 빨라졌다. 비의 기세에 비해서도 우열을 가리기 힘들어졌다. 오보레(溺れ) 강이 아바레(暴れ, '난폭하게 굴다' '날뛰다'라는 뜻—역자 주) 강이라는 별명을 갖게 된 것은 아주 먼 옛날의 일이다. 가자무라의 강은 모두 조건만 갖춰지면 언제든 사납게 날뛸 수 있다.

산도 그렇다. 아무리 수수한 형태의 산이라도 가벼운 사태로부터 엄청난 산사태에 이르기까지 뭐든 일으킬 수 있는 잠재능력을 갖고 있다.

448

비바람이 치는 이 거친 날씨는 내 무분별한 용기를 꺾지 못한다. 앞으로 내가 하려는 일에 찬물을 끼얹을 날씨는 아니다. 결행을 미루는 것은 강 너머로 건너갈 수 없기 때문이지 일말의 불안 때문이 아니다. 이는 용기를 내거나 납득이 갈 때까지 또 한 사람의 자신과 가부를 논하거나 하는 성질의 문제가 아니다.

무슨 일이 있어도 해낼 것이다. 자신이 이렇게까지 불구대천의 남자인 줄 지금껏 알지 못했다. 그러나 이상하리만치 분기탱천한 내 자신이 아주 마음에 든다. 미세한 심리를 잘 알고 있는 나보다는, 자책감에 사로잡혀 유흥가를 다니며 퇴직금을 다 써버리는 나보다는, 이런 내가 훨씬 더 낫다.

폭우를 뚫고 누군가 찾아온다. 혼자가 아니다. 몇 명이 한 무리를 이뤄 이쪽을 향해 오고 있다. 고무 비옷을 입고 있는 탓에 글자가 쓰인 윗도리까지는 보이지 않았지만 그들이 소방대원이라는 것은 틀림없다. 아마 풍수해에 대비한 순찰일 것이다.

그들은 어쩌면 일부러 충고해주기 위해 나를 찾아오는 것일지도 모른다. 이곳은 위험하니까 일단 마을회관으로라도 피난하는 것이 낫다고. 혹시 그런 이야기라면 나는 단박에 사절할 것이다. 내 대답은 '내버려두라'는 한 마디밖에 없다.

나는 마을 사람이 아니다. 그들의 동료가 되려고 돌아온 것이 아니다. 흙과 가까이하려고도, 고향의 부흥에 진력하기 위해서도 아니다. 그들이 말을 걸어오게 되면 그것을 확실히 전해주자. 만약 그들이 나를 깔보며 건방진 말이라도 던진다면 거꾸로 그들의 케케묵은 머리를 비웃어줄 것이다. 그 정도의 인간들이 모였으니 이런 마을이 되어버린 거라고 정통으로 말해주자.

그런데 그들은 나를 무시하고 지나친다. 내가 여기에 있다는 걸 모두 알고 있으면서 아무도 이쪽을 보지 않는다. 전원의 시선이 강만을 향하고 있다. 아무리 수량이 늘어났다고 해도 아직 그렇게까지 다급한 상황은 아니다. 제방이 무너지기까지는 아직 충분한 여유가 있다.

그들은 고의로 나를 묵살하고 있다. 완전히 영락한 지인을 배려하고 있는 걸까. 물론 그들로부터 동정을 받을 이유는 전혀 없다. 전락해가는 것은 그들이지 내가 아니다.

실제로 나는 전혀 부끄러움을 느끼지 않았고, 원기를 회복하여 장하게 여기기에 족할 만큼의 투지로 넘치고 있다. 비굴한 웃음을 띤 채 저자세로 타인을 대하며 재취업 기회를 엿보는 정년 퇴직자가 아니다.

앞으로 내가 하려는 것은 그들에게 도움이 되는 일이기도 하다. 오랫동안 가자무라에 둥지를 틀면서 살고 있으며 당사자와 피해자밖에 정체를 모르는 최대의 원흉을 내가 몸을 던져 남몰래 없애주려는 것이다. 흔해빠진 탈락자가 그렇게까지 할 거라고 생각하나.

그대로 상류까지 가버릴 거라고 생각했던 소방대가 일제히 발을 멈춘다. 그리고 뭔가 의논하기 시작하더니 열심히 강 건너편을 가리킨다. 얼마 후 의견이 모아진 듯 각자 일을 시작한다. 굵은 로프 나 가는 로프, 그 외에도 용도를 알 수 없는 물건을 옮겨온다.

느닷없이 총성이 울려 깜짝 놀랐다. 화약의 힘으로 발사된 가는 로프가 강 건너편으로 쭉쭉 풀려나간다. 로프 끝에 붙어 있는 금속 이 보기 좋게 벼랑에 꽂히고, 속옷 하나만 걸친 털이 많은 남자가 그 로프를 타고 격류를 가로지르려고 한다. 그런 힘이 아직 남아 있 는 그 녀석은 어쩌면 예전에 같이 놀았던 친구일지도 모른다. 물론 구명줄을 차고 있는데, 도중에 몇 번인가 떠내려갈 뻔했으나 결국 끝까지 건너간다. 그는 그 로프를 끌어당김으로써 좀 더 굵은 로프 를 걸친다.

총성은 모두 다섯 번 가키다케 산에 메아리쳤다. 총성 소리가 한 번 더 들렸던 것은 도중에 한 차례 실패했기 때문이다. 모두 네 줄 의 로프가 상하로 평행하게 두 줄씩 걸쳐지고, 도르래가 달린 나무 상자가 매달린다.

생각났다. 이 고장에서 '야생원숭이'라 불리는, 간편한 방식으로 공중에 설치하는 케이블카인데, 예전에 벌목꾼들이 깊은 골짜기를 왕래하는 데 이용한 탈것이다. 아무래도 그걸 이용해 강 건너편으 로 건너갈 생각인 모양인데 이는 한 번에 한 사람밖에 탈 수 없다.

그들은 돌풍 사이를 누비듯이 차례차례 건너간다. 늙었다고는 해 도 역시 원숭이에 가까운 사람들이다. 다 건너자 이번에는 강 아래 쪽으로 향하더니 솔송나무 숲의 길 없는 길을 지나 모습을 감춘다.

어디로 갔는지는 알고 있다. 틀림없이 녀석의 집이다. 호우로 고립된 주민의 상황을 보러 간 것이다. '야생원숭이'를 설치했으니 언제든지 강을 건널 수 있다는 사실을 말해주러 간 걸까.

아니, 그런 것치고는 인원이 너무 많다. 고작 그까짓 일로 줄지어 갈 필요는 없다. 한두 사람이면 충분할 것이다.

설마 나와 똑같은 목적이 아닐까. 그들도 결국 나와 같은 결론에 이른 걸까. 만약 그렇다면 멍하니 있을 수 없다. 선수를 빼앗기게 된다. 모처럼의 사냥감을 가로채기 당하는 것은 재미없다. 녀석은 내가 찾아낸, 평생에 한 번 만날까 말까 하는 큰 사냥감이다.

하지만 만약 그런 거라면 주재소의 경관과 동행할 것이다. 그렇지 않으면 고향의 평판을 더 이상 악화시키지 않기 위해 너무나도 어두운 문제를 자신들의 손으로 은밀히 처리하기로 한 걸까. 일단 그런 일은 있을 수 없다. 그들에게 그만큼의 기개가 있다면 가자무라는 이렇게까지 쇠퇴하지 않았을 것이다.

수치감에 대한 가자무라 사람들의 기준은 늘 알쏭달쏭하고 희박하다. 내 누이가 그런 일을 당했을 때 그들이 떠들어 대는 모습이란 이루 말할 수 없었다. 또한 산속으로 도망간 내 아우를 잡기 위해 산을 뒤질 때도 흥분하던 그들의 모습은 이루 말할 수 없었다. 만성적으로 생활이 힘겨운 소농이라는 입장은 어디까지나 그들을 비열한 인간으로 바꿔놓았다.

슬픈 것은 그들 자신이 그것을 전혀 모르고 있다는 사실이다. 하긴 그것을 알아버린다면 여기서는 하루도 살 수 없을 것이다.

깊은 산속의 한촌에서 대를 이어가는 비결이 있다. 무슨 일이 있어도 자성하는 마음을 갖지 않는 것이다. 나도 이를 알지 못했다면 좋았을 것이다. 그런데도 이제 와서 자신을 반성하지 않는 인간으로 되돌아가고 있다.

가자무라로 돌아온 그날 중에 이 고장 사람의 전형적인 발상을 하게 되었다. 자제력을 잃고 격정에 몸을 맡기는 방향으로 크게 기울어졌다. 바꿔 말하면 이 세상에 아주 익숙해진 것이다. 그리고 틀림없이 살아 있다는 반응이 하루하루 확실하게 느껴졌다.

내 보금자리인 물참나무의 흔들림이 점차 격렬해진다. 지금은 굵은 가지만이 아니라 줄기 자체까지 흔들리며 삐걱삐걱 삐거덕거린다. 물론 나도 흔들린다. 닭들도 결사적으로 달라붙어 이 폭풍을 지나가게 하려고 한다. 식료품이며 밥 짓는 도구가 떨어지지 않도록 끈으로 고정한다.

두껍게 겹쳐 있는 잎사귀를 뚫고 떨어지는 비의 양이 예사롭지 않다. 계곡을 빠져나가 배후지에 부딪치는 강풍이 열심히 나를 선동한다. 너도 소코나시 강을 건너, 라고 꼬드기며 적의 술책에 빠지기 전에 선수를 치라고 부추긴다.

주저할 단계가 진작 지나갔다는 것쯤은 잘 알고 있다. 독단에 지나지 않을까 하는 불안은 깨끗이 불식되었고, 선량한 청년에게 엉뚱한 누명을 뒤집어씌우는 것일지도 모른다는 두려움도 없어졌다.

이것은 복잡한 사건이 아니다. 아주 간단한 구조로 이루어진 무척 알기 쉬운 사건이다. 진짜 원인이 확실하지 않은 것도 아니고 죽인 자와 죽임을 당한 자 사이에 가로놓여 있는 것은 파탄 난 성욕뿐이다. 녀석이 십 수 년에 걸쳐 되풀이하고 있는 것은, 변명할 여지가 충분히 있는 수동적인 범죄와는 정반대되는 사건이다.

결심이 굳어짐에 따라 변이 마렵다. 참을 수가 없어 줄사다리를 타고 내려가 풀숲에 쭈그려 앉아 볼일을 본다. 내친김에 불필요한 망설임도 체외로 배출한다. 순식간에 흠뻑 젖었지만 내보낼 것을 내보내자 단숨에 배짱이 두둑해진다. 그리고 할 일이 정해졌다. 오직 그 한 가지 방법이 있을 뿐이다.

억수같이 내리는 빗속에서 손도끼를 간다. 두 종류의 숫돌로 정성껏 갈고, 나무 위로 돌아가 곧장 잘 드는지 시험한다. 아무런 주저함도 없이 해치운다. 가까이에 있던 닭을 꽉 잡았을 때는 이미 끝났다. 머리는 똑바로 떨어지고 몸통 부분은 날갯짓을 하며 허공을 날아 물참나무에서 조금 떨어진 곳에 착지한다. 그리곤 괴성을 지르며 전속력으로 달리더니 끝내 벼랑 너머로 뛰어가 소코나시 강의 격류에 휩쓸린다. 해도 너무한 짓에 다른 닭들은 가위라도 눌린 듯이 굳어 있다.

얼굴에 튀긴 핏방울을 닦지도 않고 차림새를 갖춘다. 위장용 전투복을 입고 편상화를 신고 비를 안 맞게 모자를 쓰고 턱 끈을 단단히 묶고 허리에는 손도끼를 찬다. 지금까지는 늘 현금을 몸에 지니고 걸었지만 이번만은 예외로 한다. 이런 것에 집착하는 것 같아서는 성공을 기대하기 힘들다.

그건 그렇고 이 흥분된 마음의 정체는 대체 뭘까. 열혈한의 그것과는 확실히 다르다. 나를 보내는 닭들의 눈은 모두 공포에 떨고 있다. 내게 겁을 먹고 있는지, 아니면 내 배후에 다가오는 잔혹한 운명에 겁을 먹고 있는지는 알 수 없다.

소코나시 강의 벼랑 끝에 선다. 발밑에서는 격류가 위협적인 굉음을 내고 있다. 방금 잘라낸 닭대가리를 내던지자 수면에 닿기도 전에 보이지 않는다. 떨어지면 일단 살아나지 못할 것이다. 오보레 강에 닿기도 전에 물을 잔뜩 먹고 죽을 것이다.

하지만 가자무라의 물을 닭의 피로 더럽혔다는 죄책감은 없다. 공포심도 없다……, 진짜다. 돌풍의 부추김을 받으면서, 아플 만큼 비를 맞으면서 나는 로프를 끌어당긴다. 장갑을 끼지 않은 탓에 순식간에 손바닥 피부가 까진다.

내가 믿고 있는 것은 로프나 로프를 지탱하고 있는 나무나 목제의 튼튼한 상자나 도르래라는 물건이 아니라 내적인 투지뿐이다. 돌아오는 일은 전혀 생각하지 않는다. 어쩌면 '야생원숭이'가 떨어지거나 풀어지거나 해서 되돌아올 수 없게 될지도 모른다. 하지만 이번에 그런 것은 아무래도 좋으며 이제 나는 궁극의 행동이 가능한 배짱 두둑한 한 마리의 남자일 뿐이다. 또는 기민한 동작과 순간의 기지로 대부분의 위험을 피할 수 있는 대담무쌍한 모험가다. 그도 아니면 흉악한 범죄자를 와들와들 떨게 할 수 있는, 법률과는 무관한 사형 집행인이다.

드디어 적의 영역에 잠입하여 깊은 숲 속으로 들어
간다. 우거진 수목이 비바람을 얼마간 막아주어 그만큼 침착함을
되찾는다. 소방대원이 남긴 발자국이 보였고, 그것은 녀석의 집 쪽
을 향하고 있다.

　그들은 지금쯤 녀석을 상대로 어떤 이야기를 나누고 있을까. 녀
석은 여전히 온화하고 점잖은 풍모를 유지하고 동안(童顔)에 웃음을
지으며 방문객을 맞이하고 있을까.

　녀석이 순한 성격의 소유자라는 것은 인정해주어도 좋다. 녀석의
욕망에 대한 마음만큼 외곬인 것은 없을 것이다. 아마 동물의 그것
을 훨씬 뛰어 넘어섰을 게 분명하다. 따라서 보통 사람과 같은 정도
로 다룰 필요는 없으며 닭처럼 다룬다고 해도 전혀 상관없다. 내 오
체에 흘러넘치는 것은 인정사정 볼 것 없는, 살리고 죽임을 마음대
로 할 수 있는 힘이다.

　지금까지 크고 작아 고르지 않았던 분노도 이때는 단숨에 산꼭대
기에 이르렀다. 그렇다고 해도 오장육부가 뒤틀리는 듯한 격노와는
질이 다르다. 이는 좀 더 다른 종류, 예를 들어 마음의 해독 작용을
촉구하는 듯한 평범하지 않은 분노로, 솔송나무 숲의 상공까지 다
가와 있는 뇌운이 숨기고 있는 에너지와 비슷한 것인지도 모른다.
그만큼 무시무시하고, 그만큼 숭고하다.

　나는 성패의 갈림길을 향해 돌진한다. 그것은 곧 생사의 갈림길
이기도 하다. 가키다케 산을 둘러싸고 어지러이 나는 섬광은 속이
빤히 들여다보이는 불만을 늘어놓는 것이 아니다.

오늘 달이 차서 태어난 자도, 오늘 명부에 오르려는 자도, 올여름 첫 폭풍의 세례를 받음으로써 그 영혼의 수준은 단숨에 높아질 것이다.

바로 억수같이 내리는 이 큰 비는 가자무라에 사는 모든 한 사람한 사람에게 아무리 많은 말을 해도 족하지 않는 감명을 줄 것이다. 그리고 하룻밤을 지새우며 기다려 경사스럽게 초경을 맞은 소녀의 보들보들한 손가락 끝에 묻은 피도, 막 정수리를 내리쳐 깨부순 손도끼에서 뚝뚝 떨어지는 피도, 모두 다 차별을 두지 않고 씻어내줄 것이다.

나는 후다닥 몸을 엎드린다. 이어서 거북이처럼 머리를 천천히 든다. 녀석의 집이 바로 앞에 있다. 이런 폭풍우에도 불구하고 그곳만 아주 고요한 듯이 느껴진다.

문은 활짝 열려 있다. 그 개는 문 입구에 있다. 비를 맞으며 단정히 앉아 오감을 곤두세우고 있다. 평소처럼 자신의 역할을 아주 충분할 정도로 분별하고 있다. 역시 독이 든 먹이에는 눈도 주지 않은 듯 아직 멀쩡하다. 섣불리 움직였다가는 금세 들킬 것 같다.

다행히 비가 내 체취를 약화시켜준다. 오랫동안 그렇게 퇴적한 부엽토와 일체가 되어 있다. 문득 이대로 산 채 썩어문드러져 흙이되는 것도 나쁘지 않다고 생각한다. 그런데도 이따금 몸을 문질러 피의 순환을 회복시키려고 한다.

나는 올여름 폭풍에 아주 큰 지원을 받고 있는 것인지도 모른다. 그런 마음으로 기울어지기 시작할 무렵 문 밖으로 사람의 모습이 차례로 나타난다. 소방대원이다.

전원이 모여 아주 얌전한 태도를 유지하고 있다. 그렇게까지 태도에 주의를 기울이는 마을 사람들을 본 것은 처음인데, 관혼상제 때도 그렇게까지 긴장하지 않는다. 그들은 마치 도열한 의장병처럼 좁은 길을 사이에 두고 쭉 늘어서 한마디도 하지 않고 격식을 차리고 있다. 개까지 그들을 흉내 내고 있다.

그리고 얼마 후 최후의 출연자가 등장한다. 깜짝 놀랐다. 청년에게 놀란 것이 아니라 그의 옷차림에 기겁한 것이다. 위아래로 흰옷을 걸치고 나타난 사람이 그 녀석이라는 것을 알기까지는 눈을 열 번쯤 깜박여야 했다. 어떤 복장을 하든 그는 틀림없이 그 녀석이다.

사초 삿갓을 쓰고 새 짚신을 신었으며 오른손에는 금강장을 쥐었다. 커다란 북을 짊어지고 있지 않다면 어렸을 때 산속에서 한두 번 본 적이 있는 흡사 수행하는 사람의 모습이다. 북과 채는 비에 젖지 않도록 투명한 비닐로 싸여 있다.

곧 구습 속에 사는 사람들이 출발한다. 그들은 청년을 선두로 일렬종대로 나아간다. 개가 남은 것은 내가 침입하는 것을 경계한 것이리라. 그렇지 않으면 그들은 동물이나 여자의 동행을 금하고 있는 성역을 향해 가고 있는 걸까.

어쨌든 잘 되었다. 이제 블록으로 지은 작은 건물에 볼일은 없다. 그곳 마루 밑에 뭐가 숨겨져 있든, 지하에 또 하나의 방이 있든 그런 것은 아무래도 좋다.

내 안에서 녀석의 죄는 이미 입증되었다. 설사 대형 냉동고에 마시다 남은 혈액이 보존되어 있든, 유방이나 성기가 과실주용 브랜디에 담겨 있든, 그리고 그것에 녀석의 치아 모양이 또렷이 남아 있든, 그런 것은 전혀 신경 쓰지 않는다. 녀석의 형은 확정되었다.

문제는 소방대원들이다. 그 정도의 인원이라면 손을 쓸 엄두도 못 낸다. 비록 한 사람이라도 제삼자가 옆에 있으면 어떻게 할 도리가 없다. 녀석이 누이를 그렇게 한 것처럼 나 역시 아무에게도 들키지 않은 채 해치우고 싶다.

여하튼 잠시 상황을 지켜보기로 하자. 소코나시 강에서 멀어지고 있는 그들은 분명히 가키다케 산 쪽을 향하고 있다.

그런 목적이라면 대충 짐작이 간다. 새로운 세기를 눈앞에 두고 그들은 아직도 그런 원시적인 일을 아주 진지하게 행하는 자들이다. 호우를 극적으로 소멸시킬 수 있는 기도를 믿고 실행에 옮기려는 것 같은데, 참으로 말할 거리도 안 되는 행위다. 그런 일은 녀석의 아버지 대에서 종언을 고한 것이 아니었나. 시대에 뒤떨어진 짓을 언제까지 되풀이할 생각이란 말인가. 이 무슨 어리석은 일이란 말인가.

그들은 한눈도 팔지 않고 폭포 같은 비를 뚫고 돌진한다. 뒤를 돌아보는 자도 없고 빗소리와 바람소리 덕에 미행하기에 용이한 조건이다. 아무리 발소리를 내도 들킬 염려는 없지만, 그래도 주의 깊게 추적한다. 일정한 거리를 유지하며 재빨리 몸을 숨길 수 있도록 나무에서 나무로 이동한다.

수목은 점차 커지고 줄기의 굵기가 늘어난 만큼 숨기에 쉽다. 가키다케 산은 비를 얼마든지 흡수할 수 있고, 포화 상태가 될 때까지는 상당히 여유가 있는 것 같다.

녀석의 행동거지는 여느 때와 다름없이 단정하다. 무게 있는 태도와 흰옷이 용모를 한층 고상하게 해주었는데, 이는 그 배후에서도 알 수 있을 정도였다. 커다란 북을 짊어지고 경사가 급한, 짐승 다니는 길을 가는 모습 어디에서도 불순함은 느껴지지 않는다. 꾹 다문 입가에는 희망을 채우는 강한 의지력이 흘러넘친다. 애써 차려 입은 의상이 비에 젖고 흙탕물이 튀어 엉망이 되었지만, 온몸에서 발하고 있는 위엄은 조금도 잃지 않았다.

오늘 녀석은 농협 직원이 아니라 완전히 한 수 위의 사람이 되어 소방대원을 들러리로 만들고 있다. 그렇다고 어디까지나 참으로 뻔뻔스러운 놈이라고 생각하지 않은 것은 그만큼 그럴듯해서다.

얼마 후 일행은 골짜기의 좁은 길을 지난다. 산 표면이 서서히 거칠어지고, 거기에는 과거에 여러 차례 발생한 홍수가 할퀴고 지나간 흔적이 새겨져 있다. 썩은 나무가 나뒹굴고 있지만 다른 한편으로는 기암괴석의 보고(寶庫)이기도 하다. 지세는 점점 험해져 걷기가 무척 힘들다.

그리고 예의 동굴 앞을 지나간다. 아무래도 그곳으로 시선을 돌릴 수가 없다. 아우는 그 깊은 종유동(鐘乳洞) 안으로 혼혈인 토목 인부를, 아무런 죄도 없는 그 젊은이를 끌고 들어가 가두고 끝내 목숨을 빼앗았다. 그것도 반죽음 상태로 내버려두었다.

만약 그 외지인이 진범이었다면 그렇게 하는 것이 인지상정이었겠지만, 누이에게 그런 짓을 한 놈은 따로 있었다. 아우는 독단으로 엉뚱한 상대에게 적의를 불태우며 돌이킬 수 없는 짓을 저지르고 말았다.

아우가 죽어주어 다행이다. 정말 다행이다. 그것은 고개를 숙이고 엎드려 용서를 비는 정도로 끝날 과실이 아니었다. 아우 자신도 잘 알고 있었을 것이다. 그렇기에 진저리나게 도망 다닌 끝에 죽는 것 외에 편해질 길은 없다는 결론을 내렸을 것이다. 녀석이 실패한 일을 형인 내가 성공시켜 주겠다.

나 또한 이 근처까지만 와본 적이 있을 뿐이다. 짐승 다니는 길은 그대로 가키다케 산으로 이어져 있다고 하는데, 그 이상 오르고 싶어 하는 사람은 거의 없다. 일단 입산이 금지됐지만 어디까지나 이 고장의 불문율에 지나지 않고, 또한 전국에 이름이 알려진 영산인 것도 아니다. 마음만 먹으면 누구라도 오를 수 있다.

그런데 옛날부터 사냥꾼이나 산나물 캐는 사람도 경원하고 있고, 그렇게까지 매력이 없는 산으로 보이지 않는데도 등산 애호가들로부터도 외면당하고 있다. 아우가 온 산을 뒤졌어도 어떻게든 도망칠 수 있었던 것은 전적으로 쫓기는 아우보다 지형을 잘 아는 사람이 없었기 때문이다.

아우와 누이의 관계가 세상에 대한 체면을 꺼리는 것이었는지 어떤지는 영원한 수수께끼다. 설사 은밀히 정을 나누는 사이였다고 해도 특별히 문란한 행실로 여겨지지는 않는다. 오히려 측은한 마음이 작용한 관계가 아니었을까 싶다.

십중, 이십중으로 둘러친 포위망 안에 범인이 없다는 것이 판명되고 야간열차를 타고 있는 아우를 봤다는 확실한 보고가 잇따라 들어왔을 때 눈빛이 날카로운 그 형사는 내게 이렇게 말했다.

"동생분이 한 일은 여동생이 당한 일과 큰 차이가 없네요."

홧김에 이런 말을 했겠지만 꼭 빗나간 감상은 아니었다.

나는 아우와 같은 방식을 좋아하지 않는다. 설령 어떤 놈의 목숨을 빼앗든 괴롭히는 짓만은 피하고 싶다. 닭의 경우와 마찬가지로 가급적 신속하게 처리할 생각이다. 상대에게 원망하는 말을 늘어놓고 싶지도 않고, 죽이는 이유를 전해줄 생각도 없다. 죽어주면 그것으로 족하다.

심장과 호흡이 완전히 정지될 때까지 그저 정수리를 노리고 손도끼를 내리칠 뿐이다. 하지만 그것이 어떤 행위인지 나도 잘 모르고 있을 것이다. 잘 모른 채 마지막까지 해버릴 것이다. 녀석을 영원한 어둠의 세계로 떨어뜨려 속죄하게 하고 오늘을 경계로 소식을 끊게 할 것이다. 목숨에 경중의 차이는 없으며 대체로 어느 목숨이나 가볍고 또 잠깐이다.

그 청년은 중병인이다. 그는 마음뿐 아니라 영혼 자체까지 병들었다. 그런 환자에게 나는 극히 유능하고 결단력이 풍부한 의사이고, 결과적으로는 죽임으로써 구원하고자 한다. 사후에는 곧장 지옥으로 향할 것이다.

조만간 나도 뒤를 따를 것이다. 이 세상보다 더한 지옥이 있을지 어떨지 찾아주겠다.

　　　　　　앞서 가는 일행이 뚝 발걸음을 멈춘다. 이윽고 나는 몸을 숨긴다. 아무래도 소방대원과 청년은 여기서 헤어질 모양으로, 쌍방은 말없이 인사를 나눈다. 청년은 산악지대 안쪽 깊숙이 헤치고 들어가고, 소방대원은 상대의 모습이 보이지 않을 때까지 지켜본다.

청년은 딱 한 번 돌아보고 손을 흔들었는데 그때 그의 시선이 나를 향한 것처럼 보였다. 하지만 냉철한 시선이 아니라 마치 애원이라도 하는 듯한 연약하고 부드러운 눈빛이었다.

그런데 적은 사초 삿갓을 깊숙이 눌러 쓰고 있었고 게다가 양자 사이에는 상당한 거리가 있었는데도 어떻게 그렇게까지 자세히 간파할 수 있었는지 신기하지 않을 수 없다.

소방대원은 바로 내 옆으로, 지나온 길을 되돌아간다. 그들은 평소의 마을 사람들이 아니라 여전히 의식적인 태도를 무너뜨리지 않고 어딘가 꼭두각시 인형을 연상시키는 동작으로 이동해간다.

어디로 돌아가려는 걸까. 각자의 집일까. 어쩌면 녀석의 집에서 대기하거나 마을회관에 모여 밤을 새거나 아니면 제방의 붕괴에 대비해 흙을 담은 자루를 쌓는 데 힘쓸까. 그리고 비가 완전히 그쳤을 때는 젊은 기도사(祈禱師)를 맞이하러 다시 이곳으로 올 생각인 걸까. 아무튼 내게는 좋은 기회가 찾아왔다.

녀석의 운명은 결정되었고 내 운명도 확고해졌다. 이제는 돌이킬 수 없다. 감정의 전이라는 허약한 흔들림은 이제 내 안에 없다. 현재의 나를 구성하는 것은 신속한 행동에 빼놓을 수 없는 약동하는 육체뿐이다. 충돌을 회피하거나 바야흐로 일이 벌어지려고 할 때 엉겁결에 멈칫거리거나 내빼거나 하는 나는 진작 죽었다. 여기에 이렇게 살아 있는 것은 저돌적인 나이고, 혈전을 청하는 나이며, 단숨에 덤벼드는 나다.

나는 간다. 토사가 무너져 내리든 소나기 끝에 홍수가 밀어닥치든 그런 위험을 무릅쓰고 전진한다. 설령 이곳이 성역이었다고 해도 내 알 바 아니다. 옛날부터 습관적으로 어떻게 말해왔든 나는 신의 위력 같은 건 전혀 믿지 않고 두려워하지도 않는다. 천벌을 걱정해야 하는 것은 내가 아니라 녀석이다. 모든 재앙은 바로 요괴에 가까운 인간인 녀석의 몸에 닥쳐야 한다.

이제 내가 신이다. 동시에 귀신이기도 하다. 이는 내 앞에 있는 청년에 대해서도 같은 말을 할 수 있다. 그를 요괴로 취급하는 것은 극히 간단하다. 그는 확실히 금수와도 같은 행위를 되풀이하는 괴물이다. 공포의 비명을 탐하고 마지막 숨을 할딱거릴 때까지 괴롭히고는 약해진 여자의 목덜미를 웃으며 덥석 물 수 있는 괴물이다.

그렇다고 호의적인 관점이 전혀 불가능한 것은 아니다. 그것이야말로 모순으로 가득 찬 인간이라는 동물이다. 실제로 나무 사이에 가렸다 보였다 하는 그의 뒷모습에서는 결벽증적인 성격이 배어나오고, 나아가 뭐라 말할 수 없는 애수마저 떠돈다. 아마 비슷한 인상이 내 등에도 들러붙어 있을 것이다.

어두운 그림자를 드리운 검은 구름이 가키다케 산 상공에 집결해 있다. 그 구름의 양은 무시무시하고 한없이 솟아난다. 저습지는 모두 물로 흘러넘쳐 가자무라 전체가 샘이 되었고, 격렬한 낙뢰가 치명타를 가한다. 벼랑길에 당도했을 때 돌연 땅울림 소리가 울리나 싶더니 상당한 거목이 와르르 눈앞으로 자빠진다.

간발의 차로 목숨을 건졌다. 몇 초만 빨리 그곳을 지나갔다면 직격을 피하지 못했을 것이다. 옆으로 쓰러진 거목은 뿌리가 몽땅 그대로 드러났다. 물과 바람의 힘이 한 짓이다.

그래도 녀석은 뒤를 돌아보지 않는다. 자신의 발밑에서 한시도 시선을 떼지 않고 착실히 발걸음을 옮겨 위로, 또 위로 향한다. 키 큰 나무가 자랄 수 없는 한계선이 다가오고, 드디어 허물어지기 쉬운 급사면이 나타나자 몸을 숨길 방법이 없다. 들키면 끝장이다. 하지만 여기까지 오고 말았다면 들키든 들키지 않든 그런 건 아무래도 좋다. 어차피 우리 두 사람밖에 없으니까.

들키는 때가 해치울 때다. 언제든지 달려들 각오는 되어 있다. 그렇지만 살금살금 소리를 내지 않고 다가가 느닷없이 등 뒤에서 덮칠 생각은 없다. 조금 전까지는 그런 생각을 했지만 지금은 다르다. 말없이 공격하는 건 그만두자. 상대의 눈동자를 똑바로 보며 뭘 하려고 하는지 똑똑히 전하고 나서 시작하자.

왜 그렇게 하고 싶은지는 모르겠지만 비슷한 조건에서 싸우고 싶다. 남자로서의 체면을 떨어뜨리고 싶지 않다거나 정정당당히 승부하고 싶다는 고색창연한 이유가 아니라는 것만은 분명하다.

나는 맨손의 상대에게 맞서려는 것이 아니다. 상대는 금강장을 손에 들고 있을 뿐 아니라 살상 능력이 그보다 몇 배나 높은 대단한 무기를 갖고 있다. 허리에 차고 있는 단도는 설마 죽도나 모조 칼 같은 건 아닐 것이다. 내가 휴대하고 있는 것은 무기가 될 수도 있는 생활도구지만 녀석이 갖고 있는 것은 진짜 무기다.

과연 손도끼 하나로 맞설 수 있을까. 온몸이 피투성이가 되어 쓰러지는 건 어느 쪽일까. 녀석일까, 나일까, 아니면 둘 다일까.

뜻밖에 만만치 않은 솜씨에, 싸움에 자신이 있는 놈일지도 모른다. 뒤돌아봄과 동시에 전광석화와 같은 날랜 솜씨로 칼을 내리칠지도 모른다.

여하튼 늘 피를 보아 익숙하고 타인의 목숨 따위 대수롭지 않게 생각하는 놈이다. 녀석에게 타자의 목숨은 소모품에 지나지 않는다. 녀석은 미처 볼 새도 없을 만큼 빠른 움직임으로 내 목 언저리에 칼을 들이댈까.

설령 그런 처지에 놓인다고 해도 나는 밀려나며 뒷걸음질 치는 짓은 하지 않을 것이다. 손도끼를 내던지고 목숨을 구걸하는 한심한 짓도 하지 않을 것이며 끝까지 사력을 다해 싸울 것이다. 개죽음은 사절이다. 설령 내가 입으로 피를 토한다고 해도, 그것과 동시에 녀석의 정수리도 둘로 쪼개질 것이다. 죽으려면 같이 죽자.

나는 지금 앞쪽의 적에게 아주 이상한 흡인력을 느끼고 있다. 그것은 달리 비견할 것이 없는, 중력보다 훨씬 더 강력한 힘이다. 그 힘의 영향을 받아 나는 원기가 왕성하다. 특별히 이런 게 좋아서 하려는 게 아니라는 가슴속의 중얼거림은 새빨간 거짓말이다.

그럭저럭하는 사이에 나는 자신이 뭘 계획하고 있는지 간파했다. 너무 명쾌하고 단일한 목적에서 이런 짓을 하려는 것은 아니다. 그렇다, 녀석을 죽임으로써 쇠퇴하는 형세를 만회할 계기를 만들려 하고 있다. 실지(失地) 회복을 노리고 있다. 요컨대 녀석의 죽음을 발판으로 다시 살려 하고 있는 것이다. 분명히 그렇다.

이번에는 녀석이 희생물이 될 차례다. 일장춘몽으로 끝나는 인생에 금상첨화라고 생각한다면, 적어도 그 정도의 일을 하지 않으면 말이 안 된다. 지금 우리는 모두 혜택 받은 환경에 있다.

성적 쾌락의 수집광인 녀석의 지극한 행복은 풍만한 가슴의 융기와 요염한 넓적다리를 가진 아가씨를 오랜 시간에 걸쳐 참살하는 데 있다. 그리고 나의 지극한 행복은 그런 녀석의 숨통을 끊어놓는 데 있다.

절망한 나머지 자살하기 전에 그렇게 완전히 타버리고 싶다. 그것이야말로 유일무이한 최상의 최후다. 나는 지금 그것을 확실히 자각하고 있다.

너 같은 성격 이상자의 희생자로서 끝날까보냐. 나는 너 같은 놈 인생에 곁들여진 물건이 아니다. 너를 이대로 내버려두는 것은 평

467

생의 치욕이다.

　그렇지 않으면 그런 너에게 감사해야 할까. 폭음과 폭식을 되풀이하고 올챙이배를 안고 웃으며 죽어가는 말로는 결국 환상에 지나지 않았다. 실제로는 그렇게 되기 전에 실명이라는 복병이 기다리고 있다. 녀석은 그런 비참한 상황에서 나를 구출해주려는 것일까. 과연 그렇게 될지 어떨지는 곧 판명난다.

　녀석은 비와 바람 때문에 앞으로 잘 나아가지 못한다. 게다가 험한 곳에 이르렀다. 그런 무거운 짐만 짊어지고 있지 않다면 나처럼 한 발 한 발 착실히 발을 옮길 수 있었을 것이다.

　돌풍이 휘몰아칠 때마다 몸의 중심을 잃고 왼쪽으로 오른쪽으로 크게 흔들리는 녀석은 등 뒤를 신경 쓸 여유가 없다. 부주의도 유분수지, 그런 때 기습하는 짓은 하고 싶지 않고 그런 유혹에 휘둘리지도 않는다.

　폭풍은 악화일로다. 비와 바람이 이 절경을 아래쪽에서부터 쓸어올리고 있다. 틀림없이 태풍인데, 그것도 대형 태풍일 것이다. 산꼭대기에서 북을 치는 것 정도로 방향을 바꾸는, 그렇게 만만한 저기압은 아닌 것 같다. 무엇보다 북을 칠 계제가 아니다. 아니, 북을 설치할 수 있을지 어떨지도 의심스럽다.

　가키다케 산의 정상은 짙은 가스로 뒤덮여 있다. 평생 한 번은 올라가보고 싶다는 막연한 꿈이 이럴 때 이런 형태로 이루어지다니, 참으로 얄궂다. 하늘을 난폭하게 돌아다니는 것은 비구름이나 대기만이 아니며 맹렬한 우렛소리나 번개도 제멋대로 날뛰고 있다.

이는 허세만 부리는 폭풍이 아니라 하천의 물을 역류시킬 만한 힘을 갖춘 태풍으로, 그래서 논밭을 흙탕물의 바다로 만들어버릴지도 모른다. 그리고 수많은 사망자가 나올지도 모른다. 내가 아직 태어나기 전까지는 그런 재해가 그리 드물지 않았다고 들었다.

녀석의 심경을 알고 싶다. 비장한 결의를 굳히고 세습된 일을 진지하게 해내려는 걸까. 분명히 그럴 것이다. 설마 긴 세월에 풍화되어 향토 예능의 하나로 변형되고 만 것을 재미 삼아 하려는 것은 아닐 것이다. 이왕 할 거라면 힘닿는 데까지 노력할 생각일 것이다. 설령 우연이었다고 해도 이것에 성공하면 마을 사람들은 녀석을 녀석의 아버지 이상으로 존경하게 될 것이다.

이곳 주민은 제멋대로인 마음의 지주에 늘 굶주려 있다. 항상 안심하고 기댈 수 있는 대상을 찾는다. 아주 가까운 곳에 있어줄 초인적인 누군가의 출현을 은근히 기다린다. 그리고 설사 없다고 해도 그럴듯하게 보이는 자라면 개의치 않고 달라붙으려 한다.

녀석이 요술사로서의 보증을 받을지 어떨지는 오로지 오늘의 결과에 달려 있다. 만약 태풍이 가자무라를 직격하여 인가가 탁류에 휩쓸리기라도 한다면 녀석은 내일부터 단순한 마을 사람의 일원이고, 매일 아무것도 하지 않고 사는 무능한 한 사람으로 영락할 것이다. 아버지의 힘이 아들에게는 이어지지 않았다는 평가는 당사자보다 마을 사람들을 크게 실망시킬 것이다. 그리고 마을을 떠나는 사람의 수를 격증시키게 될지도 모른다.

아니면, 녀석은 이미 그 특수한 능력을 몇 번이나 실증한 것일까.

적어도 아버지의 장례식에 찾아왔을 때까지는 그런 이야기를 들어보지 못했다. 하지만 그로부터 5년 사이에 무슨 일이 있었는지는 모른다.

그사이에 녀석은 아버지에게 물려받은 힘을 보여주어 몇 차례나 가자무라를 구했을지도 모른다. 만약 그렇다면 그 특수한 능력과 그 이상한 범죄 사이에 밀접한 관계가 있을까. 그 신통력을 유지하기 위해서는 아무래도 아가씨의 피를 빼놓을 수 없는 걸까. 도롱이벌레 흉내를 내는 것만으로는 부족한 걸까. 사실은 관계가 없어도 당사자가 멋대로 그렇게 믿고 있는 걸까.

설사 그런 것이라고 해도 용서할 수 없다. 이번에는 녀석이 나를 위한 희생물이 될 차례다.

우리는 둘 다 비에 녹아들려 한다. 주위에는 바위뿐인데, 그것도 고도가 높아짐에 따라 더욱 커진다. 산 공기가 몸에 스며든다.

녀석의 발걸음이 보기만 해도 불안해 보이는 것은 체력을 상당히 소모했다는 증거다. 금강장에 완전히 의지하고 있는 것으로 볼 때 자신에게 기합을 넣을 힘조차 다 떨어졌는지도 모른다. 우렛소리가 울릴 때마다 멈칫거린다.

그런 상태로 산꼭대기까지 갈 수 있을까. 이대로 임무를 내팽개치고 하산해버릴지도 모른다. 그렇게 하지 말기를 바란다. 그런 겁쟁이를 절체절명의 궁지에 몰아넣어봤자 아무런 자랑거리도 못 될 테니까. 나로서는 의(義)를 중시하는 자인 체하고 자랑스러운 태도를 유지하며 후련한 기분으로 하산하고 싶다.

겁을 먹고 돌아가는 청년의 뒷모습을 떠올리기만 해도 화가 치민다. 설령 그렇게 유감스러운 일이 벌어진다고 해도 단념은 하지 않을 생각이다. 신체 장애인을 친절하게 돌보는 마음과도 비슷한 불심을 일으켜 눈감아주는 일은 하지 않을 것이다. 해야 할 일은 할 생각이다. 손도끼를 수십 번, 수백 번 내리쳐 원형도 흔적도 남지 않을 만큼 난도질해 주겠다.

그러므로 이럴 때 녀석도 만용을 부리고 나왔으면 싶다. 예절 바른 태도를 홱 벗어던지고 어딘지 무서운 가면을 쓰고 있는 요괴의 정체를 드러냈으면 싶다. 혐의를 풀겠다는 생각은 전혀 하지 않고 돌연 역습으로 돌아 앞뒤 분별도 없이 날뛰어 유혈 참사로 끌고 갔으면 싶다.

나는 특별히 쉽게 이기고 싶다는 생각 따윈 하지 않는다. 피 묻은 칼을 휘두르는 상대여야 성취감이 생길 테니까.

내가 저주해 마지않는 것은 누이나 그 밖의 몇몇 아가씨에게 독수를 뻗친 성범죄자 자체가 아니다. 내가 두려워하고 증오하는 것은 바로 아무 일 없이 이대로 끝나고 마는 내 처지다. 그렇다고 내 전문 분야가 아닌 다른 일자리를 얻어 현역으로 복귀하고 싶다는 무모한 바람을 갖고 있는 것도 아니다.

또한 정년이 다가옴에 따라 푸대접을 감수해야만 했던 운명을 원망하지도 않는다. 오랜 노력이 헛되이 되거나 꿈이 깨지는 일은 누구에게나 있다. 이래 뵈도 스스로는 체념이 빠른 편이라고 생각한다. 최후에 다다를 곳은 이미 알고 있다. 몸 상태가 눈에 띄게 회복되어 가는 지금도, 재출발하기에 충분한 자금을 갖고 있는 지금도, 조건만 충족된다면 언제든지 죽을 수 있다. 다만 그 조건이 무엇인지 완전히 파악하지 못했다.

아무튼 광대무변하다고 착각하게 하는 가자무라 산하의 한복판에서 생명을 다할 수 있다면 그것으로 만족한다. 올라가도 올라가도 번거로운 세상사를 벗어나는 높이에는 이르지 못한다. 인간 세상의 근심을 잊기는커녕 울적한 고뇌가 욕망의 형태를 크게 왜곡시킨다. 때에 찌든 영혼이 점점 막다른 곳으로 몰려간다. 이렇게 되면 자아의 미망을 끊을 처지도 아니고 번뇌를 극복할 처지도 아니다.

하지만 나는 그것을 좋다고 치고, 느닷없이 때리려고 덤벼드는 숙명의 폭풍을 괜찮다고 생각한다. 녀석을 쓰러뜨린 후 아마 나는 고개를 숙이고 묵도할 것이다. 그러고는 개운하게 웃을 것이다. 그런 자신의 모습을 상상하니 황홀함에 도취되는 듯하다.

기분 좋다. 점차 감정이 격해진다. 우렛소리가 마음을 미혹시키는 소리가 되어 아주 가까운 곳을 열심히 날아다닌다. 나는 운세를 타고났다. 55세의 여름에 죽일 만한 상대를 얻었다는 걸 하늘에 감사하고 싶다. 만약 그가 있지 않았다면 내게는 앞날을 비관하는 나날밖에 남아 있지 않았을 것이다.

그런 의미에서 이제 너는 장중보옥(掌中寶玉)이다. 지금까지 네가 되풀이해온 용서하기 힘든 죄는 이제 아무래도 좋고, 사적인 감정으로는 용서해줘도 상관없다고까지 생각할 정도다. 그 대신 너도 앞으로 내가 너에게 할 일을 용서해야 하고, 전생의 업이라 여기며 포기했으면 한다.

머릿속에서 끊임없이 살인을 반복하여 연습한다. 도망치는 발걸음이 상당히 빠른 상대가 아닌 한 실패로 끝나는 일은 없을 것이다. 너는 속마음을 알 수 없는 인간이 아니고, 보기만 해도 불쾌해지는 역겹고 진귀한 짐승도 아니다.

조금은 너를 이해할 수 있다. 너도 인간이다. 만약 인간이 아니라면 내가 인간으로 만들어주겠다. 내 손에 죽임을 당함으로써 너는 누구보다 인간다운 인간으로 죽어갈 것이다. 그렇게 하면 이제 가슴을 쥐어뜯으며 몸부림치는 일도, 소나무 가지에 거꾸로 매달려 스스로 자기 자신을 학대하는 일을 하지 않아도 될 것이다. 요컨대 앞으로 내가 하려는 것은 사람을 살리는 일이고, 바로 영혼을 구제하는 일이다. 나라면 할 수 있다.

출발할 때 내 얼굴에 튄 물보라는 선혈이다. 그 일부는 입 안으로도 날아들었고, 나는 그것을 핥으며 침과 함께 삼켰다. 닭이든 인간이든 피라는 사실에는 변함이 없으며 피는 피다. 내 안으로 들어온 닭의 피가 이번에는 인간을 표적으로 삼고 있다.

한계까지 전기를 띤 구름이 가키다케 산으로 집결

한다. 가스는 짙어지기만 하지 방향을 잃는 일은 결코 없다.

이 길은 구불구불하면서도 우리를 확실히 정상으로 향하게 해준다. 이렇게 된 이상 오로지 길을 따라갈 뿐이다. 그렇다고 해도 낙석에는 충분히 주의를 기울여야 한다. 그 수는 늘어났고 안개와 비 안쪽에서 바위와 바위가 서로 부딪치는 소리가 들리나 싶더니 순식간에 이쪽으로 접근해온다. 뾰족한 암석이 눈 깜짝할 사이에 다가온다. 그것도 한두 개가 아니라 여러 개가 한꺼번에 뭉쳐서 굴러 떨어지고, 그 어느 것에도 순식간에 천명을 다하게 하는 힘이 숨겨져 있다.

우리는 지금 생사를 함께 하는 중이다. 핏줄이 이어진 것인지 아닌지는 별도로 하고, 가키다케 산기슭에 안겨 비바람이 치는 거친 날씨 속을 가는 내 목숨과 네 목숨은 밀접한 관계가 되었다.

죽이는 자와 죽임을 당하는 자의 입장이 표리일체를 이루고 있다. 그리고 부지불식간에 닥쳐온 지금의 정세가 확실히 눈에 보이게 되었다.

낙석 정도의 위험에 일일이 낯빛이 파랗게 질리는 일은 없다. 내게는 이제 두려움의 대상이 전무하다. 별안간 눈앞에 출현하는 암석을 태연자약하게 피할 수 있다.

그런데 너는 완전히 무방비하고, 한아름이나 되는 커다란 암석이 굴러 떨어져도 갑자기 물러서거나 하지 않는다. 아무리 무거운 짐을 짊어지고 있다고 해도, 아무리 비바람이 거세다고 해도 정면에서 오는 낙석을 알아채지 못할 리 없다. 네가 나가떨어지는 것은 보고 싶지 않다. 너를 죽이는 것은 나여야 하지, 그 이외의 어떤 것이 어서는 안 된다.

떨어지는 바위를 눈으로 좇으면서 나는 돌아본다. 가자무라의 전경이 여름 폭풍에 갇혀 있다. 마을 사람들은 지금 뭘 하고 있을까. 북소리를 이제나 저제나 기다리며 귀를 기울이고 있을까. 그들은 여전히 주술 같은 걸 믿고 싶어 하는 미개인인 걸까.

나는 도저히 믿을 수가 없다. 동틀 녘의 맑게 갠 하늘이라면 어떨지 모르겠지만, 가키다케 산의 정상에서 울리는 북소리가 과연 이 바람과 비를 밀어제치고 마을에 닿을 수 있을까. 진위 여부는 별도로 하고 그 기회 정도는 줘도 좋다. 나 개인으로서도 북의 효과에는 흥미진진한 점이 있다.

골짜기라는 골짜기는 모두 물살 빠른 여울이 되어 흘러내린다. 곳곳에 실개천이 생기고 지표에 생기는 균열은 모두 예사롭지 않게 내리는 비가 만들어낸 것이다. 그 균열이 점차 좁아지고 낙석의 수도 줄어든 것은 산꼭대기에 가까워졌다는 증거다.

이곳은 문명사회에서 격절된 미개지이고, 세상의 규칙을 일일이 지키지 않아도 되는 지평의 끝이다. 요컨대 헤아릴 수 없는 예지를 갖춘 완전무결한 자가 찾아올 만한 곳은 아니다.

이곳은 지금 내 세력권 안이다. 그리고 나는 관용의 정신과는 전혀 무관하며 자신조차 불쌍하다고 생각하지 않는, 천성이 냉혹한 사람이다. 나는 지성의 번뜩임을 얻거나 정에 사로잡히거나 해서 결국 아무것도 하지 않는 그런 남자가 아니다. 법의 존엄을 유지하고 싶어 하는 상대의 간담을 서늘하게 함으로써 만족할 수 있는 그런 애송이가 아니다.

드디어 가키다케 산의 정상에 도달하고 있는 나는 난폭한 사람의 전형이며 얄밉기만 한 폭도다. 그래야만 한다.

청년은 곧 인생 최대의 위기에 봉착하게 될 것이다. 느닷없이 죽음의 신에게 습격당하게 될 것이다.

그런데 어쩌면 위험한 처지에 빠지게 되는 것은 나일까. 어쩌면 나는 교묘하게 유인당한 것인지도 모른다. 너는 갑작스럽게 원망하는 기색을 띤 얼굴을 이쪽으로 향하고 나에게 혐오감을 폭발시키며 공세로 전환할지도 모른다. 그리하여 국면이 일변할 수도 있다.

어떤 성선설도, 어떤 성악설도 이런 표고에는 이르지 못한다. 어떤 길을 가든 귀일하는 곳은 같다. 나는 결국 잔인무도한 성격의 소유자가 된 걸까. 55년째가 되어 겨우 풍토에 적응한, 늠름한 다각형 인간이 된 걸까.

밀려드는 저기압과 마찬가지로 왕성한 투지가 내 안에서 크게 소용돌이친다. 관능적인 즐거움만을 추구하는 극단적으로 치우친 성격의 청년. 그의 회색 뇌를 점하고 있는 감정의 교착은 과연 병독 보유자의 그것과 비슷한 걸까.

아무튼 우리는 지금 서로 자멸의 길을 걸으며 함께 죽음에 직면해 있다. 그렇다고 꼭 나쁜 것이라고는 생각하지 않는다. 어차피 살아 있는 몸은 죽은 몸이니까.

머지않아 우리 사이에 흩날리는 살덩어리가 확고한 답을 낼 것이다. 보기만 해도 야비한 모습이 되는 것은 내가 아니다. 저승에서 데리러 오는 것은 녀석 쪽이다. 이 싸움에서 공격으로 시종하는 것은 십중팔구 나일 것이다. 녀석의 야단스러운 차림새는 그대로 수의가 될 테고, 그렇게 확신하는 내가 여기에 있다.

태풍은 점점 더 험악한 양상을 드러낸다. 천지는 남김없이 파괴일색으로 칠해진다. 가키다케 산을 짓누르는 열대성 저기압은 나선 모양으로 부풀어 올랐다. 산기슭 여기저기에는 이미 홍수가 났을 것이다. 오보레 강의 격류가 한창 제방을 무너뜨리고 있고, 가자무라는 결국 괴멸적인 타격을 받으려 하고 있는지도 모른다.

하지만 사람을 죽이기에는 안성맞춤의 날씨다. 내 고향에 수십 년에 걸쳐 이어져온 엽기적인 사건은 오늘로 드디어 종언을 맞이하려 한다. 오래 끌어도 앞으로 한 시간 안에는 남모르게 급전직하의 해결을 보게 될 것이다. 이런 때에 활동하는 동물은 우리 정도일 뿐이다. 유별난 것에도 분수가 있다. 그리고 너무나도 분수를 모른다.

그렇지만 진심으로 유종의 미를 원한다면 이렇게 할 수밖에 없다. 이렇게라도 하지 않으면 체면이 서지 않는다는 그런 고풍스런 성격이 그대로 드러나, 뜨거운 바람과 함께 사납게 불어대고 있다.

솜씨 좋게 해치우려고 생각하지는 않는다. 추태를 보이는 것은 처음부터 각오하고 있다. 결심을 했다고 생각해도 막상 그때가 되면 당황하는 기색을 보일 것이다. 흥분해서 목소리가 갈라지거나, 공격하기 위해 미리 노렸던 부위에 손도끼를 내리칠 수 없거나, 그 틈에 칼을 맞거나 할 것이다.

하지만 이겨서 산을 내려가는 사람은 나다. 도중에 어떤 일이 있어도 결국에는 형세가 유리하게 급전해줄 것이다. 어쩐지 그런 기분이 든다. 숨통이 끊어진 녀석을 가키다케 산에 내버려두고 나 홀로 산을 내려갈 것을 생각하니 저절로 미소가 떠오른다.

자신은 미소를 지었다고 생각해도 실제로는 아수라 같은 형상이 되었을지도 모른다. 녀석은 뒈짐으로써 인간으로 돌아오고, 나는 녀석을 죽임으로써 인간이 아니게 될 것이다.

청년이 느닷없이 멈춰 선다. 그리고 돌연 금강장을 던지고 커다란 북을 짊어진 채 그 자리에 맥없이 털썩 주저앉는다. 걷지도 못할 만큼 지친 걸까. 확실히 그렇기도 하겠지만 드디어 목적지에 도착했다는 안도감도 있을 것이다.

가키다케 산 정상이다. 그 위에는 엄청난 속도로 흐르는 구름밖에 보이지 않는다. 나는 태연자약함을 가장하고 서 있다. 그렇게 있을 수밖에 다른 도리가 없다. 주변에는 조그만 암석이 흩어져 있을 뿐이고 몸을 숨길 만한 곳은 없다.

하지만 숨을 생각은 손톱만큼도 없다. 여기까지 왔으니 상대에게 들켜도 전혀 상관없다. 나를 보면 그는 어떻게 나올까. 안색이 바뀔까. 화를 내고 눈을 부라리며 허리에 찬 것에 손을 가져갈까.

청년은 바로 폭풍에 마음을 빼앗기고 있다. 산 위에서 마을 전체를 조감하지도 않고 하늘 한구석을 가만히 노려보며 미동도 하지 않는다. 산을 오르며 힘을 다 써버린 걸까. 흰옷이 호리호리한 몸에 착 들러붙어 있다. 약간 마른 편이어도 골격 자체는 의외로 단단하다. 체모가 적은 것이 인상적이다. 임무를 완수하기 위한 체력과 기력이 남아 있을까.

거기서의 조망은 구름과 비로 완전히 막혀 있다. 풍향이 변하고 있다. 가자무라는 아마 미친 듯이 날뛰는 수마에 의해 도로가 끊어졌을 것이다.

한 가지 확실한 것은, 이것이 국지적 호우라는 단순한 폭풍이 아니라는 것이다. 빗방울은 이상하게 커서 얼굴에 맞으면 아프고, 강풍 탓도 있어 거의 눈을 뜨고 있을 수가 없다.

이윽고 서 있을 수도 없게 된다. 개구리 같은 모습으로 사면에 찰싹 달라붙어 있을 수밖에 없다. 북째 날려갈 것 같은 청년은 방해가 되었는지 사초 삿갓을 벗어 공중으로 내던진다. 삿갓은 눈 깜짝할 사이에 어딘가로 날아가 사라진다.

시야가 극단적으로 악화되어 가끔 눈앞의 적을 놓칠 것 같다. 광희난무(狂喜亂舞)하는 천둥이 한층 위압적인 분위기를 자아내는 가운데 나는 손으로 이마 위를 가려 비를 막으면서 상대의 모습을 살핀다. 턱 끈이 풀려 내 모자도 사라진다. 어차피 머리를 흩날리며 싸울 생각이므로 그런 것은 필요 없다.

결심을 한 건지 청년이 일어난다. 그리고 바람의 방향을 확인하면서 등에 짊어진 짐을 신중하게 내려놓는다. 드디어 해야 할 일을 해치울 모양이다. 돌아갈 생각이라면 그만큼 주의 깊은 동작은 하지 않고 북을 내팽개치고 재빨리 산을 내려갈 것이다. 아직 고집을 부릴 힘이 남아 있는 모양이다.

같은 실패를 여러 차례 되풀이하면서도 끝내 북을 설치하는 데 성공한다. 사람의 머리 크기쯤 되는 돌을 잔뜩 사용해 단단히 고정한다. 성공적이다.

그러고 나서 그는 무릎을 꿇고 사방의 신들에게 기도한다. 천상의 누군가를 큰 소리로 부른다. 리듬감이 있는 목소리가 선풍을 타고 띄엄띄엄 날아간다. 행위 자체는 거의 아이들 장난이나 다름없지만 아주 진지하게 이루어지는 탓에 그럴듯하게 보인다. 이는 민간 신앙이나 비속한 풍습을 초월한 것으로 여겨진다.

잠깐 눈을 뗀 사이에 그는 이쪽을 향하고 있다. 하지만 폭우로 얼굴 윤곽이 흐릿하여 표정까지는 읽을 수가 없다. 어쩌면 아직 나를 알아채지 못했는지도 모른다. 그 주변에 얼마든지 널려 있는 바위 하나 정도로 보이는지도 모른다. 아니면 보이지 않는 척하고 있을 뿐인 걸까.

이어서 그는 호흡을 가다듬고 천천히 일어난다. 손에는 북채가 단단히 쥐어져 있다. 행동거지 하나하나가 실로 단정하고 활기차다. 북을 덮고 있던 비닐시트는 벗겨지기도 전에 하늘 높이 날아올라 구름 저편으로 휩쓸려버린다.

시골구석의 흔해빠진 청년이 일약 교조적인 존재로 승격한다. 꾸민 것 같은 의젓한 언행이나 광신적인 태도는 어디에서도 느껴지지 않는다. 실낱같은 희망을 이을 만한 존재가 되어 있다. 비가 그칠지도 모른다는 기대감을 갖기에 충분한 분위기를 풍긴다. 아무래도 북소리를 너무 얕보고 있었던 것 같다.

북소리가 가키다케 산 전체에 크게 울려 퍼진다. 마치 지진파 같은 기세로 사방팔방으로 퍼져 나간다. 솔직히 나는 감명을 받고 있다. 그것은 우렛소리의 반향을 물리치고 가슴을 울리는 말이 되어 가자무라 구석구석까지 침투하고, 게다가 선악에 대하여 그에 상응하는 보답을 내리는 하늘을 뒤흔든다.

그는 심혈을 기울여 북을 친다. 결코 재앙을 없애고 명을 늘려달라고 기도하는 소리도 아니고 비뚤어진 마음가짐을 바로잡는 소리도 아니다. 그것은 정신이 타락했다는 것을, 영혼이 녹슬고 말았다는 것을 깨닫게 해주는 소리다. 또한 청정한 마음을 되찾아주는 소리고, 유물론으로부터 전향시켜주는 소리고, 만물이 생성하는 모습을 도드라지게 해주는 소리다.

내 얼굴을 적시고 있는 것은 비만은 아니다. 자기도 모르게 눈물이 흘러나온다. 남아돌 만큼이었던 폭력에 대한 자신감과 과신이 지금은 크게 흔들리기 시작한다. 이루 말할 수 없는 불안이 끊임없이 가슴을 스치고, 그때마다 짐작을 잘못했다고 생각하고, 독선에 빠졌을지도 모른다고 생각하고, 이 청년을 일면적으로 관찰한 나머지 한 가지 부분에만 너무 사로잡힌 답을 내고 말았는지도 모른다고 생각한다.

내 태도가 누그러지는 방향으로 급속하게 기울어진다. 안 된다. 이래서는 안 된다. 이대로라면 출발점으로 돌아가 살의의 일정한 형태를 유지할 수 없게 되고, 미신가의 한 사람이 되어 일개 우직한 농부로 영락하고 만다.

북소리에 언제까지고 싸여 있고 싶다. 넋을 잃고 듣는 중에 오도 (悟道)의 경지에 빨려든다. 평생에 한 번 있을까 말까 한 귀한 체험을 하는 것 같다는 생각이 맹렬히 뇌리를 자극한다. 선악을 분별할 수 있는 것에 어떤 의미가 있을까.

하지만 애석하게도 비로 인해 감동의 영속성이 점점 사라져간다. 북의 생명이라고 해야 할 가죽이 젖어감에 따라 소리에 생기가 없어져간다.

폭풍은 전혀 가라앉을 기미를 보여주지 않을뿐더러 점점 더 미친 듯이 날뛴다. 청년이 아무리 심혈을 기울여도 날씨가 좋아질 징후는 어디에도 나타나지 않는다. 가라앉아가는 것은 내 마음의 폭풍뿐이고, 이런 상태라면 아무 일 없이 끝나고 말 것 같다.

날씨뿐 아니라 우리 사이에도 변화는 생기지 않을 것이다. 나는 목례를 하고 지나치기 위해 일부러 고생하여 이런 데까지 올라온 것이 아니다. 그런데도 오히려 그렇게 하는 편이 나을 것 같다는 생각마저 드는 순간이다. 요컨대 그런 짓을 한다고 대체 뭐가 되겠는가 하는 마음이 점점 강해지는 것이다.

나는 그런 마음에 결사적으로 저항한다. 만약 그때 북소리가 극단적으로 탁해지지 않았다면 아마 끝까지 거스를 수 없었을 것이다. 축축해진 북은 이제 아무리 두드려도 소리다운 소리를 내지 못한다.

그사이에 우렛소리가 치욕을 씻으려고 기세를 회복하고, 섞인 게 없는 순수한 번개가 가키다케 산 정상에 이른 두 남자를 차례로 덮친다. 관절이 탈구할지도 모를 만큼 눈물겨운 청년의 노력은 순식간에 수포로 돌아간다.

지금 내가 응시하고 있는 것은 건강하지 못한 안색의, 사람들에게 숨기고 싶은 비밀을 가진 한없이 음습한 남자다. 바로 앞에 있는 것은, 과민하고 과도한 관능에 휘둘린 채 마치 물고기를 손질하듯이 윤기가 도는 아가씨를 능욕하는 당치도 않은 놈이다. 스무 살 무렵부터 나쁜 길에 빠져 이성의 목숨을 빼앗고 그 피와 살을 기호품으로 삼는 짐승이다.

나는 다시 분노로 뒷받침된 목적을 떠올린다. 지금과 같은 악천후에 이런 데까지 올라온 것은 오로지 이 녀석을 어떻게 하기 위해서다. 그것을 위해 만반의 준비를 하고 거창한 차림으로 뒤따라온 것이다. 하찮은 것에 신경 쓰고 있을 때가 아니다. 일면식도 없는 아가씨는 그렇다 해도, 누이의 원수만은 무슨 일이 있어도 갚아야한다. 모든 것은 거기에서 기인한다. 지금은 누가 뭐래도 그렇게 생각해야 한다.

누이는 밤중에 우는 버릇이 있었다. 울면서 잠자리를 빠져나가 멍한 얼굴로 복도 구석에 서 있는 일이 자주 있었다. 불현듯 그런 일이 떠오른다. 그리고 폭풍 속에서 어렸을 때의 누이 목소리가 불현듯 되살아난다. 그 목소리는 우렛소리마저 밀어낸다.

명색이나마 나는 그 아이의 오빠다. 누이와 아우, 아버지와 어머니의 힘이 되어주어야 하는 장남이다. 이대로 아무것도 하지 않고 하산하는 것은, 죽고 없는 가족에게 변명이 되지 않는다.

진심으로 이런 생각을 하는 내가 원수를 눈앞에 두고 우뚝 서 있다. 더 이상 기다리는 것은 무의미하다. 절호의 기회를 어이없이 놓칠 수는 없다.

나는 녀석을 눈여겨보고 있다. 녀석은 울리지 않는 북을 열심히 두드린다. 계속해서 두드린다. 나는 움직인다. 성큼성큼 그에게 다가간다. 특이한 인상이면서 미남인 짐승에게 겁도 없이 다가간다.

녀석은 뭔가에 들린 것처럼 북채를 휘두르고 있다. 신기하게도 그럴 때의 녀석은 키가 2미터나 되는 남자로 보이고, 그런가 하면 애정에 굶주린 고아처럼도 보인다.

나는 멈춰 선다. 역귀가 바로 앞에 있다. 나는 그렇게 할 마음이 생겼다. 아니, 참을성을 완전히 잃어버렸는지도 모른다. 나는 간격을 재고 자세를 갖춘다. 그런 내 모습이 상대의 시야에 다 들어왔을 것이다.

청년의 팔 움직임이 뚝 멈춘다. 북채를 쥔 두 손이 몸을 따라 축 늘어진다. 이상하도록 맑은 눈이 똑바로 나를 향한다.

내가 먼저 입을 연다. 정신을 차리고 보니 목청을 높여 소리치고 있다. 폭풍과 우렛소리에도 지지 않기 위해 목소리를 높여 위압적인 태도로 고함을 지른다.

처음에 신상을 밝힌다. 내가 누구인지. 생가가 어디인지. 그런 것을 간단히 전한다. 생각과 달리 목소리가 흐려 분명치 않다. 목이 칼칼하다. 만약 비가 내리지 않았다면 혀는 더욱 꼬였을 것이다.

말하려고 한 것이 정확히 상대의 귀에 닿았을까. 그건 모르겠다. 나는 하늘을 향해 입을 벌리고 비를 마셔 목을 축이고는 다시 배 속에서 노기를 띤 목소리를 짜낸다.

나는 묻는다. 상대의 변명도 들어야 한다. 정통으로 묻는다. 누이를 죽인 게 너냐. 같은 걸 두 번 묻는다.

하지만 상대는 묵묵부답이다. 아무래도 잘못을 겸허히 인정할 생각이 없는 모양이다. 그렇다고 발뺌을 하려고도 하지 않는다. 또한 곤혹스런 모습도 보이지 않고, 어디까지나 차가운 표정으로 이쪽을 가만히 응시한다. 하지만 결코 사람을 깔보는 시선은 아니다. 맥 빠진 얼굴 어딘가에 인생을 등한시한 듯한 수심어린 빛이 떠오른다.

우리 사이에 아무런 변화도 생기지 않는다. 아직 조금 남아 있는 청년의 어릴 적 얼굴은 느닷없이 귀신의 형상으로 변하거나 하지 않는다. 그는 오로지 입을 꾹 다물고 있다.

단지 답변에 궁한 것일 뿐일까. 머지않아 교만한 얼굴로 변하여, 인육을 걸신들린 듯이 먹어치우고 생피를 후루룩거렸을지도 모르는 그 입으로 뻔뻔하게 거짓말을 늘어놓기 시작할까. 어쩌면 이렇게 될 것을 예상했기 때문에 순식간에 각오를 한 걸까. 또는 미리 무저항으로 임하기로 결심한 걸까.

어쨌든 내 심증을 두드러지게 해치는 태도다. 이렇게 된 이상은 예정된 행동으로 옮겨갈 수밖에 없을 것이다. 어쩌면 나는, 지금은 죽고 없는 가족에 의해 신의의 유무 여부를 시험당하고 있을지도 모른다.

그렇게 생각하고 한 발 더 앞으로 나아갔지만, 그래도 상대는 움직일 기미를 보이지 않는다. 능숙하게 발뺌하려고 한다거나 허리에 찬 칼의 손잡이에 손을 대려고 하지도 않고 입을 굳게 다문 채 언제까지고 같은 자세만을 유지하고 있다.

나는 일찌감치 공격할 태세를 갖춘다. 손도끼를 빼들었고, 이제 휘두르기만 하면 된다. 녀석의 칼집에서 칼이 살짝 빠져나올 때가 공격할 때라고 작정하고 있다. 싸울 의지가 드러나지 않을 때 공격하는 것은 피하고 싶다. 만약 그런 짓을 하면 나중에 마음이 아플지도 모르기 때문이다.

모든 건 내 마음속에 있다. 그렇지만 상대의 태도를 알 수 없다. 아니, 지나치다 싶을 만큼 잘 알고 있다. 이심전심으로 알 수 있다. 녀석의 가슴속은 이제 막연하여 헤아리기 힘든 게 아니다. 태연자약하게 보이지만 실은 고뇌의 빛이 짙어져 있다.

요컨대 녀석은 죽고 싶어 한다. 죽임을 당하고 싶어 한다. 어서 매듭을 지어달라고 눈짓으로 말하고 있다. 그리고 내 의식의 심층부에 달라붙어 있던 본심이 급부상하나 싶더니 다른 것도 깨닫는다. 즉 나 자신도 같은 생각을 하고 있었다는 것을 깨닫고 아연실색한다.

내 바람은 이런 한 조각의 양심도 없는 듯한 구제할 길 없는 성격 이상자와 조금도 다르지 않았던 것이다. 우리는 서로 자신에게 넌더리가 났고 본체와 가상의 틈새를 끝없이 헤매는 일에 신물이 났던 것이다. 이 발견은 정말 경이하다고밖에 할 수 없다.

우리에게 결여되어 있던 것은 과연 뭘까. 스스로를 성찰하는 일이나 극기 정신일까. 애착을 끊는 일이나 품행을 바로잡는 일일까. 설사 그렇다고 해도 동류의식이 싹터 의기투합하는 것은 잘못이 아닐 것이다.

우리는 서로 남의 조력을 기대하고 있었다. 둘 다 죽임을 당하고 싶었던 것이다. 상대에게 죽임을 당함으로써 이 세상을 매듭지으려고 한다. 하지만 지금의 나는 옳지 않다고 생각하지 않는다. 이 자리에서 칼에 맞아 죽어도 아무런 지장이 없다. 오히려 바라는 바다.

이리하여 우리는 빼도 박도 못한 사태에 빠지고 말았다. 기회가 무르익었는데도 언제까지고 장절한 싸움은 시작되지 않는다. 이렇게 되면 이제 끈기 겨루기다. 사내답지 못한 행동이기는 하지만 상대가 공격하고 나오기를 기다릴 수밖에 없다. 이런 두 사람 사이를 중개해줄 자는 없다.

녀석은 가쁜 숨을 내쉬고 나는 마른기침을 되풀이한다. 미친 듯이 날뛰는 비바람이 미친 자와 어리석은 자를 열심히 부추긴다.

곧 기다림에 지친 내 입에서 도발적인 말이 튀어나온다. 날카로운 눈빛으로 딱 노려보고 힘차게 닦아세우며 사죄를 요구한다. 누이와 아우를 어떻게 할 거냐며 따지고 든다.

그래도 녀석은 얼빠진 호인 같은 표정을 유지하고 사악한 마음이 없는 눈을 이쪽으로 똑바로 향한 채 내 공격을 기다리고 있을 뿐이다. 그래서는 언제까지고 균형이 깨지지 않는다.

나는 상대의 가슴팍에 손도끼를 들이댄다. 그러나 녀석은 씨익 웃는다. 은밀한 그늘이 있는 웃음으로. 잇몸이 무척 싱싱하여 복숭아 색과 같다. 마음에 들지 않지만 웃음 자체가 분명한 증거다. 요컨대 주눅 드는 기색도 없이 자백한 것이나 다름없다.

녀석은 그렇게 나를 부추겼을 것이다. 그런 수에 넘어갈 것 같은가. 나는 다시 쓰윽 앞으로 나가 손도끼를 쥔 손을 조금씩 쳐든다. 이 과감한 작전이 주효할 확률은 아마 반반일 것이다. 이제 남은 건 의지를 무시한, 반사적인 방어 본능이 폭발하는 걸 기대할 수밖에 없다.

나는 심문하는 투로 상대를 격렬하게 몰아세운다. 듣고 흘려버릴 수 없는 말을 차례로 던지고 오늘만큼은 낯가죽을 벗겨주겠다고 말하며 연달아 캐묻는다. 그래도 대답은 돌아오지 않는다. 허점투성이의 자세로 언제까지고 이해할 수 없는 웃음을 짓고 있다. 녀석이 더 능숙할지도 모른다.

교착 상태는 여전히 이어진다. 그때 내 등 뒤에서 누군가 말한다. 굉장히 알아듣기 힘든, 우물거리는 소리다. 게다가 번개가 끊임없이 아주 무서운 굉음을 흩뿌린다. 그래도 누구의 목소리인지 알 수 있다. 아우다. 아우의 목소리가 또렷하게 들린다.

오늘 처음으로 느끼는 공포가 여윈 몸에 스며들며 소름이 퍼져나간다. 돌아보면 분개를 참을 수 없는 얼굴을 한 아우가 바로 앞에 서 있을 것이다. 아우는 이렇게 말한다.

'얼른 죽여!'

그리고 손도끼를 힘껏 내려치라고 고함친다. 그 정도는 번거롭지도 않을 거라고 아우성친다. 아우가 한 마디 할 때마다 화들짝 놀라며 삶에 집착하는 마음이 남는다. 저항할 수 없는 무시무시한 힘이 온몸에 흘러넘치고 순식간에 인내의 한계에 다다른다.

그때 오른손이 멋대로 움직인다. 찰나에 일어난 일이다. 실제로는 그렇게 할 생각이 손톱만큼도 없었다. 그런데도 손도끼는 내리쳐졌고 상대의 어깻죽지 언저리를 스치고 말았다.

베인 자리에서 흘러나온 피가 흰옷을 순식간에 빨갛게 물들인다. 청년의 손이 칼 손잡이를 쥐고 있지만 빼지는 않았다. 피를 보고 욱한 것은 녀석이 아니라 나다. 이렇게 되면 이판사판이다. 격렬하게 서로 칼부림을 하다가 칼을 맞아 죽을 수밖에 없다. 그런 답에 꼭 달라붙는다.

우리에게는 결국 이런 말로가 어울린다. 어차피 녀석은 이 세상에 해를 끼치는 놈일 수밖에 없고, 어차피 나는 이 세상과 맞지 않는 놈일 수밖에 없다.

그런 생각이 상대에게 전해진 모양이다. 묵시적인 의사 표시로 내가 뭘 바라는지 드디어 이해한 모양이다. 녀석은 결국 칼을 뺀다. 그 예리한 무기가 바로 누이를 난도질하고 내 가족의 유대를 갈기 갈기 찢어놓은 걸까. 필시 그럴 것이다.

녀석의 표정에는 아무런 변화도 보이지 않고, 여전히 부드럽고 온화한 면모를 유지하고 있다. 시치미를 떼지도 않을뿐더러 성난 기색을 보이지도 않는다. 그렇게 있는 한 도저히 야만적인 피에 마음이 움직여 마성을 드러내는 놈으로는 보이지 않는다. 아니면 그렇게 해서 이쪽의 상황을 살피고 있는 걸까. 다리를 걸어 나를 넘어뜨려 깔고 누르며 칼에 온몸의 무게를 실어 덮쳐누를 기회를 엿보고 있는 걸까.

잘못 봤을지도 모른다. 녀석이 속죄를 위해 죽임을 당하고 싶어 한다는 것은 나의 지나친 생각이었는지도 모른다. 조금 전까지는 그랬어도 지금은 이미 마음속의 빈틈에 생긴 사악한 마음으로 바뀌어 그야말로 살인자로서의 진면목을 발휘하고 있는 것은……, 그렇다면 그것으로 족하다. 상대에게 불만은 없다.

아우가 다시 등 뒤에서 떠들기 시작한다. 나는 다시 무기를 치켜든다. 형제 두 사람 분의 내면이 폭풍 속에 쏟아진다. 잇따른 우렛소리가 사려분별을 분쇄한다. 이제 우리가 들이쉬는 것은 높은 산의 청정한 공기가 아니며, 함께 체내로 거두어들이는 것은 진짜 광기다. 칼끝이 내 심장을 똑바로 노리고 손도끼는 녀석의 정수리로 목표를 좁힌다.

어깻죽지에서 흘러내리는 선혈은 이미 가키다케 산의 지면에 스며들기 시작한다.

나는 자신의 냉철함에 경악한다. 어쩌면 반쯤 꿈꾸는 기분에 젖

490

어 있다. 이 어처구니없는 상황을 현실의 것으로 긍정하고 싶지 않은 마음이 작동한다. 하지만 이것이 꿈이든 아니든 전혀 상관없다. 어쨌든 나는 죽일 생각이다. 이런 풋내기의 기세에 압도당할 내가 아니다. 그렇게까지 전락하지는 않았다.

아우가 마구 소리치고 누이가 훌쩍훌쩍 울고 있다. 대기가 큰 소용돌이를 치며 가자무라 전체를 삼키고 있다. 비가 일각을 다투는 상황에 박차를 가하고 바로 옆에서 천둥이 치고 그때마다 산들이 바르르 떤다.

우리가 동시에 허공을 짚고 픽 쓰러지게 되면 대성공이다. 하지만 일이 그렇게 잘 될지 어떨지는 알 수 없다. 어쨌든 이것으로 가키다케 산 정상이 아수라장이 되는 것은 확실해졌다.

그런데 예상보다 훨씬 빨리 사태가 진전된다. 순간 칼이 번쩍이더니 그 한 번의 번쩍임에 눈이 부셔 나는 잠깐 동안 시력을 잃는다. 안구를 베었나 싶었는데 그건 아니었다. 그 섬광은 칼에서 나오는 빛치고는 너무나 강렬했다.

빛의 덩어리와 함께 대지를 흔드는 커다란 울림소리가 덮쳐온다. 혼절해가는 자신을 확실히 느꼈지만, 그런데도 어딘가 남 일만 같다. 예측할 수 없는 사태가 발생했다는 것까지는 알았지만 그 이상의 이해는 무리다.

뭔가 일어났을 것이다. 사태를 파악하지 못한 채 정신이 멀어진다. 치명적인 자상이라도 입은 걸까. 내 손도끼는 상대에게 통렬한 타격을 가할 수 있었을까. 두개골을 때려 쪼갤 수 있었을까. 하지만

오른팔을 내리친 기억이 전혀 없다. 그리고 모든 감각이 순식간에
마비되어 간다.

　패색이 짙다. 쓰러질 때 후두부를 세게 부딪친 듯 나는 돌연 암흑
의 세계로 끌려들어간다.

22

억수같이 퍼붓는 비가 내 의식을 아주 거칠게 때린다. 세차게 부는 바람이 열심히 나를 흔들어 깨우려 한다. 안면을 호되게 때리는 것은 강풍에 날려 온 자갈이다. 폭풍은 여전히 거칠고 사나운 기세로 미친 듯이 날뛴다.

그리고 나는 가키다케 산꼭대기에서 하늘을 보고 쓰러져 있다. 죽었다고 생각했더니 아직 살아 있다. 숨을 되돌렸다.

칼에 찔려 죽은 것은 아니다. 그 증거로 몸 어디에도 피가 나지 않는다. 시험 삼아 손발을 순서대로 움직여보는데 괜찮다. 몸통에도 이상은 없고 찔린 상처도 없고 베인 상처도 없다. 후두부의 혹은 쓰러질 때 생긴 것으로 별것 아니다. 귀가 울리는 정도다. 영혼이 순식간에 외계의 사물에 반응해간다. 서로 상대의 목숨을 손아귀에 쥐려고 한 긴장의 여운이 아직 몸 여기저기에 남아 있다.

가만히 일어나보니 특별히 힘차게 행동한 것도 아닌데 움직임이 전에 없이 가볍다. 정말 살아 있는 걸까. 이것이 패배를 당한 자의 모습일까.

내가 패자라면 승자는 어떻게 된 걸까. 녀석은 어디에 있나. 여기에 있는 것은 나뿐이고 청년의 모습은 없다. 잔상조차 없다.

일의 자초지종을 다 지켜봤을 커다란 북이 버려져 있다. 당장이라도 강풍에 날아갈 것 같은 북은 흠뻑 젖어 흔들흔들 흔들리고 있다. 둘레를 돌로 고정해두지 않았다면 진작 날아가 버렸을 것이다. 옆에는 손도끼가 떨어져 있다. 피로 물들어 있지는 않지만 얼마간 변색되었다. 담금질을 한 직후처럼 푸른 기를 띤 빛이 보인다.

이어서 오른팔이 저리다는 걸 깨닫는다. 오른팔뿐 아니라 오른발 쪽에 걸쳐서도 신경이 가볍게 마비되었다. 자세히 보니 손가락 끝에서 시작된 긁힌 자리가 부어올라 지렁이처럼 한 줄의 선이 되어 발바닥까지 이어져 있다. 군데군데 피부 밑 출혈을 보이는 것은 전류가 지나간 흔적임에 틀림없다.

나를 쓰러뜨린 것은 그 청년이 아니라 벼락이었다. 강렬한 감전이 나를 쓰러뜨린 것이다. 구사일생 했다는 이 기적적인 사실을 과연 행운이라고 할 수 있을까. 죽지는 않았지만 지각(知覺)의 절반이 날아가 버렸는지도 모른다. 서둘러 오감을 확인해본다. 다행히 이상은 없다.

여기에 이렇게 있는 것은 지금까지와 다름없는 나다. 온몸을 빠르게 관통한 전기는 거의 실질적인 해를 입히지 않았다. 이런 폭풍

속에서 무사히 산을 내려갈 수 있을지 어떨지는 모르지만, 어쨌든 일어나 걸을 수는 있다. 이것을 하늘의 도움이라고 해석해도 되는 걸까.

녀석은 왜 내 숨통을 끊어놓지 않은 걸까. 기절한 상대의 심장을 칼로 찌르는 일이라면 그다지 어렵지 않았을 것이다. 살인귀에게는 간단한 일이다. 하지만 녀석은 그렇게 하지 않았다. 자신의 정체를 간파한 사람을 그대로 두고 허둥지둥 떠났다.

내 온몸에서 불기둥이 솟아오르는 모습을 눈앞에서 보고 틀림없이 죽었을 거라고 생각한 걸까. 또는 새삼스러운 말 같지만 자연의 맹위에 두려움을 느끼고 냅다 도망친 걸까. 또는 나 같은 사람의 목숨 따위는 대단한 것이 못 되었던 것일까.

그리고 녀석은 다시 관능이 초래하는 눈이 뒤집힌 세계로, 계속 망상에 시달리는 부조리한 인간 세상으로 희희낙락하며 돌아간 걸까. 아니면 벼락은 녀석에게도 떨어진 걸까. 그리고 이상해진 뇌가 더욱 이상해진 걸까.

가자무라의 대지는 아직 폭풍우의 지배하에 있다. 여기저기에서 물보라가 일고, 이제 그곳에는 벼락이 파고들 여지가 없다. 번개가 사라진 탓에 주변은 꽤 어두워졌으며 시간이 어떻게 되었는지 알 수가 없다. 손목시계는 벼락의 충격으로 멈춰 있으며 밤이 아니라는 것 정도밖에 알 수가 없다. 이런 데서 언제까지고 우물쭈물하고 있다가는 어렵사리 건진 목숨이 다시 위태로워질 것이다.

아직 죽고 싶지 않다. 죽기 전에 해야 할 일이 있다. 녀석은 아직 살아 있다. 녀석이 살고 내가 죽는 그런 부조리한 일은 결코 용납할 수 없다. 가자무라에서 제일 사악한 마음의 소유자, 그렇지 않으면 가장 순수한 영혼의 소유자인 녀석은 살아 있는 한 동일한 범죄를 되풀이할 것이다. 그리고 불쌍한 희생자들은 오보레 강의 잉어를 비정상적으로 살찌게 할 것이다.

그렇게 하도록 내버려두지는 않을 것이다. 내가 이렇게 살아 있는 동안에는 절대 그렇게 하도록 내버려두지는 않을 것이다. 다음에는 꼭 끝장을 보고, 다음에는 꼭 녀석의 소망을 이루어줄 것이다. 녀석은 죽임을 당하고 싶어 하고, 그것은 나의 잠재된 소망을 훨씬 웃돌았다. 내 목숨을 어떻게 처리할지는 녀석을 처리하고 난 후의 일이다. 겨우 목숨을 건진 나는 몸도 마음도 삶 쪽으로 방향을 바꾸었다.

아무튼 돌아갈 수밖에 없다. 손도끼를 주워 가죽집에 넣고 허리에 찬다. 그러고는 강풍에 날아가지 않도록 조심하며 험준하고 꼬불꼬불한 산길을 슬슬 내려간다. 똑바로 서서 걸을 수가 없어 넙죽 엎드려도 몸이 날아갈 것만 같다.

녀석은 부상을 입었다. 하지만 혈흔은 비에 씻겨 사라졌다. 산의 모양을 바꾸고 물줄기를 바꿀 만큼의 호우가 생생한 폭력의 실감을 희석시킨다. 생각했던 대로 녀석에게는 신통력이 없었다. 비는 오히려 더 심해졌다. 이미 물에 잠긴 논밭도 있고 뒷산이 무너져 파손된 가옥도 있을 것이다. 낮은 곳에 고인 물은 갈 곳을 잃고 물참나무에서 떨어진 닭은 죽을 수밖에 없으며 내가 판 무덤 구덩이는 흙탕물이나 모래로 가득 찼을 것이다.

녀석은 대체 어떤 얼굴로 변명을 할 생각일까. 결과만을 중요시하는 마을 사람들은 녀석의 허튼 소리를 듣고 싶어 하지 않을 것이고, 앞으로는 녀석을 차가운 눈으로 볼 것이다. 그렇게 되면 녀석을 자주 괴롭게 했음에 틀림없는 양심의 가책이 급격하게 경감되고, 그리하여 앞으로는 주저 없이 하고 싶은 일을 멋대로 하는 길을 힘차게 나아갈지도 모른다. 살아 있는 먹이밖에 먹을 수 없는 야수가 되어, 가느다란 끈으로 손을 뒤로 묶은 채 피 한 방울 섞이지 않은 젊은 여자의 싱싱한 나체를 앞에 두었을 때 녀석의 너부데데한 얼굴은 한없이 노(能. 남북조 시대에서 무로마치 시대에 걸쳐 성립한 일본의 전통극-역자 주) 가면에 가까운 험상궂은 인상이 될 것이다.

녀석의 숨통을 끊어놓을 수 없었다. 숨통을 끊기는커녕 부상을 입힌 채 놓치고 말았다. 앞으로 녀석이 일으키는 범죄의 책임은 내게도 있다. 나는 녀석을 죽이기는커녕 녀석에게 죽임을 당하고 싶었다. 아무래도 납득이 안 가는 일이지만 그것은 틀림없는 사실이었다.

하지만 지금의 나는 다르다. 벼락을 맞고 난 후의 나는 더 이상 그런 남자가 아니다. 내 몸을 관통한 초고전압은 누레진 생기를 깨끗이 표백해주었다. 그런 내 안에 남아 있는 것은 순연한 살의뿐이고, 거북 같은 모습으로 이렇게 느릿느릿 급사면을 내려가는 사람은 복수를 가장 중요시하는 단순명쾌한 나다.

낙석이 계속되고 있다. 사나움을 그대로 드러낸 바위가 끊임없이 바로 옆쪽에서 굴러 떨어진다. 일일이 간담이 서늘해지지 않는 것은 그것이 자신에게 명중할 거라고는 도저히 생각되지 않고 가능성조차 없다고 단정할 수 있기 때문이다. 그렇다 해도 그 근거는 없다.

몸 상태가 좋아지고 있다는 것을 확실히 자각한다. 젊었을 때의 정상적인 상태에 육박하는 기세이고 피로감 또한 전혀 없다. 기분도 이상할 정도로 고양되어 있고 눈도 빨라졌다.

그 눈이 한켠에 떨어져 있는 칼을 발견한다. 녀석이 허리에 차는 칼이다. 떨어뜨린 것이 아니라 내버린 것인지도 모른다. 필요 없는 것이라면 받아두자. 목숨을 빼앗기에는 최적의 도구다. 이것으로 해치워주겠다. 자신의 칼로 죽을 수 있다면 녀석도 만족할 것이다.

그 칼을 허리에 차고 손도끼는 망설이지 않고 버린다. 요괴를 퇴치하는 데는 전용도구 하나로 좁히는 게 좋을 것이다. 내 정신에 결코 어울리지 않는 물건이 아니며 그 증거로 새로운 힘이 불끈불끈 솟아난다.

나는 괴성을 지르며 바람에 날리듯이 급사면을 내려간다. 순식간에 허물어지기 쉬운 급사면을 지나서 산속의 좁은 길을 따라 삼림지대로 들어간다.

솔송나무 숲은 몸을 비틀며 몸부림친다. 그래도 나무들의 분투 덕분에 숲 속의 바람은 얼마간 누그러진다. 그 대신 부러진 가지가 끊임없이 쏟아져 내린다. 체감 온도가 약간 상승했다. 비의 기세는 전혀 약해지지 않고, 발밑 여기저기는 작은 시내를 이루고 있다.

크고 작은 강이 일제히 굉음을 울린다. 그것은 덧없는 세상을 여실히 이야기하는 무시무시한 소리다. 이런 상태라면 피해는 광범위하게 미칠 것이다. 이제 안전한 길은 없고 어디나 위험하다.

너무나도 가변적인 하루가 내 기분을 이상하게 흥분시킨다. 앞으로 어떤 변화에 휩쓸리든 눈앞의 사태에 놀라는 일은 없을 것이다. 국면은 내게 유리하게 전개되고 있다. 왠지 자신감을 갖고 그렇게 단언할 수 있다.

애초에 골똘히 생각하는 성격이 아니다. 지금 그것에는 조금도 변함이 없다. 그런데 내 관심사는 단 하나밖에 없으며 다른 것은 모두 잡념 같은 것으로 배제하고 있다. 요컨대 무슨 일이 있어도 원수를 갚으려 하고 있는 것이다. 이 나이가 되어도 아직 판단에 망설인다고 한탄했던 것은 벼락을 맞기 전까지의 나다. 무사히 있기를 바라는 것밖에 쓸모가 없었던 우유부단한 성격의 나는 흔적도 없이 사라졌다.

주체성이 멋지게 확립되었다. 왜냐하면 앞으로의 운명은 내 생각만으로 결정되기 때문이다. 우선 타인의 목숨을 빼앗으려 하는 내게, 그것은 어쩔 수 없이 하는 게 아니라 당위로서 하는 것이다. 이번이야말로 진심이다. 녀석이 저지른 일은 젊은 혈기로 인한 실수가 아니다. 그런 것과는 사정이 다르다. 녀석은 납처럼 무겁고 구역질이 날 만큼 지저분한 죄과를 질질 끌면서 이 숲 속 깊이 모습을 감췄다.

지금쯤 녀석은 야생란으로 둘러싸인 집으로, 성격 이상자의 궁극적인 은신처로 돌아가고 있을 것이다. 다친 곳을 치료하고 나서 방구석에 굳어진 채 정신없이 자고 있을지도 모른다. 아니면 나를 변명의 도구로 삼아, 도중에 미치광이가 덮치는 바람에 실패로 끝났다는 새빨간 거짓말을 늘어놓고 있을지도 모른다.

짐승 다니는 길이 끝나 숲길로 나선다. 이곳은 소방대원이 기대를 담아 녀석을 배웅한 장소인데, 지금은 아무 인기척도 없다. 나는 점차 걸음을 빨리하여 진창이 된 언덕길을 잔달음으로 내려간다. 그리고 곧 전속력으로 나는 듯이 달린다. 어렸을 때도 이 정도로 가볍게 몸을 놀릴 수는 없었다. 우렁차게 소리치며 달린다.

폭풍에 지배당한 가자무라는 이제 나의 독무대다. 이는 기분을 상하게 하는 비가 아니며, 이는 마음을 위축시키는 바람이 아니다. 태풍은 나를 후원해주고 나는 분발하여 적진으로 향하고 있다.

난폭한 침입자가 되어 이대로 단숨에 뛰어들고, 운수에 맡기고 한바탕 날뛰어주자. 그 자리에 만만치 않은 개가 있든, 아마추어 스모 대회 1등 출신의 소방대원이 있든 그런 것은 전혀 개의치 않는다. 가로막는 놈은 모두 녀석과 한 통속이라 간주하고 가차 없이 배제할 것이다.

돌담으로 둘러싸인 집이 보인다. 그곳을 향해 전력으로 달린다. 나는 큰 소리로 영문을 알 수 없는 말을 내뱉으며 돌진한다.

어느새 칼을 빼들었고, 무기를 든 쪽 팔을 빙빙 휘두르며 드디어 문을 지난다. 개는 어떻게 된 거지? 소방대원은 어떻게 된 거지? 녀석은 어디로 간 거야?

흙 묻은 신발 그대로 들어간다. 장지문을 차서 부순다. 불단의 선향이 연기를 피운다. 유령이 이쪽을 노려보고 있다.

녀석은 없다. 어디에서도 모습이 보이지 않는다.

"나와!"라고 몇 번이나 크게 소리치지만 아무도 나타나지 않는다. 텅 빈 집이다. 블록으로 지은 작은 건물도 찾아봤지만 역시 텅 비었다. 도망친 걸까. 도망쳐 행방을 감춘 걸까. 필시 그럴 것이다. 살아남을 방도는 그것밖에 없다.

나는 낙심하고 힘이 빠져 뜰 앞에 쭈그리고 앉아 숨을 헐떡인다. 그때 문득 툇마루의 붉은 것이 눈에 들어온다. 나는 집어삼키듯이 그것을 응시한다. 혈흔이다. 생생한 피가 문 바깥까지 점점이 이어져 있다.

아직 그리 멀리 가지는 못했을 거라고 생각해 뒤를 따라가 보지만 호우에 씻겨 도중에 끊기고 말았다. 하지만 금강장을 짚은 조그만 구멍이 남아 있는데, 그것은 소코나시 강과 미즈나시 강이 합류하는 지점으로 이어져 있다.

녀석은 일단 집에 들렀지만 곧바로 다시 나간 것 같다. 빠끔히 벌어진 상처를 치료할 틈도 없을 만큼 서둘러 뛰어나간 것임에 틀림없다. 그리고 개는 그런 주인의 뒤를 따라갔을 것이다. 내가 접근하는 것을 재빨리 알아채고 도주한 걸까. 그럴 리는 없다.

도망칠 생각이라면 '야생원숭이'를 이용할 것이다. 그렇지 않으면 강 건너편으로 건너갈 수 없다. '야생원숭이'가 있는 쪽은 반대다. 어쩌면 녀석은 아마 내가 벼락을 맞고 죽었을 거라고 믿고 있을 것이다.

하지만 그렇다면 도망갈 필요도 없을 터다. 주술사로서의 체면을 잃은 탓에 이제 마을에 있을 수 없다고 판단한 걸까. 어디로 가든 반드시 찾아내겠다. 놓칠 성싶은가.

추적을 재개한다. 그런 놈에게 아무리 원통하고 쓰라린 온갖 말을 늘어놓은들 무의미하다. 우리의 생각에는 처음부터 크게 어긋난 점이 있다. 녀석은 아가씨를 잡아서 알몸뚱이로 만들어 놀리다가 결국 참살했다. 아무리 음탕하고 문란한 고장의 풍습이라고 해도 녀석은 예외에 지나지 않는다. 어디에나 있는 비열한 놈과는 다른 종류의 인간이다. 아니, 인간과는 다른 동물이다. 그런 놈을 정면으로 꾸짖어봐야 아무 소용이 없다.

가자무라에 해를 끼치는 불필요한 놈은 없애야 한다. 호우를 물리치는 힘을 정말 갖고 있다면 모르겠지만, 의심한 대로 녀석은 쾌락을 위한 살인을 반복할 뿐인 성격 이상자에 지나지 않는다. 그렇게 되면 단호히 배격할 수밖에 없다.

내가 물리쳐주겠다. 마지막까지 해내고 말겠다. 그것을 위해 일생을 그르친다고 해도 상관없다. 이미 그르쳤다.

달릴수록 분노는 순화되어 간다. 그리고 끊임없이 따라다니던 공

502

소한 기분이 떨어져나간다.

분노와 종이 한 장 차이였던, 가슴이 찢어질 것 같은 슬픔이 여름의 무시무시한 폭풍에 조각조각 날아간다. 여러 가지가 뒤섞인 권태감, 그런 것은 이제 어디에도 남아 있지 않다.

지금 내가 몸을 두고 있는 곳은 허무한 세상이 아니다. 이 세상을 살아가는 데는 무한한 의미가 있다. 지금까지 바람 앞의 등불이었던 살아가는 목적이 최근 들어 일거에 팽창하고 있다.

이것으로 이제 만년이 불우했다는 푸념을 중얼거리지 않아도 된다. 이성적인 경향이 강한 지자(知者)인 한, 살아가는 마음의 기쁨을 얻을 수 없다는 걸 깨닫게 되었다. 정념의 기대에 부응하여 내가 생각해도 황홀한 기세로 돌진한다. 어떤 변화에도 즉각 대응할 수 있는 내가 처음으로 경험하는 엄청난 강우 속을 춤을 추듯이 달려 나간다.

바로 새가 된 기분이다. 그것도 날 수 있는 새다. 지금은 죽고 없는 가족에게 장남으로서의 진가를 추궁당하고 있는 걸까. 만약 그런 거라면 멋진 장면을 보여주어야 한다. 가차 없는 활동을 보여주어 지금까지 빚진 것을 그대로 돌려주어야 한다.

나무 사이로 오보레 강이 보였다 안 보였다 한다. 바로 아바레 강이라는 별명 그대로의 장관을 보여주고 있지만, 나는 엄청나게 불어난 물에 압도당하지도 않고 위협적인 물살에 겁을 먹지도 않는다. 오히려 요란한 소리와 진동에 고무되고 있다. 사람의 본성이 선이든 악이든 이럴 때 그런 것은 아무래도 좋다.

느닷없이 솔송나무 숲이 끝나고 세 강이 눈에 뛰어든다. 소코나시 강의 빠른 물살은 이루 말할 수 없고, 오보레 강 가운데의 모래섬은 완전히 잠겨버렸다. 미즈나시 강 쪽으로 돌출되어 있는 가늘고 긴 벼랑이 반복적으로 덮쳐오는 토석류에 깎여나가 평소의 절반으로 가늘어졌다.

그 벼랑 끝에 있는, 보기 좋게 뻗은 가지가 우거져 우뚝 솟은 늙은 나무의 운명도 상당히 위태롭다. 거기서 더 나아갈 수가 없다. 세 방향은 강으로 차단되어 있고 한 방향은 낭떠러지 투성이인 산으로 막혀 있다. 더 이상 도망갈 곳이 없다.

나는 발길을 멈추고 호흡을 가다듬으며 주변 상황을 유심히 살핀다. 녀석의 모습은 어디에도 없다. 흔적도 없다.

아니, 있다.

녀석도, 녀석의 개도 있다. 튀어나간 벼랑이 시작되는 곳에 개가, 그리고 그 앞에 있는 소나무 위에 녀석이 있다. 비에 방해되어 분명히 식별할 수는 없지만 녀석들임에 거의 틀림없다. 이런 때에 그런 짓을 하는 놈은 달리 없을 것이다. 녀석은 지금 수면으로 뻗은 굵은 가지 위를 천천히 기고 있다.

결국 적을 막다른 곳에 몰아넣었다. 이번에야말로 숨통을 끊어놓겠다. 죽는 것은 녀석이다.

나는 벼랑 쪽으로 신중하게 발을 옮기려고 하지만 숲 바깥으로 나간 순간 강풍의 충격을 정면으로 받아 서서 걸을 수가 없다. 허리에 찬 작은 칼을 뽑아 입에 물고 바위 밭을 기어서 나아간다. 산은 으르렁거리고 강은 거칠게 부르짖는다. 가자무라 전체가 땅울림으로 뒤덮인다.

녀석에게 다가가기 전에 먼저 개를 어떻게든 해야 한다. 개는 침착하게 엎드려 있지만 얼굴은 이쪽을 향하고 언제든지 외적에게 덤벼들 태세를 갖추고 있다. 그것을 본 나는 그 자리에서 일전을 치를 각오를 한다.

개는 움직일 기미를 보이지 않고 내가 다가가기를 기다리고 있다. 개라고 해도 공범자이기 때문에 봐줄 필요는 없다. 어쩌면 그때마다 자기 몫을 받았을지도 모른다. 요컨대 지금까지 몇 번이나 주인과 함께 날고기를 먹고 생피를 후루룩거렸을지도 모른다.

나는 한 발 한 발 거리를 좁혀가며 입에 물고 있던 칼을 오른손에 쥔다. 그건 그렇고 이 무슨 비란 말인가. 몸 전체가 비에 녹아버릴 것 같다. 입고 있는 것을 다 벗어버리는 것이 편하게 싸우기에 더나을 것만 같다. 하지만 이제 그런 것을 하고 있을 여유가 없다. 개는 바로 앞에 있다.

녀석은 흰옷을 입은 그대로다. 그 옷은 피로 물들었다. 녀석은 소나무 위에서 단단히 굳어져 있는데 뭘 하려고 하는지는 알 수 없다. 비바람 탓에 생각대로 나아가지 못하고 있다. 아무리 큰 나무라 하더라도 이런 폭풍을 정면으로 받고 흔들리지 않을 리 없으며, 최악의 경우 뿌리째 뽑힐지도 모른다. 그리고 다른 생나무와 함께 탁류

속으로 우지끈 쓰러질지도 모른다.

그건 안 된다. 그런 최후를 용납해서는 안 된다. 무슨 일이 있어도 내 손으로 끝장을 내고 싶다. 녀석에게 마지막 선고를 내릴 수 있는 것은 나 말고 없다.

강바닥을 굴러가는 암석 소리가 점점 더 기세를 올린다. 그것은 물소리의 배가 되는 굉음으로 가자무라를 압도하고 대지 전체를 진동시킨다.

나는 전진을 중단하고 상대의 상황을 살피며 일단 개가 어떻게 나올지 지켜본다. 덤벼들면 재빨리 무기를 휘두르는 전법으로 바꾸고, 그럴 생각으로 기다리고 있다. 그런데 아무리 기다려도 그런 상황은 실현되지 않고, 개는 언제까지고 자세를 바꾸지 않는다. 분명히 상대도 같은 걸 생각하고 있을 것이다. 이 개는 역시 보통내기가 아니다.

어쩔 수 없다. 유리한 계책은 아니라도 이쪽에서 적극적으로 나설 수밖에 없다. 팔이든 다리든 아무 데나 엄니로 무는 게 좋을 것이다. 그 틈에 나는 혼신의 힘으로 칼을 뽑아들고 움직이지 않을 때까지 찌르고, 찌르고, 마구 찔러주겠다.

엉거주춤한 자세로 얼마 안 남은 거리를 조금씩 좁혀간다. 어렴풋했던 적의 모습이 점차 선명해진다. 고함을 질러 상대의 마음을 넌지시 떠보지만 아무런 반응도 없다.

나는 여전히 상대를 주시한다. 아무래도 태도가 이상하다. 언제까지고 턱을 땅바닥에 딱 붙이고 있을 뿐 아니라 근육 어디에도 힘이 들어가 있지 않다. 그뿐 아니라 축 늘어져 있다. 눈은 확실히 뜨고 있지만 초점이 맞지 않는다. 혀가 나온 채 들어가지 않는다. 게다가 입 주위에는 토사물이 흩어져 있다. 그 핑크색 토사물을 본 적이 있다. 그것이다, 그 어육 소시지다.

결국 식욕의 유혹을 이기지 못하고 내가 놓은 독이 든 먹이에 걸려든 걸까. 지금까지 눈길 한 번 주지 않았는데 왜일까. 먹으라는 명령이라도 받은 걸까. 고통에 몸부림친 흔적이 보이지 않는 것은 무슨 까닭일까. 쥐약을 먹고 그토록 얌전하고 조용히 죽을 수 있는 놈은 없다.

어떻게 될지 뻔히 알면서 자발적으로 먹은 걸까. 각오를 했기 때문에 고통스러운 죽음을 최소한으로 억제할 수 있었던 걸까. 모르겠다. 알 수 있는 것은 개가 죽었다는 엄연한 사실뿐이다.

나는 개의 사체를 곁눈질하면서 다시 앞으로 기어간다. 강을 향해 좁아지고 있는 가늘고 긴 벼랑은 흡사 지옥으로 가는 길이다. 양쪽은 격류가 소용돌이치고 있어 들여다볼 때마다 눈앞이 아찔하다.

그래도 나는 간다. 애벌레처럼 기어서 저 끝에 있는 소나무로 향한다. 소나무는 바람에 심하게 흔들리고 줄기째 흔들흔들한다. 녀석은 달라붙어 있는 것이 고작이고, 떨어지지 않는 것이 신기할 정도다. 하지만 슬슬 한계에 달하고 있다. 금강장이 소나무 밑동에 나뒹굴고 있는데, 그는 그것에 의지하여 여기까지 찾아왔다. 하지만 더는 버틸 수 없을 것이다.

그렇게 생각했을 때 녀석의 몸이 기우뚱한다. 떨어졌나 했더니 등을 아래쪽으로 하고 아직 가지를 부둥켜안고 있다. 떨어지는 것은 시간문제다.

그리고 끝내 떨어진다. 머리부터 떨어진다. 떨어지기는 해도 탁류에 휩쓸리는 것이 아니라 도중에 멈춘다. 공중에서 멈춰 상하로 흔들리고 있다. 두 발과 가지가 로프로 단단히 묶여 있다. 대단한 놈이다. 하필이면 이런 때에 도롱이벌레 흉내를 내다니……

나는 그저 어안이 벙벙할 뿐이다. 바람에 날려가지 않도록 소나무 줄기를 꼭 붙든 채 나는 눈 아래의 녀석을 바라본다. 녀석은 크게 흔들리고 있다. 녀석의 얼굴은 유령처럼 창백하다. 흰옷의 절반이 붉게 물들어 있다. 어깻죽지의 출혈은 아직도 계속된다. 내가 입힌 그 상처는 가키다케 산 정상에서 있었던 일이 꿈이나 환영이 아니었다는 사실을 말해준다.

녀석은 태연자약하다. 팽이처럼 빙글빙글 돌면서 새빨갛게 충혈된 눈으로 나를 보고 있다. 게다가 그런 가혹한 상태에 있으면서도 뭔가를 바스락거린다. 소나무에 배어들어 있는 냄새의 정체가 판명되었을 때 녀석이 손에 들고 있는 물건이 뭔지 알았다. 등유임에 틀림없다. 동시에 뭘 하려고 하는지도 알았다. 알았다고 한들 어떻게 해볼 도리가 없다. 이미 손쓸 방도가 없다.

녀석의 입이 빠끔빠끔 움직이고 있는 것은 내게 말을 하고 있기 때문이다. 큰 소리와 울림이 한창일 때인데도 그 목소리는 또렷이 들린다. 그리고 나는 똑바로 알아들었다. 이어서 녀석은 라이터를 꺼내 손바닥 안에서 연달아 불꽃을 튀긴다. 나는 그만두게 하려고 옆에 떨어져 있는 금강장을 주워 던지지만 그런 것은 아무런 도움이 되지 않는다.

그러는 사이에 녀석의 온몸이 활활 타오르는 불길에 휩싸인다. 예상한 일이라고 해도 나는 순간 숨을 삼킨다. 검은 연기는 벼랑 위까지 피어오르며 토막토막 날아가 버린다.

불덩어리가 되어서도 녀석은 여전히 말을 하고 있다. 정확히 알아들을 수 있다. 귓가에 속삭이는 것처럼 들린다. 조금 전과 정확히 같은 말을 하고 있다.

나는 그 말을 가슴에 새길 생각이 추호도 없다. 하지만 귓가에 들러붙고 말았다. 웃음소리도 들린다. 새된, 성별을 초월한 웃음소리가 한바탕 주위에 울려 퍼진다. 그것은 비바람 소리보다, 강물 소리보다 더 크다. 불꽃이 안면을 휩싸고, 머리카락이 타고, 심한 화상으로 피부가 짓물러간다.

이제 녀석의 얼굴이 아니다. 순식간에 변형되어 가는 모습이 어딘가에서 본 얼굴이다. 웬걸, 내 얼굴이 아닌가.

내 얼굴이라고 생각했을 때 지금까지보다 훨씬 큰 굉음과 땅울림이 일어난다. 토석류다. 본 적도 없는 규모의 토석류가 미즈나시 강 상류에서 해일 같은 기세로 밀어닥친다. 드높이 솟아오르며 파괴적으로 지나가는 토석류 윗부분에서는 작은 건물만큼이나 되는 바위가 마치 오자미처럼 휙휙 날아오른다. 바위와 바위가 공중에서 충돌하며 격렬하게 불꽃을 일으킨다.

토석류는 눈 깜짝할 사이에 닥쳐온다. 그리고 검게 탄 녀석을 직격하여 한입에 삼켜버린다. 로프가, 물고기가 걸린 낚싯줄처럼 팽팽히 당겨지고 소나무 가지가 휙 휘어지더니 녀석의 모습이 사라졌다. 토석류는 양쪽 기슭을 도려내며 오보레 강으로 빠져들었다.

로프가 흔들리고 있다. 끊어지지 않은 것이 기적이다. 하지만 녀석의 몸은 상반신이 완전히 없어졌고 나머지 하반신은 누더기 천이나 마찬가지인 꼴이다.

지금껏 저지른 악행의 응보로서는 충분할지도 모른다. 나는 살아 있는 기분이 아니다. 무릎이 부들부들 떨린다. 소나무 줄기에 두른 팔을 도저히 풀 수가 없다.

녀석이 고함을 친 말이 귓속에서 소용돌이친다. 녀석은 의기양양한 표정으로 이렇게 말했다.

"너 대신 죽어주지!"

분명히 그렇게 말했다.

동시에 파랑새의 울음소리도 들었다. 단연코 환청이 아니다. 한 번뿐이지만 이 귀로 확실히 들었다. 게다가 단순히 평소의 울음소리가 아니었다. 녀석이 죽으면서 한 말은 잊히지 않아도, 파랑새가 내게 무슨 말을 했는지 지금은 전혀 기억나지 않는다.

23

그토록 대단하던 호우도 드디어 기세가 꺾였다.

잠에서 깨기 일쑤인 잠 못 이루는 밤을 그럭저럭 보냈다고 생각했더니 벌써 다음 밤이 찾아오려고 한다. 바로 조금 전까지 강한 석양을 받아 빛나고 있던 가키다케 산은 이미 거대한 그림자 덩어리가 되어 있다.

나는 이미 수십 시간이나 나무 위의 보금자리에서 농땡이를 부리고 있다. 가혹한 노동으로 쓰러진 사람처럼, 또는 흐리멍덩해진 노인처럼 낮이고 밤이고 오로지 잠만 자고 있다.

하지만 요양은 아니다. 한숨 잘 때마다 허물을 벗는 듯한 기분이 들고, 지금까지와는 다른 동물로 변해가는 것 같다. 그리고 지금은 깊은 산속의 어두운 길을 가는 짐승의 마음이 잘 이해되고, 무시무시한 속도로 흘러가는 구름에 비치는 햇빛이 완전히 없어져도 신변의 적요를 느끼는 일이 없을지도 모른다. 그 정도로 내 영혼은 어느 덧 크게 변형되어 버렸다.

석양의 그림자 속에 그 청년의 마지막 모습이 단단히 봉해져 있다. 그때의 말과 표정을 아울러 생각하니 녀석이 낸 결론은 확고한 것이었다. 녀석은 내가 궁지에 몰아넣자 그런 결론을 낸 것이 아니다. 어디까지나 자신의 의지에 따랐을 뿐이다. 요컨대 녀석을 징계한 것은 다른 누구도 아닌 녀석 자신이다.

그러고 나서 나는 뒤도 돌아보지 않고 부리나케 도망쳐 돌아왔다. 어디를 어떻게 지났는지 거의 기억나지 않는다. 필사적인 마음으로 '야생원숭이'를 타고 몹시 고생하여 소코나시 강을 건넌 것까지는 어렴풋이 기억한다. 그리고 돌아올 때도 돌담으로 둘러싸인 그 집에 들러 다시 한 번 그 작은 건물을 들여다본 것 같은 기억이 있다. 하지만 정확히 생각해낼 수는 없다. 아마 생각하고 싶지 않을 것이다.

그건 그렇고 아주 위험한 순간이었다. 강 건너편에 도착하자마자 '야생원숭이'의 와이어로프를 지탱하고 있던 나무가 벼락과 함께 와르르 무너져 내린 것이다. 결투와 벼락에 이어 세 번째로 목숨을 건진 데는, 지금은 죽고 없는 가족의 눈에 보이지 않는 힘이 작용했는지도 모른다. 그렇게 생각할 수밖에 없고, 또 그렇게 생각함으로써 아주 짙은 고독감이 얼마간 엷어졌다.

아무튼 위기를 넘긴 나는 곧바로 물참나무 위의 보금자리로 기어들었다. 새가 둥지에 틀어박히는 것처럼 한숨도 못 자고 맹렬한 폭풍 속에서 하룻밤을 보냈다. 가자무라는 이튿날도 오전까지는, 되살아난 태풍에 지배되어 물참나무 거목은 계속해서 비명을 질러댔고 내 마음도 심하게 울렁거렸다.

하지만 나의 동요는 양심의 가책에 의한 것이 아니었다. 내가 그 청년과 개에게 했던 것은 결코 송장에 매질하는 일이 아니었고, 그래서 미안한 짓을 했다는 생각조차 들지 않는다. 이유야 어떻든 결과적으로는 자비를 베풀어준 것이나 마찬가지다.

이제 와서야 간신히 자세한 일이 떠오른다.

그때 내가 칼로 로프를 자르지 않았다면 절반으로 찢겨진 녀석의 몸은 언제까지고 뿔뿔이 흩어져 있어야만 했을 것이다. 또한 개의 경우에도 내가 격류 속으로 내던지지 않았다면 사랑하는 주인에게 영원히 다다를 수 없었을 것이다.

물론 동정을 베풀 생각으로 그런 귀찮은 일을 한 것은 아니다. 나는 그저 녀석들을 잉어 밥으로 주어 가자무라에서 흔적도 없이 사라져주기를 바랐을 뿐이다. 그렇게라도 하지 않으면 마음이 후련하지 않을 것이기 때문이다. 그렇지만 그런 최악의 조건에서도 정말 솜씨 있게 사후 처리를 해냈다며 스스로도 감탄한다.

폭풍이 지나가자 이번에는 폭염이 다시 기승을 부리고 작열하는 태양이 소리 없이 날뛰고 있다. 올여름의 최고 기온을 기록했을지도 모른다.

몸이 노그라질 정도로 더워서 나무에서 내려가 몸을 햇볕에 드러낼 수도 없고, 자신을 어떻게 해야 좋을지 알 수 없었다. 허기진 느낌은 있어도 식욕이 전혀 일지 않아 목욕 후의 맥주 맛을 떠올려 봐도 마실 마음은 들지 않았다.

닭들은 무사했다. 하지만 놈들은 다가오지 않고, 어느 놈이나 나를 몹시 싫어하며 노골적으로 피했다. 그리고 해가 지자 또 예전처럼 폐가 안에서 잤다. 무리도 아니었다. 나는 그들의 동료 한 마리를 피의 제물로 바쳐 기세를 올렸으니까. 아니면, 내 탓이 아니라 태풍에 넌더리가 나고, 날 수 없는 새로서는 역시 폐가가 훨씬 더 안전하다는 걸 통감한 것일까.

알몸뚱이가 된 나는 체력을 완전히 소모한 빈약한 몸을 지상 5미터 높이에 수평으로 깔아놓은 판자 위에 누이고 오랜 시간을 보냈다. 그 나른함은 여름 더위로 인한 피로감과도, 당뇨병으로 인한 피로감과도 달라 그리 나쁜 기분은 아니었다.

폭서가 사고력을 빼앗았고, 그 대신 정념의 순도가 점점 올라갔다. 그런 자신을 주체할 수 없거나 그 때문에 기분이 우울해지는 일도 없었다. 실제로 결국에는 어떻게 될까 하는 무기력한 중얼거림은 한 번도 입 밖에 나오지 않았다.

다만 이따금 그 청년이 가슴속을 스쳤다. 그런 일이 되풀이되는 가운데 아직 녀석의 굴절된 심리를 해명하지도 않았는데 그 암흑의 본성을 헤아릴 수 있을 것 같다는 생각이 들었다. 그러자 어쩐 일인지 대낮인데도 어디서랄 것도 없이 올빼미가 날아와 나를 신기하다는 듯이 바라보았다. 그놈은 작은 부엉이가 아니라 어디에나 있는 평범한 올빼미였다.

머지않아 쨍쨍 내리쬐는 햇빛을 받으며 소방대원이 찾아왔다. 홀로 찾아온 사람은 제대로 직무를 수행할 수 없을 것 같은 등이 굽은 노인이었다. 젊었을 때 아내를 학대했다는 명예롭지 못한 소문이 난 사람이다. 다른 단원은 하류 쪽 제방이 무너졌거나 해서 손을 뗄 수 없었는지도 모른다.

아니면 호우를 그치게 할 수 없어 평범한 사람이라는 것이 드러난 주술사에게 정나미가 떨어져 의욕을 잃은 걸까. 고향을 위해 목숨을 걸고 가키다케 산에 올라 일심불란(一心不亂)으로 북을 두드린 녀석을 그 결과만으로 괄시할 생각인 걸까. 그 후 그의 소식이 묘연해져도 이제 아무도 걱정하지 않는 걸까. 원래 그런 놈들이다.

자라목의 노인은 잠시 소코나시 강을 살펴보았다. 하지만 '야생 원숭이'를 사용할 수 없게 된 것을 알아차리고 나직이 뭐라고 중얼거리고는 그대로 돌아갔다. 언제나 그렇듯이 바로 근처에 내가 있다는 것을 알면서도 말 한마디 걸지 않았으며 이쪽을 쳐다보려고도 하지 않고 물러갔다.

하기야 그 청년에 대해 물어본다 하더라도, 설마하니 자세한 일을 말해줄 수는 없는 노릇이었다. 그 사건은 내 가슴에만 묻어두면 되는 일이다.

그 후에는 아무도 나타나지 않았다. 노인이 동료라도 데리고 돌아오는 게 아닐까, 급거 결성된 수색대가 가키다케 산으로 향하는 게 아닐까 하고 생각했지만, 아무리 시간이 지나도 강 건너편 솔송나무 숲에서는 사람 소리가 들려오지 않았다. 들려오는 것은 매미 소리와 새 울음소리뿐이었다.

마을 사람들은 제대로 찾아보지도 않고 그 청년에 대한 희망을 완전히 버린 걸까. 그렇지 않으면 다른 일에 마음을 빼앗긴 걸까. 아니면 다른 데서 좀 더 큰 피해가 발생했기 때문에 지금은 그럴 상황이 아닌 걸까.

나는 가키다케 산 정상에 남겨진 커다란 북을 생각했다. 그 북은 아마 앞으로도 계속 그곳에 방치된 채 비바람에 썩어갈 것이다. 아니면, 그로부터 한층 강해진 바람에 날려 떨어지고 그러다가 부서져 나무와 가죽이 따로따로 흩어져버렸을까.

구름 사이로 비쳐든 햇빛이 광대무변한 대지를 향해 이렇게 외치고 있다.

'생사는 세상에 흔히 있는 일이다!'

나는 살인자가 되지 않아도 되었다. 태어나서 처음으로 강렬한 격정에 사로잡혔으면서도 그 청년을 제 손으로 죽이지 않았다. 과연 그것이 잘한 일인지 어떤지 뭐라고 말할 수 없지만, 설사 내가 직접 녀석의 숨통을 끊어놓았다고 해도 아마 깊은 통한에 시달리지 않고 오히려 마음이 편안해졌을지도 모른다. 어쨌든 그런 녀석에게는 요절이 어울린다.

어찌 되었든 이제 나를 속박하는 자가 없어졌다. 무거운 족쇄가 풀리고 가슴이 뛴다. 앞날을 고민하는 것은 정말 어리석은 일이다.

운명에 농락당하는 것도 괜찮은 일이다.

이제 추억의 땅도 필요 없을 뿐 아니라 안주할 곳도 필요 없다. 미망에서 깨어나 한 꺼풀 벗겨지며 심기일전한 내가 아직도 끝나지 않은 가자무라의 여름에 심취해 있다.

지금까지와 다른 새로운 내가 눈에 띄게 두각을 드러내고 있다. 지금의 나는 평탄한 인생을 바라지도 않을뿐더러 쓸데없이 상주를 바라지도 않는다. 추억에 집착했던 나도, 구속된 여생에 구애되는 나도 태풍에 날아가 버렸다. 앞으로는 이런 나에게 한없이 심취하고 싶다. 그리고 이런 나에게 빠지고 싶다.

눈앞에 가로놓여 있는 것은 다사다난한 세상이 아니다. 앞길에 한없이 펼쳐져 있는 것은, 이것이 이 세상의 숙명이라고 비관하기 위해 남아 있는 세상이 아니다. 지금의 나라면 모색창연한 나무숲 안에 있어도 호연지기를 기를 수 있을 것이다. 지금의 나라면 허다한 시련을 견디기보다는 망설이지 않고 끝까지 방종으로 흐르는 길을 힘차게 나아갈 것이다.

그런 나를 빙 둘러싸고 있는 것은 바로 풍광이 뛰어난 풍요로운 땅이다. 어디를 둘러봐도 쓸쓸한 경치는 없고 황막한 벌판은 하나도 없다. 이곳은 미개지도 아니고, 심하게 쇠퇴한 채 버려진 산촌도 아니다.

구불구불 이어지는 산맥이 주는 아름다운 전망. 고상하고 아름다운 정취로 가득한 골짜기의 시냇물 소리. 석양을 받으며 우뚝 선 천연의 갖가지 거목들. 주기적으로 정염을 부추기는 중천에 뜬 달. 그 모든 것은 나 혼자만을 위해 존재한다.

  살그머니 찾아오는 한밤중이 가시의 세계를 현혹의 빛으로 물들여간다. 환한 보름달이 나의 관능적 감정을 심하게 자극하나 싶더니 갑자기 식욕을 부활시킨다. 식욕을 절제할 생각은 추호도 없으며, 먹고 싶은 것은 먹고 마시고 싶은 것은 마신다.

  그렇다고 굳이 건강에 주의하지 않는 생활을 바라는 것은 아니다. 물론 금욕 생활을 지향하려는 것도 아니다.

  드디어 동물다운 힘이 되살아났다. 악성 당뇨병은 어디로 가버린 걸까. 이렇게 노숙하는 나날들이 병에 저항하는 힘을 키우게 해준 걸까. 시력을 빼앗아간다는 기분 나쁜 병은 어느새 차도를 보이고 있는 걸까. 아니면, 그 반대일까.

  어느 쪽이든 상관없다. 나는 수명이나 말로 같은 건 거들떠보지도 않는다. 그렇다고 인격이 원숙미를 더해가는 것도 아니고 깨달음의 경지에 다가가는 것도 아니다.

  통조림 고기를 손으로 움켜쥐고 게걸스럽게 먹는다. 캔 맥주를 벌컥벌컥 들이켜고 포동포동한 유방을 연상시키는 복숭아에 맹렬하게 달라붙는다. 하지만 통조림이나 병조림으로는 어딘가 부족하다. 신선한 식품에 굶주려 있다. 특히 날고기가 몹시 당긴다.

  내 고동은 지금 태아의 심장 소리처럼 활발하고 몹시 거칠며, 내 뇌는 바로 지금 욕망을 채우기 위해서라면 아무리 강경한 수단이라도 마다하지 않기로 결정한다.

늦여름은 약한 모습을 보여주기는커녕 오히려 고압적인 태도를 취하고 나온다. 낮의 더위는 얼마간 누그러졌지만, 아직 시원하다고 할 정도는 아니다. 대기는 미동도 하지 않고 습도는 높아지기만 한다.

그에 비해서 달빛은 여느 때와 달리 맑디맑다. 흡습성이 풍부한 내 영혼은 혼돈스러운 앞길을 무척 환영하고 있고, 가슴속은 호기심으로 가득 차 있다. 가키다케 산이 산달을 맞은 배처럼 보인다.

파랑새가 울기 시작한다. 나는 무심코 귀를 기울인다. 오늘 밤의 그것은 애절하기 짝이 없는 울음소리도 아닐뿐더러 차마 들을 수 없는 비속한 울음소리도 아니다. '말세다!'라든가 '하등한 동물, 인간들이여!'라는 노인의 푸념 같은 허튼소리도 아니다.

오늘 밤의 파랑새는 정말 함축미가 있는 방식으로 운다. 나는 넋을 잃고 듣는다. 하나하나 가슴에 와 닿고, 순식간에 머리의 구조를 다시 짜준다. 괴로움 속에 여러 해를 보내왔다는 공허한 마음은 열대성 저기압의 잔해와 함께 구름 너머로 사라졌다.

그리고 온몸에 뭐라 말할 수 없는 활력이 충만해 있으며 혈기왕성한 젊은이처럼 한없이 솟아나는 정력을 선명하게 자각할 수 있다. 이를 마음껏 발산해보고 싶다. 결코 객기 같은 게 아니다. 세상에 영합하지 않고, 체면을 차리지 않고, 도가 지나친 짓을 해보고 싶다. 기발한 행동을 해보고 싶고, 극단에서 극단으로 달려보고 싶기도 하다. 그런 것을 꼭 천한 욕망이라고는 생각하지 않고, 또 좋

지 못한 마음이 일어났다고도 생각하지 않는다. 이는 악한 마음과
는 별개다.

이런 요염한 달밤에 잠만 자고 있을 수는 없다.

자아, 나가자. 마음 내키는 대로 들판을 떠돌아다니며 다시 멋진
단독 행동을 실컷 즐기자. 그리고 부침 많은 일생을, 화복(禍福)이
처절한 싸움을 벌이는 이 세상을 마음껏 즐기자. 하지 않는 것이 무
난한 일 같은 건 이제 하나도 없다. 열거하면 한이 없는 모순을 하
나하나 마음에 두고 끙끙 앓으며 무기력하게 게으른 잠을 탐하는
것은 어리석기 짝이 없는 짓이다.

무한한 우주의 비밀과 마찬가지로 인간의 본질을 궁구하는 것도
불가능하다. 나 자신이 안고 있던 뿌리 깊은 편견이 예기치 않게 없
어졌다. 살아 있는 것은 모두 선(善)이다. 내가 하는 것은 모두 옳은
일이다. 어쩌면 오늘 밤의 나라면 선뜻 열 가지 악한 행위를 할 수
도 있을 것 같다.

그때 나는 물참나무의 이변을 알아챈다. 팔랑팔랑 떨어지는 것은
잎사귀다. 나뭇잎이 조금씩, 그리고 곧 대량으로 쏟아져 내린다. 아
직 푸르디푸른 잎이 바람도 없는데 가지에서 잇따라 떨어진다.

이게 대체 무슨 일인가. 태풍에 아주 심하게 나부낀 탓에 약해진
걸까. 오늘 밤에 거목으로서의 수명이 다한 걸까. 아니면 닭들처럼
새로 태어난 나를 거부하는 걸까. 머리 위가 순식간에 구멍이 숭숭
뚫리며 밤하늘의 면적이 넓어진다.

잎은 이제 거의 남아 있지 않다. 마치 여기만이 겨울철의 황량한

풍경이다. 밑동 주변에는 떨어진 잎이 두껍게 쌓였다. 그리고 벌거숭이가 된 물참나무를 엄청나게 많은 별이 푹 덮고 있다.

24

나는 별빛에 의지하여 마을을 배회한다. 풀이 우거
진 들판을 헤치고 나아가고, 높직한 언덕을 단숨에 뛰어 오른다. 몸
을 활처럼 뒤로 젖히고 위치가 바뀌는 별자리를 올려다본다. 그리
고 들꽃을 짓밟으며 흙냄새 나는 길을 활개치며 걷는다.

　태풍이 할퀴고 간 자리는 상상한 것 이상으로 생생하다. 강물이
너무 불어나 여기저기 제방이 무너진 것 같다. 도처에서 벼랑이 무
너지고, 지면이 함몰되고, 연약한 갓길이 깎여나가고, 산밭이나 고
추냉이 밭이 진펄이 되었다. 전봇대가 쓰러지고 전선이 끊어지기도
했다.

　마을 사람들은 필시 풀이 죽어 있을 것이다. 그러나 후세에 이야
깃거리가 될 만한 피해로는 보이지 않는다. 아마 몇 년에 한 번 일
어나는 평범한 비극에 지나지 않고, 사망자는 단 한 명에 그쳤는지

도 모른다.

어느 강이나 여전히 물이 가득 찬 상태다. 오보레 강의 물살은 아직도 빠르다. 그래도 비교적 흐름이 느릿한 얕은 여울에서는 잡식성 물고기가 활발히 은빛 비늘을 번드치고 있다. 강물이 깊어 흐름이 완만한 곳에서는 물에 퉁퉁 불은 익사체와는 형상이 조금 다른, 불에 타서 너덜너덜한 시체가 가라앉아 있을지도 모른다. 그리고 구강에 튼튼한 이빨을 가진 방추형의 물고기들이 몰려들어 쿡쿡 쪼아대고 있을지도 모른다.

드넓게 물이 차 있는 가자무라의 모습은 확실히 대지의 매끈한 구면(球面)을 느끼게 해준다. 강기슭에는 별의 수만큼 많은 반딧불이가 얽히고설켜 뒤범벅이 된 채 화려한 군무를 보여주고 있다. 넓은 습원을 가득 메운, 여러 겹으로 핀 하얀 꽃 하나하나가 흘러넘칠 듯 요염한 자태를 드러내고 있다. 나무를 훨씬 능가하는 그 향기는 바로 살집 좋은 아가씨의 냄새 그 자체다.

또한 귀청을 울리는 원숭이의 외침소리는 극한 상황에 몰아넣기만 하면 요염한 몸을 아낌없이 드러내줄 것 같은, 앙증맞은 코와 작게 오므린 입을 가진 젊은 아가씨의 절규와 비슷할지도 모른다.

나는 특별히 음행을 끊은 게 아니다. 지금 이곳에 어떤 여자가 얼빠진 얼굴을 숙이고 어슬렁어슬렁 나타나기만 하면 그 자리에서 지극히 못된 놈으로 변해버릴 것이다. 그 증거로, 오랫동안 지병에 압박받고 있던 가랑이 사이의 돌출물이 오랜만에 불끈해 있는데 꽉 긴 옷을 입고 있는 통에 아플 정도다. 타이츠 비슷한 디자인인데도 꽤 품이 들었을 이 옷은 맞췄다고 할 수밖에 없을 만큼, 그리고 도저히 다른 사람의 옷이라고 생각되지 않을 만큼 내 몸에 딱 맞는다.

이만큼 자타의 구별을 분명하게 보여주는 복장도 없을 것이다. 밤눈에도 확실히 식별할 수 있다. 표면에 더덕더덕 빠짐없이 장식한 거울 조각 하나하나가 밤하늘을 실제 이상으로 선명하게 비치고 있다.

폭풍이 치던 그날 밤, 역시 나는 돌아오는 길에 그 청년의 집에 들렀다. 그리고 블록으로 지은 작은 건물에 몰래 들어가 바닥에 까는 널빤지로 위장한 조그만 문을 열었다. 그렇지 않았다면 이렇게 이상야릇한 옷을 몸에 걸쳤을 리가 없다.

상당히 두툼한 의상인데도 어쩐 일인지 땀이 배지도 않고 오히려 시원할 정도다. 방금 마친 유사 행위 탓에 땀샘이 전부 닫혀버렸기 때문일까. 대량의 구더기나 악취에 질색하지도 않고 나는 도저히 처음이라고 생각되지 않을 만큼 솜씨 좋게 그것을 해냈다. 등 뒤의 풀숲에는 행려병자처럼 쓰러져 죽은, 무리에서 떨어진 그 원숭이가 나뒹굴고 있다.

막 대역을 끝낸 그 수컷 원숭이는 이미 원형을 남기고 있지 않다. 그놈을 여섯 덩어리로 싹둑 자른 단도는 이제 단순한 칼이 아니게 되었다. 그 순간부터 육욕의 정수에 다다르기 위한 필수 도구가 되었다.

그리고 나는 진정한 자아에 눈떴다. 요컨대 그 청년이 죽고 나서는 나의 독무대가 된 것이다. 그가 빠진 구멍을 메울 수 있는 자는 나 말고는 없다.

　녀석은 이런 한마디를 남기고 죽었다.

　"대신 죽어주지."

　이렇게 말하고 화염에 휩싸였다.

　그렇다면 내가 녀석 대신 살아주지 뭐.

　　　새삼스런 말 같지만 오보레 강의 수계로 구성되는 웅대한 경치에 시선을 빼앗긴다. 가키다케 산기슭에 깜박깜박 명멸하고 있는 것은 도깨비불일까.

　칼과 손을 씻으려고 나는 맑고 찬 시냇물을 향해 터벅터벅 걷는다. 한 걸음 내디딜 때마다 머리 꼭대기에서 발끝까지 내 온몸이 반짝반짝 빛난다. 마른 풀냄새 같은 냄새가 나는 이 의상은 이미 내게 잘 어울렸고, 이렇게까지 익숙하다면 이제 빌린 것이라고 말할 수도 없다.

　나는 깨끗이 씻은 칼을 머리 위로 번쩍 쳐든다. 그리고 가자무라 전체를 향해 고함친다. 그러자 뜨거운 바람이 불기 시작하고 원숭이의 절규가 산들에 울려 퍼진다.

　밤하늘을 무시무시한 기세로 어지러이 나는 발광체는 무엇일까. 복잡한 사정이 있는 망자의 도깨비불일까. 아니면 완전히 변한 나 자신의 생령(生靈)일까.

　다시 파랑새의 밤이 시작되었다. 파랑새는 모든 원죄를 대신 떠맡아줄 것 같은 소리를 산들에 메아리치게 한다. 오보레 강의 수면에 비친 나는, 아름답고 맑게 갠 하늘을 운행하는 별들보다, 그리고 반딧불이보다 뚜렷하게 빛나고 있다.

슬픔에는 바닥이 없는 것 같다. 상상력에는 한계가 있다. 역지사지는 늘 조건부다. 내가 그의 입장이 된다면, 하고 생각하는 나를 지울 수 없다.

어떤 사람이 될지를 결정하는 것은 자신이 아닐 것이다. 자신이 결정할 수 있는 한계 안에서는 스스로 결정하는 것 같아 보이지만 그 한계를 벗어나면 자신도 알 수 없게 된다. 내가 어떤 사람인지 어떻게 알겠는가.

《파랑새의 밤》은 한 남자가 자신의 운명과 대결하는 이야기다. 그 것은 곧 고향과의 대결이기도 하다. 고향에 흡수되고 말 거라는 결론은 처음부터 정해져 있었다. 고향에 묻히든 자신이 고향이 되어 버리든.

그런데 나는,

이제 곧 추워질 텐데,

하고 끔찍해져버린 그 남자를 무심코 걱정한다.

뭔가를 잃는다는 것은 두려운 일이다.

송태욱

파랑새의 밤

초판 1쇄 발행   2017년 7월 31일

지은이   마루야마 겐지
옮긴이   송태욱
책임편집   강희재
디자인   주수현 정진혁

펴낸곳   바다출판사
발행인   김인호
주소   서울시 마포구 어울마당로5길 17 5층(서교동)
전화   322-3885(편집), 322-3575(마케팅)
팩스   322-3858
E-mail   badabooks@daum.net
홈페이지   www.badabooks.co.kr
출판등록일 1996년 5월 8일
등록번호   제10-1288호

ISBN   978-89-5561-941-6 03830